本成果受到中国人民大学
"统筹支持一流大学和一流学科建设"经费的支持

曾祥波 著

杜詩考釋

袁行霈題

中國人民大學古代文學與文獻學研究叢書

上海古籍出版社

图书在版编目(CIP)数据

杜诗考释/曾祥波著. —上海:上海古籍出版社,
2016.11
(中国人民大学古代文学与文献学研究丛书)
ISBN 978-7-5325-8275-4

Ⅰ.①杜… Ⅱ.①曾… Ⅲ.①杜诗—诗歌研究 Ⅳ.
①I207.227.423

中国版本图书馆 CIP 数据核字(2016)第 253340 号

中国人民大学古代文学与文献学研究丛书
杜诗考释
曾祥波 著

上海世纪出版股份有限公司
上 海 古 籍 出 版 社 出版

(上海瑞金二路 272 号 邮政编码 200020)

(1)网址:www.guji.com.cn
(2)E-mail:guji1@guji.com.cn
(3)易文网网址:www.ewen.co

上海世纪出版股份有限公司发行中心发行经销
常熟新骅印刷有限公司印刷
开本 635×965 1/16 印张 32.5 插页 3 字数 483,000
2016 年 11 月第 1 版 2016 年 11 月第 1 次印刷
印数:1—1,500
ISBN 978-7-5325-8275-4
I·3116 定价:118.00 元
如有质量问题,请与承印公司联系

自　　序

一

杜诗之义大矣哉。宋人有与"六经"并论者，陈善《扪虱新话》称"老杜诗当是诗中'六经'，他人诗乃诸子之流也"；①鲁訔《杜工部年谱序》则曰"若其意律，乃诗之'六经'"；蔡绦《西清诗话》以为"少陵远继周《诗》法度"，进而"以经旨笺其诗"。② 至于以"诗史"拟之者，更无论矣。虽然，"诗史"之论播在人口，熟在人耳，其蕴义有未尽者。如李格非云："老杜谓之诗史者，其大过人在诚实耳。"③若仅以"诚实"视之，则如磨勘簿录、流水日札，仅具撰者个体意义，于他人无涉也。④

---

① 陈善《扪虱新话》卷七"杜诗高妙"条，"全宋笔记"第5编第10册，大象出版社2012年，第58页。
② 胡仔《苕溪渔隐丛话》前集卷十四引，人民文学出版社1962年，第95页。
③ 阮阅《诗话总龟》前集卷九《评论门》引，人民文学出版社1987年，第107页。
④ 如王楙《野客丛书》卷二十七"白乐天诗纪岁时"条（《全宋笔记》第6编第6册，大象出版社2013年，第361－362页）称："白乐天诗多纪岁时，每岁必纪其气血之如何，与夫一时之事，后人能以其诗次第而考之，则乐天平生大略可睹，亦可谓'诗史'者焉。仆不暇详摘其语，姑摭其略。如曰'末年三十生白发'、'不展愁眉欲三十'、'三十生二毛'、'三十为近臣'、'又过三十二'、'忆昔初年三十二'、'忽年三十四'、'年已三纪余'、'我年三十六'、'元和二年三十七'、'行年三十九'、'四十如今欠一年'、'四十有女名金銮'、'衰病四十身'、'四十官七品'、'四十已如此'、'四十心如七十人'、'年来四十一'、'病鬓愁心四十三'、'面瘦头斑四十四'、'发鬓苍苍四十五'、'衰颜江城四十六'、'四十六时三月尽'、'鬓发苍苍四十七'、'应悟前非四十九'、'四十九年身老日'、'五十蹉跎得掌纶'、'吾年五十加朝散'、'五十江城守白发'、'平头五十人'、'长庆二年五十一'、'五旬已过不为天'、'前岁花前五十二'、'五十二人头似霜'、'明年半百又加三'、'今年花前五十五'、'犹去悬车十五载'、'每思儿戏五十六'、'今年五十六'、'苏杭两州五十七'、'只欠三年未六旬'、'半百年过六年时'、'身为三品五十八'、'我初五十八'、'五十八翁方有后'、'欲年六十始归来'、'天明平头六十人'、（转下页）

又如李复云："杜诗谓之诗史,以班班可见当时。至于诗之序事,亦若史传矣。"①若仅以"史传"视之,则遣一史官执笔足矣,何以诗为?以余所见,宋人林駧《古今源流至论》"杜诗"条所论,可称圆融妥贴:

> 白乐天《海图屏风》之作,前辈窥见其心之不忍用兵。刘禹锡《三阁诗》四章,识者谓可以配《黍离》。后之读工部诗者,安可不求诗之意哉?吾观公之气节高迈,秋霜争严,风标屹立,砥柱中流。嗜杀人如严武,则瞪眄而儿戏之。房琯毁师,公乃排众而申救之。而议者不挈置于仁人之列。至于沈宋诨诙、温李淫艳者为伍,前辈深以是为恨,惜哉!夫公之诗盖爱君之盛心也,《北征》之篇,盖仓皇问家室而作也,使或者处之,对童稚,语妻孥,他不暇顾,而终篇谆复,惟及国事,山谷喜之,谓退之《南山》不必作。《登慈恩塔寺》,此正陪诸公游遨而作也,固宜笑谈风月,傲视八极,以乐其心,而措意立辞,意在言外,荆公谓其讥天宝时事,则其爱国之意果何如。'微升古塞外,已隐暮云端',夏郑公知其为肃宗,而非为月也。'初月出不高,众星尚争光',或谓史思明尚在,而非为星也。《石壕吏》之作,韩魏公知其论戍役之苦。'茅壁'之咏,苏公知其疾藩镇之强。噫!非杜工部之知道,不能发爱君爱国之辞;非苏、王诸公之知诗,不能明爱君爱国之

(接上页) '六十衰翁儿女悲'、'不准拟身年六十'、'六旬犹健天亦怜'、'冉冉老去过六十'、'位逾三品过六旬'、'已过潘安三十年'、'来岁年登六十二'、'六十二三人'、'六十三翁头雪白'、'六十四年明日催'、'行年六十四'、'七十我今欠五岁'、'无喜无忧六十六'、'相看七十欠三年'、'六十八衰翁'、'今日行年将七十'、'今年登七秩'、'已开第八秩'、'悠悠七十春'、'外翁七十孙三岁'、'七十我年幸过之'、'吾今已年七十一'、'眼昏须白七十一'、'七十三人难再到'、'七十三翁旦暮身'、'七十过三更较希'、'七十四年身'、'寿及七十五'。考《本传》:白公年七十五薨。自三十至七十五,往往必见于诗。又有'去时十二三'之句,及'数行乡泪一封书',则题曰:'年十五时作'、《王昭君词》则题曰:'年十七时作'。'少年已多病',则题曰:'年十八时作'。'我年二十君三十',又纪其少年之所作如此。仆观白公年十八时,谓'少年已多病,此身岂堪老',然安强寿考,至于七十有五,而后不禄,既有姬侍,不能无耗蚀气血,故寿夭虽系劣禀,然方寸泰然,不汲汲于荣利,是亦养寿一端。今士大夫精耗于内,而神惊于外,所以罕终天年。观白公之诗,率多宽适,有以验其寿云。按,乐天诗言其生平可谓周详洽备,然斤斤计较个人得失,不过状貌一俗士之行事云尔。谓之"诗史",不亦谬乎?

① 李复《潏水集》卷五《与侯谟秀才书》,文渊阁四库全书本。

心。是诗也,乌可与骚人墨客同日语哉!不特此也,《百舌》一咏,恶谗佞也。《恶木》一章,伤小人也。腐草之萤,讥阉寺也。寒城之菊,悯士操也。《悲青坂》,伤战败之无功也。《叹秋雨》,刺暴虐之伤恩也。《兵车行》,盖念驱中国之众开边境之地也。《洗兵马》之作,盖言复西京之地、扫安史之乱也。又不特此也,以是心而处己,又以其处己者而待人。其送严郑公也,则曰'公若登台辅,临危莫爱身'。其寄裴道州、苏侍御也,则曰'致君尧舜付公等,早据要路思捐躯'。其寄董嘉荣也,则曰'云台画形象,皆为扫妖氛'。呜呼,又何待人之厚耶!先辈谓公诗足以历知一代治乱,以为一代之史,则非词人之诗,乃诗中之史也!吕公编《杜工部年谱》,始于先天,终于大历,且与唐纪传相为表里。故凡唐史所未载者,或见于公之诗;而观公之诗,足以历考一世之治乱。又《唐史》云:'善谋时事,至千言不衰,世号诗史。'先儒作公诗序,又谓诗与唐录犹概见事迹,复许之以为'诗之六经'。则非特诗中之史,又诗中之经也!①

窃以为,杜诗之号"诗史",有二义在焉:小而言之,为杜子美一生之出处行事、精神心迹之完整写实;大而言之,为安史之乱前后唐帝国由盛及衰命运之完整写照。要言之,诗史乃个人生活史、精神史与国家、民族史之完美结合。此一标准,就个体诗人的创作而言,吾国诗人惟杜甫臻于极至,其称"诗史",名至实归。进而言之,杜诗以"诗史"本色为底蕴,兼熔叙事、抒情、技巧于一炉,法度森严而能契合无间,足为唐以降诗歌之典范,视为"诗经",亦非河汉之言也。

二

笔者对杜甫与杜诗的研究,源于翻译洪业(煨莲)先生《*TU HU: China's Greatest Poet*》(Harvard University Press,1952),译本《杜甫:中国最伟大的诗人》于 2011 年由上海古籍出版社出版。作为现

---

① 林駉《古今源流至论》前集卷二,《四库类书丛刊》,上海古籍出版社 1992 年,第 29—30 页。

代学术史上的著名史学家,洪业先生原来就以杜诗版本研究见长,其《杜诗引得序》迄今仍被视为杜诗版本史的经典撰述;他在《杜甫》一书中集版本研究之大成,进一步以史学家的视角与素养出发,对杜甫行实及杜诗编年、阐释提出了大量新解,这些见解即使置于当今杜甫研究领域也仍具有前沿性。在翻译此书同时及之后,笔者对洪业《杜甫》一书所引近四百首杜诗加以细读,对每一首诗的全部宋人注文、系年编次及代表性明、清人注文、系年编次进行了汇集与比对,进而产生了以下两点看法:

第一,对杜诗的原创性理解,基本上都被宋人"千家注杜"囊括殆尽。后世注家往往只是在宋注的基础上加以推进、辨驳或反转,很难再在全局性的高度提出大量的原创性新见——可能唯一的例外是洪业《杜甫》。洪业先生以史学家的身份介入杜诗研究领域,其独特的职业敏感与素养使得他讨论杜诗时必要追溯一切见解与资料的第一源头,而其 20 世纪 20 年代所编纂的《杜诗引得》又对杜诗今存几乎全部宋注本与重要元明清注本的版本、编次及注文进行了系统梳理,这就使他往往能够越过明清注家如钱谦益、朱鹤龄、仇兆鳌、杨伦等人已经累积成型的定见,直指宋人注乃至杜诗本文,从而处在与宋代注家平等的位置上考量问题,提出与宋人同等分量的新见。故此书 1952 年由哈佛大学出版后,立即被西方汉学界视为最重要的杜诗研究论著之一,迄今犹然——受洪业思路的启发,窃以为对杜诗及杜甫诸问题的研究,现在不应还停留在讨论所谓"集大成"的钱、朱、仇、杨、浦等清人注的阶段,而要首先回到宋人"千家注杜"这一原始起点,以学术史的眼光将杜诗诸问题的萌生、推进、讹变,以及目前为止已经形成的共识或者谬误,加以正本清源似的梳理清查,从而能够剖析杜诗这一中国文学的经典"箭垛"上"层累造成"的定见,以还原杜诗本文的"纯度",进而恢复我们对杜诗文本阐释的敏感性。

第二,对杜诗宋注的清理,需要将传统文献的版本目录之学与现代的文本细读方法结合起来。因为宋人"千家注杜"的线索本就极为繁复,文献资料又存佚相参;并且随着文献的传承流变,杜诗宋本还往下一直影响到清人杜集注本。尤其值得注意的是,这其中还大量存在着有意、无心的抄袭、作伪等问题。因此,在讨论杜诗文献时,传统的版本目录之学已经被动地包含了以讹传讹的大量材料,不可能仅仅依靠自身的记载来彻底解决问题,这就必须向现代的文本细读方法寻求援助。具体来说,在讨论一首杜诗时,首先要将一切能够找到的关于此诗的宋人阐释集中起来——这不但包括各种宋人注、宋人笔记中对该诗的讨论,还包括一切宋人杜集注本(必要时甚至还要利用明、清人杜集注本)对此诗的编次系年等资料一一加以分析;其次,以此方法对更大数量的、以卷帙为单位的(卷帙往往意味着杜甫生活的某一特定阶段)、涵盖各时期的杜诗加以分析;再次,经过对相当数量杜诗的分析后,得到某些具有规律性的认识;最后,将这些规律性与传统说法、定论进行对比,以确定、推进或者撼动、反驳已经成型的定见,得到新的认识。

总结而言,即三个原则:研究理路上以洪业为师法;①诗义阐释上以宋注为源头;版本源流上以编次(系年)为核心。

三

本书以上述三个原则展开研究,内容分为上、下两编。

上编为"杜集传谱考论"。阐述杜诗宋本、早期宋注、唐宋时期杜甫《传》、《谱》的文献沿革流变、撰述特点等问题。②

上编的主要问题与观点包括:

(一)《论杜诗系年的版本依据与标准——以王洙祖本为中心》,提出探究杜诗系年,首先应以遵从校勘学重祖本源流的原则为前提,重视杜集祖本王洙本在系年上的源头性。其次,季节、地理等因素可作为系年的重要标准。这两点在覆核杜诗旧系年编次与探究杜诗新系年编次时,皆可作为基本依据及标准加以应用。

(二)《论吴若本与〈钱注杜诗〉之关系——兼论〈钱注杜诗〉的成书渊源》,指出吴若本作为王洙本之后的重要南宋初杜集本,其编次

---

① 本书很多观点与洪业先生相异,甚至对立,这并不妨碍"以洪业为师法"的原则,"师法洪业"的意义在于研究理路的基本出发点由此开启。尽管师法先贤,然而旧学新知,不妨商量邃密,这正是冯友兰先生所说"接着讲"的学术传承之义。

② 上编内容,以单篇论文形式发表于《北京大学学报(哲社版)》、《中国典籍与文化》、《文史知识》、《杜甫研究学刊》、《中国文学研究》、《文学遗产》、《国学学刊》等刊物,不再一一注明。

应与王洙本旧次相同。而钱谦益《钱注杜诗》号称承袭吴若本而来，其实暗地里已依据宋人鲁訔编次与黄鹤系年，对吴若本原编次有极大改动，此为文献整理之大忌。《钱注杜诗》向称清人杜集注本的源头性"善本"，考察其成书渊源，对衡量《钱注杜诗》版本的真正价值，对了解清人杜集注本对宋人杜集注本的承袭线索，皆有重要意义。

（三）《早期杜集宋注师尹〈杜工部诗注〉的特点与价值——兼论杜诗"自寓"说的源头及其影响》，认为师尹撰《杜工部诗注》与其个人经历有关，成为宋人杜注个性鲜明的一家，其特点是善于体会杜诗深意，好将杜诗与杜甫行实、时事政局相联系阐释，其失则流于穿凿附会。师尹注的特点对宋人及后世杜诗注家有相当影响，如历来争论纷纭的《佳人》"自寓"说即是。师尹揭橥的"自寓"说对探究杜诗某些篇章本意不无启发。

（四）《现存最早杜诗编年注本〈杜诗赵次公先后解〉平议》，指出宋人赵彦材《杜诗赵次公先后解》有两大特点：其一为对杜诗系年编次（即以王洙本为主，包括师尹、蔡兴宗等编次的"旧次"）的认定与调整；其二为在对更早杜集异文及旧注辨正的基础上对杜诗义旨的独到理解。其中透露出来赵次公"以史证诗"的外证法与"以杜证杜"（行实）、"以杜解杜"（诗义）的内证法，在早期杜注中堪称典型。尤其是赵次公以"诗家之心"解诗，超越了通常注重事典出处的"学术性"注释范畴，具备了"同行评议"的意味，成为杜诗宋注中独一无二的亮点。尽管赵次公注还存在某些缺陷，但作为现存最早杜诗编年注本，其特点与价值在杜注历史中具有"导夫先路"的开创性。

（五）《蔡梦弼〈草堂诗笺〉整理刍议——兼议现存最早两种宋人杜诗编年集注本蔡梦弼〈杜工部草堂诗笺〉与旧题王十朋〈王状元集百家注编年杜陵诗史〉之优劣》，指出蔡梦弼《草堂诗笺》与托名王十朋《王状元集百家注编年杜陵诗史》作为现存最早的两种宋人杜诗编年集注本，一般认为《杜陵诗史》成书在先，然今存《杜陵诗史》唯一刊本刘世珩玉海堂藏宋刻本有增补递修之迹，其刊刻时间在宋刻五十卷本《草堂诗笺》之后，故《草堂诗笺》实可视为现存最早之宋人编年集注杜集。由于《草堂诗笺》存在蔡梦弼不标明注家主名以及流行于世的黎庶昌刻"古逸丛书"本编次混乱两大问题，故有必要以宋刻五十卷本系统及其他宋人集注本对其加以编次及注文两方面的校勘整理，以期得到一种最早之宋人编年集注杜诗善本。

（六）《论宋代以降杜集编次谱系——以高崇兰编刘辰翁评点〈集千家注杜工部诗集〉编次的承启为中心》，指出高崇兰编，刘辰翁评点《集千家注杜工部诗集》首次将杜诗黄鹤系年呈现为文本编次形态，从而成为第一次融合了宋人两大杜集编次系统（鲁訔编次与黄鹤系年）的杜集本，此点尚未被研究者注意所及。因此，高崇兰本可视为宋人杜集编次之殿军，同时也成为元、明、清三代杜集编次的重要源头，此乃高崇兰本于元、明两代最为流行的重要原因，其影响及于近代以来东、西方学术中的杜诗研究。只有充分认识到高崇兰编次本在杜集编次流变中的枢纽地位，才能真正厘清宋代以降的杜集编次谱系。

（七）《现存唐宋杜甫传谱考论》，所考杜甫传谱仅限于杜甫传谱的唐宋"源头"时期。自唐樊晃涉笔叙录，元稹撰为墓志铭，两《唐书》录入文苑，宋吕大防首作年谱，至宋人蔡兴宗、赵子栎、鲁訔、黄鹤等人或增或辨为止。在细读传、谱文本的基础上，对各传谱对杜甫行实及杜诗系年的原创性贡献及先后承袭关系作了详细辨析。

（八）《现存五种宋人"杜甫年谱"平议——以鲁訔〈杜工部诗年谱〉对赵子栎〈杜工部草堂诗年谱〉、蔡兴宗〈重编杜工部年谱〉的承袭为线索》，是对《现存唐宋杜甫传谱考论》文本细读的一个小结，指出现存五种宋人杜甫年谱之间相互关系的其他方面及各自的价值（尤其是赵子栎谱在杜诗编年史中的价值与贡献），尚未得到学界的充分认识。具体而言有四点：第一，赵子栎《年谱》撰成时间当在鲁訔《年谱》之前，与蔡兴宗《年谱》相互独立完成；第二，鲁訔《年谱》完全吸收了赵子栎《年谱》的原创观点；第三，鲁訔《年谱》对蔡兴宗《年谱》的吸收，一方面不但如林继中先生所说表现为基本结构框架的承袭，另一方面还在于鲁谱全部采纳了蔡谱的原创性观点；第四，就承袭前说而经辨析后自出新解这一层面来看，黄鹤《年谱辨疑》的原创性贡献远远超过鲁訔《年谱》，却未曾得到相应重视。总的来说，鲁訔《年谱》在五种宋人"杜甫年谱"中原创性最低，其声名显赫，一方面在于集成汇总（此点针对鲁谱全盘吸收赵子栎谱、蔡兴宗谱的原创观点而言），另一方面乃是因为两种现存最早、影响极大的杜诗宋人编年集注本（蔡梦弼《草堂诗笺》、托名王十朋《王状元集百家注编年杜陵诗史》）皆以鲁訔《杜工部诗年谱》为基本编年框架(此点针对黄鹤《年谱辨疑》而言,因采用黄谱的黄氏《补注杜诗》乃分体本而非编年本,不利于读者阅读与使用)。揭橥鲁訔《年谱》对赵子栎《年谱》的承袭,不但可以弥补宋人撰"杜甫年谱"由蔡兴宗谱到鲁訔谱之间缺失的一环,还能进一步厘清现存五种宋人撰"杜甫年谱"的价值及相互关系,并重新审视唐宋时期"杜甫传谱"的基本格局。

(九)《杜甫二子考》,在洪业新说的基础上,进一步论证关于"杜甫二子"的传统说法"大儿宗文小字熊儿,小儿宗武小字骥子"是错误的。梳理考辨杜诗,可知杜宗文字骥子,杜宗武字熊儿,宗武出生于至德二载秋八月杜甫奔赴肃宗行在之际,此时杜甫不在家中,未能亲见其出生。由此,杜甫离家奔赴肃宗行在的某些具体情势以及若干杜诗中传统注释的龃龉之处都可以得到合理的解释。

(十)《李杜关系新说——以杜诗对"偶然性细节"的刻画为视角》,通过天宝四载李杜同一题材("寻范十隐居")的诗篇比较,指出"重与细论文"体现的是杜甫对于李白叙事艺术中对偶然性细节刻画的推崇,是讨教而非指斥。众所周知,乾元二年(759)三月,杜甫西返华州,途中目睹人民受战争苦难,连续写下名篇《三吏》、《三别》,标志着杜甫思想境界达到了一个新高度。不为人所知的是,与杜甫思想认识上的成熟相互应和,乾元元年年底杜甫由华州东进洛阳途中,诗歌叙事中的细节刻画技巧突然有了一次集中的爆发,其中体现出善于发现生活之巧的眼力与跌宕腾挪的表达技巧,表征了杜甫诗歌叙事的成熟,这可能与他在天宝四载(745)山东时期对李白叙事艺术技巧的讨教与学习有关。

下编为"杜诗选释"。宋人姚宽《西溪丛语》卷上说:"或谓诗史者,有年月地里本末之类,故名诗史。盖唐人尝目杜甫为诗史。"杜诗非但为一国之诗史,亦为一人之诗史,故下编在洪业《杜甫》一书所选近四百首诗篇的基础上,进一步选取具有与杜甫个人行实、唐代史事最相关,宋人讨论分歧较多的代表性杜诗一百十七首,以编次(系年)为核心,以宋注为源头,汇集诸家注释及于"年月地里本末"者,分"系年"、"题解"与"笺释"三部分加以考释。

杜诗研究著述分为上、下编——其中下编为诗选注,是上编的文献基础与例证来源——这是现代杜诗研究著述的一种常见体例。另本书引文中出现的异体字予以保留。书稿刊行,要感谢中国人民大学"统筹支持一流大学和一流学科建设"项目的资助。

笔者读杜有年,然子美诗渊深广大,千家注杜,各取一瓢,滋味万般。拙编自引一端,崇其所善,或如煮山中白石,方其操觚,言之津津,及至享呈,淡乎寡味,又似空谷行迹,难获踽者,况兼才识卷娄,必有疏谬。读者审明,当有以教我也。业师袁行霈先生允为本书题签,是学生之幸,并以志之。

曾祥波
2015 年 8 月

目 录

自序 001

上编 杜集传谱考论

杜集宋本考论 003
一、杜诗系年的版本依据与标准——以王洙祖本为
　　核心 003
二、吴若本与《钱注杜诗》之关系——兼论《钱注杜诗》成书
　　渊源 014
三、现存最早杜诗编年注本《杜诗赵次公先后解》平议 032
四、杜诗早期注本师尹《杜工部诗注》的特点与价值 062
五、蔡梦弼《草堂诗笺》整理刍议——兼论现存最早两种宋
　　人杜诗编年集注本（蔡梦弼《杜工部草堂诗笺》与旧题
　　王十朋《王状元集百家注编年杜陵诗史》）之优劣 078
六、论宋代以降杜集编次谱系——以高崇兰编刘辰翁评点
　　《集千家注杜工部集》编次的承启为转折 088

杜甫传谱考论 117
一、中唐大历五年至七年(770—772)，樊晃《杜工部小集序》
　　... 117
二、中唐元和八年(813)，元稹《唐故工部员外郎杜君墓系铭
　　并序》 118
三、后晋天福五年(940)——开运二年(945)，署名刘昫
　　《旧唐书·杜甫传》 124

四、北宋宝元二年(1039),王洙《杜工部集记》⋯⋯⋯⋯ 130

五、北宋嘉祐五年(1060),欧阳修、宋祁《新唐书·杜甫传》
⋯⋯⋯⋯⋯⋯⋯⋯⋯⋯⋯⋯⋯⋯⋯⋯⋯⋯⋯⋯⋯⋯⋯⋯ 132

六、北宋元丰七年(1084)吕大防《杜工部年谱》⋯⋯⋯ 137

七、北宋后期蔡兴宗《重编杜工部年谱》⋯⋯⋯⋯⋯⋯ 142

八、北宋末南宋初赵子栎《杜工部年谱》⋯⋯⋯⋯⋯⋯ 154

九、南宋绍兴二十三年(1153)鲁訔《杜工部年谱》⋯⋯ 162

十、南宋梁权道《杜工部年谱》⋯⋯⋯⋯⋯⋯⋯⋯⋯⋯ 176

十一、南宋嘉定九年(1216)黄鹤《年谱辨疑》⋯⋯⋯⋯ 193

附论三章 ⋯⋯⋯⋯⋯⋯⋯⋯⋯⋯⋯⋯⋯⋯⋯⋯⋯⋯⋯⋯⋯ 211

一、《现存五种宋人〈杜甫年谱〉平议——以鲁訔〈谱〉对
赵子栎〈谱〉、蔡兴宗〈谱〉的承袭为线索》⋯⋯⋯⋯ 211

二、《杜甫二子考》⋯⋯⋯⋯⋯⋯⋯⋯⋯⋯⋯⋯⋯⋯⋯ 225

三、《李杜关系考辨——以杜诗对"偶然性细节"的刻画为
视角》⋯⋯⋯⋯⋯⋯⋯⋯⋯⋯⋯⋯⋯⋯⋯⋯⋯⋯⋯ 230

下编　杜诗选释

版本说明 ⋯⋯⋯⋯⋯⋯⋯⋯⋯⋯⋯⋯⋯⋯⋯⋯⋯⋯⋯⋯⋯ 237

选目说明 ⋯⋯⋯⋯⋯⋯⋯⋯⋯⋯⋯⋯⋯⋯⋯⋯⋯⋯⋯⋯⋯ 239

夜宴左氏庄 ⋯⋯⋯⋯⋯⋯⋯⋯⋯⋯⋯⋯⋯⋯⋯⋯⋯⋯⋯⋯ 240

望岳 ⋯⋯⋯⋯⋯⋯⋯⋯⋯⋯⋯⋯⋯⋯⋯⋯⋯⋯⋯⋯⋯⋯⋯ 242

冬日洛城北谒玄元皇帝庙 ⋯⋯⋯⋯⋯⋯⋯⋯⋯⋯⋯⋯⋯⋯ 243

过宋员外之问旧庄 ⋯⋯⋯⋯⋯⋯⋯⋯⋯⋯⋯⋯⋯⋯⋯⋯⋯ 248

赠李白 ⋯⋯⋯⋯⋯⋯⋯⋯⋯⋯⋯⋯⋯⋯⋯⋯⋯⋯⋯⋯⋯⋯ 250

赠李白 ⋯⋯⋯⋯⋯⋯⋯⋯⋯⋯⋯⋯⋯⋯⋯⋯⋯⋯⋯⋯⋯⋯ 253

冬日有怀李白 ⋯⋯⋯⋯⋯⋯⋯⋯⋯⋯⋯⋯⋯⋯⋯⋯⋯⋯⋯ 254

临邑舍弟书至,苦雨黄河泛滥,堤防之患,簿领所忧。因寄此诗,
用宽其意 ⋯⋯⋯⋯⋯⋯⋯⋯⋯⋯⋯⋯⋯⋯⋯⋯⋯⋯⋯ 256

饮中八仙歌	258
送孔巢父谢病归游江东,兼呈李白	261
奉赠韦左丞丈二十二韵	262
去矣行	265
赠特进汝阳王二十韵	268
同诸公登慈恩寺塔	272
奉赠鲜于京兆二十韵	274
奉留赠集贤院崔、于二学士(国辅、休烈)	275
丽人行	279
乐游园歌	281
沙苑行	282
一百五日夜对月	284
官定后戏赠	285
后出塞其五	288
哀王孙	289
悲陈陶	292
塞芦子	294
遣兴	297
哀江头	298
述怀	300
月	302
奉赠严八阁老	304
彭衙行	306
徒步归行	308
玉华宫	309
羌村	311
收京其二	313

送郑十八虔贬台州司户,伤其临老陷贼之故,阙为面别,情见

于诗	316
洗兵马	318
梦李白	324
观兵	326
赠卫八处士	328
新安吏	330
石壕吏	333
佳人	334
寄李十二白二十韵	336
寄岳州贾司马六丈巴州严八使君两阁阁老五十韵	339
捣衣	343
萤火	344
送远	346
发秦州	347
万丈潭	348
两当县吴十侍御江上宅	350
发同谷县	352
飞仙阁	354
酬高使君相赠	355
卜居	357
凭韦少府班觅松树子栽	359
江村	360
宾至	362
戏题画山水图歌	363
狂夫	365
茅屋为秋风所破歌	367
奉简高三十五使君	372
春夜喜雨	373

杜鹃行	375
戏作花卿歌	378
壮游	380
喜雨	383
寄题江外草堂	385
甘园	388
警急	389
发阆中	392
桃竹杖引	393
舍弟占归草堂检校聊示此诗	395
久客	397
奉待严大夫	398
草堂	401
忆昔二首	405
登楼	408
太子张舍人遗织成褥段	411
丹青引	413
莫相疑行	415
倦夜	417
花鸭	418
客居	420
引水	422
古柏行	424
缚鸡行	426
诸将五首	429
八哀诗（并序）	433
秋兴八首	447
咏怀古迹五首	452

见王监兵马使说近山有白黑二鹰,罗者久取,竟未能得,王以为毛骨有异他鹰,恐腊后春生,鶱飞避暖,劲翮思秋之甚,眇不可见,请余赋诗 …… 454

又呈吴郎 …… 456

偶题 …… 458

登高 …… 460

醉为马坠,诸公携酒相看 …… 462

复阴 …… 463

续得观书迎就当阳居山,正月中旬定出三峡 …… 465

喜闻盗贼蕃寇总退口号五首其五 …… 466

旅夜书怀 …… 467

归雁 …… 469

短歌行(赠王郎司直) …… 470

登舟将适汉阳 …… 472

宗武生日 …… 474

登岳阳楼 …… 476

北风 …… 478

岳麓山道林二寺行 …… 479

南征 …… 482

咏怀其二 …… 483

水宿遣兴奉呈群公 …… 486

江南逢李龟年 …… 487

白马 …… 489

聂耒阳以仆阻水,书致酒肉。诗得代怀,至县呈聂一首 …… 491

江阁对雨有怀行营裴二端公 …… 495

长沙送李十一(衔) …… 496

暮秋将归秦留别湖南幕府亲友 …… 498

风疾舟中伏枕书怀三十六韵奉呈湖南亲友 …… 500

上 编

杜集传谱考论

杜集宋本考论

一、杜诗系年的版本依据与标准——以王洙祖本为核心

（一）王洙本作为祖本在系年上的重要性

诗圣,是对杜甫作家身份的最高评价。诗史,是对杜诗文学价值的最高评价。杜诗之号"诗史",包含了两层含义：一方面指杜诗真实反映了安史之乱前后唐帝国由盛及衰的历史进程；另一方面也指杜诗完整、真实、细致地表现了杜甫个人一生的出处行实。故前人有读杜诗"编年本第一,分体本次之,分类本最下"之说。对杜诗加以系年编次,自然成为杜甫研究的核心之一。因为有宋人杜诗编年本如赵彦材《杜诗赵次公先后解》（上海古籍出版社林继中辑校本）[①]、蔡梦弼《草堂诗笺》（黎昌庶"古逸丛书"本）、旧题王十朋《杜陵诗史》（贵池刘世珩玉海堂藏宋坊刻本）[②]、刘辰翁评点《集千家注杜工部诗集》（文渊阁四库全书本）[③]、宋黄希、黄鹤父子详为考证每诗系年之《补注杜诗》（文渊阁四库全书本）,以及清人编年本如清代杜诗编年之始、影响较大之朱鹤龄《杜工部诗集辑注》（河北大学出版社韩成武等点校康熙叶永茹万卷楼刻本）,集大成之仇兆鳌《杜诗详注》（中华书局标点本）,简明最便初学之杨伦《杜诗镜铨》（上海古籍出版社标点本）诸本的存在,读杜诗者往往径取成说。本文以为,欲探究杜诗系年,首先应以遵从校勘学重祖本源流之义例为前提,以杜集最初之王洙本为

[①] 据林继中《杜诗赵次公先后解辑校·前言》（上海古籍出版社2012年）考证,赵次公注用蔡兴宗编次。

[②] 《草堂诗笺》、《杜陵诗史》皆用鲁訔编次。

[③] 此本流传较广,在元、明两代影响较大,而诗篇之编次与鲁訔系统颇多差异。

源头。在无版本依据的情况下，再以合乎情理的逻辑推论为准则。

另外有三点需要说明：第一，今存王洙本经过王琪等人的重新编订，实应称"王洙、王琪本"。然王琪对王洙原本的修订力度究竟有多大，今日已不可得而知。为行文省净，下文统一以"王洙本"径称之。第二，此处据以考察之杜诗篇目，以洪业《杜甫》一书选诗为范围（共374首），因其选篇涵盖杜甫一生，且所选多从史学家角度，特别注重与杜甫出处行实相关之篇章，恰与本文拣选之思路相契合故也。第三，论述所选取的编年本，皆为杜诗编年之开创者，宋人与杜诗编年之集大成者，清人的代表性杜集（见上列举）。今人在杜诗系年上最具创见的代表性研究，主要指洪业先生《杜甫：中国最伟大的诗人》（此书亦涵盖了闻一多先生《少陵先生年谱会笺》的成果）。另因陈贻焮先生《杜甫评传》基本遵从仇兆鳌《杜诗详注》，故不特为涉及。

北宋仁宗嘉祐四年（1059），苏州郡守王琪取王洙所编《杜工部集》二十卷，协同裴煜重新编订、补充遗阙，镂板刊行之本，为今存一切杜集之祖本。王洙本《杜工部集》今存者为毛氏汲古阁藏两种相俪之宋本，藏于上海图书馆，商务印书馆曾列入《续古逸丛书》第四十七种影印出版。关于王洙本编纂之情形，宋人王钦臣录其父王洙话语而作之《王氏谈录》"修书"条载："按公所修之书……杜甫诗，古六十卷，今亡。世传二十卷，止数百篇，参合别本，以岁时为类，得编二十卷。"①所谓"以岁时为类"，当分别观之："为类"即分体，"岁时"即分体后编年，换言之即分体编年。王洙本虽经过王琪等人的重新编订，其"分体编年"之模式不变。王琪《杜工部集后记》称："凡古诗三百九十有九，近体千有六，起太平时，终湖南所作，视居行之次，若岁时为先后。"先分古体、近体（分体），然后"视居行之次，若岁时为先后"（编年）。今存王洙本既为一切杜集之祖本，其编次亦为现存最早之系年，其中或许包含了王洙、王琪所能看到的更早杜集之编年线索，②即更靠近杜甫时代的编年。我们在校勘上，既然以王洙本为祖本而重视其源头性，那么在编年问题上，也应重视王洙本的源头性，在没有

---

① 王钦臣《王氏谈录》，《全宋笔记》1编10册，大象出版社2008年，第173页。
② 宋人极推王洙博洽，见吴曾《能改斋漫录》卷六"鹤料符"条，《全宋笔记》5编3册，大象出版社2012年，第164—165页。

其他可靠证据与推理之前，应该尽量遵从此本的系年编次，不妄加改动。

王洙本作为祖本，其若干旧次，宋人、清人有代表性之杜集编次仍从之，如《飞仙阁》、《禹庙》、《宿凿石浦》、《早发》、《过津口》等。但是，诸家皆沿袭王洙本旧次的情况已经不多了，更多情况是脱离王洙本旧次，另为编次。如果有确实的依据，这种编次当然是合理的进步；但如果依据不充分，或者并无依据而妄加编次，则不但从校勘的原则来说毫无必要，甚至有可能出现错误。

如《宗武生日》"小子何时见"一诗，《杜诗赵次公先后解辑校》、《杜陵诗史》、刘辰翁评点《集千家注杜工部诗集》、黄氏《补注杜诗》皆系于"宝应元年（762）梓州作"。黄鹤补注解释说："梁权道从旧次，编在大历元年（766）。然诗云'小子何时见，高秋此日生'，则是时宗武不在侍旁。案，公《熟食日示宗文宗武诗》云：'松柏邛山路，风花白帝城。'则公在夔时，宗武未尝不随侍，而诗乃云'小子何时见'，殆非在夔作甚明。意是宝应元年（762）秋在梓州作，是时家在成都也。明年秋晚，公虽往阆，而家在梓，然去家未几，相距不远，亦不应形'何时见'之句，当是宝应元年（762）作。"清初杜诗编年集大成之本朱鹤龄《杜工部诗集辑注》即采黄鹤说，此后读者面广、影响大的杨伦《杜诗镜铨》就沿用朱鹤龄编次。总之，宋代至清代的注家（赵次公、鲁訔编年系《杜陵诗史》本、刘辰翁评点本、黄鹤、朱鹤龄、杨伦）普遍将此诗系于宝应元年（762）梓州作，大历年间夔州说（王洙本旧次、梁权道、仇兆鳌）支持者寥寥。对此，仇兆鳌《杜诗详注》回应说："梁氏编在夔州诗内，得之。黄鹤因首句'何时见'，遂疑宝应元年（762）。公在梓州，宗武在成都，其实首句不如是解也。至德二载（757），公陷贼中，有诗云'骥子好男儿，前年学语时'，此时宗武约计五岁矣。其后，自乾元二年（759）至蜀，及永泰元年（765）去蜀，中历八年，宗武约十四岁左右矣。此诗都邑、乃指成都，其云'自从都邑语，已伴老夫名'，则知作此诗，又在成都之后矣。"洪业《杜甫》第十二章《孤舟增郁郁》同意仇氏说，又略作调整，系于大历三年（768）江陵时期："《宗武生日》可能作于晚秋时节，当时杜甫一家仍在卫钧处做客。我对这个孩子生日日期的猜测没有错的话，他现在的年龄正好十二岁。此诗引起三个问题：（1）宗武是杜甫此前诗歌所说的骥子吗？此诗题下注称：'宗武小名骥子。'这不是杜甫的自注。《王状元集百家注编年杜陵诗史》卷十六认为是王得臣所为，《分门集注杜工部诗》卷九认为是伪王洙所为。我倾向于认为宗武是诗篇《得家书》所说的熊儿，参见我对该诗的注释。(2) 这一天父亲和儿子是否在一起？赵子櫟把第一行读作'我什么时候可以见到小儿子'。因此他将此诗置于762年秋天，杜甫那时和成都的家人分开，正在梓州。我赞成仇兆鳌卷十七对此的反驳：第一行应该理解为'儿子是哪一天出生的'。这一提问由第二行诗句回答。最后两行诗句则很清楚地表明父亲出现在小小的生日聚会上。(3) 第三行诗句说，'自从都邑语'。都邑指哪里？仇兆鳌认为是指成都，将此诗置于767年秋天夔州时期。但在成都时，杜甫一家住在江村，而不在城中。而且，767年秋天，杜甫身体状况不错，不像此诗第九、十行所描述那样。看起来768年杜甫一家在江陵居停的那几个月的情况与此诗比较吻合。江陵在760年被定为南都。"

　　总的来看，仇兆鳌释说释首联最为合理，洪业的考证又能吻合杜甫的其他行迹，[①]故今人普遍接受大历年间系年。其实，此诗王洙本旧次在大历年间夔州诗内，置于《九日诸人集于林》与《又示宗武》之间。诸家众说纷纭，最终回到王洙本旧次系年。可惜仇兆鳌和洪业都没能明确意识到这一点，否则正可引为奥援。

　　又如《喜雨》"南国旱无雨"，王洙本旧次在《渡江》与《送韦郎司直归成都》之间。宋人系年有广德二年(764/鲁訔、梁权道)、永泰元年(765/黄鹤)与大历三年(768/赵次公)三说，清人皆从永泰元年说。洪业《杜甫》第九章《此生那老蜀》则系于宝应元年(762)："自从杜甫的朋友严武担任了驻节成都的剑南西川节度使之后……他当然会时常给能干的节度使提出建议。在他的散文作品中有一篇《说旱》就是写给严武的。从前一年的十一月以来有好几个月没有雨雪，持续的干旱被认为将会毁掉春天的作物。我们的诗人建议节度使迅速判决管辖区中所有的案件，希望这个地区所有的监狱能够清理一空。……我们不知道严武有没有听从这个建议，但显然雨最终降落，

[①] 关于宗武的更多情况及其与杜甫行迹之契合，参见曾祥波《杜甫二子考》，载《杜甫研究学刊》2013年第1期。

谷物应该存活下来了。《喜雨》通常都被系于永泰元年(765)春天。而我们从系于此年的其他诗篇中看不出成都有干旱的迹象。因为我将此诗系于宝应元年(762)。"洪业独异众说,而恰与王洙本旧次相符,且与杜甫作于宝应元年(762)之同题诗《喜雨》"春旱天地昏"亦合。另外,《杜诗赵次公先后解辑校》解释"南国旱无雨"云:"南国,指荆楚也。"由王洙本旧次及洪业系年可知,南国当指成都(成都时号"南京")。退一步讲,即使"南国"指荆楚,诗亦当作于蜀中,因为杜甫作于宝应元年(762)之同题诗《喜雨》云:"春旱天地昏,日色赤如血。农事都已休,兵戎况骚屑。巴人困军须,恸哭厚土热……安得鞭雷公,滂沱洗吴越。"末句指宝应元年八月台州袁晁之乱,可见老杜正以为吴越无雨,影响亦及于巴蜀也,遑论荆楚。

可见,王洙本旧次或者有更古之本的编次遗迹,符合杜诗写作时地原貌,或者有王洙、王琪编次的其他细致考虑,后世注家或未能体察入微。因此在没有新证据的情况下,应尽量不予改动王洙本旧次。如果不明王洙本旧次用意,随意改动,往往会丢失王洙本旧次对杜诗的某些关键理解。试举一例,《阁夜》"岁暮阴阳催短景"一首,王洙本旧次在《奉送卿二翁统节度镇军还江陵》与《白帝城最高楼》之间。《杜陵诗史》系于"大历元年(766)春后迁夔州所作",编次从之。其余诸家系年皆同,编次皆异。王洙本旧次将《阁夜》与《白帝城最高楼》相系联的原因是,西阁即为"白帝城之最高楼"也。洪业《杜甫》第十一章《夔子之国杜陵翁》谈西阁问题最为透辟:"城池的西南侧位于从江上突然崛起的一块大岩石上。岩石上还有一座木制的建筑物,能居高临下鸟瞰大江和江岸的大部分区域。这可能就是西阁……从《西阁雨望》一诗可以推断,西阁上层有一个带朱红油漆栏杆的走廊,也许环绕这个建筑一周。可能就是在这个走廊上,我们的诗人饱览万象,倾听群籁,然后将它们写到这些诗篇之中,如《秋兴八首》、《八哀诗》。"西阁对杜甫夔州时期创作的意义如此之大,正在于它是从物理因素上("最高楼")引领诗人的心灵超拔于尘世喧嚣之上的清明灵台,王洙本旧次恰恰揭橥了这一关键之点。

杜诗编年,后世诸家往往有不同说法,各有理由,难辨高下。如果没有其他可靠证据,那么,在系年编次问题上不妨参照文献校勘之原则,遵循王洙祖本旧次,就可以达到解决问题的目的。

如《凭韦少府班觅松树子栽》，王洙本旧次在《凭何十一少府邕觅桤木栽》与《又于韦处乞大邑瓷盌》之间，吴若本同。《杜陵诗史》系于"上元二年(761)庚子在成都所作"①，黄氏《补注杜诗》、刘辰翁评点《集千家注杜工部诗集》、朱鹤龄《杜工部诗集辑注》、仇兆鳌《杜诗详注》、杨伦《杜诗镜铨》皆从之。黄鹤补注曰："当是与《觅桤木》同时作，乃上元元年(760)。"诸家系年中，蔡梦弼《草堂诗笺》虽与《杜陵诗史》同属鲁訔编年系统，而独将此诗系于"永泰元年(765)云安作"；清代杜诗编年之始的朱鹤龄《杜工部诗集辑注》又将此组诗置于《茅屋为秋风所破歌》之后，视为修补草堂之用，而非创建草堂之始。蔡、朱二家之编次理由皆向壁独造且又未明言依据。故可按照王洙本旧次，系于创建草堂之始所作。在这里，王洙本旧次成为通行编年的源头性依据。

又如《宾至》、《有客》两篇，仇兆鳌《杜诗详注》指出："旧以此章为《宾至》，下章为《有客》，诗题互错。按此诗云'有客过茅宇'，当依草堂本，彼此改正。"按，王洙本旧次二诗并未联缀(吴若本亦然)，诗题互错之说未可信。详按诸本，首改诗题者为蔡梦弼《草堂诗笺》，而与之同用鲁訔系年的《杜陵诗史》却未改诗题，犹可见此改动全出于蔡梦弼一己之见。长期流传的二题互乙之说可以休矣。

特别要指出的是，洪业《杜甫》是近现代以来杜甫研究中在系年编次问题上创获最多的著述，其论往往迥异众说而持之有据，颇令人信服；然而，洪业为数不多的几次特别声明须审慎存疑之处，则往往是其系年编次有异于王洙本旧次者，尤其有趣的是，洪业本人并未意识到这种巧合。这恰能说明王洙本旧次颇能经受住现代学术研究资料综合及逻辑分析的考验，确有不可替代的合理之处。试举二例如下：

《乐游园歌》，其中有"圣朝已知贱士丑"一句，明人张綖《杜工部诗通》据此以为当是天宝十载(751)献赋之年所作："天宝十载，公献赋，诏试集贤院，为宰相所忌，得参列选序，详诗中'圣朝已知贱士丑'，似当在此岁作。"仇兆鳌、浦起龙皆从张綖说。而王洙本旧次《乐

---

① 按，老杜初至成都诗系年"上元元年庚子(760)在成都所作"，贵池刘氏玉海堂影宋本《杜陵诗史》将"元年"皆误作"二年"，此处亦然。"上元二年"应作"上元元年"。

游园歌》在《丽人行》与《渼陂行》之间。按,《丽人行》写杨玉环,末句"慎莫近前丞相嗔"乃指杨国忠,其时已是天宝十二载(753)矣。这样看来,《乐游园歌》应编在《丽人行》前,王洙本旧次似误。然而,"圣朝已知贱士丑"亦可解为"虽圣朝已知,而我至今犹为贱士",则可系于献赋后迟迟未得官时期,可推延至天宝十四载(755)得官右卫率府兵曹参军之前。细玩"却忆年年人醉时,只今未醉已先悲。数茎白发那抛得?百罚深杯亦不辞。圣朝已知贱士丑,一物自荷皇天慈。此身饮罢无归处,独立苍茫自咏诗"辞意,不似试笔中书堂刚结束不久之后得以"参列选序"的期待心理,而更符合无限延宕而终不可得的哀怨,这层意味王洙本旧次通过诗篇间前后编排揭示的系年透露出来了。故与其用明人张綎"天宝十载(751)"之新编次,不如仍存王洙本旧次,系于天宝十三载(754)。《草堂诗笺》、《杜陵诗史》编次即大致同王洙本。洪业《杜甫》虽将此诗系于天宝四年至八年(745—749)之间,但仍承认"我们不太能确定《乐游园歌》是否作于此时"。

又《久客》"羁旅知交态",王洙本旧次在《南征》与《春远》之间。此诗系年有广德二年梓州、阆中(764/黄鹤、朱鹤龄)与大历三年江陵(768/赵次公、鲁訔、刘辰翁、仇兆鳌、杨伦)二说。仇兆鳌《杜诗详注》辨之曰:"黄编在广德二年(764)阆州诗内,蔡氏编在大历三年(768)江陵诗内。是年正月,公出峡。三月,至江陵。秋晚,迁公安。冬,之岳阳。诗言'小吏相轻',盖其时落落寡合也。又引王粲、贾生,皆楚中事,应在出峡以后。"按,王粲、贾生为楚中事,此证较弱;小吏相轻,江陵时王司直、卫大郎甚殷勤也,更不切合。王洙本旧次此诗在《南征》与《春远》之间,《春远》云"数有关中乱,何曾剑外清",是为蜀中所作,则此诗亦当视为蜀中诗。根据校勘原则,在没有新的证据前,仍应遵从王洙本旧次,以黄鹤广德二年(764)说较近原貌。洪业《杜甫》第十二章《孤舟增郁郁》虽系于江陵诗内,然亦不敢以为必是:"《久客》可能不是作于此时此地"。

(二) 季节与地理因素在系年上的重要性

王洙编订分体编年本《杜工部集》二十卷既成一切杜集之祖本,后人欲修纂编年本杜集,面临的最大问题即为:如何将同一年内的不同体裁诗篇按先后次序组织起来。以常理推断,同年之诗篇,除去有确凿月日线索外,判断其先后次序的最明显依据,往往是春夏秋冬四季差异在诗歌中的表现。在某种程度上,季节因素在编次中亦为杜诗注家所应用,然注家皆未有自觉之意识,此因素更未成为明确之标准。

如《丽人行》,洪业《杜甫》第五章《故山归兴尽》虽用王洙本旧次,认为:"《丽人行》帮助我们瞥见杨氏在某个节日的盛况,这可能是在753年4月10日。诗中提到'红巾'大概是暗示这种非法的朋比勾结。"但仍未曾注意到天宝十二载(753)冬杨玉环方会于杨国忠府邸,而此诗写作时间是春天,故当从黄鹤补注系于十三载(754)。黄氏《补注杜诗》黄鹤补注曰:"天宝十二载(753),杨国忠与虢国夫人邻居第,往来无期,或并辔入朝,不施障幕,道路为之掩目。冬,夫人从车驾幸华清宫,会于国忠第。于是作《丽人行》。梁权道编在十四载(755),末句云'丞相'者,谓杨国忠。按《史》与《通鉴》:十一载(752),李林甫死。而国忠以十一月庚申为左相。当是十三载(754)作。"朱鹤龄《杜工部诗集辑注》用黄鹤系年而不甚明了,至以此诗为冬日从幸华清宫作,与"三月三日天气新"失之眉睫。仇兆鳌《杜诗详注》既用黄鹤系年,又未曾细查,以为"此当是十二年(753)春作,盖国忠于十一年(752)十一月为右丞相也",其误与洪业同。

又如《舍弟占归草堂检校聊示此诗》,《草堂诗笺》系于"广德二年(764)春末再至成都所作"。《杜陵诗史》同此。黄氏《补注杜诗》系于"广德元年(763)作",黄鹤补注曰:"诗云'频为草堂回',当是广德元年(763)避乱在梓、阆时作。梁权道以为永泰元年(765)乱定后还成都时作,然诗云'东林竹影薄,腊月更须栽',若如梁权道编,则其年冬公已在云安,无容更令腊月栽竹矣。"诸家系年有广德元年(763/黄鹤)、广德二年(764/鲁訔)、永泰元年(765/梁权道)诸说,黄鹤说兼及季节因素,最为合理。

再如《北风》,王洙本旧次在《铜官渚守风》与《发潭州》之间。此诗系年有大历四年(769/王洙本旧次、赵次公、黄鹤及清人)与大历三年(768/鲁訔)两说。按,杜甫大历三年(768)秋离开公安,前往岳阳。此诗既作于春日,则当是大历四年(769)作,合王洙本旧次。

《登岳阳楼》,王洙本旧次在《缆船苦风戏题四韵奉简郑十三判官》与《陪裴使君登岳阳楼》之间。此诗系年则有大历三年(768/黄鹤、清人朱、仇、杨)与大历四年(769/赵次公、鲁訔)两说。王洙本旧次此诗在《陪裴使君登岳阳楼》前,标明其为初登。若为初登,而再登又在春初("云岸丛梅发,春泥百草生"),则初登必为前此一年,故黄鹤大历三年(768)说为胜。

《巴山》,王洙本未收,吴若本在"附录"《早花》与《收京》之间,宋人编次大体从之,黄氏《补注杜诗》系于"广德元年(763)十一月在阆州作"。从刘辰翁评点《集千家注杜工部诗集》开始,此首调整到《早花》之前(置于《遣忧》与《早花》之间)。此改动有理,盖因《早花》为冬末春初之际,而《巴山》为冬日作也,故朱鹤龄、仇兆鳌、杨伦皆从之。

我们还可以以《王状元集百家注编年杜陵诗史》卷二十杜甫在成都入严武幕府至出蜀前的一系列诗篇为例,依书中编次录之如下(按,《杜陵诗史》号称"鲁訔编次",而林继中辑校《杜诗赵次公先后解》称鲁訔编次实乃承袭蔡兴宗编次而来,蔡兴宗编次则与杜诗最早之吕大防编《年谱》相关),并加以说明:

《立秋日雨院中有作》,"暮齿借前筹","已费清晨谒",皆说明此为入幕之始,而诗题"立秋日"则点明时序。

《奉和严郑公军城早秋》,"早秋"二字为编次之据。

《院中晚晴怀西郭茅舍》,"幕府秋风日夜清,淡云疏雨过高城",由早秋之高爽,转为疏雨,是其编次之据。

《到村》,"碧涧虽多雨,秋沙先少泥","老去参戎幕",疏雨已转为多雨,是此诗编次之据。

《宿府》,"清秋幕府井梧寒","中天月色好谁看",天气已寒,月色近秋中而好,是其编次之据。

《遣闷奉呈严公二十韵》,"竹皮寒旧翠,椒实雨新红",加上入幕既久而"闷",是其编次之据。

《西山三首》,"雨雪闭松州","天寒使者裘",松州更近藏区高原,入秋后寒已深矣,是其编次之据。

……《晚秋陪严郑公摩诃池泛舟》,晚秋是编次之据。

《初冬》,"垂老戎衣窄",入幕与初冬,是其编次之据。

……《至后》,"冬至至后日初长",时令是其编次之据。

……《舍弟占归草堂检校聊示此诗》,"腊月更须栽",时令是其编次之据。

《观李固请司马弟山水图》,"匡床竹火炉","寒天留远客",寒而生火炉,是其编次之据。

《赠别贺兰铦》,"国步初返正",是其编次之据(详见赵次公注)。(按,据《杜陵诗史》编次还原的甲、乙、丙前三帙的《杜诗赵次公先后解辑校》丙帙最末一卷在《赠别贺兰铦》后编入《送王侍御往东川放生池》,诗云"梅花交近野","草色向平池",物候是其编次之据)

《正月三日归溪上有作简院内诸公》,墓职与时日,是其编次之据。

《敝庐遣兴奉寄严公》,"春沙映竹村","花暖蜜蜂喧","府中瞻暇日",墓职与物候是其编次之据。

《春日江村五首》,"迢递来三蜀,蹉跎又六年",加上"春日"之时,是其编次之据。

《绝句四首》,"因惊四月雨声寒",是其编次之据。

《营屋》,"能令朱夏寒","爱惜已六载",时日与季节,是其编次之据。

《王十五司马弟出郭相访兼遗营茅堂赀》,题目与上篇合,是其编次之据。(按,《杜诗赵次公先后解辑校》其后尚有《绝句三首》,"春船正好还",季节与行为(出蜀),是其编次之据。又有《去蜀》,"五载客蜀郡,一年居梓州。如何关塞阻,转作潇湘游",是其编次之据)

从以上诸篇的编次来看,季节因素在其中的排比考量起到了最大的作用,这是十分明显的。再如,在现存最早杜诗编年本宋人赵彦材《杜诗赵次公先后解》中,赵次公的系年也多次以季节因素为编次的重要,甚至是唯一的依据。如《西阁二首》"巫山小摇落",赵次公注:"小摇落,则七月也。"按,此首《杜诗赵次公先后解》编次为"西阁系列"之首,正落实在"小摇落"三字所表明的季令上。《洞房》等,赵次公注:"通八篇,乃一时之作也。……以今篇云玉殿秋风起,则公在夔感秋风之起而追念往昔所作,乃七月也。"《白露》,次公注:"此篇旧本与前者《洞房》而下诸诗相续。白露降者,七月也。则次公以《洞房》为七月诗审矣。"《种莴苣》,赵次公注:"然必以此篇为七月下半月之首,何也?以今诗序云:'秋种堂下向二旬矣',而不甲坼。谓之向二旬,则可以为下半月之首。"以上皆以季节为编次因素。

此外,杜诗系年编次问题上地理因素也值得重视,如《遣兴三首》"南望马邑州",伪王洙注(邓忠臣注):"《前汉·地理志》:马邑,属雁门郡。晋《太康地记》云:秦时建此城,辄崩不成。有马周旋驰走反覆,父老异之,因依以筑城,遂名为马邑。汉王恢伏兵马邑旁谷中,是也。"《杜诗赵次公先后解辑校》赵次公注:"旧注指为雁门马邑,非是。盖公诗在秦州所作,登山南望,岂却望北地雁门之马邑乎?马邑,秦州地名,今于本处有石碑标榜焉。其士人及曾游秦州者自能言之,此所谓不行一万里,不晓杜甫诗也。"

再如山东大学《杜甫全集》校注组撰有《访古学诗万里行》,特别强调地理考察对杜诗系年的重要性。根据地理因素,可以纠正自王洙本旧次以来诸家皆沿袭未改的编次讹误。试举一例,《石壕吏》一诗王洙本旧次在《新安吏》与《潼关吏》之后。吴若本同。朱鹤龄、仇兆鳌、杨伦皆从之。《草堂诗笺》系于"乾元元年(758)冬末以事之东都,至乾元二年(759)七月立秋后欲弃官以来所作",置于《潼关吏》与《新安吏》之间。《杜陵诗史》同此。黄氏《补注杜诗》系于"乾元二年(759)九节度之师溃,子仪断河阳桥,以余众保东京时作"。刘辰翁评点《集千家注杜工部诗集》置于《新安吏》与《新婚别》之间。要之,诸家系年皆同,编次小异,清人皆从王洙本旧次,今人如陈贻焮先生《杜甫评传》即用此说。按,三《吏》组诗既是由洛返陕之作,则顺序应为《新安吏》—《石壕吏》—《潼关吏》,宋人郑刚中《西征道里记》载其由洛入陕之历程即云:"十一日,榆林铺、磁涧,宿新安县。……十三日,东西土壕、乾壕,宿石壕镇。杜甫作《石壕》、《新安吏》二诗,即其地。……十九日,关东店、潼关、关西店、西岳庙,行府官谒于祠下。"①王洙本旧次及此后诸家皆误,应以实地行程正之。诸家编次中,仅有蔡兴宗《重编杜工部年谱》(《分门集注杜工部诗》卷首附)所言"二年己亥春三月,回自东都,有《新安吏》、《石壕吏》、《潼关吏》"为得之。

可以说,季节与地理,实际上是时间与空间在杜诗文本中遗留下

---

① 郑刚中《西征道里记》,《全宋笔记》3编7册,大象出版社2008年,第102页。

来的两种,直接有助于系年编次而又未曾得到前人充分利用的因素,故值得重视。

二、吴若本与《钱注杜诗》之关系——兼论《钱注杜诗》成书渊源

(一)吴若本与《钱注杜诗》在杜集谱系中的地位与相关质疑

杜集的公认祖本为王洙本(宝元二年,1039),今存王洙本经过王琪(嘉祐四年,1059)、裴煜(治平年间,1064—1067)等人的重新修订、增补、刊行,实应称"治平间裴煜补遗嘉祐四年王琪刊定宝元二年王洙编订本"。① 我们今天通过1957年商务印书馆出版《续古逸丛书》第四十七种影印上海图书馆藏毛氏汲古阁所藏《宋本杜工部集》,可以较为方便看到王洙本。然而由于王洙本在清初流传未广,所以真正成为清代杜集重要源头的是所谓南宋初年杜集刻本吴若本。吴若本之引起注意及成为清代杜集重要源头,是从钱谦益以之为底本撰写《钱牧斋先生笺注杜工部集》开始的。② 《钱注杜诗》作为最早的清代杜集之一,一方面其注释在杜诗学中的地位高,影响大;另一方面,在当时王洙本难觅踪迹的情况下,此书号称采用最早南宋杜集刻本"吴若本",一向被认为版本价值很高,影响亦极大。③

然而,与王洙本的流传有序不同,吴若本流传无迹绪可考,而现世与失踪又皆颇为突兀(除钱谦益撰《钱注杜诗》之外,无人得见吴若本真相,此后又称焚于绛云楼,不再存世),这就使得史学家、杜诗研究大家洪业疑其为钱谦益伪托之赝本。洪业编纂《杜诗引得》弃《钱注杜诗》不用,而选择郭知达集注《九家注杜诗》三十六卷本为底本,④

---

① 为行文省净,此处统一以"王洙本"径称之。
② 此书之初刻为康熙六年(1667)季振宜静思堂初刻本,1958年中华书局上海编辑所(今上海古籍出版社)据此本断句排印,以《钱注杜诗》之名行世。为行文便利,以下皆以《钱注杜诗》称之。
③ 试举一例,清人郑沄据《钱注杜诗》去其笺注而为白文本《杜工部集》二十卷,初刻为乾隆五十年(1785)玉勾草堂本,是清代杜集白文本中公认的精品。后中华书局《四部备要》本即用玉勾草堂本排印,1957年中华书局亦用四部备要本重印单行本。
④ 嘉庆年间翻刻乾隆武英殿翻南宋宝庆乙酉(1225)广南漕司重刊淳熙八年(1181)本。

并在《杜诗引得序》一文中提出十条质疑。直至1957年,上海商务印书馆影印《宋本杜工部集》,张元济作跋考其书为王洙本十五卷与吴若本五卷之衲配本。张元济认为《宋本杜工部集》衲配本中的五卷即为吴若本遗存于世者,他说明此一判断的原因是:"复考配本(第二本),间有'樊作某'、'晋作某'、'荆作某'、'宋景文作某'、'陈作某'、'刊作某'、'一作某'等,与钱牧斋谦益《笺注》所载吴若《后记》云'凡称樊者,樊晃小集也。称晋者,开运二年官书也。称荆者,王介甫《四选》也。称宋者,宋景文也。称陈者,称刊及一作者,黄鲁直、晁以道诸本也',若合符节,是必吴若刊本可无疑义。"换言之,吴若本即今《宋本杜工部集》中的卷十、十一、十二(刻本)与卷十三、十四(抄本)部分。洪业读到张元济跋文后,遂于1962年作《我怎样写杜甫》一文大体承认吴若本的存在。① 然而近来又有不少学者对于张元济的说法提出不同意见,认为《宋本杜工部集》中的卷十至卷十四部分并非吴若本。孙微、王新芳《吴若本〈杜工部集〉研究》对各家说法进行了较为全面的梳理总结,并从校勘文字、刻工等因素出发,认为这五卷是一种"和吴若本版本渊源较近的翻刻本"。② 总的来说,对此问题目前尚无新的证据可说明任何一家观点为完全正确。关于所谓"吴若本"以及《钱注杜诗》与此本之关系的讨论似乎已经陷入僵局。

(二)探讨《钱注杜诗》与吴若本关系的新思路

本文以为,诸家讨论所谓《宋本杜工部集》"吴若本"五卷是否"吴若本"原本以及《钱注杜诗》是否代表了"吴若本"原貌等问题,皆着眼于诗篇异文校勘与所谓"杜甫自注"两方面。然而,这里存在着一个对其研究基础的"釜底抽薪"式的疑问:《宋本杜工部集》衲配本"五卷"是今存唯一孤本,它究竟是"吴若本",还是"与吴若本版本渊源较近的翻刻本",这一争论尚无结论,已经使得从文字校勘上讨论《钱注杜诗》与"吴若本"关系失去了可能性。如果不能确定一个可信的吴若本"底本",谈何对勘比校?

然而换个角度,"吴若本"的诗篇编次问题(换言之,即诗篇系年

---

① 洪业撰、曾祥波译《杜甫:中国最伟大的诗人》附录三,上海古籍出版社2011年,第361页。

② 孙微、王新芳《吴若本〈杜工部集〉研究》,载《图书情报知识》2010年第3期。

问题)却是一个在杜诗研究中相当重要①,而极少在"《钱注杜诗》与吴若本关系"的研究中被纳入的视角,②值得引起重视。对这一编次问题的讨论,可以抛开争论不休而又难以解决的文字校勘层面,使得对吴若本的讨论有新的切入途径与发展可能。具体来说,如果仅就异文校勘来说,要考察吴若本之独特性,当然只能就《宋本杜工部集》中的吴若本五卷(卷十一—十四)来加以比较。但如欲探讨诗篇编次问题,吴若本之编次应与王洙本一致,《宋本杜工部集》可以代表吴若本的全部编次,原因在于,《宋本杜工部集》既然能用以卷帙为单位的王洙本与吴若本随机衲配,这一事实正说明两者篇目编次应一致,否则必将出现数量较大的诗篇重出或阙失之情况。而我们核查《宋本杜工部集》,衲配后严丝合缝,完全没有重出或阙失的情况。这恰好说明王洙本与吴若本之别仅在于异文校勘,而非篇目编次。另外,我们还可以以宋注杜集的其他分体本,如郭知达《九家集注杜诗》、黄希、黄鹤《黄氏补千家注纪年杜工部诗史》来看,其编次与今衲配本《宋本杜工部集》全同。可以想见,郭、黄二书要么全用王洙本,要么全用吴若本,郭书与黄书不可能亦以卷十、十一、十二、十三、十四为吴若本,其他卷次为王洙本的方式拼合而成。《宋本杜工部集》的这一衲配方式乃是后世就当时所存留的版本现状,随机搭配而形成的。因此,无论二书用王洙本还是吴若本为底本,这种编次上的一致性正好说明王洙本与吴若本之编次并无不同。其实,前人论及王洙本与吴若本之差异,皆限于讨论校勘异文的范围,亦未提及编次差异,已经透露出了这一消息。

第一个注意到钱谦益对吴若本诗篇编次有所调整的现代学者是洪业。他在《杜诗引得序》中提出对《钱注杜诗》的十条质疑,其第四条专论及此事:"《小笺》上、中、下三卷,除最末一首外,完全从鲁訔所

---

① 杜诗之号"诗史",一方面指杜诗真实反映了安史之乱前后唐帝国由盛及衰的历史进程,另一方面也指杜诗完整、细致地表现了杜甫个人一生的出处行实。故前人有读杜诗"编年本第一,分体本次之,分类本最下"之说,诗篇系年问题自然成为杜诗研究的核心内容之一。参见曾祥波《论杜诗系年的版本依据与标准》,载《北京大学学报(哲社版)》2014年第1期。

② 洪业与长谷部刚两位学者注意到了编次问题,然而洪业的出发点有误,而长谷部刚的资料采集范围有限,导致结论有误,详参后文。

编定之次序,即伪王状元本、《草堂诗笺》本所大略同用者也。《二笺》下卷,除首末二题外,似亦从此次序,而两番倒用之,殆两次倒检原书,以采录笺文也。《二笺》上卷中之诗篇次序,最为复杂,细审之,似亦鲁訔之次第,惟当分为段落者数,殆因数次检录笺文耳。夫吴若之本成于绍兴癸丑(1133),鲁訔编次《杜诗》,序于绍兴癸酉(1153),在其后二十年;吴本何能从鲁本之次序乎?且何其与钱氏笺注之吴本,次序如是其不同乎?此业不能无疑于吴本内容之次序者,四也。"①洪业怀疑的依据在于,号称出自吴若本的钱谦益《杜诗小笺》、《二笺》的篇目编次与鲁訔编次相同,而鲁訔编次远在吴若本问世之后,故洪业认为这是钱氏以鲁訔编次为材料伪造吴若本所漏出之破绽。由于《宋本杜工部集》的出版,证明吴若本确实存在,所以研究者对洪业质疑的回应是,这只不过说明了鲁訔编次沿袭了吴若本编次:"蔡梦弼《杜工部草堂诗笺》的编次,从鲁訔之编次,蔡梦弼、鲁訔二人均晚于吴若,其当然有参校吴若本之可能。既然吴若本不能从鲁訔之编次,那么后人鲁訔很可能是从了吴若本之编次。……因此洪业这条怀疑,存在时间逻辑上的倒置。既然蔡梦弼本晚于吴若本,本应怀疑后出的蔡本抄袭吴本,起码两者均存疑问。然洪氏因心存成见,偏执地怀疑吴若本抄袭蔡本,因而得出吴若本乃后人据蔡梦弼本伪造的结论。因此这一质疑,实难成立。"②由于吴若本之编次应该与王洙本一致,吴若本并无一种独特的诗篇编次,所谓"鲁訔、蔡梦弼之编次乃参照吴若本之编次而成"的观点就不成立了。合乎逻辑的结论只能是,钱谦益对吴若本编次的改动,乃参照了后出的鲁訔(蔡梦弼《草堂诗笺》本)编次而成。也就是说,洪业对钱谦益的怀疑是成立的。但他的怀疑,不应该是吴若本之伪,而应指向钱谦益对吴若本有妄加改动之迹。所以洪业在1959年读到1957年出版之《宋本杜工部集》后,虽承认吴若本确实存在,但也在《我怎样写杜甫》一文中指出:"昔所疑,而今竟得证实者,也有。因影印本中实无这些,可见其实为钱氏所妄加、妄改。……总之昔年疑此老不老实,今知其真不老实。"③实为平

---

① 《杜甫:中国最伟大的诗人》附录三,第324页。
② 《吴若本〈杜工部集〉研究》,载《图书情报知识》2010年第3期。
③ 《杜甫:中国最伟大的诗人》附录三,第361页。

情之论。但此时离洪业撰成《杜甫》一书已逾七载,其学术兴趣已经从杜甫转向刘知幾《史通》,故而洪业的怀疑仅仅点到为止,并未明确转向"钱谦益对吴若本编次有妄加改动之迹"这一思路,没能在这一思路下继续加以详考,殊为可惜!

另一位明确指出钱谦益改动吴若本编次的是日本学者长谷部刚,他指出:"杜诗的排列问题,钱谦益认为:'今据吴若本,识其大略,某卷为天宝未乱作,某卷为居秦州,居成都,居夔州作。其紊乱失次者,略为诠订。'如前所述,吴若本和王洙、王淇本有相同之处,杜诗古体、近体分类以及按年代排列的体裁正是被《钱注杜诗》所沿袭了的,特别是《钱注杜诗》和作为范本的吴若本极为相近,在《宋本杜工部集》第二本中,所收录的杜诗,其创作时间在卷头都已标明,它是和前面钱谦益所说的内容一致。由此可以看到,钱谦益基本忠实地沿袭了吴若本的杜诗排列和编年,如按'其紊乱失次者,略为诠订'所说,只是在某种程度上加了一些订正而已。现再举杜甫的《次行昭陵》为例,钱谦益并没有把此诗看作是安史之乱以后的作品,而是把它放在了《钱注杜诗》卷十中,但在《宋本杜工部集》卷十(相当于第二本)中,却又找不到此诗,也就是说钱谦益在给杜诗进行排列、编年时,并没有完全依照吴若本。"①尽管长谷部刚发现钱谦益《钱注杜诗》的编次"并没有完全依照吴若本"。但他又补充说"钱谦益基本忠实地沿袭了吴若本的杜诗排列和编年……只是在某种程度上加了一些订正而已",这一观点,当然是来自他仅仅将《钱注杜诗》与《宋本杜工部集》中被认为属于"吴若本系统"的五卷(卷十一—十四)加以对比所致,这当然是不全面的。

其实《钱注杜诗·注杜诗略例》已经自我说明其对吴若本编次有所调整改动:"今据吴若本,识其大略,某卷为天宝未乱作,某卷为居秦州,居成都,居夔州作。其紊乱失次者,略为诠订。"②季振宜《钱注杜诗序》所谓"予读其书,部居州次,都非人间所读本",③皆透露出这一消息。然二语皆未引起相应的重视,洪业在论及《钱注杜诗》编次

---

① [日]长谷部刚撰、李寅生译《简论宋本〈杜工部集〉中的几个问题:附关于〈钱注杜诗〉和吴若本》,载《杜甫研究学刊》1999年第4期。
② 《钱注杜诗·注杜诗略例》,上海古籍出版社2009年,第1页。
③ 《钱注杜诗·序》,第1页。

时,就不曾提及钱谦益的自我说明;而长谷部刚则未曾注意到季振宜的阅读体会。总之,因为确定了所谓"吴若本"与王洙本编次一致,那么如欲讨论《钱注杜诗》对吴若本编次的改动,就完全可以不限于《宋本杜工部集》"吴若本系统"五卷(卷十一—十四)的范围,而可以将《宋本杜工部集》全部编次与《钱注杜诗》加以比对。笔者将《钱注杜诗》与吴若本编次(即《宋本杜工部集》编次)全部比对一过,发现二书在诗篇编次上差异极大。就全部一千四百余首杜诗的数量来看,《钱注杜诗》与吴若本编次不同的诗篇有四百余首,占全部诗篇的四分之一有余(限于篇幅,不一一列出,读者将《宋本杜工部集》与《钱注杜诗》一对即知)。当然也要指出,一首诗编次的变动,还会引起相邻诗篇的相互编次关系的改变,所以数据层面上"四百余首"、"四分之一"的不同,宜缩小视之,不必过于僵化地理解,换言之,要将重点放在"主动"挪移的诗篇上,而不是那些因换了"近邻"后编次"被动"发生变化的诗篇。这样,对吴若本与《钱注杜诗》关系的讨论就出现了新的局面。

(三)《钱注杜诗》编次与宋人鲁訔编次

《钱注杜诗》对吴若本编次的大规模调整,是出于钱谦益一空依傍还是有所参考呢?按照前人某些说法透露出来的消息,《钱注杜诗》对吴若本编次之调整有可能是遵从《草堂诗笺》之鲁訔编次系统而来。例如洪业已经指出钱谦益《钱注杜诗》之前的《杜诗小笺》、《二笺》编次出于鲁訔编次系统(见上文)。

据笔者对洪业《杜甫:中国最伟大的诗人》一书所选三百余首杜诗加以笺注整理的结果(需要特别说明,本文据以考察的洪业《杜甫》所选全部三百余首杜诗,其篇目涵盖杜甫一生,且所选多从史学角度,特别注重与杜甫出处行实相关之篇章,不但恰与本文注重编次系年的拣选思路相契合,而且属于散点覆盖式的采样,可视为全部杜诗的一个缩影),发现在这三百余首杜诗中,如果吴若本编次与《钱注杜诗》编次不同者,清人的重要注本如朱鹤龄《杜工部诗集辑注》、仇兆鳌《杜诗详注》、杨伦《杜诗镜铨》,尤其是朱鹤龄本,往往从《钱注杜诗》编次,倾向性极为明显,如《奉留赠集贤院崔国辅、于休烈二学士》、《自京赴奉先县咏怀五百字》、《哀王孙》、《悲陈陶》、《悲青坂》、《彭衙行》、《收京》、《湖城东遇孟云卿》、《得舍弟消息》、《春夜喜雨》、《壮游》、《巴山》、《伤春》、《登楼》、《太子张舍人遗织成褥段》、《丹青引》、《莫相疑行》、《花鸭》、《引水》、《八阵图》、《咏怀古迹五首》、《见王监兵马使说近山有白黑二鹰》、《秋行官张望督促东渚耗稻向毕》、《喜闻盗贼蕃寇总退口号五首》等等（具体例证，下文多有涉及，这里限于篇幅就不再一一举例说明①）。尤其是朱鹤龄《杜工部集辑注》，其书公认以鲁訔编次为本（其序明言编次从《草堂诗笺》，即鲁訔编次②），换言之，朱鹤龄本明言遵从《草堂诗笺》编次，而暗地里符合《钱注杜诗》编次，岂不恰好说明了《钱注杜诗》之编次正是承袭了《草堂诗笺》之鲁訔编次，而并非吴若本原编次。

另外，还可以从钱谦益所处时代可能见到的杜集编次来推断，明清之际流行的杜集编次不外以蔡梦弼《草堂诗笺》为载体的鲁訔编次（鲁訔编次的另一载体，伪托王十朋《杜陵诗史》流传不广），虽为分体本编次形式但有系年之实的黄希、黄鹤《补注杜诗》，以及融合了鲁訔编次与黄鹤系年的高崇兰编次所谓"刘辰翁评点"《集千家注杜工部诗集》，③这三种是钱谦益及与他同时的朱鹤龄都看得到并在相关文字中提到过的。此外，承载蔡兴宗编次的赵次公《杜诗先后解》，钱谦益、朱鹤龄可能没有看到，但这不影响我们的统计，因为虽然传统上认为杜诗宋人编次流传下来的有两种系年编次系统：一为蔡兴宗编次，一为鲁訔编次。但林继中先生已经考证，赵彦材《杜诗赵次公先后解》所用的蔡兴宗编次，实际上即为鲁訔编次之前身，且鲁訔编次对蔡兴宗编次基本无大改动。④ 故所谓蔡兴宗、鲁訔两家编次，在实际上可视为"蔡兴宗—鲁訔编次"一种。在上述情况之外，我们基本

---

① 详见笔者正在着手的《杜诗考笺》（未刊稿）。

② 朱鹤龄《吴江朱氏杜诗辑注序》："得蔡梦弼草堂本点校之，会萃群书，参伍众说，名为辑注。"计东《朱氏杜诗辑注序》："编年则蔡梦弼本，吾邑朱氏长孺所辑注者是也。"朱鹤龄《杜工部诗集辑注》，河北大学出版社2009年，第2、3页。

③ 按，此书对杜诗的系年编次与今存宋人编年本共同采纳的唯一编次系统"蔡兴宗—鲁訔编次"颇多差异，笔者另撰有《论宋人以降杜集编次谱系——以高崇兰编次刘辰翁评点本〈集千家注杜工部诗集〉的承袭为中心》（未刊稿）讨论，指出高崇兰编次第一次将鲁訔编次与黄鹤系年结合起来，且首次表现在文本编次形态上，可称为杜集宋人编次的殿军，并成为元明杜集编次的重要源头。

④ 故林继中辑校《杜诗赵次公先后解》，在前三卷散佚的情况下，即直接以《杜陵诗史》保存的鲁訔编次为框架进行排列，而能与流传至今的后三卷《先后解》蔡兴宗编次吻合无间。林继中《杜诗赵次公先后解辑校·前言》，上海古籍出版社2012年，第1—28页。

可以说，根据杜诗文献学的传统目录记载，加上今天所知的实际存佚情况，明清之际基本上应该不会存在着其他"全新"的杜集编次本；另外也可以说，根据钱谦益自己的相关记载，他也没有看到超过上述诸本的其他杜集编次本。①

　　以上是从全书散点抽取具有系年代表性的三百余首诗篇进行的全局性覆核，我们发现《钱注杜诗》对吴若本的编次调整往往与鲁訔编次一致。另外，我们还可以随机截取一段完整的、连续性的诗篇编次来进行覆核，这一方法能具体而微地再现《钱注杜诗》对吴若本的编次调整是如何着手实施的。由于现今最为流行的黎庶昌古逸丛书本《草堂诗笺》目次有残阙凌乱之遗憾，本文以与《草堂诗笺》同用鲁訔编次，而篇目更为整备的《杜陵诗史》来检核《钱注杜诗》编次。② 由于《钱注杜诗》是分体编年本，而《杜陵诗史》是编年本，这里就存在一个古体、近体的不同编年系统。试想，钱谦益如果以鲁訔编次来调整吴若本编次，逻辑上最方便的做法是：以鲁訔编次为基础，按照顺序将鲁訔编次的古体、近体一一检出分别排列，最后将得到两大部分，一部分是古体编年，一部分是近体编年，将古体编年与近体编年按前后两大部分合并为一书，然后将这一编次与吴若本编次比对，将他所认为需修订的地方加以变更，而具体文字及校勘内容仍从吴若本原貌不变，这样一来就得到了经过调整后的今存《钱注杜诗》的编次及文本内容。按照这一假设，笔者对《杜陵诗史》鲁訔编次加以同样处理，来比对《钱注杜诗》当中与吴若本编次差异较大的部分。以下截取《钱注杜诗》古体、近体最早分别出现与吴若本编次有较大不同的卷二与卷九、卷十中的一段为例。③

　　我们先看吴若本原编次，列表如下（数字为书中编次序号）：

---

① 不难想见，如果钱氏真具有某种"全新"杜集编次本，按照他鼓吹吴若本为惊人秘笈的习惯，一定会有所透露。

② 按，关于通行的古逸丛书本《草堂诗笺》与《杜陵诗史》的鲁訔系统诗篇编次问题，参见《蔡梦弼〈草堂诗笺〉整理刍议：兼论现存最早两种宋人杜诗编年集注本之优劣》，载《中国典籍与文化》，2014年第4期。

③ 除了这部分是《钱注杜诗》中"最早"出现与吴若本编次不同的地方之外，我们的选取是完全随机的，没有其他任何影响因素。其实，笔者也曾随机选取过若干呈现出差异的其他"编次段落"进行过大致比对，结论是一致的，只是限于篇幅繁琐，未形诸文字而已。

卷二(古体)	卷九、卷十(近体)
1.《送率府程录事还乡》	1.《春望》
2.《晦日寻崔戢李封》	2.《忆幼子》
3.《雨过苏端》	3.《一百五日夜对月》
4.《喜晴》	4.《大云寺赞公房》
5.《哀江头》	**5.《喜闻官军已临贼寇》**
6.《苏端薛复筵简薛华醉歌》	6.《喜达行在所》三首
7.《病后遇王倚饮赠歌》、《奉先刘少府新画山水障歌》、《湖城东遇孟云卿》、《阌乡姜少府设鲙》、《戏赠阌乡秦少公短歌》、《李鄠县丈人胡马行》等6首	7.《得家书》、《奉赠严八阁老》、《留别贾、严二阁老两院补阙》、《晚行口号》、《独酌成诗》、《收京》等6首
8.《送长孙九侍御赴武威判官》	8.《月》
9.《送樊二十三侍御赴汉中判官》	9.《哭长孙侍御》
10.《送从弟亚赴安西判官》	10.《奉送郭中丞兼太仆卿充陇右节度使》
11.《送韦十六评事充同谷郡防御判官》	11.《送杨六判官使西蕃》

我们再来看《钱注杜诗》的编次,列表如下(数字为书中编次序号):

卷二(古体)	卷九、卷十(近体)
1.《苏端薛复筵简薛华醉歌》	1.《春望》
2.《晦日寻崔戢李封》	2.《忆幼子》
3.《雨过苏端》	3.《一百五日夜对月》
4.《喜晴》	4.《喜达行在所》三首
5.《送率府程录事还乡》	5.《得家书》
6.《述怀》	6.《赠严八阁老》
7.《送长孙九侍御赴武威判官》	***7.《奉送郭中丞兼太仆卿充陇右节度使》***
8.《送樊二十三侍御赴汉中判官》	***8.《送杨六判官使西蕃》***
9.《送从弟亚赴安西判官》	9.《月》
10.《送韦十六评事充同谷郡防御判官》	10.《留别贾、严二阁老两院补阙》、《晚行口号》、《独酌成诗》……《收京三首》

《钱注杜诗》的明显调整是(用粗斜体字标出):(1)古体部分,《苏端薛复筵简薛华醉歌》、《晦日寻崔戢李封》、《雨过苏端》、《喜晴》、

《送率府程录事还乡》被系于至德二载(757)所作(除编次外,还可参见《钱注杜诗》附录之"年谱"部分)。而吴若本原编次将这些诗置于《哀江头》前,即视为杜甫陷贼长安时期所作。

(2)近体部分,吴若本原编次将《喜闻官军已临贼寇》置于长安困贼时期,《钱注杜诗》将其挪走,置于卷十《重经昭陵》与《收京三首》之间,也就是肃宗恢复长安前夕。

(3)近体部分,吴若本原编次将《奉送郭中丞兼太仆卿充陇右节度使》、《送杨六判官使西蕃》置于《收京》之后,也就是肃宗恢复长安之后时期,而《钱注杜诗》将其置于《收京》之前,也就是肃宗驻跸灵武时期。应该说,这些调整都是合理的。① 那么,这些调整是否来自鲁訔编次的启发呢?

我们将《杜陵诗史》该部分诗篇(卷五、卷六)的鲁訔编次按古体、近体分列如下(数字序号为鲁訔原编次序号):

古　　体	近　　体
1.《苏端薛复筵简薛华醉歌》	2.《春望》
3.《送率府程录事还乡》	4.《忆幼子》
	5.《一百五日夜对月》
6.《雨过苏端》	
7.《哀江头》	8.《大云寺赞公房四首》
9.《喜晴》	10.《得舍弟消息》
11.《晦日寻崔戢李封》	12.《喜达行在所》
13.《述怀》	
14.《彭衙行》	
15.《送长孙九侍御赴武威判官》	
16.《送从弟亚赴安西判官》	
17.《送韦十六评事充同谷郡防御判官》	18.《奉送郭中丞兼太仆卿充陇右节度使》
	19.《送杨六判官使西蕃》
	20.《月》
	21.《哭长孙侍御》

---

① 当然,还有一些篇章如《奉赠严八阁老》、《留别贾、严二阁老两院补阙》、《晚行口号》、《独酌成诗》等诗在吴若本原编次及《钱注杜诗》中都被置于《收京三首》之前,亦即肃宗灵武时期,这已经被后来注家否定。这与此处讨论话题无关,故不详及。

对照列表可知,《钱注杜诗》的调整(1)与鲁訔编次无关(鲁訔仍延续吴若本原编次,将这批诗系于卷五"至德二载(757)丁酉在贼中所作",即安史之乱爆发后所作);调整(2),《喜闻官军已临贼寇》在鲁訔编次中被系于"至德二载(757)八月还鄜州及扈从还京所作",置于《羌村三首》与《收京四首》之间,《钱注杜诗》的调整与之相合;调整(3),鲁訔编次亦将《奉送郭中丞兼太仆卿充陇右节度使》、《送杨六判官使西蕃》置于《收京四首》之前,系于"至德二载(757)自贼中达行在所授拾遗以后所作",《钱注杜诗》与之相合。结合上文对《钱注杜诗》与鲁訔编次的关系讨论可知,《钱注杜诗》此处的三项调整,有两项(2)、(3)应是受到鲁訔编次的启发,但尚有一项(1)并非出自鲁訔编次。

(四)《钱注杜诗》与其他宋人杜诗编次系统之关系:黄鹤系年

上面已经指出,鲁訔编次之外,宋人杜诗系年还有重要一家,即黄希、黄鹤《补注杜诗》。此书的系年特点是极为详备,将每一首杜诗都作了系年并详细说明理由,这一特点是为其他宋人杜诗系年所不及者。故而其书虽为分体本,[①]但实际上有编年本之功用。在黄氏《补注杜诗》中,《雨过苏端》、《喜晴》被系于至德二载(757),《晦日寻崔戢李封》被系于乾元元年(758),这与《钱注杜诗》将三诗系于至德二载就基本一致了。按,至德二载之后即乾元元年,《晦日寻崔戢李封》一诗被黄鹤特别系于乾元元年的原因在于,晦日为每月最末一日,而古人特重初晦,即正月晦日,《晦日寻崔戢李封》既为正月,则自然应在至德二载的次年(乾元元年)正月。黄鹤补注曰:"晦日谓正月晦日,当是乾元元年归京师时作。"这一点颇能见出《补注杜诗》系年的精细与独到性。[②] 此外,我们还可以举出《钱注杜诗》其他卷次中吸收黄氏《补注杜诗》系年成果的例子,以杜诗的若干代表名篇为例:

困守长安时期,如《奉留赠集贤院崔国辅、于休烈二学士》,吴若本编次在《官定后戏赠》、《承沈八丈东美除膳部员外阻雨未遂驰贺》与《故武卫将军挽歌》之间。《钱注杜诗》在《承沈八丈东美除膳部员

---

① 笔者将其与《宋本杜工部集》比对一过,其编次全同王洙本旧次,亦即吴若本原编次。

② 至于《钱注杜诗》为何没有采取黄鹤对《晦日寻崔戢李封》的更精细系年,而将其笼统系于至德二载(757),见下文分析。

外阻雨未遂驰贺》与《故武卫将军挽歌》、《官定后戏赠》之间。黄氏《补注杜诗》系于"天宝十一载（752）作"，黄鹤补注曰："公以天宝九载（750）献赋……此诗当献赋后待诏集贤院，命宰相试文授官时作，崔、于乃是时考文者也。"此诗系年证据甚明，黄鹤说得之。《钱注杜诗》在《官定后戏赠》前，最为直截了当。朱鹤龄、仇兆鳌、浦起龙皆从其说。吴若本编次系年微误。《杜陵诗史》、《草堂诗笺》置于《奉赠韦左丞丈二十二韵》后，或因两诗皆有"去秦"、"还乡"之意，更是皮相之见。

蜀中时期，如《忆昔二首》"忆昔先皇巡朔方"、"忆昔开元全盛日"，《杜诗赵次公先后解辑校》："旧本失次于成都诗中。今第二篇末句云'洒血江汉身衰疾'，则夔州诗也。与《枯棕诗》'嗟尔江汉人'同。"《杜陵诗史》系于"大历二年（767）丙午在夔州西阁"，置于《枯柟》与《昼梦》之间。黄氏《补注杜诗》系于"广德二年（764）作"，黄鹤补注曰："诗云'犬戎直来坐御床，百官跣足随天王'，谓广德二年吐蕃陷京师，代宗幸陕，当是作于广德二年，故有'愿见北地傅介子'之句。而梁权道编在宝应元年梓州作，恐非。"按，此诗宋人系年有二说：一说大历二年在夔州作（蔡兴宗—鲁訔编次），以"江汉"为据。一说广德二年作（黄鹤系年）。《钱注杜诗》置此诗于《寄韩谏议》与《冬狩行》之间，是从黄鹤广德二年说。钱谦益论此诗主旨曰："《忆昔》之首章，刺代宗也。肃宗朝之祸乱，成于张后、辅国。代宗在东朝，已身履其难。少属乱离，长于军旅，即位以来，劳心焦思，祸犹未艾，亦可以少悟矣。乃复信任程元振，解郭子仪兵柄，以召匈奴之祸，此不亦童昏之尤乎。公不敢斥言，而以'忆昔'为词，其意婉而切矣。"正用黄鹤笺释。

《登高》"风急天高猿啸哀"，吴若本编次在《拨闷》与《九日》"去年登高郪县北"之间。《钱注杜诗》在《投简梓州幕府兼简韦十郎官》与《九日》"去年登高郪县北"之间。《杜诗赵次公先后解辑校》以为："旧本题名《登高》，在成都《哭严仆射归榇》相近，合迁入于此，补所谓阙一首者"。[①] 系于"大历元年（766）秋八月、九月在夔州西阁所存之诗"。《草堂诗笺》系于"大历元年在夔州所作"，编次同。《杜陵诗史》在卷三十二之"拾遗"内，题下注"新添"。黄氏《补注杜诗》系于"广德

[①] 按，此诗《九家集注杜诗》凡两见，其一为卷二十六《登高》，其一为卷三十《九日五首》其五，是将旧本之次与赵次公之改动两存之所致。

元年作",黄鹤补注曰:"宝应元年(762)、广德元年(763)九月,公皆在梓州,以后篇(按,谓《九日》'去年登高郪县北')论之,此诗当是广德元年作。"按,此诗宋人系年有大历元年(蔡兴宗—鲁訔编次)与广德元年(黄鹤系年)两说。《钱注杜诗》编次将其置于"梓州幕府"之后,正用黄鹤说。

夔州时期,如被王嗣奭《杜臆》称为"乃一部杜诗总序"的《偶题》,吴若本编次在《寒雨朝行视园树》与《雨晴》之间。《钱注杜诗》在《上卿翁请修武侯庙》与《秋兴八首》之间。《杜诗赵次公先后解辑校》系于"大历二年(767)秋九月在夔州瀼西、东屯往来所存之诗",置于《寒雨朝行视园树》与《雨晴》之间。《草堂诗笺》、《杜陵诗史》用鲁訔编年亦同此。黄氏《补注杜诗》系于"大历元年作",黄鹤补注曰:"诗云'江峡绕蛟螭',当是大历元年在夔州时作;故又曰'圣朝兼盗贼',时吐蕃之乱未息也。"刘辰翁评点《集千家注杜工部诗集》认同黄鹤说,置于《提封》与《吾宗》之间。按,此诗系年有大历元年(黄鹤)与大历二年(吴若本编次、蔡兴宗—鲁訔编次)两说。《钱注杜诗》编次用黄鹤说系于大历元年。

又如《喜闻盗贼蕃寇总退口号五首》,吴若本编次在《喜观即到伤题短篇》与《即事》"暮春三月巫峡长"之间。《钱注杜诗》在《承闻河北诸道节度入朝欢喜口号十二首》与《洞房》之间。《杜陵诗史》系于"大历二年(767)三月自赤甲迁瀼西所作"。黄氏《补注杜诗》系于"大历三年(768)作",黄鹤补注曰:"诗云'大历三年调玉烛',当是其年作。案《旧史》:'二年,吐蕃九月寇灵州,进寇邠州。十月,灵州奏破吐蕃二万,京师解严。'《通鉴》云:'十月,路嗣恭破吐蕃于灵州城下,斩首二千余级,吐蕃引去。'今诗云'今春喜气满乾坤,南北东西拱至尊',当是蕃寇二年退,而诗作于明年之春,故云'三年'。一本作'二年',而梁权道从而编诗于二年。然元年无吐蕃之乱,虽《新史》云'九月吐蕃陷原州',而《旧史》、《通鉴》具不言。案《志》,原州广德元年已陷吐蕃。诗又云'萧关陇水入官军',《唐志》:萧关县在武州。《九域志》:陇水县在陇州。而《唐志》陇州无此县。萧关与灵州相近,正是指吐蕃寇灵州而路嗣恭破之也。"在大历二年(吴若本编次、鲁訔)与大历三年(黄鹤)两说之间,《钱注杜诗》、朱鹤龄《杜工部诗集辑注》皆引黄鹤说而用之。

另外,对诗篇的成序列、有系统的编次,钱谦益的考虑恐怕也受到过黄鹤系年的启发。如杜甫初到夔州的大历元年(766)所作《咏怀古迹五首》,吴若本编次在《秋野》与《送田四弟将军》之间,而《钱注杜诗》将其置于《秋兴八首》与《诸将五首》之间,也就是说,特意将这三组七律组诗名篇放在一起。按,《咏怀古迹五首》一诗系年有大历元年(黄鹤)与大历二年(767,鲁訔)两说:《草堂诗笺》、《杜陵诗史》系于"大历二年秋在夔州所作",置于《驱竖子摘苍耳》与《九月一日过孟十二仓曹兄弟》之间。黄氏《补注杜诗》系于"大历元年作",黄鹤补注曰:"诗咏'三峡'、'五溪'与宋玉之宅、昭君之墓、先主、孔明之庙,而怀其人,当是大历元年至夔州后作。"值得注意的是,《钱注杜诗》卷十四在杜甫刚到夔州的时期连续成序列、有系统地收录了《宿江边阁》、《夜宿西阁》、《西阁口号》、《西阁雨望》、《不离西阁二首》、《西阁三度期大昌严明府同宿不到》、《西阁二首》、《阁夜》、《西阁夜》一批西阁系列诗篇,而这批诗篇在吴若本原编次中被置于卷十六瀼西时期,且为零散分布。而按洪业考证,西阁是夔州官方招待客人的住所,杜甫于大历元年在此居停了较长时间,对他夔州时期的创作有特别意义,一些重要的组诗如《秋兴八首》、《诸将五首》、《咏怀古迹五首》等即作于西阁。①《钱注杜诗》将"西阁"系列、"咏史、叹时、感怀"系列(《咏怀古迹五首》、《诸将五首》、《秋兴八首》)皆置于初到夔州的大历元年(766)。按,《秋兴八首》组诗,《草堂诗笺》、《杜陵诗史》系于"大历二年(767)秋在夔州所作",置于《秋峡》与《远游》之间。黄氏《补注杜诗》黄鹤补注曰:"诗云'巫山巫峡气萧森',又云'丛菊两开他日泪,孤舟一系故园心',当是大历元年夔州作。时舣舟以俟出峡,自永泰元年至云安及今,为菊两开也。"换言之,鲁訔编次系于大历二年,黄鹤系年系于大历元年。《钱注杜诗》亦从黄鹤的大历元年说。总之,这种全局性的系年编次考虑从多角度、多篇目呼应了黄鹤的系年理由。

(五) 出于《钱注杜诗》"原创"的编次调整

也有极少数钱谦益编次系年具有独创性的个例,代表性的如《归雁》一诗,吴若本编次在《登白马潭》与《野望》之间。《杜诗赵次公先

---

① 《杜甫:中国最伟大的诗人》第十一章《夔子之国杜陵翁》,第201页、第206—207页。

后解辑校》系于"大历四年(769)春离岳州至潭州所作",编次同吴若本。《草堂诗笺》同此。刘辰翁评点《集千家注杜工部诗集》从之。《杜陵诗史》系于"广德元年(763)癸卯春在梓之绵之阆复归梓所作",置于《江亭送眉州辛别驾升之》与《短歌行》之间。黄氏《补注杜诗》系于"大历四年作",黄鹤补注曰:"诗云'是物关兵气,何时免客愁',当是大历四年春赴湖南时作,时吐蕃未宁。"也就是说,此诗在《钱注杜诗》之前有广德元年作(《杜陵诗史》)与大历四年作(吴若本编次、蔡兴宗、鲁訔、黄鹤)二说。按,《钱注杜诗》笺云:"《唐会要》:'大历二年,岭南节度使徐浩奏:十一月二十五日,当管怀集县阳雁来,乞编入史。从之。'先是,五岭之外,翔雁不到。浩以为阳为君德,雁随阳者,臣归君之象也。史称浩贪而妄,公诗盖深讥之。"以为大历三年(768)所作。朱鹤龄《杜工部诗集辑注》从其说,系于"大历三年作",置于《宇文晁崔彧重泛郑监前湖》与《短歌行赠王郎司直》之间,云:"此诗云'闻道今春雁,南归自广州',正是三年春所作。又云'是物关兵气,何时免客愁',盖浩以为祥,公以为异耳。"仇兆鳌《杜诗详注》、杨伦《杜诗镜铨》皆从之。洪业《杜甫》第十二章《孤舟增郁郁》亦采此说:"说到《归雁》,一些注家认为杜甫在诗中预言了即将到来的战争。中国文人的传统思想总是认为自然界的不寻常现象是人类社会吉凶的预兆。杜甫也不例外。767年12月20日,驻节广州的节度使上表奏说岭南地区出现了大雁,这是一个好兆头,预示着唐帝国的普遍和平。而我们的诗人听说768年春天这些大雁离开了广州,他自然会借这个机会说,这是个不祥之兆,预示着战争。"此诗系于大历三年春,《钱注杜诗》首倡其端,而为今人所信从。当然,这类具有原创性、并得到后世注家认可的编次系年在《钱注杜诗》中并不多见。

(六)《钱注杜诗》编次异常之缘由

另外还要特别指出,《钱注杜诗》书后附有"杜甫年谱",其中选择若干杜诗系于各年之下。这些钱谦益作了确凿系年的杜诗,自然就不需要用考察其编次的方式去了解系年了。然而笔者将这些杜诗的确凿系年一一标注到《钱注杜诗》的目录之下,却发现尽管绝大多数诗篇的编次顺序与"年谱"系年一致,但古体部分的开篇"卷之一"与近体部分的开篇"卷之九"的编次竟有明显与"年谱"系年相龃龉者,列之如下:

古体"卷之一"（诗篇前数字为编次序号）：

篇 名 及 编 次	系 年
1.《奉赠韦左丞》	天宝七载(748)
3.《赠李白》 6.《陪李北海宴历下亭》 8.《同李太守登历下亭》	天宝四载(745)
12.《兵车行》	天宝十载(751)
15.《秋雨叹》 16.《叹庭前甘菊花》	天宝十三载(754)
17.《醉时歌》	天宝九载(750)

近体"卷之九"（诗篇前数字为编次序号）：

篇 名 及 编 次	系 年
1.《冬日洛城北谒玄元皇帝庙》	开元二十九年(741)
2.《赠韦左丞丈》 4.《上韦左相二十韵》	天宝七载(748)
7.《奉赠鲜于京兆二十韵》	天宝十二载(753)
12.《南曹小司寇舅于我太夫人堂下累土为山》	天宝元年(742)

这两卷中系年与编次的不一致显而易见，而这种不一致是全书其他部分所没有的。如果《钱注杜诗》是由钱谦益本人最终完成的话，很难想象他在按照鲁訔编次及黄鹤系年大幅度改动了吴若本原编次的情形下，反而对自己在书后年谱中作了确凿系年的诗篇（系年与吴若本原编次不同）不予调整。所以，笔者以为这说明了现存《钱注杜诗》并非最终完成、臻于完善的定稿成书。

据季振宜《钱注杜诗序》所说钱遵王（曾）向他描述的此书情况："家族子孙，虽冠带得得，其与之共读书者，则惟遵王一人。以是牧斋先生所读书，遵王实能读之。凡笺注中未及记录，特标之曰：具出某书某书。往往非人间所有，又独遵王有之。遵王弃日留夜，必探其窟穴，擒之而出，以补笺注之所未具。装合辐辏，眉目井然，譬彼船钉秤星，移换不得。而后牧斋先生之书成，而后杜诗之精神愈出。"①可见《钱注杜诗》在钱谦益去世时尚未成为定稿,后来又经过钱曾的修补。而分别作为古体、近体部分开篇的卷一、卷九的编次,应该是钱谦益遗留下来的未完成部分。那么为什么这一编次异常可以排除钱曾的改动嫌疑呢?原因在于,卷一、卷九这两处书后《年谱》系年与书中编次龃龉不合的部分,正是《钱注杜诗》中极少数完全依照吴若本原编次不变的部分。假如我们认定这里的编次异常乃钱曾所为,也就是说,在钱曾改动之前,钱谦益已经按照自定的书后《年谱》系年,将吴若本编次进行调整,形成了钱氏本的完整编次形态。然后,钱曾在修订刊刻过程中,对卷一、卷九这两处编次加以调整,又恢复为吴若本原编次。这就出现一个疑惑:钱曾既然决定要调整钱谦益已经完全修订完毕的编次,为什么却在将这一小部分(卷一、卷九)恢复为吴若本原编次后,却就此收手停止?毕竟从逻辑上说,根据鲁訔编次及黄鹤系年,将吴若本原编次调整为《钱注杜诗》编次,较难;而将钱谦益已经调整好的《钱注杜诗》编次,将其恢复为吴若本编次原貌,极易(只要手持吴若本,或者任何一种宋人杜集分体本,依样照搬即可)。以难易之别视之,关于钱曾改动之推测实难合乎情理。

尤其值得注意的是,卷一与卷九开头部分的这些篇章分别作为杜诗近体与古体的开始(因为分体本在分体之下也有编年意图,所以这些诗篇其实也是杜甫系年最早的诗篇),也是极少数《钱注杜诗》中较完整的、"成时段"的编次与吴若本编次完全一致、没有改动痕迹的部分。比较合理的解释是,钱谦益最初以吴若本为底本编纂《钱注杜诗》时,可能在一开始并未准备改动吴若本原编次,故卷一、卷九分别作为古体、近体之开篇,遂保持了吴若本编次原貌;在编纂过程中,钱谦益产生了调整编次的想法,并以鲁訔编次为基础,参之以黄鹤系年,逐步形成现在我们看到的编次格局。而卷一、卷九作为古体、近体分别的开篇部分,其编次调整的工作量虽不大,但因工作进度已渐次进入杜甫中晚年时期诗篇编次笺注范围,此时再回头处理开篇部分的少数诗篇编次,可能会需要重新抄写、编排甚至打乱整

---

① 《钱注杜诗·序》,第1—2页。

个书稿页码结构,也许出于对这些因素的考虑,钱谦益可能是想要留待统稿时顺便一并处理完善(毕竟这一部分工作量不大,统稿时处理起来很容易①)。然而因为此书最终并未实现统一定稿,钱谦益就去世了,卷一、卷九的异常编次于是就此保留下来。我们来看季振宜《钱注杜诗序》记载钱曾所述钱谦益临终前念及此书的情形:"(先生)得疾著床,我朝夕守之。中少间,辄转喉作声曰:'杜诗某章某句,尚有疑义。'口占析之以嘱我,我执笔登焉。成书而后,又千百条。临属纩,目张,老泪犹湿。我抚而拭之曰:'而之志有未终焉者乎?而在而手,而亡我手。我力之不足,而或有人焉,足谋之而何恨?'而然后瞑目受含。"过去通常将其视为钱谦益对《钱注杜诗》编撰"精益求精"的证据,如今视之,则无疑是对此书为"未完成稿"的牵挂和遗憾。

经过以上对《钱注杜诗》与各种宋人系年编次系统的比对以及对其书自身编次异常情况的考察可知,《钱注杜诗》成书建立在对吴若本原编次有极大的调整修订基础上,而这一修订主要参考了鲁訔编次,又吸收了黄氏《补注杜诗》系年,并且钱谦益又对个别篇章也有原创性系年编次调整。就目前呈现的面貌来看,此书仍是钱谦益之未完成稿,其编次(如古体、近体之开篇卷一、卷九部分)尚存在修订未惬者。钱谦益《草堂诗笺元本序》斥责他人道:"今师鲁訔、黄鹤之故智,钩稽年月,穿穴璅碎,尽改樊(晃)、吴(若)之旧而后已。"②其鄙夷鲁、黄编次之改吴若本旧次,凌虚高蹈,置身事外,一若于己无关者。然而经过本文的考察可知,钱谦益正是通过鲁訔编次、黄鹤系年,对吴若本原编次加以调整改动,形成《钱注杜诗》的现存编次面貌。由于《钱注杜诗》采用的是分体本而非编年本的文本形态,这种编次调整其实意义并不大,显得饾饤琐屑。可以说,《钱注杜诗》对吴若本旧次的修订,既无必要,亦未完功;尤其考虑到钱谦益还有刻意隐瞒该

---

① 上述《钱注杜诗》没有采取黄鹤对《晦日寻崔戢李封》更精细的乾元元年系年,而将其笼统系于至德二载,如果不是出于钱谦益对乾元元年系年不认同,那就可能也出于类似的统稿时再作处理的考虑,从钱谦益好立异且好声明的习惯来看,此处的默不作声使得后者可能性更大。

② 《钱注杜诗·序》,第4页。

修订的嫌疑,更是触犯了文献整理的学术大忌。通过对清人杜集源头性"善本"《钱注杜诗》编次系年之来龙去脉的发覆,我们对杜诗传承中最神秘的吴若本的情况及其在宋本杜集谱系中的位置、对争论不休的《钱注杜诗》的版本价值,将会有更深入的了解,对此书的利用也会更趋合理。

三、现存最早杜诗编年注本《杜诗赵次公先后解》平议

宋人赵彦材作于绍兴初年(1131—1162)的《杜诗赵次公先后解》为现存最早之杜诗编年注本,共分为甲、乙、丙、丁、戊、己六卷,今存后三卷,有明抄本(国家图书馆)及清康熙重抄明抄本之本(成都杜甫草堂博物馆)。在后三卷钞本的基础上,萧涤非指导林继中从《九家集注杜诗》《杜陵诗史》等宋人集注本中辑校甲、乙、丙前三卷内容,此三卷依照托名王十朋《王状元集百家注编年杜陵诗史》编次,①与丁、戊、己后三卷钞本一起,整理合纂为《杜诗赵次公先后解辑校》,成为当代杜诗研究的重要成果之一。

就现存《杜诗赵次公先后解辑校》来看,赵次公注杜的特点,其一为对诗篇系年编次的认定与调整,其二为对诗意的独到理解。

(一)对杜诗系年编次的认定与调整

在赵次公之前,杜诗注家就不乏对杜诗加以系年编次者,如王洙本虽为分体,然分体之下的编次仍有系年意图;再如元符年间(1098—1110)黄伯思(长睿)《校订杜工部集》,是最早的杜集编年本,惜已佚,惟李纲所作序尚存;又如赵次公注屡次提及的蔡伯世(兴宗)有《重编少陵先生集》,是宋人杜诗编年系统中的重要源头,林继中已经指出《杜诗赵次公先后解》今存后三卷完帙表现出的赵次公编次与

---

① 按,林继中辑校本编次将"甲、乙、丙前三帙分卷参照《百家注》《王状元集百家注编年杜陵诗史》标示之时、地,兼及篇幅长短酌定",大致可从。然亦有不尽如人意处,如天宝十五载"《对雪》'战哭多新鬼'—《月夜》'今夜鄜州月'"前后相次,《对雪》,次公注:"前岁十一月,安禄山反,首陷河北诸郡。今岁十二月又陷东京,此之谓也。"《月夜》,次公注:"天宝十五载夏五月,公以家避乱鄜州。秋八月,挺身赴朝廷,独转陷贼中。……公在贼中而怀鄜州耳。"按,据次公注则《月夜》当作于十五载秋,而《对雪》作于十五载冬,其编次应对乙。林继中辑校本前半部编次以《杜陵诗史》为准,次公之意必不如此,此处应正之。

吕大防年谱、蔡兴宗诗谱一脉相承。① 在前人编次基础上，赵次公对杜诗的系年编次主要有两种做法，一为遵从旧次，二为改动旧次，自创新说。根据笔者对《杜诗赵次公先后解辑校》的覆核，在以蔡兴宗诗谱编次为基本框架的前提下，赵次公或者引以为据，或者加以辩驳的所谓"旧次"，基本上是指王洙本旧次。

（1）遵从旧次

我们今天读杜诗，因为有宋人及清人的代表性编年杜集——如蔡梦弼《草堂诗笺》（黎昌庶古逸丛书本）、旧题王十朋《杜陵诗史》（贵池刘世珩玉海堂藏宋坊刻本）、刘辰翁评点《集千家注杜工部诗集》（文渊阁四库全书本）、朱鹤龄《杜工部诗集辑注》（河北大学出版社韩成武等点校康熙叶永茹万卷楼刻本）、集大成之仇兆鳌《杜诗详注》（中华书局标点本）、简明最便初学之杨伦《杜诗镜铨》（上海古籍出版社标点本）诸本的存在，往往径取其成说而用之。在赵次公注杜诗的时代，这样的便利还不存在，故他对分体之下含有编年意味的王洙本旧次颇多注意，时或承袭其含有系年意味的编次。

如《上卿翁修武侯庙》，次公注："旧次与《孤雁》相连，故得为八月诗。"按，《宋本杜工部集》王洙本旧次（卷十五）为《上卿翁请修武侯庙遗像阙落一首》——《孤雁》。如《玉腕骝》，次公注："旧本与《卜居》相连，姑从之。"王洙本旧次（卷十六）为《卜居》——《玉腕骝》——《见王监兵马使说近山有白黑二鹰》。如《戏作俳谐体解闷》，次公注："二诗泛言夔州之俗……皆无定时，姑从旧次十月一日诗下。"王洙本旧次（卷十六）为《大历二年九月三十日》——《十月一日》——《戏作俳谐体解闷》。按，《十月一日》云"兹辰南国重，旧俗自相欢"，《戏作俳谐体解闷》云"异俗可吁怪，斯人难并居"，旧次之意，盖两诗皆言旧俗者也。如《同豆卢峰贻主客李员外》，次公注："此篇无时节、地理可考，但旧本在《燕子来舟中》之下，姑从之。"按，王洙本旧次（卷十八）为《燕子来舟中》——《同豆卢峰》——《归雁》。在没有其他证据的情况下，王洙本旧次往往成为赵次公编次的唯一凭据。

又如《黄草一首》"莫愁剑阁终堪据，闻道松州已被围"，次公注：

----

① 蔡兴宗诗谱直接开启了鲁訔编年，而现存最早两种宋人杜诗编年集注本蔡梦弼《草堂诗笺》及托名王十朋《王状元集百家注编年杜陵诗史》遂采用鲁訔编年。

"末句言吐蕃据松州,考其时,则在广德元年(763)。公前又有《紧急》诗云松州合解围,亦在广德时诗。今诗次在今岁大历二年(767)之间,相去四年矣,深所未解。岂复松州而又围之耶? 若如此,则句之义盖云:勿谓剑阁之险可恃而欲割据,虽松州在剑阁之内,已有围之者矣。其所以戒守土之臣,勿生异意乎? 若是大历三年(768)诗,则当年汉州刺史杨子琳反,陷成都,可以讲剑阁堪据之义。更俟博闻者辩。"按,王洙本旧次(卷十五)为《滟滪》——《白帝》——《黄草》,尽管赵次公在史实上认为此篇编次于广德元年或者大历三年似乎更好理解,但在证据不够妥贴的情况下,仍遵从旧次而不改。

又如《殿中杨监见示张旭草书图》,次公注:"公所与杨监之诗,前二诗(按,谓此篇与《杨监又出画鹰十二扇》)无时节可考,但以旧本与后送别(《送殿中杨监赴蜀见相公》)乃九月诗相连,姑从之。以次公所观,前二篇稍远无害,岂有同日观书画而便送别也?"按,王洙本旧次(卷六)为《又上后园山脚》——……《赠郑十八贲》——《殿中杨监见示张旭草书图》——《杨监又出画鹰十二扇》——《送殿中杨监赴蜀见相公》,赵次公尽管从常情推断杜甫与殿中杨监的三首诗篇不须系连,但仍遵从旧次未改。

又如《大云寺赞公房四首》其四,次公注:"公诗原四篇,其二在古诗《三川观水涨》之下。盖作于至德二载(757)之春。何以知之? 古诗有春院,此诗有春雨、春井芹,则可知其为春。《三川观水涨》公自注云:天宝十五年七月中避寇时作。是年是月肃宗即位,改元至德,可以知次年之春为至德二载也。"按,王洙本旧次(卷一)为《三川观水涨》——《大云寺赞公房》二首。赵次公说得很清楚,《三川观水涨》自注为"天宝十五载避寇作",《大云寺》在旧次上既随其后,则时间上亦在天宝十五载之后,又两诗皆春天作,考虑到大云寺地处长安,不可能是与"三川"为同一春天之作,故即编为次年(至德二载,757)春之作。这也是利用王洙本旧次来确定诗篇系年的一种手段。

(2) 改动旧次

当然,在遵从王洙本旧次的同时,赵次公也根据自己对杜甫行实及诗篇意义的理解,对旧次作了相当多的改动。

如《遣愁》"养拙蓬为户,茫茫何所开",《宋本杜工部集》王洙本旧次(卷十五)为《孤雁》——《遣愁》——《寄李十五秘书》,赵次公将《遣愁》置于"大历元年(766)三月移居夔州所作",次公注:"此初到夔州,止在舟中,未有定居之作,观诗句可见矣。旧在《孤雁》诗下,却成秋诗,合迁入于此。"

如《又示宗武》,王洙本旧次(卷十六)为《宗武生日》——《又示宗武》,次公注:"此诗旧在前《宗武生日》诗下,相去今所定一百篇余。非徒诗义不合,而于题云'又示'之义不合。前篇云《元日示宗武》,今篇云《又示宗武》,则皆元日示之,所以为又也。"

如《奉送王信州崟北归》,王洙本旧次(卷十八)为《回棹》——《奉送王信州崟北归》——《江阁卧病走笔寄崔卢两侍御》,为湖南诗,赵次公置于"大历二年(767)夏在瀼西所作",次公注:"此诗旧在潭州诗中,题是《送王信州》,分明是夔州诗矣,合迁入于此。"

如《月》三首其一"断续巫山雨,天河此夜新",王洙本旧次(卷十四)为《暮春题瀼西新赁草屋五首》——……《雨》——《月三首》——《园》——……《示獠奴阿段》,赵次公置于"大历二年秋在瀼西所作",次公注:"旧本有三首,相连在《雨》诗'还嗟地出雷',乃二月诗下。既已失次,而三首又且无先后之次。次公离之为三,复定其次,谓此篇居三首之先。句云'天河此夜新',又云'蛤蟆动半轮',则定之为今岁秋七月十一夜、十二夜诗。其中篇句云'二十四回明',则定之为明年二月望夜诗。其下篇句云春来六上弦,则定之为明年正月初七夜、初八夜诗。"又,《月三首》其三"万里瞿唐峡",赵次公置于"大历三年(768)春在夔,迤逦出峡到荆南所作",次公注:"旧有三首相连,此篇居后。次公既离之为三,而以蛤蟆半轮系之去年七月十二、十三夜诗矣。又定此篇于今年,而合二十四回明之前。盖二十四回明以言望,而此云六上弦,则初七、初八诗也。"《月三首》其二"并点巫山出……二十四回明",赵次公置于"大历三年春在夔,迤逦出峡到荆南所作",次公注:"公大历元年三月过望方到夔,自四月数至十二月,则夔州见望者九。大历二年有闰六月,则夔州见望者十三。今年三月半之前出峡,则夔州止见望者二。岂不是二十四回邪?"又,《大历三年春白帝城放船出瞿塘峡久居夔府将适江陵漂泊有诗凡四十韵》,次公注:"此所谓春,当是二月望后,或三月初,盖以在夔《月》诗二十四回明,止数到二月望也。"亦根据《月三首》而编次。

如《朝》,王洙本旧次(卷十六)为《朝二首》——……29

首……——《雷》，赵次公编次为《雷》——《朝二首》，次公注："旧本在前，今次公迁之于雷诗下者，以其诗之一有句云昨夜有奔雷，可以相连矣。"

如《江涨》"江发蛮夷涨"，王洙本旧次（卷十一）为《江村》——《江涨》——《野老》，赵次公置于"大历三年（768）夏至秋在荆南所作"，编次为《又作此奉卫王》——《江涨》——《毒热寄简崔评事十六弟》，次公注："公于成都尝有《江涨》诗'江涨柴门外，儿童报急流'是也。而旧本又列此诗于《戏为六绝句》后，亦作成都诗，非是。今迁于此，盖末句云'轻帆好去便'，浣花溪上岂使帆邪？况全篇是极大之江涨，其义甚明。"

如《移居公安山馆》"南国昼多雾"，王洙本（卷十三）题作《山馆》，编次为《自阆州领妻子却赴蜀山行》三首——《山馆》——《赠王二十四侍御契四十韵》，赵次公置于"大历三年秋移居公安"，编次为《见王监兵马使说近山有白黑二鹰》——《移居公安山馆》——《送覃拾二判官》，次公注："此篇旧在阆州诗中，迁入于此，盖在往公安途中之馆也。"

如《寄李十四员外布十二韵》，王洙本旧次（卷十三）编次为《自阆州领妻子却赴蜀山行》——……4 首……——《寄李十二员外》——《归来》、《王录事许修草堂赀不到聊小诘》，赵次公置于"大历四年夏至秋在潭州所作"，编次为《湘江宴饯裴二端公赴道州》——《寄李十四员外布十二韵》——《江阁卧病走笔寄呈崔卢两侍御》，次公注："此篇旧失次于阆州诗下，归成都诗上，合迁于此。盖万州在巫峡之上游，故句云巫峡将之郡，又云黄牛平驾浪，则言其经峡中上水而之任也。末句云：直作移几巾，秋帆发弊庐。惟荆州而往方使帆，岂有在阆州诗下，归成都诗上，而言帆者乎？公自离荆南，三处有宅，曰公安，曰潭州，曰衡州。今句云秋帆发弊庐，则夏中之诗所以约之也。公安之宅，则大历三年秋始移焉，而四年春在岳州矣。衡州之宅大历五年二月方有，至夏乃往耒阳而卒矣。惟潭州以大历四年春，自岳而往，至大历五年二月方离而之衡，则潭州之宅有夏有秋也。李员外必在潭州相近寓止，公招其来，就秋凉而后发帆，故诗题谓之寄也。"

如《江阁卧病走笔寄呈崔卢两侍御》，王洙本旧次（卷十八）编次为《送王信州崟北归》——《江阁卧病走笔寄呈崔卢两侍御》——《潭州送韦员外牧韶州》,赵次公置于"大历四年夏至秋在潭州所作",编次为《寄李十四员外布十二韵》——《江阁卧病走笔寄呈崔卢两侍御》——《潭州送韦员外牧韶州》,次公注:"此篇旧本与《送王信州》诗相连。信州者,古之夔州,可以迁出为夔州诗,遂惑此诗之江阁,有似夔州西阁,乃亦以为夔州诗。殊不知后有《江阁对雨》诗,而云'南纪风涛壮',则必自是潭州之江阁矣。"

如《题衡山县文宣王庙新学堂呈陆宰》,王洙本旧次(卷八)为《湘江宴饯裴二端公赴道州》——《题衡山县文宣王庙新学堂呈陆宰》——《入衡州》——《风雨看舟前落花》——《清明》——《岳麓山道林二寺行》,赵次公置于"大历五年三月自衡州暂往潭州,四月还衡州,寻至耒阳所作",编次为《清明》——《题衡山县文宣王庙新学堂呈陆宰》——《入衡州》,次公注:"次公窃以今诗并次篇当与后篇相连,而编诗者误杂《落花新句》、《清明》、《二寺行》三篇于其间,盖臧玠之乱在夏四月,而《落花》、《清明》皆春时诗。公避乱登舟入衡州,而二寺则在潭州长沙县,岂不谓之编诗者误乎?已迁三篇于前卷矣。……可以推见公尝寓家衡州,独至长沙而罹臧玠之乱,却得脱归衡州也。"

另须指出,所谓旧次者,在赵次公而言有时所指并非王洙本,如《送李公秘书赴杜相公幕》,次公注:"师民瞻本此篇在《夔府咏怀百韵》之前。次公既以《咏怀百韵》句云赏月延秋桂,定为去岁八月之诗;今篇云橹摇背指菊花开,则九月诗。"按,王洙本旧次(卷十五)为《秋日夔府咏怀奉寄郑监李宾客一百韵》——《赠李八秘书别三十韵》——……51首……——《送李公秘书赴杜相公幕》。可知所谓师民瞻(尹)本与王洙本编次不同,而此处赵次公改动者为师民瞻本编次。

某些改动,赵次公是采纳了其他杜诗注家的意见,如《客从》"客从南溟来,遗我泉客珠",王洙本旧次(卷八,古体最末一卷)编次为《北风》——《客从》——《白马》,赵次公置于"大历四年春离岳州至潭州所作",编次为《岳麓山道林二寺行》——《客从》——《绝句六首》,次公注说明这一改动出于蔡兴宗:"蔡伯世以此诗为长沙诗,云:'长沙当南海孔道,故有此作。'旧在古诗尾卷之上,合迁入于此。"由于《杜诗赵次公先后解》与吕大防《年谱》、蔡兴宗《年谱》本来就是一脉相承的，所以赵次公采纳蔡兴宗的系年编次意见完全在情理之中。

当然，有时候赵次公将王洙本旧次及遵循旧次的蔡兴宗《诗谱》一并改之。如《古柏行》，王洙本旧次（卷四）为《题李尊师松树障子歌》——《古柏行》——《戏为双松图歌》，视为成都诗，赵次公将《古柏行》置于"大历元年（766）三月移居夔州所作"，次公注："蔡伯世作《诗谱》，亦叙之于《松障》、《松图》二诗之间，乃随旧本以为成都诗，非是……成都则先主庙而武侯祠附焉。夔州则先主庙、武侯庙各别。今咏柏，专是孔明庙而已，岂不是言夔州柏乎？"

还需指出，因林继中辑本的甲、乙、丙前三卷用《杜陵诗史》鲁訔编次，可以想见，赵次公改动旧次之例必非仅尽于此。

（3）改动旧次的依据："以史证诗"与"以杜证杜"交相为用

在王洙本旧次与蔡兴宗诗谱之外，赵次公编次杜诗能别有新见，实因其善于使用"以史证诗"的外证法与"以杜证杜"的内证法。杜诗具有"诗史"的性质，既涉及唐王朝安史之乱前后的重要史实，又密切反映着杜甫一生的出处行实。所以解释杜诗，自然要把文学文本置于唐王朝兴衰的"大历史"以及杜甫出处行实的"个人史"中加以印证，换言之，前者即为"以史证诗"，后者是为"以杜证杜"。"以史证诗"之法，次公注之前的伪王洙注（邓忠臣注）、师尹注已多有采用，然皆不如次公注之精密。在宋人注中，恐怕惟有后出的黄希、黄鹤注，可与次公注相媲美。"以杜证杜"之法，以笔者之闻见，宋人注中几无能逾次公者。

"以史证诗"的外证法，如《八哀诗》"伤时盗贼未息，兴起王公、李公"，次公注："八诗旧本在夔州诗中，几乎成丙午大历元年（766）诗，而蔡伯世指为大制作，特取冠夔州之古诗。今次公定作诗先后，不问制作之大小也。必定为今岁乙巳永泰元年九月诗，何也？按《编年通载》，是岁八月仆固怀恩及吐蕃、回纥、党项羌、浑奴刺众三十万寇边，掠泾、邠，蹂凤翔，入醴泉、奉天，京师大震。公此诗当九月间以所闻而作也。……王公思礼、李公光弼，皆良将，善于战伐，公伤盗贼之未息，欲作二公之死以为用，故主二公以为八哀之首。兴起者，作之谓矣。至叹旧怀贤之语，则通言下之六公也。"又，《近闻》"今闻犬戎远遁逃"亦以此一理由系年。

如《怀锦水居止二首》"军旅西征僻，风尘战伐多"，次公注："按

《编年通载》于今岁永泰元年八月载：仆固怀恩及吐蕃、回纥、党项羌、浑奴剌众三十万寇边,掠泾、邠,蹂凤翔,入醴泉、奉天,京师大震。天子自将苑中,急召郭子仪,屯泾阳。至九月而后,有周智光战澄城之胜；十月,子仪有灵台之胜。则公此诗作于初闻寇难,而周、郭未胜之前,其八月末、九月初乎？何不系之明年？明年三月过望,公方移居夔州,而二月吐蕃遣使来朝,则是时为无事矣,不可言西征也。"

又如《送殿中杨监赴蜀见相公》,次公注："相公者,杜鸿渐也。句云送子清秋暮,则诗作于九月也。何以知其为大历元年之九月,盖鸿渐以是年二月壬午授命剑南西川节度使以平蜀。至明年夏四月,请入朝奏事,许之。既去,不复来蜀。则九月乃元年之九月甚明。"

赵次公还能以杜诗所载之史事,结合其他史籍,纠正两唐书之误,可谓"以诗证史"。这一点犹能见出次公对史实整体性的把握,较之"以史证诗"又进一层。如《八哀诗》之"严公武",次公注："新、旧史载武之历职,互有同异。……坐琯事,贬巴州刺史。旧史却云绵州。……新、旧史所载互有异同如此。次公窃观巴州有严武所赋《光福寺楠木歌》,其碑刻见存,题下云：卫尉少卿兼御史严武。夫武在巴州既有碑刻之证,则新史为是；旧史言绵州者非。……史云上皇合剑南为一道,擢武成都尹、剑南节度使,非也。武宝应元年(762)初来成都,既而四月遂归朝,则在成都才四个月而已。又按《通鉴》于当年六月壬戌载：以兵马使徐知道反,以兵守要害拒,武不得进。此武第二次来成都,虽不得进,而其官是兵部侍郎,其任只是西川节度使,尤可推见前日止是敕命一时指挥,合两川都节度也。中间公有《寄严大夫》诗,而题九日,所寄则在六月,以兵部侍郎为西川节度使,不得进之后,却为御史大夫矣。又按《通鉴》于广德二年春癸卯,载剑南东、西川为一道,以黄门侍郎严武为节度使。旧史于此称武破吐蕃,加检校吏部尚书,封郑国公。此第三次来成都,方专是合两川为一道也。次年,永泰元年(765)四月,遂薨。公诗有'主恩前后三持节',今哀之诗云'三掌华阳兵',岂不是宝应元年春初为两川都节制,次以兵部侍郎来,虽不得进,而专节度西川；广德二年(764),代宗方以东、西川为一道,而武以黄门侍郎来,斯为'三持节'与'三掌华阳兵'乎？严之谪巴州,非绵州,以碑刻证之。严公之节度东、西川,或兼或专,以《通鉴》及公诗证之。见新旧史之不足凭,使次公费辞如此。"

"以杜证杜"的内证法,即以杜甫其他诗篇所揭橥之行实,验证本篇所在之年月。如《发同谷县》"一岁四行役",次公注:"盖尝考是年岁在己亥,春三月,公回自东都,有《新安吏》、《潼关吏》、《新婚别》、《垂老别》、《无家别》诗。又按唐史,是月八日壬申,九节度之师溃于相州,公夏在华州,有《夏日叹》、《夏夜叹》。时秋七月,公弃官往居秦州,有《寄贾至严武》诗略曰:'旧好肠堪断,新愁眼欲穿。'此一秋赋诗至多。冬则以十月赴同谷县,有《纪行十二首》、《七歌》、《万丈潭》诗。今十二月一日又自陇右赴剑南。此为一岁之中自东都西趋华,自华而居秦,而赴同谷,自同谷而赴剑南,为四度行役也。"

如《赠别贺兰铦》"国步初返正",次公注:"国步返正,是广德元年(763)十二月车驾自陕州还长安,而吐番继陷松、维州。次年七月,仆固怀恩以吐番、回纥、党项兵数十万入寇,朝廷大恐。十月,寇邠州,先驱至奉天。时郭子仪屯奉天,坚壁不战。十一月,吐蕃乃遁。又云,是岁严武破吐蕃于当狗城,克盐州城。广德二年(764),公以严武再尹成都,三月自阆州还成都。今诗所云'国步初返正',言车驾之还长安未多时也。……下文又云'我下岷山芋,君思千里莼',则此诗岂不是公再还成都乎?"

如《赠郑十八贲》,次公注:"何以知公之八月末到云安? 其在忠州《禹庙》云'荒庭垂橘柚',乃八月之物。此诗云'追随饭葵堇',亦七八月之物。"

如《又雪》"南雪不到地",次公注:"公以今岁永泰元年(765)五月离成都,至此十二月在云安县,初见其地之雪矣。古诗《前苦寒行》云:'去年白帝雪在山,今年白帝雪在地。'此大历元年(766)冬诗也。其云去年,则指今岁永泰元年矣。其云雪在山,则与今所谓南雪不到地相符矣。然题谓之又雪,则必先有一篇言雪者而不存也。"

如《题桃树》,次公注:"此诗作于三月半之间,观腹联使汝燕字知之矣。然何以定指为三月半也? 盖过望则公迁夔州而舟居,无小径升堂之事也。过望迁夔州之说,具于己帙卷一,大历三年月诗所谓二十四回明月句中所解。"

如《月》"四更山吐月,残夜水明楼",次公注:"四更所见之月,而有开镜之句,则乃月满之状,必十五夜也。……次公定此诗为今岁大历元年诗者,以楼字知之也。公在夔见秋者三年:今岁大历元年在西阁,明年之秋在瀼西与东屯。瀼西、东屯之居,茅屋而已,无楼也。今岁在西阁则相近有白帝城楼矣。楼上有帘,则为官帘者矣。"

如《夔府书怀四十韵》"地蒸余破扇,冬暖更纤绨",次公注:"次公定此诗为今岁大历二年所作,正以此两句而得之。公以永泰元年五月离成都,至冬则在云安县。以今年三月过望,自云安至夔,至冬在焉。公所亲经是冬,见夔之风土多暄如此,故今言之,乃实道其事也。与次年立春后《雨》诗云:轻箑烦相向,纤絺恐自疑。亦以实道当日虽雨而热也。"

如《秋日夔府咏怀奉寄郑监李宾客一百韵》,次公注:"此今岁大历二年秋八月诗也。何以言之?公前一年之秋,乃永泰元年,在云安县,有《别常征君》诗云:儿扶犹杖策,卧病一秋强。其次篇《十二月一日三首》,其一云:今朝腊月春意动,云安县前江可怜。则前篇所谓卧病一秋强者,在云安县也。其一云:新亭举目风尘切,茂陵著书消渴长。则所谓卧病者,消渴也。其一云:即看燕子入山扉,岂有黄莺历翠微。则在云安有居山之屋,故言燕入山扉也。至大历元年春,方来夔州,故有《移居夔州郭》诗云'伏枕云安县,迁居白帝城。春知催柳别,江与放船清'也。今此诗乃今岁三月移居瀼西,至秋八月所作,以句云消渴已三年,则知其为今岁大历二年。又句云局促看秋燕,萧疏听晚蝉。秋燕言局促,则将去而所住之景短,蝉言萧疏,则将尽而所鸣之侣稀,则知其为秋八月也。"

如《舍弟观赴蓝田取妻子到江陵喜寄三首》"比年病酒开涓滴",次公注:"师民瞻本作'七年病酒开涓滴'。此大历二年岁在丁未诗也。逆数七年,乃自上元二年岁在辛丑为首。而公中间《遭田父饮》诗:月出遮我留,仍嗔问升斗。岂不痛饮邪?当以比年为正。"

如《秋日荆南述怀三十韵》"九钻巴噢火,三蛰楚祠雷",次公注:"公乾元二年(759)岁在己亥十二月一日,自陇右赴剑南。十二月末到成都。自庚子至今岁大历三年(768)之清明,岁在戊申,是为九年。公前有《月》诗云二十四回明,次公定为二月望夜诗,而续有《大历三年白帝放船出瞿塘峡》诗,则犹在夔州。可见是年清明矣。……公以大历三年春方离夔州,发白帝,下峡泊江陵,秋晚寓公安县,岁暮发公安至岳州,则二年之秋八月,元年之秋八月,通三年之秋八月,在夔,在江陵。是为雷之三蛰矣。"又,《风疾舟中伏枕书怀》"十暑岷山葛,三霜楚户砧",次公注:"此两句句法正与《荆南述怀》云'九钻巴噀火,三蛰楚祠雷'同,各于一句中言年辰,言处所,所言时候又并相契无差。以清明而言,故巴噀火曰九钻,则自庚子数至戊申,在西、东蜀,在夔,九年见清明也。以暑服而言,故岷山有曰十暑,其与上在西、东蜀,在夔者九年同,而大历二年有闰六月,又可以当一暑矣,盖言九暑可也,着十字以著见其闰焉。《月》诗云二十四回明,兼闰六月望,方数其数,亦以著见其闰也。"

(二)对杜诗诗义的独到理解

赵次公对杜诗诗义的独到理解,体现在以下几个方面:第一是对异文、旧说的辨别择定;第二是善于采用"以杜解杜"的内证法;第三是注意以诗人之心解杜,由"学术性"的注家之注上升为欣赏性的"同行评议",从而达到某种艺术创造层面的同情之了解。

(1)辨正异文旧说

在赵次公之前,杜诗已经有不少异文以及众多注家,如王洙(原叔)《集记》、邓忠臣(伪王洙注)、师尹、杜田、薛苍舒、王得臣(彦辅)、蔡兴宗(伯世),以及旧说如《王立之诗话》、《东溪先生集》中《注杜诗十六篇》,赵次公注对这些异文以及注家的旧注旧说之误皆有纠正。

对旧本异文的断定,有时出于赵次公对于诗意或作者创作手法的独到理解。如《夜听许十一诵诗爱而有作》"紫鸾自超诣,翠驳谁翦剔",《九家集注杜诗》引杜田《补遗》:"《西京杂记》:汉文帝自代还,有良马九,皆天下之骏。一名浮云,二名赤灵,三名绝群,四名逸骠,五名紫鷲騮,六名经螭骢,七名师子,八名麟驹,九名绝尘,号为九逸。"次公注:"紫鸾者,是鸾凤之鸾。杜田以为紫鷲,误矣。盖公此篇虽云古诗,自首两句而下,每每用对,而句眼平侧相连,若作紫鷲,非止义错,而失句眼矣。何则?鸾凤之名,虽曰色多丹者曰凤,故每言丹凤;色多青者曰鸾,故每言青鸾。如凤五色而多紫者,曰鸑鷟。但前人未尝言紫鸑鷟。而杜公于《北征》诗曰:'天吴及紫凤,颠倒在短褐。'则在凤言紫矣。今曰'紫鸾自超诣',固亦如紫凤之称。杜田《正误》于卷首云见欧阳家善本作鷲,遂引汉文帝九马之一曰紫鷲騮;而蔡伯世《正异》亦作紫鷲。如此则平侧不相连,又两句皆言马,不亦拙乎?紫鸾用对翠驳,以两物比之。紫鸾自超诣,言其才之远到如鸾鸟之超腾诣至。《楚辞》云：'鸾凤翔于苍云。'则其超诣可知。公《夔府咏怀》诗有云：'紫鸾无近远。'亦超诣之意。"

如《洗兵马》"捷书夕报清昼同"，《宋本杜工部集》作"捷书日报清昼同"，次公注："夕者，日之晚也。……昼者，日之中也。……夕晚之报与日昼同，言其好消息之真也。旧本误作日报清昼同，所以起学者之疑。"

如《投简成华两县诸子》，黄氏《补注杜诗》黄鹤补注曰："梁权道编在上元二年（761）成都作。是以成华为成都、华阳两县。此二县《唐·志》故云'次赤'，然诗云'长安苦寒谁独愁'，又言南山之豆、东门之瓜，皆长安京兆事，当是天宝间在长安作。……拟是与咸阳、华源二县，咸误作成也。"次公注："京畿倚郭谓之赤县。……成都当此时，号为南京，故公诗指两县得谓之赤县。……蔡伯世云此成都诗，不应言长安。其夜字之讹，故误作安耳，况卒章之意明甚。其说非是。此公虽在成都，而远念长安之寒，下句南山、青门，则言长安之地矣。杜陵属京兆。"赵次公说最为融通，且不妄改字，朱鹤龄《杜工部诗集辑注》即用此说。

如《中丞严公雨中垂寄见忆一绝奉答二绝》"雨映行云辱赠诗"，《宋本杜工部集》作"雨映行宫辱赠诗"（《杜陵诗史》从之），次公注："行云，或以为行宫。师民瞻云：'明皇尝幸蜀，故称行宫。则严公雨中必在明皇往日所幸之地，尚有行宫之名存，在此处寄诗也。'按《通鉴》：永泰元年，玄宗之离蜀也，以所居行宫为道士观。纵使严公时在此作诗寄杜，杜公亦安敢尚目之为行宫乎？蔡伯世改作行官，为送诗使人，实无义理。若谓之雨映行云，意自足也。"

如《秋行官张望催促东渚耗稻向毕清晨遣女奴阿稽竖子阿段往问》，《宋本杜工部集》于诗题"耗稻"下注云："一作'刈'。"次公注："旧本'耗稻'又一作'刈'，非。盖此秋诗耳，未是收刈时也。耗稻之义，于稻中消耗其蒲稗，免相夺耳。次公定为七月诗，盖去蒲稗当早矣。或云耗稻是方言，其理或然。"按，次公所言是，今巴蜀方言仍有"耗稻"之说。

对旧本异文的判择，有时也有赖于赵次公对"以史证诗"外证法的熟练运用。如《北征》"惨淡随回纥"，《宋本杜工部集》作"惨淡随回鹘"，伪王洙注（邓忠臣注）："一作胡纥。《唐书·回鹘传》云：回纥，其先匈奴也。元魏时号高车部，或曰敕勒，讹为铁勒，臣于突厥。至隋，韦纥复叛去，自称回纥。回鹘，言勇鸷犹鹘然。"次公注："随回纥，旧正作回鹘，当以回纥为正。盖当杜公时未有回鹘之称，至宪宗朝而后，来请易回鹘，言捷鸷犹鹘然。凡读书，本末不可不考。"如《又观打鱼》"干戈格斗尚未止"，《宋本杜工部集》作"干戈兵革斗未止"，注云："一作'干戈格斗尚未已'。"次公注："格斗，旧本作'干戈兵革斗未止'，非是。盖干戈兵革同义。所谓格斗，是年建卯月，河东军乱，杀其节度使邓景山，兵马使辛云京自称节度使。河中军乱，杀李国正及其节度使荔非元礼。郭子仪为兵马副元帅，屯绛州。而七月十六日，徐知道反于成都，皆其事也。"

次公对注家旧说的辩驳，往往建立在"以史证诗"的外证法的基础之上。如《赠献纳使起居田舍人》，伪王洙注（邓忠臣注）："武后初置匦，以受四方之言，谓之理匦使。玄宗改为献纳使。……唐以舍人给事中知匦事。"次公注："旧注引武后置理匦使，玄宗改为献纳使，其说是在天宝九载，帝以匦声近鬼故也。旧注又引唐以舍人、给事中知匦事，非是。盖至德元年，方复理匦使之旧名。至宝应元年，命中书、门下择正直清白官一人知匦，以给事中、中书舍人为理匦使。今旧注乃以中书舍人当起居舍人，以理匦使为知匦，以宝应事当天宝，皆非。田公以起居舍人为献纳使，故公诗有舍人字矣。"

如《北征》，次公注："此篇公往鄜州省家之诗。以公之诗参《唐历》考之，公诗前篇曰：'今夏草木长，脱身得西走。'乃至德二载（757）四月也。麻鞋见天子而涕泪授拾遗，则继此便有除命也。房琯罢相在是年五月丁巳，则甫论琯不宜免，正在此五月也。按甫传：'帝诏诏三司推问，宰相张镐曰："甫若抵罪，绝言者路。"帝乃解。然自是不甚省录。时所在寇夺，甫家寓鄜，弥年艰窭，孺弱至饿死，因许甫往省亲。'则公今诗所谓'顾惭恩私被，诏许归蓬荜'是也。公之救琯在此年之五月，而王原叔作《集记》乃云：'至德二载窜归凤翔见肃宗。明年，论房琯不宜罢相，出为华州功曹。'明年乃乾元元年（758）也，其比甫本传差谬如此，故因是诗辨之。"

如《北征》"东胡反未已"，伪王洙注（邓忠臣注）："东胡，禄山也。"次公注："东胡指言安庆绪也。旧注云：'东胡，禄山也。'大误。盖至德二载正月乙卯，安庆绪已弑其父禄山而袭伪位矣。"

如《喜闻官军已临贼寇二十韵》"路失羊肠险"，伪王洙注（邓忠臣注）："羊肠坂也，在太行，天下之险也。"次公注："安庆绪弑父之年二月，李光弼败其众于太原郡。隋炀帝尝问崔绩羊肠坂，赜对有两处：一在上党壶关，一在太原北九十里。则今杜公所谓羊肠者，指太原也。……（旧注）羊肠却引太行，非。"

如《渔阳》"渔阳突骑犹精锐"，次公注："渔阳突骑，指雍王所统兵。《编年通载》：十月，雍王适讨史朝义。甲戌，大败之于横水，克河阳东郡。其将张献诚以汴州降。十一月，薛嵩以相、卫、洺、邢降，张志忠以赵、定、深、常、易降。时公在梓，闻雍王之胜，尚闻河北犹有未入朝者，乃谕诸将：苟飘然而来，已自后时，而不入本朝，岂高计乎？旧注模棱其说，以雍王适领范阳、卢龙节制，而不出阁。又云，禄山已破云云，皆非。禄山死在至德元载，继有子庆绪，又继之以史思明、思明子朝义。自禄山天宝十四载反，至广德元年正月安史并灭。今于雍王为兵马元帅时，谓之安史并灭可也，岂得止为禄山平乎？朱滔反，又是德宗建中三年时事。李怀光反，又是德宗兴元元年时事，岂所谓不入本朝耶？"

如《初月》，《九家集注杜诗》引师尹注："《小雅》'如月之恒'，笺云：月上弦而就盈。李隅赋：波水荡而月轮斜。此盖讥肃宗始明而终暗也。"又引杜田《补遗》："是诗肃宗乾元初子美在秦州避乱时作。微升古塞外，喻肃宗即位于灵武也。已隐暮云端，喻肃宗为张后与李辅国所蔽也。按唐史，肃宗即位于灵武，立淑妃张氏为后。后善牢笼，稍稍预政事，与中人李辅国相助，多以私谒挠权。徙太上皇西内，潜宁王侹赐死，皆其谋也。及肃宗大渐，挟赵王系谋危太子，卒以诛死。"黄氏《补注杜诗》引薛苍舒注："魏泰云：夏郑公评杜公《初月》诗曰：'微升古塞外，已隐暮云端'，以谓意属肃宗。郑公善评诗者也。秦观云：退之诗'煌煌东方星，奈此众客醉'，其顺宗时乎？东方谓宪宗在东宫也。此论与此诗合。"次公注："世传魏道辅云，意主肃宗也，如韩诗煌煌东方星，洪兴祖谓其顺宗时作乎？东方谓宪宗在储也。杜田因而立论，则好为穿凿者矣。盖以月言人君，已不为善取譬，况自至德之远逮乾元之元，肃宗即位已三年矣，岂得以月之微升比即位乎？"

如《石笋行》，黄氏《补注杜诗》引师古注："甫意谓此石必是古者卿相墓前表识，后世妄加缘饰，谓为海眼，以蒙蔽愚俗，盖讥禄山、国忠以微贱小臣蒙蔽玄宗，致天宝末年之祸。然诬辞谬语，君子当致察。"次公注："此篇作于上元元年。是年李辅国日离间二宫，擅权之迹甚彰，故因赋石笋，而指讥李辅国也……此正以专指李辅国一内臣耳，连结张妃，肃宗信任之，呼为阿父。乾元元年，张妃为皇后，而辅国之权尤炽，人争附之。公于《祭房相国文》云：'太子即位，揖让仓卒。小臣用权，尊贵倏忽。'正以言李辅国。则今诗云如小臣媚至尊者。石笋以一堆石而蒙蔽于人，人或指为海眼，或指为表墓，说终不明。此可恶而俗态好其蒙蔽，如辅国之蔽肃宗，而人信好之也。……言辅国之宠幸也。旧注引李林甫、杨国忠。盖公乾元二年离同谷来蜀作此诗时，李与杨已死矣，又二公皆为相，岂可谓之小臣耶？"

如《奉送蜀州柏二别驾将中丞命赴江陵》"迁转五州防御使，起居八座太夫人"，次公注："蔡伯世以此篇为大历元年冬之作。称按唐史《方镇年表》。夔州兼峡、忠、归、万五州防御使，隶荆南节度。……今取《方镇年表》观之，乃乾元二年，以夔、峡、忠、归、万五州隶夔州；广德二年，置夔、忠、涪都防御使，于大历未尝有载。若至大历有此号，而史遗之，则在二年亦何害，而苦遣之于元年乎？况公至荆南，乃三年之春，有题云《贺邓国夫人恩命》，则所谓八座太夫人者，邓国夫人也。其年岂不相次邪？"

次公驳斥旧说，有时也采用"以杜证杜"的内证之法。如《秦州杂诗》"舟人近相报，但恐失桃花"，《九家集注杜诗》引王（得臣）彦辅注（以黄氏《补注杜诗》知为王彦辅注）："桃花，水也。俗以三月水为桃花水。"次公注："东柯谷虽不可考，意者自秦州必乘水而往。末句用桃花字，意以东柯谷为桃源也。舡人报恐失桃花，则公欲往不往之际矣。旧注以为桃花水，误矣。盖桃花水之候，则水尤肥涨，何损于行舡乎？又前篇云漠漠秋云低，秋花危石底，后篇云边秋阴易夕，地僻秋将尽，皆秋时诗耳，与三月桃花水尤不相干。桃花，言桃源也。"

如胡宗愈《成都新刻草堂先生诗碑序》称："唐史前后抵牾，先生至成都之年月不可考。"次公注《成都府》："公自注云：乾元二年十二月一日陇右赴剑南纪行。而今诗云'季冬树木苍'，则至成都乃是月也。元祐中，胡资政守蜀，作《草堂诗文碑引》：'先生至成都月日不可考。'盖不详此也。"

赵次公对旧注臆说的辨析，特别显著地表现在对所谓《东溪先生集》"杜诗解十六篇"的驳难上。① 东溪"杜诗解十六篇"的特点，是以经旨解杜诗。如《北风》"北风破南极，朱凤日威垂"，次公注："世有《东溪先生集》者，其中有释杜工部诗十六篇，引云：拟毛诗之序，以撮其大要而判释之，且以为启杜诗之关键。以此北风为第二篇。序云：《北风》，悲燕寇衰弱王室，祸加以民。寇来自北，故况北风。此已谬误。盖自乙未天宝十四载十一月安禄山反，丙申至德元载正月，其子庆绪弑之；己亥乾元二年三月史思明杀庆绪，辛丑上元二年史朝义又杀思明，癸卯广德元年正月，史朝义自缢死，安史之乱至此息矣。此后但有吐蕃之祸，连年不绝。公今句云十年杀气盛，若逆数十年而止，则起在己亥乾元二年。至德元年安、史并灭。今此《北风》诗为戊申大历三年，言吐蕃则可，岂可更言燕寇之衰弱王室、祸加臣民乎？又岂有寇自北来之事乎？此几成梦语矣。……以此集刊传，恐惑后学，故次公费辞辨之。"

按，宋人推尊杜诗，至有以"六经"视之者，如陈善《扪虱新话》卷七"杜诗高妙"条载："老杜诗当是诗中'六经'，他人诗乃诸子之流也。杜诗有高妙语，如云'王侯与蝼蚁，同尽随丘墟。愿闻第一义，回向心地初'，可谓深入理窟，晋宋以来诗人无此句也。心地初，乃庄子所谓'游心于淡，合气于漠'之义也。"② 故亦有以《诗》旨解释杜诗者，如胡仔《苕溪渔隐丛话》前集卷十四引《西清诗话》："唐人吊子美：'赋出三都上，诗须二雅求。'盖少陵远继周诗法度。余尝以经旨笺其诗云：'与奴白饭马青刍'，虽不言主人，而待奴、马如此，则主人可知。与《诗》所谓'言刈其楚，言秣其马，言刈其蒌，言秣其驹'同意。"东溪先生"杜诗解"正是其中的典型。其书不存，而十六篇内容尚有六篇保留在《杜诗赵次公先后解》一书中，除去上引《北风》，余下五篇为：

《剑门》，次公注："此篇叹地险而恶负固者也，不主在德不在险之

---

① 东溪先生，今未明其为何许人。按，两宋之际有高登（彦先），漳浦人，号东溪先生，著《东溪集》，四库全书收录，然其中未收录其"杜诗解"内容。又，据祝尚书《宋人别集叙录》（卷十八，第867页）引叶适《水心文集》卷十二《东溪先生集序》，尚有刘伯熊（元朝）号东溪先生，著《东溪先生集》。然其书不存，未知是否载"杜诗解"？笔者目前尚未发现新的材料，关于东溪先生的身份问题只能暂付阙如。

② 《全宋笔记》5编10册，大象出版社2012年，第58页。

义言之。何则？保有山河，辟为一国，曰古诸侯，则有在德不在险之义。若四海一家，统制乎天子，则为剑门者特方面之有险处耳，正所恶乎负固也。……世有东溪先生者，解杜诗十六篇，每篇为小序而后注解，自以为启杜公之关键，而传于世，于此篇小序云：剑门，劝务德不恃险也。此正惑于吴起之言以为说矣，大为非是。盖使守蜀者虽专务乎德，遂能保剑门之险，可自为一国乎？特以此篇叹地险而恶负固耳。"

《白马》，次公注："世有《东溪先生集》者……以此《白马》为第四篇云云。"

《白凫行》，次公注："世有《东溪先生集》者……以此《白凫行》为第五篇云云。"

《朱凤行》，次公注："世有《东溪先生集》者……以此《朱凤行》为第八篇云云。"

《棕拂子》，次公注："此篇言物微而有用，特以夏月多蝇，而拂子能除之。东溪云：明皇不明，贤人弃逐，故作是诗以讽焉。诗作于梓州，广德元年（763）之夏，乃是代宗时，岂干明皇邪？"

可以说，赵次公对东溪"杜诗解"基本持否定态度，其辩驳皆属合理。

（2）"以杜解杜"的内证法

作家因为学识渊源、个人兴趣、写作习惯等原因，形成的作品文本总有相对的固定性、连贯性。研究者可以借着这一规律，使文本前后对应，以诗义明白之处映照，提示诗义晦暗之处。赵次公对杜诗极为熟悉，他阐释杜诗诗义甚至推想杜甫写作手法，常能结合杜诗的其他篇章相互发明，这与考证杜甫行实时地的"以杜证杜"之法有相似之处。不过"以杜证杜"是基于人物活动在时间、地点上的连续性，着重于杜甫行迹的考证；而"以杜解杜"是基于作家创作在心理上的连续性，着重于杜诗义旨的探寻。

"以杜解杜"，具体来说，可以是对杜诗诗义的理解，如《独立》"天机近人事，独立万端忧"，次公注："公后篇《寄贾六严八》诗戒其为文为诗莫传于众，而曰'浦鸥防碎首，霜鹘不空拳'，则公今诗应有所忧之人乎？……此道独立时景两句，或曰：露下众草则将杀草，蛛丝未收则将罗物，皆有杀意，此并是天机如人事之多患，宜公有万端之忧也。"

又如《雨》"冥冥甲子雨,已在立春时",次公注:"两句忧之之辞也。与《人日》诗云:'元日到人日,未有不阴时。'其用意同。何以言之?唐谚云:春雨甲子,赤地千里。言甲子而雨,旱之祥也。"

也可以推想杜甫遣词用语的手法,如《宴戎州杨使君东楼》"情忘发兴奇",次公注:"公屡使此两字,如《题郑县亭子》云云。其他如《陪李北海宴历下亭》云云,《万丈亭》云云,《春日江村》之二云云,《与李白同寻范十》云云。此篇之句,却以兴奇为主,以对'身老',而'惊'字、'发'字贴之,诗人变化不常如此。"

如《送王十六判官》"鸣橹少沙头(江陵吴船至,泊于郭外沙头)",次公注:"师民瞻本有'赴江陵'三字,岂感于诗有于'沙头'字乎?殊不知'鸣橹少沙头',则公自注所谓泊而已,非赴此为官也。或云,公自同至蜀,亦曰赴蜀;自成都往青城,亦曰赴青城。谓之赴,其所往应在郴、衡,故腹联有卫霍、潇湘之语。末句有庾信宅之语,则又言其经过江陵而已。"

赵次公的"以杜证杜",绝非偶一为之,而是成为某种自觉性的、带有体例性质的内证方法。这一点可由《句法义例》看出。《句法义例》是《杜诗赵次公先后解》原书有的内容,应当属于此书的凡例部分。由于今本《杜诗赵次公先后解辑校》属于后人辑校本,这一内容未能以原貌保存下来,不过我们还是能从赵次公注中窥见一斑。

如《阁夜》"五更鼓角声悲壮,三峡星河影动摇",次公注:"《西清诗话》以为此句是水中之盐,又云是秘密藏。殊不知公诗大率多然。次公尝谓其读书之多,须用有出处字为对,亦自易得,及其混成,则无痕迹如自己出。次公《句法义例》中论之详矣。"

如《枯棕》,次公注:"此夔州诗也。而用江汉,于夔为近也。其详具于《句法义例》。"

如《承闻河北诸道节度入朝欢喜口号绝句》,次公注:"此篇又使江汉,自夔州而言江汉,其义具《句法义例》。"

如《病柏》,次公注:"二病、二枯之诗,宜出乎一时所为。盖公流落于夔,因眼中有此物而并赋之也。次公必以为夔州诗,何以知之?此《病柏》云'有柏生崇岗',《枯棕》云'嗟尔江汉人,生成复何有',崇岗则夔州自是有山,而公于夔州每言江汉,《句法义例》中详矣。故知此夔州诗。"

又如《第五弟丰独在江左近三四载无消息觅使寄此》其二"影著猿啼树,魂飘结蜃楼",次公注:"杜时可乃引陈藏器《本草》及古乐府注《埤雅》百有余言为冗。至公诗之妙处则不在此,盖公诗每有一句言己,一句言彼者。……似此体格非一,杜君不知也。次公之说详于《句法义例》。"

《句法义例》中提到所谓"双纪格",是赵次公提炼杜甫惯用艺术手法的一个典型例子。如《舍弟观赴蓝田取妻子到江陵喜寄三首》"峣关险路今虚远,禹凿寒江正稳流",次公注:"此双纪格,具于《句法义例》。"又,《送大理封主簿五郎亲事不合》,次公注:"寻常两句,或皆用美一人之身,或一句说彼,一句说此,详见《句法义例》。"《夏日杨长宁宅送崔侍御常正字入京》"天地西江远,星辰北斗深",次公注:"天地西江远一句,言江陵送别之处。……星辰北斗深一句,言长安号北斗城,以上当北斗也。双纪格,亦见句法义例。"

有趣的是,在注释杜诗时,赵次公有时会涉及到其他诗人的诗篇,这时往往也会用到类似的内证之法,尤可见赵次公对此法的熟谙。如《解闷十二首》"漫钓槎头缩项鳊",次公注:"师民瞻本改'缩颈'为'缩项',极是。……浩然诗两用之:《冬至后过吴张二子檀溪别业》:鸟泊随阳雁,鱼藏缩项鳊。又《岘山作》云:试垂竹竿钓,果是槎头鳊。即今耆旧无新语,漫钓槎头缩项鳊,言浩然已死,今耆旧之间不能复造新语以言鳊鱼,但漫钓之而已。"这是以孟浩然证孟浩然的方法。

(3)以"诗家之心"解诗的艺术鉴赏方法

赵次公对诗义的独特理解,有时候是通过对史事的熟悉,从而具备阅读敏感,故能发现杜诗中的一些言外之意,这近似于"以史证诗"的外证法。如《天育骠骑歌》"遂令大奴守天育",次公注:"大奴,王毛仲也。毛仲,高丽人,父坐事没为官奴。《唐·兵志》云:'毛仲领内外闲厩。'所谓天育,必厩名矣。大奴之称,公直犯毛仲之所讳而言,盖亦欲因诗而著为史矣。亦犹言李辅国而曰'关中小儿坏纪纲',谓其以阉奴为闲厩小儿故也。"如《石犀行》"嗟尔三犀不经济,缺讹只与长川逝",次公注:"此公之寓意于三犀,指讥庙堂无经济之人甚明。夫无经济之用,终亦缺讹,随长川而漂逝矣。乾元二年(759),乃吕諲、李岘、李揆、第五琦同平章事。五月,李岘言毛若虚希中人旨,用刑乱法。帝怒,李揆不敢争,出岘为蜀州刺史。七月,吕諲以从中人马尚书之请为人求官,罢。九月,第五琦铸重规钱,非是,十月贬为惠州刺史。公诗之作,正在次年五月、六月之间。诸公之失皆已著见,惟李揆未露。至次年,揆惧吕諲复用,乃遣吏构其过失。諲密诉诸朝,帝怒,贬揆为袁州长史。然则公岂不明见其非经济者乎?"如《玉华宫》"不知何王殿",次公注:"此宫在坊州宜君县,贞观二十年(646)太宗所造也。初,贞观十七(643)年,州废,县亦省。其后以宜君宫复置县,隶雍州。次年,宫成,又常赦宜君给复县人之自玉华宫苑中迁者。后于高宗永微二年(651)废之为寺。而今诗有云'不知何王殿,遗构绝壁下',何也? 此盖诗人之深意也。太宗厌禁内烦热,营太和宫终南之上,改曰翠微宫于终南。其后未几,复兴玉华之役。自二月乙亥游幸,至十一月癸丑而复返。太宗创业之主,贞观习治之世,劳人费财于营建,废时逸豫于离宫,故诗人讳之曰'不知何王殿'也。……则公之微心可见矣。"按,赵次公之说开启了关于此句解释的一桩公案,后来注家纷纷就此发表意见。朱鹤龄《杜工部诗集辑注》:"按:玉华宫作于贞观年间,去公时仅百载,而乃云'不知何王殿',学者惑之。次公谓:公为太宗讳。其说似迂。余意玉华宫久废为寺……故人皆不知为何王之殿,非公真昧其迹也。"洪业《杜甫》:"当杜甫写《玉华宫》的时候,他已经走完了回家路程的三分之二还多。玉华宫修建于唐太宗时期的646年,杜甫凭着他对历史的熟悉,不可能不清楚这座已经废弃的建筑的起源。我倾向于赞同一位十二世纪的注家的意见,我们诗人有意避免提到伟大的先祖太宗皇帝的名字,是为了强调虚无这一主题,哪怕描述的是最壮丽的皇室建筑。"陈贻焮《杜甫评传》上卷第374—376页亦有详细论证。如《过郭代公故宅》"定策神龙后",次公注:"若神龙则中宗即位改元之号,岁在乙巳,去先天二年凡八年。而公云'定策神龙',学者疑之,因论之曰:太平擅宠,自中宗来,则祸胎在神龙而下也。中宗尽景龙四年(710)庚戌,凡六年。是年睿宗即位,改景云,至延和元年内禅,岁在壬子,未及三年。是年八月,明皇即位,改先天。太平擅宠,自中历睿,至明皇始定。今杜公微意,不欲指中、睿之失,故追言神龙后,以见代公赞翊除患,召自神龙来也。犹《玉华宫》乃贞观二十年太宗作为避暑,而公诗曰'不知何王殿',盖以太宗创业,贞观习治,而劳费于营建,逸豫于离宫,故诗人讳之曰'不知何王殿'也。"

但这还不是赵次公注杜的真正别有会心之处。虽然古代诗文注家往往也具有诗人的身份，但在注解诗歌文本时，他们的"诗人身份"意识似乎并不明显，注释更多带有寻绎出处、考订事实的"学术性"，赵次公注当然也带有这种倾向。但值得注意的是，赵次公在"学术性"注释之余，时或能透露出以"诗家之心"解诗的一丝底色，能设身处地替处于各种文学事典潜流和历史语境中的老杜沉思、选择、裁量、下笔，然后细味成文后的阅读效果，这种注释是具有善意的"同行评议"，从未被后来宋人注所引用、效法，成为宋人杜注中独一无二的亮点。

如《戏为双松图歌》"庞眉皓首无住著"，次公注："《楞严经》云：'名无住行，名无著行。'公摘其字而合用之也。然唐有《中兴间气集》，载郑贤诗云：'高僧无住著，何日出东林。'贤与公同时人，莫知孰先用也？"

如《故武卫将军挽歌三首》"哀挽青门去，新阡绛水遥"，次公注："邵平种瓜青门外，其门在东。何以知之？《萧何传》云：'平种瓜长安城东也。'武卫将军盖绛州人，其柩归绛，则由城东而去。"按，《百忧集行》"痴儿未知父子礼，叫怒索饭啼门东"，刘辰翁评点《集千家注杜工部诗集》注："《漫叟诗话》：'叫怒索饭啼门东，说者谓庖厨之门在东，非偶就韵也。'可谓至论。"与此有异曲同工之妙。

如《月夜》"双照泪痕干"，次公注："或者谓止是言两目之泪，既得还家，则不复有泪，故月照其双干耳。夫泪言双固是常语，公诗有云'封书两行泪'，又云'乱后故人双别泪'，又云'故凭锦水将双泪'、'寂寂系舟双下泪'，此则皆言两目之泪。而今诗句法乃云'双照泪痕'，则主言照二人泪痕干矣。"解说颇细密而切中。

如《喜达行在所》其三"犹瞻太白雪，喜遇武功天"，次公注："太白山在郿县，郿则凤翔之属县也。武功在唐不属凤翔，但近耳。公诗两句，所以显言归行在也。于太白言雪，则太白之雪冬夏不消。必曰武功天者，古语有之：武功太白，去天三百。言最高处也。亦以寓亲近行在之意乎？"此真能描状出作者下笔之心理也。

如《留别贾严二阁老两院补阙》"山路时吹角，那堪处处闻"，次公注："旧本山路时吹角，然既云处处闻，当言晴吹角。盖言方山路之晴,稍可喜矣,却值吹角,既吹角矣,又处处闻,不亦可为别愁乎?"

如《行次昭陵》"天属尊尧典,神功协禹谟",次公注:"尊尧典,谓循高祖之法度。岂亦以高祖为神尧皇帝,故得用尧典字耶?神功协禹谟,诗人意取帝王之成功,韵自押到,盖所谓禹成厥功,而书有禹谟也。旧注谓亲定九州,若如此,却成协禹贡矣。必谓之神功,则禹谓之神禹也。"所谓"韵自押到"的体会,真是作者之言。

如《羌村三首》"赖知秫秋收,已觉糟床注",次公注:"一作黍秋收,极是。盖黍与秫所以造酒,方与下句相应。东坡《洋川南园》诗有云'桑畴雨过罗纨腻,麦陇风来饼饵香',亦是'赖知秫秋收,已觉糟床注'之意。盖诗人推物理,想其事如此。"按时间逻辑说,后不能证前,苏轼诗绝不可能是杜诗的写作理由,但这里赵次公阐释的是一般创作规律,因此具有相当的说服力。

如《铜瓶》"铜瓶未失水,百丈有哀音",次公注:"想象其铜瓶离水欲上时,有滴水之音也。"

如《三绝句》"不如醉里风吹尽,可忍醒时雨打稀",次公注:"洪觉范云:上两句言后进暴贵可荣观也,后两句言其恩重才薄,眼见其零落,不若未受恩眷之时。雨比天恩,以雨多故致花易坏也。又云:小人之愚弄朝廷,贤人君子不见其成败则已,如眼见其败,亦不能不为之叹息耳,故曰可忍醒时雨打稀。如此则又自为两说矣。盖楸者梓木也,与梗、楠、豫章同为真材,不可比之后进也。若必欲比兴,则公以自况矣。如楸梓之馨香,倚钓矶闲旷之地,其花方新,未便飞落。既不得收用,且于醉里衮过而落尽,不忍在醒时为雨所摧打而稀少,则雨乃所以譬患难,岂得却谓之天恩乎?观其谓之雨打,则非佳意矣。"

如《怀旧》,次公注:"此篇与下《所思》、《不见》二篇,盖同时作。何者?公于三人,平生之所善,苏源明已死而追悼之,题则曰怀旧。郑虔贬台州而闻其消息,题则曰所思。李白久不见而近不得其音信,故题曰不见。"

如《官池春雁》,次公注:"公前《鸂鶒》篇以自况,则取其身之文采。今《春雁》诗乃尊雁而鄙鸂鶒,则又取雁之孤高。诗人变化,岂有拘碍哉!"

如《春归》,次公注:"此言归时当春也,非谓春色之归至,又非谓春色之归往也。"

如《十二月一日》，次公注："方十二月一日作诗，而有燕子、黄莺、桃花、柳絮之言，何也？此义在末句所谓'他日一杯难强进'者也。此盖皆逆道其事耳。"

如《长江二首》"未辞添雾雨，接上过衣襟"，次公注："此诗在舟中作。末句盖言江海不让众流以为大，虽雾雨之微，亦可添益其流。故为此长江客，未便辞让雾雨添之，而舟中之人，接于其上，则先过经过于衣襟间也。此必是有微雨而作，道实事以寓义理耳。"

如《承闻故房相公灵榇自阆州启殡归葬东都有作二首》"他日嘉陵泪，仍霑楚水还"，次公注："末句旧本嘉陵涕，师民瞻本作嘉陵泪，是。盖灵榇自阆州起发，则由嘉陵江而来，在彼舟中哭泣之泪，仍下流入楚水矣，涕不能合流也。"

如《陪诸公上白帝城头宴越公堂之作》"莫问东流水，生涯未即抛"，次公注："公诗或直欲便行，或留连不忍去，诗人之言岂有拘执哉。"

如《甘园》"青云羞叶密，白雪避花繁"，次公注："青云羞叶密，白雪避花繁，本言密叶如云，白花如雪，而变其语，乃云云羞、雪避，此公新奇之句。"

如《喜观即到伤题短篇》其一"泊船悲喜后，款款话归秦"，次公注："话字一作议，非。诗家字，如'话'字方快。"按，如共话桑麻之类，乃家常闲事之语也。

如《示獠奴阿段》"曾惊陶侃胡奴异，怪尔常穿虎豹群"，次公注："薛梦符《补遗》云：……胡奴者，陶侃之子名。则陶侃胡奴四字，言陶侃家之胡奴也，而于阿段似无相干。薛之说如此。次公以彼不能参考其义，以逆杜诗之意。陶侃既家僮千余，则奴仆之多如此，其子胡奴必有所称异之者。如今日阿段能穿虎豹群以寻水源，其在陶侃家僮千余之中，必亦可异者矣。意似如此，而事未显见，以俟博闻。"

最能表明赵次公以诗人之心解杜诗的乃是一些题外起兴之注，这些注释看似与杜诗无关，实际上透露出赵次公已经由注释的"学术写作"状态跨越到了创作的"灵感来袭"、下笔不能自已的状态。如《贫交行》"翻手作云覆手雨"，次公注："翻手作云覆手雨，介父集句诗用对'当面论心背面笑'，窃尝喜其工也。"又，《莫相疑行》"当面论心背面笑",次公注:"当面论心背面笑,孔毅夫集句用对'翻手作云覆手雨',亦工。"

如《登岳阳楼》,次公注:"邵子曰:叟善论诗。复曰:叟能为赋之乎?次公曰:不可。邵强之。辄作《登岳阳楼》一首云云。邵子笑曰云云。……请并附于解后。次公用其说而录之。"

如《衡州送李大夫赴广州》"日月笼中鸟,乾坤水上萍",次公注:"盖言我身于日月之下,如笼中之鸟,局而不伸;于天地之中,如水上之萍,泛而无定。……公每用日月、乾坤、江湖、天地、江汉,皆以广大之物著其上,而下承以所言之事耳。……惟黄鲁直识之,而不明解之,特曰:开广之句也。……次公为众说纷纷,费辞如此,颇自愧也。……次公盖学杜诗者,止学其用意及格,固不敢犯其语,屋下架屋而已。窃以学者不深解此篇日月笼中鸟,乾坤水上萍之语,却以为日月为笼,而我身则笼中之鸟;天地为水,而我身则为水上之萍,因用此义赋成《春日》一篇,句法语势效之,而义则与杜公别。次公之诗曰:带柳晖晖日,催花细细风。莺流依腻碧,蝶戏拣香红。天地笼中雀,阴阳炭里铜。此身随处乐,勿用嚮衰翁。……其句法、语势,盖欲效之,而义与出处大不同矣。辄取附于卷末,识者无加罪焉。"

（三）次公注之误

当然,赵次公注自有其局限。首先,无论是以史证诗还是以诗家之心解诗,他都过于自信、走向极端,容易有深文周纳之失。

如《骢马行》,题下自注:"太常梁卿敕赐马也,李邓公爱而有之,命甫制诗。"次公注:"窃尝论此一篇之大意:马乃太常梁卿所受赐于君者也。君赐之物,不可以取,亦不可以予。李邓公者乃爱而有之,则其取之非是,故公诗首托之以邓公马癖而已。且曰:夙昔传闻思一见,则其欲之也旧矣。又曰:卿家旧赐公能取,则见邓公以势位取之,而梁卿不能保君赐之旧物矣。又曰:岂有四蹄疾于鸟,至肯使麒麟地上行六句,其意以言马之神骏如此,亦非人臣得而有之,当为至尊之御,且以言卿受赐于君,公能取之而不能拒,公既夺赐于卿家,宜必为君王之诏复取之矣。呜呼,取非其有谓之盗,公之诗微文婉义而寓箴规之意,彼为邓公者,能不知耻乎?"如《卜居》"吟同楚执珪",次公注:"《史记》曰:庄舄,故越之细鄙人也,为楚执珪,病而尚犹越声。本出无吟字,而王粲《登楼赋》云庄舄显而越吟也。……世有《名贤诗话》,

载本朝熙宁初张侍郎掞,以二府成,诗贺王文公。公和曰:'功谢萧规惭汉第,恩从隗始诧燕台。'示陆农师。陆曰:'萧规曹随,高帝论功,萧何第一,皆摭故实;而请从隗始,初无恩字。'公笑曰:'子善问也。韩退之《斗鸡联句》:感恩惭隗始。若无据,岂当对功字邪?'次公谓今楚执珪越声,本无吟字,而公用王粲赋足之。此作诗用字祖法,王文公盖自得此刀尺耳。"已陷入江西诗派寻章雕句的窠臼中。如《热》三首其一"何似儿童岁,风凉出舞雩",次公注:"舞雩乃是兖州事,公未尝泛用事也。若《衡州新学堂》古诗曰:'佻佻胄子行,若舞风雩至。'则用若字以拟之耳。此与《登兖州城楼》诗首句云东郡趋庭日,似言其父为官兖州,趋而过庭之日同义。"次公以为,兖州为春秋鲁国,故用《论语》孔子典故,地域上契合。而《热》作于夔州,《新学堂》作于衡州,皆与鲁地无涉,故用《论语》事典,地域上不完全契合,所以杜甫特添一"似"、一"若"字,以标明其"不完全"之义。其说可谓细密之极,至使人颇觉有过度阐释的嫌疑。

其次,在某些诗篇的具体注释中,赵次公也有不明史实、前后矛盾、理由不足等疏漏。如《春望》"烽火连三月",次公注:"考此诗作于天宝十五载(756)之正月,盖禄山反于十四载(755)之十一月,至是则烽火连三月。惟其烽火连三月,所以家书抵万金,此诗人之语为有法也。今学者每见家书,遂以此句为辞,非也。"按次公以三月为此诗系年之证,未确。因战火之起,老杜与家人同在一起,未曾分别也。分别之日,乃在羌村安置之后,其时之三月自不应以天宝十四载十一月算起。

如《悲陈陶》"群胡归来血洗箭",次公注:"四句言朔方、安西、回纥、大食兵相助讨贼。然夷狄之性不无残扰,故房琯虽丧军矣,而都人之心不愿胡兵讨贼,只望官军至也。"按,此时老杜尚困居长安贼中,群胡当指安史所部。

又如《有感五首》其四"由来强干地,未有不臣朝……终依古封建,岂独听箫韶",次公注:"若干之强壮,则枝无胜干之理,犹主强则臣自归服朝也。强干地,则指言长安之尊重也。"按,此诗实隐含房琯当日于灵武所提之分封诸王为藩之提议,房琯失欢于肃宗,以及老杜触怒肃宗而外放,皆根于此,次公注未明。

如《雨》"风扉掩不定",次公注:"风扉,舟中之门也。"《峡中览物》

"舟中得病移衾枕，洞口经春长薜萝"，次公注："公初病于云安，所谓伏枕云安县也。既至夔州，又病，所谓卧病拥塞在峡中也。今句盖峡中之病矣，但洞口莫可考其何在耳。或曰：舟中得病，似言其初得病在云安舟中，而移衾枕于客居屋舍之下，此正是在云安时，洞口亦岂其所居云安之地邪？次公答以：公到夔州，岂不先在舟中邪？今句云：洞口经春，则此诗四月之作。公雨诗云：清凉破炎毒，则夏雨诗也。而前句云：风扉掩不定，则已不在舟中，而在屋下矣。岂初夏已为西阁之居乎？更俟明识。"按，风扉，或说舟中之门，或说屋下，则次公自相矛盾矣。

如《奉汉中王手札》，王洙本旧次（卷十四）为：《题忠州龙兴寺所居院壁》……——《十二月一日三首》——《又雪》——《奉汉中王手札》——……《云安九日郑十八携酒陪诸公宴》，属永泰元年，赵次公置于"大历二年秋在瀼西所作"，次公注："句云书报避暑而继之以已觉良宵永，则七月矣。旧在忠州诗下《十二月一日》与《又雪》诗之次，合迁于此。"然老杜有《奉汉中王手札报韦侍御萧尊师亡》，赵次公系于"大历元年冬在夔州西阁作"，未明何以不将《奉汉中王手札》亦系于大历元年，此余所不解者？

如《寄董卿嘉荣十韵》，次公注："今诗首句云：闻道君牙帐，防秋近赤霄。则秋七月已后之作。……吐蕃于广德元年十月陷京师，十二月陷松、维州。广德二年，剑南严武破之于当狗城。永泰元年八月，仆固怀恩与其兵同回纥、党项羌、浑奴刺众三十万寇边，掠泾、邠，蹦凤翔，入醴泉、奉天，京师大震。十月，郭子仪大破其兵于灵台。则三年之内，吐蕃为寇无虚岁。至今岁大历元年二月遣使来朝，九月复陷原州，则九月已前中原稍罢兵矣。故今诗曰：海内久戎服，京师今晏朝。旧在归赋蜀山行之下，却成广德二年春后诗。显是失次，合迁入于此。"按，然则广德二年严武破当狗城之后，亦可合于戎服晏朝之句也，次公之改动未必然。

如《偶题》"多病邺中奇"，次公注："旧注因其有邺下两字，引用却便撰云文帝好文，故作者多尚奇以附会为邺中奇，非是。……多病者，指言刘桢，为邺中之奇也。公亦多病，故专以自比。"按，此解似未必。永怀江左逸，永怀为动词，所对之多病亦应为动词。又劣于汉魏近风骚，则江左是劣于汉魏邺中者，而反近于风骚，则逸也。老杜之美学追求,乃在清词丽句而有风骨,不喜强干质木少文之建安诗歌也。

如《晚》"朝廷问府主,耕稼学山村",次公注:"此句法难解,盖言朝廷以务农重谷之事问府主,故亦化而学山村耕稼也。然此等句法,学者不可效之也。"按,此句或可解作:朝廷问府主,省郎杜子美之近况如何?答曰:于山村学耕稼也。此乃是老杜一厢情愿之想象慰藉。陈尚君《杜甫为郎离蜀考》对老杜离蜀之原因、心理期待有新说,可周洽解释两句。

又如《喜雨》"南国旱无雨",王洙本旧次(卷十三)为《渡江》——《喜雨》——《送韦郎司直归成都》,属阆州诗。赵次公置于"大历三年春在夔,迤逦出峡到荆南所作",编次为《短歌行》——《喜雨》——《和江陵宋大少府暮春宴书斋》,次公注:"旧本与《山馆》诗相连,在阆州诗中。首句云南国旱无雨,是以次公迁之于此。"按,此诗宋人系年有广德二年(764/鲁訔、梁权道)、永泰元年(765/黄鹤)与大历三年(768/赵次公)三说,清人皆从永泰元年说。洪业《杜甫》第九章《此生那老蜀》则系于宝应元年(762):"自从杜甫的朋友严武担任了驻节成都的剑南西川节度使之后……他当然会时常给能干的节度使提出建议。在他的散文作品中有一篇《说旱》就是写给严武的。从前一年的十一月以来有好几个月没有雨雪,持续的干旱被认为将会毁掉春天的作物。我们的诗人建议节度使迅速判决管辖区域中所有的案件,希望这个地区所有的监狱能够清理一空。……我们不知道严武有没有听从这个建议,但显然雨最终降落,谷物应该存活下来了。《喜雨》通常都被系于永泰元年(765)春天。而我们从系于此年的其他诗篇中看不出成都有干旱的迹象。因为我将此诗系于宝应元年(762)。"洪业独异众说,而恰与王洙本旧次相符,且与杜甫作于宝应元年(762)之同题诗《喜雨》"春旱天地昏"亦合。另外,赵次公解释"南国旱无雨"云:"南国,指荆楚也。"由王洙本旧次及洪业系年可知,南国当指成都(成都时号"南京")。退一步讲,即使"南国"指荆楚,诗亦当作于蜀中,因为杜甫作于宝应元年(762)之同题诗《喜雨》云:"春旱天地昏,日色赤如血。农事都已休,兵戎况骚屑。巴人困军须,恸哭厚土热……安得鞭雷公,滂沱洗吴越。"末句指宝应元年八月台州袁晁之乱,可见老杜正以为即使吴越无雨,影响亦及于巴蜀也,遑论荆楚。

如《江汉》,次公注:"此诗自夔州诗迁于此。《书》曰:荆及衡阳,惟荆州。江、汉朝宗于海。注云：江水、汉水，经此而入海。今公在荆州，正用江汉为宜。或曰：公于夔州诗已言江汉，盖指其近而言之矣。傻既自以为句法义例也，亦何必迁？次公曰：近江汉已可用，何况正当其地乎？"按，次公之意，系年夔州诸篇，江汉之外尚有他证。此篇唯有江汉，则荆州为妥。如此则说服力较弱，余意不如仍旧次为佳。

如《览柏中丞兼子侄数人除官制词》"三止锦江沸，独清玉垒昏"，次公注："公自入蜀见成都之乱。盖宝应元年岁在壬寅七月，剑南西川兵马使徐知道反，拒严武之来，不得进。永泰元年岁在乙巳，崔旰反，杀郭英义。次年，杨子琳以泸州牙将同邛州牙将柏正节讨旰。杜鸿渐表子琳为泸州刺史，正节为邛州刺史。西蜀大乱，各遣罢兵。于大历三年岁在戊申，七月，子琳以泸州刺史反，陷成都，蜀中又乱。此锦江之三沸也。然宝应元年徐知道反，公有《草堂》诗云：布衣数十人，亦拥专城居。其下句云即柏正节、杨子琳之徒。则正节乃预宝应乱之数。永泰二年，既称讨崔旰，而西蜀大乱，又云各遣罢兵，则正节乃所以乱蜀者。大历陷成都，虽是杨子琳，而正节本其同类，不见有正节预讨杨子琳事。若指柏氏为正节，实未安也。"按，次公之说则浅矣，此正所谓"欲得官，杀人放火受招安"也。

再如《两当县吴十侍御江上宅》，次公注："此篇旧在秦州诗下，合迁入于此。题盖言两当县人吴侍御宅在江上，而身谪长沙不得去也。诗云：借问持斧翁，几年长沙客？正言其客于潭州矣。……旧本见题是《两当县吴侍御江上宅》，故置之发秦州往同谷间，然亦自非所由之路矣。"按，则是自同谷往成都之路也。

如《奉寄河南韦尹丈人》，次公注："此篇旧在洛阳《龙门》诗之下，合迁入于此。题止云《奉寄河南韦丈人》，则止在他处寄之而已，岂编诗者见河南两字，便以次《龙门》之下邪？其诗中虽无时节可考，然当是荆、潭之诗，盖其中曰江湖漂短褐，则非荆即潭。又曰丹砂访葛洪，则公欲尽南下至于罗浮，则于潭又为近之，所以定入潭州诗中。"按，举证不强，不如仍依旧次。

此外，赵次公纠正某些旧注之误，所得新说也不一定稳妥。如《建都》，黄氏《补注杜诗》引王彦辅注："建都，以蜀为南京也，置尹比二京。"又引鲍钦止注："宝应元年，岁次壬寅，公年五十一岁，在成都。建卯月辛亥，建五都，以京兆府为上都，河南府为东都，凤翔府为西都,江陵府为南都,太原府为北都,故有是诗。"次公注:"此篇今岁上元元年九月已后之作。句言穷冬,则十二月也。按新史:肃宗至德二载,以蜀都为南京,凤翔为西京,西京为中京。上元元年九月,以京兆府为上都,河南为东都,凤翔府为西都,江陵府为南都,太原府为北都。又按旧史《肃宗纪》:上元元年九月,以荆州为南都,州曰江陵府,官吏制置同京兆。所以知公之诗作于九月已后,所闻已审之时矣。旧注以蜀都为南都,非是。如杜田《正谬》虽知引上所云云,然其意专在正旧注以蜀都为南都之谬,遂用此《建都》篇止言荆州为南都而作,又非矣。观全篇,正包笼东南西北皆在焉。"按,赵次公系年不如黄鹤有据,黄氏《补注杜诗》黄鹤补注曰:"诗云建都分魏阙,下诏辟荆门,则建都当是指江陵为南都。案旧史,上元元年九月甲午,以荆州为南都,州曰江陵府,官吏制置同京兆。而鲍以为宝应元年建都,则非。盖上元元年初建,二年停四京及南都之号,宝应元年复建五都。荆门正指江陵,而魏阙分为北都也。此诗宝应元年作,以诗云'穷冬客江剑',乃避成都之乱入梓州时,梓、剑相邻。是年复建五都,故有此作。《江陵望幸》诗所以有'雄都元壮丽'之句。"

如《宗武生日》,次公注:"《王立之诗话》云:宗武生日诗载在夔州诗中,非也。当是家在鄜州时,故曰'小子何时见',自入蜀后未尝别也。'自从都邑语',所谓'前年学语时',盖老杜与家俱在长安时也。'已伴老夫名'者,老杜既有盛名于时,则人皆知其有是子,故曰'人传世上情'也。……'流霞分片片,涓滴就徐倾',虽止是言饮酒,然用项曼去家三十年止日旁事,则其身在行在、家在鄜州决矣。又有《示宗武》一首,恐非是一时诗也。王立之说如此,而次公以其说未是。此乃公送严武至绵已别而少住间,遂有徐知道之叛,单身如梓,则为不见宗武矣。'前年学语时',则才三岁耳,今云'熟精文选理',则已能诵书。自至德二载至宝应元年,已六年,则宗武九岁矣,宜其能诵诗书也。"按,此诗系年有大历二年夔州(王洙本旧次、仇兆鳌)与宝应元年梓州(赵次公、鲁訔、黄鹤、朱鹤龄、杨伦)二说。仇兆鳌《杜诗详注》辩之曰:"梁氏编在夔州诗内,得之。黄鹤因首句'何时见',遂疑宝应元年。公在梓州,宗武在成都,其实首句不如是解也。至德二载,公陷贼中,有诗云'骥子好男儿,前年学语时',此时宗武约计五岁矣。其后,自乾元二年至蜀,及永泰元年去蜀,中历八年,宗武约十四岁左右矣。此诗都邑、乃指成都,其云'自从都邑语,已伴老夫名',则知作此诗,又在成都之后矣。"洪业《杜甫》第十二章《孤舟增郁郁》同意仇氏说,略作调整,系于大历三年(768)江陵时期:"《宗武生日》可能作于晚秋时节,当时杜甫一家仍在卫钧处做客。我对这个孩子生日日期的猜测没有错的话,他现在的年龄正好十二岁。此诗引起三个问题。

(1)宗武是杜甫此前诗歌所说的骥子吗?此诗题下注称:'宗武小名骥子。'这不是杜甫的自注。《王状元集百家注编年杜陵诗史》卷十六认为是王得臣所为,《分门集注杜工部诗》卷九认为是伪王洙所为。我倾向于认为宗武是诗篇《得家书》所说的熊儿,参见我对该诗的注释。

(2)这一天父亲和儿子是否在一起?赵子櫟把第一行读作'我什么时候可以见到小儿子'。因此他将此诗置于762年秋天,杜甫那时和成都的家人分开,正在梓州。我赞成仇兆鳌卷十七对此的反驳:第一行应该理解为'儿子是哪一天出生的'。这一提问由第二行诗句回答。最后两行诗句则很清楚地表明父亲出现在小小的生日聚会上。

(3)第三行诗句说,'自从都邑语。'都邑指哪里?仇兆鳌认为是指成都,将此诗置于767年秋天夔州时期。但在成都时,杜甫一家住在江村,而不在城中。而且,767年秋天,杜甫身体状况不错,不像此诗第九、十行所描述那样。看起来768年杜甫一家在江陵居停的那几个月的情况与此诗比较吻合。江陵在760年被定为南都。"按,仇说释首联有理,且系年亦合王洙本旧次,可从。当然,赵次公说虽未确,然其质疑《王立之诗话》的系年亦不为无见。

总的说来,这些疏漏在《杜诗赵次公先后解》中只是九牛一毛,较之托名王十朋《杜陵诗史》、蔡梦弼《草堂诗笺》等集注本,赵次公注态度更严谨,疏漏更少。赵次公注对诗篇系年编次的认定与调整,及其对诗义的独到理解,其中透露出来"以史证诗"的外证法、"以杜证杜"(行实)、"以杜解杜"(诗义)的内证法,在早期杜注中堪称典型。尤其是赵次公以"诗家之心"解诗,能设身处地替处于文学传统潜流与历史语境中的杜甫揣摩下笔并体味成诗后的阅读效果,超越了通常注重事典出处的"学术性"注释范畴,带有"同行评议"的意味,成为杜诗宋注中独一无二的亮点。作为现存最早的杜诗编年宋注本,《杜诗赵次公先后解》具有极高的原创性,可谓杜诗注本中的第一等重要的必读之书。

四、杜诗早期注本师尹《杜工部诗注》的特点与价值[①]

宋人师尹(民瞻)《杜工部诗注》已佚。据《杜集叙录》统计,郭知达《九家集注杜诗》引师尹注336条,居第三位。[②] 郭知达《九家集注杜诗》素以汰择有法而著称,其序称"各随是非而去取之,如假托名氏,撰造事实,皆删削不载",[③]而对师尹注颇为重视,足证师注自有优长。除《九家集注杜诗》之外,宋人集注本《王状元集百家注编年杜陵诗史》(以下简称《杜陵诗史》)、蔡梦弼《草堂诗笺》、黄希、黄鹤《补千家注纪年杜工部诗史》(以下简称《补注杜诗》)等宋人集注本皆大量引用师尹注,[④]以诸书辑录排比,可以了解师尹注在宋人杜注中的特点及其对后世之影响。

(一)师尹生平与注杜

师尹生平,南宋魏了翁撰《朝奉大夫通判夔州累赠正奉大夫师君

[①] 2016年在山东大学召开的第二次"杜甫青年学者读书会"上,《杜甫研究学刊》编辑彭燕女史宣读了关于师尹注与师古注的论文《黄氏〈补注杜诗〉师注考》(未刊稿),由我评议。认真研读之后,我认为彭燕的观点是成立的,即:黄氏《补注杜诗》中的"师注"与郭知达《九家集注杜诗》的"师注"基本没有重合,这一情况表明两书中的"师注"并非一人所为。在彭燕观点的基础上,我还想进一步提出判断"师尹注"与"师古注"的三条标准,即:第一,《九家集注杜诗》中"伪王洙注"所引"师古曰"乃唐人颜师古注《汉书》之文(参见彭燕《郭知达〈九家集注杜诗〉"师古注"考》,《杜甫研究学刊》2012年1期)。按,伪王洙注(邓忠臣注)出现于北宋,其时南宋师古注尚未出现,邓忠臣注并无以唐人颜师古注冒充南宋师古注之意,此系乃后人误认,并非邓忠臣有意伪为。第二,《九家集注杜诗》中除伪王洙注引用之外的其他"师曰"均为"师尹(民瞻)注"。第三,托名王十朋《杜陵诗史》及其支流《分门集注杜工部诗》、黄氏《补注杜诗》之"师曰"则是南宋蜀人"师古注"。我正在着手进行的《杜工部草堂诗笺斠证》一书中已经将其作为整理复原注家主名的标准之一。这样一来,本书此部分对所谓"师尹注"特点的分析,基本上应视为对"师古注"特点的分析。由于原文已经发表,故此处不作改动以存原貌,但其中原委及学术讨论对文本真相的推进,是需要特别告知读者的。

[②] 张忠纲等《杜集叙录》,齐鲁书社2008年,第46页。

[③] 洪业等《杜诗引得》上册载《九家集注杜诗》,上海古籍出版社1983年,第1页。

[④] 蔡梦弼《草堂诗笺》引用他人注皆不注明注家主名,须通过他书(如《杜陵诗史》、《补注杜诗》)加以比对,才能确认《草堂诗笺》中师尹注的"身份"。

墓志铭》载：

予分阃东川，与眉彭山师祖敬为僚。一日袖编书，拜手言曰："此吾大父夔州府君事状也。府君没于绍兴二十二年六月某日，葬以明年十二月之某日。墓在彭山县武阳乡昌乐里，久而未之铭也。幸事先生，敢以为请。"予幼读杜工部、苏文忠公诗，于师氏注释明辩闳博，心窃好之。暨守眉，闻邦人道乡之宿德者齿，必师民瞻在焉。……君十岁丧父，受教于兄群，颖异强记，十八试成都学官，文冠辈类，声籍甚。王贤良当父执也，深所器重，至以徐桦方之。崇宁［阙］年，尝与州贡奏名礼部。蔡京枋国，恶太学上书排已，风失志者诉取士滥，命覆试，君在汰中。政和八年，以上舍擢第，调京兆府兵曹掾，兼工曹。自帅臣诸使表章笺记一以诿君，曰："不出师掾手，不可用。"亡何，罢去，诸公惜之。交辟不报，主陕之夏县簿，改监京兆府税，寻教授延安府。会省员改调乾州奉天县丞，未上，改教授凤翔府。诸公往往乞文于岐下，前后交荐者数十人。会五路被兵，君移疾归。逾年，监汉州税。赵公开总蜀饷，改辟成都府等路榷茶司干办公事、总领四川财赋所主管文字。赵改创茶盐酒法饷陕军，峻法盛气持其下，幕属布郡县作威势。独民瞻退然其间，曲为之解，弗可则持置邮毋遣，以俟其平，人多其长者。君尝在京学，与秦桧有旧，及绍兴当国，鞠宣抚使郑刚中狱，以美官诱君，将陷之不道，君力明郑冤，旬月间释囚徒三百余人，须发尽白，留鞠所待报，因得注苏氏诗。爰书既上，大拂秦意，故为饷属者奉使典州以去，公独回旋倅贰以终其身。通判夔州、成都府，所事皆大官，决剖无所顾畏，长严惮之。再丞夔州，杨文安公提点本道刑狱，檄摄总制司干办公事。盛夏以职事至恭州，病暑卒……仕四十年，田宅不长尺寸。罢成都，衰俸余市书数千卷以归。幼耆学，至老不倦，自杜、苏诗注之外，有文集二十卷，藏于家。①

据魏了翁撰墓志铭，师尹注苏轼诗完成于绍兴年间秦桧当国、构陷郑刚中之狱时。按李心传《建炎以来系年要录》卷一百五十六"绍

---

① 魏了翁《魏鹤山先生大全文集》卷八十七，影印文渊阁四库全书本。

兴十有七年九月丙子"条载:"资政殿学士四川宣抚副使郑刚中罢。先是,殿中侍御史余尧弼奏云云。章未报,尧弼又奏刚中奢僭贪饕、妄作威福、罔上不忠、败坏军政五罪。乃有是命。仍令刚中于鄂州听旨,其随行军实,令湖广总领所交割,具数申省。军兵令都统制田师古拘收,押还本司。(末附注:十二月甲申,行遣)"①又,同卷"绍兴十有七年十二月甲申"条载:"资政殿学士郑刚中落职,提举江州太平兴国宫,桂阳监居住。"②则师尹"鞫宣抚使郑刚中狱"当在绍兴十七年(1147)九月郑刚中狱起至十二月结案之间。师尹远从四川被调赴郑刚中居停所在的鄂州参加审案,大概因其为郑刚中蜀中旧僚的缘故,熟悉郑氏任职期间情况,便于协助审查。据墓志铭所载,师尹"留鞫所待报,因得注苏氏诗"亦在此时。师尹注杜诗于何时,则魏了翁未曾言及。笔者以为,师尹注苏诗,当与其籍贯眉州有关,又与绍兴十七年(1147)由蜀中至鄂州(今武昌)的经历相系,固因苏轼诗亦颇有蜀中、湖北经历也。以此揆之,师尹注杜诗,或亦出于自身经历与杜甫相涉者。政和八年(1118)师尹先后任职陕西京兆府、夏县、延安、奉天县及凤翔府,与安史乱中杜甫行迹所历多契合,或已启其注杜之端;而绍兴十七年(1147)郑刚中案后,师尹通判成都、夔州,两地为杜甫蜀中停留最多之处。"再丞夔州"之前,师尹又在成都"哀俸余市书数千卷以归",则或为其总注杜之成作资料准备。既丞夔州,注杜之事告成。——详而言之,师尹注杜完成于第二次任职夔州期间,而绍兴十七年(1147)已完成的注苏诗对其注杜亦有帮助。此点可以师尹注《八阵图》诗为证,苏轼《仇池笔记》"八阵图诗"条释此诗云:"予尝梦杜子美云:'世人误会《八阵图》诗"江流石不转,遗恨失吞吴",以为先主、武侯欲与关羽复仇,故恨不灭吴,非也。我意本为吴、蜀唇齿之国,不当相图,晋能取蜀者,以蜀有吞吴之意,此为恨耳。'"《杜陵诗史》引师尹注《八阵图》曰:"天下三分,如鼎足峙立。蜀之所以不存者,其遗恨失在吞吴而已。使不吞吴,则魏岂能合并哉?"正承苏说而来,故当在注苏诗之后。仇兆鳌《杜诗详注》指出:"今按下句有四说:以不能灭吴为恨,此旧说也。以先主之征吴为恨,此东坡说也。不能

---

① 李心传《建炎以来系年要录》第3册,上海古籍出版社1992年,第191页。
② 李心传《建炎以来系年要录》第3册,第197页。

制主上东行,而自以为恨,此《杜臆》、朱注说也。以不能用阵法,而致吞吴失师,此刘氏(逴)之说也。"按,王嗣奭、朱鹤龄、钱谦益诸注与东坡说一脉相承,貌异实同,其承苏轼说之渊源,皆可上溯至师尹注。师尹注之能揭橥"遗恨失吞吴"深意,出于东坡解《八阵图》之启发,而其注意到东坡文字,必与其此前注苏诗的经历相关。八阵图遗址正在夔州白帝城。师尹于夔州注《八阵图》诗,可称机缘巧合。——"再丞夔州"之后不久,师尹遂于绍兴二十二年(1152)辞世。要言之,师尹注杜,或始于北宋政和八年(1118)前后,终于南宋绍兴十七年(1147)前后,终始三十年,贯穿后半生,是其倾心投入的名山事业。

(二) 师尹注的特点

师尹注杜,与自身经历相关,投入半生精力,远非坊间贾利草就之书所能望其项背,故其注颇有见解,且带有鲜明的个性特色。其显著一点,即善于体会杜诗深意。如《哀王孙》"不敢长语临交衢……慎勿出口他人狙",《杜陵诗史》引师尹注曰:"长音仗,乃剩言也。交衢,谓路相交错要冲之所。甫与之问答不敢私言,但共立少顷,恐为奸人窥伺故也。……狙,窃听也。甫欲王孙慎密其事,恐为谍者所得。"如《春宿左省》"星临万户动,月傍九霄多",《杜陵诗史》引师尹注:"万户,指宫中之门也。月傍九霄,言亲近天子也。"如《宾至》"自锄希菜甲,小摘为情亲",蔡梦弼《草堂诗笺》引师尹注:"言蔬不多,为客小摘,足见其重客也。物虽薄,出于力之所致。"[①]诸注皆体会深微,能味杜诗言外之意。又如《缚鸡行》,《杜诗赵次公先后解辑校》曰:"一篇之妙,在乎落句。盖鸡之所以得者,虫之所以失;人之所以得者,鸡之所以失;人之得失如鸡虫,又且相仍,何时而已乎?'注目寒江倚山阁',则所思深矣。"赵次公注已发此诗之趣。黄氏《补注杜诗》引师尹注曰:"爱虫则害鸡,爱鸡则害虫,利害得失,要在权其轻重而为之。除寇则劳民,爱民则养寇,其理亦犹是也。与其养寇,孰若劳民?与其食(按,'食'疑当作'爱')虫,孰若存鸡?"师尹注在赵次公说之外,尚能再进一层,发挥老杜"民胞物与"之仁,犹为难得。

杜诗本有"诗史"的特质,师尹注既然善于体会杜诗深意,很自然

---

① 末句《杜陵诗史》作师尹注,可知《草堂诗笺》实引师尹注而没其名。

会注意到杜诗中"史"的因素,并予以解说。师尹注因此成为宋人注杜中最早有意识将杜诗与杜甫行实、时事政局相系联阐释的代表性注家之一。如《奉赠韦左丞丈二十二韵》诗,《杜陵诗史》引师尹注:

"杜甫生于睿宗先天元年,死于代宗大历五年,年五十有九。历睿宗、玄宗、肃宗、代宗凡四朝也。天宝十年,献三赋,玄宗命宰相试以文章,授河西尉,不行。天宝十四年,安禄山乱,甫挈家避乱鄜州,陷贼中。肃宗至德二载,脱身归凤翔府,上谒肃宗,肃宗授以左拾遗。当是时,房琯以宰相总兵,与贼战,琯儒者,用春秋车战之法,为贼所败,由是得罪。甫上疏论琯不宜废,肃宗怒,贬甫为华州司功。甫既不得志,闻李白在山东,将为山东之游,遂作此诗辞韦左丞,明已无罪而去。观甫尝有忆李白诗之句'何时一樽酒,重与细论文',盖谓此行为寻李白故也。……主上谓肃宗也。至德二载,肃宗见征。征,召也,召授左拾遗。欻即倏忽,欻然如屈蠖久蛰,志欲求伸。甫当此时,将谓得所施为,遂上疏论房琯事,不期贬华州司功,故云'青冥却垂翅,蹭蹬无纵鳞'。青冥,天也。蹭蹬,失势之貌。青天可以飞腾,今反垂翅;巨鱼可以纵壑,今反蹭蹬。盖伤其得罪也。唯韦丈与甫相厚善,而知甫为人真率,故及于此。韦丈爱甫,盖重其诗才,每于百寮之上,谓于宰相前常称诵其佳句,故有拾遗之擢。当此时,喜得韦丈推引,故效贡公喜得王阳在位也。今乃复见贬黜贫贱,又如原宪诚使人所难甘矣。虽然如是,亦安能怏怏于朝廷,只是不免奔走托食于他乡也。跤跤,奔走之状。山东,濒海之郡。唐都长安,长安即秦地。甫欲适山东,故云东入海,秦地在西,甫既适东,必离去于西秦,故云西去秦。

虽有草创之疏,但几乎将杜甫前半生经历尽数囊括于此,这在宋人杜注中是有代表性的。又如《发同谷县》,《杜陵诗史》引师尹注曰:"一岁之中,凡四行役。夏发华州。十一月离秦州,故诗云'汉源十月交'。十一月至成州,故云'仲冬见虹霓'。十二月发同谷,故云云。"概括杜甫求食秦、同行迹,清晰简明。又如《沙苑行》,《杜陵诗史》引师尹注曰:"此篇甫寓意于禄山而为之,若曰唐家诸将为不少,玄宗皆以凡材视之,独以兵权委之禄山,甚见宠贵,故云'骕骦一骨独见御',

终使禄山难制，奔突超越，一旦反于范阳，河北为之震荡，岂非簸荡鼋鼍窟乎？……甫既以马比禄山，又以鱼比史思明。盖思明乃禄山将，相继而叛，故甫托意焉。"首次揭橥此诗寓意，为后世注家认同，如浦起龙《读杜心解》："不曰龙，而曰鱼，笔法何等森严。按禄山本猪龙之精，当与《灵湫》诗参看。"仇兆鳌《杜诗详注》引卢元昌注："自禄山知总监事，选健马堪战者驱归范阳，得以助其叛势。篇中曰'王有虎臣司苑门'，以见不须禄山也。曰'春秋二时归至尊'，以见非禄山所得私畜也。篇末巨鱼，正指禄山。是时尾大已见，巨鱼虽不成龙，而砂尾金鳞，似有神彩，患猪龙之僭拟真龙也。《灵湫》诗云：'复归虚无底，化作长黄虬。'两篇结语，皆有寓意。"洪业《杜甫》、陈贻焮《杜甫评传》亦用此说。此外，师尹注作为杜诗早期宋注，可能保留了某些失传史料，值得注意。如《赠卫八处士》，黄氏《补注杜诗》引师尹注曰："按《唐史拾遗》：甫与李白、高适、卫宾相友善。时宾年最少，号小友。今据杜诗《赠卫八》云：'昔别君未婚。'知此诗乃赠卫宾也。"朱鹤龄《杜工部诗集辑注》以为乃伪书杜撰，主张削去。按，师尹注虽时或穿凿不经，然未见有伪托之嫌疑。这类材料可能是师尹当时得见而后来散佚的史料，应当存留待考。

　　注重杜诗与史事时政之关系，师尹之得在此，其失也在此。要之，得则窥见孤怀隐衷，失则流于穿凿附会。师尹注之疏漏，一方面是对史实认知判断之误，如《望岳》诗，《杜陵诗史》引师尹说："当安史之乱，僭称尊号，天子蒙尘，其朝宗之义为如何？甫《望岳》之作，末章云'一览众山小'，固知安史之徒乃培塿之细者，又何足以上抗岩岩之大也哉！"《补注杜诗》黄希注已指出其讹误："公为此诗时，安史未乱。师注未是。"笔者以为，开元二十七年(739)孔子首次获封文宣王，《望岳》诗云"凌绝顶"、"览众山"，倒有可能隐含孔子地位空前尊崇这一背景。又如《赠李白》"二年客东都"诗，黄氏《补注杜诗》引师尹注"野人对膻腥，蔬食常不饱"云："李白将为梁宋之游，甫作此诗赠之。东都，洛阳也。唐初都长安，后都洛。东都自安史再陷之后，民物贫窭，故机巧趋利，风俗浮薄。甫二年客居于此，睹兹机巧之俗，甚厌恶之，伤昔日之不然也。膻腥，谓兵后东都居民肝脑涂地，风扬膻腥之气。野人，甫自称也。蔬食不饱，谓物踊贵。"又，黄氏《补注杜诗》引师尹注"山林迹如扫"云："山林人迹如扫，谓兵火之后，绝无人烟故也，盖叹东都之不可居。"其误与注《望岳》同,盖其时安史尚未乱也。如《高都护骢马行》诗,《杜陵诗史》引师尹注:"高适为哥舒翰掌书记,甫尝送以诗云'十年出幕府,自可持旌麾',至是为安西都护,其言岂不有征?"误以高仙芝为高适。又如《百忧集行》"强将笑语供主人",《杜陵诗史》引师尹注曰:"主人指郭英义,英义镇成都,甫客依之。笑语,年少事也。甫老而客,虽强笑语以陪主人,奈非其真情也。"《补注杜诗》黄鹤补注指出其讹误:"公生于壬子上元二年辛丑,恰五十岁。然是年英义未镇成都。是年李若幽、崔光远与指回。高适为西川节度时,公素与适善,岂强供笑语?观史云,若幽后赐名国祯,为政急性躁急,光远无学任气,宜与公不合。然国祯二月已去成都,光远十一月卒。当是为光远作。"需要注意的是,有时师尹注史实之误乃出于承袭前人注而来,如《登楼》"北极朝廷终不改,西山寇盗莫相侵",邓忠臣注:"时崔旰起西山。"黄氏《补注杜诗》引师尹注曰:"此二句讽崔旰反成都,不能为朝廷之害。"按,《杜诗赵次公先后解辑校》辩之曰:"寇盗指言吐蕃,盖去年十月吐蕃陷京师,十五日闻郭子仪军至,众惊溃,子仪复长安,则朝廷似乎改矣,而车驾已还,此其终不改也。而十二月吐蕃陷松、维、保三州,成大震,则来相侵矣。故公告之以朝廷如北极终不改移尔,吐蕃特寇盗耳,无用相侵犯也。以此相应颔联两句,见登楼时望全蜀气象如此。旧注:崔旰起兵于西山,非是。崔旰反在永泰元年,岁在乙巳,相去三年,不相干矣。"黄氏《补注杜诗》黄鹤补注亦辨之曰:"案史:崔旰以永泰元年闰月辛亥寇成都,郭英义死于灵池。是时公已在云安,隔年大历元年春尚在云安,今此诗云'锦江春色来天地,玉垒浮云变古今',若以西山寇盗为崔旰,则是大历元年作,公在云安,不应言'锦江春色来天地'。王注、师注为非,意是广德二年作。指吐蕃广德元年十二月陷松、维州而言,西山近维州故也。广德二年春晚,公避乱还成都,故《赠王侍御》有'犹得见残春'之句,故此诗亦言'锦江春色'。诗又云'北极朝廷终不改'者,亦谓吐蕃陷京师,立广武郡王承宏为皇帝,将欲改命,而旋为郭子仪克复,代宗还京,终不为吐蕃所废。赵注为是。"

另一方面,由于过分攀附史事,钩深至甚,容易流于索隐穿凿。尽管师尹已经在这方面有所警惕,如《江村》,《杜陵诗史》引师尹注曰:"妻比臣,夫比君。棋局直道也,针本全直,而敲曲之,言老臣以直道成帝业,而幼君坏其法,稚子比幼君也。此《天厨禁脔》之说也。或说老妻以比杨妃,稚子以比禄山,盖禄山为妃养子。棋局,天下之喻也。妃欲以天下私禄山,故禄山得以邪曲包藏祸心,此说为得之。虽然,甫之意亦不如此。老妻、稚子乃甫之妻子,其肯以己妻子而托意于淫妇逆臣哉?理必不然。如《进艇》诗云:'昼引老妻乘小艇,晴看稚子浴清江。'则将何所比况乎?此皆村居与妻子适情以自乐,故形之诗咏,皆若托意于草木鸟兽之类,不宜区区于穿凿也。"但其临事发挥,仍不免有所疏漏,正所谓知之不易,自省尤难。最显著的例子是《茅屋为秋风所破歌》,《杜陵诗史》引师尹注云:"秋者,肃杀之气,兵戈之象也。王者之封诸侯,各本五方之土色,而苴以茅,赐之茅屋,所以覆庇人所依托焉。既为秋风所破,则无以自庇。甫以严武镇成都,遂往依之。不幸武卒,郭英乂代武为节度,甫由是见知英乂,托以为庇焉,兼与杨子琳、柏正节二刺史相善。崔旰杀英乂,并攻杨子琳、柏正节,是'卷三重茅'之比也。'茅飞渡江洒江郊',谓子琳、正节仓皇窜避也。'高者罥挂长林梢',谓在位贤者逃于林野。'下者飘转沉塘坳',地不平曰坳,喻下民坠于涂炭之苦。童,无知之称。南村群童,以譬崔旰之徒。'欺我老无力',喻代宗师老,崔旰辈无忌惮焉,而恣为残暴。'公然抱茅入竹去',谓窃据其茅土也。'唇焦口燥呼不得',时代宗号令不行,召诸道之兵,无有应者,是以避吐蕃之乱,逃而幸陕。今崔旰叛,虽遣使谆喻,岂能止其侵暴?甫依托三子以为覆庇如茅屋,然今三子为旰所攻,是失所栖托,是以倚杖有所叹息。时朝廷遣杜鸿渐讨平蜀乱,故旰兵稍定,是以有'俄顷风定'之喻也。然旰虽定,蜀中乘隙而叛者不一,如渝州、开州并杀刺史之类,杀气犹盛,是以有'云墨色'之喻也。昔楚王投醪于水,以饮士卒,三军之士皆如挟纩。为上者不可不恤其下,'布衾多年冷似铁',谓寡恩而士不和也。英乂为政刻薄,无温燠之惠,如布衾然。娇儿比崔旰,旰乘士卒怨背,举兵以反,而蜀中大乱,岂非'恶卧踏里裂'之譬乎?'床床屋漏无干处',非特甫无所庇,蜀民皆失所依故也。'雨脚如麻未断绝',谓反者继而起。甫诗云'前年渝州杀刺史,今年开州杀刺史'是也。'自经丧乱少睡眠,长夜沾湿何由彻',伤兵乱以来不获安居也。王者以天下为家,如广厦之大庇,使天下之民咸得其宁,虽有风雨,其能飘摇震荡乎?甫意非独伤己,为天下叹息,故有末章云。"其穿凿之甚,不待辨而知。其他如《后出塞》其五"坐见幽州骑,长驱河洛昏。中夜间道归,故里但空村。恶名幸脱免,穷老无儿孙",《杜陵诗史》引师尹注曰:"言国忠闻禄山有变,已陷两都,遂脱身自微路归,恐为奸盗所获。"《草堂诗笺》用师尹注义:"言国忠虽异于禄山,不负叛逆之名,奈何子孙亦为贼所屠灭。天人报应之理,可不戒哉?"如《月夜》"何时倚虚幌",《杜陵诗史》引师尹注曰:"时寇乱,甫以家寄鄜州,禄山陷都城,甫故里焚劫荡尽。虚幌,谓无人也。"如《寄题江外草堂》,《杜陵诗史》引师尹注曰:"以四小松为念,悯其有刚姿劲节,而为蔓草所戕,不获遂其生长之性,故云云。英乂见杀,四子遇害,甫托意伤之。"皆牵强附会,未可从。需要指出,师尹注某些穿凿之说实乃承袭前人说而来。如《成都府》,郭知达《九家集注杜诗》引杜田补遗曰:"是诗子美寓意深矣。《淮南子》云:'日西垂,景在树端,谓之桑榆也。'《诗》曰:'桑榆之景,理无远照。'今也日薄桑榆,而其光翳翳,止足照我衣裳,则不能远照矣。以喻明皇播越,传位肃宗,以太上皇居西内,则不能照临天下也。将旦阴伏,月明星稀,今也众星与初月争光,盖以初月之出不高,不能中天而兼照故也。以喻肃宗即位未久,禄山虽已殄灭,而史思明之徒尚在也。盖肃宗即位于天宝之丁酉,而子美乾元庚子至成都,以其时考之,故知其寓意如此。"王应麟《困学纪闻》(《钱注杜诗》引)曰:"谓肃宗初立,盗贼未息也。"《杜陵诗史》引师尹注曰:"初月喻肃宗初即位,众星喻安史之徒与天子抗衡。"说皆穿凿,故黄氏《补注杜诗》黄鹤补注辨之曰:"公以乾元二年十二月至成都,而玄宗以上元元年七月迁于西内。今诗云'季冬树木苍',则是初到成都时作,先明皇迁西内半年。修可谓托意明皇迁西内,肃宗即位未久,而安史之徒尚在,恐未必然。"不妨说,师尹注实际上代表了宋人杜注某种深文周纳的共同倾向,他只是其中比较突出的代表。这一现象正体现了注杜草创时期阐释者尽量想将杜诗与史事结合起来理解的艰难,是先驱者的"试错",应予体谅。

(三)师尹注的影响:"自寓"说与《佳人》、《萤火》

师尹作为注重杜诗与史事时政关系的代表性早期注家,对后世注家影响颇大。后世注家在这方面的得失,往往都要追溯到师尹注这一源头。

如《赠李白》"狂歌痛饮空度日,飞扬跋扈为谁雄",《杜陵诗史》引师尹注曰:"飞扬跋扈,指禄山必为乱也。"《草堂诗笺》用师尹注意:"跋扈与强梁,指禄山以为乱也。"鲁訔编年系于《官定后戏赠》后(见于《杜陵诗史》《草堂诗笺》),即安史之乱爆发前夕,这一系年显然受师尹注文的误导。又如《同诸公登慈恩寺塔》,《杜陵诗史》引师尹注:"甫登此塔,俯视兵火之后,景物萧条,宁无忧伤乎?惟旷达之士对此能遣适耳。"《杜陵诗史》将此诗置于《自京赴奉先县咏怀五百字》之后,正因师尹注误认此诗作于安史乱后也。

如《去矣行》,黄氏《补注杜诗》系于"广德二年作",引师尹注曰:"此诗为严武作。"黄鹤补注曰:"梁权道编在天宝十四载长安诗内,与鲍(钦止)注同。岂非以'明朝且入蓝田山'故云?然味'君不见鞲上鹰,一饱则飞掣。焉能作堂上燕,衔泥附炎热',岂是在长安时语?公在长安上赋投诗,唯恐君相莫我知,而卒无其遇,岂类鞲鹰之饱,未免如附炎之燕。当是广德二年在严武幕中作。所以永泰二年正月遂归溪上,'入蓝田山'云者,止是承上餐玉之句耳,非真去为蓝田之人也。师注为是。"洪业《杜甫》第四章《陵厉不飞翻》指出师尹注对后来注家的影响:"鲍钦止可能是第一个将它系于755年的注家……但是鲍钦止的同时代人,师尹,将此诗系于764—765年杜甫在成都的时候……面对这两种不同的说法,后来的注家应该如何处理呢?最为令人惊讶的尝试是将两种说法统一起来,伪邵注(托名邵宝《分类集注杜诗》卷十四,41b)认为,755年诗人四十四岁时,适在严武幕下,时有去意,次年正月即返回浣花溪。"

如《羌村三首》,《杜陵诗史》引师尹注:"时玄宗幸蜀,肃宗抚慰之道有所未尽,是何父子之恩反不若邻里之深情乎?四坐泪下而仰叹,深为朝廷叹惜此尔。"《草堂诗笺》用师尹注而发挥说:"甫寓意以讽徭役之苦民若此。东征谓东讨禄山。当艰难之际,酒味虽薄,荷人情相爱之厚,邻曲之情尚且如此,况父子之恩为如之何?甫集有诗云:'清渭东流剑阁深,去住彼此无消息。'时玄宗幸蜀,肃宗抚慰之道有所未尽,是何父子之恩反不若邻里之深情乎?四座泪下而嗟叹,深为朝廷叹息此尔。"又如《杜鹃行》,黄氏《补注杜诗》引师尹注曰:"时禄山反陷两京,明皇西走幸蜀。既失帝位,奈何又弃骨肉而孤寓他邦云云。肃宗即位灵武,不能即遣迎还明皇,而使之羁孤在蜀,明皇由是悒怏不得意,至于化去,其亦不免于怨伤乎?甫之言颇有深意。"其说虽穿凿,然已启钱谦益《钱注杜诗》论玄宗、肃宗父子关系诸笺先鞭。

师尹注对后来注家影响颇大而争论尤多者,莫过于《佳人》一章。此诗王洙本旧次、《草堂诗笺》、《杜陵诗史》、刘辰翁评点《集千家注杜工部诗集》、朱鹤龄《杜工部诗集辑注》、仇兆鳌《杜诗详注》、杨伦《杜诗镜铨》皆系于乾元二年流寓秦、同时期,并无异议。此诗主旨,郑笺纷纭,通行说法有两种:

一种是"写实"说。认为此诗所述女子为实有其人,避乱山中。此说以仇兆鳌《杜诗详注》为代表:"按,天宝乱后,当是实有是人,故形容曲尽其情。旧谓托弃妇以比逐臣,伤新进猖狂,老成凋谢而作,恐悬空撰意,不能淋漓恺至如此。"一种是"自寓"说。这一解读最早即为师尹所提出。师尹《杜工部诗注》已佚,关于此诗的师尹注,《杜陵诗史》、黄氏《补注杜诗》所引皆节略,①不如蔡梦弼《草堂诗笺》之语义完整;而蔡梦弼《草堂诗笺》隐去注家主名,正可借《杜陵诗史》、《补注杜诗》提示的线索辨认其师尹注之"身份"。师尹注云:"《诗·简兮》刺不用贤云:'彼美人兮,西方之人兮。'盖言贤者有佳美之德,甫之此诗亦以佳人喻贤者。君之于臣,亦犹夫之于妇也。君用新进少年,必至于疏弃旧臣。夫淫于新婚,必至于离绝旧室,此必然之理也。甫寓意于君臣而有此作,非独为佳人之什,读者可以意会也。……是诗特以采柏倚竹为言者,盖柏与竹,岁寒不改其操,虽为夫所弃,誓以节自守,始终不变,亦犹贤人君子,虽见逐于君,而吾操守终无改易,此其所以为忠臣贞妇者也。"师尹之说影响甚大,黄氏《补注杜诗》黄

---

① 据笔者统计,凡《杜陵诗史》所引师尹注,黄氏《补注杜诗》必引,故可推测《补注杜诗》之师尹注当是从《杜陵诗史》转引而来。按,《四库全书总目》论黄希、黄鹤父子《补注杜诗》,对杜集诸注本成书时间加以推定:"至嘉定丙子,(《补注杜诗》)始克成编……郭知达《九家注》、蔡梦弼《草堂诗笺》视鹤本成书稍前(按,知达本成于淳熙辛丑,在鹤本前三十余年;梦弼成于嘉泰甲子,在鹤本前十有二年)。"按四库馆臣的意见,三书的成书次序为:郭知达《九家集注杜诗》(淳熙八年,1181年)——蔡梦弼《草堂诗笺》(嘉泰四年,1204年)——黄氏《补注杜诗》(嘉定九年,1216年)。虽然今存《王状元集百家注编年杜陵诗史》唯一刊本贵池刘世珩玉海堂藏宋坊刻本刊刻晚于《草堂诗笺》(参见曾祥波《现存最早两种宋人杜诗编年集注本平议》,未刊稿),但一般公认,《王状元集百家注编年杜陵诗史》这一刊本系统的出现仍早于蔡梦弼《草堂诗笺》。换言之,《杜陵诗史》成书要早于黄希、黄鹤《补千家注纪年杜工部诗史》。

鹤补注全采此说："此诗乾元二年（759）在秦州作。甫自谓也，亦以伤关中乱后、老臣凋丧也。"今人研究如易朝志《试论杜甫的弃官及其他》①，将此诗与杜甫弃官华州的前后思想变化结合起来作了较深入的解释，亦同意"自寓"说。还有一种意见，如黄生《杜诗说》、萧涤非《杜甫诗选注》等认为佳人实有其人，杜甫借写佳人寄寓了自己的身世之感。笔者以为由于"佳人"是否确有其人，其实已经无法确证，所以这一说法实际上最终倒向了"自寓"说，可视为"自寓"说更为圆融的修订版，。

本文以为，"佳人"之有无，遽难定证，事无必至，姑不置言；然此诗隐含杜甫"自寓"，理有固然。故于诸家说之外，补充若干新证据。为便于说明，录全诗如下："绝代有佳人，幽居在空谷。自云良家子，零落依草木。关中昔丧乱，兄弟遭杀戮。官高何足论？不得收骨肉。世情恶衰歇，万事随转烛。夫婿轻薄儿，新人已如玉。合昏尚知时，鸳鸯不独宿。但见新人笑，那闻旧人哭？在山泉水清，出山泉水浊。侍婢卖珠回，牵萝补茅屋。摘花不插发，采柏动盈掬。天寒翠袖薄，日暮倚修竹。"

旧注为"自寓"说提出的证据有：第一，"良家子"者，杜甫为杜预、杜审言之后裔，此言杜氏门庭华胄。第二，"兄弟杀戮"者，为从弟之死于战乱，见杜甫《不归》："河间尚战伐，汝骨在空城。从弟人皆有，终身恨不平。数金怜俊迈，总角爱聪明。面上三年土，春风草又生。"第三，"新人旧人"者，为喻房党如严武、贾至及老杜等见逐。

本文补充的新证据为：

第一，"官高何足论？不得收骨肉"云者，谓长安陷敌后王侯子孙多死难，如《哀王孙》所言"屋底达官走避胡，金鞭断折九马死，骨肉不待同驰驱"云云，尤可注意"官高"与"达官"、"不得收骨肉"与"骨肉不待同驰驱"在文字上同出一辙。《杜诗赵次公先后解辑校》："此乃贵人之家，诗人盖不欲出其名氏耳。"尚隔一间。

第二，"在山泉水清，出山泉水浊"，此为《佳人》篇中名句，而论者每有释义扞格之感。本文以为，此诗可参《寄岳州贾司马六丈巴严八使君两阁老五十韵》，诗云："贾笔论孤愤，严诗赋几篇。定知深意苦，莫使众人传。贝锦无停织，朱丝有断弦。浦鸥防碎首，霜鹘不空拳。地僻昏

---

① 《学术月刊》1979年8期。

炎瘴，山稠隘石泉。且将棋度日，应用酒为年。典郡终微眇，治中实弃捐。安排求傲吏，比兴展归田。去去才难得，苍苍理又玄。古人称逝矣，吾道卜终焉。"按，此诗为惜贾至、严武及老杜自身与房琯被谮外放而作。郭知达《九家集注杜诗》引师尹注云："贾至，至德中以中书舍人慰安蒲人，不法，贬岳州司马。严武，至德中以给事中坐房琯事，贬巴州刺史。"此诗主旨，《钱注杜诗》笺曰："十五载八月，玄宗幸普安郡，制置天下之诏，房琯建议，而（贾）至当制。琯将贬而至先出守，其坐琯党无疑矣。至父子演纶，受知于玄宗。肃宗深忌蜀郡旧臣，至安能一日容于朝廷？其再贬岳州，虽坐小法，亦以此故也。'每觉升元辅，深期列大贤'，盖琯既用事，则必汲引至、武，故其贬也，亦联翩而去。'贝锦'以下，忧谗畏讥，虽移官州郡，相戒不敢忘也。"洪业《杜甫》第八章《一岁四行役》说："一首写给两位朋友的长诗，《寄岳州贾司马巴州严使君》，回忆了前几年的岁月。在诗篇的结尾，诗人以极其低沉的语调提到自己。对自己仕宦经历的失望和幻灭表现的淋漓尽致。他把这种情绪传达给贾、严二人是有目的的。因为他们也受到朝廷的严谴，杜甫希望他们能够从自己更加落魄的遭遇中得到某种程度的安慰。"其中，"地僻昏炎瘴，山稠隘石泉"两句，为杜甫写其"古人称逝，吾道卜终"、隐居秦同山中（"在山"）的情形。这里提到的"石泉"，应该就是杜甫同一时期所作《太平寺泉眼》中的泉水，诗云："招提凭高冈，疏散连草莽。出泉枯柳根，汲引岁月古。石间见海眼，天畔萦水府。广深丈尺间，宴息敢轻侮。青白二小蛇，幽姿可时睹。如丝气或上，烂熳为云雨。山头到山下，凿井不尽土。取供十方僧，香美胜牛乳。北风起寒文，弱藻舒翠缕。明涵客衣净，细荡林影趣。"所言泉水极为美好。换言之，虽然左迁远隐，"地僻山稠"、"昏炎瘴"（亦即"招提凭高冈，疏散连草莽"之谓），但"在山"之"泉水清"，远胜过"出山"身处朝堂之"浊"。论者往往以为"在山泉水清，出山泉水浊"一句写佳人，似觉线索突兀，不明其由来。如果以"自寓"说审视此诗，则此句实写老杜因房党牵连，左迁华州，又远走秦同之事，不但可与上句"但见新人笑，那闻旧人哭"述朝廷新（肃宗）、旧（玄宗）两党权力更替续接无间，亦可与老杜同一时期其他诗作所述情形相吻合也。

第三，"牵萝补茅屋"，可与杜甫欲卜居秦州东柯谷、西枝村相参看。《示侄佐》云："多病秋风落，君来慰眼前。自闻茅屋趣，只想竹林眠。"题下原注："佐草堂在东柯谷。"又，《寄赞上人》："一昨陪锡杖，卜邻南山幽……茅屋买兼土,斯焉心所求。近闻西枝西,有谷杉黍稠。"《西枝村寻置草堂地夜宿赞公土室》二首其一:"卜居意未展,杖策回且暮。"茅屋、草堂,一也。换言之,"佳人"之茅屋,即老杜之草堂也。①

第四,"采柏动盈掬",同时期《空囊》诗云:"翠柏苦犹食,明霞高可餐。世人共鲁莽,吾道属艰难。不爨井晨冻,无衣床夜寒。囊空恐羞涩,留得一钱看。"是老杜自采柏之证。此承上句言欲寻营茅屋之事而来,隐指"空囊"羞涩,置产不成。离秦赴同谷后,又有《同谷七歌》云:"岁拾橡栗随狙公,天寒日暮山谷里。"皆是采柏之属。可知采柏貌似状佳人高洁,实亦为老杜生计苦寒之实情也。

综上所述,兹说《佳人》诗如下:"绝代有佳人,幽居在空谷",谓弃官华州至秦州,以赴秦州之缘由发端起兴。"自云良家子,零落依草木",由个人身世,追溯家族渊源之高贵,恰如《离骚》"帝高阳之苗裔兮,朕皇考曰伯庸"之写法。"关中昔丧乱,兄弟遭杀戮",谓安史之乱中家族罹乱,从弟被祸。"官高何足论?不得收骨肉",谓杜氏家族之丧乱犹不足道,至于当世之王族高门,亦有如《哀王孙》中所述之惨遇,是一国之大乱,举世共罹其难,非仅一家一门之不幸也。"世情恶衰歇,万事随转烛。夫婿轻薄儿,新人已如玉。合昏尚知时,鸳鸯不独宿。但见新人笑,那闻旧人哭",此谓肃宗灵武中兴之后,朝政又陷入新、旧党争,房党皆为逐迁,照应诗发端言弃官奔秦事。"在山泉水清,出山泉水浊",谓吾道不行则卜居山中,不与浊世混淆,且与严武、

---

① 按,草堂之名,虽非老杜首创,如《草堂即事》,赵次公注:"李善引梁简文帝《草堂传》云云。今公所建茅屋,取此草堂两字名之,盖有所据也。"然洪迈《容斋五笔》卷十"唐人草堂诗句"条载:"予于东圃作草堂,欲采唐人诗句书之壁而未暇也,姑录之于此。杜公云:'西郊向草堂','昔我去草堂','草堂少花今欲栽','草堂堑西无树林'。白公有《别草堂》三绝句,又云:'身出草堂心不出。'刘梦得《伤愚溪》云:'草堂无主燕飞回。'元微之《和裴校书》云:'清江见底草堂在。'钱起有《暮春归故山草堂》诗,又云:'暗归草堂静,半入花源去。'朱庆余:'称著朱衣人草堂。'李涉:'草堂曾与雪为邻。'顾况:'不作草堂招远客。'郎士元:'草堂竹径在何处?'张籍:'草堂雪夜携琴宿。'又云:'西峰月犹在,遥忆草堂前。'武元衡:'多君能寂寞,共作草堂游。'陆龟蒙:'草堂抵待新秋景。'又云:'草堂尽日留僧坐。'司空图:'草堂旧隐犹招我。'韦庄:'今来空讶草堂新。'子兰:'策杖吟诗上草堂。'皎然有《题湖上草堂》云:'山居不买剡中山,湖上千峰处处闲。芳草白云留我住,世人何事得相关?'"洪迈学识渊富,又曾编《万首唐人绝句》,所见唐人诗极多,然其所举草堂诗句,皆在老杜之后,可见草堂之名入诗,则为老杜独用也。秦州草堂虽未成,然已启成都草堂之端矣。

贾至等同道共勉。"侍婢卖珠回,牵萝补茅屋",谓筹措缠资于东柯谷、西枝村寻置茅屋（草堂）之举。"摘花不插发,采柏动盈掬","摘花"应与上句"卖珠"相参互,花谓发簪,摘簪不插发,为出售也;"采柏"谓拙于生计,度日苦寒,亦承上说明短于钱物（即《空囊》之义）、营置茅屋难就之意。"天寒翠袖薄,日暮倚修竹",时将入冬,求食艰难,故为思量以展望前途也,后遂有同谷及蜀中之行。

以"自寓"说读杜诗,时能详味以得新义,并能与杜诗其他篇章相互呼应,形成完整的意义系统,较之其他解释更有说服力。试以《萤火》为例,诗云:"幸因腐草出,敢近太阳飞。未足临书卷,时能点客衣。随风隔幔小,带雨傍林微。十月清霜重,飘零何处归。"此诗系年,王洙本旧次、《杜陵诗史》、《草堂诗笺》、黄氏《补注杜诗》、刘辰翁评点《集千家注杜工部诗集》、朱鹤龄《杜工部诗集辑注》、仇兆鳌《杜诗详注》、杨伦《杜诗镜铨》皆系于系于乾元二年秋七月弃官居秦州以后所作。此诗主旨,诸家皆同意隐喻阉宦弄权说,向无异议。如南宋王楙《野客丛书》卷二十三"韩杜诗意"条:"子美《萤诗》曰:'幸因腐草出,敢近太阳飞。未足临书卷,时能点客衣。随风隔幔小,带雨傍林微。十月青霜重,飘零何处归?'退之诗曰:'朝蝇不须驱,暮蚊不须拍。蝇蚊满八区,可尽与相格。得时能几时,与汝恣唊咋。凉风九月到,扫不见踪迹。'二诗皆一意,所以讽当世小人妄作威福者尔。"①如《九家集注杜诗》引王洙注:"太阳之光,固非萤火之近,喻小有才而侵侮大德者。"蔡梦弼《草堂诗笺》:"古者谓宫刑为腐,唐之季世,阉宦弄权,公之此诗盖讥之也。……喻阉侍小人侍君之侧,弄权肆逸也。……或云此诗指李辅国也。"《补注杜诗》黄鹤补注曰:"今诗云'幸因腐草出,敢近太阳飞',盖指李辅国辈以宦者近君而挠政也。"仇兆鳌《杜诗详注》:"今按腐草喻腐刑之人,太阳乃人君之象,比义显然。"洪业《杜甫》第八章《一岁四行役》说:"大量诗歌描绘了更小一些的主题,如《捣衣》、《促织》、《萤火》。注家们试图在诗中读出某些诗人的隐含意蕴。只有最后一首很明显是用萤火指代宦官李辅国。"

笔者以为,所谓宦官（李辅国）弄权说,其根本乃出于注家因诗中

---

① 《全宋笔记》6编6册,大象出版社2013年,第306页。

"腐草"一辞发挥而来,并不符合全诗意境情绪。按,此诗情韵亲切微婉,非激愤之辞。关于萤火这一意象,杜甫在其他诗篇中亦曾涉及,如夔州时期《见萤火》,诗云:"巫山秋夜萤火飞,帘疏巧入坐人衣。忽惊屋里琴书冷,复乱檐边星宿稀。却绕井阑添个个,偶经花蕊弄辉辉。沧江白发愁看汝,来岁如今归未归。"与此诗情调相似,其状貌萤火,并无恶感。余意以为,乾元二年秦州时期之"萤火"意象,与同一时期"佳人"形象相似,实隐为老杜"自寓"。寻绎全诗,"幸因腐草出,敢近太阳飞",乃老杜自谓以困守长安十载之小儒、因安史之乱赴肃宗行在、而遂能亲近中枢、侍肃宗侧为拾遗。"未足临书卷,时能点客衣。随风隔幔小,带雨傍林微",一方面为是夜室中读书见萤火之实景,另一方面也是秦州流离生涯、个人寄寓于大时代之写照。"时能点客衣"一句,蔡梦弼《草堂诗笺》云:"喻其能以谗言中伤正人也。"而《见萤火》云"巫山秋夜萤火飞,帘疏巧入坐人衣",意境与之相同,并无影射之义。"十月清霜重,飘零何处归",《杜陵诗史》引师尹注云:"萤出于腐草,喻小人起于微贱,而侵凌大德之士,一旦时清,必蒙摈斥,故云'飘零何处归'。"详味此句,"飘零"惟见老杜之哀,未有快意之感。换言之,此句乃老杜对自己前途之展望,本质上与《佳人》结句"天寒翠袖薄,日暮倚修竹"同一机杼。换言之,"天寒"即"十月","日暮"即"清霜重","翠袖薄"即"飘零"之态,"倚修竹"是为展望"何处归"。老杜于困顿时,往往以卑微之物自寓自怜,其中即多用"萤火"意象。如《赠翰林张四学士》云:"无复随高凤,空余泣聚萤。"赵次公注云:"此公自谓也。高凤,指言张翰林。诗意盖云:我不能更随张翰林之高骞,而止余泣于聚萤耳。"王嗣奭《杜臆》卷一释之云:"萤之为物,弱质不离腐草,微光难近太阳,故以自比。"又如《桥陵诗三十韵因呈县内诸官》云:"主人念老马,廨宇容秋萤。"洪业《杜甫》解释此诗说:"因为饥荒,他和他的家人,包括营养不良的孩子,离开了下杜城,渡过泾水,在夜间抵达奉先,涕泗交流,像秋天的萤火虫一样孤独无依,被安置在一个不常用的廨署临时住宿。"以"自寓"说释《萤火》,不但符合此诗意境,也符合杜诗写"萤火"的一贯情绪。

总之,对杜诗的解说,既要重视杜诗的"诗史"特质,注意体察杜诗对史事时政的表现、影射,也要照顾到杜诗创作在时地、意象上的一致性,能够在诗与诗之间形成相互呼应一致的阐释,这样才能在对杜诗多义性文本的阐释中获得更具有说服力、更为融通的一种。杜诗师尹注的特点及其得失——尤以"自寓"说为甚——相当清楚地表明了这一点。

五、蔡梦弼《草堂诗笺》整理刍议——兼论现存最早两种宋人杜诗编年集注本(蔡梦弼《杜工部草堂诗笺》与旧题王十朋《王状元集百家注编年杜陵诗史》)之优劣

杜诗之号"诗史",故前人有读杜诗"编年本第一,分体本次之,分类本最下"之说。另外,杜诗自宋以降,研习者夥矣,注杜号称千家,而各有利钝。因是之故,读杜应以荟萃众说、便于参互之集注本为优。旧题王十朋撰《王状元集百家注编年杜陵诗史》与蔡梦弼《草堂诗笺》,是现存宋人杜注中最早的两种编年集注本。——按,郭知达《九家集注杜诗》虽为质量颇佳的现存最早集注本,然属分体本,不易阅读;今人林继中辑校《杜诗赵次公先后解辑校》虽为最早编年本,然为宋人赵彦材一家之注,并非集注形式;元、明两大流传最广、影响最大的高崇兰编、刘辰翁评点的编年集注本《集千家注杜工部诗集》,出现于宋元之际,时间上远远落后于二书。——故《杜陵诗史》与《草堂诗笺》二书在杜诗学中占据了极为重要的位置。

(一)《草堂诗笺》与《杜陵诗史》之优劣

就集注性质而言,两本皆系采集诸家之集注性质,然蔡梦弼将注家主名统统删去,虽为集注,却不明注文出自孰家,难以了解诸家注释之演变及优长。《杜陵诗史》则将诸注家主名一一标明,虽或有虚造之妄,然剔除伪注后,犹可见诸家注释之演变及各自优长也。故就集注性质而言,《杜陵诗史》优于《草堂诗笺》。就编年性质而言,二书皆称以鲁訔年谱为系年依据,据笔者《杜诗会笺》所选杜诗近四百篇比对,两书篇目之编次基本一致。不一致者有三种情况,其中前两种是可予合理解释的小概率事件(第三种差异属于意外情况,另见下文解释①),列举如下:

第一,少数同题诗混淆。如《遣兴》"骥子好男儿"、《遣兴三首》与《遣兴五首》。又如《即事》。又如《野望》。又如《得舍弟消息》"乱后

---

① 此种情况实乃"古逸丛书"《草堂诗笺》本的特殊情况,出于黎庶昌胖合淆乱《草堂诗笺》,造成成批诗篇的编次明显失常,下文专门说明。

谁归得",《草堂诗笺》系于"乾元元年(758)夏六月出为华州司功冬末以事之东都,至乾元二年七月立秋后欲弃官以来所作",置于《忆弟二首》与《赠卫八处士》之间。《杜陵诗史》相同位置乃是《得舍弟消息》"风吹紫荆树"一首,而《得舍弟消息》"乱后谁归得"一首则系于"至德二载丁酉在贼中所作"。又如《杜鹃行》,《草堂诗笺》系于"上元元年庚子在成都所作",置于《石笋行》与《三绝句》"前年渝州杀刺史"之间。《杜陵诗史》将"上元元年"误作"上元二年",置于《石笋行》、《石犀行》、《杜鹃》"西川有杜鹃"(《目录》云:"此诗系到云安所作,当见二十一卷,误入此。")与《杜鹃》"古时杜宇称望帝"、《三绝句》之间。又如《草堂》,《草堂诗笺》系于"广德二年甲辰春末再至成都所作",置于《归来》与《除草》、《四松》之间。《杜陵诗史》置于此处者为《草堂即事》"荒村建子月",《草堂》一诗系于"上元二年辛丑在成都公年五十岁"。又如《喜雨》"南国旱无雨",《杜陵诗史》系于"广德二年甲辰自梓州挈家再往阆州所作",置于《百舌》与《送梓州李使君之任》之间。《草堂诗笺》置于此处者为《喜雨》"春旱天地昏"。

第二,《草堂诗笺》收录而《杜陵诗史》失次,这种情况极少。如《塞芦子》,《草堂诗笺》系于"至德二载夏自贼中达行在所授拾遗以后所作",置于《彭衙行》与《送长孙九侍御赴武威判官》之间。《杜陵诗史》失载。如《湖城东遇孟云卿》,《草堂诗笺》系于"乾元元年夏六月出为华州司功,冬末以事之东都,至乾元二年七月立秋后欲弃官以来所作",置于《至日遣兴二首》与《阌乡姜七少府设鲙》之间。《杜陵诗史》置于最末三十二卷"拾遗"部分。

总的来说,两书篇目编次大致相同,互有优劣。如果算上《杜陵诗史》在集注性质上注明注家主名的优势,那么《杜陵诗史》一书在价值上似乎应该高过《草堂诗笺》。

(二)《草堂诗笺》与《杜陵诗史》编撰之先后

就目前的研究状况来看,学界一般都视《杜陵诗史》的撰述时间在《草堂诗笺》之前。代表性的说法有两家,第一是洪业《杜诗引得序》称:"疑其(《草堂诗笺》)多所取于伪王集注以成书者也。"[1]第二是

---

[1] 洪业《杜诗引得序》,《杜甫:中国最伟大的诗人》附录二,第278页。

周采泉《杜集书录》通过推断郭知达《九家集注杜诗》成书情况的间接暗示。《杜集书录》卷二"(郭知达)《新刊校正集注杜诗》三十六卷"称:"郭知达虽无籍籍名,但决非一般书贾,其辑此书全为针对东坡《老杜事实》以及《王状元集百家注》等伪书而作。"①按,郭知达此书的撰述时间,其序明言为淳熙八年(1181)。《四库全书总目》论黄希、黄鹤父子《补注杜诗》,对杜集诸注本成书时间加以比较称:"至嘉定丙子,(《补注杜诗》)始克成编……郭知达《九家注》、蔡梦弼《草堂诗笺》视鹤本成书稍前(按,知达本成于淳熙辛丑,在鹤本前三十余年;梦弼成于嘉泰甲子,在鹤本前十有二年)。"②按四库馆臣的意见,三书的成书次序为:郭知达《九家集注杜诗》(淳熙八年,1181)——蔡梦弼《草堂诗笺》(嘉泰四年,1204)——黄氏《补注杜诗》(嘉定九年,1216)。余嘉锡《四库提要辨证》、李裕民《四库提要订误》、杨武泉《四库全书总目辩误》,以及洪业《杜诗引得序》、万曼《唐集叙录·杜工部集》对此说皆无异议。胡玉缙《四库全书总目提要补正》引陆氏《仪顾堂续跋元椠二十五卷本跋》云:"建安蔡氏梦弼亦在姓氏中,集注曾采及,惟郭知达注不及一字耳。"胡玉缙作案语云:"二十五卷,为徐居仁就黄本为之分门编类,乃别一本。"③指出陆心源所说采及蔡梦弼《草堂诗笺》之黄氏《补注杜诗》本实为徐居仁据黄氏《补注杜诗》所编之分类本,而非黄氏原本,进一步加强了《四库全书总目》的说法。——回过头来看,周采泉既然认为郭知达《九家集注杜诗》带有纠正《杜陵诗史》伪托撰人之讹谬的意图,而《草堂诗笺》成书又在《九家集注杜诗》之后,那么《杜陵诗史》自然成书于《草堂诗笺》之前了,即:《杜陵诗史》——郭知达《九家集注杜诗》(淳熙八年,1181)——蔡梦弼《草堂诗笺》(嘉泰四年,1204)。《杜陵诗史》不但在篇目编次上与《草堂诗笺》基本一致,又有标明注家主名、可供复核来源的文献线索,并且学界又普遍认为其纂述年代早于《草堂诗笺》,所以尽管"王状元(十朋)"之名显系伪托,此书仍获得了杜诗研究者的重视。如洪业稽考

---

① 周采泉《杜集书录》,上海古籍出版社1986年,第55页。
② 《四库全书总目》卷一四九,中华书局1965年,第1281页。
③ 胡玉缙撰、王欣夫辑《四库全书总目提要补正》卷四十三,上海书店出版社1998年,第1187页。

杜集各本，所撰之《杜诗引得序》亦是杜集版本流传之第一篇全面专史，对杜集版本极为熟悉，其撰写《杜甫：中国最伟大的诗人》一书，胪列所用版本，毅然将《杜陵诗史》置于《草堂诗笺》之上。① 又如，今人林继中先生整理恢复《杜诗赵次公先后解辑校》，前三卷因无钞本传世，他考证赵彦材所用蔡兴宗年谱，实则为鲁訔年谱之源头，故即用鲁訔年谱系统的《杜陵诗史》之编次为前三卷篇目之次序，而未取同属鲁訔年谱系统的《草堂诗笺》，可见对《杜陵诗史》的重视超过《草堂诗笺》。

　　论者虽普遍认为《杜陵诗史》成书于《草堂诗笺》之前，但皆未举出确凿证据，洪、周二说皆如此。欲解决二书撰述次序之先后，核其引用之迹为最佳方法。如果不同意传统说法，则须找出《杜陵诗史》引用《草堂诗笺》的证据。然蔡书向掩注家主名，而《杜陵诗史》中亦未见引及蔡注之迹。并且，《草堂诗笺》所谓"梦弼谓"、"梦弼案"、"梦弼考"之类，往往为蔡氏攫取他人注释为之。② 即使《杜陵诗史》引之，亦难以判明《杜陵诗史》是从《草堂诗笺》所引，或是引自原注者之书。故退而求其次，当寻绎二书引用他书之迹，以他书为坐标，衡量二书撰述之先后。所谓他书者，经笔者浏览爬梳，则以黄希、黄鹤《补注杜诗》为合适。黄氏《补注杜诗·集注杜诗姓氏》载有："永嘉王氏，名十朋，字龟龄，《集注编年诗史》三十二卷。"其书名卷数悉与《杜陵诗史》合。则《杜陵诗史》成书早于《补注杜诗》。然而寻绎《杜陵诗史》，其《哀王孙》"夜飞延秋门上呼"一句，注引黄氏《补注杜诗》黄希注（题作"希曰"）云："《通鉴》云：上御勤政楼，下制云欲亲征，皆莫之信。移仗北内，命陈玄礼整比六军，上独与贵妃姊妹、皇子、妃、王、皇孙及亲近宦官宫人出延秋门。妃、王、皇孙之在外者皆委之而去。是日百官犹有入朝者，至宫门犹闻漏声，三卫立仗俨然，门既启，则宫人乱出，中外扰攘，王公士民四出逃窜。"又，同诗"朔方健儿好身手"一句，注引黄希注（题作"希曰"）云："诗云：好人服之。注云：好人，好女[汝]手

---

① 洪业撰、曾祥波译《杜甫：中国最伟大的诗人》《引论》，第1—2页注5。
② 洪业《杜诗引得序》即指出："蔡氏著书，实亦以剽窃为法者也。观其书中曰'案'、曰'考'、曰'梦弼谓'者甚多，似是考证之新得，实皆盗自他人。"（洪业撰、曾祥波译《杜甫：中国最伟大的诗人》附录二，第288页）

之人。"据此二注,则《补注杜诗》成书又应在《杜陵诗史》之前。对这一矛盾,洪业《杜诗引得序》推测说:"唯诗注中或冠'希曰'二字,皆是黄希之言;希书成于嘉定年间(1208—1224),其子鹤补注成书,序于宝庆二年(1226);故疑刘氏旧藏之本乃宝庆后伪王之本又经翻刻,偶有阙叶,遂盗取黄鹤补注本,删减其注,以为补足者也。"①洪业之说有理。然而这样一来,我们至少要说:今存《杜陵诗史》唯一刊本(贵池刘世珩玉海堂藏宋刻本②)实乃成书于黄氏《补注杜诗》之后。按,黄氏《补注杜诗》之成书时间,黄鹤《补注杜诗工部年谱辨疑后序》有"嘉定丙子(1216)三月望日"的识语。《草堂诗笺》之成书于嘉泰四年(甲子,1204),因其书有"大宋嘉泰天开甲子正月穀旦建安三峰东塾蔡梦弼傅卿谨识"的序言,皆无可疑。既然今存《杜陵诗史》引用了黄氏书,那么三者的顺序则应该是:蔡梦弼《草堂诗笺》(1204)——黄氏《补注杜诗》(1216)——今存《杜陵诗史》刘世珩玉海堂藏宋刻本。

另外,我们还可以从今存《杜陵诗史》与《草堂诗笺》二书的进一步比对中找到若干旁证。如《收京三首》"仙杖离丹极",《草堂诗笺》系于"八月还鄜州及扈从还京所作",置于《喜闻官军已临贼境》与《洗兵马》之间。今存《杜陵诗史》所载为《收京四首》(编次基本一致,在《喜闻官军已临贼境》、《九日杨奉先会白水崔明府》与《洗兵马》之间),前三首与《草堂诗笺》同,增加的第四首为"复道收京邑",题下注"新添"二字,此点正可视为今存《杜陵诗史》成书晚于《草堂诗笺》的旁证。试想,只有今存《杜陵诗史》成书于《草堂诗笺》之后,才可能有"新添"之迹。

(三) 对新本《草堂诗笺》的构想

既然有确凿的证据表明《草堂诗笺》成书早于今存《杜陵诗史》

---

① 洪业《杜诗引得序》,洪业撰、曾祥波译《杜甫:中国最伟大的诗人》附录二,第270页。

② 按,《王状元集百家注编年杜陵诗史》流传至今的唯一宋刻本为贵池刘世珩玉海堂藏本。此本后来归程毅中祖上所藏,又辗转流入苏州图书馆(参见《苏州市新发现的宋刻〈杜陵诗史〉》,《文物》1975年8期;张国瀛《〈杜陵诗史〉传奇》、《杜甫研究学刊》2004年2期;程毅中《〈杜陵诗史〉百年传奇的最后一页》,《世纪》2007年5期等文)。不过,1913年刘世珩曾将此书刻流布,此后江苏广陵古籍刻印社又于1981年影印刘氏影刻本1500部,线装书局于2001年又再次影印。近来"中华再造善本"亦影刊此书。

本，那么有没有必要将《草堂诗笺》的重要性置于今存《杜陵诗史》之上呢？就流行于世的黎庶昌翻刻《草堂诗笺》本（收入"古逸丛书"）看来，答案是否定的。原因在于此本编次极为混乱，几不可用。此点前人多有指出。如缪荃孙《艺风堂文续集·草堂诗笺跋》云："《草堂诗笺》以编年得名……黎本卷二十为广德元年（763），卷二十一为广德二年（764），卷二十二、二十三，不纪年，卷二十四为永泰元年（765），已到云安，不应卷二十五又载上元元年（760）在成都所作，后半卷又载云安所作，未免难揉。"①又如傅增湘《藏园群书题跋》亦称："黎氏翻本……卷第凌乱，注文脱失，不可胜记。……宋刻与黎刻自卷一至十九，次第相符，下此，则颠倒混淆。……忆昔年遇杨惺吾（守敬）于海上，语及《古逸丛书》，谓其中惟《草堂诗笺》原本最劣，当时力阻星使，竟不见纳，余叩其故，笑而不言。由今观之，乃知其谬至于此极也。"②洪业《杜诗引得序》推考《草堂诗笺》刊刻源流，总结说："推求其故，殆由刻丁本（黎氏旧藏十二行本姑称丁本）者所用之乙本（光绪中巴陵方功惠旧藏之本姑称乙本）已非完帙，遂坦然偷工减料，缩五十卷本为四十卷，以欺读者。后又恐其计不售，遂更寻全本，补刻十卷，然已次序颠倒，且又有阙略矣。……蔡氏之书一翻于乙，而注文有偷换顶替者矣；再翻于丁，而卷第错乱，诗篇以阙矣。"③笔者全面对比了两书目次，恰如所言，紊乱不可收拾。仅就笔者所译洪业《杜甫》所选近四百首杜诗来看，《杜陵诗史》收录而《草堂诗笺》失载的情况就不胜枚举，先后有《酬高使君相赠》、《堂成》、《琴台》、《百忧集行》、《茅屋为秋风所破歌》、《奉简高三十五使君》、《客至》"舍南舍北皆春水"、《戏作花卿歌》、《赠花卿》、《遭田父泥饮美严中丞》、《奉送严公入朝十韵》、《相从行赠严二别驾》、《闻官军收河南河北》、《甘园》、《警急》、《送陵州路使君赴任》、《忆昔》、《倦夜》、《十二月一日》、《客居》、《引水》、《古柏行》、《见王监兵马使说近山有白黑二鹰》、《阁夜》、《醉为马所坠》、《喜闻盗贼蕃寇总退口号》、《短歌行赠王郎司直》、《久客》、《宗武生日》、《北风》、《水宿遣兴》、《蚕谷行》、《风疾舟中伏枕抒

---

① 洪业《杜诗引得序》，《杜甫：中国最伟大的诗人》附录二，第283页。
② 洪业《杜诗引得序》，《杜甫：中国最伟大的诗人》附录二，第284—285页。
③ 洪业《杜诗引得序》，《杜甫：中国最伟大的诗人》附录二，第288页。

怀》等篇章。

《草堂诗笺》虽成书于今存《杜陵诗史》之前,而由于使用价值的不足,其重要性不得不居于显系伪托撰人的今存《杜陵诗史》之后,这不得不说是一个遗憾(其实,《杜陵诗史》自身亦有刊刻之讹误,如老杜初至成都诗系年"上元元年庚子在成都所作",《杜陵诗史》将"元年"皆误作"二年"。如《塞芦子》,《草堂诗笺》系于"至德二载夏自贼中达行在所授拾遗以后所作",置于《彭衙行》与《送长孙九侍御赴武威判官》之间。《杜陵诗史》失收。如《遣兴》"骥子好男儿"一首,《草堂诗笺》系于"至德元载"最末一首,编次同王洙本。《杜陵诗史》同一编次之《遣兴》为:"昔在洛阳时,亲友相追攀。送客东郊道,遨游宿南山。烟尘阻长河,树羽成皋间。回首载酒地,岂无一日还。丈夫贵壮健,惨戚非朱颜。"按,此是《遣兴三首》之一)。然而,《草堂诗笺》自有其不可替代之价值,故有必要予以恢复。具体而言,理由有二:

第一,《草堂诗笺》注文多有《杜陵诗史》乃至其他宋人杜注所不及者。洪业所谓《草堂诗笺》"其注皆显然删削伪王之注而成"之说,恐未确。试举数例,如《游龙门奉先寺》,诗题下《杜陵诗史》注:"鲁訔曰:龙门在西京河南县。地志曰:阙塞山一名伊阙,而俗名龙门。"而《草堂诗笺》注:"龙门,山名。《禹贡》:在河东之西界。韦述《东都记》:龙门号双阙,以与大内对峙,若天阙焉。鲁訔谓:龙门在西京河南县。《地志》曰:阙塞山一名伊阙,而俗名龙门。《释氏要览》引《释名》:寺,嗣也。谓治事相嗣续。故天子有九寺焉。后汉孝明帝永平十年丁卯,佛法初至,有印土二僧摩腾、法兰以白马驮经、像届洛阳,敕于鸿胪寺安置。二十一年戊辰,敕于雍门外别置寺,以白马为名。谓僧居为寺,自此始也。隋大业中,改天下寺为道场。"注文之详略相去甚远。如《示从孙济》"萱草秋已死,竹枝霜不蕃",《草堂诗笺》注:"竹以喻父,萱以喻母。男正位于外,故堂前父之所居,女正位于内,故堂后母之所居。萱草已死,言杜济之母已丧矣。竹枝不蕃,兄弟譬则连枝,言杜济之父所存者独甫,兄弟无人,此序济已丧父母,惟叔父甫在为至亲也。无以数来为嫌,盖讥同姓之恩刻薄,于至亲者尚然,况疏者乎?"《杜陵诗史》无此。按,浦起龙《读杜心解》称:"济或年少孤子。"或受蔡梦弼此注启发。如《悲陈陶》"孟冬十郡良家子",《草堂诗笺》注:"良家子谓陕西民户团结精于驰射者,非召募之兵也。"此以宋代情况撰之唐时而论，带有鲜明的宋注特点。《杜陵诗史》无此。如《徒步归行》"白头拾遗徒步归"，《草堂诗笺》注："甫贫甚，官卑只衣绿袍，是时马贵不能办，是以徒步归家也。"《杜陵诗史》无此。朱鹤龄《杜工部诗集辑注》引钱谦益笺云："《旧书》：至德二载二月，上幸凤翔，议大举收复两京，尽括公私马以助军。时当括马之后，故云'不复能轻肥'也。"或受此启发。如《观兵》"元帅待彤戈"，《杜陵诗史》引师古曰："元帅，代宗也。时九节度兵围贼将庆绪于相州，欲诛其渠魁，故云。"《草堂诗笺》注："元帅谓代宗也，待天子赐以彤戈而征吐蕃也。"二说理解不同。有时蔡梦弼注较之诸家而最为优胜，如《寄岳州贾司马六丈巴严八使君两阁老五十韵》"苍茫城七十，流落剑三千"一句，《草堂诗笺》注："苍茫城七十，谓禄山反，河北十余郡皆弃城而走也。剑指蜀之剑阁，言玄宗幸蜀流落，有三千里之远也。或引《庄子》赵孝文王有剑客三千余人，误矣。"此说与诸家皆引《庄子》"剑客三千"为注颇异，而最为有理。另外，蔡梦弼《草堂诗笺》所引虽掩去注家主名，然有时其注文较之其他集注本更为齐备。如《佳人》，蔡梦弼《草堂诗笺》注："《诗·简兮》刺不用贤云：'彼美人兮，西方之人兮。'盖言贤者有佳美之德。甫之此诗亦以佳人喻贤者，君之于臣，亦犹夫之于妇也。君用新进少年，必至于疎弃旧臣。夫淫于新婚，必至于离绝旧室，此必然之理也。甫寓意于君臣而有此作，非独为佳人之什，读者可以意会也。"按，此注实为师古注，《草堂诗笺》未标明。然而师古此注《杜陵诗史》、黄氏《补注杜诗》所引皆节略，不如《草堂诗笺》之语义完整。还需要指出，蔡梦弼删注家名并非全出于剽窃之意。首先，《草堂诗笺》中编次靠前的早期诗篇尚有注家名，渐往后而渐无，似应属于偷工减料的书肆习气。其次，前人指出的蔡梦弼剽窃他人注解确实存在，[①]然而某些标明"梦弼谓（按、考）"之注，确属蔡梦弼创见。如《同诸公登慈恩寺塔》"回首叫虞舜，苍梧云正愁。惜哉瑶池饮，日晏昆仑丘"四句有注云："梦弼谓昔虞舜南巡，死于苍梧之野；

[①] 试举一新例，如《诸将五首》其三"稍喜临边王相国"句，邓忠臣注："王缙也。"《杜诗赵次公先后解辑校》："若以公此句为指王缙，则缙自广德二年同平章事之后，于大历二年前岂尝出而临边乎？《新书》既脱略，则无所考也。"按，蔡梦弼《草堂诗笺》全用赵次公注，而竟谎称"余考之"。

周穆王与西王母会于昆仑之瑶池。是时玄宗避贼幸蜀,故甫比之虞舜南巡。杨贵妃见宠于玄宗,为霓裳羽衣,效西王母之所为,尝与玄宗会温泉宫,故甫比之穆王会王母于昆仑。今玄宗晏驾,甫托意感伤之,有叫虞舜、惜瑶池之句也。"其说虽误,但确属蔡梦弼一己之见。

第二,《草堂诗笺》在流行的黎庶昌"古逸丛书"刻本之外,犹有目次无胖合屠乱之佳本存世,可资整理利用。张忠纲等编《杜集叙录》已指出,《草堂诗笺》有五十卷系统、光绪元年巴陵方功惠碧琳琅馆刻印本二十二卷系统以及黎庶昌翻刻之"古逸丛书"四十卷加补遗十卷本系统。① 其中,黎庶昌本淆乱难用自不待言,而方功惠本亦残缺过多。据《中国古籍善本书目》所载,五十卷系统中虽皆无全帙,然其中有宋刻本存四十三卷(卷一至二十[一至三为配清影宋抄本],二十二至三十五,三十九至四十四,四十八至五十),仅阙卷二十一、三十六、三十七、三十八、四十五、四十六、四十七共七卷而已,今藏国家图书馆。② 此本可作《草堂诗笺》之整理底本。而宋刻本四十三卷之阙卷二十一可用存卷一至二十二的一种宋刻本补(此本卷14至卷22配另一宋刻本,今藏成都杜甫草堂),③阙卷三十六、三十七、三十八、四十五、四十六、四十七可用存卷二十六至五十的一种宋刻本补(今藏成都杜甫草堂)。④ 如此可配成《草堂诗笺》五十卷系统本之完璧。按,今"中华再造善本"有据国家图书馆、北京大学图书馆藏宋刻本影印之《杜工部草堂诗笺》五十卷(17册2函),由北京图书馆出版社于2006年10月出版。笔者将此书与刘世珩玉海堂本《杜陵诗史》全部比对一过,编次基本相符。兹将极少数细微不同列出如下:

(1)《草堂诗笺》在《自京赴奉先县咏怀五百字》后有《奉先刘少府新画山川障歌》。《杜陵诗史》无此。

(2)《草堂诗笺》之《遣兴五首》,《杜陵诗史》为《遣兴三首》。

(3)《杜陵诗史》在《武卫将军挽词》后有《存殁口号》,《草堂诗笺》无此,其《存殁口号》在《怀灞上游》之后。

---

① 张忠纲等编著《杜集叙录》,齐鲁书社2008年,第89页。
② 《中国古籍善本书目·集部》,编号第八二八种,上海古籍出版社1996年,第67页。
③ 《中国古籍善本书目·集部》,编号第八三一种,第67页。
④ 《中国古籍善本书目·集部》,编号第八三零种,第67页。

（4）《草堂诗笺》在《九日曲江》后有《九月杨奉先会白水崔明府》，《杜陵诗史》无此。

（5）《草堂诗笺》在《彭衙行》后有《塞芦子》，《杜陵诗史》无此。

（6）《草堂诗笺》之《曲江值[对]雨》后为《曲江对酒》，《杜陵诗史》两诗互乙。

（7）《草堂诗笺》在《端午赐衣》后为《奉陪郑驸马》、《奉答岑参》，注明为错页。《杜陵诗史》无此。

（8）《草堂诗笺》在《至日遣兴奉寄两院遗补》后有《湖城东遇孟云卿》，《杜陵诗史》无此。

（9）《草堂诗笺》之《石犀行》后为《石笋行》，《杜陵诗史》两诗互乙。

（10）《草堂诗笺》在《石笋行》后为《杜鹃行》、《三绝句》，《杜陵诗史》于此分别羼入《杜鹃》两首。

（11）《草堂诗笺》在《行次古城店泛江》后有《乘雨入行军六弟宅》，《杜陵诗史》无此。

（12）《草堂诗笺》在《移居公安山馆》后有《夜》"露下天高秋水清"，《杜陵诗史》无此。

（13）《杜陵诗史》在《宿白沙驿》后有《上水遣怀》，《草堂诗笺》无此，其《上水遣怀》在《燕子来舟中作》之后。

（14）《草堂诗笺》卷五十"逸诗拾遗"部分在《逃难》"五十白头翁"之后有《寄高适》，《杜陵诗史》无此。

（15）《草堂诗笺》卷五十"逸诗拾遗"部分之《巴西驿亭观江涨》、《遣忧》、《早花》、《巴山》、《收京》，《杜陵诗史》次序不同。

（16）《草堂诗笺》卷五十"逸诗拾遗"部分在《哭台州郑司户苏少监》后为《送王侍御往东川》、《军中醉歌寄沈八刘叟》，《杜陵诗史》无此。

（17）《草堂诗笺》卷五十"逸诗拾遗"最末五首与《杜陵诗史》不同。

以杜诗一千四百余首论，这些不同可谓微乎其微。然此本最大之遗憾，在阙卷二十、卷二十一（其中卷二十按照《中国古籍善本书目》的记载应不阙，未明所以）。卷二十、卷二十一可用成都杜甫草堂存卷一至二十二之宋刻本补配。以"中华再造善本"2006年版《草堂诗笺》纳配成都杜甫草堂藏本为底本,《草堂诗笺》之编次可望恢复旧貌。而《草堂诗笺》之注文,亦可以"中华再造善本"已出版之《王状元集百家注编年杜陵诗史》、郭知达《九家集注杜诗》、黄希、黄鹤《补注杜诗》,四部丛刊影宋本《分门集注杜工部诗》,四库全书本刘辰翁评点《集千家注杜工部诗集》、上海古籍出版社排印林继中辑校《杜诗赵次公先后解辑校》等标明注家主名的宋人集注本为参照,复核其来源,一一注明。所谓"蔡梦弼谓(按、考)"而实则剽窃他注者,为之标明真正出处;确属蔡梦弼新说者,为之保留。

总之,作为现存最早的两种宋人编年集注杜诗,《杜陵诗史》、《草堂诗笺》在杜诗学中的重要性不言而喻。传统上对两书相互关系的认识尚有待厘清,所谓"《草堂诗笺》乃承袭《杜陵诗史》而来"、"《草堂诗笺》其注皆显然删削伪王之注而成"等说法,至少就今存刘世珩玉海堂藏本《王状元集百家注编年杜陵诗》来说不够准确,应予以纠正。然而,由于蔡梦弼本人集注杜诗时掩去注家主名,以及流传最广的清人黎庶昌"古逸丛书"翻刻本《草堂诗笺》在编次上人为造成的混乱,都使得成书在前的《草堂诗笺》在使用价值上远远低于成书在后,且伪托王十朋撰的今存《杜陵诗史》。《草堂诗笺》经过厘清编次与还原注家两项研究与整理工作,可望成为全新的现存宋人最早编年集注杜诗善本,焕发出新的价值。

六、论宋代以降杜集编次谱系——以高崇兰编刘辰翁评点《集千家注杜工部集》编次的承启为转折

(一)问题的缘起

杜诗编次,是杜诗系年的直观反映。杜诗系年,又是称为"诗史"的杜诗的基本特点与核心问题之一。在杜诗研究中,编次问题值得重点关注,不能以饾饤小道忽之。进一步来说,即使确定了诗篇的具体年份,同年诗篇编次所形成的诗篇之间的先后相互关系,也还代表着更小的系年单位(季节、月份乃至日期)的确定。这是杜诗系年转向精细化(其实也意味着杜甫行实、杜甫与时代的联系等一系列研究的精细化)所必然要面临的问题。

就编年本而言,综合目前现存的宋人杜诗编次系统,有宋人赵彦

材《杜诗赵次公先后解》采用的蔡兴宗编次与蔡梦弼《草堂诗笺》、伪托王十朋《王状元集百家注编年杜陵诗史》采用的鲁訔编次两种。已经有研究者指出，鲁訔编次是对蔡兴宗编次的继承。① 两种实为一种。高崇兰编刘辰翁评点本《集千家注杜工部诗集》，②一向被认为是鲁訔编次的一种延续。高崇兰的老师、刘辰翁之子刘将孙《集千家注批点杜工部诗集序》称此书为"固草堂集之郭象本矣。"③明白指出其承袭《草堂诗笺》的一面。然而笔者对近四百首杜诗汇集全部宋人注及代表性清人注加以注疏编次，④在此过程中却发现高崇兰编刘辰翁评点本《集千家注杜工部诗集》与鲁訔编次差异极大。寻绎此书，又发现此书时常引用黄鹤说，然又与黄鹤编次不尽相同。按，黄氏《补注杜诗》诗篇编次虽仍遵王洙本分体编年旧次不改，然每诗之下皆详为系年，多变蔡兴宗、鲁訔、梁权道（已佚）诸家旧说，故实可视为一种全新杜诗编次系统。《四库提要》甚至误以为黄氏《补注杜诗》乃"大旨在于案年编诗"的编年本，⑤潘宗周《宝礼堂宋本书录》也说此书为"诗以年次"的编年本，⑥这些误会实可见黄氏每诗皆为之系年给人的印象之深。高崇兰编刘辰翁评点本作为元明之际流传最广、影响最

---

① 林继中《杜诗赵次公先后解辑校·前言》指出："鲁訔是以赵（次公）本编次为主要依据而略加编次的。"（《杜诗赵次公先后解辑校》，上海古籍出版社2012年，第12页）
② 按，刘辰翁《须溪集》卷六《题刘玉田选杜诗》称："予评唐宋诸家，类反覆作者深意，跋涉何限。吾儿独取其间或一二句可举者，录为《兴观集》。然概得其散碎简径选语……此编（按，指刘玉田选《杜诗》）与吾所选多出入。"又，刘将孙《集千家注批点杜工部诗集序》："平生屡看杜集，既选为《兴观》。"（洪业撰、曾祥波译《杜甫：中国最伟大的诗人》，附录二《杜诗引得序》，上海古籍出版社2011年，292页）可知刘辰翁批点杜为为《兴观集》，只是带有刘氏评点的一种选本。高崇兰以《草堂诗笺》为底本，择订全部杜诗的编次及集注内容，又加入刘辰翁评点，成为今本。
③ 洪业撰、曾祥波译《杜甫：中国最伟大的诗人》，附录二《杜诗引得序》，上海古籍出版社2011年，292页。
④ 据以考察之杜诗篇目，以洪业《杜甫》一书选诗为范围（共374首），因其选篇涵盖杜甫一生，且所选多从史学家角度，特别注重与杜甫出行实相关之篇章，恰与本文拣选之思路相契合故也。
⑤ 《四库全书总目》卷一百四十九，中华书局1965年，1281页。
⑥ 洪业撰、曾祥波译《杜甫：中国最伟大的诗人》，附录二《杜诗引得序》，上海古籍出版社2011年，275页。

大的杜集本,①可称宋人编杜集之殿军,然其编次既不属于宋人编次主流的蔡兴宗、鲁訔一系,又不属于旁支的黄鹤一系,颇为奇怪。杨守敬《日本访书志》已经注意到此点:"(编次)与鲁訔、黄鹤本,皆不甚合。"②然未进一步探讨。万曼《唐集叙录·杜工部集》认为"(宋人编年本)以蔡梦弼的《草堂诗笺》作为最后的总结",③更是完全没有认识到高崇兰本在编次上另起炉灶,调和众长,较之蔡梦弼《草堂诗笺》更具总结性。

笔者在对杜诗进行笺注的过程中,注意到越来越多的线索透露出,高崇兰编刘辰翁评点本《集千家注杜工部诗集》编次之异,或出于在鲁訔编次基础上采纳黄鹤系年的缘故。按照这一思路,笔者对四百余首杜诗加以分析,④去除鲁訔编次与黄鹤系年相同者,余下诗篇所得情况可分为三类:一是高崇兰本从鲁訔编次之例;二是高崇兰本从黄鹤系年之例;三是高崇兰本在鲁訔编次、黄鹤系年之外自出机杼之例。分述如下。

(二)高崇兰从鲁訔编次之例

《梦李白》,王洙本旧次系于秦州时期,在《太平寺泉眼》与《有怀台州郑十八司户》之间。《草堂诗笺》与旧次同,系于"乾元二年秋七月弃官居秦州以后所作"第一首。《杜陵诗史》同此。黄氏《补注杜诗》系于"大历二年作",黄鹤补注曰:"梁权道因旧次编在乾元二年秦州诗内。按,白乾元元年戊戌流夜郎,宝应元年壬寅卒,则此诗不应在乾元二年,当是大历二年。故公尝有诗'大历二年调玉烛,玄元皇帝圣云孙。'"黄鹤补注又曰:"旧传太白溺于采石,而新、旧史俱不及此,观此诗乃是死后作,故曰'死别已吞声',而终云'水深波浪阔,无使蛟龙得',殆诚有捉月之事。《旧史》云:竟以饮酒过度醉死于宣城。

---

① 四库全书收录杜集四种,此书与集大成的仇兆鳌《杜诗详注》各居其一,可见其地位与影响。
② 附录二《杜诗引得序》,洪业撰、曾祥波译《杜甫:中国最伟大的诗人》,上海古籍出版社2011年,294页。
③ 万曼《唐集叙录》,"百年河大国学旧著新刊",河南大学出版社2008年,164页。
④ 本文所用文渊阁四库全书本《集千家注杜工部诗集》,系以明嘉靖丙申本为底本。按,据王欣悦《宋代杜诗"集千家注"三种考》(《杜甫研究学刊》2013年1期,总115期,第58—68页)对《集千家注杜工部诗集》的梳理,此书各本之间编次应该一致。

虽隐而彰矣。后篇云'江湖多风波，舟楫恐失坠'，然则诚有是事也。"黄希补注又曰："此盖伤白身后惟有二孙女，欲终老于青山，而仅葬东麓而已。若曰'江湖多风波，舟楫恐失坠'，殆真溺矣。"按，黄氏系于大历二年作，盖拘泥于太白溺江之说，欲强与之合，故将此诗由习惯系年"乾元二年"改为太白卒年"宝应元年"之后的"大历二年"。高崇兰编《集千家注杜工部诗集》认同鲁訔编次，置于秦州时期，在《月夜忆舍弟》、《遣兴》与《遣兴三首》之间。

《天末怀李白》一首，黄氏《补注杜诗》亦系于"宝应元年后作"，黄鹤补注曰："赵注：乾元二年春秦州作。今考诗云'应共冤魂语，投诗赠汨罗'，谓白有捉月之事，当在宝应元年后。"高崇兰编《集千家注杜工部诗集》则认同鲁訔编次，系于乾元二年秦州时期，置于《遣兴三首》与《秦州见敕目薛三璩授司议郎毕四曜除监察与二子有故远喜迁官兼述索居三十韵》之间。

《八哀诗》，王洙本旧次在《观[公]孙大娘舞剑器行并序》与《虎牙行》之间。《杜诗赵次公先后解辑校》系于永泰元年九月："八诗旧本在夔州诗中，几乎成丙午大历元年诗，而蔡伯世指为大制作，特取冠夔州之古诗。今次公定作诗之先后，不问制作之大小也。必定为今岁乙巳永泰元年九月诗，何也？按《编年通载》，是岁八月仆固怀恩及吐蕃、回纥、党项羌、浑、奴剌。众三十万寇边，掠泾、邠，蹂凤翔，入醴泉、奉天，京师大震。公此诗当九月间以所闻而作也。或曰：公之伤时盗贼未息，则复有盗贼者乎？次公答以《登楼》诗云'西山寇盗莫相侵'，盖尝指言吐蕃矣。"《草堂诗笺》、《杜陵诗史》同此。黄氏《补注杜诗》系于"宝应、广德至大历初所作"，黄鹤认为"八诗非一时所作"，"如《李光弼诗》云'洒泪巴东峡'，《严武诗》云'怅望龙骧茔'，武以永泰元年夏薨，而旐出江汉、舟转荆衡，已是数月，今复葬罢而怅望其茔，则二诗在夔州作无疑。如《李邕诗》云'君臣尚论兵，将帅接燕蓟。朗诵六公篇，忧来豁蒙蔽'，则是史朝义未死之前，正经营河北之日，当在广德元年之前。总序云'伤时盗贼未息'，盖自宝应、广德至大历初有此作，故云'前后存殁，遂不诠次'。梁权道编在大历二年，特自其成而云耳。"诸家系年有宝应、广德至大历间（黄鹤）、永泰元年（赵次公、鲁訔）、大历二年（梁权道）三说。赵次公、鲁訔编次考虑到诗篇与严武逝世时间及时事之关系，梁权道则从旧本归于夔州诗中，黄鹤大体从梁权道说,但以为组诗乃集众作荟萃而成,非一时之作。高崇兰编《集千家注杜工部诗集》认同鲁訔说,置于《杜鹃行》与《移居夔州郭》之间。

《登高》"风急天高猿啸哀",王洙本旧次在《拨闷》与《九日》"去年登高郪县北"之间。《杜诗赵次公先后解辑校》系于"大历元年秋八月、九月在夔州西阁所存之诗",置于《九日诸人集于林》与《诸将五首》之间。《草堂诗笺》系于"大历元年在夔州所作",编次同。黄氏《补注杜诗》系于"广德元年作",黄鹤补注曰:"宝应元年、广德元年九月,公皆在梓州,以后篇(按,谓《九日》'去年登高郪县北')论之,此诗当是广德元年作。"此诗之系年有大历元年(赵次公、鲁訔)与广德元年(黄鹤)两说。宋元之际方回《瀛奎律髓》卷十六选录此诗并指出:"此诗已去成都分晓。旧以为在梓州作,恐亦未然。当考公病而止酒在何年也。长江滚滚,必临大江耳。"高崇兰编《集千家注杜工部诗集》认同鲁訔说,置于《九日五首》之五,在《摇落》与《季秋江村》之间。

《久客》,王洙本旧次在《南征》与《春远》之间。《杜诗赵次公先后解辑校》系于"大历三年夏至秋在荆南所作"最末一首。《杜陵诗史》同此,系于"大历三年春末下荆州所作"。黄氏《补注杜诗》系于"广德二年作",黄鹤补注曰:"诗云'羁旅知交态,淹留见俗情。衰颜聊自哂,小吏最相轻',又云'狐狸何足道,豺虎正纵横',当是广德二年在阆州,莫有相知者,故有此作。"此诗系年有广德二年梓州、阆中(王洙本旧次、黄鹤)与大历三年江陵(赵次公、鲁訔)二说。高崇兰编《集千家注杜工部诗集》认同鲁訔说,置于《宴王使君宅题二首》与《舟中出江陵南浦奉寄郑少尹审》之间。

《南征》"春岸桃花水",王洙本旧次在《陪王使君晦日泛江就黄家亭子二首》与《久客》之间。《杜诗赵次公先后解辑校》系于"大历三年春在夔,迤逦出峡到荆南所作"。《杜陵诗史》同此。黄氏《补注杜诗》系于"广德二年春作",黄鹤补注曰:"诗云'春岸桃花水',而题曰《南征》,当是广德二年春在阆州作。"此诗系年有广德二年(王洙本旧次、黄鹤)与大历三、四年(赵次公、师古、鲁訔)二说。高崇兰编《集千家注杜工部诗集》认同鲁訔说,置于《江南逢李龟年》与《地隅》之间。

《又示宗武》,王洙本旧次在《宗武生日》与《夜》"露下天高秋水清"之间。《杜诗赵次公先后解辑校》系于"大历三年春在夔州作",置于《元日示宗武》与《远怀舍弟颖观等》之间。《草堂诗笺》、《杜陵诗史》同此。黄氏《补注杜诗》系于"宝应元年作",黄鹤补注曰:"按,公至德元载《遣兴诗》云:'骥子好男儿,前年学语时。'则宗武在至德初方两三岁。今诗云'觅句新知律,摊书解满床',乃八九岁时事。于《宗武生日》诗后题云'又示',可知非大历元年作亦明。至德元载至此十年,宗武度方十岁,故以'十五男儿志'期之。若如梁编在大历元年,则诚十五岁矣。才能知律、摊书,岂公之子也?故以同上篇为宝应元年作。"高崇兰编《集千家注杜工部诗集》认同鲁訔说,置于《元日示宗武》与《远怀舍弟颖观等》之间。

《白马》"白马东北来",王洙本旧次在《客从》与《白凫行》之间。《杜诗赵次公先后解辑校》系于"大历五年三月自衡州暂往潭州,四月还衡州所作",置于《入衡州》与《逃难》(补)、《回棹》之间。《草堂诗笺》、《杜陵诗史》同此。黄氏《补注杜诗》系于"大历三年作",黄鹤补注曰:"诗云'近时主将戮,中夜商于战',当是大历三年荆南作。大历三年二月,商州兵马使刘洽杀其刺史殷仲卿,此诗为仲卿作也。诗云'白马东北来,空鞍双贯箭。可怜马上郎,意气今谁见',马上郎指仲卿,谓仲卿已死,而徒有马负空鞍也。旧注何不考而徒为纷纷之论?"按,黄鹤说当从师尹注来,《九家集注杜诗》引师尹注曰:"按唐史:大历三年,商州兵马使刘洽杀其刺史殷仲卿。杜所言'商于战',岂此欤?"系年有大历三年(师尹、黄鹤)与大历五年(赵次公、鲁訔)两说。高崇兰编《集千家注杜工部诗集》认同鲁訔说,置于《奉酬寇十侍御锡见寄四韵复寄寇》与《入衡州》之间。

(三)高崇兰从黄鹤系年之例

当黄鹤系年与鲁訔编次不同时,高崇兰编次大多依照黄鹤系年。这其中又分为两种情况:第一,黄鹤系年在鲁訔编次的基础上继续推进,愈加细密精确;第二,黄鹤系年完全否定鲁訔编次,另立新说。

(1)黄氏系年在鲁訔编次基础上继续推进之例。

《临邑舍弟书至,苦雨黄河泛滥,堤防之患,簿领所忧。因寄此诗,用宽其意》,《草堂诗笺》用鲁訔编年,系于"齐赵梁宋间所作",在《登兖州城楼》后,《与李十二白同寻范十隐居》前。《杜陵诗史》同此。黄氏《补注杜诗》黄鹤补注:"《唐志》、《舆地广记》并云临邑属齐州,在河南道。按《五行志》:'开元二十九年七月,伊洛及支川皆溢。是秋河南、河北二十四郡水,齐其一也。'当是其年作。故曰:'吾衰同泛梗,利涉想蟠桃。'蟠桃在齐地。"高崇兰编《集千家注杜工部诗集》置于《冬日有怀李白》、《春日忆李白》(黄鹤系天宝元年)之前,引黄鹤注为据。

《奉赠韦左丞丈二十二韵》,《草堂诗笺》系于"天宝以来在长安作",在《杜位宅守岁》后,《奉赠集贤院崔于二学士》前。《杜陵诗史》同此。黄氏《补注杜诗》系于"天宝七载作",黄鹤曰:"师云:是贬华州司功后作。则当在乾元元年。而梁权道编在天宝十一载,师注为非。若在乾元元年,不应诗中无一语及禄山之乱,与夫为拾遗贬司功之意。鲁訔《年谱》谓此诗在天宝六载,而不知是年济未拜左丞。按旧史:天宝七载,济为河南尹,迁尚书左丞。公以天宝六载诏天下有一艺者赴毂下,遂自河南归应诏,而林甫忌人斥已,建言乞先下尚书省问,遂无一中者,公由是退下,故诗云'主上顷见征,青冥却垂翅',当是七载作。此诗只陈情,当在《赠韦左丞丈》诗之后。"高崇兰编《集千家注杜工部诗集》从其说,置于《赠韦左丞丈》与《高都护骢马行》之间。

《送郑十八虔贬台州司户,伤其临老陷贼之故,阙为面别,情见于诗》,《草堂诗笺》系于"乾元元年戊戌春至夏五月在谏省所作",在《送贾阁老出汝州》与《题郑十八著作虔》之间。《杜陵诗史》同此。黄氏《补注杜诗》系于"至德二载十二月所作",黄鹤补注曰:"按《通鉴》:至德二载十二月,崔器、吕諲言陷贼官准律皆应处死。李岘云:'概以叛法处死,恐乖仁恕之道。'于是上从岘议,以六等定罪。以三等者流贬,虔在次三等之数,故正贬台州司户。所以诗云'垂死中兴时',又云'苍惶已就长途往',当是至德二载十二月作。梁权道编在乾元元年,若十二月定罪,正月就道,则无容阙为面别也。"按,黄鹤以"仓皇已就长途往,邂逅无端出饯迟"为无暇当面道别,故定于判罪之当月就道,诗亦作于是月。高崇兰编《集千家注杜工部诗集》从黄鹤十二月说,置于《塞芦子》与《瘦马行》、《腊日》之间。

(2)黄氏系年反对、纠正鲁訔编次之例

《赠李白》"秋来相顾尚飘蓬",《杜陵诗史》、《草堂诗笺》系于天宝末年所作,在《官定后戏赠》与《自京赴奉先县咏怀五百字》之间。黄氏《补注杜诗》系于"开元(二)十八年作",黄鹤曰:"按公《昔游诗》云:'昔与高李辈,晚登单父台。'史又云甫与李白、高适酒酣登汴州吹台,则公游齐赵时多与白俱。今诗云'痛饮狂歌空度日,飞扬跋扈为谁雄',指林甫、禄山俱跋扈也。当是开元(二)十八年在东都作,盖天宝初白已客会稽矣。"按,《杜陵诗史》引师古注曰:"甫昔与李白有就丹砂之志,今相顾飘蓬,故于葛洪有所愧也。飞扬跋扈,指禄山必为乱也。"《草堂诗笺》用师古说:"跋扈与强梁,指禄山以为乱也。"黄鹤显受师古注文之误导,又欲强为之说,其误不待言矣。高崇兰编《集千家注杜工部诗集》认同黄鹤说,置于《与李十二白同寻范十隐居》与《登兖州城楼》之间。

《沙苑行》,《草堂诗笺》系于"天宝十五载丙申夏五月挈家避地鄜州及没贼中所作",在《白水明府旧宅喜雨》与《三川观水涨》之间。《杜陵诗史》同此。黄氏《补注杜诗》系于"天宝十三载作",黄鹤补注曰:"当是天宝十三载群牧都使奏就群校交点马时作。而梁权道编在天宝十四载,其年禄山反状已成,上下交忧,果如《诗史》云蓟北反书未闻,已逸身畿甸,则是时岂复夸咏苑马如是也?"高崇兰编《集千家注杜工部诗集》置于《病后过王倚饮赠歌》与《送蔡希鲁都尉还陇右寄高三十五书记》之间,认同黄鹤说。

《官定后戏赠》,《杜诗赵次公先后解辑校》:"天宝九载冬,公预献三大礼赋。明年十载,乃召试文章,初授河西尉。辞不行,更授卫率府兵曹,故得以老夫为称。谓须微禄,故无复归山之兴,但临风回首而已。"《草堂诗笺》系于"天宝以来在东都及长安所作",在《前出塞》与《自京赴奉先县咏怀五百字》之间。《杜陵诗史》同此。黄氏《补注杜诗》系于"天宝十四载作",黄鹤补注曰:"鲍(钦止)注谓献赋在天宝十三载,非。按,公十载献赋,上令待诏集贤院试文章,十三载再进《封西岳赋表》,尚云'一匹夫',则其时未得官。改卫率府参军乃在十四载,所谓'昔罢河西尉,初兴蓟北师'是也,此诗当作于天宝十四载。方官未定时,公《赠崔、于二学士诗》云:'故山多药物,欲整还乡旌。'而今诗云:'耽酒须微禄,狂歌托圣朝。故山归兴尽,回首为风飙。'盖官已定也。"高崇兰编《集千家注杜工部诗集》认同黄鹤说,置于《自京赴奉先县咏怀五百字》……《骢马行》与《苏端薛复筵简薛华醉歌》之间,即十三载末、十四载初之间。

《送孔巢父谢病归游江东,兼呈李白》,《草堂诗笺》系于"天宝以来在东都及长安所作",在《冬日有怀李白》前。《杜陵诗史》同此。黄氏《补注杜诗》系于"至德二载",黄鹤曰:"旧注以为察永王必败而不受其辟,乃谢病潜遁,则当在至德二载。然是时李白因永王流夜郎矣,不应末云'南寻禹穴见李白'。梁权道编在天宝十三载,虽《白传》云'天宝初,客游会稽',又当在十三载,乃非巢父不受辟之时,当是巢父至德二载逃还彭泽时作。其曰'南寻禹穴'云者,非曰白在禹穴,殆谓巢父去寻禹穴,若见李白,则道公问讯也。"高崇兰编《集千家注杜工部诗集》认同黄鹤说,置于至德二载陷贼长安时期《哀江头》与《大云寺赞公房》之间。

《后出塞》,《草堂诗笺》置于《桥陵三十韵》与《玄都坛歌》之间。《杜陵诗史》同此,引鲍钦止曰:"天宝十四年乙未三月壬午,安禄山及契丹战于汉水,败之,故有《后出塞》五首,为出兵赴渔阳也。"黄氏《补注杜诗》系于"乾元二年作",黄鹤补注曰:"当是乾元二年至秦州思天宝间事而为之。"高崇兰编《集千家注杜工部诗集》认同黄鹤说,置于《前出塞》与《示侄佐》之间。此诗为安禄山之叛所作,诸家无异议。系年则有二说,一说天宝十四载安禄山将叛之时作,一说乾元二年秦州时作。按王洙本旧次,乃置于秦州诗中,余臆旧次或以为秦州地处边塞,故老杜触景生情,遂有出塞之作,以追忆前事。

《洗兵马》,王洙本旧次在《送李校书》与《早秋苦热堆案相仍》之间。自注:"收京后作。"一说为邓忠臣注。《草堂诗笺》系于"至德二载八月还鄜州及扈从还京所作",置于《收京三首》与《腊日》之间。《杜陵诗史》同此。黄氏《补注杜诗》系于"乾元二年作",黄希注"田家望望惜雨干"句云:"希曰:按史,乾元二年春旱,乃作此诗云耳。"黄鹤补注曰:"此诗当是乾元二年春作。末云'田家望望惜雨干',盖二年春无雨也。梁权道编在元年,恐非。"高崇兰编《集千家注杜工部诗集》置于《路逢襄阳杨少府入城戏呈杨四员外绾》与《观兵》之间。

《寄李十二白二十韵》,《草堂诗笺》系于"上元元年庚子在成都所作",置于《三绝句》"前年渝州杀刺史"与《狂夫》之间。《杜陵诗史》同此。黄氏《补注杜诗》系于"乾元二年作",黄鹤补注曰:"按,白至德元载坐系浔阳狱,至德二载以宋若思将兵赴河南道,过浔阳释囚,辟为参谋。乾元元年,长流夜郎。而此诗云'五岭炎蒸地,三危放逐臣',则是在长流之后。从旧次,当在乾元二年秦州作。"高崇兰编《集千家注杜工部诗集》认同黄鹤说,置于《寄彭州高三十五使君适虢州岑二十七长史参三十韵》与《寄岳州贾司马六丈巴州严八使君两阁老五十韵》之间。

《酬高使君相赠》，《杜陵诗史》系于"上元二年辛丑在成都，公年五十岁"，置于《送韩十四江东觐省》与《草堂》之间。黄氏《补注杜诗》系于"上元元年作"，黄鹤补注曰："高诗云'传道招提客'，而公酬之又云'古寺僧牢落，空房客寓居'，则是公初到成都时居于浣花寺时也。"高崇兰编《集千家注杜工部诗集》置于《恨别》与《奉酬李都督表文早春作》之间，意是到成都之初。

《戏题王宰画山水图歌》，《草堂诗笺》系于"天宝以来在东都及长安所作"，置于《题壁画马歌》与《题李尊师松树障子歌》之间。《杜陵诗史》同此。黄氏《补注杜诗》系于"上元元年作"，黄鹤补注曰："《画断》：'王宰画山水树木，出于象外。'梁权道谓上元元年成都作。若如泰伯之说云，公托意言永王璘反，吴松江为之阻绝。时李光弼在并州，欲得李来平之。至德二年，与旧次不同。按史：上元元年，刘展反，陷润州、升州、苏州，乃吴松江。或者公托意以此？"高崇兰编《集千家注杜工部诗集》认同黄鹤系年，置于《题壁上韦偃画马歌》与《题韦偃为画双松图歌》之间。

《去矣行》，《草堂诗笺》用鲍钦止说（见下黄氏《补注杜诗》引），系于"天宝以来在东都及长安所作"，在《白丝行》与《遣兴五首》之间。《杜陵诗史》同此（惟《遣兴五首》为《遣兴三首》）。黄氏《补注杜诗》系于"广德二年作"，引鲍钦止注曰："天宝十四年，公在率府，数上赋颂，不蒙采录，欲辞职，遂作《去矣行》。"又引师古注曰："此诗为严武作。"黄鹤补注曰："梁权道编在天宝十四载长安诗内，与鲍注同。岂非以'明朝且入蓝田山'故云？然味'君不见鞲上鹰，一饱则飞掣。焉能作堂上燕，衔泥附炎热'，岂是在长安时语？公在长安上赋投诗，唯恐君相莫我知，而卒无其遇，岂类鞲鹰之饱，未免如附炎之燕。当是广德二年在严武幕中作。所以永泰二年正月遂归溪上，'入蓝田山'云者，止是承上餐玉之句耳，非真去为蓝田之人也。师注为是。"高崇兰编《集千家注杜工部诗集》认同黄鹤说，置于《哭台州郑司户苏少监》与《奉寄高常侍》之间。

《茅屋为秋风所破歌》，赵次公注曰："十二诗皆上元二年之作。"《杜陵诗史》系于"上元二年辛丑在成都，公年五十岁"，置于《楠树为风雨所拔叹》与《赴清城县出成都寄陶王二少尹》之间。黄氏《补注杜诗》系于"永泰元年作",引师古注曰:"秋者,肃杀之气,兵戈之象也。王者之封诸侯,各本五方之土色,而苴以茅,赐之茅屋,所以覆庇人所依托焉。既为秋风所破,则无以自庇。甫以严武镇成都,遂往依之。不幸武卒,郭英乂代武为节度,甫由是见知英乂,托以为庇焉,兼与杨子琳、柏正节二刺史相善。崔旰杀英乂,并攻杨子琳、柏正节,是'卷三重茅'之比也。'茅飞渡江洒江郊',谓子琳、正节仓皇窜避也。'高者罥挂长林梢',谓在位贤者逃于林野。'下者飘转沉塘坳',地不平曰坳,喻下民坠于涂炭之苦。童,无知之称。南村群童,以譬崔旰之徒。'欺我老无力',喻代宗师老,崔旰辈无忌惮焉,而恣为残暴。'公然抱茅入竹去',谓窃据其茅土也。'唇焦口燥呼不得',时代宗号令不行,召诸道之兵,无有应者,是以避吐蕃之乱,逃而幸陕。今崔旰叛,虽遣使谆喻,岂能止其侵暴?甫依托三子以为覆庇如茅屋,然今三子为旰所攻,是失所栖托,是以倚杖有所叹息。时朝廷遣杜鸿渐讨平蜀乱,故旰兵稍定,是以有'俄顷风定'之喻也。然旰虽定,蜀中乘隙而叛者不一,如渝州、开州并杀刺史之类,杀气犹盛,是以有'云墨色'之喻也。昔楚王投醪于水,以饮士卒,三军之士皆如挟纩。为上者不可不恤其下,'布衾多年冷似铁',谓寡恩而士不和也。英乂为政刻薄,无温燠之惠,如布衾然。娇儿比崔旰,旰乘士卒怨背,举兵以反,而蜀中大乱,岂非'恶卧踏里裂'之譬乎?'床床屋漏无干处',非特甫无所庇,蜀民皆失所依故也。'雨脚如麻未断绝',谓反者继而起。甫诗云'前年渝州杀刺史,今年开州杀刺史'是也。'自经丧乱少睡眠,长夜沾湿何由彻',伤兵乱以来不获安居也。王者以天下为家,如广厦之大庇,使天下之民咸得其宁,虽有风雨,其能飘摇震荡乎?甫意非独伤己,为天下叹息,故有末章云。"黄鹤补注曰:"唐自天宝之乱,民不得其居处者甚多,公因茅屋为秋风所破,遂思广厦千万间之庇,其为忧国忧民之念至矣。师古(按,此当为'尹')谓此诗托以谕崔旰之乱,要之自不必专指旰而作。盖安史为祸于关内,山东、河北者已为极盛,吐蕃又复入寇,于是陇蜀多为践扰。广内且有太一之变,江浙且有袁晁之祸,二川复有段子璋、徐知道、崔旰相继而反。诗所谓'床床屋漏无干处'是也。永泰元年夏,公去成都,下忠、渝,草堂已不得而居,秋晚在云安县,有《云安九日》诗,则是年秋公已不在成都,岂见茅屋为秋风所破？其作此诗者，以郭英乂好杀，如秋风。公在成都，值严武之死，欲再依英乂，而英乂骄纵不可托，故舍之而去，所以托言茅屋为秋风所破，盖深有所感伤也。"高崇兰编《集千家注杜工部诗集》从黄鹤说，置于离开成都，下忠州、云安时期，《怀旧》与《八月十五日夜月二首》之间。

《喜雨》"南国旱无雨"，《杜陵诗史》系于"广德二年甲辰自梓州挈家再往阆州所作"，置于《百舌》与《送梓州李使君之任》之间。黄氏《补注杜诗》系于"永泰元年作"，黄鹤补注曰："诗云'南国旱无雨'，按史：永泰元年，自春不雨。四月己巳，乃雨。诗又云'巢燕'、'林花'，皆四月间事，当是其年作。梁权道编在广德二年阆州作。既《渡江》诗云'春江不可渡，二月已风涛'，为广德二年阆州作。而此诗云'南国旱无雨'，亦编在广德二年阆州诗内，何不考之甚？"高崇兰编《集千家注杜工部诗集》认同黄鹤说，置于《狂歌行赠四兄》与《宴戎州杨使君东楼》之间。

《闻官军收河南河北》，《杜陵诗史》卷三十二置于卷终"拾遗"部分内，标注"新添"。黄氏《补注杜诗》系于"广德元年春作"，黄鹤补注曰："按《通鉴》：史朝义屡败于宝应元年之冬。至广德元年，田承嗣说令亲往幽州发兵还颍、莫州，请自留守莫州。朝义既去，承嗣即以城降，送朝义母妻子于官军。又，范阳节度使李怀仙已因中使骆奉仙请降，至温泉驿，怀仙遣兵追之，朝义穷蹙，缢于林中。今诗云'剑外忽传收蓟北'，正谓此也。又云'青春作伴好还乡'，乃广德元年春作。"高崇兰编《集千家注杜工部诗集》认同黄鹤说，置于《远游》与《春日梓州登楼二首》之间。

《甘园》"春日清江岸，千甘二顷园"，《杜陵诗史》系于"大历二年丙午在夔州，三月新自赤甲迁瀼西"，置于《引水》与《承闻河北诸道节度入朝欢喜口号绝句十二首》之间。黄氏《补注杜诗》系于"广德元年作"，黄鹤补注曰："诗云'春日清江岸'，又云'白雪避花繁'，橘之开花在春晚，当是广德元年作。"高崇兰编《集千家注杜工部诗集》认同黄鹤说，置于《答杨梓州》与《寄题江外草堂》之间。

《舍弟占归草堂检校聊示此诗》，《草堂诗笺》系于"广德二年春末再至成都所作"，置于《从韦二明府续处觅绵竹》与《观李固请司马弟山水图三首》。《杜陵诗史》同此。黄氏《补注杜诗》系于"广德元年作",黄鹤补注曰:"诗云'频为草堂回',当是广德元年避乱在梓、阆时作。梁权道以为永泰元年乱定后还成都时作,然诗云'东林竹影薄,腊月更须栽',若如梁权道编,则其年冬公已在云安,无容更令腊月栽竹矣。"高崇兰编《集千家注杜工部诗集》认同黄鹤说,置于《岁暮》与《桃竹杖引》之间。

《忆昔二首》,《杜诗赵次公先后解辑校》:"旧本失次于成都诗中。今第二篇末句云'洒血江汉身衰疾',则夔州诗也。与《枯棕诗》'嗟尔江汉人'同。"《杜陵诗史》系于"大历二年丙午在夔州西阁",置于《枯柟》与《昼梦》之间。黄氏《补注杜诗》系于"广德二年作",黄鹤补注曰:"诗云'犬戎直来坐御床,百官跣足随天王',谓广德二年吐蕃陷京师、代宗幸陕,当是作于广德二年,故有'愿见北地傅介子'之句。而梁权道编在宝应元年梓州作,恐非。"高崇兰编《集千家注杜工部诗集》认同黄鹤说,置于《暮寒》与《奉寄章十侍御》之间。

《秋兴八首》,《草堂诗笺》系于"大历二年秋在夔州所作",置于《秋峡》与《远游》之间。《杜陵诗史》同此。黄氏《补注杜诗》系于"大历元年作",黄鹤补注曰:"诗云'巫山巫峡气萧森',又云'丛菊两开他日泪,孤舟一系故园心',当是大历元年夔州作。时舣舟以俟出峡,自永泰元年至云安及今,为菊两开也。"高崇兰编《集千家注杜工部诗集》认同黄鹤说,置于大历元年秋季《秋日寄题郑监湖上亭三首》与《寄柏学士林居》之间。按洪业说,《秋兴八首》当作于大历元年初到夔州,寓居西阁之时,洪业《杜甫》第十一章《夔子之国杜陵翁》:"西阁上层有一个带朱红油漆栏杆的走廊,也许环绕这个建筑一周。可能就是在这个走廊上,我们的诗人饱览万象,倾听群籁,然后将它们写到诗篇之中,如《秋兴八首》。"则大历元年说为胜。

《咏怀古迹五首》,《草堂诗笺》系于"大历二年秋在夔州所作",置于《驱竖子摘苍耳》与《九月一日过孟十二仓曹兄弟》之间。《杜陵诗史》同此。黄氏《补注杜诗》系于"大历元年作",黄鹤补注曰:"诗咏'三峡'、'五溪'与宋玉之宅、昭君之墓、先主、孔明之庙,而怀其人,当是大历元年至夔州后作。"高崇兰编《集千家注杜工部诗集》认同黄鹤说,置于《寄柏学士林居》与《殿中杨监见示张旭草书图》之间。按王嗣奭《杜臆》之说,"三峡楼台"指西阁,则此组诗当与《秋兴八首》皆作于初到夔州之时,大历元年说较胜。

《喜闻盗贼蕃寇总退口号五首》,《杜诗赵次公先后解辑校》系于"大历二年三月自赤甲迁瀼西所作",置于《寄薛三郎中据》与《即事》"暮春三月巫峡长"之间。《杜陵诗史》同此。黄氏《补注杜诗》系于"大历三年作",黄鹤补注曰:"诗云'大历三年调玉烛',当是其年作。案《旧史》:'二年,吐蕃九月寇灵州,进寇邠州。十月,灵州奏破吐蕃二万,京师解严。'《通鉴》云:'十月,路嗣恭破吐蕃于灵州城下,斩首二千余级,吐蕃引去。'今诗云'今春喜气满乾坤,南北东西拱至尊',当是蕃寇二年退,而诗作于明年之春,故云'三年'。一本作'二年',而梁权道从而编诗于二年。然元年无吐蕃之乱,虽《新史》云'九月吐蕃陷原州',而《旧史》、《通鉴》具不言。案《志》,原州广德元年已陷吐蕃。诗又云'萧关陇水入官军',《唐志》:萧关县在武州。《九域志》:陇水县在陇州。而《唐志》陇州无此县。萧关与灵州相近,正是指吐蕃寇灵州而路嗣恭破之也。"高崇兰编《集千家注杜工部诗集》认同黄鹤说,置于《太岁日》与《续得观书迎就当阳居止,正月中旬定出三峡》之间。

《登岳阳楼》,《杜诗赵次公先后解辑校》系于"大历四年春初在岳州所作",编次同此。《草堂诗笺》系于"大历四年己酉在岳阳至潭遂如衡及回潭所作"第一首,编次同此。《杜陵诗史》同此。黄氏《补注杜诗》系于"大历三年作",黄鹤补注曰:"唐子西云:'过岳阳楼,观子美诗,不过四十字耳。气象闳放,涵蓄深远,殆与洞庭争雄,所谓富哉言乎者!'余谓一诗之中如'吴楚东南拆,乾坤日夜浮'一联,尤为雄伟,虽不到洞庭者读之,可使胸次豁达。当是大历三年作。"高崇兰编《集千家注杜工部诗集》认同黄鹤说,置于《缆船苦风戏题四韵奉简郑十三判官》与《奉送魏六丈佑少府之交广》之间。按,玩"昔闻洞庭水,今上岳阳楼"句意,似为初登岳阳楼所作。未明洪业所言"第二次登楼"所据?又,王洙本旧次此诗在《陪裴使君登岳阳楼》前,亦明其为初登。若为初登,而再登又在春日("云岸丛梅发,春泥百草生"),则大历三年说较胜。

《聂耒阳以仆阻水,书致酒肉,疗饥荒江。诗得代怀,兴尽本韵,至县呈聂令。陆路去方田驿四十里,舟行一日,时属江涨,泊于方田》,《杜诗赵次公先后解辑校》系于"大历五年四月至耒阳所作",置于诗集最末一首。《草堂诗笺》、《杜陵诗史》同此。黄氏《补注杜诗》

系于"大历五年作",黄鹤补注曰:"耒阳在衡州东南百三十五里,公自衡往耒阳,阻水泊于方田驿。今序云:'陆路去方田四十里。'谓去耒阳也。又云:'舟行一日。'盖以溯流也。聂令致酒肉,或以为致牛肉、白酒,公因饫死,为水所漂,从而为空坟,以欺人主。虽史不能辨其非,唯韩退之一诗能分明之,李观作补遗传,亦因韩退之有是诗而成耳。鹤详考公此诗,其云'礼过宰肥羊,愁当置清醥',则聂所致者未必诚牛肉、白酒也。诗终云'崔师乞已至,澧卒用矜少。问罪消息真,开颜憩亭沼',则是时方且喜讨叛之师已集,而憩于亭沼,盖知凶渠之亡可待。序云'至县呈聂令'者,存至耒阳以与之。后人往往以此遂信其为死于耒阳,殊不知此后尚有过南岳、入洞庭湖诗,与登舟适汉阳诗可考也,二诗断不可谓是四年作。且聂致酒肉,已在五年五月间。盖臧玠以四月庚子反,公奔窜至衡,又至方田,且半旬阻水矣,是时肉非可久留,无容醉饱在作诗之后。若诗前尝痛饮,诗中亦必及之,如'愿以野水添金杯'、'如渑之酒常快意'、'喧呼且尽杯中缘'、'但觉高歌有鬼神'等句,初未尝以醉为讳也。《温公诗话》云:'元和中,其孙始改葬于巩县,元微之为志。'今志乃云'祔于偃师',巩与偃师又异矣。后世安知又不以为惑?"高崇兰编《集千家注杜工部诗集》认同黄鹤说,置于《朱凤行》与《长沙送李十一衔》之间。历来争论之焦点,在此诗是否为老杜绝笔? 按,此问题之解决又分为两步,首先为老杜卒于永泰二年抑或大历五年? 南宋王观国《学林》卷五"杜子美"条曰:"《旧唐史·杜甫传》曰:'甫永泰二年卒。'观国考子美诗有大历二年九月三十日诗、大历十月一日诗、大历三年春白帝城放船出瞿唐诗、大历五年正月追酬高适人日诗。甫志与传皆云:年五十九卒。按,甫生于睿宗先天元年癸丑岁,卒于大历五年辛亥岁,为年五十九。则史云永泰二年卒者,误也。元祐中,胡资政知成都,作《草堂先生诗碑序》曰:'蜀乱,先生下荆渚,泝沅湘,上衡山,卒于耒阳。'王内翰《注子美诗序》曰:'大历三年,甫下峡,入湖南,游衡山,寓居耒阳。五年夏,一夕醉饱,卒。'元祐中,吕丞相作子美诗《年谱》曰:'大历五年夏,甫还襄汉,卒于岳阳。'观国尝考究杜陵遗迹及襄汉、岳阳,皆无子美墓,唯耒阳县有子美墓,前贤多留题,则子美当卒于耒阳也。近世有小说《丽情集》者,首序子美因食牛肉、白酒而卒此,无据妄说,不足信。今注子美诗者,亦假王原叔内翰之名,谓甫一夕醉饱卒者,毋乃用小说《丽情》之语耶？"又，南宋程大昌《演繁露续集》卷四"唐史记杜甫死误"条亦称："本传云：'杜以永泰二年卒于耒阳。'诗中乃云'大历二年调玉烛'。案，代宗永泰二年十一月改元大历，以历求之，则永泰二年岁在丙午，而大历二年岁在丁未，是子美不卒于永泰二年也。《苏子美集》末亦尝言之。"老杜卒于大历五年之史实既定，其次则考其卒于耒阳抑或岳阳？北宋王得臣（彦辅）《麈史》考辨曰："世言子美卒于衡之耒阳，故《寰宇记》亦载其坟在县北二里，不知何缘得此。唐《新书》称耒阳令遗白酒、牛肉，二字钞本作黄牛。一夕而死。予观子美侨寄巴峡三岁。大历三年二月始下峡，流寓荆南，徙泊公安。久之，方次岳阳，即四年冬末也。既过洞庭入长沙，乃五年之春四月。遇臧玠之乱，仓皇往衡阳，至耒阳，舟中伏枕，又畏瘴，复沿湘而下，故有《回棹》之作。末云：'舟师烦尔送寒泉。'又登舟，将适汉阳，云：'春色弃汝去，秋帆催客归。'盖回棹在夏末，此篇已入秋矣。继之以《暮秋将归秦留别湖南幕府亲友》云：'北归冲雨雪，谁悯弊貂裘。'则子美北还之迹见此三篇，安得卒于耒阳耶？要其卒，当在潭、岳之间，秋冬之际。按元微之《子美墓志》称：'子美孙嗣业，启子美柩，襄祔事于偃师，途次于荆。拜余为志，辞不能绝。'其系略曰：'严武状为工部员外郎、参谋军事，旋又弃去。扁舟下荆楚，竟以寓卒，旅殡岳阳。'近时故丞相吕公为《杜诗年谱》，云：'大历五年辛亥，是年还襄汉，卒于岳阳。'以前诗及微之之志考之，为不妄。但言是年夏，非也。"是言得之，故为黄鹤《杜诗补注》及高崇兰编《集千家注杜工部诗集》所认同。

《长沙送李十一衔》，《杜诗赵次公先后解辑校》系于"大历四年夏至秋在潭州所作"，置于《湖南送敬十使君适广陵》与《奉赠卢五丈参谋琚》之间。《草堂诗笺》、《杜陵诗史》同此。黄氏《补注杜诗》系于"大历五年作"，黄鹤补注曰："诗云'与子避地西康州，洞庭相逢十二秋'，今计其年，当是大历五年作。未几，公即世矣。"高崇兰编《集千家注杜工部诗集》认同黄鹤说，置于《聂耒阳以仆阻水书致酒肉疗饥荒江》与《暮秋将归秦留别湖南幕府亲友》之间。

《暮秋将归秦留别湖南幕府亲友》，《杜诗赵次公先后解辑校》系于"大历四年夏至秋在潭州所作"，置于《登舟将适汉阳》、《重送刘十弟判官》与《送卢十四弟侍御护韦尚书灵榇归上都二十韵》之间。《草堂诗笺》、《杜陵诗史》同此。黄氏《补注杜诗》系于"大历五年作"(黄鹤补注见题解)。此诗系年有大历四年(赵次公、鲁訔)与大历五年(黄鹤)两说。按,王洙本旧次此诗在《登舟将适汉阳》之后,故诸家聚讼所在,乃此诗与《登舟适汉阳》之关系。赵次公解释说:"前篇《登舟将适汉阳》云'春宅弃汝去,秋帆催客归',则秋初时也。今是次篇,却云'暮秋将归秦',则九月时也。谓之'湖南暮府',则是潭州也。由是观之,则公虽欲往汉阳,而元未定,今又有欲归秦之兴。然相续其下等篇,皆只在潭州,亦言之而不行也。"除系年未确,其情理大体可从。注家以为旧次之龃龉有二:一曰地理走向不合,黄鹤补注以为:"若以此诗为四年秋作,则前篇题云《将适汉阳》,此题又云《将归秦》,不应一时所向不同,故知为大历五年作。"黄鹤所谓"一时所向不同",实未明地理,朱鹤龄《杜工部诗集辑注》特为说明曰:"鹤又云:'前题《将适汉阳》,此题《将归秦》,不应一时所向不同。'不知适汉阳者,正欲溯汉水以归秦耳。时竟不果归,终岁居潭。"其说有理。二曰时间不合,朱鹤龄《杜工部诗集辑注》:"按,此诗旧编四年,与《登舟将适汉阳》同时作。王彦辅、黄鹤之徒以为作于五年,故有公卒于潭、岳之间之说,然与二史不合。"此亦未确。首先,《登舟将适汉阳》一诗,王彦辅、鲁訔皆系于大历五年,朱说所谓"旧编与《登舟将适汉阳》同时"之"(大历)四年",实为少数意见。其次,所谓"与二史不合"云者,黄鹤补注曰:"大历五年秋,公欲北首而卒,故《志》云:'竟以寓卒,殡于岳阳。'虽与史异,然当以诗为定。"所言"虽与史异,以诗为定",是为得之,况两唐书之《杜甫传》错漏歧出,往往不足为据。要之,此诗当系于黄鹤所说之大历五年。高崇兰编《集千家注杜工部诗集》认同黄鹤说,置于《长沙送李十一衔》与《过洞庭湖》之间。

(四)高崇兰自出机杼,与鲁訔编次、黄鹤系年不同之例

在鲁訔编次与黄鹤系年之外,高崇兰偶尔有自己对诗篇的系年考虑,这种情况极其罕见,在本文考察的近四百首诗中,仅有一例。

《奉留赠集贤院崔国辅、于休烈二学士》,《草堂诗笺》系于天宝十载长安所作,置于《奉赠韦左丞丈二十二韵》后。《杜陵诗史》同此。黄氏《补注杜诗》系于"天宝十一载作",黄鹤补注曰:"公以天宝九载献赋,明皇奇之,俾待诏集贤,召学官试文章,然再降恩泽,止送隶有司参列选席。今诗云'青云犹契阔,陵厉不飞翻。谬称三赋在,难述

二公恩',盖其时作也。"又曰:"按,公天宝九载预献正赋,考史云九载制自今告献太清宫及太庙改为朝献。十载正月壬辰,朝献太清宫。癸巳,朝享太庙。甲午,有事于南郊。故公为《三大礼》,一朝献太清宫,二朝享太庙,三有事于南郊。而《朝堂太庙赋》云:'壬辰既格于道祖,乘舆即以是日致斋于九室。'则为十载大礼明矣。史以为天宝三载,吕公《年谱》又以为十三载,何考之不详?虽蔡兴宗、鲁訔《年谱》以为在十载,而梁权道编此诗于十四载,亦是以为献赋在十三载矣。此诗当献赋后待诏集贤院,命宰相试文授官时作,崔、于乃是时考文者也。"高崇兰编《集千家注杜工部诗集》系于天宝十三载,在《投赠哥舒开府翰二十韵》后(按,此诗高崇兰注在天宝十三载后,则此卷诸篇皆在此年及此年后)。

(五)高崇兰编次之误

高崇兰编次的失误,基本都是出于黄鹤系年有误,高崇兰往往是认同并延续了黄鹤之误。这可以说是从反面有力地表明了高崇兰编次对黄鹤系年的承袭。

如《赠卫八处士》,《草堂诗笺》系于"乾元元年夏六月出为华州司功冬末以事之东都,至乾元二年七月立秋后欲弃官以来所作",置于《得舍弟消息》与《重题郑氏东亭》之间。《杜陵诗史》同此。黄氏《补注杜诗》系于"天宝九载作",黄鹤补注曰:"师注为公与卫宾,而诗云'焉知二十载,重上君子堂',又云'夜雨剪春韭,新炊间黄粱',则是春月作,而未详为何年。及味诗,又非乱离后语,若如梁权道编在天宝十三载长安诗内,而于'问我来何方'、'明日隔山岳'之句不叶。按,公开元二十三四年间下第,游齐赵,时至兖,而是年公方二十四五岁,则卫当愈少,宜其未婚。今诗云二十载重上其堂,则当在十二三载,而公自九载归奏赋后,只在长安,岁岁有诗可考。意是六载应诏退下后,又再至东都,以十载行三大礼,而九载又归奏赋,故九载有《冬日洛城北谒玄元皇帝庙》,诗中述八载事。此诗当是天宝九载作。是年公方四十,'鬓发各已苍',宜矣……又唐有隐逸卫大经,居蒲州,卫八亦称处士,或其族子。蒲至华止百四十里,或是公在华州时至其家。岳指华岳而言,若然,则二十载无差矣。"高崇兰编《集千家注杜工部诗集》从之,称"天宝九载自东都复归长安作",置于《冬日洛城北谒玄元皇帝庙》与《赠翰林张四学士垍》之间。

《奉待严大夫》"殊方又喜故人来",《草堂诗笺》系于"广德二年甲辰自梓州挈家再往阆中所作",置于《韦郎司直归成都》与《奉寄高常侍》之间。《杜陵诗史》同此。黄氏《补注杜诗》系于"宝应元年作",黄鹤补注曰:"此诗皆以为武广德二年再镇成都,公待其至,故有此作。然武是时以黄门侍郎、郑国公出为成都尹,公所与诗有曰'严中丞'、'严大夫'、'严侍郎'、'严郑公',皆随武所受官而称之。如是年《自阆州将赴草堂途中先寄严郑公》是也。若是其时作,顾曰'严大夫'何耶?按《旧史》:武出为绵州刺史、剑南东川节度使兼御史中丞,上皇诰以剑南两川合为一,拜武成都尹兼御史大夫、充剑南节度。而公上武《说旱》在宝应元年建巳月,则云'中丞严公节制剑南,日奉此说',又与史异。今观诗如曰'不知旌节隔年回',盖史公上元二年建丑月以武为成都尹,而诗作于宝应元年之正月。故云若广德二年,武再镇蜀,乃是二月,不应有'隔年回'之句。《诸将》诗第五首为武作也,诗云'主恩前后三持节',而《通鉴》亦云武再镇剑南,则武尝三镇蜀。赵以宝应元年正月权令两川都节制,为第一;六月专以节制西川,阻徐知道反不得进,为第二;广德二年,正以两川合一节度,而武以黄门侍郎来,为第三。然玄宗以上元元年七月移居西内,高力士、陈玄礼等阻迁,谪,上寝不择,岂复更预国事?史云为绵州,诰以剑南两川合为一、拜武成都尹者,意在乾元二年裴冕为尹之前,是时止是节制也,合以此时为一,而宝应元年再尹为二,广德三年为两川节度者为三。此诗是宝应元年作,故又云'殊方又喜故人来,重镇还须济世才'。《新史》云:贬巴州刺史,久之,迁东川节度,上皇合剑南为一道,而不言为绵州。按《房琯传》,贬巴州在乾元元年六月,当是自巴迁绵。"郭知达《九家集注杜诗》用黄鹤说。高崇兰编《集千家注杜工部诗集》认同黄鹤说,置于《诣徐卿觅果子载》与《江咏五首》之间。按,黄鹤说反证(官称)、正证(玄宗可否下诏)皆不甚有力,似嫌穿凿,不如从通顺之旧说(广德二年说)。今人亦多尊用广德二年说,如洪业《杜甫》第十章《何地置老夫》:"杜甫顺西汉水而下的计划并未付诸实施。广德二年(764年2月11日),严武被任命为剑南东西两川节度使。《奉待严大夫》表明正是严武再次来蜀的消息使得我们诗人取消了到南方的预计旅程。在告别了房琯的墓地之后,杜甫带着妻儿回到成都。"

《诸将五首》,《草堂诗笺》系于"大历元年丙午春迁居夔州所作",

置于《九日五首》与《月》"四更山吐月"之间。《杜陵诗史》同此。黄氏《补注杜诗》系于"永泰元年作",黄鹤补注曰:"此诗虽言天宝十四载已来诸将之事,而诗云'沧海未全归禹贡,蓟门何处尽尧封',则是史朝义死后,河北犹有未归者。又末篇云'止忆往时严仆射',当是武死后作。武以永泰元年四月死,而公亦以其时去成都,故又云'锦江春色逐人来,巫峡清秋万壑哀',乃永泰元年秋在云安作。"高崇兰编《集千家注杜工部诗集》认同黄鹤说,置于云安时期《三韵三篇》"高马勿捶面"与《承闻故房相公灵榇自阆州启殡归葬东都有作二首》之间。仇兆鳌《杜诗详注》力主鲁訔大历元年说:"旧解谓此诗'春秋',就永泰元年说,非也。是秋,公在云安,不当云巫峡,且前章云'南海明珠久寂寥',亦不在永泰间也。按公诗有云:'自平中官吕太一,收珠南海千余日。近供生犀翡翠稀,复恐征戍干戈密。'太一之叛,在广德元年十一月,随即削平。自广德二年、永泰元年至大历元年秋,中经闰月,约计千余日矣。彼云'近供稀',犹此言'久寂寥'也。想南海既平而复梗,又在是年深秋。彼此互证,断知其作于大历元年秋日矣。"其辨证有理。

《偶题》,王洙本旧次在《寒雨朝行视园树》与《雨晴》之间。《杜诗赵次公先后解辑校》系于"大历二年秋九月在夔州瀼西、东屯往来所存之诗",置于《寒雨朝行视园树》与《雨晴》之间,《草堂诗笺》、《杜陵诗史》用鲁訔编年亦同此。黄氏《补注杜诗》系于"大历元年作",黄鹤补注曰:"诗云'江峡绕蛟螭',当是大历元年在夔州时作;故又曰'圣朝兼盗贼',时吐蕃之乱未息也。"高崇兰编《集千家注杜工部诗集》认同黄鹤说,置于《提封》与《吾宗》之间。按,诗句有言"稼穑分诗兴",则宜置于大历二年东屯时期,大历二年说为是。

《短歌行赠王郎司直》,王洙本旧次在《相从歌》与《短歌行(送祁录事)》、《草堂》之间。《杜诗赵次公先后解辑校》系于"大历三年春在夔,迤逦出峡到荆南所作",置于《蚕谷行》与《喜雨》之间,《杜陵诗史》同此。黄氏《补注杜诗》系于"宝应元年作",黄鹤补注曰:"王郎司直,即前所赋《戏友》云'官有王司直'者。梁权道编在永泰元年成都诗内,然不应与前作相去三年,意同是宝应元年作。"高崇兰编《集千家注杜工部诗集》认同黄鹤说,置于《奉和严中丞西城晚眺十韵》与《入奏行赠西山检察使窦侍御》之间。按,此诗系年有宝应元年(王洙本旧次、黄鹤、刘辰翁评点本、钱谦益)、永泰元年(梁权道)与大历三年(赵次公、鲁訔、朱鹤龄)三说。朱鹤龄《杜工部诗集辑注》："按，此诗'仲宣楼头'二句，乃在荆南时作。诸本误入宝应元年成都诗内，非也。《草堂》编大历三年，最是。"其说有理，仇、杨皆从之。

《江南逢李龟年》，王洙本旧次在《舟出江陵南浦奉寄郑少尹》与《官亭夕坐戏简颜少府》之间。《杜诗赵次公先后解辑校》系于"大历四年春离岳州至潭州所作"，置于《上巳日徐司录林园宴集》与《湘江宴饯裴二端公赴道州》之间。《草堂诗笺》、《杜陵诗史》同此。黄氏《补注杜诗》系于"大历三年作"，黄鹤补注曰："梁权道编在大历三年作，荆南诗内。按，公以是年正月出峡，暮春至江陵，今诗云'落花时节又逢君'，正其时也。"高崇兰编《集千家注杜工部诗集》认同黄鹤说，置于《书堂饮既夜复邀李尚书下马月下赋绝句》与《南征》之间。此诗系年有大历三年(王洙本旧次、黄鹤、高崇兰编刘辰翁评点本)与大历四年(赵次公、鲁訔)两说。宋人姚宽《西溪丛语》卷上称："江季共说杜甫《赠李龟年诗》非甫所作。盖岐王死时，与崔涤死时，年尚幼。又，甫天宝乱后未尝至江南也。范摅《云溪友议》言：明皇幸岷山，伶官奔走，李龟年奔迫江潭，甫以诗赠龟年云云。又云：龟年曾于湘中采访使筵上唱'红豆生南国，秋来发几枝。赠君多采撷，此物最相思'云云，歌阕，莫不望行在而惨然。龟年唱罢，忽闷绝仆地。以左耳微暖，妻子未忍殡殓。经四日，乃苏，曰：'我遇二妃，令教侍女兰苕唱被褥毕，放还。'且言主人即复长安，而有中兴之主也，谓龟年'汝何忧乎'。时甫正在湘潭，或有此诗。更须考究。"姚宽以为在大历四年湘潭时期。清人朱鹤龄《杜工部诗集辑注》称："此诗题曰'江南'，必潭州作也。旧编在大历三年荆南诗内，非是。"系于大历四年，置于《归雁二首》与《小寒食舟中作》之间。仇兆鳌《杜诗详注》、杨伦《杜诗镜铨》从之。今人多从大历四年说，如洪业《杜甫》第十二章《孤舟增郁郁》)。

(六)高崇兰以鲁訔编次为底本、依黄鹤系年调整为今本编次：以一段完整编次为例

以上我们是以散点、全面的方式，从全部杜诗中抽取出偏重于杜甫行实、有利于系年的四百余首杜诗，以此为范围验证高崇兰编《集千家注杜工部诗集》编次与鲁訔编次、黄鹤系年的承袭及拣择关系。接下来，再从杜集中抽取完整的"一段"杜诗编次，来模拟高崇兰编杜

集时,是如何具体着手的。这里以代表鲁訔编次的《杜陵诗史》卷一前半部分为例,附以高崇兰编次作为对比,将诗篇编次列表如下:

序号	鲁訔编次	序号	高崇兰编次
1	《游龙门奉先寺》	1	《游龙门奉先寺》
2	《赠李白》"二年客东都"	2	《赠李白》"二年客东都"
3	《望岳》"岱宗夫如何"	3	《望岳》"岱宗夫如何"
4	《登兖州城楼》	7	《刘九法曹郑瑕丘石门宴集》
5	《对雨书怀走邀许主簿》	9	《与李十二白同寻范十隐居》
6	《临邑舍弟书至苦雨黄河泛滥堤防之患薄领所忧因寄此诗用宽其意》	25	《题张氏隐居》二首
7	《刘九法曹郑瑕丘石门宴集》		《赠李白》"秋来相顾尚飘蓬"
8	《巳上人茅斋》	4	《登兖州城楼》
9	《与李十二白同寻范十隐居》	5	《对雨书怀走邀许主簿》
10	《房兵曹胡马》	8	《巳上人茅斋》
11	《画鹰》	10	《房兵曹胡马》
12	《暂如临邑至(山昔)山湖亭奉怀李员外率尔成兴》	11	《画鹰》
13	《陪李北海宴历下亭》	6	《临邑舍弟书至苦雨黄河泛滥堤防之患薄领所忧因寄此诗用宽其意》
14	附:李邕《登历下古城员外新亭》杜甫《同前》(即《同李太守〈登历下古城员外新亭〉》)	29	《冬日有怀李白》
15	《与任城许主簿游南池》	20	《龙门》
16	《赠比部萧郎中兄》	24	《天宝初,南曹小司寇舅于我太夫人堂下,累土为山,一匮盈尺,以代彼朽木承诸焚香瓷瓯,瓯甚安矣。旁植慈竹,盖兹数峰,欻岑婵娟,宛有尘外数致,乃不知兴之所至,而作是诗》
17	《过宋员外旧庄》	23	《春日怀李白》
18	《夜宴左氏庄》	27	《李监宅》二首
19	《冬日洛城北谒玄元皇帝庙》	15	《与任城许主簿游南池》

(续表)

序号	鲁訔编次	序号	高崇兰编次
20	《龙门》	17	《过宋员外之问旧庄》
21	《兵车行》	18	《夜宴左氏庄》
22	《今夕行》	26	《郑驸马宴洞中》
23	《春日忆李白》		《重题郑氏南亭》
24	《天宝初,南曹小司寇舅于我太夫人堂下,累土为山,一篑盈尺,以代彼朽木承诸焚香瓷瓯,瓯甚安矣。旁植慈竹,盖兹数峰,嵚岑婵娟,宛有尘外数致,乃不知兴之所至,而作是诗》	13	《陪李北海宴历下亭》
25	《题张氏隐居》二首	14	杜甫《同李太守〈登历下古城员外新亭〉》 附:李邕《登历下古城员外新亭》
26	《郑驸马宅宴洞中》	12	《暂如临邑至(山昔)山湖亭奉怀李员外率尔成兴》
27	《李监宅》二首		《行次昭陵》
28	《送孔巢父谢病归游江东兼呈李白》	30	《饮中八仙歌》
29	《冬日有怀李白》		
30	《饮中八仙歌》		

先看鲁訔编次所无,高崇兰编次从别处移置此处的两首。第一首是《赠李白》"秋来相顾尚飘蓬",《杜陵诗史》、《草堂诗笺》系于天宝末年所作,在《官定后戏赠》与《自京赴奉先县咏怀五百字》之间。黄氏《补注杜诗》黄鹤补注曰:"当是开元(二)十八年在东都作,盖天宝初白已客会稽矣。"高崇兰编次认同黄鹤说移此。第二首是《行次昭陵》,《草堂诗笺》系于"八月还鄜州及扈从还京所作",置于《北征》与《重经昭陵》、《羌村》之间。《杜陵诗史》同此。黄氏《补注杜诗》黄鹤补注曰:"今诗题云'行次昭陵',当是天宝五年自东都归长安时作。诗云'幽人拜鼎湖',则是未奏赋授官前也。"高崇兰编次认同黄鹤说移此。

再看高崇兰编次与鲁訔编次相较,挪动跨度较大的诗篇,首先最显著的是《题张氏隐居》二首,《杜陵诗史》编在天宝初年,黄氏《补注杜诗》系于开元二十四年后作,黄鹤补注曰:"《旧史·李白传》云:'少与鲁中诸生张叔明等隐于徂徕山,号为竹溪六逸。'又公作《杂述》亦云:'鲁有张叔卿,聪明深察。是何面目黧黑,不得饱饭吃?'意叔明、叔卿止是一人,卿与明有一误耳。不然,亦兄弟也。今日张隐居岂非其人欤?诗云'不贪远害',与《李传》、《杂述》颇合。梁权道编在天宝十二载东都作。然十二载公在长安,有《投哥舒翰》诗。及十一载十二月,有《投鲜于京兆》诗。此诗当是开元二十四年后与高、李游齐赵时作。盖诗云'石门斜日到林丘',而《舆地广记》云:'石门,属齐州。'公尝与刘九法曹、郑瑕丘宴集于石门也。"高崇兰编次认同黄鹤说移此。又,黄鹤补注指出此诗"石门"与《刘九法曹郑瑕丘石门宴集》一诗契合,故高崇兰编次即将此诗置于《刘九法曹郑瑕丘石门宴集》之下。那么为何其中又嵌入《与李十二白同寻范十隐居》呢?回到鲁訔编次,其顺序为《刘九法曹郑瑕丘石门宴集》——《己上人茅斋》——《与李十二白同寻范十隐居》,可见高崇兰是遵循了鲁訔编次的旧序。那么还有一问,《己上人茅斋》为何拿掉?按,《己上人茅斋》,黄氏《补注杜诗》黄鹤补注曰:"梁权道编天宝十二载游山东时作,然旧次与洛、兖所作诗先后,当是开元二十九年间。"开元二十九年在开元二十四年之后,自然不能置于作于开元二十四年的《刘九法曹郑瑕丘石门宴集》、《与李十二白同寻范十隐居》两诗之间,因此《己上人茅斋》就往下挪动了若干位。

再如挪动跨度较大的《冬日有怀李白》,《草堂诗笺》系于"天宝以来在东都及长安作",在《送孔巢父谢病归游江东兼呈李白》与《饮中八仙歌》之间。《杜陵诗史》同此。黄氏《补注杜诗》系于"开元二十九年冬",黄鹤补注曰:"古人和诗第和其意,而不和其韵,或有用其一韵者,疑此诗是和李白赠公诗。按段成式《酉阳杂俎》云李集有《尧祠赠杜补阙》者,老杜也。诗云:'我觉秋风逸,谁言秋气悲。山将落日去,水与晴相宜。烟归碧海少,雁度青天迟。相失各万里,茫然空尔归。'盖用第三韵迟字。李诗秋作,而此冬作也。《白传》云,天宝初客游会稽。殆是先与公别。今诗云'未因乘兴去',当在开元二十九年冬作。"[1]高崇

---

[1] 按,宋人似皆未明杜甫游齐赵有两次,与李白同游兖州乃在天宝三载之后,是为第二次。黄鹤注之误系"开元二十九年"显然由此而得。王洙本与鲁訔编年置于长安时期,乃是无意中弄拙成巧,难称有见。然此与本文讨论问题无关,故置不论。

兰置此诗于初回洛阳之《龙门》与天宝初年之《天宝初,南曹小司寇舅于我太夫人堂下,累土为山,一匮盈尺,以代彼朽木承诸焚香瓷瓯,瓯甚安矣。旁植慈竹,盖兹数峰,欹岑婵娟,宛有尘外数致,乃不知兴之所至,而作是诗》,编次正是认同黄鹤系年。余例不一一赘举。

总之,无论我们从覆盖全部杜集的范围随机抽取与杜甫行实密切相关的近四百首诗篇,还是任意截取杜集中完整的一段编次,都可以证明高崇兰编刘辰翁评点《集千家注杜工部诗集》是以鲁訔编次的《草堂诗笺》(以及《杜陵诗史》)为底本的,佐以黄氏《补注杜诗》的黄鹤系年,并且在鲁訔与黄鹤系年不同时,更倾向于认同采纳黄鹤系年说的基础上编纂而成的。

(七)高崇兰编次为清人遵循者

高崇兰编刘辰翁评点本在元明两代影响极大,清人编撰杜集时,尽管已经注意上溯宋人编次,但不少篇章仍遵循高崇兰编次。具体来说,即诗篇系年鲁訔、黄鹤诸家皆同,高崇兰本系年虽同于诸家,但具体编次(诗篇之间的相互先后顺序)与其他宋人编次皆不同,而清人杜集往往采用高崇兰编次。[①] 可见在系年皆同的情况下,高崇兰编次具有更加注重诗篇之间相互关系的合理性。

《述怀》,王洙本旧次在《悲青坂》与《逼仄行》之间,题下(彦辅)注:"此已下自贼中窜归凤翔作。"《草堂诗笺》系于"至德二载夏,自贼中达行在所授拾遗以后所作"第二首,在《喜达行在所三首》与《彭衙行》之间。《杜陵诗史》同此。黄氏《补注杜诗》系于"至德二载作"。高崇兰编《集千家注杜工部诗集》置于《喜达行在所三首》与《得家书》之间。朱鹤龄《杜工部诗集辑注》、杨伦《杜诗镜铨》从之。仇兆鳌《杜诗详注》用黄鹤系年,置于《送韦十六评事充同谷防御判官》与《得家书》之间。值得注意的是,朱鹤龄向称以《草堂诗笺》编次为准,这里却遵循了高崇兰编次;杨伦是以仇兆鳌编次以底本,却改仇氏编次为

[①] 以下所举例只限于本文采样范围的四百余首中。另外要指出,本部分最后一例《江阁对雨有怀行营裴二端公》情况与其他举例稍微不同。鲁訔编次在大历四年,黄鹤系年于大历五年,高崇兰编次认同黄鹤说,编次与鲁訔编次不同,而清人皆从高崇兰编次。其中"系年不同"的差别,不但不影响"在系年相同情况下,清人杜集采用高崇兰编次"的结论,反而更有力地证明了"清人杜集采用高崇兰编次"的结论。

高崇兰编次。可见在诸家系年皆同的情况下，高崇兰编次具有更加注重诗篇之间相互关系的合理性。

《得家书》，王洙本旧次在《喜达行在所》与《奉赠严八阁老》之间。《草堂诗笺》系于"至德二载夏自贼中达行在所授拾遗以后所作"，置于《哭长孙侍郎》与《奉赠严八阁老》之间。《杜陵诗史》同此。黄氏《补注杜诗》系于"至德二载作"。高崇兰编《集千家注杜工部诗集》置于《述怀》与《送长孙九侍御赴武威判官》之间。朱鹤龄《杜工部诗集辑注》、仇兆鳌《杜诗详注》从之。杨伦《杜诗镜铨》置于《述怀》与《送樊侍御赴汉中判官》之间。

《奉赠王中允维》，王洙本旧次在《酬孟云卿》与《奉陪郑驸马韦曲》之间。《草堂诗笺》系于"乾元元年戊戌春夏五月在谏省所作"，依王洙本旧次置于《酬孟云卿》与《奉陪郑驸马韦曲》之间。《杜陵诗史》同此。黄氏《补注杜诗》系于"乾元元年作"。高崇兰编《集千家注杜工部诗集》置于《奉答岑参补阙见赠》与《送许八拾遗归江宁》之间。朱鹤龄《杜工部诗集辑注》、仇兆鳌《杜诗详注》、杨伦《杜诗镜铨》从之。

《奉和贾至舍人早朝大明宫》，王洙本旧次在《曲江对雨》"城上春云覆苑墙"与《宣政殿退朝晚出左掖》之间。《草堂诗笺》系于"乾元元年戊戌春至夏五月在谏省所作"，在《曲江对酒》"城上春云覆苑墙"与《题省中院壁》之间。《杜陵诗史》同此。黄氏《补注杜诗》系于"乾元元年作"。高崇兰编《集千家注杜工部诗集》置于《腊日》与《宣政殿退朝晚出左掖》之间。朱鹤龄《杜工部诗集辑注》、仇兆鳌《杜诗详注》、杨伦《杜诗镜铨》皆从之。

《草堂》，王洙本旧次在《短歌行》与《四松》之间。《草堂诗笺》系于"广德二年甲辰春末再至成都所作"，置于《归来》与《除草》、《四松》之间。黄氏《补注杜诗》系于"广德二年作"。高崇兰编《集千家注杜工部诗集》用黄鹤系年，置于《归来》与《四松》之间。朱鹤龄《杜工部诗集辑注》、仇兆鳌《杜诗详注》皆从之。

《江阁对雨有怀行营裴二端公》，王洙本旧次在《潭州送韦员外牧韶州》与《酬韦韶州见寄》之间。《杜诗赵次公先后解辑校》系于"大历四年夏至秋在潭州所作"，编次从之。《草堂诗笺》、《杜陵诗史》同此。黄氏《补注杜诗》系于"大历五年作"。高崇兰编《集千家注杜工部诗集》认同黄鹤说，置于《舟中苦热遣怀奉呈阳中丞通简台省诸公》与《题衡山县文宣王庙新学堂呈陆宰》之间。朱鹤龄《杜工部诗集辑注》、仇兆鳌《杜诗详注》、杨伦《杜诗镜铨》皆从之。

(八) 结论

在现存宋人杜集编年本中,蔡兴宗、鲁訔编次一系一枝独秀;后起的黄鹤编次比较另类:一方面对每首诗篇详加系年;一方面又因循守旧,遵从王洙本分体旧次,未能在"篇章排列"的"文本结构"上明确表现其系年编次意图,故在当时影响不甚显著。高崇兰编刘辰翁评点本《集千家注杜工部诗集》首次将黄鹤系年的成果表现为"文本结构"意义上的诗篇编次形态,从而将宋人两大杜诗系年编次系统(蔡兴宗——鲁訔编次、黄鹤系年)合并起来,不但在编纂时间上,而且也在编年这一杜诗核心问题上,成为了名副其实的宋人杜集"集大成"的殿军之作。随后,《集千家注杜工部诗集》成为元明两代最流行的杜诗编年集注本,从而保证了宋人编次系统向下的延续。通常以为刘辰翁评点乃是高崇兰编次本流行于元、明的原因,并因此将其视为杜集中的"俗本",实为大谬。高崇兰本融合了宋人两大杜集编次系统(鲁訔编次与黄鹤系年)之优长,其编次独一无二,此乃高崇兰本于元、明两代最为流行的真正原因。如王嗣奭《杜臆》即选择高崇兰本为底本撰成。① 王嗣奭此书为公认明代释杜最得深意之本,得高崇兰本编次之助,其功不可磨灭。

高崇兰编刘辰翁评点本《集千家注杜工部诗集》对清代几种最重要杜集的编次,起到了奠基性的作用。最早的清人杜集注本朱鹤龄《杜工部诗集辑注》号称大体采用《草堂诗笺》的鲁訔编次,似乎偏离了《集千家注杜工部诗集》开创的鲁訔编次与黄鹤系年相结合的道路,实际上是认同《集千家注杜工部诗集》的编次。② 此外,与朱鹤龄同时而作的钱谦益《钱注杜诗》,号称采用南宋初年吴若本,暗地却以

---

① 参见杨海健《浅论王嗣奭〈杜臆〉底本问题》,《南京师范大学文学院学报》2008年第3期。
② 洪业《杜诗引得序》认为:"朱(鹤龄)固未尝有蔡(梦弼)本也。彼昔殆误认《集千家注杜工部诗集》如明易山人本者之流,因其中有蔡氏跋,又载'梦弼曰'甚多,遂以为是蔡氏书耳。……朱本次诗乃依违于《集千家注》本与钱(谦益)本之间。"(附录二《杜诗引得序》,洪业撰、曾祥波译《杜甫:中国最伟大的诗人》,上海古籍出版社2011年,第332—333页)按,洪业此说是一种推测。如从洪业说,则朱鹤龄《杜工部诗集辑注》固然应属于高崇兰编次系统;即使不认同洪业说,根据本文第七部分"高崇兰编次为清人遵循者"的论证,朱本也可属于高崇兰编次系统。

鲁訔旧次为主，并参考黄鹤系年，对吴若本编次作了极大改动，并刻意隐瞒（对此问题笔者另有专文论及，此不赘言），①说明高崇兰编次采纳黄鹤系年自有其不可替代的优势。到"集大成"的仇兆鳌《杜诗详注》，在沿袭鲁訔编次基础上，重点参考了黄希、黄鹤父子《黄氏补千家注纪年杜工部诗史》对每首杜诗的系年说明，对于某些不能确定相互次序关系的同年诗篇，采取"以类相从"，附于该年末的办法，更是仇兆鳌想到的能较好适应黄希、黄鹤《补注杜诗》原编次不标明诗篇之间相互关系这一弊端的灵活手段；杨伦《杜诗镜铨》基本采纳仇兆鳌编次，略有改订，成为最晚出现的杜诗编次，而多为今人所采用。2014年出版，萧涤非主编、张忠纲统稿的《杜甫全集校注》，即声明"诗之编年，主要参照注杜全集最晚出本，即杨伦《杜诗镜铨》"。② 萧涤非杜集本以杨伦本为基本框架，实质上是对高崇兰编《集千家注杜工部诗集》编次的遥遥呼应，可谓现代学术史中杜集整理编纂为宋人杜诗两大编次系统的结合画上的圆满句号。就现代学术中的杜诗研究而言，第一部杜诗西语全译本——德国汉学家冯·萨克出版于1932至1938年之间的杜诗德文译本，采用张溍《读书堂杜工部诗集注解》为底本，而张溍本正是以许自昌刻高崇兰编次刘辰翁评点《集千家注杜工部诗集》为底本而成。出版于1952年的洪业《杜甫：中国最伟大的诗人》向称汉学界最重要的杜甫研究论著，其讨论杜诗系年，频繁引用黄鹤说；而出版于1982至1988年的陈贻焮《杜甫评传》即全用仇兆鳌《杜诗详注》编次，对黄鹤系年的重视自然延续仇兆鳌编次而来，是题中应有之义。东西方学界对杜甫研究的最重要成果对黄鹤系年、高崇兰编次的采纳，要其原始，都可以追溯到高崇兰编《集千家注杜工部诗集》首次将黄鹤系年的成果表现为"文本结构"意义上的诗篇编次形态，从而将宋人两大杜诗系年编次系统（蔡兴宗——鲁訔编次、黄鹤系年）合并起来这一杜集编纂的源头。

综合现存全部宋人杜集编年本与清人代表性杜集编年本的编次传承线索，列表如下：

---

① 参见笔者撰《〈钱注杜诗〉成书渊源考——以编次为中心论〈钱注杜诗〉与吴若本之关系》(《中国典籍与文化》2015年第3期，总第94期）。
② 《杜甫全集校注》"凡例"第一，人民文学出版社2014年版，第1页。

时间顺序	编次系统之一	编次系统之二
1	［蔡兴宗编次］ 代表杜集：（宋）赵彦材《杜诗赵次公先后解》	
2	［鲁訔编次］ 代表杜集：（1）（宋）蔡梦弼《草堂诗笺》 （2）（宋）伪托王十朋《王状元集百家注编年杜陵诗史》	［黄鹤系年］ 代表杜集：（宋）黄希、黄鹤《黄氏补千家注纪年杜工部诗史》（附黄鹤《年谱辨疑》）
3	编次系统之三（综合鲁訔编次与黄鹤系年所得） 代表杜集：**(1)（元）高崇兰编、（宋）刘辰翁评点本《集千家注杜工部诗集》** （2）（明）王嗣奭《杜臆》 （3）（清）朱鹤龄《杜工部诗集辑注》 （4）（清）吴见思、齐贤之《杜诗论文》 （5）（清）张溍《读书堂杜工部诗集注解》 （6）（清）仇兆鳌《杜诗详注》 （7）（清）杨伦《杜诗镜铨》 （8）萧涤非主编，张忠纲统稿《杜甫全集校注》	

就今存杜集来看，从王洙分体祖本确立了杜集文本之后，鲁訔编次系统（以蔡梦弼《草堂诗笺》、托名王十朋《杜陵诗史》为代表）顺应杜诗"诗史"的特点，成为杜集编年本的源头，这条主干向下流衍，遇到了另一支横空出世而形态特殊的编次之流——黄鹤系年（黄氏《补注杜诗》），而将两者导入同一河道，使之激荡轰鸣，折冲斗撞而后潜流暗涌，交相为用者，正是高崇兰编刘辰翁评点《集千家注杜工部诗集》。可惜高崇兰编次本对杜集编次的疏导"禹功"长期未得到清楚的认识。两流合并之后，一往直下，再无较大支流，历元、明而至清，三代杜集无不受其泽润，流衍及于近代以来东、西方杜诗研究，莫非如此。"杜诗学"中这样一条源远流长、波澜壮阔的杜集编次"文本之河"，[1]其脉络流向中起到承启枢纽之功的高崇兰编次本，早就应该被发现、认可并得到它应有的表彰。

---

[1] 按，"文本之河"这一提法，出自陈君《文本之河：汉魏六朝诗文早期流传中的文本歧异》（未刊稿），谨此说明并致谢。

杜甫传谱考论

一、中唐大历五年至七年(770—772),樊晃《杜工部小集序》

据陈尚君《杜诗早期流传考》指出,樊晃编《杜工部小集》六卷,在大历五年至大历七年之间。[①] 此时距大历五年杜甫刚去世不久,其中文字涉及杜甫行实,可视为杜甫最早传录。樊晃《杜工部小集》已佚,其序为吴若本所保留,今见存于钱谦益《钱注杜诗》,即洪业《杜诗引得序》所谓"此文不见于其他宋本,今乃借钱本以仅传者也"。[②] 录其全文如下:

> 工部员外郎杜甫,字子美,膳部员外郎审言之孙。至德初,拜左拾遗,直谏忤旨,左转,薄游陇蜀,殆十年矣。黄门侍郎严武总戎全蜀,君为幕宾,白首为郎,待之客礼。属契阔湮陁,东归江陵,缘湘沅而不返,痛矣夫!文集六十卷,行于江汉之南。常蓄东游之志,竟不就。属时方用武,斯文将坠,故不为东人之所知。江左词人所传诵者,皆君之戏题剧论耳。曾不知君有大雅之作,当今一人而已。今采其遗文,凡二百九十篇,各以志类,分为六卷,且行于江左。君有子宗文、宗武,近知所在,漂寓江陵,冀求其正集,续当论次云。

按,周采泉《杜集书录》指出:"杜集六十卷,首见于樊晃序……新、旧《唐书》即据此入史,非亲见有六十卷本也。"[③]所言有理。据此

[①] 陈尚君《唐代文学丛考》,中国社会科学出版社1997年,308页。
[②] 洪业撰、曾祥波译《杜甫:中国最伟大的诗人》附录二,上海古籍出版社2011年,第321页。
[③] 周采泉《杜集书录》,上海古籍出版社1986年,第2页。

则樊晃《杜工部小集》六卷实为宋人所目验之最早杜集本也,其序亦可视为现存最早之杜集序。作为最早的杜甫传录,研究者对樊晃小序较为重视,主要侧重两方面分析:一是据 6 卷 290 篇的平均数推断所谓杜甫生前 60 卷本诗作数量。一是分析"戏题巨论"与"大雅之作"的内涵,并推测时人对杜诗的接受程度。

笔者以为此序所言"常蓄东游之志,竟不就",亦可视为杜甫晚年沿江而下目的之重要线索,而尚未为研究者所注意,诸家往往视此与早年"诗罢闻吴咏,扁舟意不忘",成都时期"门泊东吴万里船"、"厌蜀交游冷,思吴胜事繁"、"终作适荆蛮"同意,为一时兴到之戏语也。按,陈尚君《杜甫为郎离蜀考》认为杜甫被任检校工部员外郎,前往赴任是其离蜀原因,并非因严武去世无依离蜀。樊序所谓"东归江陵"说,被陈文以"杜甫在江陵没有家园,无以言归"否定。①陈说可从。然而陈尚君《杜甫离蜀后之行止原因新考》以杜诗中若干线索分析,杜甫出峡后停留江陵半年,等候朝廷对其任职的新消息,以观进退,最终不得要领而失望,遂另谋新途,主要有两条出路:一为前往洛阳旧产,一为寻访江东亲属(杜丰、韦氏妹)。② 笔者以为,杜甫前往洛阳陆浑庄旧产的可能性远不如前往江东,原因有二,一是由江陵往洛阳,陆路难行,病体不堪;如往江东,顺流而下,适得其宜;二是安史之乱中及乱后,长安及洛阳之朝廷供给全赖江淮赋税;江东富庶,杜甫东游亦可就食,这是老杜离华州司功参军任后,求食秦同以来一直采取的迁徙策略。樊晃序所言"蓄东游之志",正可作为江东访亲说之重要佐证,却为论者所忽略。

二、中唐元和八年(813),元稹《唐故工部员外郎杜君墓系铭并序》

元稹此文作于元和八年("元和癸巳",813),为现存最早系统记

---

① 陈尚君《杜甫为郎离蜀考》,《复旦学报》1984 年 1 期。
② 陈尚君《唐代文学丛考》,中国社会科学出版社 1997 年,第 300—301 页。

载杜甫生平之传记文字,为后世传记之祖本。① 录之如下:

叙曰:余读诗至杜子美,而知大小之有所总萃焉。始尧舜时,君臣以赓歌相和。是后诗人继作,历夏、殷、周千馀年,仲尼缉拾选练,取其干预教化之尤者三百篇,其余无闻焉。骚人作而怨愤之态繁,然犹去风雅日近,尚相比拟。秦、汉已还,采诗之官既废,天下妖谣民讴、歌颂讽赋、曲度嬉戏之词,亦随时间作。至汉武帝赋《柏梁》诗而七言之体兴,苏子卿、李少卿之徒,尤工为五言。虽句读文律各异,雅郑之音亦杂,而词意简远,指事言情,自非有为而为,则文不妄作。建安之后,天下文士遭罹兵战,曹氏父子鞍马间为文,往往横槊赋诗。其遒文壮节,抑扬怨哀悲离之作,尤极于古。晋世风概稍存。宋、齐之间,教失根本,士子以简慢、矫饰、歇习、舒徐相尚,文章以风容、色泽、放旷、精清为高。盖吟写性灵、流连光景之文也。意义格力,固无取焉。陵迟至于梁、陈,淫艳、刻饰、佻巧、小碎之词剧,又宋、齐之所不取也。唐兴,学官大振,历世之文,能者互出,而又沈、宋之流,研练精切,稳顺声势,谓之为律诗。由是而后,文变之体极焉。然而莫不好古者遗近,务华者去实;效齐、梁则不逮于魏、晋,工乐府则力屈于五言;律切则骨格不存,闲暇则纤浓莫备。至于子美,盖所谓上薄风骚,下该沈、宋,言夺苏、李,气吞曹、刘,掩颜、谢之孤高,杂徐、庾之流丽,尽得古今之体势,而兼人人之所独专矣。使仲尼锻其旨要,尚不知贵,其多乎哉! 苟以为能所不能,无可无不可,则诗人以来,未有如子美者。是时山东人李白亦以奇文取称,时人谓之李杜。余观其壮浪纵恣,摆去拘束,模写物象及乐府歌诗,诚亦差肩于子美矣。至若铺陈终始,排比声韵,大或千言,次犹数百,词气豪迈而风调清深,属对律切而脱弃凡近,则李尚不能历其藩翰,况堂奥乎! 予尝欲条析其文,体别相附,与来

---

① 按,微之作子美墓志,乐天好用子美诗句,二公皆于老杜有所推崇也。宋人王楙《野客丛书》卷十九"白用杜句"条:"杜诗'甲第纷纷厌粱肉,广文先生饭不足',白诗'靖节先生尊长空,广文先生饭不足'。杜诗'眼前无俗物,多病也身轻',白诗'眼前无俗物,身外即僧居'。杜诗'酒债寻常行处有,人生七十古来稀',白诗'旧语相传聊自慰,世间七十古来稀'。"(《全宋笔记》6编6册,大象出版社2013年,第251页)

者为之准，特病懒未就耳。适遇子美之孙嗣业，启子美之柩，襄祔事于偃师，途次于荆，雅知余爱言其大父之为文，拜余为志。辞不能绝，余因系其官阀而铭其卒葬云。

系曰：晋当阳成侯姓杜氏，下十世而生依艺，令于巩。依艺生审言，审言善诗，官至膳部员外郎。审言生闲，闲生甫。闲为奉天令。甫字子美，天宝中，献《三大礼赋》，明皇奇之，命宰相试文，文善，授右卫率府胄曹。属京师乱，步谒行在，拜左拾遗。岁余，以直言失官，出为华州司功，寻迁京兆功曹。剑南节度严武状为工部员外参谋军事。旋又弃去，扁舟下荆、楚间，竟以寓卒，旅殡岳阳，享年五十有九。夫人弘农杨氏女，父曰司农少卿怡，四十九年而终。嗣子曰宗武，病不克葬，殁，命其子嗣业。嗣业以家贫，无以给丧，收拾乞匄，焦劳昼夜，去子美殁余四十年，然后卒先人之志，亦足为难矣。

铭曰：维元和之癸巳，粤某月某日之佳辰，合窆我杜子美于首阳之山前。呜呼！千载而下，曰：此文先生之古坟。

元稹此文所言杜甫世系，仅自杜预而起。此当与杜甫《祭远祖当阳君文》相关，文曰：

维开元二十九年岁次辛巳月日，十三叶孙甫，谨以寒食之奠，敢昭告于先祖晋驸马都尉镇南大将军当阳成侯之灵。初陶唐氏，出自伊祁，圣人之后，世食旧德。降及武库，应乎虬精。恭闻渊深，罕得窥测，勇功是立，智名克彰。缮甲江陵，祲清东吴，邦于南土，建侯于荆。河水活活，造舟为梁。洪涛奔汜，未始腾毒，《春秋》主解，稿隶躬亲。呜呼笔迹，流宕何人？苍苍孤坟，独出高顶，静思骨肉，悲愤心胸。峻极于天，神有所降，不毛之地，俭乃孔昭，取象邢山，全模祭仲。多藏之戒，焊序前文。小子筑室，首阳之下，不敢忘本，不敢违仁。庶刻丰石，树此大道。论次昭穆，载扬显号。于以采蘩，于彼中园。谁其尸之？有斋列孙。呜呼！敢告兹辰，以永薄祭。尚飨！

从杜预向下繁衍，其世系见于《新唐书》卷七十二上《宰相世系表》载：

杜氏出自祁姓,帝尧裔孙刘累之后。在周为唐杜氏,成王灭唐,以封弟叔虞,改封唐氏子孙于杜城,京兆杜陵县是也。杜伯入为宣王大夫,无罪被杀,子孙分适诸侯之国,居杜城者为杜氏。在鲁有杜泄,避季平子之难,奔于楚,生大夫绰。绰生段,段生赫,赫为秦大将军,食采于南阳衍邑,世称为杜衍。赫少子秉,上党太守,生南阳太守札。札生周,御史大夫,以豪族徙茂陵。三子:延寿、延考、延年。延年字幼公,御史大夫、建平敬侯。六子:缓、继、他、绍、绪、熊。熊字少卿,荆州刺史,生后汉谏议大夫穰,字子饶。二子:敦、笃。敦字仲信,西河太守,生邦,字召伯,中散大夫。三子:宾、宏、繁。宾字叔达,举有道不就。二子:翕、崇。崇字伯括,司空掾,生畿。畿字伯侯,魏河东太守、丰乐戴侯。三子:恕、理、宽。恕字伯务,弘农太守、幽州刺史。生预,字元凯,晋荆州刺史、征南大将军、当阳侯。四子:锡、跻、耽、尹。①

锡字世嘏,②为尚书左丞。曾孙悊。二子:楚、秀。秀二子:果、皎。皎生徽,徽字晔,隋怀州长史、丰乡侯。生吒、淹。

京兆杜氏:汉建平侯延年二十世孙文、瑶,与义兴公杲同房。

襄阳杜氏出自当阳侯预少子尹,字世甫,晋弘农太守。二子:綝、弼。綝字弘固,奉朝请。生袭,字祖嗣,上洛太守。袭生摽,摽字文湛,中书侍郎、池阳侯。生冲,字方进,中书侍郎,袭池阳侯。生洪泰,字道廓,南徐州刺史,袭池阳侯。二子:祖悦、颙。

洹水杜氏出自戴侯恕少子宽,字务叔,孝廉,郎中。曾孙曼,仕石赵,从事中郎、河东太守。初居邺,葬父洹水,后亦徙居洹水。五世孙君赐,君赐生景、宣明。景生子裕。

濮阳杜氏出自赫子威,世居濮阳,裔孙模,后魏濮阳太守,因

---

① 南宋王楙《野客丛书》卷一"张杜皆有后"条所载当袭自《新唐书·宰相世系表》:"如杜周亦以酷恶著名,而得全首领以殁,亦可谓幸免矣。使其子孙改弦易辙,务从宽厚,亦足以盖其父之愆,奈何继以酷暴,是益其诛也。故杜氏自河南、河内太守诛后,其少子延年与孙五人皆至大官。后有杜笃者,以才学显于东都;有杜畿者,至子孙显于三国;有杜预者,至子孙显于东、西晋;逮唐尤盛,为宰相者十一人,如晦、淹、元颖、审权、让能、黄裳、佑、悰、正伦、鸿渐、迟是也。"(《全宋笔记》6编6册,大象出版社2013年,第23—24页)

② 按,杜锡为"以豪族徙茂陵"的御史大夫杜周幼子杜延年一房,即下文马永卿《懒真子》所言"杜陵杜氏"。

家焉。模生亮。

　　杜氏宰相十一人。如晦、淹、元颖、审权、让能、黄裳、佑、悰、正伦、鸿渐、暹。①

按,杜氏五房中,杜甫自承为"襄阳杜氏"一房。然《新唐书·世系表》未载杜甫一脉,两宋之际马永卿《懒真子》卷一称所见《杜氏家谱》亦失之:

《杜牧传》称牧仕宦不合意,而从兄悰位将相,怏怏不平,卒年五十。仆以《杜氏家谱》考之,襄阳杜氏出自当阳侯预,而佑盖其后也。佑生三子:师损、式方、从郁。师损三子:诠、愉、羔。式方五子:惮、憓、悰、恂、怕。从郁二子:牧、颛。群从中,悰官最高,而牧名最著。岂以富贵、声名不可兼乎?杜氏凡五房:一京兆杜氏,二杜陵杜氏,三襄阳杜氏,四洹水杜氏,五濮阳杜氏。而杜甫一派不在五派之中,岂以其仕官不达而诸杜不通谱系乎?何《家谱》之见遗也?唐史称杜审言襄州襄阳人,晋征南将军预远裔。审言生闲,闲生甫。由此言之,则甫、佑同出于预,而《家谱》不载。未详。②

以马永卿所言,揆之《世系表》全同,颇疑马所言《杜氏家谱》者,即《世系表》,或以《世系表》转写而成之谱牒,而全未见《元和姓纂》。按,《新唐书·宰相世系表》为宋人吕夏卿据唐人林宝《元和姓纂》为史源修成,岑仲勉指出:"余谓《新表》者,《元和姓纂》之嫡子也,《姓纂》所详为显官,显官莫如宰相,必举全数以列表,则难于命名,唯撷宰相为纲,斯《姓纂》菁华,几尽入縠,《表》能利用史余,成其创作,良可嘉也。"③因此之故,《世系表》所载"襄阳杜氏",重在"杜预第四子杜尹——杜綝——杜袭——杜摽——杜冲——杜洪泰——第二子杜顗——杜景秀——杜逊——杜淹——杜行敏——杜崇殼——杜希望——杜佑"一脉,乃因杜佑为宰相之故,自然不及"杜审言——杜

---

① 《新唐书》卷七十二,中华书局1999年,第1798—1819页。
② 《全宋笔记》3编6册,大象出版社2008年,第153—154页。
③ 岑仲勉《四校记再序》,唐·林宝撰,岑仲勉校记,郁贤皓、陶敏整理,孙望审订《元和姓纂(附四校记)》,中华书局1994年,第63页。

闲——杜甫"一脉。寻绎《世系表》之史源《元和姓纂》，则杜甫一系赫然在目。归纳《元和姓纂》卷六所载杜甫世系，其传承为：

"杜预第三子杜耽——杜顾——杜逊——（第二子）杜乾光——（阙一人）——杜叔毗——（第四子）杜鱼石——杜依艺——杜审言——杜闲——杜甫。"①

要言之，《新表》所载襄阳杜氏，重在杜预第四子杜尹一脉，而杜甫则为杜预第三子杜耽一脉。② 杜甫在《祭故相国清河房公文》中自称"京兆杜甫"，在诗中又自称"杜陵野老"、"少陵布衣"，又自承"襄阳杜预"之后，共涉及"京兆杜氏"、"杜陵杜氏"、"襄阳杜氏"三房，其世系线索似显扑朔迷离。其实并不矛盾，杜甫自承远祖襄阳杜预，又据《元和姓纂》所载，世系确凿，实属"襄阳杜氏"一脉；其后迁徙至京兆，户籍在此。按，杜甫参加贡举，即由京兆府推荐，由诗句"忤下考功第，独辞京尹堂"已可见，故亦可称"京兆杜甫"，此处之"京兆"，则与世系表之"京兆杜氏"无涉；在京兆，所居之处为杜陵、少陵一带，自号"杜陵野老"、"少陵布衣"，更不必视为族系之代称也。按，闻一多《少陵先生年谱会笺》以为"考公族望，本出京兆杜陵，故每称'杜陵野老'"，又称"自六世祖叔毗，已为襄阳人"③，前者实与《世系表》所载"京兆杜氏"无涉，后者则无关紧要，且两说自相矛盾，实未审也。总之，杜甫族望应为襄阳，京兆乃户籍所在。

与杜甫情况类似的有杜济，其人为襄阳杜氏"杜预第四子杜尹——杜綝——杜袭——杜摽——杜冲——杜洪泰——第二子杜顒——杜景秀——杜懿——杜乾祐——杜续——杜知让——杜惠——杜济"一脉，亦居京兆，杜济此人多次出现在杜诗中。如《示从孙济》："平明跨驴出，未知适谁门。权门多噂沓，且复寻诸孙。诸孙贫无事，宅舍如荒村。堂前自生竹，堂后自生萱。萱草秋已死，竹枝霜不蕃。淘米少汲水，汲多井水浑。刈葵莫放手，放手伤葵根。阿翁

---

① 林宝撰，岑仲勉校记，郁贤皓、陶敏整理，孙望审订《元和姓纂（附四校记）》，中华书局1994年，第930—932页。
② 按，沈约《宋书》卷六十五《杜骥传》，载骥为杜预第三子杜耽曾孙。此条线索不见于《元和姓纂》，当是与杜顾并列而下之一系，有俟再考。
③ 闻一多《唐诗杂论·少陵先生年谱会笺》，中华书局2009年，第42页。

懒惰久,觉儿行步奔。所来为宗族,亦不为盘飧。小人利口食,薄俗难可论。勿受外嫌猜,同姓古所敦。"关于杜济,万曼《读杜札记》指出：老杜成都时期在严武幕府中,同僚"和老杜不能合作的,便是老杜的从孙杜济"。万曼根据颜鲁公为杜济所作的《神道碑》得出结论,"严武再入蜀,便是和杜济一路由长安同来,杜济是行军司马,杜甫是节度参谋。所以杜甫从一入武幕,便感到不甚如意。"①按杜甫自称杜济从祖,然将《元和姓纂》之文与《新唐书·宰相世系表》相核,则杜甫应为杜济之"从曾祖"而非"从祖"也。又如,另一位同时出现在《世系表》和杜甫诗中的杜位,在《世系表》中的辈次与杜济相同,但在杜诗中却被杜甫称为弟,《杜位宅守岁》称："守岁阿戎家,椒盘已颂花。盍簪喧枥马,列炬散林鸦。四十明朝过,飞腾暮景斜。谁能更拘束,烂醉是生涯。"②可见《世系表》当有错讹。甚至《元和姓纂》也可能有疏漏,以其所载"杜预——第三子杜耽——杜顾——杜逊——(第二子)杜乾光——(阙一人)——杜叔毗——(第四子)杜鱼石——杜依艺——杜审言——杜闲——杜甫"推衍,则杜甫为杜预十二世孙,然杜甫《祭远祖当阳君文》自称"十三叶孙甫",则《姓纂》之疏漏亦可俟考也。③

三、后晋天福五年(940)——开运二年(945),署名刘昫《旧唐书·杜甫传》

两《唐书》杜甫本传,因其为正史传记,故为各家注释多所采用。《旧唐书》卷一百九十下《杜甫传》载：

---

① 万曼《万曼文集》,河南大学出版社 2007 年,第 652 页(原载《开封师范学院学报》1962 年 1 期)。
② 杜甫尚有《寄杜位》："近闻宽法离新州,想见怀归尚百忧。逐客虽皆万里去,悲君已是十年流。干戈况复尘随眼,鬓发还应雪满头。玉垒题书心绪乱,何时更得曲江游。"又,《寄杜位》："寒日经檐短,穷猿失木悲。峡中为客恨,江上忆君时。天地身何在,风尘病敢辞。封书两行泪,沾洒裛新诗。"
③ 徐松撰、孟二冬补证《登科记考补正》卷二十四"景福二年癸丑(893)"(中册第 1013 页,北京燕山出版社 2003 年)载："杜晏,杜甫子宗文,生东山翁,东山翁生礼,礼生详。详生晏,景福中第进士,官至侍御史。见宋查篇撰《杜莘老行状》。"亦可为杜甫后裔之一补。

杜甫,字子美,本襄阳人,后徙河南巩县。曾祖依艺,位终巩令。祖审言,位终膳部员外郎,自有传。父闲,终奉天令。甫天宝初应进士不第。天宝末,献《三大礼赋》。玄宗奇之,召试文章,授京兆府兵曹参军。十五载,禄山陷京师,肃宗征兵灵武。甫自京师宵遁赴河西,谒肃宗于彭原郡,拜左拾遗。房琯布衣时与甫善,时琯为宰相,请自帅师讨贼,帝许之。其年十月,琯兵败于陈涛斜。明年春,琯罢相。甫上书言琯有才,不宜罢免。肃宗怒,贬琯为刺史,出甫为华州司功参军。时关畿乱离,谷食踊贵,甫寓居成州同谷县,自负薪采梠,儿女饿殍者数人。久之,召补京兆府功曹。上元二年冬,黄门侍郎、郑国公严武镇成都,奏为节度参谋、检校尚书工部员外郎,赐绯鱼袋。武与甫世旧,待遇甚隆。甫性褊躁,无器度,恃恩放恣。尝凭醉登武之床,瞪视武曰:"严挺之乃有此儿!"武虽急暴,不以为忤。甫于成都浣花里种竹植树,结庐枕江,纵酒啸咏,与田畯野老相狎荡,无拘检。严武过之,有时不冠,其傲诞如此。永泰元年夏,武卒,甫无所依。及郭英乂代武镇成都,英乂武人粗暴,无能刺谒,乃游东蜀依高适。既至而适卒。是岁,崔宁杀英乂,杨子琳攻西川,蜀中大乱。甫以其家避乱荆、楚,扁舟下峡,未维舟而江陵乱,乃溯沿湘流,游衡山,寓居耒阳。甫尝游岳庙,为暴水所阻,旬日不得食。耒阳聂令知之,自棹舟迎甫而还。永泰二年,啖牛肉白酒,一夕而卒于耒阳,时年五十九。子宗武,流落湖、湘而卒。元和中,宗武子嗣业,自耒阳迁甫之柩,归葬于偃师县西北首阳山之前。

按,《旧唐书·杜甫传》出于元稹《墓系铭并序》之外的信息,有:

(1)应试年岁:天宝初应进士不第。

(2)献赋所得官:献赋授京兆府兵曹参军。

(3)出为华州司功参军时间:琯罢相,甫上书言琯不宜罢免,肃宗出甫为华州司功参军。

(4)杜甫与严武之关系:武与甫世旧,待遇甚隆。甫性褊躁,无器度,恃恩放恣。尝凭醉登武之床,瞪视武曰:"严挺之乃有此儿!"武虽急暴,不以为忤。甫于成都浣花里种竹植树,结庐枕江,纵酒啸咏,与田畯野老相狎荡,无拘检。严武过之,有时不冠,其傲诞如此。

(5) 杜甫出蜀乃因严武去世：永泰元年夏,武卒,甫无所依。及郭英乂代武镇成都,英乂武人粗暴,无能刺谒,乃游东蜀依高适。既至而适卒。是岁,崔宁杀英乂,杨子琳攻西川,蜀中大乱。甫以其家避乱荆、楚,扁舟下峡。

(6) 湖南游历与去世：江陵乱,乃溯沿湘流,游衡山,寓居耒阳。甫尝游岳庙,为暴水所阻,旬日不得食。耒阳聂令知之,自棹舟迎甫而还。永泰二年,啖牛肉白酒,一夕而卒于耒阳,时年五十九。

对照以上六条,分析如下:

(1) 杜甫应进士试,传统说法认为在开元二十三年(735),洪业认为在开元二十四年(736),开元共二十九年,两说皆属开元末,而非"天宝初"。

(2) 杜甫献赋两次,第二次献赋后得官,初授河西尉,后改右卫率府兵曹参军。《旧唐书》新说不确,元稹《墓系铭并序》旧说无大误。

(3) 杜甫因谏诤房琯事得罪,诏三司推问,后给假省亲鄜州。还京后依旧任职左拾遗。《旧唐书》之说将杜甫外放华州司功参军事提前,误。

(4) 杜甫与严武之龃龉。此说唐人笔记转相记载,依成书时间先后列之如下：唐李肇《唐国史补》卷上"母喜严武死"条:"严武少以强俊知名,蜀中坐衙,杜甫祖跣登其几案。武爱其才,终不害。"唐范摅《云溪友议》卷上"严黄门"条:"杜甫拾遗乘醉而言曰:'不谓严挺之有此儿也。'武恚目久之,曰:'杜审言孙子,拟捋虎须？'合座皆笑,以弥缝。武曰:'与公等饮酒谋欢,何至于祖考矣！'……武母恐害贤良,遂以小舟送甫下峡。"五代王定保《唐摭言》卷十二"酒失"条:"杜工部在蜀,醉后登严武之床,厉声问武曰:'公是严挺之子否？'武色变。甫复曰:'仆乃杜审言儿。'于是少解。"《旧唐书》当由诸书所引,后《新唐书》亦沿之。又按,学界对杜甫与严武酒后冲突事件的真伪有讨论,可参见丁启阵《杜甫、严武"睚眦"考辨》[1],傅璇琮、吴在庆《杜甫与严

---

[1] 《文学遗产》2002年6期。

武关系考辨》①，丁启阵《杜甫、严武"睚眦"再考辨——与傅璇琮、吴在庆先生商榷》②。其事之有无尚可再议，然傅、吴文不径引两唐书，而是排比唐五代笔记记载，这一思路是可取的。洪业指出，对此事真实性的质疑，已经见于《容斋随笔》卷六、《困学纪闻》卷十四等宋人著述。③ 洪业本人也倾向于质疑此事的真实性，参见下(5)。

(5) 关于杜甫出蜀是否因严武去世？《旧唐书·杜甫传》首倡"杜甫出蜀乃因严武去世"之说："永泰元年夏，武卒，甫无所依。及郭英义代武镇成都，英义人粗暴，无能刺谒，乃游东蜀依高适。既至而适卒。"王洙《集记》从之："永泰元年夏，武卒，郭英义代武。崔旰杀英义，杨子琳、柏正节举兵攻旰，蜀中大乱。甫逃至梓州。乱定，归成都，无所依。"《新唐书·杜甫传》亦沿其说："武卒，崔旰等乱，甫往来梓、夔间。大历中，出瞿唐，下江陵。"蔡兴宗《年谱》大体从之而改易小节："永泰元年乙巳。夏以严公卒，遂发成都。秋末，留寓夔州云安县。按唐史：四月，严武卒。冬，蜀中大乱。而《集记》谓先生避地梓州，乱定归成都，无所依，乃泛江游嘉、戎。又编梓州秋冬数诗于再至成都诗后，非也。旧(吕大防)《谱》尤误。"鲁訔《年谱》从之："永泰元年夏四月庚寅，严公薨。公有《哭归榇》。"

按，最早之元稹《墓系铭并序》称："剑南节度严武状为工部员外参谋军事。旋又弃去，扁舟下荆、楚间。"寻绎其义，似为杜甫在严武未卒前主动弃官，而非因严武去世、无所依靠而离蜀。今人陈尚君《杜甫为郎离蜀考》即持此说(见樊晃《杜工部小集序》部分)。对此问题洪业有专门讨论：

"765年5月23日，节度使严武在成都去世。当七月荔枝成熟的时节，我们发现杜甫在戎州参加宴会，席间上了荔枝(《宴戎州杨使君东楼》)。他和他的家人结束了在成都的第二次居留，沿着大江顺流而下，前往东方。我们的诗人究竟是在严武去世之前还是之后离开的成都，这仍然是一个未曾解决的问题。如果赞同前者，那么需要考虑

---

① 《文史哲》2004年1期。
② 《文史哲》2004年4期。
③ 洪业撰、曾祥波译《杜甫：中国最伟大的诗人》，上海古籍出版社2011年，第188页注1。

到,顺流而下253英里不需要长达一个月又若干天的时间。从另一方面看,杜甫可能病了,因此前往戎州的旅程在半路上暂时中断。如果赞同后者,就会引起争论,因为杜甫没有任何悼念严武之死的作品,这可能表明我们的诗人是在节度使去世、甚至患病之前离开成都的。当然,换个角度,这些诗篇也许在流传过程中散佚了。"①不管从哪个方面说,《旧唐书》径直以为"武卒甫无所依"显得过于鲁莽。洪业还顺带指出《旧唐书》的疏漏,这与(4)涉及的杜甫、严武关系问题相关:"新、旧《唐书》都记载说杜甫在严武去世之后还在成都待了一段时间,但两书在此问题上都有严重错误。《旧唐书》载,'武卒,甫无所依。及郭英义代武镇成都,英义武人粗暴,无能刺谒,乃游东蜀依高适。既至而适卒'。这段记载的错误很明显,第一,高适去世于765年2月17日,比严武早三个多月;第二,杜甫在凤翔时就很郭英义很熟,还为他写过一首激励的长诗(《奉送郭中丞兼太仆卿充陇右节度使三十韵》)。《新唐书》载,'武卒,崔旰等乱,甫往来梓、夔间。'这一记载同样有明显错误,因为第一,杜甫到达云安几个月之后崔旰才叛乱;第二,杜甫在766年晚春到达夔州之后,就再也没有回到过梓州。另外,关于杜甫在严武去世之前就离开成都的传说也是不能接受的。《成都县志》(嘉庆十八年,1813年,六卷本)引用《云溪友议》说严武的母亲把杜甫从严武的死刑中解救出来,让他乘舟东下三峡。这个故事不可信,因为第一,杜甫在诗中始终都表达了对严武的钦佩和深情,没有任何关于友谊破裂的证据;第二,《成都县志》中据说从《云溪友议》引用的部分实际上是《云溪友议》和《新唐书》相关记载的杂糅——两段不真实的记载并不能构成一个真实的记载。重修的《成都县志》(1873)就正确地删除了这段记载。但不幸的是,艾思柯(Ayscough)相信这段记载的真实性,并且把它翻译出来。如今,它甚至还被非常不错的科里尔百科全书(Collier's Encyclopedia)的'杜甫'辞条所引用。"②

(6) 杜甫死于耒阳洪水后牛肉白酒之过食? 此说之误不待言。

---

① 洪业撰、曾祥波译《杜甫:中国最伟大的诗人》,上海古籍出版社2011年,第196页。
② 洪业撰、曾祥波译《杜甫:中国最伟大的诗人》,上海古籍出版社2011年,第196页注1。

其说出自注家对杜甫《聂耒阳以仆阻水,书致酒肉,疗饥荒江。诗得代怀,兴尽本韵,至县呈聂令。陆路去方田驿四十里,舟行一日,时属江涨,泊于方田》诗的误读。洪业指出,"现存最早记载此事的是唐人郑处诲的《明皇杂录》。"① 后来宋人笔记因之,如仁宗朝宋敏求(1019—1079)《春明退朝录》卷上:"杜甫终于耒阳,槁葬之。至元和中,其孙始改葬于巩县。元微之为志。而郑刑部文宝谪官衡州,有经耒阳杜子美墓诗。岂但为志而不克迁,或已迁而故冢尚存耶。"② 按,宋敏求曾参与《新唐书》之修纂,而《新唐书》亦沿袭杜甫死于耒阳阻水旧说,有以故也。按,宋人已经指出此说未妥。笔记如赵令畤(1064—1134)《侯鲭录》卷六:"杜子美坟在耒阳,有碑其上。唐史言:'至耒阳,以牛肉白酒,一夕醉饱而卒。'然元微之作子美《墓志》曰:'扁舟下荆楚,竟以寓卒,旅殡岳阳。至其子嗣业始葬偃师首阳山。'当以《墓志》为正,盖子美自言晋当阳杜元凯之后,故世葬偃师首阳山。又子美父闲常为巩县令,故子美为巩县人。偃师首阳山在官路,其下古冢累累,而杜元凯墓犹载《图经》可考,其旁元凯子孙附葬者数十,但不知孰为子美墓耳。"③ 诗如北宋诗僧德洪《次韵谒子美祠堂》:"死犹遭谤诬,谓坐酒肉馔。荒祠丛筱间,下瞰湘流浚。"④ 北宋末年诗人李彭《次山谷答范信中韵》:"少陵未筑耒阳坟,尚喜宗文有环堵。"⑤ 鲁訔《年谱》指出:"《传》云:'令尝馈牛炙白酒,大醉,一夕卒。'王彦辅辨之为详。以诗考之,公在耒阳畏瘴疠,是夏贼当已平,乃沿湘而下,故《回棹》之什曰:'衡岳江湖大,蒸池疫疠偏(罗含《湘中记》:"蒸水注所")。'又:'顺浪翻堪倚,回帆又省牵。'《登舟将适汉阳》曰:'春宅弃汝去,秋帆催客归。'又《暮秋将归秦留别湖南幕府亲友》,则秋已还潭。暮秋北首,其卒当在衡、岳之间,秋冬之交。元微之《志》云:'子美之孙嗣业,启子美之柩,襄祔事于偃师。途次于荆,拜余为志,辞不能绝。'其略云扁舟下荆楚,竟以寓卒,旅殡岳阳。吕汲公《年谱》云:

---

① 洪业撰、曾祥波译《杜甫:中国最伟大的诗人》,上海古籍出版社 2011 年,第 247 页注 2。
② 《全宋笔记》1 编 6 册,大象出版社 2008 年,第 267 页。
③ 《全宋笔记》2 编 6 册,大象出版社 2006 年,第 249 页。
④ 《全宋诗》23 册,北京大学出版社 1991—1998 笔,第 15190 页。
⑤ 《全宋诗》24 册,北京大学出版社 1991—1998 笔,第 15907 页。

'大历五年辛亥,是年夏还襄、汉,卒于岳阳。'以诗考之,大略可见。《传》言卒于耒阳,非也。汲公云'是夏',亦非也。"

总之,《旧唐书·杜甫传》出于元稹《墓系铭并序》之外的信息,基本上都有讹误。这些讹误,或者出于《旧唐书》编纂者对杜诗的误读,或者沿袭了笔记的不实传闻,都有待厘清。

四、北宋宝元二年(1039),王洙《杜工部集记》

王洙《集记》曰:

> 杜甫,字子美,襄阳人,徙河南巩县。曾祖依艺,巩令。祖审言,膳部员外郎。父闲,奉天令。甫少不羁。天宝十三年,献三赋,召试文章,授河南(按,当为"西"之讹)尉,辞不行,改右卫率府胄曹。天宝末,以家避乱鄜州,独转陷贼中。至德二载,窜归凤翔,谒肃宗,授左拾遗,诏许至鄜迎家。明年收京,扈从还长安。房琯罢相,甫上疏论琯有才,不宜废免。肃宗怒,贬琯邠州刺史,出甫为华州司功。属关辅饥乱,弃官之秦州,又居成州同谷,自负薪采梠,餔糒不给。遂入蜀,卜居成都浣花里,复适东川。久之,召补京兆府功曹,以道阻不赴,欲如荆楚。上元二年,闻严武镇成都,自阆州挈家往依焉。武归朝廷,甫浮游左蜀诸郡,往来非一。武再镇两川,秦(按,当为"奏"之讹)为节度参谋、检校工部员外郎、赐绯。永泰元年夏,武卒,郭英乂代武。崔旰杀英乂,杨子琳、柏正节举兵攻旰,蜀中大乱。甫逃至梓州。乱定,归成都,无所依,乃泛江游嘉、戎,次云安,移居夔州。大历三年春,下峡,至荆南,又次公安,入湖南,泝沿湘流,游衡山,寓居耒阳。尝至岳庙,阻暴水,旬日不得食。耒阳聂令知之,自具舟迎还。五年夏,一夕醉饱,卒,年五十九。
>
> 观甫诗与唐实录,犹概见事迹,比《新书》列传,彼为踳驳。(传云:召试,授京兆府兵曹,而集有《官定后戏赠》诗,注云:初授河西尉,辞,改右卫率府胄曹。传云:遁赴河西,谒肃宗于彭原。而集有《喜达行在》诗,注云:自京窜至凤翔。传云:严武卒,乃游东蜀,依高适,既至而适卒。据适自东川入朝,拜右散骑

常侍,乃卒。又集有《忠州闻高常侍亡》诗。传云:扁舟下峡,未维舟而江陵乱,乃游襄、衡。而集有居江陵及公安诗至多。传云:甫永泰二年卒。而集有《大历五年正月追酬高蜀州》诗及别题大历年者数篇)

甫集初六十卷,今秘府旧藏、通人家所有,称大小集者,皆亡逸之余,人自编摭,非当时第叙矣。搜裒中外书,凡九十九卷。(古本一卷,蜀本二十卷,集略十五卷,樊晃序小集六卷,孙光宪序二十卷,郑文宝序少陵集二十卷,别题小集二卷,孙仅一卷,杂编三卷)除其重复,定取千四百有五篇,凡古诗三百九十有九,近体千有六,起太平时,终湖南所作,视居行之次,若岁时为先后,分十八卷;又别录赋笔杂著二十九篇为二卷,合二十卷。意兹未可谓尽,他日有得,尚副益诸。宝元二年十月,王原叔记。

王洙所作《杜工部集记》,是现存对《旧唐书·杜甫传》较早、较为系统的纠谬。王洙的纠谬,往往以杜诗所示杜甫行实为依据,故较得其实。其所纠正,尽数为稍后才出的《新唐书·杜甫传》所采纳。王洙考异如下:

观甫诗与唐实录,犹概见事迹,比《新书》列传,彼为踳驳。传云:召试,授京兆府兵曹,而集有《官定后戏赠》诗,注云:初授河西尉,辞,改右卫率府胄曹。传云:遁赴河西,谒肃宗于彭原。而集有《喜达行在》诗,注云:自京窜至凤翔。传云:严武卒,乃游东蜀,依高适,既至而适卒。据适自东川入朝,拜右散骑常侍,乃卒。又集有《忠州闻高常侍亡》诗。传云:扁舟下峡,未维舟而江陵乱,乃游襄、衡。而集有居江陵及公安诗至多。传云:甫永泰二年卒。而集有《大历五年正月追酬高蜀州》诗及别题大历年者数篇。

按,王洙《集记》所谓"观甫诗与唐实录,犹概见事迹,比《新书》列传,彼为踳驳",其中之"《新书》",或为"《旧书》"之讹;又或者王洙所言"新书"即刘昫《旧唐书》也,因刘昫《旧唐书》较之《唐实录》、国史之类,为"新"书。其后(嘉祐五年,1060)欧阳修等《新唐书》既出,刘昫《唐书》方成"旧唐书",然此已在王洙《集记》撰成(宝元二年,1039)之后矣。

排比王洙《集记》纠正《旧唐书》之谬而为《新唐书》所采纳者如下:
(1)《旧唐书》称"召试文章,授京兆府兵曹参军",王洙考异指出

"集有《官定后戏赠》诗,注云:初授河西尉,辞,改右卫率府胄曹",《新唐书》定为"擢河西尉,不拜,改右卫率府胄曹参军"。

(2)《旧唐书》称"甫自京师宵遁赴河西,谒肃宗于彭原郡,拜左拾遗",王洙考异指出"集有《喜达行在》诗,注云:自京窜至凤翔",《新唐书》定为"至德二年,亡走凤翔上谒,拜右拾遗"。

(3)《旧唐书》称"武卒,甫无所依。及郭英乂代武镇成都,英乂武人粗暴,无能刺谒,乃游东蜀依高适。既至而适卒",王洙考异指出"据适自东川入朝,拜右散骑常侍,乃卒。又集有《忠州闻高常侍亡》诗",《新唐书》定为"武卒,崔旰等乱,甫往来梓、夔间",删去"游东蜀依高适"之说。

(4)《旧唐书》称"甫以其家避乱荆、楚,扁舟下峡,未维舟而江陵乱,乃溯沿湘流,游衡山",王洙考异指出"集有居江陵及公安诗至多",《新唐书》定为"大历中,出瞿唐,下江陵,溯沅、湘以登衡山",按"下江陵"与"未维舟"相比,则停留之意显然。

(5)《旧唐书》称"永泰二年,啖牛肉白酒,一夕而卒于耒阳,时年五十九",王洙考异指出"集有《大历五年正月追酬高蜀州》诗及别题大历年者数篇",《新唐书》定为"大历中,出瞿唐,下江陵,溯沅、湘以登衡山,因客耒阳。游岳祠,大水遽至,涉旬不得食,县令具舟迎之,乃得还。令尝馈牛炙白酒,大醉,一昔卒,年五十九"。

五、北宋嘉祐五年(1060),欧阳修、宋祁《新唐书·杜甫传》

《新唐书》卷二百一《杜甫传》载:

> 甫,字子美,少贫不自振,客吴越、齐赵间。李邕奇其材,先往见之。举进士不中第,困长安。天宝十三载,玄宗朝献太清宫,飨庙及郊,甫奏赋三篇。帝奇之,使待制集贤院,命宰相试文章,擢河西尉,不拜,改右卫率府胄曹参军。数上赋颂,因高自称道,且言:"先臣恕、预以来,承儒守官十一世,迨审言,以文章显中宗时。臣赖绪业,自七岁属辞,且四十年,然衣不盖体,常寄食于人,窃恐转死沟壑,伏惟天子哀怜之。若令执先臣故事,拔泥涂之久辱,则臣之述作虽不足鼓吹《六经》,至沉郁顿挫,随时敏

给,扬雄、枚皋可企及也。有臣如此,陛下其忍弃之?"会禄山乱,天子入蜀,甫避走三川。肃宗立,自鄜州羸服欲奔行在,为贼所得。至德二年,亡走凤翔上谒,拜右拾遗。与房琯为布衣交,琯时败陈涛斜,又以客董廷兰,罢宰相。甫上疏言:"罪细,不宜免大臣。"帝怒,诏三司杂问。宰相张镐曰:"甫若抵罪,绝言者路。"帝乃解。甫谢,且称:"琯宰相子,少自树立为醇儒,有大臣体,时论许琯才堪公辅,陛下果委而相之。观其深念主忧,义形于色,然性失于简。酷嗜鼓琴,廷兰托琯门下,贫疾昏老,依倚为非,琯爱惜人情,一至玷污。臣叹其功名未就,志气挫衄,觊陛下弃细录大,所以冒死称述,涉近讦激,违忤圣心。陛下赦臣百死,再赐骸骨,天下之幸,非臣独蒙。"然帝自是不甚省录。时所在寇夺,甫家寓鄜,弥年艰窭,孺弱至饿死,因许甫自往省视。从还京师,出为华州司功参军。关辅饥,辄弃官去,客秦州,负薪采橡栗自给。流落剑南,结庐成都西郭。召补京兆功曹参军,不至。会严武节度剑南东、西川,往依焉。武再帅剑南,表为参谋,检校工部员外郎。武以世旧,待甫甚善,亲至其家。甫见之,或时不巾,而性褊躁傲诞,尝醉登武床,瞪视曰:"严挺之乃有此儿!"武亦暴猛,外若不为忤,中衔之。一日欲杀甫及梓州刺史章彝,集吏于门。武将出,冠钩于帘三,左右白其母,奔救得止,独杀彝。武卒,崔旰等乱,甫往来梓、夔间。大历中,出瞿唐,下江陵,溯沅、湘以登衡山,因客耒阳。游岳祠,大水遽至,涉旬不得食,县令具舟迎之,乃得还。令尝馈牛炙白酒,大醉,一昔卒,年五十九。甫旷放不自检,好论天下大事,高而不切。少与李白齐名,时号"李杜"。尝从白及高适过汴州,酒酣登吹台,慷慨怀古,人莫测也。数尝寇乱,挺节无所污,为歌诗,伤时桡弱,情不忘君,人怜其忠云。

　　赞曰:唐兴,诗人承陈、隋风流,浮靡相矜。至宋之问、沈佺期等,研揣声音,浮切不差,而号"律诗",竞相袭沿。逮开元间,稍裁以雅正,然恃华者质反,好丽者壮违,人得一概,皆自名所长。至甫,浑涵汪茫,千汇万状,兼古今而有之,它人不足,甫乃厌余,残膏賸馥,沾丐后人多矣。故元稹谓:"诗人以来,未有如子美者。"甫又善陈时事,律切精深,至千言不少衰,世号"诗史"。

昌黎韩愈于文章慎许可,至歌诗,独推曰:"李、杜文章在,光焰万丈长。"诚可信云。

按,《新唐书》杜甫本传虽未叙述杜甫家族渊源,然《新唐书·宰相世系表》为吕夏卿据《元和姓纂》为史料来源编纂,其叙述杜氏世系之部分,可为补阙(参见《旧唐书·杜甫传》部分考辨)。

《新唐书·杜甫传》颇有讹误,历代杜诗注家间有辨正者。

如《新唐书·杜甫传》称:"客吴越、齐赵间。李邕奇其材,先往见之。"赵次公《杜诗赵次公先后解》注《奉赠韦左丞丈二十二韵》诗"李邕求识面"句云:"新书误矣!盖惑于后篇有《陪李北海宴历下亭》而言之耳。殊不知公在洛阳时,李邕先与相见;其后邕为北海太守,遇公于齐州,又相见;至青州,又相见。何以明之?《陪李北海宴历下亭》,则相见于齐州,盖历下亭在齐州也。《八哀诗》于《李邕篇》云:'伊昔临淄亭,酒酣托末契。'则相见于青州。盖临淄亭在青州也。又云:'重叙东都别,朝阴改轩砌。'则追言洛阳相见事,盖洛阳则东都也。岂不先识面于洛阳,而在齐地再相见乎?则《新唐书》之误,以再见为始识面矣。"①

又,两《唐书》皆未载杜甫至蜀中时间,如胡宗愈《成都新刻草堂先生诗碑序》称:"唐史前后抵牾,先生至成都之年月不可考。"赵次公注《成都府》云:"公自注云:'乾元二年十二月一日陇右赴剑南纪行。'而今诗云'季冬树木苍',则至成都乃是月也。元祐中,胡资政守蜀,作《草堂诗文碑引》:'先生至成都月日不可考。'盖不详此也。"

闻一多《少陵先生年谱会笺》是现代学术杜甫研究中第一部创获极多的著述,往往径取杜诗及宋人以降之注家解说为杜甫行实之证,

---

① 又,《述怀》诗赵次公注:"此篇叙事甚明。去年潼关破,天宝十五载六月为贼将崔乾祐所破也。先是,公于五月挈家避地鄜州,有《高斋》诗及《三川观涨》、《塞芦子》诗。即自鄜州挺身附朝廷,而逢潼关之败,遂陷贼中。既而是月肃宗即位灵武,治兵凤翔。公于至德二载夏四月自贼中亡走凤翔,所谓'今夏脱身走'是也。以'草木长'推之,则为四月。盖陶潜诗云'孟长草木长'是也。公既至凤翔上谒,则拜右拾遗焉。新书谓甫以天宝十五载七月中避寇寄家三川,肃宗立,自鄜羸服欲奔行在,为贼所得。非也。"按《新唐书·杜甫传》载:"会禄山乱,天子入蜀,甫避走三川。肃宗立,自鄜州羸服欲奔行在,为贼所得。至德二年,亡走凤翔上谒,拜右拾遗。"全未言"七月",《旧唐书·杜甫传》亦无此内容,未明赵次公所指从来?

而不以《新唐书·杜甫传》为可靠实录,故未视其为悬瓠敌手,其纠谬仅一处:

《新唐书》本传:'甫客秦州,负薪采橡栗自给',以同谷为秦州,误也。①

洪业《杜甫:中国最伟大的诗人》以史学家考辨杜甫行实,特重正史记载,故其所作《新唐书·杜甫传》辨正最多,《我怎样写杜甫》一文胪列颇夥:

王洙在记里,也简述杜甫的事迹一番,且举集中若干点以驳《旧唐书》中的《杜甫传》之误。到了一零六零年,《新唐书》编成了。其《杜甫传》也曾利用王洙之文。因为此篇新传势力甚大,其所搗之鬼也影响甚广,现在先简缩钞录于下:

杜审言,……襄阳人。生子闲。闲生甫。甫,字子美,少贫不自振,客吴越、齐赵间。……举进士,不第;困长安。天宝十三载,……奏赋三篇。帝奇之,使待制集贤院;命宰相试文章。擢河西尉,不拜;改右卫率府胄曹参军。数上赋颂,因高自称道。……会禄山乱,天子入蜀;甫避走三川。肃宗立;自鄜州羸服欲奔行在,为贼所得。至德二年,亡走凤翔上谒,拜右拾遗。……房琯……罢宰相。甫上疏言:罪细,不宜免大臣。帝怒,诏三司杂问。宰相张镐曰:"甫若抵罪,绝言者路";帝乃解。……甫家寓鄜州,弥年艰窭,孺弱至饿死,因许甫自往省视。从还京师,出为华州司功参军。关辅饥,辄弃官去。客秦州;负薪采橡栗自给。流落剑南,结庐成都西郭。召补京兆功曹参军,不至。会严武节度剑南东西川,往依焉。武再帅剑南,表为参谋,检校工部员外郎。……武卒,崔旰等乱;甫往来梓、夔间。大历中出瞿唐,下江陵,溯沅湘,以登衡山;因客耒阳。……大醉一夕卒,年五十九。甫旷甫旷放不自检;好论天下大事,高而不切。……数尝寇乱,挺节无所污。为歌诗,伤时桡弱,情不忘君,人怜其忠云。

---

① 闻一多《唐诗杂论·少陵先生年谱会笺》,中华书局2009年,第70页。

这里已具杜甫一生事迹的轮廓。但其中谬误甚多,而所生的误子误孙,布满天下,不计其数。说杜甫是襄阳人;不对。当从杜甫所自言:京兆万年人。说他少贫,不自振;不对。他生在仕宦之家;他父亲做官,每年收入如和平常农民人家比较,要在十几倍以上;不可说他穷。杜甫:"往者十四五,出游翰墨场。……脱略小时辈,结交皆老苍。"不可说他不自振,没出息。说他客吴越齐赵;不对。这是两次的长途旅行。吴越在未仕进士之先;齐赵在既试落第之后。说他不第,困长安;不对。实际是'放荡齐赵间,裘马颇清狂。……快意八九年,西归到咸阳。'说天宝十三载奏赋;不对。应云十载(即公元七五一年)。说他得官后数上赋颂;不对。那是既试集贤之后,未得官之前几年的事。说至德二年;不对。当云至德二载(即公元七五七年)。说拜右拾遗;不对。当云左拾遗。说他家眷寓鄜,孺弱饿死;不对。那是天宝十四载(七五五)寄家奉先时的事。说他在华州时以关辅饥,弃官去;不对。当时关辅并无饥馑。杜甫去官乃因行拂乱其所为;他既不肯随波逐流,更不肯尸位素餐。说他客秦州,负薪,采橡栗自给;不对。他居成州同谷县时,曾拾橡栗;并无负薪之事。把杜甫之召补京兆功曹放在严武节度剑南东西川之前;不对。其次序正相反。代宗初立,严武被召入朝;也许因他举荐;所以高升杜甫二级,召补京兆功曹。说严武为东西川节度使,杜甫往依他;不对。严武是从东川移衙门到成都来,他和杜甫以早有的交情,过从甚欢。此时杜还未依严,依严,是在杜为参谋期间。说崔旰等乱,甫往来梓夔间;不对。崔旰之乱未起,杜甫已离开成都,已在云安数月。他的客梓乃在严武被召入朝,徐知道造反之时。他的客夔乃在客云安之后。他并不曾往来梓夔之间。说他登衡山;不对。集中有望岳,无登衡诗。说他醉死耒阳;不对。他离开耒阳数月后,大约是靠近潭岳之间,他病死在船上。说他好论天下大事,高而不切;不对。他论事常有先见之明;他设策以实用为要;他参谋有收效之功。[①]

[①] 洪业《我怎样写杜甫》,《杜甫:中国最伟大的诗人》附录三,上海古籍出版社2011年,第352—354页。

经洪业考证,《新唐书·杜甫传》的谬误基本廓清了。

六、北宋元丰七年(1084)吕大防《杜工部年谱》

吕谱不但是杜甫年谱之祖,亦是后世年谱之祖。自吕大防《年谱》起,杜甫生平研究走出"墓志史传"的粗放阶段,进入更为精细的"诗谱"时期。此谱载于《分门集注杜工部诗》(四部丛刊影南海潘氏藏宋刻本)。录之如下:

《杜工部年谱》
汲郡吕大防撰

睿宗先天元年癸丑(按,当为"壬子")。甫生于是年。按甫《志》及《传》皆云"年五十九卒于大历五年辛亥"故也。

玄宗开元元年甲寅(按,当为"癸丑")。

开元三年丙辰(按,当为"乙卯")。《观公孙弟子舞剑器》诗序云:"开元三年,余尚童稚,于郾城观公孙氏舞剑器。"按甫是年才四岁,年必有误。

开元二十九年壬午(按,当为"辛巳")。

天宝元年癸未(按,当为"壬午")。集有《天宝初南曹司寇为山》诗,时年三十一。

天宝十一年癸巳(按,当为"壬辰")。《上韦左相》诗云:"凤历轩辕纪,龙飞四十春。"是年玄宗即位四十年。时有《兵车行》,天宝中诗《丽人行》。

天宝十三年乙未(按,当为"甲午")。是年有《三大礼赋》序:"臣生陛下淳朴之俗,四十年矣。"时年四十三。

天宝十四年丙申(按,当为"乙未")。是年十一月初,自京赴奉先,有《咏怀》诗。是月有禄山之乱。

天宝十五年丁酉(按,当为"丙申")。是年七月,肃宗即位,改至德元年。是年避寇于冯翊,有《白水高斋》、《三川观涨》诗。六月,帝西幸。七月,至蜀郡。时有《哀王孙》诗。

至德二年戊戌(按,当为"丁酉")。是年自城中窜归凤翔,拜左拾遗。有《荐岑参》、《谢口敕放推问状》。八月,墨制放往鄜州,有《北征》诗。

乾元元年巳亥(按,当为"戊戌")。是年移华州司功,有《试进士策》、《为郭使君论残寇状》。时有《新安吏》、《石壕吏》、《新婚别》、《垂老别》、《无家别》、《留花门》、《洗兵马》诗。

乾元二年庚子(按,当为"己亥")。是年弃官之秦州,自秦适同谷,自同谷入蜀。时有《遣兴》三百(按,"百"疑为衍文)首。

上元元年辛丑(按,当为"庚子")。是年在蜀郡,有《百忧集行》云"即今倏忽巳五十"。按,是年年四十九。时有《杜鹃行》、《石犀行》、《古柏行》、《病橘》、《病柏》、《枯棕》、《枯楠》、《忆昔》各一首述。

上元二年壬寅(按,当为"辛丑")。是年严武镇成都,甫往依焉。

宝应元年癸卯(按,当为"壬寅")。诗有"元年建巳月",乃是年也。

代宗广德元年申辰(按,当为"癸卯")。是年有《祭房相国》文。严武再镇西川,奏甫节度参谋检校工部员外郎,作《伤春五首》。

永泰元年丙午(按,当为"乙巳")。严武平蜀乱,甫游东川,除京兆功曹,不赴。

大历元年丁未(按,当为"丙午")。移居夔。

大历三年巳酉(按,当为"戊申")。离峡中,之荆南,至湘潭。

大历五年辛亥(按,当为"庚戌")。有《追酬高适人日》诗。是年夏,甫还襄、汉,卒于岳阳。

予苦韩文、杜诗之多误,既雠正之,又各为《年谱》,以次第其出处之岁月,而略见其为文之时。则其歌时伤世、幽忧切叹之意,粲然可观。又得以考其辞力,少而锐,壮而肆,老而严,非妙于文章不足以至此。元丰七年十一月十三日,汲郡吕大防记。

吕大防撰谱于元丰七年(1084),其时任职成都,成都是老杜居留蜀中之地。晁公武《郡斋读书志》卷十七载:"吕微仲在成都时,尝谱其年月。"①又,《宋史·吕大防传》载:"元丰初,徙永兴……居数年,知

---

① 晁公武撰、孙猛校证《郡斋读书志校证》,上海古籍出版社1990年,第857页。

成都府。哲宗即位,召为翰林学士、权开封府。"吕氏年谱之作,多参考元稹《墓系铭并序》及《旧唐书·杜甫传》,然亦沿袭王洙《集记》以杜诗为系年之证的做法,故细节上渐趋细密。

张忠纲等《杜集叙录》指出"谱中所书甲子皆误",[①]皆晚一岁,已并订正如上。又,聂巧平指出:"显然的错误有如严武再镇蜀在广德二年(764)春,吕《谱》云'广德元年(763)'。又如杜甫避徐知道乱出走东川,在宝应、广德之交(762—763),并不在永泰元年(765);杜甫受京兆功曹的时间在广德元年(763),也并非在永泰元年(765)'游东川'之时。此盖吕大防沿袭《旧唐书·杜甫传》之误。"[②]

吕谱的主要贡献有:

(1) 综合元稹《墓系铭并序》杜甫"享年五十有九",以及王洙《集记》"集有《大历五年正月追酬高蜀州》诗及别题大历年者数篇",确定杜甫生年为睿宗先天元年。

按,洪业《杜甫:中国最伟大的诗人》对此问题有清晰总结:"学者们花了几百年时间去断定杜甫的确切生年,712年。——杜甫生卒年的确定经历了一个很长的时间。元稹称杜甫五十九岁去世,日期不详。《旧唐书》说杜甫766年去世。尽管王洙的序对此表示怀疑,指出杜甫的一首诗系年在770年,《新唐书》则把杜甫的卒年放在大历年间(766—779)。吕大防计算得十分精确,712—770年,尽管他把49和47这两年错认为是50和48。吕大防的这一点小瑕疵误导赵子櫟得出了713—771年的结论;但这一错误很快就被蔡兴宗和鲁訔所纠正。因此,可以说这个问题在十二世纪中叶就解决了,事实上,712和770年以后被中国文人普遍接受。——但712年是唐代历史上最为扑朔迷离的年份之一,一个稍不小心就会弄错在位的皇帝、或者皇帝在位的时间:712年3月1日之前,属于唐睿宗景云二年或三年;从3月1日起,到4月20日止,属于睿宗太极元年;从4月21日起,到9月11日止,属于睿宗延和元年;从9月8日开始,睿宗传位于其子玄宗,也就是唐明皇,但直到第二年(713)7月31日,他才放弃了某些最

---

① 张忠纲等《杜集叙录》,齐鲁书社2008年,第20页。
② 聂巧平《评宋代以〈黄氏补注〉为代表的杜诗编年》,《阜阳师范学院学报》2000年5期。

重要的政府权力；712年9月12日至此年结束，都属于另一时期，即玄宗先天元年。到底是在哪个皇帝在位期间？史学家可以在睿宗和明皇中随便挑选。传记作家和注释者们一般都会说，杜甫出生在睿宗或明皇的先天元年。这无疑带有碰运气成分，因为我们没法知道杜甫出生的月份、日期，甚至是季节。"①陈文华《杜甫传记唐宋资料考辨》第二篇《生平事迹异说汇考》指出："吕谱断为'大历五年'，应是自家参稽所得。换句话说，他对杜甫生年的掌握，是先肯定了前人'年五十九'的说法；再考出'卒于大历五年'，然后逆推出生年。这当然可算是吕谱的一项贡献。"②另外陈文华也指出："杜甫到底生于哪位皇帝在位的时代，却不是容易回答的问题……故在无法确定其出生月日之前，姑系于'先天元年'也未尝不可，但帝号则应系为玄宗才是。"③这个意见和洪业是一致的。

（2）揭橥《观公孙弟子舞剑器》为记载杜甫幼年生活之最早诗篇，并指出"甫是年才四岁，年必有误"，至此揭开后世对该问题之争论。

鲁訔《年谱》："公《郾城观公孙弟子舞剑行》云：'开元三年，余尚童穉，于郾城观公孙舞剑器。'《年谱》以为三年丙辰按公是年才四岁，年必有误。公《进雕赋表》云：'臣素赖先人绪业，自七岁所缀诗笔，向四十载矣，约千有余篇。则能忆四岁时事不为误也。"

洪业《杜甫》对此总结陈述说："767年的冬天，在一个朋友在夔州的家中，杜甫看了李十二娘的舞剑器，这使他回忆起五十一年前在郾城所看到的同样的舞蹈，舞者是李十二娘的师父公孙大娘。一个早期的传记作者相当疑惑一个四岁儿童能有这般观察事物的天分。而另一个稍后的杜诗编纂者指出存在异文，使得时间可能由715年变为717年。——在此诗前面的长序中，蔡梦弼卷33.10a和钱谦益卷7.14a有异文，这使得杜甫初见公孙大娘的时间有715年和717年两说。钱谦益支持717年说，因为这比715年说更能符合第17行诗句"五十年间似反掌"。实际上，从717到767年正好是五十年，而715

---

① 洪业撰、曾祥波译《杜甫：中国最伟大的诗人》，上海古籍出版社2011年，第23—24页。
② 陈文华《杜甫传记唐宋资料考辨》，文史哲出版社1986年，第49页。
③ 陈文华《杜甫传记唐宋资料考辨》，文史哲出版社1986年，第52页。

到767年则是五十二年了。故而钱谦益的717年说被普遍接受；参见朱鹤龄卷18.10a,张溍卷17.38a,鲁訔卷29.7a,仇兆鳌卷20.53a,浦起龙2C.13b。二十年前,我也支持接受717年说(见洪业《苦难诗人》,《礼拜六评论》,1930年4月5日)。不过,近年来随着对文本的深入研究,我开始倾向于715年说。原因有二：(1)此诗在《九家注杜诗》、《王状元集百家注编年杜陵诗史》卷29.6a、《分门集注杜工部诗》卷16.26a中并未包含关于717年说法的异文。因此,关于717年的读解一定不是文字校勘的结果,而是编纂者修订的结果,因为《集千家注杜工部诗集》于715年处指出杜甫那时才四岁,年龄太小,还不能欣赏以至于记得公孙大娘的剑器舞。(2)从717到767年,根据杜甫的计算方式是五十一年。从715到767年,则是五十三年。但是杜甫经常取一个整数。"五十年"意味着五十多年,五十多年可以指五十三年,也可以指五十一年。鲁訔(于715年说下)和黄鹤(见朱鹤龄,《年谱》,于715年说下)反驳了《集千家注杜工部诗集》的怀疑,他们说,既然杜甫在七岁时就可以赋诗,四岁时记得剑器舞也是可能的。这一辩驳似乎有些无力,因为在孩童早期,一两年之间的差异很大。而且,孩童的兄长也有可能通过叙述帮助他加强记忆。——对我来说,没必要去假设一个人不能记住三岁时令人印象深刻的经历,也不必排除这样的可能性,在幼年时期的此类经历能够在一个人长大之后仍然保持鲜活,可以被娓娓道来。"①

(3)定《新安吏》、《石壕吏》、《新婚别》、《垂老别》、《无家别》于乾元元年华州司功任上。

按,"三吏三别"王洙本旧次在《羌村》与《晦日寻崔戢李封》、《雨过苏端》等之间,《新安吏》题下注："收京后作。虽收两京,贼犹充斥。"视之为凤翔放还省亲至返回长安任职之间所作。吕大防首次将"三吏三别"置于华州司功参军任上,其后蔡兴宗、鲁訔编次即从之,如《草堂诗笺》系于"乾元元年夏六月出为华州司功,冬末以事之东都,至乾元二年七月立秋后欲弃官以来所作",置于《路逢襄阳杨少府》后,《杜陵诗史》同此。黄氏《补注杜诗》亦系于"乾元二年作",黄

---

① 洪业撰、曾祥波译《杜甫：中国最伟大的诗人》,上海古籍出版社2011年,第24页、第218—219页。

鹤补注曰："《新安吏》至《无家别》，当是乾元二年作。今以《无家别》'五年委沟谿'之句论之，禄山以天宝十四载叛，至乾元二年乃五年。师云乾元元年九节度败，蔡云二年九节度溃于相州。按《旧史》：二年三月壬申，九节度兵溃。《新史》云：师溃于淦水。梁权道编在至德二载，非。蔡兴宗《年谱》却以乾元二年春公留东都，有《新安吏》、《石壕吏》等诗。"按，蔡兴宗《年谱》："（乾元）二年己亥春三月，回自东都，有《新安吏》、《石壕吏》、《潼关吏》、《新昏别》、《垂老别》、《无家别》诗。"蔡谱明言自东都回华州所作，黄鹤补注之说不确。

又，清人钱谦益《钱注杜诗》："诸诗皆乾元二年，自华之东都，道途所经次，感事而作也。"朱鹤龄《杜工部诗集辑注》从之。仇兆鳌《杜诗详注》以为："此下六诗，多言相州师溃事，乃乾元二年自东都回华州时，经历道途，有感而作。钱氏以为自华州之东都时，误矣。"最终回到蔡兴宗《年谱》的结论。

另，计有功为两宋之际人，《杜甫年谱》见其所纂《唐诗纪事》卷十八。按，计有功之《杜甫年谱》直接承袭吕大防谱，吕谱之误亦同（如"明年，关辅饥乱，弃官之秦州，乃适同谷，乃入蜀，有《遣兴》三百首"，"百"为衍文），是全未见蔡兴宗谱之改正吕谱者。当在吕谱之后，蔡谱之前。不赘录。

七、北宋后期蔡兴宗《重编杜工部年谱》

宋人蔡兴宗（伯世）《重编杜工部年谱》出自吕大防《杜工部年谱》，且对吕谱屡有订正，多有一家独到之辨。载于《分门集注杜工部诗》卷首。录之如下：

《重编杜工部年谱》
东莱蔡兴宗重编

玄宗先天元年壬子。

先生姓杜氏，讳甫，字子美。其先襄阳人，后徙河南之巩县。晋镇南大将军、当阳城侯预之十三世孙。曾祖依艺，监察御史、洛州巩县令。祖审言，修文馆学士、尚书膳部员外郎。父闲，京兆府奉天县令。先生生于是岁，元稹之撰墓系云"享年五十九"，王原叔《集记》云"卒于大历五年"是也。按唐史：明皇传位后始改元。而吕汲公所编《年谱》作睿宗先天元年癸丑，皆误。

天宝五载丙戌（三载正月，诏改年为载）。

有《饮中八仙歌》，略曰："左相日兴费万钱，饮如长鲸吸百川，衔杯乐圣称避贤。"按唐史，是岁四月李适之自左相罢政，七月坐韦坚累贬宜春太守，明年正月自杀。适之尝赋诗云："避贤初罢相，乐圣且传杯。"集中误为称"世贤"。

九载庚寅。

时年三十九。是岁冬，进《三大礼赋》，进表曰："臣生陛下淳朴之俗，行四十载矣。"其赋曰："冬十有一月，天子将纳处士之议。"又曰："明年孟陬，将摅大礼。"又曰："壬辰既格于道祖。"又曰："甲午，方有事于采坛。"按唐史：十载春正月壬辰，上朝献太清宫。癸巳，朝享太庙。甲午，合祀天地于南郊。而《新［唐］书·列传》、《集记》、旧《谱》及赋题之下注文皆作"十三年"，非也。

十载辛卯。

有《杜位宅守岁》诗，略曰："四十明朝过。"乃是岁也。按《新［唐］书·列传》、《集记》皆以先生献三大礼赋，明皇奇之，召试文章，授河西尉，不拜，改右卫率府胄曹。则或在此载下，而考《秋述》文曰"我弃物也，四十无位"，又十三载进《封西岳赋表》略曰："臣本杜陵诸生，年过四十，尝困于衣食，盖长安一匹夫耳。顷岁国家有事于郊庙，幸得奏赋，待制于集贤，委学官试文章，再降恩泽，送隶有司参列选序。"又《赠韦左丞》诗有曰："主上顷见征，欻然欲求伸。青冥却垂翅，蹭蹬无纵鳞。"乃知先生进三赋后，才俾参列选序，则罢尉河西，改授胄曹，其在天宝之末载乎？故《夔府书怀》诗有曰"昔罢河西尉，初兴蓟北师"是也。

十一载壬辰。

《丽人行》之谓丞相者，杨国忠也。按唐史：是冬国忠始拜相。当是次岁以后诗，而旧《谱》入此载，非也。

十二载癸巳。

有《投赠哥舒开府翰》诗，略曰"归来御席同"，又曰"茅土加名数"。《送蔡希鲁还陇右因寄高书记》诗，注曰："时哥舒入奏，勒蔡子先归。"其诗有曰："春城赴上都。"按唐史：十一载，哥舒翰加开府仪同三司。冬入朝。是载春,进封凉国公。

十三载甲午。

冬进《封西岳赋》,赋序曰:"上既封泰山之后三十年。"按唐史:开元十三年乙丑岁,封泰山。至是三十年矣。有《上韦丞相》诗,略曰"龙飞四十春",又曰"霖雨思贤佐"。按唐史:以是岁苦雨潦,阅六旬,上谓宰相非其人,罢陈希烈,拜韦见素。时明皇在位四十三年,盖诗得略举成数,非若进赋之可据。而旧《谱》入十一载,皆误。

十四载乙未。

冬十一月,有《自京赴奉先县咏怀》诗。按唐史:是月,安禄山反于范阳。

肃宗至德元载丙申。

夏五月,挈家避地鄜州,有《白水县高斋》、《三川观涨》、《塞芦子》诗。即自鄜挺身赴朝廷,遂陷贼中。后在夔州,有诗略曰:"往在西京时,胡来满彤宫。"按唐史:六月,禄山犯长安。七月,肃宗即帝位于灵武,改元。《本传》谓先生闻肃宗立,自鄜羸服欲奔行在,为贼所得,非也。冬有《悲陈陶》、《悲青坂》、《哀王孙》诸诗。

二载丁酉。

春,犹陷贼中,有《哀江头》、《大云寺赞公房》、《得舍弟消息》诸诗。夏,窜归行在所于凤翔,拜左拾遗,有《述怀》、《送长孙侍御》、《送樊侍御》、《送从弟亚》、《彭衙行》诸诗。秋闰八月,奉诏至鄜迎家,有《九成宫》、《徒步归》、《玉华宫》、《北征》、《羌村》诸诗。复归凤翔,有《送韦评事》诗。冬十月,扈从还京,有《病后遇王倚饮》、《腊日》诸诗。

乾元元年戊戌(二月改元,复以载为年)。

春在谏省,有《简薛华醉歌》、《送程录事》、《晦日寻崔戢李封》、《雨过苏端》、《喜晴》、《洗兵马》、《偪仄行》、《送李校书》、《留花门》诸诗。夏六月,出为华州司功,有《为郭使君进灭残寇形势状》、《试进士策问》、《至日遣兴寄两院遗补》诗。冬末,以事之东都,有《瘦马行》、《路逢杨少府入京戏题呈杨员外》、《阌乡姜七少府设鲙》、《秦少公[府]短歌》、《胡城东遇孟云卿》、《李鄠县胡马行》诗。

二年己亥。

春三月,回自东都,有《新安吏》《石壕吏》《潼关吏》《新昏别》《垂老别》《无家别》诗。按唐史:是月八日壬申,九节度之师溃于相州。夏,在华州,有《夏日叹》《夏夜叹》诗。秋七月,弃官往居秦州,有《寄贾至严武》诗,略曰"旧好肠堪断,新愁眼欲穿"。其一秋赋诗至多。冬十月,赴同谷县,有《纪行十二首》、《七歌》《万丈潭》诗。十二月一日,自陇右赴剑南,又有《纪行十二首》,首篇曰"一岁四行役"是也。又《成都府》诗曰"季冬树木苍",乃以是月至剑南。而元祐间胡资政守蜀,作《草堂诗碑引》云:"先生至成都之年月不可考。"盖未详也。

上元元年庚子。

是岁春,卜居成都浣花溪上,赋诗至多。后在东川,《寄题江外草堂》诗略曰:"经营上元始,断手宝应年。"按唐史:十一月,扬州长史刘展反陷升、润等州。

二年辛丑。

有《百忧集诗》,时年五十。有《喜雨》诗,注曰:"时闻浙右多盗贼。"《戏作花卿歌》。按唐史:夏四月,剑南东川兵马使段子璋反陷绵州。五月,剑南节度使崔光远克东川,子璋伏诛。秋九月,大赦,以十一月为岁首,去年号称元年,月以斗所建辰为名。《草堂即事》略曰"荒村建子月",乃是岁诗也。

宝应元年壬寅。

春建卯月,有《说旱》文,注曰:"初,中丞严公节制剑南,日奉此说。"又有《遭田父泥饮美新尹严中丞》诗。夏,有《戏赠友》二首,皆曰"元年建巳月"。按唐史:四月,大赦,改元,复以正月为岁首。是月,肃宗崩,代宗即位。五月,有《严公枉驾草堂》诗。秋,《送严侍郎至绵州》,其诗略曰:"鼎湖瞻望远,象阙宪章新。"寻避成都之乱,入梓州,有《九日奉寄严大夫》诗及严武《巴岭答杜二见忆作》。后归成都,《草堂》诗略曰"大将赴朝廷,群小起异图"。而唐史于此年书:七月,剑南西川兵马使徐知道反。又别书:是年六月,以兵部侍郎严武为西川节度使,而知道拒武不得进。今以先生诗文参考之,是岁为夏,武皆守蜀,殆赴朝廷之后,蜀中始乱。然《八哀诗》谓严公"三掌华阳兵",又《诸将》五诗一谓武守蜀者,亦曰"主恩前后三持节",《通鉴》亦书"武三镇剑南",必尝有是命,第未详何年?冬,游射洪、通泉二县,有《至金华山观》、《尽陪王侍御登东山》十古诗,其诗有曰"南京乱初定",及以次年《春日戏郝使君》诗,可考此行在是岁,盖居梓州止涉一春也。

代宗广德元年癸卯。

是岁召补京兆功曹,不赴。时严武尹京,有《春日寄马巴州》诗,注曰:"时除京兆功曹,在东川。"而《本传》与《集记》作上元年间,旧《谱》作永泰年,皆误。春夏在梓州,赋诗颇多,亦尝暂游左绵,有《题涪城县香积寺》(县在梓绵中涂)、《绵州巴西驿亭》、《城上》诗,皆春晚作也。秋九月,至阆州,有《祭故相国房公》文、《东楼筵十一舅往青城》、《发阆中》诸诗。冬,回梓州,有《冬狩行》、《别章使君柳字韵》诸诗。遂挈家再入阆州。按唐史:十月,吐蕃陷京师,代宗幸陕。十二月,至自陕。

二年甲辰。

春,居阆中,有《伤春五首》,别本注曰:"巴阆僻远,伤春罢,始知春前已收宫阙。"集中乃编作夔州诗。又有《收京三首》,而编作凤翔行在诗,尤为差误。按唐史:正月,合剑南东、西川为一道,以黄门侍郎严武为节度使。有《奉待严大夫》诗,略曰"不知旌节来年回"是也。春晚,自阆携家归蜀,再依严郑公,奏为节度参谋。有《先寄严郑公》五诗及《草堂》、《四松》、《水槛》、《营屋》、《扬旗》诸诗,略曰"别来忽三岁",以游梓、阆跨三年也,及他诗言三年者非一。而《集记》乃书入蜀复适东川,上元二年闻严武镇成都,自阆挈家往依焉。其旧《谱》又多因之。

永泰元年乙巳。

春,在严公幕府,有《正月三日归溪上》及《春日江村》、《忆昔》诸诗。时授检校工部员外郎,赐绯,见之《春日江村》诗中。夏以严公卒,遂发成都,泛舟顺流,经嘉、戎、渝、忠诸郡,皆有诗(青溪驿隶嘉州犍为县)。秋末,留寓夔州云安县,有《九日》及《十二月一日》诸诗。按唐史:四月,严武卒。冬,蜀中大乱。而《集记》谓先生避地梓州,乱定归成都,无所依,乃泛江游嘉、戎。又编梓州秋冬数诗于再至成都诗后,非也。旧《谱》尤误。

大历元年丙午。

春,在云安,有《杜鹃》、《客堂》诸诗。春晚,移居夔州,有诗最多，合次年所赋古、律诗，几盈五卷。

二年丁未。

终岁居夔州。春，自白帝城迁寓瀼西。先有《瀼西寒望》诗，略曰"瞿唐春欲至，定卜瀼西居"。又《暮春题瀼西草屋》诗略曰"久嗟三峡客，再与暮春期"，乃是岁也。

三年戊申。

春，发白帝，下峡，泊舟江陵。秋晚，迁寓公安县数月。岁暮发公安，至岳州，有《发刘郎浦》（在公安之下石首县）、《岁晏行》、《泊岳阳城下》诸诗。

四年己酉。

春初，发岳阳，泛洞庭，至潭州，遂留终岁。有春日《岳麓山道林二寺行》、夏日《江阁卧病》、《暮秋枉裴道州手札》、《对雪》诸诗。

五年庚戌。

春正月，有《追和故高蜀州人日见寄》诗。寻发长沙，入衡阳，有《上水遣怀》并《二月纪行》诸诗。至衡，有《酬郭受》诗，而受诗有云"春兴不知凡几首，衡阳纸价顿能高"。三月，复在长沙，有《清明》诗。以唐史气朔考之，是岁三月三日清明，故卒章曰"况乃今朝更被除"。按唐史：夏四月八日庚子，湖南兵马使臧玠杀其观察使崔瓘。先生避乱窜还衡州，有《衡山县学堂》、《入衡州》、《舟中苦热遣怀》诸诗。其诗曰"远归儿侍侧"，又曰"久客幸脱免"，又曰"中夜混黎甿，脱身亦奔窜"，乃知尝寓家衡阳，独至长沙，遂罹此变。《本传》谓先生数遭寇乱，挺节无所污，是也。寻于江上阻暴水，半旬不食，耒阳聂令具舟致酒肉迎归，一夕而卒。旧《谱》乃书还襄、汉，卒于岳阳，尤误。后余四十年，其孙嗣业始克归葬于偃师，元和八年癸巳岁也（闻今耒阳县南犹有先生坟及祠屋在焉，议者谓元稹之先为墓系，而卒不能归葬也。）

蔡兴宗，生平不甚详。与北宋后期、南宋初年江西诗派韩驹（1080—1135）、饶节（1065—1129）等人有唱和。又，吕祖谦《东莱集》卷十四《东莱公家传》载："（吕好问）女一人，适右朝奉郎蔡兴宗。"诸人（1064—1131）皆为北宋后期人而入南宋者，则蔡兴宗之年代亦大略如是。①

晁公武《郡斋读书志》卷十七载："近时有蔡兴宗者,再用年月编次之。而赵次公者,又以古律诗杂次第之,且为之注。"②《杜诗赵次公先后解》赵彦材编次即用蔡兴宗编年。

蔡兴宗年谱对吕大防年谱多所纠正,阐发新见,其荦荦大者有:

(1) 杜甫出生之纪年。

吕谱认为杜甫出生于"睿宗先天元年癸丑(按,当为"壬子")",蔡谱改为"玄宗先天元年壬子",蔡兴宗指出:"按唐史:明皇传位后始改元。而吕汲公所编《年谱》作'睿宗先天元年癸丑',皆误。"

(2) 杜甫献三大礼赋之时间。

吕谱认为杜甫献三大礼赋在"天宝十三年乙未(按,当为"甲午")",依据当来自王洙《集记》"天宝十三年,献三赋"。然杜甫献赋进表称:"臣生陛下淳朴之俗,行四十载矣。"而吕谱言:"时年四十三。"四十三之岁与"行四十载",已颇不合。故蔡谱改之为:"九载庚寅。时年三十九。是岁冬,进《三大礼赋》。"蔡兴宗考证指出:"进表曰:'臣生陛下淳朴之俗,行四十载矣。'其赋曰:'冬十有一月,天子将纳处士之议。'又曰:'明年孟陬,将摅大礼。'又曰:'壬辰既格于道祖。'又曰:'甲午,方有事于采坛。'按唐史:十载春正月壬辰,上朝献太清宫。癸巳,朝享太庙。甲午,合祀天地于南郊。而《新(唐)书·列传》、《集记》、旧《谱》及赋题之下注文皆作"十三年",非也。"蔡谱之说,为赵次公《杜诗赵次公先后解》、黄氏《补注杜诗》黄鹤补注所采纳。黄鹤《年谱辨疑》云:"公《上大礼赋表》云:'臣生陛下淳朴之俗,行四十载矣。'天宝十载奏赋年三十九,逆数公今年生。吕汲公云:'公生先天元年癸丑。天宝十三载奏赋。'若果十三载奏赋,则先生四十三岁矣。梁经祖《集谱》亦云:'十三载奏赋。'今考《通鉴》、《唐宰相表》及《酹远祖文》以开元二十九年为辛巳。《祭房公文》以广德元年为癸卯,则先天元年为壬子无疑。如鲁谓十载奏赋,则是年辛卯,恰四十岁,不可谓之年三十九,何以《表》谓之'行四十载'?按,《朝献太清宫赋》首云'冬十一月,天子纳处士之议',又云'明年孟陬,将摅大

---

① 参见杨经华《蔡兴宗籍贯、行履小考》,《中国典籍与文化》2009年4期。
② 晁公武撰、孙猛校证《郡斋读书志校证》,上海古籍出版社1990年,第857页。

礼'，则是九载庚寅预献赋，故年三十九，《表》宜云'行四十载'。"赵子栎《年谱》认为在天宝十载："天宝十载，公年三十九，奏《三大礼赋表》云：'生陛下淳朴之俗，行四十载。'"鲁訔《年谱》承袭赵子栎说，并辨之云："公《上大礼赋》云：'臣生陛下淳朴之俗，行四十载。'公天宝十载奏赋，年三十有九。逆节公今年生。吕汲公考公生先天元年癸丑，天宝十三载奏赋，若十三载，公当四十三岁矣。"按，古人计龄或以母腹中十月为一岁，故蔡谱以天宝九载为三十九岁，鲁谱以天宝十载为三十九，一岁之差，实无大异。然何以弃蔡谱"天宝九载"说而接受赵谱"天宝十载"说，并未叙述理由。清人钱谦益《钱注杜诗》以为献赋当在三大礼成之后，即天宝十载，朱鹤龄《杜工部诗集辑注》、仇兆鳌《杜诗详注》、杨伦《杜诗镜铨》、今人洪业《杜甫》皆从钱说，这应该是鲁訔未曾明言的潜在理由，而从赵子栎原文看，他其实并无此意。以"明年（天宝十载）孟陬，将撼大礼"等语揆之，当以蔡谱"天宝九载"说为更妥，今人张忠纲先生《杜甫献三大礼赋时间考辨》[①]即力持此论。另外，葛立方《韵语阳秋》卷六载："老杜卒于大历五年，享年五十九，当生于先天元年。观其献《大礼赋表》云：'臣生陛下淳朴之俗，行四十载矣。'以此推之，天宝十载始及四十，则是献《大礼赋》当在天宝九载也。"葛立方为高宗绍兴八年（1138）年进士，卒于孝宗隆兴二年（1164），《韵语阳秋》又是其晚年之作，成书必在蔡谱之后，其说当从蔡谱而来。又，《新唐书·杜甫传》云"天宝十三载，玄宗朝献太清宫，飨庙及郊，甫奏赋三篇"，亦当承自王洙《集记》。王洙《集记》认为天宝十三载献赋，依据当出自杜甫《夔府书怀》诗'昔罢河西尉，初兴蓟北师'——安史之乱起于天宝十四载（"蓟北师"），则"罢河西尉"改右卫率府兵曹参军亦在十四载，则献赋必在十三载也。然而王洙《集记》未曾注意到杜甫献赋之事有二，天宝九载之献三大礼赋为第一次，天宝十三载献《封西岳赋》为第二次，第一次结果为参列选序，第二次结果才得授河西尉。此又为张《考辨》所未明者。又，洪业《杜甫：中国最伟大的诗人》认为杜甫天宝十三载第二次献《封西岳赋》仍未得官，直至天宝十四载第三次献《雕赋》才得官；一家之说，亦颇

---

① 《文史哲》2006年1期。

有理：

"（天宝十四载，755年）秋天已经来了，我们的诗人仍看不到任命的希望。在绝望中他第三次来到延恩匦。《雕赋》和《进雕赋表》中没有任何可资系年的线索。我倾向于认为正是这篇赋促使有关部门给予了我们可怜的诗人一个任命，时间不是在同年秋天，就是在这年初冬。在《进雕赋表》中，杜甫暗示皇帝说他不想通过通常的磨勘程序获得任命，而是希望以自己的文学才能直接为皇帝陛下效劳，就象自己的祖父杜审言一度在中宗朝中服务一样。他在赋中极其优美地描写了猎雕在秋天的捕食活动。当然，他是在暗示，他将像雕一样勇敢无畏地为皇帝效力，清除朝廷中孽狐狡兔。——在《进雕赋表》中，杜甫说：'自七岁所缀诗笔，向四十载矣。'这说明他还不到四十七岁。黄鹤因此将此赋系于天宝九载（750）。仇兆鳌认为这个时间太早，而将此诗移至天宝十三载（754），杜甫是年四十三岁。我不明白仇兆鳌为何不将此诗尽量往后编排，也就是到天宝十四载（755）。天宝十四载（755）之后，文字语境就不适合杜甫生活状态的整体氛围了。因为文中很明确提到秋天，天宝十三载（754）应当被排除在外，杜甫不可能呈上赋之后就立即离开长安前往奉先。因此我认为时间应该在天宝十四载（755）秋天，在他获得任命之前不久。——如果皇帝对这篇赋有所反应，那么我们的诗人一定会在诗中大加炫耀或是表示失望。我怀疑这篇赋并未在延恩匦的办事机构中被归入档案或是被扔进废纸篓。这篇赋的调门太大胆，其中提出的要求也太异乎寻常了。当这篇赋传到那些孽狐和狡兔手中，他们中的某些人一定会认为最好是在这个莽撞的诗人干出点什么来之前，赶紧把他给弄出京城。于是，吏部发下一道委任令。杜甫被任命为离奉先不远的河西县县尉。"[1]

（3）杜甫"参列选序"与得官之辨。

蔡兴宗指出，杜甫献三大礼赋后并未立即得官，而只是参列选序，直至十三载才得河西尉，蔡谱称："十三载甲午。冬进《封西岳赋》，赋序曰：'上既封泰山之后三十年。'按唐史：开元十三年乙丑岁，封泰山。至是三十年矣。……而旧《谱》入十一载，皆误。"又称："按

---

[1] 洪业撰、曾祥波译《杜甫：中国最伟大的诗人》，上海古籍出版社2011年，第86—87页。

《新[唐]书·列传》、《集记》皆以先生献三大礼赋,明皇奇之,召试文章,授河西尉,不拜,改右卫率府胄曹。则或在此载下,而考《秋述》文曰'我弃物也,四十无位',又十三载进《封西岳赋表》略曰:'臣本杜陵诸生,年过四十,尝困于衣食,盖长安一匹夫耳。顷岁国家有事于郊庙,幸得奏赋,待制于集贤,委学官试文章,再降恩泽,送隶有司参列选序。'又《赠韦左丞》诗有曰:'主上顷见征,欻然欲求伸。青冥却垂翅,蹭蹬无纵鳞。'乃知先生进三赋后,才俾参列选序,则罢尉河西,改授胄曹,其在天宝之末载乎?故《夔府书怀》诗有曰'昔罢河西尉,初兴蓟北师'是也。"考辨精细,进一步将献三大礼赋与献《封西岳赋》之时间及后果厘清。鲁訔《年谱》从之,称:"(天宝十三载,754年),《封西岳赋表》云'臣本杜陵诸生,年过四十',又云'盖长安一匹夫尔。次岁国家有事郊庙,幸得奏赋待制于集贤,委学官试文章。再降恩泽,送隶有司,参列选序',则此赋又在《三大礼赋》后。《诗史》以为十二载,未详。《纪》:二月丁丑,杨国忠为司空。公《表》云:'陛下元弼,克生司空。斯文不可寝已。'则此赋当在未封西岳前。"

(4)《丽人行》之系年。

吕大防谱系此诗于天宝十一载,蔡兴宗系于此诗于天宝十二载,蔡谱称:"(天宝)十一载壬辰,《丽人行》之谓丞相者,杨国忠也。按唐史:是冬国忠始拜相。当是次岁以后诗,而旧《谱》入此载,非也。"蔡谱考辨更细,虽犹隔一层,然已启后世注家之思。黄氏《补注杜诗》系于"天宝十三载作",黄鹤《年谱辨疑》云:"吕《谱》又以《丽人行》入今年,谓丞相者为杨国忠,而不知国忠今年十一月方为右相,当是十三载。蔡《谱》谓次岁以后诗为是。"黄鹤补注曰:"天宝十二载,杨国忠与虢国夫人邻居第,往来无期,或并辔入朝,不施障幕,道路为之掩目。冬,夫人从车驾幸华清宫,会于国忠第。于是作《丽人行》。梁权道编在十四载,末句云'丞相'者,谓杨国忠。按《史》与《通鉴》:十一载,李林甫死。而国忠以十一月庚申为左相。当是十三载作。"较为合理。按,《丽人行》一诗王洙本旧次在《曲江三章》与《乐游园歌》之间。《乐游园歌》云"圣朝已知贱士丑",张綖《杜工部诗通》以为《乐游园歌》当是献赋之年作,其时李林甫尚在位,此诗写杨玉环,末句"慎莫近前丞相嗔"乃指杨国忠。旧次似误。然而,"圣朝已知贱士丑"亦可解为"虽圣朝已知,而我至今犹为贱士",则可列于谒选不得入之时,则王洙本旧次亦可从,可视为天宝十三载之前所作。洪业之说暗合蔡兴宗谱系年,称:"《丽人行》帮助我们瞥见杨氏在某个节日的盛况,这可能是在753年4月10日。诗中提到'红巾'大概是暗示这种非法的朋比勾结。"①洪业似乎未曾注意到天宝十二载(753)冬杨玉环才会于杨国忠府邸,而此诗写作时间是春天,故当从黄鹤系于天宝十三载(754)。朱鹤龄用黄鹤系年而不甚明瞭,至于以为此诗为从幸华清宫作,与"三月三日天气新"失之眉睫。仇兆鳌《杜诗详注》既用黄鹤系年,又未曾细查,以为"此当是十二年春作,盖国忠于十一年十一月为右丞相也",其误与蔡兴宗及洪业同。

(5) 补京兆功曹之时间。

《旧唐书·杜甫传》:"(上元元年,760年)甫寓居成州同谷县,自负薪采梠,儿女饿殍者数人。久之,召补京兆府功曹。"

王洙《集记》:"(上元元年,760年)遂入蜀,卜居成都浣花里,复适东川。久之,召补京兆府功曹,以道阻不赴,欲如荆楚。上元二年(761),闻严武镇成都,自阆州挈家往依焉。"

《新唐书·杜甫传》:"(上元元年,760年)流落剑南,结庐成都西郭。召补京兆功曹参军,不至。(宝应元年,762年)会严武节度剑南东、西川,往依焉。"

早期传谱作者皆将杜甫补京兆功曹之时间定为上元元年(760)。

吕大防谱:"永泰元年(765年)丙午(按,当为'乙巳')。严武平蜀乱,甫游东川,除京兆功曹,不赴。"永泰元年说与旧说迥异,而未说明原因。又,永泰元年杜甫已重返成都,未在梓、阆,此年"游东川"之说未稳。

蔡兴宗则将时间定在广德元年(763年)。蔡谱称:"(广德元年,763年)是岁召补京兆功曹,不赴。时严武尹京。有《春日寄马巴州》诗,注曰:'时除京兆功曹,在东川。'而《本传》与《集记》作上元年间,旧《谱》作永泰年,皆误。"寻绎蔡谱文字,蔡兴宗系年之缘由有二:

第一,杜甫自注:"时除京兆功曹,在东川。"而避乱梓州、阆中("在东川"),时间在宝应元年(762)至广德元年(763)之间。

---

① 洪业撰、曾祥波译《杜甫:中国最伟大的诗人》,上海古籍出版社2011年,第78页。

第二，严武任京兆少尹。按，《旧唐书·严武传》："入为太子宾客，迁京兆尹、兼御史大夫。……复拜成都尹，充剑南节度等使。"迁京兆尹事在宝应元年（762）七月；复拜成都尹事在广德二年（764）初。

因此，两个因素（762—763 或 762—764）的交集则为 762 年 7 月—763 年初，再考虑到《春日寄马巴州》作于春天，则当在 763 年（广德元年）春。鲁訔《年谱》从之："广德元年癸卯。君补京兆功曹，不赴。"

洪业《杜甫》则对蔡谱所提出的第一个缘由"在东川"提出质疑，而赞同第二个缘由（严武任职京兆尹而荐举杜甫为京兆功曹），故系年范围扩展为 762—764 年，他最后选择了 764 年（广德二年）："广德二年（764）杜甫的确得到了一份新任命，可能就是在他得知朝廷返回长安之后不久，杜甫的某些朋友毫无疑问向朝廷推荐了他。在《奉寄别马巴州》一诗的附注中，杜甫说：'时甫除京兆功曹，在东川。'——此诗题下注曰：'时甫除京兆功曹，在东川。'我相信后半句是后来的某个注家添加上去的（很可能是王维桢）以表示此诗作于阆州，然而，根据杜甫为王刺史所作的表奏，阆州在那时应该属于山南，而非剑南。参见《王状元集百家注编年杜陵诗史》卷 18.12a，《分门集注杜工部诗》卷 19.11b，蔡梦弼卷 20.9a。——这首诗说得很清楚，我们的诗人并不打算接受这个任命，他不准备前往长安，而是计划乘舟南下洞庭湖。诗中提到'浮云'，是暗指孔子所说的'不义而富且贵，于我如浮云'。事实上，这次任命是一次升迁。京兆功曹比我们诗人五年前担任的华州司马的品阶高两级。既然他从未喜欢前面的那个职位，那他自然也不想接受这个新的任命。不过，《忆昔二首》表明杜甫对这次任命并非毫不领情。但他总认为自己的能力只在于对政策和原则问题提供谏议，对日常办公事务并不感兴趣，哪怕这个职位可以让他回到长安。"[①]

洪业对"在东川"为衍文的质疑版本证据不足，故不如仍依蔡兴宗两重证据的推理，以此事系于广德元年（763）为稳妥。

[①] 洪业撰、曾祥波译《杜甫：中国最伟大的诗人》，上海古籍出版社 2011 年，第 184—185 页。

(6) 辨明避乱梓、阆之时间。

王洙《集记》:"遂入蜀,卜居成都浣花里,复适东川。久之,召补京兆府功曹,以道阻不赴,欲如荆楚。上元二年(761),闻严武镇成都,自阆州挈家往依焉。武归朝廷,甫浮游左蜀诸郡,往来非一。"依王洙说,杜甫游梓、阆有两次。上元元年(760)入蜀,适东川梓、阆间,至上元二年(761)自阆州归成都,此其一。宝应元年(762)严武离蜀赴京,杜甫再次游东川梓、阆间,此其二。前说误,后说是。

吕大防谱:"上元二年(761),是年严武镇成都,甫往依焉。……永泰元年(765),严武平蜀乱,甫游东川,除京兆功曹,不赴。"按,吕谱称上元元年(761)杜甫第一次由东川"往依"严武,当从王洙《集记》而来。吕谱称永泰元年(765)严武平蜀乱,杜甫时游东川。按,吕谱之前说承王洙《集记》之误;吕谱之后说,时间亦误,严武再任蜀中在广德二年(764),杜甫旋即由东川归成都入严武幕中。

蔡谱辨之甚明:"(广德)二年甲辰。春,居阆中,有《伤春五首》,别本注曰:'巴阆僻远,伤春罢,始知春前已收宫阙。'集中乃编作夔州诗。又有《收京三首》,而编作凤翔行在诗,尤为差误。……游梓、阆跨三年也,及他诗言三年者非一。而《集记》乃书入蜀复适东川,上元二年闻严武镇成都,自阆挈家往依焉。其旧《谱》又多因之。"

八、北宋末南宋初赵子栎《杜工部年谱》

赵谱载于蔡梦弼《草堂诗笺》卷首,清修四库全书亦收录,《四库全书总目·史部·传记类一》评其得失甚允:"子栎字梦授,太祖六世孙,元祐六年进士,绍兴中官至宝文阁直学士,事迹具《宋史》本传。子栎与鲁訔均绍兴中人。然子栎撰此谱时,似未见訔《谱》。故篇中惟辨吕大防谓甫生于先天元年之误。考宋人所作甫年谱,又有蔡兴宗、黄鹤二家,皆以甫五十九岁为大历庚戌。独子栎持异议,以为卒于辛亥之冬。不知辛亥甫年六十矣。且子栎以《五年庚戌晚秋长河送李十二》为甫绝笔。甫生平著述不辍,若以六年冬暴疾卒,何至一年之内竟无一诗,此又其不确之证也。其所援引亦简略,不及鲁《谱》之详。以其旧本而存之,以备参考焉尔。"录之如下:

《杜工部年谱》
赵子栎撰

吕汲公大防为杜诗《年谱》,其说以谓次第其出处之岁月,略见其为文之时,得以考其辞力,少而锐,壮而肆,老而严者如此。窃尝深考其《谱》,以为甫生于睿宗先天元年壬子,而甫实生于开元元年癸丑。以为甫没于大历五年庚戌,而甫实没于大历六年辛亥。其推甫生没所值纪年,与夫纪年所值甲子,皆有一岁之差,且多疏略。今辄为订正而稍补其阙,俾观者得以考焉。

明皇开元元年癸丑。

按:天宝十载,公年三十九,奏《三大礼赋表》云:"生陛下淳朴之俗,行四十载。"逆数之,甫是年生。旧《谱》:"甫生先天癸丑,奏赋天宝十三载。"十三载年四十三,十载亦年四十矣。

开元三年乙卯。

夔峡《观公孙弟子舞剑器诗》序云:"开元三年,余尚童稚,于郾城观公孙氏舞剑器。"

开元七年己未。

《壮游》诗云:"七龄思即壮。"《进雕赋表》云:"自七岁所缀诗笔。"甫作诗起七岁。

开元九年辛酉。

《壮游》诗云:"九龄书大字,有作成一囊。"

开元十四年丙寅。

《壮游》诗云:"往昔十四五。"

开元十五年丁卯。

甫年十五,后有《百忧集行》云:"忆年十五心尚孩。"

开元二十三年乙亥。

有《开元皇帝皇甫淑妃神道碑》云:"野老何知,斯文见托。"甫时白衣。

开元二十五年丁丑。

《壮游》诗云:"忤下考功第。"唐初,考功试进士。开元二十六年戊寅春,以考功轻,徙礼部以春官侍郎主之。甫下考功第,盖是年春也。

开元二十八年庚辰。

按柳芳《唐历》:"开元二十八年,天下雄富。西京米价不盈二百,绢亦如之。东由汴宋,西历岐凤,夹路列店陈酒馔待客。行人万里,不持寸刃。"《忆昔》诗云:"忆昔开元全盛日,小邑犹藏万家室。稻米流脂粟米白,公私仓廪皆丰实。九州道路无豺虎,远行不劳吉日出。"乃其时也。

开元二十九年辛巳。

是年,甫有《祭杜预文》云:"十三叶孙甫谨以寒食之奠,昭告于先祖晋镇南大将军当阳成侯。"预葬偃洛偃师首阳山南,甫祭于洛之首阳。

天宝元年壬午。

集有《天宝初南曹小司寇为山》之作,时年三十。

天宝三载甲申。

正月丙申朔,诏改年曰载。

天宝六载丁亥。

诏天下有一艺诣毂下。时李林甫相国命尚书省试,皆下之,遂贺野无遗贤于庭。其年甫、元结皆应诏而退。

天宝九载庚寅。

秋七月,置广文馆于国子监,以郑虔为博士。赠郑虔《醉时歌》云:"广文先生官独冷。"是年秋后所作也。

天宝十载辛卯。

明皇《(本)纪》:"天宝十载春正月,朝见太清宫。朝飨太庙,及有事于南郊。"甫上《三大礼赋》,授河西尉,改右卫率府胄曹。史谓甫天宝十三载献赋,而考明皇《(本)纪》,十三载至自华清,朝献太清宫,未尝郊庙行三大礼。当以明皇《(本)纪》为证。

天宝十一载壬辰。

除夕,曲江族弟《杜位宅守岁》云"守岁阿戎家"云云。甫年四十,献岁年四十一。位弟字戎,甫从弟,李林甫婿,宅近曲江。《浣花寄位》云:"玉垒题诗心绪乱,何时更得曲江游。"

天宝十三载甲午。

《上韦左相》诗:"凤历轩辕纪,龙飞四十春。"玄宗即位四十二载,故云。玄宗《西岳太华碑》曰:"天宝十二载癸巳。"甫进《封岳表》:"杜陵诸生,年过四十。"丞相国忠今春二月丁丑陟司空,赋曰:"维岳克生司空。"则赋当在是载。甫是年四十二,故曰"年过四十"。

天宝十四载乙未。

是年十一月初,自京赴奉先,有《奉先县咏怀》诗。是月有禄山之乱。

至德元载丙申。

是年肃宗即位,改至德元载。夏五月,甫避寇左冯翊,逆旅鄜畤,有《白水高斋》、《三川观涨》诗。六月,禄山入潼关,明皇西幸。七月,肃宗即位灵武。甫自鄜挺身赴朝廷,渐北至彭衙行,遂陷贼中。冬,有《悲陈陶》、《悲青坂》、《哀王孙》诗。

至德二载丁酉。

其春,犹陷贼,作《曲江行》、《春望》、《忆幼子》。贼退,窜归凤翔,拜左拾遗。房琯败陈陶,甫上疏救之,有《荐岑参》、《谢口敕放推问状》。八月,墨制放往鄜州,有《别贾严二阁老》、《北征》、《徒步归行》、《羌村》诗。

乾元元年戊戌。

夏六月,出为华州司功。其秋,有《试进士策》、《代华牧郭使君论残寇状》,时有《留花门》、《洗兵马》诗。

乾元二年己亥。

元年九月,九节度兵讨庆绪于邺城,遂溃。三月,官军败滏水,甫有《新安吏》、《石壕吏》、《新婚别》、《垂老别》、《无家别》。甫时[为]华州司功参军,关辅饥,弃官西去。度陇,客秦亭,《立秋后》诗云:"惆怅年半百。"甫年四十七。冬十月,发秦州。初至赤谷,南至铁堂峡,遂践同谷城、积草岭、凤皇台。

上元元年庚子。

成都西郭《草堂》诗云:"经营上元始。"即其时也。有《浣花卜居》、《狂夫》、《有客》、《南邻》、《漫与》、《王侍御抡邀高蜀州适》诗。

上元二年辛丑。

是年在蜀郡,有《百忧集行》云:"即今倏忽已五十。"按是年年四十九。有《杜鹃行》、《石犀行》、《古柏行》、《病柏》、《病橘》、《枯棕》、《枯柟》诗。《代宗(本)纪》:"上元二年九月壬寅,诏剐上元号,独曰元年,月以斗建命之,以建子起岁。"《草堂即事》:"荒村建子月。"又《戏赠友》诗:"元年建巳月,郎有焦校书。……元年建巳月,官有王司直。"其年太子少保、邺国公崔光远为成都尹、剑南节度。会东川段子璋杀其节度,李奂走成都,光远命花惊定平之。甫有《赠花卿歌》。光远死,其月廷命严武。

宝应元年壬寅。

严武是春开府成都。甫有《严中丞枉驾浣花草堂》、《仲夏严中丞见过》之作。《草堂》诗云:"断手宝应年。"即其时也。甫与严武巴西相别,其冬甫游射洪陈拾遗草堂,南至通泉县,还梓州。

代宗广德元年癸卯。

其春,甫有《登梓州城楼》,又西北游涪城。夏还,有《梓城南楼陪赵侍御》诗。九月,有《祭房相公文》。其秋入阆中,其冬有《放船江上》诗。甫巴西闻收京阙,有《送班司马入京》诗。其年代宗幸陕,有《忆昔》诗云:"得不哀痛尘再蒙。"自天宝十四载至此九年,玄宗幸蜀,代宗又幸陕,故曰"尘再蒙"。甫年五十一。

广德二年甲辰。

严武再镇蜀,甫赠诗云:"殊方又喜故人来。"除京兆功曹,不赴。武辟剑南参谋检校工部员外郎。闻途中赠武诗:"得归茅屋赴成都,直为文翁再剖符。"其夏至蜀,有《公堂扬旗》、《和严武早秋》诗。《扬旗》诗云:"二州陷犬戎。"一本作"三州"。《代宗(本)纪》:"吐蕃陷松、维二州。"柳芳《(唐)历》:"粮运绝,西川节度高适不能军。吐蕃陷松、维、保三州。"甫年五十二。

永泰元年乙巳。

其春,饮郑公堂。四月,严武死,有《哭严仆射归榇》诗。

大历元年丙午。

二月,杜鸿渐镇蜀,甫厌蜀思吴。成都乱,遂南游东川,至夔峡,浮家戎、江、渝州,《候严六侍御》、《题忠州龙兴寺》诗。

大历二年丁未。

有《云安立春》诗。放船下峡,初宅瀼西,有《赤甲》、《(白)盐》、《东屯》、《白帝》诗。其年十月十九,有《观公孙大娘弟子舞剑器》诗云:"五十年间似反掌。"自开元三载相去五十三年,甫年五十五。

大历三年戊申。

正月旦,有《太岁日》诗。正月甲子,放船下峡,留峡州之上牢、下牢,过荆州之松滋,有《荆南秋日》诗:"九钻巴噀火,三蛰楚祠雷。"自庚子卜筑剑外巴道,及丙午逆旅云安。云安,楚地。移居公安,历石首、刘郎浦。其冬,至湘潭,有《岳阳楼》、《岁晏行》。

大历四年己酉。

有《岳阳》、《洞庭湖》、《青草湖》、《湘夫人祠》、《乔口》、《道林岳麓二寺》诗。

大历五年庚戌。

高适乾元中刺蜀州,永泰元年卒,至大历五年,实六年矣。是年庚戌,甫年五十八。正月,《追酬高蜀州人日寄汉中王瑀敬、昭州超先》。二月,湖南屯将臧玠犯长沙。甫发潭州,沂湘,宿凿石浦,过津口,次空灵岸,宿花石戍,过衡山,回棹至衡东南邑曰耒阳,有《呈聂令》诗。或谓甫绝笔耒阳之夏,然《耒阳》古体之后,律诗尚尽一秋。晚秋,《长沙送李十一》曰:"与子避地西康州,洞庭相逢十二秋。"类此者多。

大历六年辛亥。

甫其冬北征,弃魄巴陵。元稹《志》:"剑南两川节度严武状公工部员外、参谋军事,旋弃去,扁舟下荆楚间,竟以寓卒,旅殡岳阳,享年五十九。"或谓游耒阳,江上宿酒家,是夕江水泛涨,为水漂涨,聂令堆空土为坟;或谓聂令馈白酒牛炙,胀饫而死。皆不可信。

《四库提要》以为赵子栎未见鲁訔《年谱》,故赵子栎《年谱》乃独立完成者。其说虽不误,然实未甚明。何以言之?《宋史·赵子栎传》载其卒于绍兴七年,而鲁訔《年谱》撰于绍兴二十三年癸酉(见鲁訔《年谱序》)。以此揆之,赵谱必撰于鲁谱之前,是不待言而明者。鲁訔《年谱》则极有可能得赵谱而参考之(如《皇甫淑妃碑文》撰写时间问题,即由赵谱首次提出,而后鲁谱进一步考辨之。其余证据,参见下文所述)。

赵子栎《年谱》之主要贡献有:

(1) 首次提出杜甫参加科举的确切时间。

《旧唐书·杜甫传》:"甫天宝初应进士不第。"

《新唐书·杜甫传》:"少贫不自振,客吴越、齐赵间。李邕奇其材,先往见之。举进士不中第,困长安。"

赵子栎《年谱》首次提出杜甫参加科考时间为开元二十五年,称:"开元二十五年丁丑。《壮游》诗云:'忤下考功第。'唐初,考功试进士。开元二十六年戊寅春,以考功轻,徙礼部以春官侍郎主之。甫下考功第,盖是年春也。"换言之,赵子栎以开元二十五年(737)是考功员外郎最后一次主持科考,开元二十六年(738)首次改为礼部侍郎主持科考,故定杜甫科考时间为开元二十五年年(737)。按,《新唐书·选举志》载:"(开元)二十四年,考功员外郎李昂为举人诋诃,帝以员外郎望轻,遂移贡举于礼部,以侍郎主之。礼部选士自此始。"则考功员外郎主持科考的最后一次是开元二十四年(736),赵子栎于史实有失核之误。有趣的是,鲁訔《年谱》在涉及同一内容时称:"开元二十五年丁丑。公居城南,尝预京兆荐贡,而考功下之。唐初,考功试进士。开元二十六年戊寅春,以考功郎轻,徙礼部以春官侍郎主之。公之适齐赵,当在此岁以前。"不难发现,鲁谱同样将移考功员外郎职权于礼部侍郎的"开元二十四年"误作"开元二十六年",其误与赵谱全同,其剿袭赵谱之痕迹显然。

黄鹤《年谱辨疑》在鲁《谱》基础上,引证《新唐书·选举志》厘清礼部侍郎主持科举的时间之误,提出杜甫科举时间为开元二十三年之说:"开元二十三年乙亥。是年先生下第。明年春,以礼部侍郎掌贡举,则谓之'忤下考功第',当在今年。盖唐制年年贡士也。案《选举志》:'每岁仲冬,州县馆监举其成者送之尚书省。'《旧史》云:'天宝初,应进士不第。'非开元二十四年丙子。案,《旧史》:'是年三月乙未,始移考功贡举,遣礼部侍郎掌之。'《新史·选举志》云:'二十四年,考功员外郎李昂为举人诋诃,帝以员外郎望轻,遂移贡举于礼部,以侍郎主之。礼部选士自此始。'鲁《谱》谓开元二十六年戊寅春徙礼部,以春官侍郎主之,不知何据而云?《壮游》诗云:'忤下考功第,拜辞京尹堂。放荡齐赵间,裘马颇清狂。'则下第必在是年之前,游齐赵必在是年之后。诗又云:'快意八九载,西归到咸阳。'而先生天宝五载归京师应诏,故游齐赵当在今年后。"黄鹤之说为后世注家普遍认同。但黄鹤对《选举志》史料有误读,导致结论错误,说详本书《现存五种宋人"杜甫年谱"评议》内容。

又，对此问题，洪业《杜甫》有特别新见："开元二十四年（736）的科举考试颇为有名，因为一次激烈的争论导致了后来的科考改由另一个部门掌管。这次科考的主考官是考功员外郎李昂，此人性格刚急，想标榜自己完全以卷面的优劣来评判试卷。他毫无必要地将举子们聚集起来，批评那些试图通过其他途径影响他的举子的文字疏漏。其中一名被他批评的举子请求道，对于这样尖锐的批评，可否采取'来而不往非礼也'的回应。李昂怒气冲冲回答说：'有何不可？'这名举子引用了下面两句：'耳临清渭洗，心向白云闲。'并问道，这著名的两句是否是这位大主考所写。'是的。那又如何？'举子继续说，洗耳的故事来自古代隐士许由，他洗耳是为了不想听到皇帝将禅让帝位于他。举子问道，一个人是否可以假设当今皇帝会传位给他？主考官又怒又怕，眼泪都快流出来了。李昂转而向朝廷抱怨，而这导致了那位不顺从的举子被关押。但皇帝也因此觉得考功员外郎的声威不足以使举子们敬畏。他下令从今以后由一名礼部副长官（侍郎）担任科考主考官。杜甫某句诗曾透露，他在这次人事变动之前就已经参加了科考（'忤下考功第'）。他还进一步说，这次科考失败之后，他曾经'快意八九年'，之后才于745年再次返回长安。我们这里把此次考试的时间放在开元二十四年（736），而不是通常的开元二十三年（735）。杜甫没有通过科考。我们并不知道为什么。我倾向于相信我们的诗人自己也难辞其咎。"①洪业的新说尤其注意到了"忤"字与开元二十四年（736）科举风潮的关系，并用以解释杜甫落第的部分原因，颇令人信服，可备一说。陈文华《杜甫传记唐宋资料考辨》第二篇《生平事迹异说汇考》之《二·应举》对此问题也有分析："我们的结论是：杜甫的下第至迟应在廿四年；廿三年当然也属可能，但非必然。至于浦起龙虽系下第于廿四年，但别无考证；单（复）、张（溍）二谱分别将赴举与下第分属廿二与廿四年，中间隔了一个年头，也别无解释，徒滋人惑。钱谦益则说：'下第在二十四年前'，仍又系于廿三年下，虽然结论都与我们接近，但可能纯属巧合。"②从陈文华的意见看，

---

① 洪业撰、曾祥波译《杜甫：中国最伟大的诗人》，上海古籍出版社2011年，第30—31页。
② 陈文华《杜甫传记唐宋资料汇考》，文史哲出版社1986年，第61—62页。

他也没有注意到"忤"字与736年科场风波的直接关系,洪业确有慧眼。

(2) 首次提出天宝六载(747)杜甫应"野无遗贤"之试遭黜落。

按,此事自元稹《墓系铭并序》、两唐书本传、王洙《集记》至吕大防《年谱》、蔡兴宗《年谱》皆未注意,赵子栎《年谱》独拈出而彰之,最具慧眼!赵子栎《年谱》:"天宝六载丁亥。诏天下有一艺诣彀下。时李林甫相国命尚书省试,皆下之,遂贺野无遗贤于庭。其年甫、元结皆应诏而退。"

鲁訔《年谱》进一步提供证据:"(天宝)六载丁亥。公应诏退下。元结《谕友》曰:'天宝六载,诏天下有一艺诣彀下,李林甫相国命尚书省皆下之,遂贺野无遗贤于庭。'公《上韦左相》曰:'主上顷见征,倐然欲求伸。青冥却垂翅,蹭蹬无纵鳞。'《上鲜于京兆》曰:'献纳纡皇眷,中间谒紫宸。破胆遭前政,阴谋独秉钧。'正谓此邪!"所举二诗,犁然有当!

九、南宋绍兴二十三年(1153)鲁訔《杜工部年谱》

鲁訔《年谱》附载于《分门集注杜工部诗》。又,清修四库全书收录单行鲁谱。《四库全书总目·史部·传记类一》称:"訔字季钦,嘉兴人,官至福建提点刑狱公事。周必大《平园集》有訔《墓志》,述其官阶始末甚详。诸书或云字季卿,或云海盐人,或云仕至太府卿,皆误也。訔曾注杜诗,今存者惟此谱。篇首有訔《编次杜工部诗序》。末有王士禛《跋》,谓甫年谱创始於吕汲公大防,訔以甫生于睿宗先天元年壬子,卒于大历五年庚戌,盖承吕《谱》之旧也。考甫生卒之岁,诸书往往错误。《旧唐书》谓甫卒于永泰二年。永泰在大历之前,甫诗有大历三年以下诸作,则《旧书》为误,王观国辨之是也。然观国云甫生于先天元年癸丑,卒于大历五年辛亥。不知癸丑乃先天之二年,即开元元年;辛亥乃大历六年,则观国亦未深考矣。元稹作《甫墓志》云:'享年五十九。'王洙原叔《注子美诗序》曰:'大历三年,甫下峡入湖,南游衡山,寓居耒阳。五年夏,一夕醉饱卒。'大历五年为庚戌岁,上距先天元年壬子适五十有九年,则甫生于壬子无疑。此谱根据吕《谱》,未尝误也。姚桐寿《乐郊私语》云:《杜少陵集》自游龙门至过洞庭,诗目次第,为季卿编定。一循少陵平生行迹,可以见其诗法。近时滏阳张氏、吴江朱氏所注杜诗,其《年谱》大率仿此,而推拓之。知密于赵子栎《谱》多矣。虽间有附会,又乌可以一眚掩乎?"

录之如下(鲁訔序由《四库全书》本引录):

《杜工部年谱》
嘉兴鲁訔撰

骚人雅士,同知祖尚少陵,同欲模楷声韵,同苦其意律深严难读也。余谓少陵老人初不事艰涩左隐以病人,其平易处,有贱夫老妇所可道者,至其深纯宏妙,千古不可追迹,则序事稳实,立意浑大,遇物写难状之景,纾情出不说之意,借古的确,感时深远,若江海浩瀁,风云荡汩,蛟龙鼋鼍出没其间,而变化莫测,风澄云霁,象纬回薄,错峙伟丽,细大无不可观。离而序之,次其先后。时危平,俗嫩恶,山川夷险,风物明晦,公之所寓,舒局皆可概见。如陪公杖屦而游四方,数百年间犹对面语,何患于难读耶?名公巨儒,谱叙注释,是不一家。用意率过,异说如猬。余因旧集,略加编次,古诗、近体一其先后,摘诸家之善有考于当时事实及地理、岁月与古语之的然者,聊注其下。若其意律,乃诗之"六经",神会意得,随人所到,不敢易而言之。叙次既伦,读之者如亲罹艰棘虎狼之惨,为可惊愕;目见当时吁庶被削刻、转涂炭,为可悯;因感公之流徙,始而适,中而瘁,卒至为少年辈侮,忽以讫死,为可伤也。绍兴癸酉五月晦日丹丘冷斋鲁訔序。

睿宗先天元年壬子(正月改太极,五月改为延和,明皇以是年八月改元)。

按公《志》及《传》皆云"年五十九卒于大历五年辛亥"。《诗史》云"开元元年癸丑公生"。公《上大礼赋》云:"臣生陛下淳朴之俗,行四十载。"公天宝十载奏赋,年三十有九。逆节公今年生。吕汲公考公生先天元年癸丑,天宝十三载奏赋,若十三载,公当四十三岁矣。《唐书·宰相表》及《纪年通谱》先天元年壬子,而《谱》以为癸丑。《集·祭房公》广德元年、岁次癸卯,而《谱》以为甲辰,皆差一年。

开元元年癸丑。

三年乙卯。

公《郾城观公孙弟子舞剑行》云:"开元三年,余尚童穉,于郾城观公孙舞剑器。"《年谱》以为三年丙辰按公是年才四岁,年必有误。公《进雕赋表》云:"臣素赖先人绪业,自七岁所缀诗笔,向四十载矣,约千有余篇。"则能忆四岁时事不为误也。

十四年丙寅。

公初游选场,《壮游》曰:"往昔十四五,出游翰墨场。斯文崔魏徒,以我似班扬。"

二十三年乙亥。公年二十四。

公作《开元皇帝皇甫淑妃丰碑》曰:"岁次乙亥十月癸未朔,薨。"又曰:"野老何知,斯文见托……不论官阀,游夏入文学之科。"意公尚白衣。天宝十载,始上《三大礼赋》,起家授河西尉。或以为是年未应称野老,当是天宝十载辛卯,铭曰:"列树拱矣,丰碑阙然。"乃知后来方立碑也。但未能考其定于何年?

二十五年丁丑。

史云:"公少不自振,客游吴越齐赵。"故《壮游》曰:"东下姑苏台,已具浮海航。到今有遗恨,不得穷扶桑。归帆拂天姥,中岁贡旧乡。忤下考功第,拜辞京尹堂。放荡齐赵间,裘马颇清狂。春登吹台上,冬猎青丘旁。"《游梁》亦曰:"昔我游宋中,惟梁孝王都。忆与高李辈,论文入酒垆。气酣登吹台,怀古视平芜。"《昔游》曰:"昔与高李辈,晚登单父台。"《山脚》曰:"昔我游山东,忆戏东岳阳。穷秋立日观,矫首望八荒。"公居城南,尝预京兆荐贡,而考功下之。唐初,考功试进士。开元二十六年戊寅春,以考功郎轻,徙礼部以春官侍郎主之。公之适齐赵,当在此岁以前。

二十九年辛巳。

公有《祭远祖晋镇南将军于洛之首阳醉文》:"十三叶孙甫,开元二十九年岁次辛巳。"

天宝元年戌午。公年三十一。

《南曹小司寇于我太夫人堂下垒土为山之作》系云"天宝初"。

六载丁亥。

公应诏退下。元结《谕友》曰:"天宝六载,诏天下有一艺诣毂下,李林甫相国命尚书省皆下之,遂贺野无遗贤于庭。"公《上韦左相》曰:"主上顷见征,倏然欲求伸。青冥却垂翅,蹭蹬无纵鳞。"《上鲜于京兆》曰:"献纳纡皇眷,中间谒紫宸。破胆遭前政,阴谋独秉钧。"正谓此邪！

九载庚寅。

《纪》："十一月封华岳。"

十载辛卯。公年四十。

公奏《三大礼赋》。元稹《志》曰："赋奏，命宰相试文，授右卫率府胄曹。"《史》云："公奏赋，帝奇之，命待制集贤院召试文，授河西尉，不拜，改右卫率府胄曹。"公《官定后戏赠》曰："不作河西尉，凄凉为折腰。老夫怕奔走，率府且逍遥。"《莫相疑行》曰："忆献三赋蓬莱宫，自怪一日声烜赫。集贤学士如堵墙，观我落笔中书堂。"《史》、《集》皆以为十三载。按《帝纪》：十载，行三大礼。十三载未当郊，况《表》云"臣生长陛下淳朴之俗，行四十岁矣"，故知当在今岁。原叔云：《新书》作召试京兆府兵曹。《新书》乃今《旧书》也。今《书》作胄曹。《进西岳赋表》乃云"委学官试文章"，皆不同。《除夕曲江族弟位宅守岁》曰"四十明朝过"，《年谱》云：《上韦左相》诗云："凤历轩辕纪，龙飞四十春。"《壮游》："放荡齐赵间，裘马颇清狂。快意八九年，西归到咸阳。"则公归自齐赵，乃应诏奏赋又数年间事也。

十三载甲午。公年四十三。

《玄宗纪》：秋八月甲子朔，文部侍郎韦见素拜中书门下平章事。公《赠见韦左相》诗云"龙飞四十春"，又曰"愚蒙但隐沦"，则此诗似未献赋前。《封西岳赋表》云"臣本杜陵诸生，年过四十"，又云"盖长安一匹夫尔。次岁国家有事郊庙，幸得奏赋待制于集贤，委学官试文章。再降恩泽，送隶有司，参列选序"，则此赋又在《三大礼赋》后。《诗史》以为十二载，未详。《纪》：二月丁丑，杨国忠为司空。公《表》云："陛下元弼，克生司空。斯文不可寝已。"则此赋当在未封西岳前，而纪封华岳在九载，又当考也。

十四载。

十一月，安禄山反陷河北诸郡。公有《自京赴奉先作》，注云："此年十一月作。（集注云：公在率府，欲辞职，遂作《去矣行》，而家属先在奉先。《诗史》云：蓟北反书未闻，公已逸身畿甸)"

十五载丙申。公年四十五。

禄山僭帝于东京。公在奉先,以舅氏崔十九翁为白水尉,故适白水,有《高斋三十韵》。六月辛未,贼入潼关,驾幸剑外。七月甲子,肃宗即位灵武。公渐北过,《彭衙行》曰:"忆昔避贼初,北走经险艰。夜深彭衙道(冯翊界),月照白水山(属同州)。少留周家洼,欲出芦子关。"七月,寓于鄜川,有《三川观涨》诗(鄜州属县)曰:"我经华原来(长安北)。"公羸走灵武,贼得之,故《赠韦评事》诗曰:"昔没贼中时,潜与子同游。"公没贼中,有《九日蓝田崔氏庄》以下十三首。

至德二载丁酉。公年四十六。

公春在贼中,《曲江行》曰:"少陵野老吞声哭,春日潜行曲江曲。"自正月乙卯,禄山死。二月戊子,肃宗次凤翔。李光弼败安庆绪于太原,郭子仪败安庆绪于潼关,又败于永丰仓。公西走凤翔,达凤翔行在,曰:"西忆歧阳信,无人遂却回。"又曰:"司隶章初睹,南阳气已新。"又《述怀》曰:"去年潼关败,妻子隔绝久。今夏草木长,脱身得西走。"元微之《志》云:"步谒肃宗行在,拜左拾遗。"《旧书》云:"自京师宵道赴河西,谒肃宗于彭原。"《新书》云:"拜右拾遗。"非是。房绾罢相印,甫上疏不宜免,帝怒,诏三司杂问,以张镐言,帝解赦之。公有状《谢口敕》,又有《六月十二日荐岑参谏官状》,皆可考。《新史》云:"自是帝不甚省录。公家寓鄜州弥年,孺弱至饿死,许甫往省亲。"吕汲公考云:"八月墨敕放还鄜州,有《北征》诗。"《旧史》云:"肃宗怒,贬甫为华州司功曹。"非是。《实录》言御史大夫韦陟言,当考。《北征》曰:"皇帝二载秋,闰八月初吉。杜子将北征,苍茫问家室。"《赠节度李重进》曰:"青袍朝士最苦者,白头拾遗徒步归。"闰八月朔甲寅,贼安庆绪寇好畤渭北,节度李光弼进战,却之。渭北垒空。公得北首鄜路,《送韦宙同谷》曰:"銮舆驻凤翔,受词太白脚。"秋,旋自鄜时扈从还阙。《赠严贾二阁老》曰:"法驾还双阙,王师下八川。此时沾奉引,佳气拂周旋。"十月丁卯,天子还阙。公《腊日供奉紫宸》曰:"腊日常年暖尚遥,今年腊日冻全消。"十二月,上皇至自蜀,以蜀郡为南京,凤翔为西京,西京为中京。

乾元元年戊戌。公年四十七。

春,公有《紫宸退朝口号》、《赓贾至朝大明宫》、《宣政殿》、

《晚出左掖》，又《退朝出左掖》、《直夜题省中壁》等诗。微之《志》：公左拾遗，岁余以直言出华州司户，《悲往事》系曰："至德二载，甫自京金光门出道归凤翔。乾元初，从左拾遗移华州掾，与亲故别，因出此门，有悲往事。"曰："近得归京邑，移官岂至尊。"必大臣有不乐公者。至华，《题郑县亭子》曰："云断岳莲临大路，天晴宫柳暗长春。"《唐官仪》：功曹主秋赋。公有《秋策问进士》。七月，代华牧《论残寇状》、《上朝廷策士文》。公及冬出潼关，东征洛阳道，史不载。有《阌卿姜七少府设脍》及《湖城遇孟云卿归刘颢宅饮宿》等诗。

二年己亥。公年四十八。

春，留东都。三月，九节度之师溃于滏水，郭子仪断盟津，退守洛师。公有《新安吏》、《石壕吏》等诗。归华，放情山水间，尝游伏毒寺，有《忆郑南》曰："郑南伏毒寺，萧洒到江心。"鲍公《诗谱》云："夏，去华之秦。"公有《秋华下苦热》曰："七月六日苦炎蒸，对食暂餐还不能。"《立秋后题》曰："平生独往愿，惆怅年半百。罢官亦由人，何事拘形役。"自是有浩然志。史云："关辅饿，辄弃官去。客秦州，贫采橡栗自给。"有《秦州》二十首，曰："满目悲生事，因人作远游。迟回度陇怯，浩荡及关愁。"公厌秦陇要冲，人事烦黩。西南命驾，游同谷。《别赞上人》曰："天长关塞寒，岁暮饥冻逼。野风吹征衣，欲别向曛黑。"冬十月，发秦州。曰："我衰更懒拙，生事不自谋。无食思药土，无衣思南州。"至同谷，作《七歌》。寓同谷不盈月，十二月一日，发同谷。曰："始来兹山中，休驾喜地僻。奈何迫物累，一岁四行役。"公自京至华、至秦、至同谷、赴剑南，凡四。史曰："同谷采橡栗自给，流落剑外。"公诗云"邑有佳主人"，又曰"临歧别数子，握手泪再滴"，非寥落而迁，殆迫于寇攘也。《送韦宙从事同谷》曰："此邦承平日，剽切吏所羞。"又曰："古来无人地，今代横戈矛。"当时必为羌戎所迫，但史不载，止云：十二月史思明寇陕州。公度栗亭，趋剑门木皮岭，曰："季冬携童稚，辛苦赴蜀门。"《鹿头山》曰："鹿头何亭亭，是日慰饥渴。连山西南断，俯见千里豁。冀公柱石姿，论道邦国活。"裴冕镇成都，公遂下居锦江。《成都》曰："我行山川异，忽在天一方。自古有羁旅，我何苦哀伤。"

上元元年庚子。公年四十九。

裴冕公为公卜居成都西郭浣花溪。《成都记》:"草堂寺,府西七里。浣花寺,三里。寺极宏丽。"公《卜居》曰:"浣花流水水西头,主人为卜林塘幽。"公寓浣花,虽有江山之适,羁旅牢落之思未免,故二年之间有《赴青城县(成都西)》、《暂如新津》、《出成都寄陶王二少尹》、《寄高彭州》、《投简成华两县诸子》等诗。柳芳《(唐)历》曰:"高适乾元初刺彭州。"公乾元初客秦,有寄适于彭州。上元初,适牧蜀,而公乃有《寄高彭州》诗,当考。

二年辛丑。公年五十。

《纪》:夏四月,剑东东川节度兵马使段子璋反,陷绵州,节度使李奂奔于成都。五月,剑南节度使崔光远克东川,段子璋伏诛。公《戏作花卿歌》曰:"成都猛将有花卿,学语小儿知姓名。绵州刺史著柘黄,我卿扫除即日平。子璋髑髅血模糊,手提掷还崔大夫。李侯重有此节度,人道我卿绝世无。"《旧唐(书)》传云:"梓州刺史段子璋反,以兵攻东川节度使李奂。适率州兵与西川节度崔光远攻子璋,斩之。西川牙将花惊定者恃勇,既诛子璋,大掠东蜀。"《新史》云:"梓屯将段子璋反,适从崔光远讨斩之,而光兵不戢,遂大掠。天子怒,遂以适代为西川节度。"《纪》、《传》与此诗皆不同,当知公纪事为审也。九月壬寅,大赦,去上元号,称元年,以十一月为岁首,以斗所建为名。公《草堂即事》曰:"荒村建子月,独树老夫家。"《春秋》变古则书之,公此意也。《年谱》与《史》云:"严武镇成都,甫往依焉。"《新史》云:"上元二年冬,黄门侍郎郑国公严武镇成都,奏为节度参谋检校尚书工部员外郎,赐绯鱼。"公先赴成都,裴公为卜居浣花里,《谱》、《传》皆非是。《严中丞枉驾见适》系云:"严武(自)东川除西川,敕除两川都节制。"诗云:"元戎小队出郊坰,问柳寻花到野亭。川合东西瞻使节,地分南北任流萍。"辞意皆与《传》异。《诗史》云:《地志》:剑西益、彭、蜀,其州二十有八。剑东梓、绵、剑、普十州,绵为都会。《肃宗实录》:子璋盗绵州,改年黄龙,州曰龙安府。《代宗实录》:武,京兆少尹、御史中丞。贼思明阻兵京师,颇自矜大,命绵州刺史。未几,东剑节度。诏两剑一道。《新·传》:坐房绾贬巴州。久之,迁东川。《玉垒记》:是年崔光远尹成都,花惊定平段难,而士卒剽掠士女,至断腕取金。诏监军按其罪。十二月,恚死。

宝应元年壬寅(上元二年九月,改元年。二年四月,改宝应)。

武至成都,公《奉和严中丞西城晚眺》诗。蜀因于调度,严数从公往来,《寄题杜二锦江野亭》云:"莫倚善题鹦鹉赋,何须不著鹔鹴冠。"公酬云:"谢安不倦登临赏,阮籍乌知礼法疏。"公结庐浣花涉三年。《草堂》曰:"经营上元始,断手宝应年。"《浣花》曰:"万里清江上,三年落日低。"四月己巳,代宗即位,召武。公《送严入朝》曰:"鼎湖瞻望远,象阙宪章新。四海犹多难,中原忆老臣。"送严到绵州,《同登杜使君江楼》曰:"归朝送使客,落景惜登临。"《诗史》:召武为太子宾客,传还,拜京兆尹。为二圣山陵桥道使,封郑公,迁黄门侍郎。公初与武云"中丞",《梓州九日赠武》曰"大夫",此诗曰"侍郎",再镇蜀曰"上严郑公",前后自可考也。《晚月呈汉中王》,多在中秋。七月,剑南西川兵马使徐知道反。八月己未,伏诛。公《吟射洪》曰:"南京乱初定。"故公欲驾梓,至梓已重阳。九日,登城。《九日奉寄严大夫》曰:"不眠持汉节,何路出巴山。"严《巴岭》答曰:"昨向巴山落日时,两乡千里梦相思。"时严犹未出巴地也。秋,归成都迎家,遂径往梓。十一月,往射洪县南,途中有作《南之通泉县(亦梓州邑)适郭代公故宅》《陪王侍御因登东山最高顶宴姚通泉晚携酒泛江泛舟》,皆一时作也。

广德元年癸卯。

《春日梓州登楼》曰:"行路难如此,登楼望欲迷。"又曰:"厌蜀交游冷,思吴胜事繁。应须理舟楫,长啸下荆门。"公已有东下之兴。公《送辛员外暂至绵还梓州》、《陪章侍御宴南楼》、《陪章侍御惠义寺》,秋,《章梓州水亭》。时公将适吴楚,《留别章使君留后》曰:"终作适荆蛮,安排用庄叟。"秋,故相房琯薨,公有《九月壬戌祭房公文》。公转游阆中,为阆州王使君进《论巴蜀安危表》。《警急》曰:"玉垒虽传檄,松州已解围(系云:时高公适领西川节度使)。"时吐蕃犯塞,为中国患,公痛其猖獗,疾蜀无善将以守要害。明年,武再出镇,蜀道始安。是岁,君补京兆功曹,不赴。

二年甲辰。公年五十三。

公自梓之阆,有《阆山歌》等诗。《送李梓州之任并寄章十侍御(系云:初时罢梓州刺史、东川留后,将赴朝廷)》,二公交印,正在今春。有《将赴荆南寄别李剑州游子》曰:"巴蜀愁谁语,吴门兴杳然。"公时意未有所适,会严武复节度剑南东西川,公往依焉,赠武曰:"殊方又喜故人来,重领还须济世才。尝怪偏裨终日待,不知旌节来年回。"房琯薨阆州,赠一品公。《别房太尉墓》曰:"他乡复行役,驻马别孤坟。"《自阆州领妻子却赴蜀山三首》曰:"汩汩避群盗,悠悠经十年。不成向南国,复作游西川。"《将赴成都草堂途中有作先寄严郑公》、《旋锦江赠王侍御》曰:"一别星桥夜,三回斗柄春。"亦曰:"犹得见残春。"微之《志》曰:"剑南节度严武状为工部员外郎、参谋军事。"公《扬旗》系云:"二年夏六月,成都尹郑公置酒公堂,观骑士(试)新旗帜。"曰:"三州陷犬戎,但见西岭青。"《代宗纪》曰:"广德元年,失松维州。"柳芳《(唐)历》乃曰:"粮运绝,西川节度高适不能军。吐蕃陷松、维、保三州。"以公诗考之,当然。武《军城早秋》曰:"昨夜秋风入汉关,朔风边雪满西山。更催飞将追骄虏,莫遣沙场匹马还。"公和曰:"秋风褭褭动高旌,玉帐分弓射虏营。已收滴博云间戍,更夺蓬婆雪外城。"《遣闷》曰:"胡为来幕下,只合在舟中。黄卷真如律,青袍也自公。"公放诞,不乐吏检,虽郑公礼宽心契,尤每见意。《史》云:"性褊躁傲诞,尝醉登武床,瞪视曰:'严挺之乃有此子。'武亦暴猛,外若不忤,中衔之。一日欲杀甫及梓州刺史章彝,集吏于门。武将出,冠钩于帘三,左右白其母奔救,得止。独杀彝。"《旧史》不载。以公诗考之,武来镇蜀,彝已交印入觐。公再依武,相欢洽,无恨之意,史当失之。

永泰元年乙巳。公年五十四。

正月三日,竟归溪上,有作《简院内诸公》曰:"白头趋幕府,深觉负平生。"夏四月庚寅,严公薨。公有《哭归榇》。五月癸丑,诏定襄郡王郭英乂节度剑南。《纪》:"闰十月,剑南西山兵马使崔旰反,寇成都。郭英乂奔于灵池,普州韩澄杀之。"《崔宁传(宁本名旰)》:"永泰元年,武卒。行军司马杜济等请郭英乂为节度,宁亦丐大将王崇俊。朝廷次用英乂。英乂恨之,召宁,宁不敢还。英乂自将讨之,宁还攻英乂,英乂不胜,走灵池。于是剑南杨子琳起泸州,与邛州柏贞节连和讨宁。明年,诏杜鸿渐山西、剑南等道副元帅平其乱,入成都。政事一委宁,乃表贞节为邛州刺史,子琳为泸州刺史,以和解之。大历三年,宁来朝,杨子琳袭取成都。"以公诗考之,成都乱,再至东川。《相从行》曰:"我行入东川,十步一回首。成都乱罢气萧瑟,浣花草堂亦何有。梓州豪桀大者谁,本州从事知名久。"公归成都,止以严公再镇。《草堂》曰:"昔我去草堂,蛮夷塞成都。今我归草堂,成都适无虞。请陈初乱时,反复乃须臾。大将赴朝廷,群心起异图。中宵斩白马,盟歃气已麄。西收邛南兵,北断剑阁隅。布衣数十人,亦拥专城居(系云:即杨子琳、柏贞节之徒)。贱子且奔走,三年望东吴。弧矢暗江海,难为游五湖。不忍竟舍此,复来薙榛芜。入门四松在,步堞万竹疏。"《营屋》云:"爱惜已六载,兹晨去千竿。"以诗订《传》,云"大将赴朝廷,群小起异图",以为严公后来,公无再归草堂之迹;以为崔旰史云大历三年入朝,宁本名旰,至是赐名,留其弟守成都,杨子琳乘间起泸州,以精骑数千袭据其城,宁妻任募勇士自将以进,子琳引去。公厌蜀思吴,下荆门,遂南下,夏舣戎州,燕戎州使君东楼,瑜州候严六侍御至,忠州有燕使君侄宅,及夏泊云安,至《十二月一日三首》"今朝腊月春意动,云安县前江可怜",公已不乐云安,欲迁夔。赵傁以为永泰元年四月严武卒,五月下忠、渝,大历元年在云安,与诗文皆差一年。高常侍永泰元年正月卒,公有《闻高常侍亡》,系云"忠州作",知公以永泰元年下渝、忠,但《草堂》所纪却是严公薨后事,不敢安定,姑从旧次。

大历元年丙午。公年五十五。

《题子规》曰:"峡里云安县,江楼翼瓦齐。"《移居夔州郭》曰:"伏枕云安县,迁居白帝城。春知催柳别,江与放船清。"《客居》曰:"西南失大将,商旅自星奔。今又降元戎,已闻动行轩。"此诗方及失大将。闻杜鸿渐出镇,与史年亦差。暮春,迁居瀼西,有《暮春题瀼西新赁草屋五首》。

大历二年丁未。公年五十六。

在夔州西阁。《立春》曰:"巫峡寒江那对眼,杜陵远客不胜悲。"《雨》诗曰:"冥冥甲子雨,已度立春时。"《资治通鉴》:大历二年正月辛亥朔至十三甲子。谚云:"春雨甲子,赤地千里。"移居赤甲,有《入宅》、《赤甲》二诗,曰:"卜居赤甲迁居新,两见巫山楚水春。"三月,自赤甲迁居瀼西,有《卜居》、《暮春题瀼西新赁草居五首》。秋,又移居东屯,有《瀼西荆扉且移居东屯茅屋四首》,曰:"东屯复瀼西,一种住青溪。来往皆茅屋,淹留为稻畦。"讫冬居夔。

大历三年戊申。公年五十七。

《太岁日》曰:"楚岸行将老,巫山坐复春。"《时第五弟漂泊江左,近得消息,远怀颖、观等》曰:"阳翟空知处,荆南近得书。"《正月中旬定出三峡》曰:"自汝到荆府,书来数唤吾。颂椒凉风咏,禁火卜欢娱。"公因观在荆扬,遂发棹。有《将别巫峡赠南卿兄瀼西果园四十亩》曰:"正月喧莺末,兹辰放鹢初。"夏,有《和江陵宋大少府雨后同诸公及舍弟宴书斋》。秋,又不安于荆南,《舟中出南浦奉寄郑少尹》曰:"更欲投何处,飘然去此都。"是秋移居公安(荆南属邑府南九十里),复东下,发刘郎浦(《十道志》:"在荆州。"),曰:"挂帆早发刘郎浦,疾风飘飘昏亭午。"《晓发公安》(系云:"数月憩息此县。")、《泊岳阳城下》(巴陵郡)曰:"岸风翻夕浪,舟雪洒寒灯。"则冬至岳阳矣。

大历四年己酉。公年五十八。

《陪裴使君登岳阳楼》曰:"雪岸丛梅发,春泥百草生。敢违渔父问,从此更南征。"公将适潭,《诗谱》云:此年春,自岳阳至潭,遂如衡。畏热复回。夏,将如襄阳。秋,将归秦。皆不果。卒留潭,自是率舟居。《咏怀》及《上水遣怀》及《铜官渚守风》皆自岳阳入潭时作。盖自岳之潭,之衡,为上水;而自衡回潭,为顺水。诗皆可考。

五年庚戌。公年五十九。

春,去潭至衡。《清明》曰:"著处繁华怜是日,长沙千人万人出。"则公在潭至夏。湖南兵马使臧玠杀其团练使崔瓘。又是岁湖南将王国良反,及西原蛮寇州县,故公益南,《至衡山县谒文宣新学堂呈陆宰》及《入衡州》,备述臧玠等乱,末云:"橘井旧地宅,仙山引舟航。此行厌暑雨,厥土闻清凉。诸舅剖符近,开缄书札光。"橘井在郴州,诸舅谓崔伟,前有《送二十三舅录事之摄郴州》诗,公将往依焉。公又至耒阳州东南,游岳祠,大水遽至,涉旬不得食。聂耒阳以公阻水,"致酒肉,疗饥荒江。诗得代怀,兴尽本韵,至县呈聂令"。《传》云:"令尝馈牛炙白酒,大醉,一夕卒。"王彦辅辨之为详。以诗考之,公在耒阳畏瘴疠,是夏贼当已平,乃沿湘而下,故《回棹》之什曰:"衡岳江湖大,蒸池疫疠偏(罗含《湘中记》:'蒸水注所')。"又:"顺浪翻堪倚,回帆又省牵。"《登舟将适汉阳》曰:"春宅弃汝去,秋帆催客归。"又《暮秋将归秦留别湖南幕府亲友》,则秋已还潭。暮秋北首,其卒当在衡、岳之间,秋冬之交。元微之《志》云:"子美之孙嗣业,启子美之柩,襄祔事于偃师。途次于荆,拜余为志,辞不能绝。"其略云扁舟下荆楚,竟以寓卒,旅殡岳阳。吕汲公《年谱》云:"大历五年辛亥,是年夏还襄、汉,卒于岳阳。"以诗考之,大略可见。《传》言卒于耒阳,非也。汲公云"是夏",亦非也。今《九域志》衡州有公墓,又未知信然,或附会邪?

林继中指出,鲁訔《年谱》基本承袭蔡兴宗《年谱》而来(见林继中辑校《杜诗赵次公先后解辑校·序》)。笔者以为鲁谱又承袭了赵子栎《年谱》的某些新见。鲁訔《年谱》毕竟后出,所论较蔡兴宗《年谱》及赵子栎《年谱》尤为详尽,且亦有二谱所未涉及者。

鲁訔《年谱》的贡献主要有:

(1) 对杜甫撰写《皇甫淑妃碑文》时间问题加以考辨。

赵子栎《年谱》:"开元二十三年乙亥。有《开元皇帝皇甫淑妃神道碑》云:'野老何知,斯文见托。'甫时白衣。"虽提出此一问题,然未加考辨。

鲁谱:"开元二十三年乙亥。公年二十四。公作《开元皇帝皇甫淑妃丰碑》曰:'岁次乙亥十月癸未朔,薨。'又曰:'野老何知,斯文见托……不论官阀,游夏入文学之科。'意公尚白衣。天宝十载,始上《三大礼赋》,起家授河西尉。或以为是年未应称野老,当是天宝十载辛卯,铭曰:'列树拱矣,丰碑阙然。'乃知后来方立碑也。但未能考其定于何年?"鲁訔以碑文所载皇甫淑妃卒于"乙亥",故系其事于开元二十三年(乙亥,735)。然亦指出杜甫是年二十四,似未应自称"野老";又且立碑之日在皇甫淑妃卒年之后,故未能考定撰文为何年?如欲迁就"野老"之称,当系于杜甫释褐任官("野")的时间下限("老"),即天宝十载(751)。

黄氏《补注杜诗》黄鹤补注进一步提出"天宝四载"说："天宝四载，为开元皇帝皇甫淑妃作墓碑，云：'公主戚然谓左右曰：自我之西，岁阳载纪云云。于是下教有司，爰度碑版。'案，《尔雅》：'自甲至癸，为岁之阳。'妃以开元二十三年乙亥十月癸未朔薨，其月二十七日葬于河南县龙门之西北原，故至今年乙酉，为岁阳载纪矣。"所谓"自甲至癸，岁阳载纪"者，即十年之谓。开元二十三年（735）至天宝四载（745），正合十年之数。可以说，鲁訔谱在赵子栎谱提出问题、黄鹤补注试图解决问题之间提出了解决问题的思路，起到了推动深入思考的承启作用。

对这一问题，闻一多《少陵先生年谱会笺》在黄鹤基础上更进一步，提出"天宝五载"说，认为"《碑》述潜耀之言曰'自我之西'，故知所云郑庄必在长安"，可知此时郑潜耀由洛阳已西迁长安，故杜甫不可能在洛阳遇见郑氏，故《碑文》必作于天宝五载杜甫至长安之后，"至'岁阳载纪'之语，乃约略言之，文家修词，此类甚多，不得以为适当乙酉之岁也。"[1]而最新《杜甫全集校注》则提出更合理的"天宝九载"说："此《碑》中'自我之西，岁阳载纪'之语，乃是临晋公主所说……应从临晋公主下嫁郑潜曜之时算起。据独孤及《郑驸马孝行记》，临晋公主于开元二十八年下嫁郑潜曜，往下推十年，则此碑文当作于天宝九载（750）。"[2]

（2）厘清杜甫初至成都的"主人"为裴冕，而非严武。

樊晃《杜工部小集序》："黄门侍郎严武总戎全蜀，君为幕宾，白首为郎，待之客礼。"

元稹《墓系铭并序》："剑南节度严武状为工部员外参谋军事。"

《旧唐书·杜甫传》："上元二年冬，黄门侍郎、郑国公严武镇成都，奏为节度参谋、检校尚书工部员外郎，赐绯鱼袋。"

王洙《集记》："遂入蜀，卜居成都浣花里，复适东川……上元二年，闻严武镇成都，自阆州挈家往依焉。"

《新唐书·杜甫传》："流落剑南，结庐成都西郭。召补京兆功曹

---

[1] 闻一多《唐诗杂论》，中华书局 2009 年，第 55 页。
[2] 萧涤非主编、张忠纲终审统稿《杜甫全集校注》，人民文学出版社 2014 年，第 6347 页。

参军，不至。会严武节度剑南东、西川，往依焉。武再帅剑南，表为参谋，检校工部员外郎。"

吕大防《年谱》："乾元二年。是年弃官之秦州，自秦适同谷，自同谷入蜀。上元元年。是年在蜀郡。上元二年。是年严武镇成都，甫往依焉。"

蔡兴宗《年谱》："乾元二年己亥，十二月一日，自陇右赴剑南。宝应元年壬寅春建卯月，有《说旱》文，注曰：'初，中丞严公节制剑南，日奉此说。'又有《遭田父泥饮美新尹严中丞》诗。"

按，以上诸家传谱，皆未指出杜甫初至成都倚靠之居停主人为何人？鲁訔《年谱》指出："上元元年庚子。裴冕公为公卜居成都西郭浣花溪。《成都记》：'草堂寺，府西七里。浣花寺，三里。寺极宏丽。'公《卜居》曰：'浣花流水水西头，主人为卜林塘幽。'……（吕大防）《年谱》与《史》云：'严武镇成都，甫往依焉。'《新（按，新当为'旧'）史》云：'上元二年冬，黄门侍郎郑国公严武镇成都，奏为节度参谋检校尚书工部员外郎，赐绯鱼。'公先赴成都，裴公为卜居浣花里，《谱》、《传》皆非是。"所说为是。故黄鹤《年谱辨疑》从之："乾元三年庚子，改上元元年。是年先生在成都，裴公为卜成都西郭浣花寺居。《高适》诗云'闻道招提客'是也。二月，裴归朝，以京兆尹李若幽（后赐名国桢）为成都尹。《旧史·李国桢传》云：'为京兆尹。上元初，改成都尹，兼御史大夫，充剑南节度使。'而先生未尝与之交，故诗文无一语及之。"

鲁訔《年谱》的一大问题就是未能区分杜甫开元二十四年（736）与天宝四载（745）两次齐赵之游，将其混为一谈：

>（开元）二十五年丁丑。史云：'公少不自振，客游吴越齐赵。'故《壮游》曰：'东下姑苏台，已具浮海航。到今有遗恨，不得穷扶桑。归帆拂天姥，中岁贡旧乡。忤下考功第，拜辞京尹堂。放荡齐赵间，裘马颇清狂。春登吹台上，冬猎青丘旁。'《游梁》亦曰：'昔我游宋中，惟梁孝王都。忆与高李辈，论文入酒垆。气酣登吹台，怀古视平芜。'《昔游》曰：'昔与高李辈，晚登单父台。'《山脚》曰：'昔我游山东，忆戏东岳阳。穷秋立日观，矫首望八荒。'公居城南，尝预京兆荐贡，而考功下之。唐初，考功试进士。开元二十六年戊寅春，以考功郎轻，徙礼部以春官侍郎主之。公

之适齐赵,当在此岁以前。

因此,采用鲁訔编年的蔡梦弼《草堂诗笺》、《王状元集百家注编年杜陵诗史》未能区分出天宝四载后杜甫第二次前往齐赵间所作之诗文。——按,《草堂诗笺》、《杜陵诗史》于安史之乱前的系年部次为"开元间留东都所作"、"齐赵梁宋间所作"、"天宝以来在东都及长安所作"、"天宝十五载丙申夏五月挈家避地鄜州及没贼中所作"。——故天宝四载之后李白与杜甫交往之诗篇多编次混乱,往往误入开元二十四年(736)时期。黄氏《补注杜诗》亦沿袭此误。又,林继中辑校《杜诗赵次公先后解辑校》由于甲、乙、丙前三帙已佚,不得不以《杜陵诗史》编次为序,故亦沿袭此误。然考蔡兴宗《年谱》编年由"先天元年"直接转入"天宝五载",想亦未曾区分两次齐赵之行,故赵次公原本即便能重见天日,于此处亦难正确也。

十、南宋梁权道《杜工部年谱》

梁权道生平不详。蔡兴宗、鲁訔《年谱》皆未提及,而黄氏《补注杜诗》黄鹤补注多辨驳之。又,清人仇兆鳌《杜诗详注》沿袭黄鹤注亦多引之(按,仇氏所引梁权道《年谱》,除大历四年《上水遣怀》一条外,皆转引自黄氏《补注杜诗》)。故将梁《谱》置于鲁訔《年谱》之后,黄鹤《年谱辨疑》之前。今已佚,辑佚整理如下:

辑梁权道《杜工部年谱》

天宝十一载

《奉赠韦左丞丈廿二韵》(黄氏《补注杜诗》卷一:"梁权道编在天宝十一载。")

《陪李北海宴历下亭》(黄氏《补注杜诗》卷一:"梁权道编在天宝十一载,非。")

《贫交行》(黄氏《补注杜诗》卷一:"梁权道从旧次编在天宝十一载为是。")

《兵车行》(黄氏《补注杜诗》卷一:"吕公、梁权道皆为天宝十一载作。")

《高都护骢马行》(黄氏《补注杜诗》卷一:"梁权道虽知非高

适,编之于天宝十一载。")

《天育骠骑歌》(黄氏《补注杜诗》卷一:"梁权道编在十一载。")

《冬日洛城北谒玄元皇帝庙》(黄氏《补注杜诗》卷十七:"梁权道云天宝十一年公游东都时作。")

《赠韦左丞丈济》(黄氏《补注杜诗》卷十七:"梁权道编在[天宝]十一载。")

《投赠哥舒开府二十韵》(黄氏《补注杜诗》卷十七:"梁权道编在[天宝]十一年。")

《上韦左相二十韵》(黄氏《补注杜诗》卷十七:"梁权道编在[天宝]十一载。")

《敬赠郑谏议十韵》(黄氏《补注杜诗》卷十七:"梁权道编在[天宝]十一载。")

《奉赠鲜于京兆二十韵》(黄氏《补注杜诗》卷十七:"梁权道编在[天宝]十一载。")

《赠特进汝阳王二十韵》(黄氏《补注杜诗》卷十七:"梁权道编在[天宝]十一载。")

天宝十二载

《赠李白》"二年客东都"(黄氏《补注杜诗》卷一:"梁权道编在天宝十二载,非。")

《白丝行》(黄氏《补注杜诗》卷一:"梁权道编在天宝十二载作。")

《题张氏隐居》二首(黄氏《补注杜诗》卷十七:"梁权道编在天宝十二载东都作。")

《巳上人茅斋》(黄氏《补注杜诗》卷十八:"梁权道编天宝十二载游山东时作。")

天宝十三载

《赠卫八处士》(黄氏《补注杜诗》卷一:"梁权道编在天宝十三载长安诗内。")

《同诸公登慈恩寺塔》(黄氏《补注杜诗》卷一:"梁权道编在天宝十三载,不知何据?应在禄山陷京师之前,十载奏赋之后。")

《送孔巢父谢病归游江东兼呈李白》(黄氏《补注杜诗》卷二:

"梁权道编在天宝十三载。")

《饮中八仙歌》(黄氏《补注杜诗》卷二:"梁权道编在天宝十三载。")

《醉歌行》(黄氏《补注杜诗》卷十五:"梁权道编在天宝十三年诗内。")

《李监宅》(黄氏《补注杜诗》卷十七:"梁权道编在天宝十三年东都作。")

《对雨书怀走邀许主簿》(黄氏《补注杜诗》卷十八:"梁权道编在天宝十三年。")

《送裴二虬作尉永嘉》(黄氏《补注杜诗》卷十八:"梁权道编在天宝十三载。")

《城西陂泛舟》(黄氏《补注杜诗》卷十八:"梁权道编在天宝十三载长安诗内。")

天宝十四载

《丽人行》(黄氏《补注杜诗》卷二:"梁权道编在十四载。")

《乐游园歌》(黄氏《补注杜诗》卷二:"梁权道编在十四载。")

《奉同郭给事汤东灵湫作》(黄氏《补注杜诗》卷二:"梁权道编在天宝十四载。")

《桥陵诗三十韵因呈县内诸官》(黄氏《补注杜诗》卷二:"梁权道编在天宝十四载。")

《沙苑行》(黄氏《补注杜诗》卷二:"梁权道编在天宝十四载。")

《去矣行》(黄氏《补注杜诗》卷二:"梁权道编在天宝十四载长安诗内。")

《自京赴奉先县咏怀五百字》(黄氏《补注杜诗》卷二:"梁权道皆谓在天宝十四载十一月作。")

《与鄠县源大少府宴渼陂》(黄氏《补注杜诗》卷十八:"梁权道编在天宝十四载。")

《崔驸马山亭宴集》(黄氏《补注杜诗》卷十八:"梁权道编在天宝十四载。")

《赠翰林张四学士》(黄氏《补注杜诗》卷十八:"梁权道编在[天宝]十四载。")

《九日曲江》(黄氏《补注杜诗》卷十八:"梁权道编在天宝十四载。")

《承沈八丈东美除膳部员外郎阻雨未遂驰贺奉寄此诗》(黄氏《补注杜诗》卷十八:"梁权道编在[天宝]十四载。")

《奉留赠集贤院崔于二学士》(黄氏《补注杜诗》卷十九:"梁权道编此诗于十四载。")

《故武卫将军挽词三首》(黄氏《补注杜诗》卷十九:"梁权道编在天宝十四载。")

天宝十五载/至德元载

《三川观水涨二十韵》(黄氏《补注杜诗》卷二:"鲍注与梁权道所编皆以为天宝十五载作。")

《悲陈陶》(黄氏《补注杜诗》卷二:"梁权道编在是年[天宝十五载]。")

《九日蓝田崔氏庄》(黄氏《补注杜诗》卷十九:"梁权道编在至德元载陷贼中作。")

《对雪》(黄氏《补注杜诗》卷十九:"梁权道亦编在陷贼中诗内。")

至德二载

《哀江头》(黄氏《补注杜诗》卷二:"梁权道亦编在是年[至德二载]。")

《新安吏》(黄氏《补注杜诗》卷三:"梁权道编在至德二载,非。")

《石壕吏》(黄氏《补注杜诗》卷三:"梁权道编在至德二载,非。")

《垂老别》(黄氏《补注杜诗》卷三:"梁权道编在至德二载,非。")

《无家别》(黄氏《补注杜诗》卷三:"梁权道编在至德二载。")

《夏日叹》(黄氏《补注杜诗》卷三:"梁权道编在至德二载在凤翔行在授拾遗时作。")

《喜晴》"皇天久不雨"(黄氏《补注杜诗》卷四:"梁权道亦编在是年[至德二载]。")

《苏端薛复筵简薛华醉歌》(黄氏《补注杜诗》卷四:"梁权道

云至德二年贼中作。")

《病后过王倚饮赠歌》(黄氏《补注杜诗》卷四:"梁权道编在至德二年自行在还长安时作。")

《奉先刘少府新书山水障歌》(黄氏《补注杜诗》卷四:"梁权道编在至德二年还京时作。")

《湖城东遇孟云卿复归刘颢宅宿宴饮散因为醉歌》(黄氏《补注杜诗》卷四:"梁权道以为至德二年归长安时作。")

《阌乡姜七少府设鲙戏赠长歌》(黄氏《补注杜诗》卷四:"梁权道又编在至德二年长安作。")

《送从弟亚赴安西判官》(黄氏《补注杜诗》卷四:"梁权道编在至德二年凤翔作。")

《收京三首》(黄氏《补注杜诗》卷十九:"梁权道编在至德二载。")

乾元元年

《洗兵马》(黄氏《补注杜诗》卷四:"梁权道编在元年。")

《早秋苦热堆案相仍》(黄氏《补注杜诗》卷四:"梁权道以为[乾元]元年作。")

《郑驸马池台喜遇郑广文同饮》(黄氏《补注杜诗》卷十九:"梁权道编在乾元元年。")

《送翰林张司马南海勒碑》(黄氏《补注杜诗》卷十九:"梁权道编在乾元元年。")

《送郑十八虔贬台州司户伤其临老陷贼之故阙为面别情见于诗》(黄氏《补注杜诗》卷十九:"梁权道编在乾元元年。")

《得舍弟消息二首》(黄氏《补注杜诗》卷十九:"梁权道编此诗在乾元元年华州诗内。")

乾元二年

《梦李白》二首(黄氏《补注杜诗》卷五:"梁权道因旧次编在乾元二年秦州诗内。")

《遣兴三首》"蓬生非无根"(黄氏《补注杜诗》卷五:"梁权道编在乾元二年秦州作。")

《遣兴五首》"朔风飘胡雁"(黄氏《补注杜诗》卷五:"梁权道编在乾元二年秦州诗内。")

《万丈潭》(黄氏《补注杜诗》卷六:"梁权道以为乾元二年自秦州之同谷作。")

《寄高三十五詹事》(黄氏《补注杜诗》卷十九:"梁权道编在乾元二年秦州作。")

《山寺》(黄氏《补注杜诗》卷二十:"梁权道编此诗在秦州作。")

《初月》(黄氏《补注杜诗》卷二十:"梁权道编在乾元二年。")

《不归》(黄氏《补注杜诗》卷二十:"梁权道编在秦州作。")

《观安西兵过赴关中待命二首》(黄氏《补注杜诗》卷二十:"梁权道编在[乾元]二年作。")

上元元年

《戏题王宰画山水图歌》(黄氏《补注杜诗》卷七:"梁权道以为上元元年成都作。")

《题李尊师松树障子歌》(黄氏《补注杜诗》卷七:"梁权道从旧次谓上元元年成都作。")

《古柏行》(黄氏《补注杜诗》卷七:"梁权道以为上元元年。")

《过南邻朱山人水亭》(黄氏《补注杜诗》卷二十一:"梁权道编在上元元年。")

《寄贺兰铦》(黄氏《补注杜诗》卷二十一:"梁权道编在上元元年。")

《岁暮》"岁暮远为客"(黄氏《补注杜诗》卷二十一:"梁权道编在上元元年成都诗内。")

上元二年

《喜雨》"春旱天地昏"(黄氏《补注杜诗》卷七:"梁权道编在上元二年。")

《太子张舍人遗织成褥段》(黄氏《补注杜诗》卷七:"梁权道编在上元二年成都作。")

《丈人山》(黄氏《补注杜诗》卷七:"梁权道编在[上元]二年成都。")

《投简成华两县诸子》(黄氏《补注杜诗》卷七:"梁权道编在上元二年成都作。")

《病柏》(黄氏《补注杜诗》卷七:"梁权道编在上元二年成都

诗内。")

《寄赠王十将军承俊》(黄氏《补注杜诗》卷二十一:"梁权道编在上元二年。")

《春归》"苔径临江竹"(黄氏《补注杜诗》卷二十一:"梁权道编在上元二年。")

《三绝句》"楸树馨香倚钓矶"(黄氏《补注杜诗》卷二十一:"梁权道编在上元二年。")

《村夜》"萧萧风色暮"(黄氏《补注杜诗》卷二十二:"梁权道从旧次编在[上元]二年。")

《畏人》(黄氏《补注杜诗》卷二十二:"梁权道编在上元二年。")

《远游》"贱子何人记"(黄氏《补注杜诗》卷二十二:"梁权道编在[上元]二年。")

《戏为六绝句》(黄氏《补注杜诗》卷二十二:"梁权道编在上元二年成都诗内,亦从旧次而编也。")

《江涨》"江发蛮夷涨"(黄氏《补注杜诗》卷二十二:"梁权道编在其年[上元二年]。")

《散愁二首》"久客宜旋旆"(黄氏《补注杜诗》卷二十六:"梁权道编在上元二年成都作。")

宝应元年

《忆昔二首》(黄氏《补注杜诗》卷八:"梁权道编在宝应元年梓州作。")

《冬狩行》(黄氏《补注杜诗》卷八:"梁权道编在宝应元年。")

《韦讽录事宅观曹将军画马图引》(黄氏《补注杜诗》卷八:"梁权道编在宝应元年梓州诗内。")

《陪章留后惠义寺饯嘉州崔都督赴州》(黄氏《补注杜诗》卷八:"梁权道编在宝应元年。")

《将适吴楚留别章使君留后兼幕府诸公得柳字韵》(黄氏《补注杜诗》卷八:"梁权道编在宝应元年。")

《棕拂子》(黄氏《补注杜诗》卷八:"梁权道编在宝应元年梓州诗内。")

《丹青引》(黄氏《补注杜诗》卷八:"梁权道云宝应元年梓

州作。")

《桃竹杖引》(黄氏《补注杜诗》卷八:"梁权道编在宝应元年梓州诗内。")

《屏迹》(黄氏《补注杜诗》卷十:"梁权道编在宝应元年。")

《徐九少尹见过》(黄氏《补注杜诗》卷二十二:"梁权道编在宝应元年。")

《少年行》二首(黄氏《补注杜诗》卷二十二:"梁权道编在宝应元年成都作。")

《萧八明府实处觅桃栽》(黄氏《补注杜诗》卷二十二:"梁权道编在宝应元年。")

《又于韦处乞大邑瓷盌》(黄氏《补注杜诗》卷二十二:"梁权道编在宝应元年。")

《春水生二绝》(黄氏《补注杜诗》卷二十三:"梁权道编在宝应元年。")

《春夜喜雨》(黄氏《补注杜诗》卷二十三:"梁权道亦编在宝应元年。")

《与严二归奉礼别》(黄氏《补注杜诗》卷二十三:"梁权道编在宝应元年。")

《巴西驿亭观江涨呈窦使君》(黄氏《补注杜诗》卷二十三:"梁权道以《又呈》诗为广德元年作,却以此诗并又一首为宝应元年作,何不考也?")

《巴山》"巴山遇中使"(黄氏《补注杜诗》卷二十三:"梁权道编在宝应元年。")

《巴西闻收京送班司马入京》(黄氏《补注杜诗》卷二十三:"梁权道编在宝应元年收京后。")

《玩月呈汉中王》(黄氏《补注杜诗》卷二十三:"梁权道亦编在宝应元年。")

《投简梓州幕府兼简韦十郎官》(黄氏《补注杜诗》卷二十四:"梁权道编在宝应元年梓州作。")

《绝句》"江边踏青罢"(黄氏《补注杜诗》卷二十四:"梁权道编在宝应元年梓州作。")

《不见》"不见李生久"(黄氏《补注杜诗》卷二十四:"梁权道

编在宝应元年梓州作。")

《客夜》"客睡何曾着"(黄氏《补注杜诗》卷二十四:"梁权道编在是年阆州诗内。")

《东津送韦讽摄阆州录事》(黄氏《补注杜诗》卷二十四:"梁权道编在宝应元年梓州诗内。")

《陪李七司马皂江上观造竹桥即日成往来之人免冬寒入水聊题短作简李公二首》(黄氏《补注杜诗》卷二十六:"梁权道编此诗在宝应元年成都作。")

广德元年

《陪王侍御同登东山最高顶宴姚通泉晚携酒泛江》(黄氏《补注杜诗》卷九:"梁权道云广德元年。")

《春日戏题恼郝使君兄》(黄氏《补注杜诗》卷九:"梁权道编亦同[广德元年]。")

《大麦行》(黄氏《补注杜诗》卷八:"梁权道编在广德元年梓州诗内。")

《城上》"草满巴西绿"(黄氏《补注杜诗》卷二十三:"梁权道编在是年[广德元年]。")

《陪王侍御宴通泉东山野亭》(黄氏《补注杜诗》卷二十四:"梁权道编在广德元年。")

《江亭送眉州辛别驾升之》(黄氏《补注杜诗》卷二十四:"梁权道编在[广德元年]梓州作。")

《对雨》"茫茫天涯雨"(黄氏《补注杜诗》卷二十四:"梁权道亦编在此年[广德元年]。")

《章梓州水亭》(黄氏《补注杜诗》卷二十四:"梁权道以为在广德元年。")

《伤春五首》(黄氏《补注杜诗》卷二十八:"梁权道编在广德元年绵州作。")

广德二年

《三绝句》"前年渝州杀刺史"(黄氏《补注杜诗》卷九:"梁权道编在广德二年自阆州赴成都时作。")

《遭田父泥饮美严中丞》(黄氏《补注杜诗》卷九:"梁权道编在广德二年。")

《楠木为风雨所拔叹》(黄氏《补注杜诗》卷十:"梁权道编在广德二年。")

《入奏行》(黄氏《补注杜诗》卷十:"梁权道编在广德二年成都诗内。")

《大雨》(黄氏《补注杜诗》卷十:"梁权道编在广德二年。")

《溪涨》(黄氏《补注杜诗》卷十:"梁权道编在广德二年。")

《遣兴》"干戈犹未定"(黄氏《补注杜诗》卷二十一:"梁权道俱编在成都诗内。")

《奉寄高常侍》(黄氏《补注杜诗》卷二十五:"梁权道编在广德二年阆州作。")

《春晚》"肃肃花絮晚"(黄氏《补注杜诗》卷二十五:"梁权道编在广德二年阆州作。")

《绝句二首》"迟日江山丽"(黄氏《补注杜诗》卷二十五:"梁权道编在广德二年阆州作。")

《渡江》"春江不可渡"(黄氏《补注杜诗》卷二十五:"梁权道亦编在是年[广德二年]。")

《喜雨》"南国旱无雨"(黄氏《补注杜诗》卷二十五:"梁权道编在广德二年阆州作。")

《山馆》"南国昼多雾"(黄氏《补注杜诗》卷二十五:"梁权道编在广德二年《途中寄严郑公诗》后")

《王录事许修草堂赀不到聊小诘》(黄氏《补注杜诗》卷二十六:"梁权道编在[广德二年]阆州归后作。")

永泰元年

《奉赠射洪李四丈》(黄氏《补注杜诗》卷九:"梁权道编在永泰元年逃难至梓州作。")

《相从歌》(黄氏《补注杜诗》卷十:"梁权道编以为永泰元年梓州避乱时作。")

《短歌行》"王郎酒酣拔剑斫地歌莫哀"(黄氏《补注杜诗》卷十:"梁权道编在永泰元年成都诗内。")

《短歌行》"前者途中一相见"(黄氏《补注杜诗》卷十:"梁权道编在永泰元年乱后还成都作。")

《草堂》(黄氏《补注杜诗》卷十:"梁权道信王注而编在永泰

元年。")

《水槛》(黄氏《补注杜诗》卷十:"梁权道编在永泰元年作。")

《赠别贺兰铦》(黄氏《补注杜诗》卷十:"梁权道编在永泰元年。")

《敝庐遣兴奉寄严公》(黄氏《补注杜诗》卷二十六:"梁权道编在永泰元年归溪上后作。")

《江上值水如海势聊短述》(黄氏《补注杜诗》卷二十六:"梁权道编在永泰元年成都诗内。")

《题桃树》"小径升堂旧不斜"(黄氏《补注杜诗》卷二十六:"梁权道谓永泰元年乱定后还成都作。")

《舍弟占归草堂检校聊示此诗》(黄氏《补注杜诗》卷二十六:"梁权道以为永泰元年乱定后还成都时作。")

《近闻》"近闻犬戎远遁逃"(黄氏《补注杜诗》卷十一:"梁权道谓永泰元年云安作。")

《渔阳》(黄氏《补注杜诗》卷十一:"梁权道编在永泰元年。")

《黄河》二首(黄氏《补注杜诗》卷十一:"梁权道编在永泰元年。")

《自平》(黄氏《补注杜诗》卷十一:"梁权道编在永泰元年。")

《除草》(黄氏《补注杜诗》卷十一:"梁权道编在永泰元年云安诗内。")

《客堂》(黄氏《补注杜诗》卷十一:"梁权道编在永泰元年。")

《石砚》(黄氏《补注杜诗》卷十一:"梁权道编在永泰元年云安诗内。")

《怀旧》"地下苏司业"(黄氏《补注杜诗》卷二十四:"梁权道编此诗于云安作。")

《拨闷》"闻道长安曲米春"(黄氏《补注杜诗》卷二十六:"梁权道谓在永泰元年乱定后还成都作。")

《闻高常侍亡》(黄氏《补注杜诗》卷二十七:"梁权道编在(永泰元年)忠、渝间诗内。")

《赠崔十三评事公辅》(黄氏《补注杜诗》卷二十七:"梁权道编在永泰元年云安诗内。")

大历元年

《寄韩谏议》(黄氏《补注杜诗》卷十一:"梁权道以诗云'美人娟娟隔秋水',谓是其年(大历元年)秋作。")

《牵牛织女》(黄氏《补注杜诗》卷十二:"梁权道亦编在大历元年。")

《赠郑十八贲》(黄氏《补注杜诗》卷十二:"梁权道编在大历元年夔州诗内。")

《听杨氏歌》(黄氏《补注杜诗》卷十三:"梁权道编为大历元年作。")

《荆南兵马使太常卿赵公大食刀歌》(黄氏《补注杜诗》卷十三:"梁权道编在大历元年。")

《甘林》(黄氏《补注杜诗》卷十三:"梁权道编在大历元年。")

《可叹》"天上浮云如白衣"(黄氏《补注杜诗》卷十三:"梁权道编在大历元年夔州诗内。")

《将晓二首》"石城除擊柝鐵锁"(黄氏《补注杜诗》卷二十七:"梁权道编在大历元年云安诗内。")

《雨不绝》"鸣雨既过渐细微"(黄氏《补注杜诗》卷二十七:"梁权道编在大历元年夔州作。")

《昼梦》"二月绕睡昏昏然"(黄氏《补注杜诗》卷二十七:"梁权道编在大历元年夔州诗内。")

《熟食日示宗文宗武》(黄氏《补注杜诗》卷二十七:"梁权道编在[大历]元年。")

《月三首》"断续巫山雨"(黄氏《补注杜诗》卷二十八:"梁权道编在[大历]元年。")

《诸葛庙》(黄氏《补注杜诗》卷二十八:"梁权道编在[大历]元年。")

《存殁口号二首》(黄氏《补注杜诗》卷二十九:"梁权道编在大历元年作。")

《吹笛》(黄氏《补注杜诗》卷三十:"梁权道编在大历元年。")

《洞房》(黄氏《补注杜诗》卷三十:"梁权道编在大历元年。")

《鹦鹉》(黄氏《补注杜诗》卷三十:"梁权道编在大历元年夔州诗内,真夔州所作也。")

《八月十五日夜月二首》(黄氏《补注杜诗》卷三十:"梁权道

编在大历元年夔州诗内。")

《伤秋》(黄氏《补注杜诗》卷三十:"梁权道编在大历元年夔州诗内。")

《九日诸人集于林》(黄氏《补注杜诗》卷三十:"梁权道编在大历元年。")

《宗武生日》(黄氏《补注杜诗》卷三十一:"梁权道从旧次编在大历元年。")

《八阵图》(黄氏《补注杜诗》卷三十一:"此诗当是大历元年公初至夔州作,梁权道编亦然。")

《冬深》"花叶随天意"(黄氏《补注杜诗》卷三十一:"梁权道编在大历元年。")

《西阁口号呈元二十一》(黄氏《补注杜诗》卷三十一:"梁权道编在大历元年。")

《猿》(黄氏《补注杜诗》卷三十一:"梁权道编在大历元年。")

大历二年

《负薪行》(黄氏《补注杜诗》卷十三:"梁权道编在[大历]二年。")

《寄裴施州》(黄氏《补注杜诗》卷十三:"梁权道编在大历二年。")

《赤霄行》(黄氏《补注杜诗》卷十三:"梁权道编在大历二年夔州诗内。")

《大觉高僧兰若》(黄氏《补注杜诗》卷十四:"梁权道编在大历二年夔州诗内。")

《从人觅小胡孙许寄》(黄氏《补注杜诗》卷二十:"梁权道编在大历二年夔州诗内。")

《夜闻觱篥》(黄氏《补注杜诗》卷十五:"梁权道编在[大历]二年离公安次岳州诗内。")

《喜闻盗贼蕃寇总退口号五首》(黄氏《补注杜诗》卷二十八:"梁权道编诗于[大历]二年。")

《月》(黄氏《补注杜诗》卷三十二:"梁权道编在大历二年。")

《有感五首》"将帅蒙恩泽"(黄氏《补注杜诗》卷三十二:"梁权道编在大历二年。")

《远游》(黄氏《补注杜诗》卷三十二:"梁权道编在[大历]二年夔州诗内。")

《晨雨》(黄氏《补注杜诗》卷三十二:"梁权道编在大历二年。")

《孟冬》(黄氏《补注杜诗》卷三十二:"梁权道编在[大历]二年。")

《奉送蜀州柏二别驾将中丞命赴江陵起居卫尚书太夫人因示从弟行军司马位》(黄氏《补注杜诗》卷三十二:"梁权道编在大历二年夔州作。")

大历三年

《水阁朝霁奉简严云安》(黄氏《补注杜诗》卷十三:"梁权道编在大历三年。")

《释闷》"四海十年不解兵"(黄氏《补注杜诗》卷十三:"梁权道编在大历三年,第本旧次也。")

《醉为马坠诸公携酒相看》(黄氏《补注杜诗》卷十四:"梁权道编在大历三年。")

《李潮八分小篆歌》(黄氏《补注杜诗》卷十四:"梁权道编在大历三年。")

《别李义》(黄氏《补注杜诗》卷十四:"梁权道编在大历三年。")

《送高司直寻封阆州》(黄氏《补注杜诗》卷十四:"梁权道编在大历三年。")

《君不见简苏徯》(黄氏《补注杜诗》卷十四:"梁权道编此在大历三年。")

《赠苏徯》(黄氏《补注杜诗》卷十四:"梁权道编在大历三年。")

《魏将军歌》(黄氏《补注杜诗》卷十五:"梁权道编在[大历]三年荆南作。")

《北风》(黄氏《补注杜诗》卷十五:"梁权道亦编在是年[大历三年]诗内。")

《客从》(黄氏《补注杜诗》卷十五:"梁权道以为大历三年。")

《送大理封主簿五郎亲事不合却赴通州主簿前阆州贤子余

与主簿平章郑氏女子垂欲纳采郑氏伯父京书至女子已许他族亲事遂停》(黄氏《补注杜诗》卷三十三:"梁权道编在大历三年。")

《奉贺阳城郡王太夫人恩命加邓国太夫人》(黄氏《补注杜诗》卷三十四:"梁权道以为大历三年作。")

《江陵望幸》(黄氏《补注杜诗》卷三十四:"梁权道编在大历三年。")

《江南逢李龟年》(黄氏《补注杜诗》卷三十四:"梁权道编在大历三年作荆南诗内。")

《独坐》(黄氏《补注杜诗》卷三十四:"梁权道亦编在大历三年荆南诗内。")

《暮归》(黄氏《补注杜诗》卷三十四:"梁权道编在[大历]三年荆南诗内。")

《赠虞十五司马》(黄氏《补注杜诗》卷三十四:"梁权道编在大历三年公安诗内。")

《宴王使君宅题二首》(黄氏《补注杜诗》卷三十四:"梁权道编在[大历三年]公安诗内。")

大历四年

《苏大侍御访江浦赋八韵记异并序》(黄氏《补注杜诗》卷十五:"梁权道编在[大历四年]岳州诗内。")

《送顾八分文学适洪吉州》(黄氏《补注杜诗》卷十六:"梁权道编在大历四年岳州诗内。")

《解忧》(黄氏《补注杜诗》卷十六:"梁权道亦编在其时[大历四年]。")

《过南岳入洞庭湖》(黄氏《补注杜诗》卷三十五:"梁权道亦编在其年[大历四年]赴湖南诗内。")

《哭李常侍峄二首》(黄氏《补注杜诗》卷三十六:"梁权道编在(大历)四年潭州诗内。")

《冬晚送长孙渐舍人归州》(黄氏《补注杜诗》卷三十六:"梁权道编在大历四年。")

《上水遣怀》(仇兆鳌《杜诗详注》卷二十二:"梁权道谓是大历四年自岳入潭时作。")

大历五年

《赠韦赞善别》(黄氏《补注杜诗》卷二十四:"梁权道编在大历五年潭州,则韦亦流转南州不得归也。韦乃韦见素之后。")

从现存梁权道《年谱》佚文来看,其编年的独特之处有:
(1) 遵从王洙本旧次。
梁《谱》言及所谓"旧次"者如下:

天宝十一载。《贫交行》(黄氏《补注杜诗》卷一:"梁权道从旧次编在天宝十一载为是。")

乾元二年。《梦李白》二首(黄氏《补注杜诗》卷五:"梁权道因旧次编在乾元二年秦州诗内。")

上元元年。《题李尊师松树障子歌》(黄氏《补注杜诗》卷七:"梁权道从旧次谓上元元年成都作。")

上元二年。《村夜》"萧萧风色暮"(黄氏《补注杜诗》卷二十二:"梁权道从旧次编在[上元]二年。")《戏为六绝句》(黄氏《补注杜诗》卷二十二:"梁权道编在上元二年成都诗内,亦从旧次而编也。")

大历元年。《宗武生日》(黄氏《补注杜诗》卷三十一:"梁权道从旧次编在大历元年。")

按:《贫交行》,王洙本旧次在《今夕行》与《兵车行》之间。《兵车行》之系年,梁权道系于"天宝十一载"(黄氏《补注杜诗》曰:"吕公、梁权道皆为天宝十一载作。"故曰"依旧次编(《贫交行》)在天宝十一载"。

《梦李白》,王洙本旧次在秦州诗内(《太平寺泉眼》与《有怀台州郑十八司户虔》之间),故曰"因旧次编在乾元二年秦州诗内"。

《题李尊师松树障子歌》,王洙本旧次在初至成都诗内(《戏题画山水图歌》与《古柏行》之间),故曰"从旧次谓上元元年成都作"。

《村夜》,王洙本旧次在初至成都诗内(《江亭》与《早起》之间);《戏为六绝句》,王洙本旧次在初至成都诗内(《绝句漫兴九首》与《江涨》之间),故曰"从旧次编在上元二年成都诗内"。

《宗武生日》,王洙本旧次在夔州初步安顿之后诗内(《九日诸人集于林》与《又示宗武》之间),故曰"从旧次编在大历元年"。

王洙本作为今存一切杜集之祖本,其源头性不但体现在异文校勘上,还应体现在编次系年上。梁权道对王洙本"旧次"较为信从,颇具眼光,值得称道。

(2) 遵从王洙本旧注。

梁《谱》:永泰元年,《草堂》。

按,黄氏《补注杜诗》黄鹤补注曰:"《草堂》当是广德二年自梓、阆归成都,依严武时作,故有'贼子且奔走,三年望东吴。不忍竟舍此,复来薙榛芜'之句。若是避崔旰之乱,何至涉三年而始归?梁权道信王(洙)注而编在永泰元年,非也。"按,(伪)王洙注云:"即杨子琳、柏贞节之徒。"

钱谦益《钱注杜诗》笺曰:"宝应元年夏,严武入朝,七月剑南四川兵马使徐知道反,八月伏诛。公携家避乱往梓州。广德二年春,武镇剑南,公复还成都草堂。此诗谓'大将赴朝廷,群小起异图',谓武入朝而知道反也。'北断剑阁隅',谓知道以兵守要害,武不得出也。'贼臣互相诛',为知道为其下李忠厚所杀也。王洙、梁权道辈以为永泰元年避崔旰之乱,而吴若本于'布衣专城'之下注云:'即杨子琳、柏贞节之徒。'是时严武已没,公下峡适楚,何尝复归草堂哉?注家唯黄鹤能辨之。"牧斋所见未广,赵次公注即已辨此诗为徐知道作。《杜诗赵次公先后解辑校》曰:"蔡伯世以此诗为今岁广德二年甲辰春晚所作。盖前二年宝应元年壬寅四月代宗即位,成都尹严武入为太子宾客,二圣山陵以武为桥道使。六月,以兵部侍郎为西川节度使,未到。而七月剑南西川兵马使徐知道反,拒武不能进,成都大乱。……徐知道辄遂为守,而数十布衣拥扶之。公自有本注,为即杨子琳、柏正节之徒,是时二人必白衣而已。后三年乃永泰元年乙巳,杨子琳、柏正节各以牙将同讨崔旰之乱,自别一事。盖杜公注直云'杨子琳、柏正节之徒'可也,而上更有'即'字。作诗在后三年,是时二人已为牙将,乃著'即'字明之。其言亦拥专城者罪之辞也,义在一'亦'字矣。"按,赵次公为所谓"杜甫本注"所惑,强为之说,故屈拗如此。黄氏《补注杜诗》黄鹤补注释说更为妥贴:"公以宝应元年秋避成都之乱,去草堂,入梓州。殆是草堂方毕工而遂去也。是年七月,徐知道反。'大将赴朝廷',谓严武以召去为京兆尹。广德二年,武再镇蜀,公复往依之,于是始归草堂。王洙以为是崔宁入朝,杨子琳为乱。然崔旰、杨子琳之乱,乃是永泰元年冬,是时公在云安矣。洙第以'西取邛南兵'之句,信其为柏正节同乱。然宝应元年于邛州置镇南军,羌浑奴刺西寇梁州,梁即兴元府,在成都之北,或者取邛南之兵以断剑阁之路尔?况谓之'蛮夷塞成都,始闻蕃汉殊',是专指羌胡而言群小贼臣因之为乱者也。大历三年,崔宽攻败子琳,始复成都。若果候子琳之乱平而复归,则其春公已发白帝城,下峡泊江陵矣。"按,黄鹤说大体得之。惟"西取邛南兵,北断剑阁隅"无需以宝应元年羌人寇梁州事曲为之说,但以徐知道拥兵阻剑阁,防严武入川释之可矣。

(3) 将杜甫与李白同游山东时间定为天宝十二载。

梁《谱》:天宝十二载。《赠李白》"二年客东都"(黄氏《补注杜诗》卷一:"梁权道编在天宝十二载,非。")《已上人茅斋》(黄氏《补注杜诗》卷十八:"梁权道编天宝十二载游山东时作。")天宝十三载。《送孔巢父谢病归游江东兼呈李白》(黄氏《补注杜诗》卷二:"梁权道编在天宝十三载。")。"

梁权道关于李、杜游山东之编次与现存诸家皆不同。一家之说,未明所据。

十一、南宋嘉定九年(1216)黄鹤《年谱辨疑》

黄希、黄鹤父子《补千家集注杜工部诗史》一书,《四库提要》称:"《补注杜诗》三十六卷,宋黄希原本,而其子鹤续成之者也。希字梦得,宜黄人,登进士第,官至永新令。尝作春风堂于县治,杨万里为作记,今载《诚斋集》中。鹤字叔似,著有《北窗寓言集》,今已久佚。希以杜诗旧注每多遗舛,尝为随文补缉,未竟而殁。鹤因取椠本集注即遗藁为之正定,又益以所见,积三十余年之力,至嘉定丙子(嘉定九年,1216)始克成编。……其郭知达《九家注》、蔡梦弼《草堂诗笺》视鹤本成书稍前。(按:知达本成于淳熙辛丑,在鹤本前三十余年;梦弼成于嘉泰甲子,在鹤本前十有二年)而注内无一字引及,殆流传未广,偶未之见也。"黄鹤《年谱辨疑》载于此书卷首,称成稿于"嘉定丙子(九年,1216)"。又,据董仁甫《补注杜诗》序,此书之刊刻在宝庆二年(1226):"杜诗近世锓板,注以集名者,毋虑二百家,固宜钩析证辨,无复余蕴,而补遗订谬,方来未已,信知工部之诗可观不可尽然。吾于是编,又得以窥黄氏家学之懿,慰满夙心云。宝庆二年三月清明日,郡人董居谊仁甫序。"今据四库全书本黄氏《补注杜诗》,录之如下:

《年谱辨疑》
黄鹤

先生姓杜氏,名甫,字子美。本襄阳人,后徙河南巩县。按,《唐宰相世系表》:"襄阳杜氏出自晋当阳侯预,少子尹,字世甫,晋弘农太守。二子綝、弼,綝字弘固,奉朝请,生袭。袭生标,标生冲,冲生洪泰。二子祖、颙,颙生景仲。"而先生作《万年县君京兆杜氏墓志》云:"曾祖某,隋河内郡司功参军,获嘉县令。王父依艺,皇监察御史,洛阳巩县令。考审言,修文馆学士,尚书膳部员外郎。"《旧史·杜易简传》云:"易简,襄阳人,周硖州刺史叔毗曾孙。从祖弟审言,次子闲,闲生甫。"又《杜甫传》云:"曾祖依艺,终巩令。祖审言,终膳部员外郎。父闲,终奉天令。"元微之《志》云:"晋当阳侯下十世而生依艺。"然则自杜尹至先生为十三世,故先生《酹远祖晋镇南将军文》云:"十三叶孙。"又先生有《示从孙济》、《寄从孙崇简》、《示侄佐》、《因示从弟行军司马位》诗,而济、崇简、佐、位皆出景仲下,意叔毗与景仲为兄弟,易简、审言出叔毗下,获嘉即叔毗之子,是为先生高祖。

睿宗先天元年壬子。

先生生于是年。蔡兴宗引元微之《墓志》、王原叔《集记》,鲁訔引《唐书·列传》皆云先生年五十九岁,卒于大历五年,则当生于是年。鲁又引公《上大礼赋表》云:"臣生陛下淳朴之俗,行四十载矣。"天宝十载奏赋年三十九,逆数公今年生。吕汲公云:"公生先天元年癸丑。天宝十三载奏赋。"若果十三载奏赋,则先生四十三岁矣。梁经祖《集谱》亦云:"十三载奏赋。"今考《通鉴》、《唐宰相表》及《酹远祖文》以开元二十九年为辛巳。《祭房公文》以广德元年为癸卯,则先天元年为壬子无疑。如鲁谓十载奏赋,则是年辛卯,恰四十岁,不可谓之年三十九,何以《表》谓之"行四十载"?案,《朝献太清宫赋》首云"冬十一月,天子纳处士之议",又云"明年孟陬,将搋大礼",则是九载庚寅预献赋,故年三十九,《表》宜云"行四十载"。又按《旧史》:"天宝十载,是秋霖雨积旬,墙屋多坏,西京尤甚。"公作《秋述》云:"秋,杜子卧病长安旅次,多雨生鱼,青苔及榻。"又云:"我弃物也,四十无位。"则是十载年四十,其生于是年又无疑。

先天二年癸丑,改开元元年。

是年八月,明皇即位,改元开元。扬经祖《集谱》云:"先天元年壬子八月,玄宗即位。"非。

开元二年甲寅。

开元三年乙卯。

先生在郾城,《观公孙弟子舞剑行序》云:"开元三年,余尚童稚,记于郾城观公孙氏舞剑器。"吕《谱》云:"是年才四岁,年必有误。"案先生《壮游》诗云:"七龄思即壮,开口咏凤凰。"以七岁能诗,则四岁而记事,非不能矣。鲁《谱》引《进雕赋表》中语为证,亦是。

开元四年丙辰。

开元五年丁巳。

开元六年戊午。

是年先生七岁,《壮游》诗云"七龄思即壮,开口咏凤凰",则自是年能诗矣。故《进雕赋表》云:"臣素赖先人绪业,自七岁所缀诗笔,向四十载矣。约千有余篇。今所存才十一。"王原叔《集记》云"千四百有五篇"者,多是后来所作。

开元七年己未。

开元八年庚申。

是年先生九岁,《壮游》诗云:"九龄书大字,有作成一囊。"

开元九年辛酉。

开元十年壬戌。

开元十一年癸亥。

开元十二年甲子。

开元十三年乙丑。

是年先生十四岁,《壮游》诗云:"往昔十四五,出游翰墨场。"

开元十四年丙寅。

是年先生十五岁,出游选场,崔郑州尚、魏豫州启心称之,故《壮游》诗云:"斯文崔魏徒,以我似班扬。"

开元十五年丁卯。

开元十六年戊辰。

开元十七年己巳。

先生乾元元年戊戌有《因许八寄江宁旻上人诗》云:"不见旻公三十年。"旻,江宁僧也。逆数其年,则游旻越至江宁,当在是年。然《上大礼赋表》云:"浪迹于陛下丰草长林,实自弱冠之年。"则十九年辛未公方二十岁,当以《表》为是。诗特举成数而言耳。

开元十八年庚午。

开元十九年辛未。

是年先生二十岁,以《进大礼赋表》所云,则游吴越当起于今,自是下姑苏、渡会稽,数年方归。

开元二十年壬申。

开元二十一年癸酉。

开元二十二年甲戌。

是年先生自越归,赴乡举,故云"归帆拂天姥,中岁贡旧乡"。《上韦左丞》诗云:"甫昔少年日,早充观国宾。"是年方二十三岁,宜谓少年矣。

开元二十三年乙亥。

是年先生下第。明年春,以礼部侍郎掌贡举,则谓之"忤下考功第",当在今年。盖唐制年年贡士也。案《选举志》:"每岁仲冬,州县馆监举其成者送之尚书省。"《旧史》云:"天宝初,应进士不第。"非开元二十四年丙子。按,《旧史》:"是年三月乙未,始移考功贡举,遣礼部侍郎掌之。"《新史·选举志》云:"二十四年,考功员外郎李昂为举人诋诃,帝以员外郎望轻,遂移贡举于礼部,以侍郎主之。礼部选士自此始。"鲁《谱》谓开元二十六年戊寅春徙礼部,以春官侍郎主之,不知何据而云?《壮游》诗云:"忤下考功第,拜辞京尹堂。放荡齐赵间,裘马颇清狂。"则下第必在是年之前,游齐赵必在是年之后。诗又云:"快意八九载,西归到咸阳。"而先生天宝五载归京师应诏,故游齐赵当在今年后。又,大历五年《酬寇十侍御》云:"往别郇瑕地,于今四十年。"自今年至大历五年,虽方三十五年,亦举成数而言也。

开元二十五年丁丑。

先生游齐赵。按,《新史》:"尝从李白及高适过汴州,酒酣登吹台,慷慨怀古。"盖白家于任城,适以家贫客梁宋,以求丐取给,故先生与之定交。《遣怀》诗所谓"忆与高李辈,论交入酒垆。两公壮藻思,得我色敷腴"是也。其登吹台虽未定何年,然必在是年后。又云"先帝正好武,寰海未雕枯。猛将收西域,长戟破林胡",则先生登吹台时,明皇正有事于西戎。考《通鉴》:"开元二十五年,崔希逸自凉州南入吐蕃境二千余里,至青海西,大破之。二十六年春,杜希望攻吐蕃新城,拔之,以其地为威戎军。"盖其时也。

开元二十六年戊寅。

开元二十七年己卯。

开元二十八年庚辰。

开元二十九年辛巳。

是年先生在河南,有《祭远祖晋镇南将军》于洛之首阳,又有《冬日怀李白》诗。按《李白传》云:"白天宝初客游会稽。"则与先生别当在今年,故诗有"未因乘兴去"之句。

天宝元年壬午。

是年先生在河南,为万年县君京兆杜氏作志。万年,先生之姑也,即《范阳太君志》所谓"适裴荣期"者。按,《志》云:"天宝元年六月二十九日,迁殡于河南县平乐乡。有兄子甫,纪德于斯,刻石于斯。"又有诗题云"天宝初,南曹小司寇于我太夫人堂下垒土为山",而诗云"惟南将献寿",其曰"太夫人"者,岂非先生指祖母范阳太君卢氏而言?若以为先生之母,则此后不闻先生有栾棘之忧。或谓先生之母微,故《志》、《史》不言介妇有崔氏,然先生何为有与诸舅诗,又皆秀而仕者?《京兆志》又云:"甫昔卧病于我诸姑。姑之子久病,女巫至,曰处楹之东南隅吉。姑遂易子之地以安我,我用是存,而铭之为义姑。"盖先生之母早亡,乃育于姑而至于有成也。

天宝二年癸未。

是年先生在河南。

天宝三载,是年正月甲申,改年为载。

是年五月五日，先生祖母范阳太君卢氏卒于陈留之私第。审言前娶薛，再卢氏也。八月旬有六日，葬于河南之偃师。先生作《志》云："某等遭内艰云云。"当是代叔父作。而《志》又云："薛氏所生子适，曰某故朝议大夫。次曰并，幼卒，报复父雠，《国史》有传。次曰专，历开封尉，先是不禄。"而不及先生之父闲为奉天令，何也？若以为是时闲犹无恙，《志》代其作，此后又不闻先生居父丧，且并年十三岁死，宜无妇，而《志》"冢妇卢氏，介妇郑氏、魏氏、王氏"，则是四妇，而所载子何为与并止四人，则云"某等遭闵凶"，又似指父名而言，而郑氏即先生之正母。更俟博考。陈子昂《祭审言文》在景隆二年，则审言卒后四年先生始生，三十七年卢氏始卒。第未详闲以何年卒也？

天宝四载乙酉。

是年夏，先生在齐州，有《陪李北海宴历下亭》诗。为开元皇帝皇甫淑妃作墓碑云："公主戚然谓左右曰：'自我之西，岁阳载纪云云。'于是下教有司，爰度碑版。"按《尔雅》："自甲至癸，为岁之阳。"妃以开元二十三年乙亥十月癸未朔薨，其月二十七日葬于河南县龙门之西北原，故至今年乙酉，为"岁阳载纪"矣。公主即临晋公主，下嫁荥阳郑潜曜，郑有园亭在河南新安县，先生尝游之，故碑云"忝郑庄之宾客，游窦主之园林"，又有《郑驸马宅宴洞中》诗、《重题郑氏东亭》诗。诗当作于天宝二、三年间。

天宝五载丙戌。

是年先生以天子诏天下有一艺诣毂下，遂西归应诏。有《行次昭陵》诗云："幽人拜鼎湖。"有《今夕行》云："咸阳客舍无一事。"乃西归时诗。蔡《谱》云是年有《饮中八仙歌》，徒以李适之四月罢政，及先生西归而云。按，《史》：李白尝侍帝醉，使高力士脱靴。力士素贵，耻之，摘其诗以激杨贵妃。帝欲官白，妃辄沮止。白自知不为亲近所容，益骛放不自修，与贺知章、李适之、汝阳王琎、崔宗之、苏进、张旭、焦遂为酒八仙人。而贺知章以天宝三载去国，白亦还山。凡歌所言皆天宝二、三年事，意是天宝六、七载从汝阳王游时为王作也。《壮游》诗云："赏游实贤王。"盖在西归咸阳之后。

天宝六载丁亥。

是年先生应诏退下,作《天狗赋》,序云:"天宝中,上冬幸华清宫。甫因至兽坊,怪天狗院列在诸兽院。"又云:"尚恨其与凡兽近。"赋云:"吾君傥意耳尖之有长毛兮,宁久被斯人终日驯狎已已。"盖喻己也。按《旧史》:"天宝六载冬十月,幸温泉,改为华清宫。"明年冬,公又至东都,故知赋在今年作十一载。《上鲜于京兆》诗云:"且随诸彦集,方觊薄材伸。破胆伤前政,阴谋独秉钧。微生沾忌刻,万事益酸辛。"正谓是年应诏,李林甫忌人斥己,建言草茅徒以狂言乱圣听,请付尚书试问,无一中者,故云。鲁《谱》谓《上韦左丞》诗在是年,不考是年济未拜左丞。

天宝七载戊子。

是年先生在长安,有《寄河南韦尹》诗。案,《旧史》:"天宝七载,韦济为河南尹,迁左丞。"诗云:"江湖漂裋褐,霜雪满飞蓬。牢落乾坤大,周流道术空。"盖谓游吴越齐赵多年而无所成,非旅寓而寄之也。及韦迁左丞,则有《上韦左丞》二诗,此在长安亲上之,故曰"上"。诗云:"今欲东入海,即将西去秦。"盖应诏下,复有意于远游。明年,果在东都。又有《高都护骢马行》。

天宝八载己丑。

先生在河南,有《冬日洛城谒玄元皇帝庙》诗。诗云:"五圣联龙衮。"盖是年闰六月加谥高祖及四宗"大圣"字,故云。

天宝九载庚寅。

先生是年进《三大礼赋》,又尝进《雕赋》。案,《进雕赋表》云:"自七岁所缀诗笔,向四十载矣。"与《进三赋表》云:"行四十载矣。"语意相同,故知进《雕赋》在是年进三赋之先。若以为在后,必如《进封西岳赋表》云:"奏赋待制于集贤,委学官试文章矣。"鲁《谱》云:"是年十一月封华岳。"殊不知虽许封岳,而是年庙灾及旱,遂诏停封。先生十三载方进《封西岳赋》而请封也。又有《兵车行》。

天宝十载辛卯。

先生在京师,以奏赋,明皇奇之,命待制集贤院召试文章。有《秋述》,有《杜位宅守岁》诗。《秋述》云:"我四十也。"《杜位守岁》云:"四十明朝过。"

天宝十一载壬辰。

先生在京师。十一月，杨国忠拜相，鲜于仲通除京兆尹。先生有《上鲜于京兆》诗，又有《太常张卿》诗。《鲜于》诗云："交合丹青地，恩倾雨露辰。有儒愁饿死，早晚报平津。"《张》诗云："吹嘘人所羡，腾跃事仍暌。"当是其年召试文章，止送有司参列选序，故云。吕《谱》："《上韦左相》诗云：'凤历轩辕纪，龙飞四十春。'以玄宗即位至是为四十年，故知在今年作。"按，《史》："天宝十五载七月，明皇幸蜀，以韦见素为左相。"今不应先云左相。又按，《宰相表》："天宝十三载甲午，韦见素为武部尚书、同中书门下平章事、知门下省事。"当是其时投之，故诗云"韦贤初相汉"。蔡《谱》谓是岁苦雨潦阅六旬，上谓宰相非其人，罢陈希烈，拜韦见素。时明皇在位四十三年，盖诗仅略举成数，非若进赋之可据。此说是。吕《谱》又以《丽人行》入今年，谓丞相者为杨国忠，而不知国忠今年十一月方为右相，当是十三载。蔡《谱》谓次岁以后诗为是。

天宝十二载癸巳。

先生在京师。有《上哥舒翰》诗云："几年春草歇，今日暮途穷。"有《留赠集贤院崔、于二学士》诗云："天老书题目，春官验讨论。倚风遗鹢路，随水到龙门。竟与蛟螭杂，宁无燕雀喧。"又云："儒术诚难起，家声庶已存。故家多药物，胜概忆桃源。欲整还乡旆，长怀禁掖垣。谬称三赋在，难述二公恩。"崔、于二学士当是试文之人。试后止降恩泽，送隶有司参列选序，故起故山之兴。

天宝十三载甲午。

按，《旧史》："是年二月戊寅，右相兼文部尚书杨国忠守司空，余如故。甲申，司空杨国忠受册。"而先生《进封西岳赋表》云："维岳授陛下元弼，克生司空。"又云："顷岁有事于郊庙，幸得奏赋，待制于集贤，委学官试文章。再降恩泽，乃猥以臣名实相副，送隶有司，参列选序。"则进《封西岳赋》当在是年，盖未授河西尉也。鲁《谱》云："此赋当在未封西岳前，而纪封华岳在九载，又当考也。"鲁盖不考九载庙灾及旱，诏停封，故先生进赋在今年。有《秋雨叹》，有《上韦左相》等诗。

天宝十四载乙未。

是年先生授河西尉，不乐，改授率府胄曹。故《官定戏赠》曰："不作河西尉，凄凉为折腰。老夫怕奔走，率府且逍遥。"而《夔府书怀》云："昔罢河西尉，初兴蓟北师。"则改授率府胄曹，当在是年之冬。盖是年十一月禄山反也。《诗史》云"蓟北反书未闻，已逸身畿甸"为非。若先已窜逸，则改授无容在初兴师之时矣。吕与蔡《谱》俱云十一月初赴奉先，故有《赴奉先咏怀》诗，然诗不言禄山反状，但言欢娱聚敛以致乱；又诗云："岂知秋未登，贫窭有仓卒。"当是上年秋雨艰食时作，非避乱时诗甚明。

天宝十五载丙申。

是年七月，明皇幸蜀。七月甲子，肃宗即位于灵武。先生五月自奉先往白水依舅氏崔十九翁，有《高斋诗三十韵》。六月，又自白水往鄜州，有《三川观水涨》诗。按，《本传》云："闻肃宗立，自鄜羸服奔行在，为贼所得。"则在是年八月，故有《月夜》、《九日蓝田崔氏庄》、《哀王孙》、《悲陈陶》、《悲青坂》、《对雪》等诗。

至德二年丁酉。

是年春，先生在贼中，有《元日寄韦氏妹》诗云："不见朝正使，啼痕满面垂。"又有《春望》、《忆幼子》、《一百五夜对月》、《大云寺赞公房》等诗。亦尝至东都，岂非为贼送与囚者为列？故有《郑驸马池台喜遇郑广文同饮》诗云："燃脐郿坞败。"指禄山死也。又，驸马池台在河南新安县。夏，得脱贼中。故《述怀》诗云："今夏草木长，脱身得西走。"谒肃宗于凤翔，有《喜达行在所》诗。六月一日，有《奉谢口敕放三司推问状》，时结衔云"宣义郎行左拾遗"，则拜拾遗必在五月。按，《史·帝纪》、《宰相表》："是年五月丁巳，房琯罢相。"先生上疏救琯，肃宗怒，诏三司推问，中书侍郎、同平章事张镐救之，就令镐宣口敕宜放推问，故有《谢状》。镐拜同平章，在琯罢之前四日也。六月十二日，又有《同遗补荐岑参谏官状》。八月，放还鄜州省妻子。《北征》诗云："皇帝二载秋，闰八月初吉。杜子将北征，苍茫问家室。"又有《徒步归行》，当是八月得墨敕，闰月初一日方行。九月，复京师。十月丁卯，肃宗至自灵武。先生亦还京师，有《腊日》及《送郑虔贬台州》等诗。

乾元元年戊戌。

是年春，先生在谏省，有《春宿左省》、《曲江对酒》、《答岑补阙》、《送贾阁老出汝州》等诗。夏，有《端午日赐衣》诗。六月，出为华州司功，有《酬孟云卿》诗云："明朝牵世务，挥泪各西东。"又有《出金光门与亲故别》、《望岳》等诗。七月，有《为华州郭使君进灭残寇形势图状》，有《策进士文》。元微之《志》云："左拾遗岁余，以直言出华州司户。"盖至德二载五月为拾遗，至今六月为岁余，第不知以言何事而出？有《悲往事》诗云："移官岂至尊。"当是左右有不乐者。是时苗晋卿为侍郎，王玙同平章，而李麟、崔圆、张镐皆先一月罢也。冬，尚留华，有《至日遣兴寄北省旧阁老两院故人》诗云"孤城此日堪肠断"是也。鲁与蔡《谱》谓弃官至东都，有《阌乡姜七少府设鲙》及《湖城遇孟云卿刘颢宅饮宿》等诗，当是冬晚至东都。

乾元二年己亥。

是春，先生自东都回华州。按《史》："三月丁亥，以旱，降死罪流以下。四月壬寅，诏减常膳服御。"《旧史》亦云："四月癸亥，以久旱徙市，雩祭祈雨。"先生赋《夏日叹》，故有"万民尚流冗，举目唯蒿莱"之句。《本传》："关辅饥，弃官去客秦州。"当在其年七月末。盖华下《苦热》诗云："七月六日苦炎蒸。"则是月初尚在华。又《秦州杂诗》二十首，多言秋时景物，去秦州赴同谷县，有《发秦州》诗云："汉源十月交，天气如秋凉。"指同谷十月如此，则去秦亦必在十月。故至寒硖峡，有诗云："况当仲冬交，泝沿增波澜。"考秦至成之界垂二百里，又七十里至成，今寒硖尚为秦地，而已交十一月，则先生去秦又可知在十月之末。至同谷不及月，遂入蜀，有《发同谷县》诗云："贤有不黔突，圣有不暖席。"赵注云："公尝自注此诗云：'乾元二年十二月一日，自陇右赴剑南。'"今书虽无此注，而《木皮岭》诗云："季冬携童稚，辛苦赴蜀门。"《水会渡》诗云："微月没已久。"可知为十二月初也。至成都不出此月，故诗云"季冬树木苍"。是时裴冀公冕牧蜀。

乾元三年庚子，改上元元年。

是年先生在成都，裴公为卜成都西郭浣花寺居。《高适》诗云"闻道招提客"是也。二月，裴归朝，以京兆尹李若幽（后赐名国桢）为成都尹。《旧史·李国桢传》云："为京兆尹。上元初，改成都尹，兼御史大夫，充剑南节度使。"而先生未尝与之交，故诗文无一语及之。是年，先生营草堂，诗所谓"经营上元初"是也。《堂成》诗云："缘江路熟俯青郊"，又云"飞来语燕定新巢"，则三月堂已成。自是居草堂间，尝至外邑，有《赴青城县出成都寄陶王二少尹》。

上元二年辛丑。

是年二月，李若幽入为殿中丞。癸亥，以崔光远为成都尹、剑南节度使。四月，剑南东川节度兵马使段子璋反，陷绵州。高适同崔光远讨子璋，伏诛。先生有《赠花卿》云"子璋髑髅血模糊，手提掷还崔大夫"是也。按《旧史》："光远收段子璋，以将士肆剽劫，光远不能禁，肃宗遣监军中使按其罪，光远忧恚成疾，上元二年十月卒。"而《纪》云："建子月卒。"《旧史·高适传》又云："天子怒光远不能戢军，乃罢之，以适代光远为成都尹。"而《纪》云："建丑月，以严武为成都尹。"则适未尝代光远。意光远罢后，适摄成都，故先生无诗称其为尹也。若适果代光远为尹，先生近在草堂，不应诗文中无一字及之。是时适为蜀州刺史，史谓适由太子宾客出为蜀州刺史，迁彭州。然先生有《李司马桥东承高使君自成都回》诗云："已传童子骑青竹，总拟桥东迓使君。"按，《九域志》："成都在蜀州之东，彭州之南。"以此知适为蜀州甚明。自元年至今年，成都更李若幽、崔光远、高适，然后严武至。而诸《谱》皆不载若李与崔，宜与先生弗合，宜无可考。《百忧集行》云："即今倏忽已五十，强将笑语供主人。"当是为崔、李而云。或谓指高适、严武，然适、武俱有旧，适又摄尹不久，未必是指二人。秋，作《唐兴县客馆记》，《记》云："中兴之四年。"又云："辛巳秋分，大余二，小余二千一百八十八，杜氏之老记。"

宝应元年壬寅。

是年四月，代宗即位。先生在成都，上严武《说旱》，盖建卯月也。七月，武归朝，公送武至绵州，有《送严侍郎到绵州同登楼》及《奉济驿重送严公》诗。是时严武未拜黄门侍郎，其曰送严侍郎者，后来所题也。先生送武去成都，旋有徐知道之乱，因入梓州。徐知道反，虽史不书平乱之人，然武入朝后，不闻别除成都尹。按《旧史·高适传》云："代宗即位，吐蕃寇陇右，渐逼京畿，适练兵于蜀，临吐蕃南境以牵制之。师出无功，而松、维等州陷。代宗以黄门侍郎严武代还。"当是崔光远不能戢兵，罢成都，时适止摄节度事，而武乃正除，故武受命距光远卒时才一月。意今年七月武召还后，适方正除西川节度，故广德元年练兵临吐蕃南境。然先生与适素厚，何以送武至绵，遂入梓，复归成都迎家往梓、阆，及严武再镇成都，乃始归草堂，岂非中间与适颇睽旧好故尔？不然，何无一诗及之？又何挈家优游东川？师古谓《贫交行》为严武作，今疑为适作也。

广德元年癸卯。

是年三月辛酉，葬玄宗。庚午，葬肃宗，严武为山陵桥道使。先生在梓州，补京兆府功曹，不赴。有《春日登梓州城楼陪李使君泛江》、《又陪李使君登惠义寺》等诗。又尝《送辛员外暂至绵州》诗云："直到绵州始分首。"又云："残花怅望近人开。"当是三月。秋八月，与汉中王瑀同会于章梓州水亭。盖梓州刺史春夏是李，秋冬是章彝。九月壬戌，是为二十三日，在阆州祭房琯，有《警急》诗。鲁《谱》云："系云：时高公适领西川节度。"而诗注则云"赵曰"，又非先生所系也。诗云："才名旧楚将。"谓适为杨州都督而云。若果为适作，亦叹其师出无功耳。冬十月，吐蕃陷京师。十二月，吐蕃陷松、维州。先生时在阆州，故《巴山》诗云："巴山遇中使，云自陕城来。盗贼还奔窜，乘舆恐未回。"又有《收京》、《西山》、《王命》、《征夫》等诗。吕《谱》谓是年严武再镇西川，奏甫节度参谋检校工部员外郎。盖不考武入蜀与奏参谋皆在二年。是年冬晚，又略至梓，所以《发阆州》诗有"别家三月一得书"之句。

广德二年甲辰。

是春，先生复自梓往阆州。严武再镇蜀，复自阆归草堂依武。《与王十四侍御》云："犹得见残春。"则归成都在春晚。严武奏为节度参谋检校工部员外郎，赐绯鱼袋，有《扬旗》诗，系云："二年夏六月，成都尹郑公置酒观骑士新旗帜。"有《立秋日雨院中有作》诗，则入幕必在是年六月。《史》云："梓州刺史章彝旧亦武判官，以微事忤武，召赴行在杀之。"而先生有诗《寄章十侍御》乃云："河内犹宜借寇恂。"又云："朝觐从容问幽仄，勿云江汉有垂纶。"何也？鲁、蔡《谱》云："武来领蜀，彝已交印。史当失之。"然彝方是广德元年夏至梓，未应得代，其曰"朝觐"者，必是章入奏，故云。自是彝不见有别除，而先生亦无诗及之，似果为武所杀。秋，有《和严公军城早秋》、《院中晚晴怀西郭茅舍》、《到村》、《宿府》、《遣闷》、《陪郑公秋晚北池临眺》等诗。冬，有《初冬》诗云："垂老戎衣窄。"盖以是年十月严武攻吐蕃盐川城，故著戎衣也。又有《至后》诗。

永泰元年乙巳。

是年正月三日，先生自成都院中归溪上，有诗。《旧史·代宗纪》："永泰元年四月庚寅，成都尹严武薨。五月癸丑，以郭英乂为成都尹。"先生与英乂有旧，有《奉送郭中丞赴陇右节度使》诗，盖与英乂也。然志不相合，遂去草堂，下忠、渝。有《去蜀》诗云："五载客蜀郡。"《宴戎州杨使君东楼》诗云："轻红擘荔枝。"又有《渝州侯严六侍御不到先下峡》、《宴忠州使君宅》、《题忠州龙兴寺所居院壁》等诗。盖先生以是年六月至忠州，故有是作。其至云安亦是时，自秋徂冬，俱在云安。《十二月一日三首》其一云："云安县前江可怜。"盖可知也。吕《谱》云："严武平蜀乱，甫游东川，除京兆功曹，不赴。"不考是年四月武已死，又未尝平蜀乱。其除京兆功曹，亦在广德二年也。

永泰二年丙午，改大历元年。

是年春，先生在云安，故《客堂》诗云："石暄蕨芽紫，渚秀芦笋绿。"《移居夔州郭》诗云："春知催柳别。"则移居在春晚也。有《为夔州柏都督谢上表》。《课伐木》诗云："城中贤府主。"《园人送瓜》诗云："相公镇夔国。"《园官送菜》诗云："常荷地主恩。"皆指柏而云。柏当是贞节也。终岁居夔州。

大历二年丁未。

是年春，先生居赤甲。按诗云："卜居赤甲迁居新，两见巫山楚水春。"则是今年春方迁赤甲，暮春又迁居瀼西。有《题瀼西草屋》诗云："久嗟三峡客，再与暮春期。"秋，又移居东屯。秋晚，复自东屯归瀼西，各有诗。

大历三年戊申。

是年春，先生出峡。案，《赠南卿兄瀼西果园四十亩》云："正月喧莺末,兹辰放鹢初。"当是正月去夔。三月,至江陵,有《呈江陵幕府诸公》诗云:"白屋开花里,孤城秀麦边。"又有《暮春江陵赴马大卿》诗。秋晚,迁公安县,有《移居公安县敬赠卫大郎》诗云:"水烟通径草,秋露接园葵。"又有《公安送韦二少府》、《公安怀古》等诗。憩此县数月,岁暮去之岳州,有《泊岳阳城下》、《登岳阳楼》等诗。

大历四年己酉。

是年正月,先生自岳阳之潭,有《宿青草湖》、《湘夫人祠》、《入乔口》等诗。至潭未几,入衡,有《发潭州》诗。至衡畏热,复回潭,有《回棹》诗、《舟将适汉阳》诗,又有《风疾舟中伏枕书怀呈湖南亲友》诗云:"故国悲寒望,群云惨岁阴。郁郁冬炎瘴,蒙蒙雨滞淫。"又云:"春草封归恨,桃花费独寻。"又云:"瘗夭追潘岳,持危觅邓林。"当在是年冬晚作。不然,即次年春作。是年先生必有哭子之戚,故用瘗夭事。按,先生在夔时,宗文、宗武俱无恙,而元微之《志》止云:"嗣子宗武,病不克葬。"则宗文为早世,意所谓"瘗夭",即宗文也。耒阳县北之坟,岂非瘗宗文者?后世不考,遂因"牛酒"之语从而附会,以为葬先生于此也。

大历五年庚戌。

是年春,先生在潭州,率舟居。四月,臧玠杀崔瓘,先生避乱至衡山,有《题衡山县文宣王庙新学堂呈陆宰》诗。入衡,将如郴州依舅氏,故《入衡州》诗云:"诸舅剖符近。"鲁《谱》谓诸舅为崔伟,前有《送二十三舅录事摄郴州》诗,或是。先生如郴,因至耒阳,访聂令,经方田驿,阻水旬余,聂致酒肉。而《史》云:"令尝馈牛肉白酒,大醉,一夕卒。"尝考先生《谢摄令》诗有云:"礼过宰肥羊,愁当置清醥。"其诗至云"兴尽本韵",又且宿留驿近山亭,若果以饫死,岂复更能为是长篇,又复游憩山亭?以诗证之,其诬自可不攻。况元微之《志》与《旧史》初无此说,《撷遗》谓玄宗还南内,思子美,诏天下求之,聂侯乃积空土于江上,曰:"死,葬于此矣。"然玄宗至自成都,时先生在谏省,及升遐,时先生又在成都。宝应元年,玄宗升遐,距大历五年先生之死,又已十岁,其敢欺世如此!韩昌黎诗力辨其非,郑叩、李观从而正之,所恨不曾引诗为据。秋下洞庭,故有《暮秋将归秦奉留别亲友》诗,又有

《洞庭湖》诗云："破浪南风正,回竿畏日斜。"言南风畏日,又云回竿,则非四年所作甚明。当是是年自衡州归襄阳经洞庭诗也。元微之《志》云："扁舟下荆楚,竟以寓卒。旅殡岳阳,其后嗣业启柩,襄祔事于偃师,途次于荆,拜余为志,辞不能绝。"吕汲公亦云："夏,还襄汉,卒于岳阳。"鲁《谱》云："其卒当在衡、岳之间,秋冬之交。"衡在潭之上流,与岳不相邻,舟行必经潭,然后至岳,当云"在潭、岳之间"。蔡《谱》以史为是,以吕为非,盖未之考耳。

鹤先君未第时,酷嗜杜诗,颇恨旧注多遗舛,尝补缉,未竟而逝。又欲考所作岁月于逐篇下,终不果。运力未必不赡,恨泉下也。鹤不肖,常恐无以酬先志,乃取蔡本集注,以遗稿为之正定。凡经据引者,不复重出,又辄益以所闻,于是稍盈卷帙。每诗再加考订,或因人以核其时,或搜地以校其迹,或摘句以辨其事,或即物以求其意,所谓千四百余篇者,虽不敢谓尽知其详,亦庶几十得七八矣。吕汲公《年谱》既失之略,而蔡、鲁二《谱》亦多疏卤,遂更为一谱,以继于后。先生积著诚多,而不幸不偶,此不足论。独尝谓至成都未几,裴冀公还朝,继帅者李国桢、崔光远、郭英乂,自宜与之弗合。顾与高适定交最早,相知最深,其为西川节度,先生何以翻然舍之而东?曾不如依严武之为密且久。蜀人师氏以《贫交行》为武作,今疑为适而作也。以此知先生赋性特刚,少不如意,则不能曲徇苟合,故不为当时所容,身后又复丑以牛酒之事,曾不知果以饫溺,尚能为令赋诗且事游憩乎?耒阳之坟,岂非宗文早世,先生所谓"瘗夭"者,而后世附会,滋为人惑。因书于首,以俟博识。嘉定丙子三月望日,临川黄鹤书。

黄鹤《年谱》在诸家基础上详为考辨,或夯实前说,或厘清旧说,提出新见,其主要贡献有:

(1) 确定杜甫参加科举时间为开元二十三年,为后世注家普遍认同(其说之得失,见本书《现存五种宋人〈杜甫年谱〉平议》内容)。

(2) 指出杜甫母氏非寒族,母亲早亡,为姑姑抚养。

黄《谱》："天宝元年壬午。是年先生在河南,为万年县君京兆杜氏作志。万年,先生之姑也,即《范阳太君志》所谓'适裴荣期'者。……或谓先生之母微,故《志》、《史》不言介妇有崔氏,然先生何为有与诸舅诗,又皆秀而仕者?《京兆志》又云:'甫昔卧病于我诸姑。姑之子久病,女巫至,曰处楹之东南隅吉。姑遂易子之地以安我,我用是存,而铭之为义姑。'盖先生之母早亡,乃育于姑而至于有成也。"

洪业《杜甫》即用其说加以发挥:"杜甫去世之后若干世纪,关于诗人母亲名叫海棠的说法渐渐传开,还有人说她是杜闲的妾。这种说法仅仅是为了解释两个所谓的谜团。我们的诗人在蜀中(也就是今天的四川省)待了差不多十年(759—768),笔下几乎涉及了当地的每一种花草。却没有一首杜诗写到海棠,而蜀地颇因此花之美丽与繁盛而闻名。难道杜甫是在避讳吗?这是一种出于尊重而避免提及特定人名的禁忌,主要用于皇帝和自己直系祖先的名讳。海棠听上去像女性的名字,于是一个十一世纪的作家则妄加猜测杜甫的母亲就叫这个名字。——晚唐薛能作于867年的《海棠》诗并序(《全唐诗》卷五百六十)首先提出这一疑问。北宋李颀《古今诗话》(《诗林广记》前集卷二引)则推测说:"杜子美母名海棠,子美讳之。故杜集中绝无海棠诗。"——进而,因为杜甫的外祖母是崔氏,他的母亲当然也一定姓崔。但在杜甫为继祖母所写的《唐故范阳太君卢氏墓志》中,提到"有若家妇,同郡卢氏"。十七世纪的一个作者于是跳出来作结论说,鉴于杜闲法律上的原配夫人叫做卢氏,那么,杜甫的母亲,婚前名叫崔海棠,仅仅只能是一名妾。猜测者也许觉得自己实在聪明,因为海棠是一种没有多大价值的普通花卉,以此命名的女子不是奴仆就是姬妾。他忘了公主的孙女或是皇帝的重孙女在本朝未曾倒台之前是不允许作妾的。解决这个谜团的办法已经隐藏在杜甫姑姑的故事中了,742年,杜甫为这位姑姑写了一篇美丽的墓志铭,使得她从此不朽。裴荣期的夫人,杜审言第一次婚姻出生的第二个女儿,可能是对杜甫一生影响最大的女性。杜甫称她为"有唐义姑",希望她被后代铭记。杜甫从小就被姑姑照料。大概是在瘟疫流行的时期,杜甫和这位姑姑的儿子同时染疾,请来治病的女巫指出,只有被安置在卧室东南角的那个孩子才能幸存。于是,杜甫的姑姑把自己的孩子移出东南角,而把幼小的杜甫安置在那里,杜甫说:"我用是存,而姑之子卒。"姑姑的性格可以解释我们诗人一生中作出的许多决定,在那些决定中杜甫都有意选择了自我牺牲。这个故事碰巧也说明了杜甫和亲生母亲的关系,她从未在杜甫的文章和诗歌中被提到:杜甫的母亲一定是在生下杜甫之后不久就去世了。杜甫对她没有任何印象。"①

(3) 确定杜甫撰写《皇甫淑妃碑文》之时间(其说之得失,见本书《现存五种宋人〈杜甫年谱〉平议》内容)。

(4) 提出蜀中时期高适与杜甫关系尴尬的问题。

黄《谱》:"宝应元年壬寅。七月,武归朝,公送武至绵州。先生送武去成都,旋有徐知道之乱,因入梓州。徐知道反,虽史不书平乱之人,然武入朝后,不闻别除成都尹。按《旧史·高适传》云:'代宗即位,吐蕃寇陇右,渐逼京畿,适练兵于蜀,临吐蕃南境以牵制之。师出无功,而松、维等州陷。代宗以黄门侍郎严武代还。'当是崔光远不能戡兵,罢成都,时适止摄节度事,而武乃正除,故武受命距光远卒时才一月。意今年七月武召还后,适方正除西川节度,故广德元年练兵临吐蕃南境。然先生与适素厚,何以送武至绵,遂入梓,复归成都迎家往梓、阆,及严武再镇成都,乃始归草堂,岂非中间与适颇睽旧好故尔?不然,何无一诗及之?又何挈家优游东川?师古谓《贫交行》为严武作,今疑为适作也。"

(5) 注意到湖南时期杜甫一子(女?)早夭的情况。

黄《谱》:"大历四年己酉。有《风疾舟中伏枕书怀呈湖南亲友》诗云:'瘗夭追潘岳,持危觅邓林。'是年先生必有哭子之戚,故用瘗夭事。按,先生在夔时,宗文、宗武俱无恙,而元微之《志》止云:'嗣子宗武,病不克葬。'则宗文为早世,意所谓'瘗夭',即宗文也。耒阳县北之坟,岂非瘗宗文者?后世不考,遂因'牛酒'之语从而附会,以为葬先生于此也。"

洪业《杜甫》认为:"《入衡州》在讲述了这场突然爆发的叛乱的缘由之后,我们的诗人简单地描述了避开那些野兽般的叛乱者的艰难旅程。'远归儿侍侧',可能是指宗文,他也许刚从东部海岸回来。'犹乳女在旁',可能是指在潭州逗留期间生下的一个婴儿;很可能这个孩子在离开江畔房舍的混乱中就遗失了。"②

(6) 以行踪(上水、下水)考辨杜甫未卒于耒阳阻水。

黄《谱》:"《史》云:'令尝馈牛肉白酒,大醉,一夕卒。'……韩昌黎

---

① 洪业撰、曾祥波译《杜甫:中国最伟大的诗人》,上海古籍出版社2011年,第20—21页。

② 洪业撰、曾祥波译《杜甫:中国最伟大的诗人》,上海古籍出版社2011年,第244页。

诗力辨其非,郑卬、李观从而正之,所恨不曾引诗为据。秋下洞庭,故有《暮秋将归秦奉留别亲友》诗,又有《洞庭湖》诗云:'破浪南风正,回竿畏日斜。'言南风畏日,又云回竿,则非四年所作甚明。当是是年自衡州归襄阳经洞庭诗也。元微之《志》云:'扁舟下荆楚,竟以寓卒。旅殡岳阳,其后嗣业启枢,襄祔事于偃师,途次于荆,拜余为志,辞不能绝。'吕汲公亦云:'夏,还襄汉,卒于岳阳。'鲁《谱》云:'其卒当在衡、岳之间,秋冬之交。'衡在潭之上流,与岳不相邻,舟行必经潭,然后至岳,当云'在潭、岳之间'。蔡《谱》以史为是,以吕为非,盖未之考耳。"

黄鹤《年谱辨疑》之失,主要在混淆李、杜交往时间(此点亦承袭鲁訔《年谱》而来,参鲁《谱》部分)。黄《谱》称:"开元二十五年丁丑。先生游齐赵。案,《新史》:'尝从李白及高适过汴州,酒酣登吹台,慷慨怀古。'盖白家于任城,适以家贫客梁宋,以求丐取给,故先生与之定交。《遣怀》诗所谓'忆与高李辈,论交入酒垆。两公壮藻思,得我色敷腴'是也。其登吹台虽未定何年,然必在是年后。又云'先帝正好武,寰海未雕枯。猛将收西域,长戟破林胡',则先生登吹台时,明皇正有事于西戎。考《通鉴》:'开元二十五年,崔希逸自凉州南入吐蕃境二千余里,至青海西,大破之。二十六年春,杜希望攻吐蕃新城,拔之,以其地为威戎军。'盖其时也。"按,李、杜相遇在天宝四载,此后世注家已证之确凿者。黄鹤以《通鉴》所载开元二十六年"杜希望攻吐蕃新城"事证"先帝正好武"句,亦不如清人仇兆鳌《杜诗详注》引《唐会要》载"开元二十六年,张守珪大破契丹林胡"为贴切,然此皆不能说明诗恰作于是年。按,此年之后若干载,其言"正好武"皆亦无不可也。又,黄《谱》云:"开元二十九年辛巳。是年先生在河南,有《冬日怀李白》诗。按《李白传》云:'白天宝初客游会稽。'则与先生别当在今年,故诗有'未因乘兴去'之句。"此承前误所致。其他零星问题,如提出杜甫陷贼长安期间曾尝至东都洛阳等,已先后为朱鹤龄、陈文华[①]加以辨析,兹不赘论。

---

① 《杜甫传记唐宋资料考辨》,第93—95页。

附 论 三 章

一、《现存五种宋人〈杜甫年谱〉平议——以鲁訔〈谱〉对赵子栎〈谱〉、蔡兴宗〈谱〉的承袭为线索》

宋人"杜甫年谱"现存五种,分别是吕大防《杜工部年谱》、蔡兴宗《重编杜工部年谱》、赵子栎《杜工部草堂诗年谱》、鲁訔《杜工部诗年谱》、黄鹤《杜工部年谱辨疑》五种。① 成于元丰七年(1084)的吕大防《年谱》是"杜甫年谱"及后世年谱体裁的撰述之始。鲁訔《年谱》则是宋人"杜甫年谱"中影响最大的一种。关于诸谱之间的相互关系,目前有两点共识:第一,蔡兴宗《年谱》在吕大防《年谱》基础上对其多所纠正、阐发新见。第二,鲁訔《年谱》基本承袭蔡《谱》而成(此说由林继中先生提出,②并得到较为普遍的承认)。而五种年谱之间相互关系的其他方面及各自的价值(尤其是赵子栎《谱》在杜诗编年史中的价值与贡献),尚未得到学界的充分认识③。具体而言有四点:第一,赵子栎《年谱》撰成时间当在鲁訔《年谱》之前,与蔡

---

① 另外,今所知宋人撰《杜甫年谱》尚有洪兴祖、吴若、计有功、鲍彪、梁权道、吴仁杰诸谱(见吴洪泽《宋代年谱考论》第二章第二节《宋人所撰前朝人年谱》,四川大学2006年博士学位论文,第45—50页),皆佚,故不论。又,两宋之际计有功编《唐诗纪事》卷一八录有《杜甫年谱》,此谱系直接钞撮吕大防谱而成者。吕谱之误,计书皆同(如吕谱称'明年,关辅饥乱,弃官之秦州,乃适同谷,乃入蜀',有《遣兴》三百首','百'字为衍文,计书照录不校改),故计书所载年谱并非独立撰成之著述,因此不单独列为一种。
② 林继中辑校《杜诗赵次公先后解辑校·前言》,上海古籍出版社2012年,第12页。
③ 台湾学者蔡志超《宋代杜甫年谱五种校注》(万卷楼图书股份有限公司2014年版)仅限于对五种年谱作文字校勘,不涉及五谱的相互关系与系年辨析。陈文华《杜甫传记唐宋资料考辨》(文史哲出版社1986年版)讨论杜甫家世与事迹,并非针对唐宋间杜甫传记、年谱相互关系的研究。

兴宗《年谱》相互独立完成。第二，鲁訔《年谱》完全吸收了赵子栎《年谱》的原创观点。第三，鲁訔《年谱》对蔡兴宗《年谱》的吸收，一方面不但如林继中先生所说表现为基本结构框架的承袭，另一方面还在于鲁谱全部采纳了蔡谱的原创性观点。第四，就承袭前说而经辨析后自出新解这一层面来看，黄鹤《年谱辨疑》的原创性贡献远远超过鲁訔《年谱》，却未曾得到相应重视。总的来说，鲁訔《年谱》在五种宋人"杜甫年谱"中原创性最低，其声名显赫，一方面在于集成汇总（此点针对鲁《谱》全盘吸收赵子栎《谱》、蔡兴宗《谱》的原创观点而言），另一方面乃是因为两种现存最早、影响极大的杜诗宋人编年集注本（蔡梦弼《草堂诗笺》、托名王十朋《王状元集百家注编年杜陵诗史》）皆以鲁訔《杜工部诗年谱》为基本编年框架（此点针对黄鹤《年谱辨疑》而言，因采用黄谱的黄氏《补注杜诗》乃分体本而非编年本，不利于读者阅读与使用）。揭橥鲁訔《年谱》对赵子栎《年谱》的承袭，不但可以弥补宋人撰"杜甫年谱"由蔡兴宗谱到鲁訔谱之间缺失的一环，还能进一步厘清现存五种宋人撰"杜甫年谱"的价值及相互关系，并重新审视唐宋时期"杜甫传谱"的基本格局。①

（一）赵子栎《杜工部草堂诗年谱》的撰述时间与原创性贡献

杜甫生平出处及其诗文编年的各种问题，自宋人以降，相关的发明讨论不胜纷纭。因此，要明确赵子栎《年谱》的原创性贡献，必须先厘清它在"杜甫传谱"谱系中的时间坐标，才能确定该《年谱》中哪些内容是由它首次提出的。②

赵子栎《年谱》载于宋人蔡梦弼《草堂诗笺》卷首，清修四库全书亦收录，《四库全书总目》指出："子栎与鲁訔均绍兴中人。然子栎撰此谱时，似未见訔《谱》。故篇中惟辨吕大防谓甫生于先天元年之误……其所援引亦简略，不及鲁《谱》之详。"③四库馆臣所谓"（赵子

---

① 所谓"杜甫传谱"，指在"杜甫年谱"之外，还加上元稹《（杜甫）墓系铭并序》、樊晃《杜工部小集序》、两《唐书》杜甫本传、王洙《杜工部集记》等杜甫传记文献，故合称"传谱"。
② 蔡梦弼《草堂诗笺》引赵子栎注杜诗若干条，蔡锦芳《赵子栎未尝注杜考》（《四川师范大学学报》2002年1期）指出此"赵注"乃赵次公注。故我们讨论赵子栎对杜诗的见解，只能从其《杜工部草堂诗年谱》出发。
③ 《四库全书总目》卷57《史部·传记类一》，中华书局1965年，第515页。

栎)似未见訔《谱》"的断语,看似正确,其实混淆是非。按,《宋史·赵子栎传》载其"绍兴七年(1137)卒"。① 而鲁訔《年谱序》自称撰述时间为"绍兴癸酉五月晦日",即绍兴二十三年(1153)。以此揆之,赵《谱》必撰于鲁《谱》之前,是不待言而自明者,根本谈不上"似未见訔《谱》"。另外,鲁訔《年谱》之前的蔡兴宗《重编杜工部年谱》,一般公认作于北宋后期。② 如果说"赵子栎《年谱》惟辨吕大防《年谱》之误,似未见蔡兴宗《年谱》",这一推测才有意义。那么赵《谱》与蔡《谱》孰先孰后呢?笔者以为两者互不知情,大体来说是在两宋之际各自独立完成。证据在于二谱对"杜甫献三大礼赋之时间"的考辨上:

吕大防《年谱》认为杜甫献三大礼赋在"天宝十三年乙未(按,当为'甲午')",依据当来自王洙《集记》"天宝十三年,献三赋"。

蔡兴宗《年谱》针对吕谱,改为"天宝九载",论证说:"(甫)进表曰:'臣生陛下淳朴之俗,行四十载矣。'其赋曰:'冬十有一月,天子将纳处士之议。'又曰:'明年孟陬,将摅大礼。'……按唐史:十载春正月壬辰,上朝献太清宫。癸巳,朝享太庙。甲午,合祀天地于南郊。而《新(唐)书·列传》、《集记》、旧《谱》及赋题之下注文皆作'十三年',非也。"

赵子栎《年谱》则提出"天宝十载"说:"天宝十载,公年三十九,奏《三大礼赋表》云:'生陛下淳朴之俗,行四十载。'"

在这场对同一问题的考辨中,蔡《谱》直接纠正吕《谱》之误不待言,而赵《谱》应该也是直接从吕《谱》出发进行考辨的,未曾看过蔡《谱》。原因在于:比较蔡《谱》提供的理由和赵《谱》提供的理由,两者的基本证据和逻辑思路是一致的(按,古人计龄或以母腹中十月为一岁,故蔡《谱》以天宝九载为三十九岁,赵谱以天宝十载为三十九,一岁之差,实无大异,可以不论),而蔡《谱》较之赵《谱》则更为细密精确;如果赵子栎能够看到蔡《谱》,就逻辑思路而言,赵谱应该会接受

---

① 《宋史》卷247,中华书局1999年,第7242页。
② 参见杨经华《蔡兴宗籍贯、行履小考》,《中国典籍与文化》2009年4期。

蔡谱的意见。① 因此，在"杜甫年谱"谱系中，赵子栎《年谱》处于鲁訔《年谱》之前；且与鲁訔《年谱》所直接承袭的蔡兴宗《年谱》大约同时各自独立完成，两者之间应无相互参考的情况。

确定了赵子栎《年谱》在"杜甫年谱"谱系中的位置，我们就可以将它与撰述时间在它之前（或同时）的今存所有"杜甫传谱"文献进行全面比较。——本文所谓"杜甫传谱"，是在宋人"杜甫年谱"之外，还包括了其他早期的、记录有杜甫行迹的序跋、墓志、传记等资料。在赵子栎《年谱》之前，总计有：(1)中唐大历五年至七年（770—772）的樊晃《杜工部小集序》；(2)中唐元和八年（813）的元稹《唐故工部员外郎杜君墓系铭并序》；(3)后晋天福五年至开运二年（940—945）的刘昫《旧唐书·杜甫传》；(4)北宋宝元二年（1039）的王洙《杜工部集记》；(5)北宋嘉祐五年（1060）的欧阳修、宋祁《新唐书·杜甫传》；(6)北宋元丰七年（1084）的吕大防《杜工部年谱》；(7)北宋后期蔡兴宗《重编杜工部年谱》。——最后得到赵子栎《年谱》对杜甫生平及杜诗编年的原创性贡献，有如下两点：

第一，首次提出杜甫参加科举的确切时间。

《旧唐书·杜甫传》："甫天宝初应进士不第。"

《新唐书·杜甫传》："少贫不自振，客吴越、齐赵间。李邕奇其材，先往见之。举进士不中第，困长安。"

按，《旧唐书》以为天宝初年参加进士贡举，《新唐书》则未标明时间。赵子栎《年谱》首次提出杜甫参加科考时间为开元二十五年："开元二十五年丁丑。《壮游》诗云：'忤下考功第。'唐初，考功试进士。开元二十六年戊寅春，以考功轻，徙礼部以春官侍郎主之。甫下考功

---

① 按，鲁訔《年谱》承袭赵子栎说"天宝十载"："公《上大礼赋》云：'臣生陛下淳朴之俗，行四十载。'公天宝十载奏赋，年三十有九。逆节公今年生。吕汲公考公生先天元年癸丑，天宝十三载奏赋，若十三载，公当四十三岁矣。"鲁訔的意思是，杜甫献赋进表称"行四十载矣"，而吕谱言"时年四十三"，四十三之岁与"行四十载"（三十九岁）不合。鲁訔《年谱》之弃蔡谱"天宝九载"说而接受赵《谱》"天宝十载"说，并未叙述理由。按，清人钱谦益《钱注杜诗》以为献赋当在三大礼成之后，即天宝十载，朱鹤龄《杜工部诗集辑注》、仇兆鳌《杜诗详注》、杨伦《杜诗镜铨》，今人洪业《杜甫》皆从钱说。这应该是鲁訔未曾明言的潜在理由，而从赵子栎原文看，他其实并无此意。以"明年（天宝十载）孟陬，将摅大礼"等语揆之，当以蔡谱"天宝九载"说为更妥，今人张忠纲先生《杜甫献三大礼赋时间考辨》，《文史哲》2006年1期）即力持此论。

第,盖是年春也。"

赵子栎以考功员外郎最后一次主持贡举的时间为开元二十五年（737），他以为开元二十六年（738）首次改为礼部侍郎主试,所以定杜甫科考时间为开元二十五年（737）。按,《新唐书·选举志·上》载："（开元）二十四年,考功员外郎李昂为举人诋诃,帝以员外郎望轻,遂移贡举于礼部,以侍郎主之。礼部选士自此始。"则可知最后一次由考功员外郎主考的时间,实为开元二十四年（736）。换句话说,赵子栎于史实有失核之误,将最后一次由考功员外郎主持科考的开元二十四年（736）,误记为开元二十五年（737）！

然而赵谱所定杜甫科考时间（开元二十五年,737）虽有年岁计算之失误,但其系年思路则是正确的。如果赵子栎没有弄错最后一次由考功员外郎主考（李昂）的时间——即《旧唐书》记载的开元二十四年（736）,而非赵子栎误记的开元二十五年（737）——按照他的思路,则一定会将杜甫参加科考的时间定在开元二十四年（736）。我们可以推想,如果赵子栎没有弄错具体史实,其思路应该如下：

杜甫诗句说自己于天宝四载（745）之前"快意八九年",回推八九年,他参加科举的时间即为开元二十四年（736）或开元二十五年（737）,但737年已经是礼部侍郎知贡举,而杜甫自己说"忤下考功第",所以按理自然应该系于尚属"考功员外郎"主持考试的开元二十四年（736）。

然而,因为赵子栎自己弄错具体年份在先的缘故,所以他首次提出的"杜甫落第于最后一次考功员外郎主持科考"这一正确思路被后人忽视。后人皆以宋人黄鹤提出的开元二十三年（735）为杜甫科考之时间,清代杜注"集大成"诸家如朱鹤龄、仇兆鳌、再到当代学者陈贻焮先生《杜甫评传》等,莫非如此（开元二十三年说亦误,其误出于黄鹤对史料的误读,说详下文）。然而我们从黄鹤的说法回溯到源头,在思路上明确应该以最后一次考功员外郎主持考试之时间来推断杜甫参加科考的时间,这是由赵子栎首次提出,是他的原创性贡献。

第二,首次提出天宝六载（747）杜甫应"野无遗贤"之试遭黜落。

赵子栎《年谱》指出："天宝六载丁亥。诏天下有一艺诣毂下。时李林甫相国命尚书省试,皆下之,遂贺野无遗贤于庭。其年甫、元结皆应诏而退。"按,此事自元稹《墓系铭并序》、两唐书本传、王洙《集记》至吕大防《年谱》、蔡兴宗《年谱》皆未注意,赵子栎《年谱》独拈出而彰之,最具慧眼!

赵子栎《年谱》的这两点原创性的编年贡献,指出杜甫结束青春壮游、首次参加科考失利与困守长安十载之始的"野无遗贤"之试,这两点关系到杜甫人生道路与生平思想的重大转折,确定这两个坐标,在杜甫研究史上是关键的一笔。

(二)赵子栎《杜工部草堂诗年谱》被鲁訔《杜工部诗年谱》承袭

然而,赵子栎《年谱》的原创性贡献,长期以来没有被发现和认可,主要原因在于这些贡献皆为鲁訔《年谱》承袭。鲁谱虽然对此作了进一步论证,但却并未言明这些观点得自赵谱的启发。在此之后,鲁訔《年谱》又为影响很大的杜诗编年本《草堂诗笺》、《杜陵诗史》二书采纳作为基本编年框架,鲁谱遂成为杜诗编年中最为通行的一种。后来的杜甫传谱作者、杜诗编年修纂者以及杜诗研究者,无论是赞同或反驳,皆以鲁谱为目标,致使赵子栎《年谱》的原创性贡献沉寂于故纸堆之中。

不过,既然我们的研究资料仅限于今存文献,会不会存在这样的可能:即鲁訔《年谱》未曾提及赵子栎《年谱》,那么鲁谱会不会或者是从别的已经散佚的杜甫传谱或杜诗编年文献中得到类似观点的启发,或者干脆是鲁訔自身独立得到与赵《谱》相似的发现呢?答案是否定的。主要证据在于:

赵子栎《年谱》首次提出杜甫参加科考时间为开元二十五年,称:"开元二十五年丁丑。《壮游》游云:'忤下考功第。'唐初,考功试进士。开元二十六年戊寅春,以考功轻,徙礼部以春官侍郎主之。甫下考功第,盖是年春也。"换言之,赵子栎以开元二十五年(737)是考功员外郎最后一次主持科考,开元二十六年(738)首次改为礼部侍郎主持科考,故定杜甫科考时间为开元二十五年(737)。按,《新唐书·选举志》载:"(开元)二十四年,考功员外郎李昂为举人诋诃,帝以员外郎望轻,遂移贡举于礼部,以侍郎主之。礼部选士自此始。"①则考功员外郎主持科考的最后一次是开元二十四年(736),赵子栎于史实有失核之误。有趣的是,鲁訔《年谱》在涉及同一内容时称:"开元二十五年丁丑。公居城南,尝预京兆荐贡,而考功下之。唐初,考功试进

---

① 《新唐书》卷44《选举志上》,中华书局,1999年,第764页。

士。开元二十六年戊寅春,以考功郎轻,徙礼部以春官侍郎主之。公之适齐赵,当在此岁以前。"不难发现,鲁谱同样将移考功员外郎职权于礼部侍郎的"开元二十四年"误作"开元二十六年",其误与赵《谱》全同。如果说,得到同样的正确结论,尚可能是出于各自独立的发现;那么,出现同样的失误,只能说明是后出的鲁《谱》抄袭先问世的赵《谱》了!

稍后的杜诗注家黄鹤也注意到了鲁《谱》引用史实的错误,对其进行了修正。黄鹤《年谱辨疑》引证《新唐书·选举志》厘清礼部侍郎主持科举的时间之误,提出杜甫科举时间为开元二十三年之说:

> 开元二十三年乙亥。是年先生下第。明年春,以礼部侍郎掌贡举,则谓之"忤下考功第",当在今年。盖唐制年年贡士也。案《选举志》:"每岁仲冬,州县馆监举其成者送之尚书省。"《旧史》云:"天宝初,应进士不第。"非开元二十四年丙子。案,《旧史》:"是年三月乙未,始移考功贡举,遣礼部侍郎掌之。"《新史·选举志》云:"二十四年,考功员外郎李昂为举人诋诃,帝以员外郎望轻,遂移贡举于礼部,以侍郎主之。礼部选士自此始。"鲁《谱》谓开元二十六年戊寅春徙礼部,以春官侍郎主之,不知何据而云?《壮游》诗云:"忤下考功第,拜辞京尹堂。放荡齐赵间,裘马颇清狂。"则下第必在是年之前,游齐赵必在是年之后。诗又云:"快意八九载,西归到咸阳。"而先生天宝五载归京师应诏,故游齐赵当在今年后。

黄鹤之说有两点错误:第一,黄鹤"明年春,以礼部侍郎掌贡举"的所谓"明年",在黄鹤的意思里,是指开元二十四年(736),这是误读。按,开元二十四年(736)三月十二日,以考功员外郎李昂为举人所讼,乃下诏"仍委侍郎专知"。[①] 也就是说,开元二十四年春发生科场风波后,当年即下诏将职能部门官员由考功员外郎改换为礼部侍郎,但这只是官制上的调整,礼部侍郎真正主持科考应该从第二年即开元二十五年(737)开始。开元二十四年(736)的主考,仍算在李昂名下,徐松《登科记考》正是这样著录的。换言之,黄鹤将官制职能的制度性调整当作具体工作已经交接,这种理解是错误的。所以,黄鹤所谓的"明年春",应该是开元二十五年(737)春,而非开元二十四年(736)

---

① 徐松撰、孟二冬补证《登科记考补正》卷8,北京燕山出版社2003年,第326页。

春。然而黄鹤以对"明年春"的错误理解(开元二十四年,736)回推,自然得到杜甫参加科举于"开元二十三年(735)"的错误结论。第二,黄鹤没有注意到,鲁《谱》之误出于抄袭赵《谱》,故杜甫参加科举时间的原创性发现应该追溯到赵子栎《谱》,而非仅仅止步于引用鲁訔《谱》。

黄鹤的错误说法得到清代注家及现当代学者的普遍认同,这一方面掩盖了赵子栎正确思路的原创性贡献,另一方面造成杜甫参加科考于开元二十三年(735)的错误说法普遍流行。直到洪业《杜甫:中国最伟大的诗人》(1952)出版,才首次纠正了这一错误,洪业说:

> 杜甫某句诗曾透露,他在这次人事变动之前就已经参加了科考("忤下考功第")。他还进一步说,这次科考失败之后,他曾经"快意八九年",之后才于 745 年再次返回长安。我们这里把此次考试的时间放在 736 年,而不是通常的 735 年。①

洪业的解释令人信服,尤其是注意到了"忤"字与 736 年科举风波的关系,并用以解释杜甫落第的部分原因,不能不让人叹服其别具只眼。唯一的遗憾是,赵子栎《年谱》思路的正确性与原创性(以及赵子栎引用史实有误),与黄鹤对史料的误读(以及黄鹤错误说法被后世普遍接受),这一系列研究、接受史的情形,没有得到洪业的梳理揭橥,故本文特详为阐述如上。后来陈文华《杜甫传记唐宋资料考辨》第二篇《生平事迹异说汇考》之《二·应举》对此问题也有分析:"我们的结论是:杜甫的下第至迟应在廿四年;廿三年当然也属可能,但非必然。至于浦起龙虽系下第于廿四年,但别无考证;单(复)、张(溍)二谱分别将赴举与下第分属廿二与廿四年,中间隔了一个年头,也别无解释,徒滋人惑。钱谦益则说:'下第在二十四年前',仍又系于廿三年下,虽然结论都与我们接近,但可能纯属巧合。"②从陈文华的意见看,他也没有注意到"忤"字与 736 年科场风波的直接关系,洪业确有慧眼。

(三)吕大防《杜工部年谱》与蔡兴宗《重编杜工部年谱》的原创性价值

鲁訔《年谱》之声名显赫,还因为它直接承袭了蔡兴宗《年谱》的

---

① 洪业撰、曾祥波译《杜甫:中国最伟大的诗人》,上海古籍出版社 2011 年,第 31 页。
② 陈文华《杜甫传记唐宋资料汇考》,文史哲出版社 1986 年,第 61—62 页。

基本框架与原创性贡献。蔡兴宗《年谱》对吕大防《年谱》多所纠正，阐发己见，原创性极高。

我们先来看吕大防《年谱》的原创性贡献，综合撰述时间在吕谱之前的今存所有"杜甫传谱"文献进行全面比较（具体文献参见本文第一部分），可知吕谱多参考元稹《墓系铭并序》及《旧唐书·杜甫传》，然亦沿袭王洙《集记》以杜诗为系年之证的做法，故细节上渐趋细密；吕谱的原创性观点主要有三：第一，综合元稹《墓系铭并序》杜甫"享年五十有九"，以及王洙《集记》"集有《大历五年正月追酬高蜀州》诗及别题大历年者数篇"，确定杜甫生年为睿宗先天元年。第二，揭橥《观公孙弟子舞剑器》为记载杜甫幼年生活之最早诗篇，并指出"甫是年才四岁，年必有误"，揭开后世对该问题之争论。第三，定《新安吏》、《石壕吏》、《新婚别》、《垂老别》、《无家别》诸篇作于乾元元年华州司功任上。

我们在"杜甫传谱"及吕大防《年谱》的基础上再来看蔡兴宗《年谱》的原创性贡献，得到如下五点：

第一，杜甫出生之纪年。吕谱认为杜甫出生于"睿宗先天元年癸丑（按，当为"壬子"）"，蔡谱改为"玄宗先天元年壬子"："按唐史：明皇传位后始改元。而吕汲公所编《年谱》作'睿宗先天元年癸丑'，皆误。"

第二，杜甫献三大礼赋之时间（见上文）。

第三，杜甫"参列选序"与得官之辨。蔡《谱》指出，杜甫献三大礼赋后并未立即得官，而只是参列选序，直至十三载才得河西尉："十三载甲午。冬进《封西岳赋》，赋序曰：'上既封泰山之后三十年。'按唐史：开元十三年乙丑岁，封泰山。至是三十年矣。……而旧《谱》入十一载，皆误。"又称："按《新（唐）书·列传》、《集记》皆以先生献三大礼赋，明皇奇之，召试文章，授河西尉，不拜，改右卫率府胄曹。则或在此载下，而考《秋述》文曰'我弃物也，四十无位'，又十三载进《封西岳赋表》略曰：'臣本杜陵诸生，年过四十，尝困于衣食，盖长安一匹夫耳。顷岁国家有事于郊庙，幸得奏赋，待制于集贤，委学官试文章，再降恩泽，送隶有司参列选序。'又《赠韦左丞》诗有曰：'主上顷见征，歘然欲求伸。青冥却垂翅，蹭蹬无纵鳞。'乃知先生进三赋后，才俾参列选序，则罢尉河西，改授胄曹，其在天宝之末载乎？故《夔府书怀》诗有曰'昔罢河西尉，初兴蓟北师'是也。"蔡谱考辨精细，进一步将献三大礼赋与献《封西岳赋》之时间及后果厘清。

第四,杜甫补京兆功曹之时间。《旧唐书·杜甫传》:"(上元元年,760)甫寓居成州同谷县,自负薪采梠,儿女饿殍者数人。久之,召补京兆府功曹。"王洙《集记》:"(上元元年,760)遂入蜀,卜居成都浣花里,复适东川。久之,召补京兆府功曹,以道阻不赴,欲如荆楚。上元二年(761),闻严武镇成都,自阆州挈家往依焉。"《新唐书·杜甫传》:"(上元元年,760)流落剑南,结庐成都西郭。召补京兆功曹参军,不至。(宝应元年,762)会严武节度剑南东、西川,往依焉。"综合来看,早期传谱作者皆将杜甫补京兆功曹之时间定为上元元年(760)。吕大防谱定为永泰元年(765):"永泰元年丙午(按,当为'乙巳')。严武平蜀乱,甫游东川,除京兆功曹,不赴。"永泰元年说与旧说迥异,而未说明原因。又,永泰元年杜甫已重返成都,未在梓、阆,此年"游东川"之说未稳。蔡兴宗《年谱》则将时间定在广德元年(763):"(广德元年)是岁召补京兆功曹,不赴。时严武尹京。有《春日寄马巴州》诗,注曰:'时除京兆功曹,在东川。'而《本传》与《集记》作上元年间,旧《谱》作永泰年,皆误。"寻绎蔡《谱》文字,蔡兴宗系年之缘由有二:(1)杜甫自注:"时除京兆功曹,在东川。"而避乱梓州、阆中("在东川"),时间在宝应元年(762)至广德元年(763)之间。(2)严武任京兆少尹。按,《旧唐书·严武传》:"入为太子宾客,迁京兆尹、兼御史大夫。……复拜成都尹,充剑南节度等使。"迁京兆尹事在宝应元年(762)七月;复拜成都尹事在广德二年(764)初。因此,两个因素(762—763/762—764)的交集则为762年7月—763年初,再考虑到《春日寄马巴州》作于春天,则当在763年(广德元年)春。其考证之功极为缜密。①

———————

① 洪业则对蔡谱所提出的第一个缘由"在东川"提出质疑,而赞同第二个缘由(严武任职京兆尹而荐举杜甫为京兆功曹),故系年范围扩展为762—764年,他最后选择了764年:"广德二年(764年)杜甫的确得到了一份新任命,可能就是在他得知朝廷返回长安之后不久,杜甫的某些朋友毫无疑问向朝廷推荐了他。在《奉寄别马巴州》一诗的附注中,杜甫说:'时甫除京兆功曹,在东川。'——此诗题下注曰:'时甫除京兆功曹,在东川。'我相信后半句是后来的某个注家添加上去的(很可能是王维桢)以表示此诗作于阆州,然而,根据杜甫为王刺史所作的表奏,阆州在那时应该属于山南,而非剑南。参见《王状元集百家注编年杜陵诗史》卷18.12a,《分门集注杜工部诗》卷19.11b,蔡梦弼卷20.9a。"(洪业撰、曾祥波译《杜甫:中国最伟大的诗人》,上海古籍出版社2011年,第185页)洪业对"在东川"为衍文的质疑版本证据不足,故不如仍依蔡兴宗两重证据的推理,以此事系于广德元年(763)为稳妥。

第五，辨明杜甫避乱梓、阆之时间。王洙《集记》："遂入蜀，卜居成都浣花里，复适东川。久之，召补京兆府功曹，以道阻不赴，欲如荆楚。上元二年，闻严武镇成都，自阆州挈家往依焉。武归朝廷，甫浮游左蜀诸郡，往来非一。"依王洙说，杜甫游梓、阆有两次。上元元年（760）入蜀，适东川梓、阆间，至上元二年（761）自阆州归成都，此其一。宝应元年（762）严武离蜀赴京，杜甫再次游东川梓、阆间，此其二。前说误，后说是。又，吕大防谱："上元二年（761），是年严武镇成都，甫往依焉。……永泰元年（765），严武平蜀乱，甫游东川，除京兆功曹，不赴。"按，吕谱称上元元年（761）杜甫第一次由东川"往依"严武，当从王洙《集记》而来。吕谱称永泰元年（765）严武平蜀乱，杜甫时游东川。按，吕谱之前说承王洙《集记》之误；吕谱之后说，时间亦误，严武再任蜀中在广德二年（764），杜甫旋即由东川归成都入严武幕中。蔡谱辨之甚明："（广德）二年甲辰。春，居阆中，有《伤春五首》，别本注曰：'巴阆僻远，伤春罢，始知春前已收宫阙。'集中乃编作夔州诗。又有《收京三首》，而编作凤翔行在诗，尤为差误。……游梓、阆跨三年也，及他诗言三年者非一。而《集记》乃书入蜀复适东川，上元二年闻严武镇成都，自阆挈家往依焉。其旧《谱》又多因之。"

这五种观点，鲁訔《年谱》全部予以采纳。一般来说，作为学术研究的年谱与诗文编年工作，往往是草初易多新见，后出难得原创，蔡兴宗《年谱》在吕大防《年谱》的三种原创观点之外，又得出六种原创性观点，实属难得。鲁訔《年谱》直接承袭蔡兴宗《年谱》，全盘吸收了蔡谱的原创观点，又将赵子栎《年谱》的三种原创性观点尽数收入，自然成为当时带有"集成"性质、最便于使用的杜甫年谱。

（四）鲁訔《杜工部诗年谱》的问题与价值

鲁訔《年谱》的原创性贡献又如何呢？抛开鲁訔《年谱》中承袭蔡兴宗《年谱》与赵子栎《年谱》的部分，再来看鲁谱的原创性观点，我们发现在这方面鲁《谱》显得极为贫乏，仅有一处，即：厘清杜甫初至成都之"主人"为裴冕，而非严武。关于这个问题，樊晃《杜工部小集序》、元稹《墓系铭并序》、《旧唐书·杜甫传》、王洙《集记》、《新唐书·杜甫传》、吕大防《年谱》、蔡兴宗《年谱》都只留意到严武在成都对杜甫的帮助，皆未注意杜甫初至成都倚靠之居停主人的问题。在今存杜甫传谱与杜诗编年文献中，鲁訔《年谱》是第一个提出这一问题的：

"上元元年庚子。裴冕公为公卜居成都西郭浣花溪。《成都记》:'草堂寺,府西七里。浣花寺,三里。寺极宏丽。'公《卜居》曰:'浣花流水水西头,主人为卜林塘幽。'……(吕大防)《年谱》与《史》云:'严武镇成都,甫往依焉。'《新(按,新当为'旧')史》云:'上元二年冬,黄门侍郎郑国公严武镇成都,奏为节度参谋检校尚书工部员外郎,赐绯鱼。'公先赴成都,裴公为卜居浣花里,《谱》、《传》皆非是。"鲁谱所说为是。故黄鹤《年谱辨疑》从之并进一步发挥:"乾元三年庚子,改上元元年。是年先生在成都,裴公为卜成都西郭浣花寺居。《高适》诗云'闻道招提客'是也。二月,裴归朝,以京兆尹李若幽(后赐名国桢)为成都尹。《旧史·李国桢传》云:'为京兆尹。上元初,改成都尹,兼御史大夫,充剑南节度使。'而先生未尝与之交,故诗文无一语及之。"此说已经为今天的研究者所公认。另外还需指出,鲁谱的这一点原创性贡献,也还存在某种不确定性。按,黄氏《补注杜诗》卷二十一《卜居》注云:"鲍(彪)曰:上元元年岁次庚子,公年四十九,在成都。剑南节度使裴冕为卜成都西郭浣花溪,作草堂居焉。所谓'主人为卜林塘秋'是也。"则鲍彪《少陵诗谱论》亦提出杜甫初至成都之居停主人问题。鲁訔《年谱》作于绍兴二十三年(1153),鲍彪建炎二年(1128)进士,致仕于绍兴三十年(1160),两者孰先孰后,遽难断定?然而鲁訔说引用吕大防《年谱》与《旧唐书·杜甫传》,具有明晰的"学术史"意识,故暂定鲁訔为最早提出此说者。

在原创性贡献寥寥的情况下,鲁訔《年谱》的失误一面倒是颇为严重,主要在于:未能区分杜甫开元二十四年(736)与天宝四载(745)两次齐赵之游,将其混为一谈:

(开元)二十五年丁丑。史云:"公少不自振,客游吴越齐赵。"故《壮游》曰:"东下姑苏台,已具浮海航。到今有遗恨,不得穷扶桑。归帆拂天姥,中岁贡旧乡。忤下考功第,拜辞京尹堂。放荡齐赵间,裘马颇清狂。春登吹台上,冬猎青丘旁。"《游梁》亦曰:"昔我游宋中,惟梁孝王都。忆与高李辈,论文入酒垆。气酣登吹台,怀古视平芜。"《昔游》曰:"昔与高李辈,晚登单父台。"《山脚》曰:"昔我游山东,忆戏东岳阳。穷秋立日观,矫首望八荒。"公居城南,尝预京兆荐贡,而考功下之。唐初,考功试进士。

开元二十六年戊寅春,以考功郎轻,徙礼部以春官侍郎主之。公之适齐赵,当在此岁以前。

正因为如此,采用鲁訔编年的蔡梦弼《草堂诗笺》、托名王十朋《王状元集百家注编年杜陵诗史》皆未能区分出天宝四载后杜甫第二次前往齐赵间所作之诗文。——按,《草堂诗笺》、《杜陵诗史》于安史之乱前的系年部次为"开元间留东都所作"、"齐赵梁宋间所作"、"天宝以来在东都及长安所作"、"天宝十五载丙申夏五月挈家避地鄜州及没贼中所作"。——故天宝四载之后李白与杜甫交往之诗篇多编次混乱,往往误入开元二十四年(736)时期。这一失误也影响到黄氏《补注杜诗》。另外,林继中辑校《杜诗赵次公先后解辑校》由于甲、乙、丙前三帙已佚,不得不以《杜陵诗史》编次为序,故亦不得不沿袭此误。考蔡兴宗《年谱》编年由"先天元年"直接转入"天宝五载",想亦未曾区分两次齐赵之行,故鲁訔年谱之误,很可能是承袭蔡兴宗谱而来。即便如此,鲁谱亦当负失察之责。

那么,享有宋人杜诗编年中影响最大之地位的鲁訔《年谱》,其价值究竟何在?笔者以为,鲁《谱》之地位与价值,在于有时能对前人说作进一步、较为细密清晰的推敲,有整合之功:

如关于《皇甫淑妃碑文》撰写时间问题。赵子栎《年谱》虽有原创之功:"开元二十三年乙亥。有《开元皇帝皇甫淑妃神道碑》云:'野老何知,斯文见托。'甫时白衣。"然而鲁谱则有进一步论证推进之功:"开元二十三年乙亥。公年二十四。公作《开元皇帝皇甫淑妃丰碑》曰:'岁次乙亥十月癸未朔,薨。'又曰:'野老何知,斯文见托……不论官阀,游夏入文学之科。'意公尚白衣。天宝十载,始上《三大礼赋》,起家授河西尉。或以为是年未应称野老,当是天宝十载辛卯,铭曰:'列树拱矣,丰碑阙然。'乃知后来方立碑也。但未能考其定于何年?"鲁訔以碑文所载皇甫淑妃卒于"乙亥",故系其事于开元二十三年(乙亥,735年)。然亦指出杜甫是年二十四,似未应自称"野老";又且立碑之日在皇甫淑妃卒年之后,故未能考定撰文为何年? 如欲迁就"野老"之称,当系于杜甫释褐任官("野")的时间下限("老"),即天宝十载(751)。当然,鲁谱最终未能解决杜甫撰写《皇甫淑妃碑文》的时间问题,但它提出了"天宝十载"的合理下限。黄氏《补注杜诗》黄鹤补注进一步提出"天宝四载"说:"天宝四载,为开元皇帝皇甫淑妃作墓碑,云:'公主戚然谓左右曰:自我之西,岁阳载纪云云。于是下教有司,爰度碑版。'案,《尔雅》:'自甲至癸,为岁之阳。'妃以开元二十三年乙亥十月癸未朔薨,其月二十七日葬于河南县龙门之西北原,故至今年乙酉,为岁阳载纪矣。"所谓"自甲至癸,岁阳载纪"者,即十年之谓。开元二十三年(735)至天宝四载(745),正合十年之数。可以说,鲁訔谱在赵子栎谱提出问题、黄鹤补注试图解决问题之间提出了解决问题的思路,起到了推动深入思考的承启作用。对这一问题,闻一多《少陵先生年谱会笺》在黄鹤基础上更进一步,提出"天宝五载"说,认为"《碑》述潜曜之言曰'自我之西',故知所云郑庄必在长安",可知此时郑潜曜由洛阳已西迁长安,故杜甫不可能在洛阳遇见郑氏,故《碑文》必作于天宝五载杜甫至长安之后,"至'岁阳载纪'之语,乃约略言之,文家修词,此类甚多,不得以为适当乙酉之岁也。"①而最新《杜甫全集校注》则提出更合理的"天宝九载"说:"此《碑》中'自我之西,岁阳载纪'之语,乃是临晋公主所说……应从临晋公主下嫁郑潜曜之时算起。据独孤及《郑驸马孝行记》,临晋公主于开元二十八年下嫁郑潜曜,往下推十年,则此碑文当作于天宝九载(750)。"②

如赵子栎谱指出天宝六载杜甫黜于"野无遗贤"之试,鲁訔《年谱》进一步提供证据:"(天宝)六载丁亥。公应诏退下。元结《谕友》曰:'天宝六载,诏天下有一艺诣穀下,李林甫相国命尚书省皆下之,遂贺野无遗贤于庭。'公《上韦左相》曰:'主上顷见征,欻然欲求伸。青冥却垂翅,蹭蹬无纵鳞。'《上鲜于京兆》曰:'献纳纡皇眷,中间谒紫宸。破胆遭前政,阴谋独秉钧。'正谓此邪!"所举二诗,以杜证杜,可谓犁然有当!

当然,此类整合推进之功,较之鲁谱对前人年谱原创性贡献及失误之处的承袭,以及黄鹤《年谱辨疑》的后出转精,其分量比重皆颇嫌不足。

总的来说,就原创性而言,蔡兴宗《年谱》、赵子栎《年谱》的原创性远远高于鲁訔《年谱》,鲁訔《年谱》的价值主要在整合二谱,一方面

---

① 闻一多《唐诗杂论》,中华书局 2009 年,第 55 页。
② 萧涤非主编、张忠纲终审统稿《杜甫全集校注》,人民文学出版社 2014 年,第 6347 页。

承袭其原创性,一方面也照搬了二谱的错误。然而因为鲁《谱》有集成便览之效,论证时或较为充实清晰,有承传前说之功,故两种现存最早的宋人杜诗编年集注本(《草堂诗笺》、《杜陵诗史》)皆采用鲁《谱》为编年框架。编年集注本是读杜的最佳版本,[①]鲁《谱》遂借二书之流行,其影响日盛。此后,即使是对杜诗编年有最多新创获的年谱及注本——尤以黄鹤《年谱辨疑》与黄希、黄鹤《补注杜诗》为代表——也不得不以鲁訔《年谱》为嚆矢;且因黄氏之书采用分体本之故,不如编年本之便于阅读使用,影响亦不及鲁《谱》。而曾经为鲁訔《年谱》提供养分的年谱——主要是赵子栎《年谱》、蔡兴宗《年谱》——更是渐渐隐没在历史深处。"一将功成万骨枯",这样的情形在文献史上并不少见。我们起诸《谱》之故纸骸髅于地下而问之,也自有一番探究世事真相的乐趣。

二、《杜甫二子考》

杜甫二子,大儿杜宗文,小儿杜宗武。历来认为,宗文小字熊儿,宗武小字骥子。这一说法出于后人对两首杜诗的误读。

至德二载,杜甫被困叛军占据的长安城中,作《忆幼子》:"骥子春犹隔,莺歌暖正繁。"《宋本杜工部集》题下王洙注说:"字骥子,时隔绝在鄜州。"此注当是真王洙注,所说也没有问题。然而《宋本杜工部集》在《宗武生日》诗后却注:"宗武小名骥子,曾有诗云'骥子好男儿'。"从这里开始,王洙注混淆宗文、宗武的名与字,成为这一误解的滥觞之源。王洙注为什么会出现这样的误解?从宋人黄鹤《补注杜诗》对《忆幼子》的解释大概能得到一点启示,黄鹤注说:"公幼子宗武,小名骥子。"换言之,黄鹤将年岁之"小"的"幼"误解为排行之"低"的"幼","骥子"被理解为小儿子宗武。大概王洙的心理与黄鹤是一致的,只不过王洙的误解没有直接表现在对《忆幼子》的注解上,而是辗转到《宗武生日》才形诸文字。杜甫逃出长安,奔至凤翔行在,又有《得家书》一诗,其中一句是:"熊儿幸无恙,骥子最怜渠。"既然骥子是

---

① 参见曾祥波《论杜诗系年的版本依据与标准》,《北京大学学报》2014年1期。

指"幼子"宗武,那么熊儿就是指长子宗文了。此说得到后来注家及现代学者的普遍接受。后人再结合杜甫晚年派遣宗文劳动(如"树鸡栅")、宗武不与其役,以及宗武能诗等因素,进而又产生出杜甫较为偏爱宗武的说法,并广为流传。

1952年,史学家洪业寓居美国,执教哈佛大学,撰著《杜甫:中国最伟大的诗人》一书,一反旧说,以骥子为宗文,熊儿为宗武。1962年,他应《南洋商报》之约撰稿论述《杜甫》一书的著述缘起经过,特地解释这一问题:

> 杜甫于诗题中提到他宗文、宗武二子。早年诗中提到骥子,疼爱得很。晚年也有特与宗武的诗,颇露奖赏之意。其特与宗文的诗,只有一首,乃是催他快起鸡栅。自两宋以来的学者,除了一个以外,都异口同声地说骥子是宗武的小名;因其聪明好学,杜甫特别爱他。宗文不成器;杜甫不免失望。关于这一点,我于几十年中,每想到,颇觉不快……(杜甫)竟不爱长子,偏爱次子;不免盛德之累。一直等到我翻译《得家书》那首诗,展开各本彼此比勘之时,才发现仇兆鳌于他繁琐注文中,附带一句"胡夏客曰:骥当是宗文,熊当是宗武。"记得我跳起大叫:这说法正对;可以破千古之惑。
>
> 事实大概是这样的;安禄山叛了;杜甫把家眷寄放在鄜州的羌村。因要奔赴行在,不及等候他的太太杨夫人分娩,而即出发。中途被叛贼捉住,把他带到长安去。过年夏间(757),他逃离了长安,在极危险中,达到凤翔行在。在凤翔才得家信:"熊儿幸无恙,骥子最怜渠。"熊儿当然是上年高秋杨夫人所生的宗武,而比他大约三岁的哥哥宗文,乃最疼爱这娃娃弟弟。这是很自然的解释。宗文乃是骥子;可见杜甫并不曾偏爱次子,不爱长子。这样一想,好像多年痼疾,一旦消除;真痛快得很。[①]

除了胡夏客的注释,历来并无其他注家对宗文、宗武的小字提出质疑。事实上,胡夏客也是"杜甫偏爱宗武,不喜宗文"这一说法的有

[①] 洪业《我怎样写杜甫》,《杜甫:中国最伟大的诗人》附录三,上海古籍出版社2011年,第358—359页。

力鼓吹者,可见他对杜甫二子问题并无全面的考证,所言"骥当是宗文,熊当是宗武"甚至有可能是无心插柳的一时笔误!按照洪业的推测,至德二载杜甫作《忆幼子》时,其时只有宗文这个年龄幼小的儿子,熊儿尚在母腹中未曾出世,"幼"字不带有排行的意义。但是洪业作出这一假说之后,并未加以证明。

要证明宗武在杜甫离开鄜州前往肃宗行在之时尚在母腹中,弄清他的出生时间是关键。大历三年正月(768),杜甫旅居夔州,作《又示宗武》一诗说:"觅句新知律,摊书解满床……假日从时饮,明年共我长。应须饱经术,已似爱文章。十五男儿志,三千弟子行。"①诗中"十五男儿志"一句实为宗武出生年份的重要佐证,历来注家皆未注意及此。此句用《论语·为政》所载孔子语:"吾十有五而志于学。"即古人所谓十五束发成童而就学。结合《又示宗武》全诗来看,杜甫是说宗武"明年共我长",将接近("应须"、"已似")十五有志于学的年纪了。若以洪业的推测,宗武出生于至德二载(757)算起,到"明年"大历四年(769),以古人惯用的虚岁计,杜宗武为十四岁,正是最为接近十五岁的时候,故老杜作此诗以勉励之。可见,至德二载正是宗武出生的年份。宗武出生的具体月份也有线索可寻。杜甫晚年旅居夔州期间,曾作《宗武生日》一诗说:"小子何时见,高秋此日生。"②可见宗武出生于秋高气爽之日,即至德二载秋。杜甫在至德二载(757)陷贼长安时曾作《遣兴》:"骥子好男儿,前年学语时。问知人客姓,诵得老夫诗。世乱怜渠小,家贫仰母慈。"③如果按照传统说法,骥子是宗武。那么我们即使按最宽松的情况度量,以"前年学语时"为骥子一岁时事,则他在至德二载已经四岁(虚岁五岁),至大历四年为十七岁(虚岁十八岁)。这与《又示宗武》所言情状决难吻合,其龃龉矛盾一看可知,所以骥子一定是指宗文。

确定了宗武的出生年月,再按照洪业推测的宗文字骥子、宗武字熊儿的说法,我们再回过头来重新梳理杜甫这一时期的诗文行实,历

---

① 按,杜甫有《元日示宗武》:"汝啼吾手战,吾笑汝身长……训谕青衿子,名惭白首郎。赋诗犹落笔,献寿更称觞。"题下注:"大历三年正月元日。"两诗用韵相同,诗题亦前后相应,可知为一时之作。历来注家亦皆作如是观。
② 《杜诗详注》卷十七,中华书局1979年,第1477页。
③ 《杜诗详注》卷四,第326页。

历可验，无一滞难，诸家注杜的诸多疑难都可以得到解决。天宝十五载(756)，杜甫将妻儿安顿在鄜州。听说肃宗即位于灵武的消息，即奔赴行在。从鄜州出发的时间应是在此年岁末稍后。理由有二：第一，此年所作《得舍弟消息二首》其一说：“近有平阴信，遥怜舍弟存。侧身千里道，寄食一家村。”其二说：“生理何颜面，忧端且岁时。两京三十口，虽在命如丝。”①杜甫在"岁时"还收到弟弟从平阴寄到"一家村"的书信，说明杜甫岁末仍在鄜州羌村家中。第二，杜甫在长安作《春望》说：“国破山河在，城春草木深。感时花溅泪，恨别鸟惊心。烽火连三月，家书抵万金。白头搔更短，浑欲不胜簪。”②"连三月"与"家书"并列，说明三个月正是杜甫离家之时日，"城春草木深"可见作此诗时已是暮春。前后二诗合观，可知杜甫于岁末之后离家，至暮春时离家时间已达三月，正表明杜甫离家的时间在天宝十五载(756)岁末与至德二载(757)岁初之间。

至德二载秋(757)，杜甫已从长安奔至凤翔，作《得家书》说：“去凭游客寄，来为附家书。今日知消息，他乡且旧居。熊儿幸无恙，骥子最怜渠……北阙妖氛满，西郊白露初。凉风新过雁，秋雨欲生鱼。农事空山里，眷言终荷锄。”③这正是杜甫将家安置在鄜州并离开后第一次得到家书。"幸无恙"是说熊儿平安降生；"西郊白露初"，节气白露，说明熊儿降生于阴历八月，于上文所说"高秋此日生"（《宗武生日》）正合。又，查《二十史朔闰表》757年为闰八月，④杜甫此年初离家，至此已九个月，扣除书信途中逗留时间（姑且以一月计），则杨氏在杜甫离家时应有近两月身孕，正是初露端倪之时。明乎此，颇可以举一反三——杜甫在已知夫人怀孕之际，毅然奔赴肃宗行在，最能见其忧国忘家的操守之峻，与致君尧舜的志向之切；《春望》名句"烽火连三月，家书抵万金"，万金以喻家书，正因其含有"孕妇母子平安"之讯息，读后尤觉情态之具体切实。另外我们还不妨作一大胆推测，老杜为宗武起小字为"熊儿"，意中也许有"文王梦熊"的典故在——未

---

① 《杜诗详注》卷四，第321—322页。
② 《杜诗详注》卷四，第320页。
③ 《杜诗详注》卷五，第360—361页。
④ 陈垣《二十史朔闰表》，上海古籍出版社1956年，第97页。

能亲见其出生,故挂念尤切,至于形诸寤寐之间,且寄予厚望。这与老杜一生爱马,为长子取"骥子"小字一事相映成趣。

杜甫任职凤翔期间,尚有《述怀》一首,说离家赴凤翔之始末:"去年潼关破,妻子隔绝久。今夏草木长,脱身得西走。麻鞋见天子,衣袖露两肘……寄书问三川,不知家在否……自寄一封书,今已十月后。反畏消息来,寸心亦何有。"黄鹤将此诗系于至德二载夏,历来无异辞。但既称夏天,"十月"就不好理解了。所以赵次公注只好婉曲为之说:"十月,谓自去年寄书已经十月,非指孟冬之十月。"但是从上文所述可知,从杜甫年初离家至夏天,尚不足半年,"十月"之说实扞格难通。如依上文"宗武出生于此年八月"之说,则知"十月"即指秋冬之交的十月——"寄书问三川,不知家在否"指杜甫寄信回家问讯;"自寄一封书"指八月间鄜州杨氏夫人回信告知"熊儿幸无恙"(而非老杜寄回家中的书信),母子生产平安;"今已十月后",是说收到家信后又过了两月;此时老杜想到生产之后,母羸子幼,急待调养,欲知后续情况如何,故而十分牵挂。但若短期内又有书信来,恐非佳音,所以说"反畏消息来"——诸句逐次可解,涣然无碍。故此诗是至德二载秋十月所作,当改系于此。

综合对以上相关诗篇考证,可知杜甫二子"宗文字熊儿、宗武字骥子"的传统说法不确。实际情况是,宗文字骥子,比弟弟宗武约长四岁,宗武字熊儿,出生于至德二载秋八月。宗武出生时杜甫不在家中,未能亲见,取小字为"熊儿",或即隐含此意。重新审定杜甫二子宗文、宗武的情况,对杜甫羁留长安、任职凤翔等时期的若干诗篇的系年定位,以及深入理解其艺术性和思想性,都有帮助。①

---

① 按,此文发表于《杜甫研究学刊》2013年1期。孙微先生对此文有不同意见,主要证据是任华《送杜正字暂赴江陵拜觐叔父序》(《文苑英华》卷721)所言:"吾见骥子齠齕之时,爱其神清,知其才清,今果尔也。顷漂沦荆楚,既孤且贫,求食于谁?"如将任华序文与元稹《墓系铭并序》所载"嗣子曰宗武,病不克葬"联系起来理解,证旧说"宗武字骥子"不误。我窃以为,杜甫身后虽宗文早逝,惟宗武犹存(元稹《墓系铭并序》所谓"嗣子曰宗武"),然宗文逝世时日不详,亦可能先任正字而后逝,如此则杜正字即宗文,与任华《序》称"吾见骥子"正合,江陵叔父者即杜甫诸弟。退而言之,若任华作《序》时宗文已逝,则杜正字亦可能为宗文后嗣(宗文早逝而有后,为杜甫孙辈,与元稹所说"(杜甫)嗣子曰宗武"可并行不悖),其拜觐之"叔父"即宗武。换言之,杜正字为"宗文"之子,则杜正字之体貌秉性皆承自宗文,故任华《序》称"吾见骥子齠齕之时,爱其神清,知其才清,今果尔也",就子颂父,以父言子,亦不为不可。

三、《李杜关系考辨——以杜诗对"偶然性细节"的刻画为视角》

即使是大作家,其艺术创作也有从稚嫩到成熟的过程,杜甫亦不例外。杜诗对"偶然性细节"的刻画就是如此。天宝四载,此前已有交谊的李白、杜甫在山东兖州相遇。二人同去拜访鲁城城北的朋友范十,皆有诗纪其事。正是从这两首同一题材内容的纪事诗中,我们看到年轻、初露头角的杜甫与年长而名满天下的李白之间诗歌叙事艺术的高下之别。先看杜甫《与李十二白同寻范十隐居》:"李侯有佳句,往往似阴铿。余亦东蒙客,怜君如弟兄。醉眠秋共被,携手日同行。更想幽期处,还寻北郭生。入门高兴发,侍立小童清。落景闻寒杵,屯云对古城。向来吟橘颂,谁欲讨莼羹。不愿论簪笏,悠悠沧海情。"全诗的开篇、结尾,关注点都在李白身上。这次出游的核心事件"寻范十隐居",不过寥寥四句"更想幽期处,还寻北郭生。入门高兴发,侍立小童清",直述会面情态的两句描述,也不过说宾主兴致俱高,侍应小厮也显得闲雅可人,笔法泛泛,颇觉游而不击、避难取巧。从诗中我们几乎不知道杜甫与李白拜访范十的具体情况,只感受到年轻杜甫愿从李白游的一派痴情。这种痴情蒙蔽了他的眼睛,而这双眼睛本该看见更多东西。仅就叙事而言,这首诗几乎可以原样照搬去描述任何一次出游拜访。换言之,它可以是任何一次,但它偏偏就没能是"这一次"。为了更清楚地看出杜甫在"这一次"上的失误,不妨来看李白同题材的诗作《寻鲁城北范居士失道落苍耳中见范置酒摘苍耳作》:"雁度秋色远,日静无云时。客心不自得,浩漫将何之。忽忆范野人,闲园养幽姿。茫然起逸兴,但恐行来迟。城壕失往路,马首迷荒陂。不惜翠云裘,遂为苍耳欺。入门且一笑,把臂君为谁。酒客爱秋蔬,山盘荐霜梨。他筵不下箸,此席忘朝饥。酸枣垂北郭,寒瓜蔓东篱。还倾四五酌,自咏猛虎词。近作十日欢,远为千载期。风流自簸荡,谑浪偏相宜。酣来上马去,却笑高阳池。"它才是无可替代的"这一次"。寻访鲁城城北的范居士,途中迷路了,波折一;不但迷路,而且从马上摔下来,波折二;摔下来,还没落到好地界,偏偏掉到苍耳丛中,沾了一身还满,波折三。三个波折本来令人丧气,何以津津乐道呢?因为一个巧合,范十家菜肴中正好有苍耳一道。苍耳又名卷耳,《诗》所谓"采采卷耳"者即是。宋人罗愿《尔雅翼》卷三说:"卷耳,菜名也……叶青白色,似胡荽,白华细茎,可煮为茹,滑而少味……其实如鼠耳而苍色,上多刺,好著人衣,今人通谓之苍耳。"席间上了苍耳叶,这立刻让李白想起那一身苍耳果实。这个巧合使得客人的糟糕心情随之化为乌有,途中的所有波折甚至变得可资咀嚼回味,成为当下安逸心态的衬托物和调味品。比起杜甫对于此次访范之行的四句泛泛描述,李白的叙事艺术——尤其是他捕捉属于"这一次"的细节的能力让人叹为观止!惊叹之余,我们就看到了杜甫叙事的症结所在,他遗漏了生活中极可遇不可求之物,那是需要捕风捉影之手才能摄取的巧合性、偶然性、惟此而非彼的细节。在这个意义上,对于长期以来李杜关系研究中的一个争论话题,不妨作一点新阐释。自这次游历之后,李、杜二人再未见面。次年,杜甫有《春日忆李白》:"白也诗无敌,飘然思不群。清新庾开府,俊逸鲍参军。渭北春天树,江东日暮云。何时一樽酒,重与细论文。"这首诗最使论者瞩目的公案在"重与细论文"一句,常有这样一种理解,认为杜甫觉得李白诗歌格律略显粗疏,须细细琢磨。如于杜诗极为有见的明人王嗣奭就认为此语"似欲规其所不足"。其实未必然。须知注家普遍都将此诗系年于天宝五载,此时不过是李、杜分手的次年,杜甫远没达到"晚年渐于诗律细,语不惊人死不休"的境地,才学识见都待积蓄历练,恐怕难切声律之精细如此;且分手时间不远,并非老年人的模糊追忆,追忆这最后一次游历而说的"细论文"所指应切实有征,当与游历中的具体作品相参互。依照我们上面对李、杜在此次游历中同一题材两首诗的分析,"细"理解为"细节"更觉水到渠成。因此,"细论文"体现的是杜甫对于李白叙事艺术中对偶然性细节的刻画的推崇,是讨教而非指斥。此点似未见前人提及,今特表而出之。

杜甫一向转益多师,择善而从。他既然意识到了李白叙事艺术中细节把握的高妙,他的写作是否受到影响呢?通览今存全部杜诗,我们惊喜地发现在乾元元年年底由华州前往洛阳途中短短时段中,杜甫诗歌叙事中的细节刻画突然有了一次集中的爆发。其中体现出善于发现生活之巧的眼力与跌宕腾挪的表达技巧,与李白《寻鲁城北范居士失道落苍耳中见范置酒摘苍耳作》如出一辙。首先看《路逢襄阳杨少府入城,戏呈杨员外绾(原注:甫赴华州日,许寄员外茯苓)》:

"寄语杨员外,山寒少茯苓。归来稍暄暖,当为剧青冥。翻动神仙窟,封题鸟兽形。兼将老藤杖,扶汝醉初醒。"题目就见曲折巧致:我出发去洛阳,才出华州城门,不早不晚正碰到刚要进城的杨少府。在我俩进出一照面之间,我想起杨少府的亲友杨绾托我此行替他采集茯苓,也许这事一时还办不了,正好托杨少府给他捎个口信云云。一首有趣的诗!这种趣味来源于细节,细节的实质在于"碰巧"。或者说,趣味脱胎于真实生活的偶然性事件。此外,对事件前因准确而简明的交代("寄语杨员外,山寒少茯苓"),对事件后果的调侃式设想("当为剧青冥……兼将老藤杖"),以及最后消解事件本身的戏谑般的言外之意(与其服食茯苓养生,不如节制饮酒来得彻底),表述到位,针对性强,绝无空泛之语。杜甫离开华州,过潼关,进至湖城,有《湖城东遇孟云卿,复归刘颢宅宿宴,饮散,因为醉歌》一诗:"疾风吹尘暗河县,行子隔手不相见。湖城城东一开眼,驻马偶识云卿面。向非刘颢为地主,懒回鞭辔成高宴。刘侯叹我携客来,置酒张灯促华馔。且将款曲终今夕,休语艰难尚酣战。照室红炉促曙光,紫窗素月垂文练。天开地裂长安陌,寒尽春生洛阳殿。岂知驱车复同轨,可惜刻漏随更箭。人生会合不可常,庭树鸡鸣泪如霰。"还是细节,还是偶然性!诗题说:在湖城城东遇到孟云卿,拉他"再次回到"刘颢家盘桓宴饮。"再次回到"怎么理解?将诗题与诗篇合看,诗中说:刚到湖城,沙尘四起,行人对面不相识。行进至城东,风尘渐弱,刚能睁开眼睛,就看见老友孟云卿——和上一首诗一样,又是一次巧遇,早一点或晚一点,都会因沙尘错过。我说准备去刘颢家,孟云卿说"我刚从刘家出来",又是一"巧"。我苦劝孟云卿随我再次去做客,孟说幸亏刘颢是好客之人,否则不好意思再次前去叨扰。说话间到了刘颢家,刘颢见了刚来到的新客人和刚离开的老客人,喜不自胜,重开宴席。如果没有充满偶然性的巧遇,如果遇见的人不是杜甫和刘颢共同的朋友孟云卿,恐怕这次三人聚会就不会出现,这首诗也更无从产生。我们读这首诗,愈发体会到生活中偶然性细节对于文学创作而言其不可复制的重要性,而文学创作也把生活的偶然性表现得穷形尽相。对偶然性细节的刻画,对"这一次"的把握,此时杜甫已经可以与李白媲美。

到达洛阳之后逗留了一段时间,次年(乾元二年)三月杜甫返回华州。西归途中,杜甫目睹人民受战争苦难,连续写下名篇《三吏》、

《三别》，标志着杜甫思想境界的又一个新高度；那么，东进路上连续写下的《路逢》、《东遇》，则可以被认为是在细节刻画上表征了杜甫诗歌叙事技巧的成熟，这与他在思想认识上的成熟相互应和。从写作《与李十二白同寻范十隐居》的天宝四载到写作《路逢襄阳杨少府入城》、《湖城东遇孟云卿》的乾元元年，十三年过去，杜甫的叙事艺术由稚嫩变为成熟。由于文献不足证，我们还不能勾勒出杜诗在叙事艺术层面上的详尽演变线索，但一前一后两个坐标的确立，其时间跨度之大，确实使我们感受到作家锤炼技艺的艰辛与甘苦。杜甫诗歌叙事艺术中对偶然性细节的刻画，将日常生活中事物之间的微妙联系钩辑出来，试想，需要多少数量日常、平凡的生活的积累酝酿，才能筛出这灵光一闪、不可复制的偶然性巧合？于是，生活在这里显示出它高于艺术的丰富性，而艺术创作那画龙点睛、匠心独运的攫取捏合，则显示出艺术因抽绎而高于生活的精妙之处。一言以蔽之：反常，然后合道。林庚先生《问路集》说："'文章本天成，妙手偶得之'，我们从什么地方认取这一只妙手呢？必在更多的偶然性之上；而不是一般现成的概念、词藻。这或者可以有助于说明创作之所以成为创作的那种独创特征吗？"杜甫叙事艺术的成熟，恰表现为善于刻画偶然性细节。生活与艺术消息暗通的关节点正于此处打通！

下 编

杜诗选释

版本说明

杜诗之编集，类型有三，按其出现之先后有：分体、编年、分门。读杜诗，最上为编年，次之为分体，最下为分门。本编采用杜诗版本情况如下：

杜诗编年本之重要者，有宋人杜诗编年本如：赵彦材《杜诗赵次公先后解辑校》（上海古籍出版社林继中辑校本）①、蔡梦弼《草堂诗笺》（《中华再造善本》2006年影印国图及北大图书馆胖合宋五十卷系统本两函十七册)②、旧题王十朋《王状元集百家注编年杜陵诗史》（简称《杜陵诗史》，贵池刘世珩玉海堂藏宋坊刻本）、高崇兰编次刘辰翁评点《集千家注杜工部诗集》（文渊阁四库全书本），以及清人编年本如朱鹤龄《杜工部诗集辑注》（河北大学出版社韩成武等点校康熙叶永茹万卷楼刻本）、集大成之仇兆鳌《杜诗详注》（中华书局标点本）、简明最便初学之杨伦《杜诗镜铨》（上海古籍出版社

---

① 按，《杜诗赵次公先后解辑校》一书共六帙，前三帙甲、乙、丙已佚，林继中辑本以用鲁訔编次之《杜陵诗史》目次为框架加以恢复，后三帙丁、戊、己尚有钞本，存赵次公本原貌，故本书论赵次公本所用之"蔡兴宗编次"，仅涉及"丁、戊、己"三帙，即从"永泰元年适云安"始，就下编选目而言，即从《客居》"客居所居堂"一篇始涉及赵次公本编次。

② 下编诗选涉及鲁訔编次，首先采用《杜陵诗史》，而非笔者指出应为"现存最早杜诗编年集注本"，亦采用鲁訔编次的宋五十卷系统本的《草堂诗笺》善本。这一方面是因为《杜陵诗史》经广陵书社及线装书局影印出版后，价格较廉，方便易得，便于读者复核；另一方面，《草堂诗笺》五十卷系统善本与《杜陵诗史》编次差异极小，仅17处，几可忽略不计（具体17处，可参见本书《蔡梦弼〈草堂诗笺〉整理刍议——兼论现存最早两种宋人杜诗编年集注本蔡梦弼〈杜工部草堂诗笺〉与旧题王十朋〈王状元集百家注编年杜陵诗史〉之优劣》文末列表)。又，本书下编诗选"系年"部分所谓"古逸丛书本《草堂诗笺》失收"，乃指古逸丛书本"正编"四十卷的情况，不包括其"补编"十卷；而特地拈出"正编失收"，正是为了说明古逸丛书本《草堂诗笺》割裂湮灭宋本《草堂诗笺》善本，造成"正编"缺失诗篇，后来又用"补编"弥补，造成体例混乱的严重缺陷。

标点本）。

其次之为分体，分体本的重要性有二：一则现存杜诗所有版本之源头王洙本即为分体本；二则分体之中，实有编年之义寓焉。尤其值得注意者为杜集祖本王洙本（中华书局影印《宋本杜工部集》）、直接承袭王洙本之南宋初年吴若本（《宋本杜工部集》为王洙本与吴若本之拼合本，又《钱注杜诗》称以吴若本为底本）①、郭知达《九家集注杜诗》（洪业《杜诗引得》据嘉庆年间翻刻乾隆武英殿翻南宋宝庆乙酉广南漕司重刊淳熙八年本排印本，及文渊阁四库全书本）、宋人黄希、黄鹤父子详为考证每诗系年之《黄氏补千家注纪年杜工部诗史》（简称《补注杜诗》，《中华再造善本》2006年影印山东省博物馆藏元至元二十四年詹光祖月崖书堂刻本，及文渊阁四库全书本）及清人注杜之源头钱谦益《钱注杜诗》。

最下为分门，此乃庸人解诗、书贾射利之所为，原不必赘言，然书贾之本刊印最多，流传较广，故现存宋本杜集多为此种，如四部丛刊本杜集即为南海潘氏藏宋刻本《分门集注杜工部诗》②。分门本之宋刊者可为校勘、辑佚之用。另外，宋人所编杜甫年谱，往往载于分门本卷首，是读杜诗的重要参考。

---

① 参见本书《吴若本与〈钱注杜诗〉之关系——兼论〈钱注杜诗〉成书渊源》一文。
② 如《秋兴八首》，《分门集注杜工部诗》将前三首置于《四时门》，后五首置于《宫殿门》；《咏怀古迹五首》，前三首置于《怀古门》，后二首置于《陵庙门》，最为可哂。

选 目 说 明

本编选释杜诗篇目,大体据洪业《杜甫:中国最伟大的诗人》(上海古籍出版社2011年)一书范围,因其选目有代表性,不但涵盖杜甫一生,且所选多从史学家角度出发,能见杜甫一生之行实。洪业原书选诗近四百篇,现以此范围再行拣择,保留历代注家争议较多者加以辨释,共一百十七篇。洪业《杜甫》所选杜诗原用嘉庆年间翻刻乾隆武英殿翻南宋宝庆乙酉(1225)广南漕司重刊淳熙八年(1181)之郭知达集注《九家注杜诗》三十六卷本为底本,现改用今存最早杜集祖本《宋本杜工部集》(治平间裴煜补遗嘉祐四年王琪刊定宝元二年王洙编订本)为底本。下编诗篇编次基本从洪业《杜甫》一书,部分诗篇系年因不采洪业说,故略有调整。

夜宴左氏庄

风林纤月落,衣露净琴张。暗水流花径,春星带草堂。检书烧烛短,看剑引杯长①。诗罢闻吴咏,扁舟意不忘。

【系年】

1. 王洙本在《过宋之问旧庄》与《送蔡希鲁都尉还陇右因寄高三十五书记》之间。《王状元集百家注编年杜陵诗史》(以下简称《杜陵诗史》)系于"开元间留东都所作"末篇,称"右此二篇(一为《过宋员外之问旧庄》)莫可考,姑因次之",用鲁訔编年系于卷一"齐赵梁宋间所作"最末一首(林继中辑《杜诗赵次公先后解辑校》从之)。黄希、黄鹤《补千家集注杜工部诗史》(以下简称黄氏《补注杜诗》)从之,黄鹤注曰:"公未得乡贡之前游吴越,下第之后游齐赵,此诗云'诗罢闻吴咏,扁舟意不忘',谓因吴音而思其地也,则是在游齐赵时作。未详左氏庄在何郡,旧次在《过宋之问旧庄》后,则左氏庄亦在河南。诗是天宝二、三年间作。"

2. 清人皆从宋人说。仇兆鳌《杜诗详注》用黄鹤说。朱鹤龄《杜工部诗集辑注》按语称:"《年谱》:公年弱冠游吴越。此故'闻吴咏'而思其地也。"杨伦《杜诗镜铨》用朱鹤龄按语。唯浦起龙《读杜心解》卷三之一稍异,系于《天宝初南曹小司寇舅》、《龙门》之后。

【题解】

此诗诸家皆系年于杜甫科考下第,齐赵之游后,居处于洛阳之际时所作。独洪业另辟新说,以为是杜甫吴越之游所作,是其生平诗作今存最早者。洪业《杜甫:中国最伟大的诗人》系年于杜甫生平诗第一首。他指出:"在诗歌竞赛中,蜡烛常常是为了标志时间底线。剑也许是传家之宝,可能还是诗歌吟咏的主题。在诗歌用事中,作为惯例,书剑常常指一个人做好准备要为他的国家贡献自己的才学与力量。公元前五世纪,范蠡帮助越王勾践打败吴王夫差,他放弃了对他非凡功业的一切报酬,驾着一叶扁舟离去,从此再没有回来。苏州、杭州和附近州郡的吴方言与首都以及其他北方地区的方言有很大不同。因为杜甫在南方已经游历了好些时候,也许有几年了,他可能已经学会了足够多的吴方言,能够理解吴咏——换句话说,能确切地了解并被范蠡功成身退的故事所打动。我们的诗人是否已经想到了科考之后进入仕途的机遇?他是否为了因科考而被迫推延到不可知的将来的这次原计划中的浮海之航而感到遗憾?我倾向于认为,如果将此诗系年于南方游历结束的735年暮春,它将变得极富意味。"洪业进一步注释说:"二十年前,我遵循前人注释,认为杜甫在712—735年的诗歌都没有保存下来。现在我改变了这个观点,将此诗系年于735年。因为诗中提到了吴地方言("吴咏"),这使我相信此诗作于东南游历时期。它甚至可能是735年之前写的。杜甫'检书'、'看剑'也许跟他即将返回、准备科举考试有关。我甚至认为也许《江南逢李龟年》也最好系年在735年之前。参见我在第十二章对该诗的讨论。"日本学者赞誉说"以宴左氏庄诗定为游吴时作,心得之说,确不可易。"(洪业《我怎样写杜甫》)洪说对"检书"、"烧烛"、"看剑"的解释独具慧眼,超出赵次公一头地。"将此诗系年于南方游历结束的735年暮春,它将变得极富意味",诚哉斯言。故采是说,定为杜诗之首章。

【笺释】

①《宋本杜工部集》注:"看,一作说;看剑,一云煎茗。"郭知达《九家集注杜诗》引赵次公注:"谓之检书,则必寻讨事出之类,检或未获,宜乎烧烛,至于短,此理之常。然因看剑而豪气生,于此快饮,亦宜引杯长矣。东坡有云'引杯看剑话偏长',正使此句。一作煎茗,无义。"

望　岳

岱宗夫如何，齐鲁青未了。造化钟神秀，阴阳割昏晓。荡胸生层云，决眦入归鸟①。会当凌绝顶，一览众山小②。

【系年】

1. 王洙本在《游龙门奉先寺》与《陪李北海宴历下亭》之间。《杜陵诗史》用鲁訔编年系于"齐赵梁宋间所作"第一首，在《赠李白》"二年客东都"后。

2. 黄氏《补注杜诗》黄鹤补注："按公诗云'忤下考功第，放荡齐赵间'，乃在开元二十四年后。又公有游梁登单父台、山脚寺诗，皆至兖时先后作也。大历五年，公酬寇十侍御诗'往别郇瑕地，于今四十年'，则至兖乃开元二十三、四年间，虽至大历五年，方三十六年，举成数而言耳，当是其时作。"清人如朱鹤龄、仇兆鳌、杨伦皆从此说。《读杜心解》更是将之推到极致："按履历，公游齐鲁，在开元二十五六年间。公集当以是为首。"

【题解】

诸家皆以《望岳》为杜甫初次往兖州所作。有两个问题：第一，《望岳》与《赠李白》"二年客东都"的关系值得注意，《赠李白》必为天宝三载在洛阳所作，故鲁訔系《望岳》于《赠李白》之后，则为杜甫天宝四年重回兖州时所作；王洙本置《望岳》于《赠李白》前，则为开元二十三年杜甫下第后往兖州省亲时作。然此系年之歧乃出于对《赠李白》的错误理解，《望岳》无与焉。第二，黄鹤补注引酬寇十侍御诗"往别郇瑕地，于今四十年"说初游兖州事则未妥，郇瑕是杜甫青年初次游历，至于山西之事，尚早于吴越之游，与兖州省亲无涉，固宜其举成数以塞责。

【笺释】

① 诸家多以为远望之辞,如《读杜心解》:"'荡胸'、'决眦',明逗'望'字。"余意不然,当是设想登山拾级愈上所见、所感之情状,唯《杜陵诗史》引师古曰:"云生于山。人登山,故云荡其胸。"是与余说合。

② 《杜陵诗史》引师古说:"当安史之乱,僭称尊号,天子蒙尘,其朝宗之义为如何?甫《望岳》之作,末章云'一览众山小',固知安史之徒乃培塿之细者,又何足以上抗岩岩之大也哉!"《补注杜诗》:"希曰:公为此诗时,安史未乱。师注未是。"余按,开元二十七年,孔子获封文宣王,凌绝顶,览众山,得无隐含此事之背景于其中乎?

冬日洛城北谒玄元皇帝庙

配极玄都閟①,凭高禁御长。守桃严具礼,掌节镇非常。碧瓦初寒外②,金茎一气旁。山河扶绣户,日月近雕梁。仙李蟠根大,猗兰奕叶光。世家遗旧史③,道德付今王④。画手看前辈,吴生远擅场⑤。森罗移地轴,妙绝动宫墙。五圣联龙衮⑥,千官列雁行。冕旒皆秀发,旌旆尽飞扬。翠柏深留景,红梨迥得霜。风筝吹玉柱,露井冻银床⑦。身退卑周室,经传拱汉皇。谷神如不死,养拙更何乡?

【系年】

1. 黄氏《补注杜诗》黄鹤补注:"洙曰:'天宝元年,陈王府参军田同秀上言玄元皇帝降于丹凤门之通衢,告锡灵符在尹喜之故宅。上遣使就函谷故关尹宅发得之,乃置玄元庙于天宁坊。是秋改为太上玄元皇帝宫。二年,追尊大圣祖玄元皇帝,仍于天下诸郡为紫微宫,改谯郡紫微宫为太清宫。'赵曰:'玄元皇帝,李老君也。'鹤曰:'梁权道云,天宝十一年公游东都时作。按旧史,天宝元年立玄元庙，九月改太上玄元皇帝宫，天下准此。二年三月壬子，亲祠玄元庙，改西京玄元庙为太清宫，东京庙为太微宫，天下为紫极宫。新史却云三月壬子享于玄元宫，改云云。今谓十一年游东都作此诗，何为更曰庙？诗所言五圣联龙衮，又却是天宝八年闰六月事。诗云翠柏深留景，红梨迥得霜，风筝吹玉柱，露井冻银床，当是其年冬作。盖天宝九年已归长安，进《三大礼赋》矣。赋奏，命宰相试文，授河西尉，不拜，改率府胄曹。十一年未尝至洛阳也。'"案，黄鹤说"宫"、"庙"之别，太琐碎且前后矛盾，不如径直用"五圣联龙衮"乃天宝八载事即可。朱鹤龄《杜工部诗集辑注》从黄鹤说作按语："此诗所咏，即太微宫也。作于加谥五圣之后，当在天宝八载冬。"陈贻焮《杜甫评传》即用天宝八载说。

2.《草堂诗笺》、《杜陵诗史》系于"天宝以来在东都及长安所作"之首，《草堂诗笺》称："天宝元年九月改庙为宫，二年西京改为太清宫，东都为太微宫。此诗当在天宝以前作也。"《钱注杜诗》从之："此诗作于称庙之时，当是开元末年。"洪业用此说，称："尽管1226年的注家将此诗系年于749年，并得到了普遍接受，我仍认为其论据并非无懈可击。一方面，诗题提供了确凿证据。如果此诗作于749年，就会引起一个疑问，杜甫应该称它为太微宫。仅仅在很短的一段时间，即741年初春至742年晚秋之间，这座建筑的官方名称才是我们诗人在诗题中采用的'玄元皇帝庙'。杜甫的拜谒一定在741年岁末，因为这首诗很明显作于冬季。"按，洪业所谓"1226年的注家"指黄氏《补注杜诗》（刊于南宋宝庆二年，即1226年），其卷首载黄鹤《年谱辨疑》云："天宝八载己丑。先生在河南，有《冬日洛城谒玄元皇帝庙》诗。诗云：'五圣联龙衮。'盖是年闰六月加谥高祖及四宗'大圣'字，故云。"

【题解】

此诗系年，有开元二十九年与天宝八载两说，当以开元二十九年为较胜。除《草堂诗笺》及洪业所说证据外，还可补充两条理由：第一，所谓"五圣联龙衮"，不过因吴道子画而写实，不必待封而后可称"五圣"。第二,《杜诗详注》引毛先舒曰:"此篇钱氏以为皆属讽刺,不知诗人忠厚为心,况于子姜耶。即如明皇失德致乱,子美于《洞房》《宿昔》诸作,及《千秋节有感》二首,何等含蓄温和。况玄元致祭立庙,起于唐高祖,历世沿记,不始明皇,在洛城庙中,又五圣并列,臣子入谒,宜何如肃将者。且子美后来献《三大礼赋》,其《朝献太清宫》,即老子庙也。赋中竭力铺扬,若先刺后颂,则自相矛盾亦甚矣,子美必不出此也。"此论颇能启人之思。按,若据钱谦益说此诗有讽谏之意,则更不可能与《三大礼赋》所作之时相近矣。此诗意蕴,《钱注杜诗》笺注或有深文周纳之嫌,其说云:"唐自追祖老子,见像降符,告者不一。玄宗罴信而崇事之,公作此诗以讽谏也。配极四句,言玄元庙用宗庙之礼,为诬其祖也。碧瓦四句,言宫殿壮丽逾制,为非礼也。仙李蟠根、猗兰奕叶,言神尧以下,圣子神孙,仙源积庆,何取乎玄元而追之为祖乎?'世家遗旧史',言太史公已不列世家,其在唐世,何谱牒之可据耶?'道德付今王',言明皇虽尊信其教,然未能深知道德之意。皆微词也。画手八句,言画图近于儿戏。翠柏四句,叙冬日庙中景象。末四句,总括一篇大旨。老子见周德之衰,则引身去之,今安肯非时而出耶?且言汉文恭俭醇厚,深得五千言之旨,故经传致垂拱之治,今之崇尚,则异是矣,亦申明'道德付今王'之意也。老子之学,归本于谷神不死,为天地根,假令长生驻世,亦当藏名养拙于无何有之乡,岂其凭人降形,炫耀光景,以博后人之崇奉乎? 此诗虽极意讽谏,而铺张盛丽,语意浑然,所谓言之无罪,闻之足戒者也。"(按,今本《钱注杜诗》笺文较简略,或为定稿。朱鹤龄《辑注》所引或为钱笺初稿,较为详尽。《杜诗详注》即用《辑注》所引,或因钱氏著述已遭毁禁。今用较为详尽之初稿)此诗文本,余意以为"仙李蟠根大,猗兰奕叶光。世家遗旧史,道德付今王"四句移于"身退卑周室,经传拱汉皇"之后,于义为顺,然无版本依据,且亦于律不合,姑妄言之。或可见子美早作之意脉断续不慎欤? 退而言之,杜诗本文之次序,颇有为注家改动者,并无确凿版本依据。虽改动之后于义为顺,然杜文世称有"鹘突跳跃"之势,杜诗亦或有此种体式,不可以寻常"文气"、"义脉"之法视之。故此类改动仅限于帮助疏通文义,不宜引为校勘定论。如《从人觅小猢狲许寄》:"人说南州路,山猿树树悬。举家闻若骇,为寄小如拳。预哂愁胡面,初调见马鞭。许求聪慧者,童稚捧应癫。"一说"为寄小如拳"与"童稚捧应癫"应互乙,文义为顺。宋人刘昌诗《芦浦笔记》卷十"杜诗句差"条载:"杜诗《觅胡孙》第二联'举家闻若骇,为寄小如拳',每疑其非是。赵傻谓合移断章'童稚捧应颠'作第四句,却于'许求聪惠者'下云'为寄小如拳',则一篇意义浑全,亦成对偶。"(按,其所引赵次公注已佚,今本《杜诗赵次公先后解辑校》据此补入)如《梦李白二首》其一:"死别已吞声,生别常恻恻。江南瘴疠地,逐客无消息。故人入我梦,明我长相忆。君今在罗网,何以有羽翼?恐非平生魂,路远不可测。魂来枫林青,魂返关塞黑。落月满屋梁,犹疑照颜色。水深波浪阔,无使蛟龙得。"按,"君今在罗网,何以有羽翼"一句旧次在"魂来枫林青,魂返关塞黑"后,黄生本移于此。仇兆鳌《杜诗详注》从之,并引杨慎曰:"梦中见之而觉其犹在,即所谓'梦中魂魄犹言是,觉后精神尚未回'也。此章次序,当依黄氏更定,分明一头两脚体,与下篇同格。"如《古柏行》:"孔明庙前有老柏,柯如青铜根如石。霜皮溜雨四十围,黛色参天二千尺。君臣已与时际会,树木犹为人爱惜。云来气接巫峡长,月出寒通雪山白。忆昨路绕锦亭东,先主武侯同閟宫。……"刘辰翁《集千家注杜工部诗集》:"昭曰:'君臣已与时际会,树木犹为人爱惜'与'云来气接巫峡长,月出寒通雪山白'两联,似乎倒置,气脉不属。尝问须溪先生,先生曰:'然。传写之讹耳。'"皆可作如是观。

【笺释】

①《杜诗赵次公先后解辑校》:"以庙在城之北,故曰:配极。"

②《分门集注杜工部诗》引(王)琪注:"初寒外,指冬日也。"清人叶燮《原诗》发挥云:"如玄元皇帝庙作'碧瓦初寒外'句,逐字论之:言乎'外',与内为界也。'初寒'何物,可以内外界乎?将'碧瓦'之外,无'初寒'乎?'寒'者,天地之气也。是气也,尽宇宙之内,无处不充塞;而'碧瓦'独居其'外','寒'气独盘踞于

'碧瓦'之内乎？'寒'而曰'初'，将严寒或不如是乎？'初寒'无象无形，'碧瓦'有物有质；合虚实而分内外，吾不知其写'碧瓦'乎，写'初寒'乎？写近乎？写远乎？使必以理而实诸事以解之，虽稷下谈天之辩，恐至此亦穷矣。然设身而处当时之境会，觉此五字之情景，恍如天造地设，呈于象、感于目、会于心。意中之言，而口不能言；口能言之，而意又不可解。划然示我以默会想象之表，竟若有内、有外、有寒、有初寒。特借'碧瓦'一实相发之，有中间，有边际，虚实相成，有无互立，取之当前而自得，其理昭然，其事的然也。昔人云：'王维诗中有画。'凡诗可入画者，为诗家能事。如风云雨雪，景象之至虚者，画家无不可绘之于笔；若初寒内外之景色，即董巨复生，恐亦束手搁笔矣。天下惟理事之入神境者，固非庸凡人可摹拟而得也。"

③《杜陵诗史》引邓忠臣注："《史记》有老子《传》而无《世家》。"正切"遗"字。

④《草堂诗笺》："《封氏闻见记》：开元二十一年，明皇亲注老子《道德经》，令学者习之。"

⑤《草堂诗笺》本诗题下尚有"庙有吴道子画五圣图"一句，又于"五圣联龙衮"句下引康骈《剧谈录》："东都北邙山有玄元观，南有老君庙，台殿高敞，下瞰伊洛。神仙泥塑之像，皆开元中杨惠之所制，奇巧精严，见者增敬。壁有吴道元画五圣真容，及《老子化胡经》事，丹青妙绝，古今无比。"

⑥《九家集注杜诗》引邓忠臣注："《唐书》：天宝八年，上谒太清宫，上圣祖玄元皇帝尊号为圣祖大道玄元皇帝，高祖、太宗、高宗、中宗、睿宗五帝皆加大圣皇帝之字。"

⑦胡仔《苕溪渔隐丛话》前集卷七引《冷斋夜话》云："《谒玄元庙》诗云'风筝吹玉柱，露井冻银床。'许彦周云：'嘉祐中，河滨渔者，网得一小石，石上刻一小诗云：雨滴空阶晓，无心换夕香，井桐花落尽，一半在银床。银床，井栏也。不知谁作。'"《杜陵诗史》引马存注："银床，井栏也。"朱鹤龄《杜工部诗集辑注》："旧注：银床，井栏也。《名义考》：银床非井栏，乃辘轳架也。"

过宋员外之问旧庄

员外季弟执金吾见知于代,故有下句。

宋公旧池馆,零落守阳阿①。枉道祇从入,吟诗许更过②?淹留问耆老,寂寞向山河。更识将军树③,悲风日暮多。

【系年】

1. 王洙本旧次在《临邑舍弟书至》与《夜宴左氏庄》之间。《杜诗赵次公先后解辑校》云:"或云公方在齐地,而此便暮大河在晋地,为可疑。然隔此一篇是送蔡希鲁还陇右,则已在长安矣。"是用王洙本旧次。《草堂诗笺》编入"开元间留东都所作",在《临邑舍弟书至》后,与《夜宴左氏庄》为最末两篇,注云"此二篇莫可考,故因次之"。《杜陵诗史》同此,编入"齐梁赵宋间作"。

2. 黄氏《补注杜诗》亦用旧次,注云:"鹤曰:按《旧史》,宋之问虢州弘农人,景龙中再转考功员外郎。之问之居虽在虢州,而庄在首阳。枉道只从入,当是开元二十九年至天宝二、三年,公在河南时作。"高崇兰编次刘辰翁评点《集千家注杜工部诗集》从之。

3. 朱鹤龄《杜工部诗集辑注》:"按,本集:开元二十九年,公筑室首阳之下,祭祀远祖当阳君。其过之问庄,或在是时也。"系年同黄鹤,不同之处在编于《临邑舍弟书至》之前。《杜诗详注》、《杜诗镜铨》同此。

【题解】

系年上诸家小异大同。《杜陵诗史》、《草堂诗笺》首先依照旧次勾勒其大致年代范围,黄鹤进而确定其具体年份,清人贡献在于确定其月份。要点即在此篇是编于《临邑舍弟书至》之前还是之后？朱鹤龄《辑注》将此篇与《祭当阳君文》联系起来,当作于开元二十九年寒食(四月四日)左右,《临邑舍弟书至》可确定为开元二十九年秋后作,前后之序遂明,两者之间编排顺序不同,实则意味着对写作月份的准确把握。陈贻焮《评传》虽用《杜诗详注》编次,然似未体察其中深意。而洪业《杜甫》之编次则把握此点极为明确。

【笺释】

①《宋本杜工部集》:"守,一作首。"《杜诗赵次公先后解辑校》:"伯夷叔齐隐于首阳山。《史记》注云:在河东蒲坂华山之北,河曲之中。之问乃汾州人,去河中皆晋地,则宜为首阳矣。旧作守阳,则无义。"《草堂诗笺》:"河南郡境界簿(按,疑是"虢"之误)城东北十里首阳山上有首阳祠。"黄氏《补注杜诗》:"鹤曰:守阳作首阳,是。首阳山在河南府虢,与河南为邻,故宋有别墅在焉。"《钱注杜诗》:"《寰宇记》:首阳山,在偃师县西北二十五里。"朱鹤龄《杜工部诗集辑注》:"《一统志》:在偃师县西北二十五里。按,《新书》:之问,汾州人。《旧书》则云虢州弘农人。首阳与虢州相邻,故有庄在焉。赵次公引河东蒲坂之首阳,误矣。"案,偃师县首阳山位于洛阳附近,赵注过于牵强,当以蔡、黄、钱、朱诸注为是。

②《杜诗赵次公先后解辑校》:"凡枉道而游者犹任其入,况能吟诗者而不许其过乎？则公自负可知矣。盖以宋公平生好诗故也。"

③《杜诗赵次公先后解辑校》:"公题下自注云云,则以冯异比员外之弟也。考之《唐史》,之问有二弟曰之悌者,史载其以骁勇闻。又曰:长八尺,开元中历剑南节度使,既坐事流窜,复为击蛮管,但止附之问传尾,而无正传,不载其为金吾将军,今因公自注见之。之悌既为金吾将军,则公题庄舍指其大树,宜矣。"洪业《杜甫:中国最伟大的诗人》:"杜甫此诗的最后两句,据诗人的自注("员外季弟执金吾见知于代,故有下句"),与宋之问的三弟,一位勇敢的良将有关。但这里有个难点。按照《新唐书》中给出的三兄弟的名字顺序,排行第三的弟弟应该叫做宋之愁,一个天

才的书法家。706 年发生过一件丑闻,因为刺杀主谋的好友告密,一次刺杀行动失败。据史料记载,这个告密者就是宋之愻(见张𬸦《朝野佥载》);其他一些记载则说此事或者为宋之问所为,或者为宋之问、宋之愻两人所为。我们的诗人是一个把忠诚的友谊看作生命中最宝贵之物的人;他怎么会对宋之问的三弟表示含蓄的嘉许,对宋之问并无贬责之意呢? 我在编纂于 812 年的《元和姓纂》中找到了解开谜团的答案,此书记载宋之愻是二弟,宋之悌是三弟。由此可见宋之愻应该为背叛友谊之事负责;杜甫这里提及的是诗人和战士,并没有提到那位书法家。"

赠 李 白

二年客东都,所历厌机巧。野人对膻腥,蔬食常不饱①。岂无青精饭,使我颜色好? 苦乏大药资,山林迹如扫②。李侯金闺彦,脱身事幽讨。亦有梁宋游,方期拾瑶草。

【系年】

　　1. 王洙本旧次在《送高三十五书记》与《游龙门奉先寺》之间。《杜诗赵次公先后解》用旧次,注云:"《新唐书》曰:'白隐岷山,后更客任城,居徂徕山。'按,任城属济州,时白方在东都,将游梁宋而往也。故公诗及之。"

　　2.《草堂诗笺》用鲁訔编年,置于全集第二首,在《游龙门奉先寺》后,注:"李白将为梁宋之游,故甫作此篇赠之。"《杜陵诗史》同此,称"开元间留东都所作"。按,"将为"与"开元间留东都所作"同义。

　　3. 黄氏《补注杜诗》注:"开元二十四年作。"黄鹤补注:"诗云'李侯金闺彦,亦有梁宋游',当是开元二十四年下考功第后游齐赵时作。按,公《壮游》诗云:'放荡齐赵间,裘马颇清狂。快意八九载,西归到咸阳。'则归京师在天宝四、五载,而《李白传》云天宝初已隐刺中,则此诗当在于开元二十四、五载作。盖公诗云'二年客东都',又云'亦有梁宋游',殆是初游齐赵时。梁权道编在十二载,非。"

4.《钱注杜诗》:"按,白以天宝三载召入翰林,赐金放还,游海岱间。至洛阳,游梁最久。"朱鹤龄《杜工部诗集辑注》:"按,《年谱》:天宝三载,公在东都。太白以力士之谮,亦放还游东都。此赠诗当在其时,故有'脱身'、'金闺'之句。"《杜诗详注》引朱注从之,并引稍后于钱谦益的明清之际的顾宸《辟疆园杜诗注解》曰:"公与白相从赋诗,始于天宝三、四载间,前此未闻相善也。白生于武后圣历二年,公生于睿宗先天元年,白长公十三岁。公于开元十九年游剡溪,而白与吴筠同隐剡溪,则在天宝三年,相去十三载,断未相值也。后公下第游齐、赵,在开元二十三年。考白谱,时又不在齐、赵。及白因贺知章荐,召入金銮,则在天宝三载正月,时公在东都葬范阳太君,未尝晤白于长安也。是载八月,白被放,客游梁、宋,始见公于东都,遂相从如兄弟耳。观公后《寄白二十韵》有云:'乞归优诏许,遇我宿心亲。'是知乞归后始遇也。黄、蔡诸注俱谬。"《杜诗镜铨》亦引朱鹤龄注。

【题解】

宋人注虽有王洙本旧次与鲁訔编次之不同,然实小异大同,皆系于开元间在东都时作,此乃囿于"二年客东都"所致。是句实乃杜甫自指此前居洛之经历,此时身已在梁、宋,适逢李白亦从东都至于梁宋,故下云"亦有梁宋游",乃叹双方巧合之多,是有意拉近距离的亲近话语。黄鹤注首次确定为开元二十四、五载,虽不中,然胜于旧注之处在于敢于指出此诗而非居东都时所作,而作于游齐、赵间。钱谦益、朱鹤龄、顾宸定为天宝三载,合李白行迹与杜甫出处而裁定之,距事实仅一步之遥(闻一多《少陵先生年谱会笺》、陈贻焮《评传》即从此说),惜仍误持初会东都之说。最后的准确意见出自洪业《杜甫》:"杜甫是在何时、何地遇到李白?自从钱谦益论证了两位诗人初次相遇于744年,时间的问题可以说就解决了,大多数人也接受了这一看法。但当他们接受钱谦益的看法时,也往往把钱氏的另一个疏忽的意见也照单全收,即李、杜二人首次相遇于洛阳。然而,《赠李白》一诗的第十一行很清楚地表明,两位诗人首次相遇于梁宋地区。古梁地在744年名为陈留(现代开封)。《九家注杜诗》219/14/7认为杜甫与李白、高适的友谊开始于陈留的酒肆。"按,洪业说是。然有三处疏漏:第一,天宝三载说之发明权未必一定归于钱谦益,顾宸亦可能独立得出,而朱鹤龄《辑注》所述更为明确。第二,李、杜首次相遇于洛阳之说并非钱谦益之疏忽,乃是宋人以来注释之习惯看法。第三,所谓"《九家注杜诗》认为杜甫与李白、高适的友谊开始于陈留的酒肆",乃指《九家集注杜诗》引鲍钦止云:"白时得还,与公同在洛,将适梁宋也。后在梁亦与公同游,故《遣怀诗》云:'昔我游关中,惟梁孝王都,忆与高李辈,论交入酒垆。'"鲍钦止注文的价值在于使人注意到"昔我游关(曾按,应为"宋")中,惟梁孝王都。忆与高李辈,论交入酒垆"一句,此句表明李、杜之初识论交乃在梁宋而非洛阳,但鲍钦止自己并未意识到此点,仍持李、杜首次相遇于洛阳说,洪业尚未注意周详。

【笺释】

① 《杜陵诗史》引赵子栎注:"此意似虽目见膻腥之物,而其食犹未厌乎藜藿,所以对之而增愧。则甫之贫困无资可见矣。"朱鹤龄《杜工部诗集辑注》:"言腥膻非己所堪,宁不饱其蔬食。盖恶机巧而思去之。"两说相较,以宋人赵子栎说为妥。又,黄氏《补注杜诗》引师尹注:"李白将为梁宋之游,甫作此诗赠之。东都,洛阳也。唐初都长安,后都洛。东都自安史再陷之后,民物贫窘,故机巧趋利,风俗浮薄。甫二年客居于此,睹兹机巧之俗,甚厌恶之,伤昔日之不然也。膻腥,谓兵后东都居民肝脑涂地,风扬膻腥之气。野人,甫自称也。蔬食不饱,谓物踊贵。"其误不待言。

② 黄氏《补注杜诗》引师古注:"山林人迹如扫,谓兵火之后,绝无人烟故也,盖叹东都之不可居。"其误与上同。

赠 李 白

秋来相顾尚飘蓬,未就丹砂愧葛洪。痛饮狂歌空度日,飞扬跋扈为谁雄①?

【系年】

1. 王洙本旧次在《奉赠河南韦尹丈人》与《与任城许主簿游南池》之间。

2. 《杜陵诗史》、《草堂诗笺》系于天宝末年作,在《官定后戏赠》与《自京赴奉先县咏怀五百字》之间。

3. 黄氏《补注杜诗》系于"开元(二)十八年作",黄鹤曰:"按公《昔游诗》云:'昔与高李辈,晚登单父台。'史又云甫与李白、高适酒酣登汴州吹台,则公游齐赵时多与白俱。今诗云'痛饮狂歌空度日,飞扬跋扈为谁雄',指林甫、禄山俱跋扈也。当是开元(二)十八年在东都作,盖天宝初白已客会稽矣。"与黄氏注《赠李白》"二年客东都"亦相龃龉。按,《杜陵诗史》引师古注曰:"甫昔与李白有就丹砂之志,今相顾飘蓬,故于葛洪有所愧也。飞扬跋扈,指禄山必为乱也。"《草堂诗笺》用师古说:"跋扈与强梁,指禄山以为乱也。"黄鹤显受师古注文之误导,又欲强为之说,其误不待言矣。

4. 高崇兰编次刘辰翁评点《集千家注杜工部诗集》置于《与李十二白同寻范十隐居》与《登兖州城楼》之间。朱鹤龄《辑注》系于《与李十二白同寻范十隐居》前。《杜诗详注》同此,引鹤注:"公与白相别,当在天宝四载之秋,故云'秋来相顾尚飘蓬'。李《集》有鲁郡石门别公诗,亦当在秋时。"(按,黄鹤、朱鹤龄皆无此注,未知"鹤注"所指)

【题解】

王洙本旧次在《与任城许主簿游南池》前。按,《与任城许主薄游南池》末句"遥忆旧青毡",用《世说新语》"青毡是我家旧物"典,实暗指杜闲已经去世,可知此诗为杜甫第二次在兖州时所作。《赠李白》既在其前,故当为第二次齐赵之游所作。此诗鲁訔编年显误,王洙本旧次及高崇兰编次刘辰翁评点本有理,而清人系年则更为明确,陈贻焮《杜甫评传》、洪业《杜甫》皆从其说。

【笺释】

①《钱注杜诗》:"魏颢称其眸子炯然,哆如饿虎,少任侠,手刃数人。故公以飞扬跋扈目之,犹云'平生飞动意'也。旧注俱大谬。"驳斥师古以来注引安禄山、李林甫之事。今人多从钱注,如陈贻焮《评传》。洪业《杜甫》又驳钱谦益注,纠正此诗为杜甫规劝李白之说辞:"(此诗)常常被误读和误译。汉语中的诗歌语言总是很简洁,人称代词一般都被省略。这里,不能够加上第二人称,否则看上去好像年长的诗人被当作一个顽劣孩子一样被斥责。"洪业对此诗的英文翻译是:"Autumn again. We are still like thistle down in the wind. Unlike Ko Hung, we have not found the elixir of life. I drink, I sing, and I waste days in vain, Proud and unruly I am, hut on whose account?"即:"又到秋天,我们依旧像蓬草般飘荡在风中。我们未能如葛洪一样,找到长生的丹药。我痛饮,我狂歌,我白白浪费了每一天。我如此桀骜而不守规矩,这又是为了谁呢?"综上洪说最为妥帖。

冬日有怀李白

寂寞书斋里,终朝独尔思。更寻嘉树传,不忘角弓诗①。襦褐风霜入,还丹日月迟。未因乘兴去②,空有鹿门期。

【系年】

1. 王洙本旧次在《重过何氏五首》与《杜位宅守岁》之间。

《杜陵诗史》系于"天宝以来在东都及长安作",在《送孔巢父谢病归游江东兼呈李白》与《饮中八仙歌》之间。高崇兰编次刘辰翁评点《集千家注杜工部诗集》置于《舍弟临邑书至》与《龙门》之间。

2. 黄氏《补注杜诗》系于"开元二十九年冬",黄鹤补注:"古人和诗第和其意,而不和其韵,或有用其一韵者,疑此诗是和李白赠公诗。按段成式《酉阳杂俎》云李集有《尧祠赠杜补阙》者,老杜也。诗云:'我觉秋风逸,谁言秋气悲。山将落日去,水与晴相宜。烟归碧海少,雁度青天迟。相失各万里,茫然空尔归。'盖用第三韵迟字。李诗秋作,而此冬作也。《白传》云,天宝初客游会稽,殆是先与公别。今诗云'未因乘兴去',当在开元二十九年冬作。按《九域志》青州、汝州俱有尧祠,其是年白去江东,在尧祠赋诗寄公欤?"

3. 朱鹤龄《杜工部诗集辑注》虽未明言,然参酌相近诸篇,当系于西归长安之天宝七、八载之后,杨伦《杜诗镜铨》同此。仇兆鳌《杜诗详注》引顾宸《辟疆园杜诗注解》注:"此诗在天宝四载冬作。诸家谓白未官时,误。"仇兆鳌按:"曾巩《李白集序》:'李白至齐、鲁凡两次,初去云梦,之齐、鲁,居徂来山竹溪而入吴,此在天宝三年前明皇未召见时。后至洛阳,游梁、宋,复之齐、鲁,南游淮、泗而再入吴,此在天宝三年后翰林既放归时。'杜之怀李,当在四年之冬,此时李复有东吴之游,后《春日怀李》诗云'江东日暮云',当属五年之春。其《送孔巢父诗》题云'游江东兼呈李白',亦即五年之春也。"仇注较胜。

【题解】

宋人似皆未明杜甫游齐赵有两次,与李白同游兖州乃在天宝三载之后,是为第二次。黄鹤注之误系"开元二十九年"显然由此而得。王洙本与鲁訔编年置于长安时期,乃是无意中弄拙成巧,难称有见。朱鹤龄《辑注》编次取王洙旧次与鲁訔编年,亦欠明白。仇兆鳌用顾宸说,且结合李白行踪,最为有据。杨伦于仇兆鳌之后参酌改订,未明其义,而取朱鹤龄编次,其失颇为可讶。洪业《杜甫》一书虽颇用杨伦改正仇兆鳌之新说,然于此篇仍取仇氏系年。

【笺释】

①《杜陵诗史》引邓忠臣注:"《昭》二年传:晋侯使韩宣子来聘,公享之,韩子赋《角弓》。既享宴于季氏,有嘉树,韩宣子誉之,武子曰:'宿敢不封殖此树,以无忘《角弓》。'遂赋《甘棠》。宣子曰:'起不堪也,无以及召公。'"《分门集注杜工部诗》引师古注:"嘉树传、角弓诗,皆指李白之不可忘也。"《杜诗赵次公先后解》论之尤细:"晋韩宣子聘鲁,公享之,宣子赋《角弓》,盖言兄弟之国宜相亲也。公前有诗于白云:'余亦东蒙客,怜君如弟兄。'故今诗云:'更寻嘉树传,不忘角弓诗。'此与'醉眠秋共被'暗使姜肱兄弟事合矣。以事出《昭》二年传,故云'嘉树传',以在书斋里而思白,故于读书之中更寻此传。因寻此传,故不忘《角弓》言兄弟相亲之意。东坡《送宋希元》诗云:'它时莫忘角弓篇。'又《题万松》诗云:'殷勤记取《角弓》诗。'皆由杜公发之也。"按,余意以为"嘉树"或隐用李白《沙丘城下寄杜甫》句"城边有古树,日夕连秋声","角弓"或隐指与李白、高适游猎梁宋间事,似更详切。

②"乘兴"用《世说新语》王子猷夜泛剡溪访戴逵事。按,李白天宝初年曾隐居剡中(《旧唐书》本传),杜甫《壮游》又云"剡溪蕴秀异,欲罢不能忘"。观此可知老杜不仅用《世说》故典,亦有二人之经历在,此与"嘉树"、"角弓"之用例类似。

临邑舍弟书至,苦雨黄河泛滥,堤防之患,簿领所忧。因寄此诗,用宽其意

二仪积风雨,百谷漏波涛。闻道黄河坼,遥连沧海高。职司忧悄悄,郡国诉嗷嗷。舍弟卑栖邑,防川领簿曹。尺书前日至,版筑不时操。难假鼋鼍力,空瞻乌鹊毛。燕南吹畎亩,济上没蓬蒿。螺蚌满近郭,蛟螭乘九皋。徐关深水府,碣石小秋毫①。白屋留孤树,青天失万艘。吾衰同泛梗,利涉想蟠桃②。赖倚天涯钓,犹能掣巨鳌③。

【系年】

1. 王洙本旧次在《与李十二白同寻范十隐居》与《过宋员外之问旧庄》之间。

2. 《杜陵诗史》系于"齐赵梁宋间所作",在《登兖州城楼》后,《与李十二白同寻范十隐居》前。黄氏《补注杜诗》黄鹤注:"《唐志》、《舆地广记》并云临邑属齐州,在河南道。按《五行志》:'开元二十九年七月,伊洛及支川皆溢。是秋河南、河北二十四郡水,齐其一也。'当是其年作。故曰:'吾衰同泛梗,利涉想蟠桃。'蟠桃在齐地。"朱鹤龄《杜工部诗集辑注》用黄鹤系年,《杜诗详注》用黄鹤说。

3. 《杜诗详注》引明人张綖《杜工部诗通》注:"此诗诸家皆编在开元二十九年,公是时年甫三十,而诗中有'吾衰同泛梗'之句,是岂其少作耶。徒以唐史此年有伊洛及支川皆溢,河南北二十四郡水,遂为编附。然黄河水溢,常常有之,岂独是年哉。集中如此类者甚多,不能遍举。"浦起龙《读杜心解》:"按:公有《暂如临邑》诗……作于天宝四载。盖因得弟书而往省之也。宜与此诗不甚相后。黄鹤编此诗于开元间,未是。"

【题解】

此诗系年诸家普遍定于齐赵梁宋间,黄鹤系年最确定,亦为后世多所采用。若论"吾衰同泛梗"当非少作,余意以为少年好为老成语,自属寻常。且杜诗往往纪实,既可合于《唐书·五行志》所载洪水,终胜于无。然洪业《杜甫》另有新说:"(此诗)一直困扰着注家为它找到一个合适的系年位置。我发现这里所说的洪水应该是746年初秋的那一次。此诗的最后两行暗示因为他和京城的显贵们(李适之、房琯等人)在一起,他可以进言说明堤坝坍塌是由于异乎寻常的洪峰造成的,像他弟弟杜颖这样的低级官员不会因此受到斥责。"洪业注云:"大多数编纂者将此诗系于740年,因为史书记载是年初夏有一场大洪水。不过,某些编纂者不太喜欢这个系年。诗中提到黄河泛滥,但740年的洪水是在伊洛地区。而在740年,杜甫就应该在这一地区,但诗中所说似乎又表明他在一片干燥的土地上。因此,一些学者如黄鹤就质疑系年的问题，他们指出，黄河泛滥是常有的事情，并不一定就在这一年。不过，从《高常侍集》可以得知，高适在744年晚秋前往南方，次年秋天回到北方，746年秋天，在从济郡前往鲁郡的途中，经过东平旁边的黄河时，遇到了洪水。因为东平离济南（临邑就属于其辖区）很近，所以高适遇到的洪水也很可能就是杜甫从弟弟那里听说的这次洪水。"洪业系年与王洙本旧次系于天宝四载后恰好吻合，不仅可释张綖质疑，并能呼应浦起龙新解，其说最佳。

【笺释】

①《杜诗赵次公先后解》："燕南、济上、徐关、碣石，皆齐州近境。后有《送舍弟频赴齐》诗三首，有曰：'徐关东海西。'有曰：'长瞻碣石鸿。'可以推见。"

②《杜诗赵次公先后解》："齐地接东海，而蟠桃在东海，故因水涨而观万艘去之之速，可以利涉想望之也。"

③《杜陵诗史》引师古注："甫意以此职司大手必能治河，邑之所倚赖也，故云云。"

饮中八仙歌①

知章骑马似乘船，眼花落井水底眠。汝阳三斗始朝天，道逢麹车口流涎，恨不移封向酒泉。左相日兴费万钱，饮如长鲸吸百川，衔杯乐圣称世贤②。宗之潇洒美少年，举觞白眼望青天，皎如玉树临风前。苏晋长斋绣佛前，醉中往往爱逃禅。李白一斗诗百篇，长安市上酒家眠，天子呼来不上船，自称臣是酒中仙。张旭三杯草圣传，脱帽露顶王公前，挥毫落纸如云烟。焦遂五斗方卓然，高谈雄辩惊四筵③。

【系年】

1. 王洙本旧次在《送孔巢父谢病归游江东兼呈李白》与《曲江三章》之间。

2. 《杜陵诗史》系于"天宝以来在东都及长安所作",在《送孔巢父谢病归游江东兼呈李白》及《冬日有怀李白》后。黄氏《补注杜诗》黄鹤注:"蔡兴宗《年谱》云天宝五载,而梁权道编在天宝十三载。按史,汝阳王天宝九载已薨,贺知章天宝三载,李适之天宝五载,苏晋开元二十二年并已死。此诗当是天宝间追旧事而赋之,未详何年?"仍从年谱五载说。朱鹤龄《辑注》虽同意黄鹤意见:"按:此诗旧编天宝五载,徒以是年李适之罢相。然考唐史,苏晋死开元二十二年,贺知章、李白去天宝三载。'八仙人'当是总括前后言之,非一时俱在长安也。"然亦从《年谱》五载说,置于"赠韦济"系列之前即可知。杨伦《杜诗镜铨》从之。

3. 《杜诗详注》置于《奉赠韦左丞丈二十二韵》后,与黄鹤、朱鹤龄较异,意谓此诗当是长安闲居有日之后作,即杜甫困守长安十载之后期。余意以为仇兆鳌编年较为贴切。

【题解】

此诗系年诸家无大异同。区别在于其作于困守长安十载之前期(天宝五载)还是后期("赠韦济"系列之后)。今人程千帆撰有《一个醒的和八个醉的——杜甫〈饮中八仙歌〉札记》,指出:"诗中的'饮中八仙'在当时是欲有所为而被迫无所为,为世俗所拘,不得已而沉湎于醉乡……而杜甫与他们的关系则可归结为'一个醒的和八个醉的'。杜甫是当时社会中的一个先觉者,他感觉到了表面美妙的社会政治情况之下的实际不妙,开始从唐代盛世的沉湎中清醒过来,但最初的感觉还不是深刻的,所以在《饮中八仙歌》中杜甫是面对一群不失为优秀人物的非正常精神状态,怀着错愕与怅惋的心情,睁着一双醒眼客观地记录了八个醉人的病态。它是杜甫从当时流行风气中挣脱出来的最早例证。据此,本文认为此诗不可能作于杜甫初到长安的年代里,而应更迟一些。"仇兆鳌的编年符合这一看法。

【笺释】

①《杜诗赵次公先后解》:"缘道书之论丹有《八仙歌》,虽是八个仙人歌,为有'八仙歌'三字,因并以为题。"《杜陵诗史》引彦辅注:"范传正《李白墓碑》曰:'公及贺监、汝阳王、崔宗之、裴周南等八人为酒中八仙。'按,子美此篇无裴周南,岂范别有所稽邪?"

②《杜陵诗史》引邓忠臣注:"《唐书·李适之传》:……适之雅好宾友,饮酒数斗不乱,夜则宴赏,昼决公务,庭无留事。天宝元年,代牛仙客为左丞相,累封清河县公,后为李林甫阴中,罢知政事。赋诗曰:'避贤初罢相,乐圣且衔杯。为问门前客,今朝几个来?'"宋人叶梦得《避暑录话》卷上载:"杜子美《饮中八仙歌》,贺知章、汝阳王琎、崔宗之、苏晋、李白、张长史旭、焦遂、李适之也。适之坐李林甫潛,求为散职,乃以太子少保罢政事。命下,与亲戚故人欢饮,赋诗曰:'避贤初罢相,乐圣且衔杯。为问门前客,今朝几个来?'可以见其超然无所芥蒂之意,则子美诗所谓'衔杯乐圣称避贤'者是也。适之以天宝五载罢相,即贬死袁州。而子美十载方以献赋得官,疑非相与周旋者。盖但记能饮者耳。惟焦遂名迹不见他书。适之之去,自为得计,而终不免于死,不能遂其诗意。林甫之怨岂至是哉?冰炭不可同器,不论怨有浅深也。乃知弃宰相之重,而求一杯之乐,有不能自谋者,欲碌碌求为焦遂,其可得乎?今岘山有适之洼樽,颜鲁公诸人尝为联句,而传不载。其尝至湖州,疑为刺史,而史失之也。"又,宋人吴曾《能改斋漫录》卷三"衔杯乐圣称世贤"条:"韩子苍言:'杜子美八仙歌:"左相日兴费万钱,衔杯乐圣称世贤。"世字无义,当作避字,传写误耳。'按,李适之代牛仙客拜左丞相,为李林甫阴中,罢政事。赋诗曰:'避贤初罢相,乐圣且衔杯。为问门前客,今朝几个来?'"(洪迈《容斋三笔》卷六"杜诗误字"条亦有此说)

③《分门集注杜工部诗》引师古注:"《唐史拾遗》云:遂与李白号为'酒八仙'。口吃,对客不出一言。醉后酬结如注射,时目为'酒吃'。"

送孔巢父谢病归游江东,兼呈李白

巢父掉头不肯住①,东将入海随烟雾。诗卷长流天地间,钓竿欲拂珊瑚树。深山大泽龙蛇远,春寒野阴风景暮②。蓬莱织女回云车,指点虚无是征路③。自是君身有仙骨,世人那得知其故?惜君只欲苦死留,富贵何如草头露?蔡侯静者意有余,清夜置酒临前除。罢琴惆怅月照席,几岁寄我空中书?南寻禹穴见李白,道甫问信今何如?

【系年】

1. 王洙本旧次在《同诸公登慈恩寺塔》、《示从孙济》、《九日寄岑参》与《饮中八仙歌》之间。

2. 《杜陵诗史》系于"天宝以来在东都及长安所作",在《冬日有怀李白》前。钱谦益《钱注杜诗》:"公与白别于鲁郡石门,在天宝四五载间,此诗当在与白别之后。"朱鹤龄《杜工部诗集辑注》:"此诗乃天宝中公在京师作……旧注云:'巢父察永王必败,谢病而归,公作此送之。'大谬。"《杜诗详注》、《读杜心解》、《杜诗镜铨》用钱、朱系年。

3. 黄氏《补注杜诗》系于"至德二载",黄鹤曰:"旧注以为察永王必败而不受其辟,乃谢病潜遁,则当在至德二载。然是时李白因永王流夜郎矣,不应末云'南寻禹穴见李白'。梁权道编在天宝十三载,虽《白传》云'天宝初,客游会稽',又当在十三载,乃非巢父不受辟之时,当是巢父至德二载逃还彭泽时作。其曰'南寻禹穴'云者,非曰白在禹穴,殆谓巢父去寻禹穴,若见李白,则道公问讯也。"

4. 高崇兰编次刘辰翁评点《集千家注杜工部诗集》置于《哀江头》与《大云寺赞公房》之间,是为陷贼长安时期。

【题解】
　　王洙本旧次在《同诸公登慈恩寺塔》后,则当作于安史之乱爆发前夕,未有坚证。黄鹤之谬更不待言。诸家多系于天宝五载之后。洪业认为孔巢父可能与杜甫一样,也是"野无遗贤"之试的牺牲品,故将此诗系于天宝七载,不唯合于诸家系年,其说更精。余意洪业新解或受浦起龙《读杜心解》系《杂述》于此诗之后的启发。

【笺释】
　　①《九家集注杜诗》引邓忠臣注:"按《唐书》:孔巢父,冀州人,字弱翁。早勤文史,少与韩准、李白、张叔明、陶沔隐于徂徕山,时号竹溪六逸。永王璘赴江淮,闻其贤,以从事辟之。巢父察其必败,侧身潜遁,由是知名。后为潭州刺史、湖南观察使,未行,会德宗幸奉天,迁给事中、御史大夫。兴元元年,使李怀光于河中,巢父遇害。"
　　②《杜诗赵次公先后解》云:"上句盖言巢父经行之地,下句盖言其去之时候如此也。《左传》曰:'入山不逢不若,魑魅魍魉,莫能逢旃。'下既云巢父有仙骨,则其行也,虽经深山大泽,而龙蛇亦自远遁,可以经行无疑,况当春时,其物尚蛰,亦为远矣。"
　　③《分门集注杜工部诗》注:"(王)原叔、(王)彦辅、师(尹)等本并云'虚无是征路'。"《九家集注杜诗》作"虚无是归路"。

奉赠韦左丞丈二十二韵①

　　纨袴不饿死,儒冠多误身②。丈人试静听,贱子请具陈。甫昔少年日,早充观国宾。读书破万卷③,下笔如有神。赋料扬雄敌,诗看子建亲。李邕求识面④,王翰愿卜邻。自谓颇挺出,立登要路津。致君尧舜上,再使风俗淳。此意竟萧条,行歌非隐沦。骑驴三十载⑤,旅食京华春。朝扣富儿门,暮随肥马尘。残杯与冷炙,到处潜悲辛。主上顷见征⑥,欻然欲求伸。青冥却垂翅,蹭蹬无纵鳞。甚愧丈人厚,甚知丈人真。每于百僚上,猥诵佳句新。窃效贡公喜,难甘原宪贫。焉能心怏怏?只是走踆踆。今欲东入海,即将西去秦。尚怜终南山,回首清渭滨。常拟报一饭,况怀辞大臣。白鸥波浩荡,万里谁能驯?

【系年】
1. 王洙本旧次在集首,有开宗明义意图,无系年意味。
2.《杜陵诗史》系于"天宝以来在长安作",在《杜位宅守岁》后,《奉赠集贤院崔于二学士》前。
3. 黄氏《补注杜诗》系于"天宝七载作",黄鹤曰:"师云:是贬华州司功后作。则当在乾元元年。而梁权道编在天宝十一载,师注为非。若在乾元元年,不应诗中无一语及禄山之乱,与夫为拾遗贬司功之意。鲁訔《年谱》谓此诗在天宝六载,而不知是年济未拜左丞。按旧史:天宝七载,济为河南尹,迁尚书左丞。公以天宝六载诏天下有一艺者赴毂下,遂自河南归应诏,而林甫忌人斥己,建言乞先下尚书省问,遂无一中者,公由是退下,故诗云'主上顷见征,青冥却垂翅',当是七载作。此诗只陈情,当在《赠韦左丞丈》诗之后。"朱鹤龄《杜工部诗集辑注》亦系于天宝七载。《杜诗详注》亦用黄鹤系年。

【题解】
此篇系年诸家皆同,黄鹤首次勘定为天宝七载。惟杨伦《杜诗镜铨》称:"此诗系将归东都时作。"是误认后一篇《冬日洛城北谒玄元皇帝庙》为天宝八载作。浦起龙《读杜心解》:"此应诏退下后,将归东都时作也。"其误与《杜诗镜铨》同。洪业《杜甫》第四章《陵厉不飞翻》指出:"在《奉赠韦左丞丈二十二韵》一诗中,杜甫提到他将要东入海。还有其他一些诗篇表明这时——749年初期——杜甫正在考虑乘舟东下。为了判定这是否属实,我们需要再次问,'他真的东下了吗?'绝大多数杜甫的传记作者都会回答是的,因为他们发现杜甫在749年冬天寻访过洛阳的玄元皇帝庙。尽管我们已经在第二章中证明这次寻访发生在741年的冬天,而非749年,而且由于我们不能在杜甫的诗文中找到他于749年春天身在东边的任何证据,所以如果我们下结论说杜甫虽然想要离开京兆,但他并未真正离开,这恐怕会适合实际得多。杜甫写给韦济诗的最后几句听上去好像表示道,'除非你为我做点什么,否则我将真的离去。'因此可以推断韦济真的做了点什么。至少他可能接济杜甫一些钱,暂缓燃眉之急。即使韦济觉得给杜甫介绍事情做并不明智,他也可能劝说朋友周济这位贫穷的诗人。杜甫是个极重感情的人,他很喜欢和朋友相伴。除非有道德伦理上的原因妨碍,否则不需要太多劝说就能使他留下来。这种情形在他的生活中总是一次又一次地重演。"又,元人范梈《诗眼》曰:"此诗前贤录为压卷,其布置最得正体,如官府甲第,厅堂房舍,各有定处,不可乱也。"揭橥王洙本旧次之义。

【笺释】

① 王嗣奭《杜臆》:"前诗有颂韦丞语,此篇全属陈情,题曰赠,似误,恐当作呈。"

② 《杜陵诗史》引师古注:"杜甫生于睿宗先天元年,死于代宗大历五年,年五十有九。历睿宗、玄宗、肃宗、代宗凡四朝也。天宝十年,献三赋,玄宗命宰相试以文章,授河西尉,不行。天宝十四年,安禄山乱,甫挈家避乱鄜州,陷贼中。肃宗至德二载,脱身归凤翔府,上谒肃宗,肃宗授以左拾遗。当是时,房琯以宰相总兵,与贼战,琯儒者,用春秋车战之法,为贼所败,由是得罪。甫上疏论琯不宜废,肃宗怒,贬甫为华州司功。甫既不得志,闻李白在山东,将为山东之游,遂作此诗辞韦左丞,明已无罪而去。观甫尝有忆李白诗之句'何时一樽酒,重与细论文',盖谓此行为寻李白故也。"师古之误不待辨(参下注⑥),然颇可观注杜草创之难。

③ 《杜陵诗史》引师古注:"破万卷,谓识破其理。"注家又常以是为"韦编三绝"之意。余以为"破"即突过,言读书不下万卷。

④ 《杜诗赵次公先后解》云:"《新书》误矣!盖惑于后篇有

《陪李北海宴历下亭》而言之。殊不知公在洛阳时,李邕先与相见。其后邕为北海太守,遇公于齐州,又相见。至青州,又相见。何以明之?《陪李北海宴历下亭》则相见于齐州,盖历下亭在齐州也。《八哀诗》于'李邕篇'云:'伊昔临淄亭,酒酣托末契。'则相见于青州。盖临淄亭在青州也。又云:'重叙东都别,朝阴改轩砌。'则追言洛阳相见事,盖洛阳则东都也。岂不先识面于洛阳,而在齐地再相见乎?则《新唐书》之误,以再见为始识面矣。"

⑤ 洪业《杜甫》第三章《骑驴三四载》说:"'骑驴三十载。'一个十七世纪的注释者注意到,即使是杜甫三十岁时,他也不可能有三十年骑驴的经历,他认为应该改为'十三载'。尽管这个修订被普遍接受,但我发现还是很难将十三年乞食生涯与八、九年的快意日子调和起来,要知道这八、九年可占了十三年中的大部分时间。因此我建议将'三十'读为'三四',这是杜甫说'三年多'的惯用方式。"

⑥《杜陵诗史》引师古注:"主上谓肃宗也。至德二载,肃宗见征。征,召也,召授左拾遗。欻即倏忽,欻然如屈蠖久蛰,志欲求伸。甫当此时,将谓得所施为,遂上疏论房琯事,不期贬华州司功,故云'青冥却垂翅,蹭蹬无纵鳞'。青冥,天也。蹭蹬,失势之貌。青天可以飞腾,今反垂翅;巨鱼可以纵壑,今反蹭蹬。盖伤其得罪也。唯韦丈与甫相厚善,而知甫为人真率,故及于此。韦丈爱甫,盖重其诗才,每于百寮之上,谓于宰相前常称诵其佳句,故有拾遗之擢。当此时,喜得韦丈推引,故效贡公喜得王阳在位也。今乃复见贬黜贫贱,又如原宪诚使人所难甘矣。虽然如是,亦安能怏怏于朝廷,只是不免奔走托食于他乡也。踆踆,奔走之状。山东,濒海之郡。唐都长安,长安即秦地。甫欲适山东,故云东入海,秦地在西,甫既适东,必离去于西秦,故云西去秦。"其误同注②。

去　矣　行

君不见鞲上鹰,一饱则飞掣。焉能作堂上燕,衔泥附炎热。野人旷荡无腼颜,岂可久在王侯间。未试囊中餐玉法,明朝且入蓝田山。

【系年】

1. 王洙本旧次在《骢马行》与《自京赴奉先县咏怀五百字》之间。

2.《草堂诗笺》用鲍钦止说(见下黄氏《补注杜诗》引),系于"天宝以来在东都及长安所作",在《白丝行》与《遣兴五首》之间。《杜陵诗史》同此,惟《遣兴五首》为《遣兴三首》。朱鹤龄《杜工部诗集辑注》置于《故武卫将军挽词》三首与《官定后戏赠》之间。仇兆鳌《杜诗详注》置于《官定后戏赠》与《夜听许十一诵诗爱而有作》之间。杨伦《杜诗镜铨》置于《后出塞五首》与《同郭给事汤东灵湫作》之间。

3. 黄氏《补注杜诗》系于"广德二年作",引鲍钦止注曰:"天宝十四年,公在率府,数上赋颂,不蒙采录,欲辞职,遂作《去矣行》。"又引师古注曰:"此诗为严武作。"黄鹤补注曰:"梁权道编在天宝十四载长安诗内,与鲍注同。岂非以'明朝且入蓝田山'故云?然味'君不见鞲上鹰,一饱则飞掣。焉能作堂上燕,衔泥附炎热',岂是在长安时语?公在长安上赋投诗,唯恐君相莫我知,而卒无其遇,岂类鞲鹰之饱,未免如附炎之燕。当是广德二年在严武幕中作。所以永泰二年正月遂归溪上,'入蓝田山'云者,止是承上餐玉之句耳,非真去为蓝田之人也。师注为是。"高崇兰编次刘辰翁评点《集千家注杜工部诗集》从之,置于《哭台州郑司户苏少监》与《奉寄高常侍》之间。

【题解】

此诗系年有二说。师古系于"广德严武幕中",《分门集注杜工部诗》引师古注曰:"此诗为严武而作,见后《贫交行》注。"按,同书《贫交行》引师古注曰:"甫之作此,为严武而作也。甫与严武素相厚善,及武镇西川,甫往依之,尝醉登其床曰:'严挺之乃有是儿?'武杖剑欲杀之,母教止。夫武始待甫甚厚,今以小嫌欲杀之,其轻薄如此,何足数乎?"黄鹤及承袭黄鹤之高崇兰编次本皆用师古之说系年。清人则多从鲁訔编次所用鲍钦止说,系于天宝长安时期,现代研究者多从之。按,通行之天宝系年尚有一点细微不同,即系于杜甫得官前或得官后。朱鹤龄系于得官之前,仇兆鳌、杨伦系于得官后。洪业《杜甫》第四章《陵厉不飞翻》系年最为妥帖有据:"此诗往往被注释者和传记作者系于755年,也就是杜甫接受官职任命之后。我不赞同这一系年,因为接受官职任命对杜甫来说意味着放弃隐居的打算。我特别倾向于将《去矣行》系于749年,我推测杜甫在接受了韦济和其他人的馈赠周济之后,打消了到东海岸的念头,仅仅只到离长安东南十英里远的产玉的蓝田山中作了一次短暂的隐退。这次短暂的隐居生活随着他再次受到好客的汝阳王的邀请而宣告结束。关于这首诗的系年还有一个特别的传说。鲍钦止可能是第一个将它系于755年的注家,他说:'天宝十四载,甫在率府,数上赋颂,不蒙采录,欲辞职去,作《去矣行》。'但是鲍钦止的同时代人,师尹(按,当为'古'),将此诗系于764—765年杜甫在成都的时候,黄鹤补注说:'梁权道编在天宝十四载长安诗内,与鲍注同。岂非以"明朝且入蓝田山"故云。然味"君不见鞴上鹰,一饱则飞掣,焉能作堂上燕,衔泥附炎热",岂是在长安时语?公在长安上赋投诗,唯恐君相莫我知,而卒无其遇,岂类鞴鹰之饱,未免如附炎之燕。当是广德二年在严武幕中作,所以永泰二年正月遂归溪上,入蓝田山云者,止是承上餐玉之句耳,非真去为蓝田之人也。师注为是。'面对这两种不同的说法,后来的注家应该如何处理呢? 最为令人惊讶的尝试是将两种说法统一起来,伪邵注(《分类集注杜诗》[25卷,1592,1719],托名邵宝[1460—1527])卷十四,41b认为,755年诗人四十四岁时,适在严武幕下,时有去意,次年正月即返回浣花溪。而最自然而然的做法则是两种说法中挑一种。也许因为师氏的说法晚出,黄鹤等人都倾向于接受鲍氏的解释。后来的学者大概认识到如果杜甫是在成都跟严武在一起,那他很难会想到要去往蓝田山——那地方远在七百英里之外。因此他们都接受了鲍氏的系年。仇兆鳌(卷三,50a)、浦起龙

(2A,17b)、杨伦(卷三,6a)都是如此。弗洛伦思·艾思柯(Florence Ayscough)按照杨伦的编年,自然也将此诗置于755年。也许她意识到,既然杜甫的妻儿都在长安东北八英里外的奉先,那杜甫就很难到长安东南四十英里外的蓝田山去隐居。不过,在她对此诗的翻译中,她删去了最后两行,而在她对杜甫写作动机的叙述中,她使人以为在真正离开长安前往奉先之前,杜甫写了这首诗以宣称自己将要从不如意的仕途生涯中脱身而去。在获得任命之后就产生隐居的想法,这对读者来说显得太不协调了。杜甫尽管有困顿迷惑,但他始终不渝地要为国家效命。在他生命的随后几年中,哪怕面临危险和困难,他都表现出了一贯的忠诚。这样看来,以上两种说法都不够好,因此,朱鹤龄认为不知此诗因何而作,旧注多牵强,尽删之。——这种失败主义的解决问题方式也许是最好的方式——换句话说,不打算解决它。但是,朱鹤龄其实还做了更多。他将此诗放在《官定后戏赠》[LVIII]之前。我们自然明白他的用意。在诗中,杜甫叫自己'野人',也就是没有官职的人,那么时间一定在他获得官职之前。朱鹤龄无疑是对的,因为杜甫经常这样用辞(参见《杜诗引得》第820页),只有一次例外,而那首诗乃是赝作(《九家注杜诗》第421、27、30页),他总是用这个辞语表示个人或卑微之人。不过,朱鹤龄没有把这首诗的系年放得这么靠前。在处理一块非常困难的拼图碎片时,我们必须试着找出另一块能与之边缘吻合的碎片。看起来,到蓝田山隐居的决定与《赠特进汝阳王二十二韵》第37、38行诗句颇相契合。因此,我把此诗放在赠汝阳王的诗篇之前。"

赠特进汝阳王二十韵①

特进群公表,天人凤德升。霜蹄千里骏,风翮九霄鹏。服礼求毫发,惟忠忘寝兴。圣情常有眷,朝退若无凭②。仙醴求浮蚁,奇毛或赐鹰。清关尘不杂,中使日相乘。晚节嬉游简,平居孝义称。自多亲棣萼,谁敢问山陵③。学业醇儒富,辞华哲匠能。笔飞鸾耸立,章罢凤骞腾。精理通谈笑,忘形向友朋。寸长堪缱绻,一诺岂骄矜④。已忝归曹植,何知对李膺⑤。招要恩屡至,崇重力难胜。披雾初欢夕,高秋爽气澄。樽罍临极浦,凫雁宿张灯。花月穷游宴,炎天避郁蒸。砚寒金井水,檐动玉壶冰。瓢饮唯三径,岩栖在百层⑥。且持蠡测海,况挹酒如渑。鸿宝宁全秘,丹梯庶可凌。淮王门有客,终不愧孙登⑦。

【系年】

1. 王洙本旧次在《奉赠鲜于京兆二十韵》与《重经昭陵》之间。

2. 《杜陵诗史》系于"天宝以来在东都及长安所作"末期,在《奉赠太常张卿均二十韵》后,《官定后戏赠》前。

3. 黄氏《补注杜诗》系于"天宝五载作",黄鹤补注曰:"《旧史》云:'天宝初,终父丧,加特进。九载,卒。'《新史》不言加特进。而梁权道编在十一载,非。盖让皇帝宪以开元二十九年十一月薨,天宝三载琎丧服方终,必其年二月封琎为嗣宪王,时并加琎特进。此诗当在天宝五六载间。公《壮游诗》是开元二十四年下考功第,去游齐赵八九年,则归长安在天宝四五载间。诗云'赏游实贤王',则从汝阳之游盖在天宝五六载间,此诗作于其时。"朱鹤龄《杜工部诗集辑注》、仇兆鳌《杜诗详注》、浦起龙《读杜心解》皆用黄鹤系年。

【题解】

诸家系年大同小异,关键点在于此诗作于"野无遗贤"考试之前或之后?洪业《杜甫》第四章《陵厉不飞翻》指出:"很难确切判断杜甫何时写作此诗。但它一定写于汝阳王去世的750年之前。在《壮游》一诗中,我们的诗人回忆到当他在东边快意八九年之后,回到京兆,当时有名的文人们纷纷称颂他的文才,有位贤王("许与必词伯,赏游实贤王")也很喜欢杜甫作伴。这里的词伯应该指岑参、孔巢父等人。而贤王无疑就是汝阳王。但是在745年冬天我们的诗人返回西边之后多久他就和汝阳王开始结交了呢?现存诗篇显示初次见面在晚秋时节;因此,时间不会早于746年的秋天。因为诗中还提到了春夏两季,所以诗篇的写作也不会早于747年夏天。因此,这首诗的系年应该在747至750年之间。"即系于天宝六载至九载之间,洪业注意到季节的细节("披雾初欢夕,高秋爽气澄。樽罍临极浦,凫雁宿张灯。花月穷游宴,炎天避郁蒸。研寒金井水,檐动玉壶冰"),然以天宝四载(745)秋冬至长安,至天宝五载(746),已有冬、春、夏三季,何必一定推至天宝九载(750)?且全诗情调并无"野无遗贤"挫败之后的低沉感,故仍以黄鹤"天宝五载"系年为是。王嗣奭《杜臆》云:"用十蒸韵,颇难。此篇二十二韵,收取殆尽,须看其落韵之巧。"按,十蒸韵为"蒸、承、丞、惩、陵、凌、绫、冰、膺、鹰、应、蝇、绳、渑、乘、升、胜、兴、缯、凭、仍、兢、矜、征、凝、称、登、灯、僧、增、曾、憎、层、能、棱、朋、鹏、弘、肱、腾、滕、藤、恒、冯、瞢、扔、誊"四十七字,二十二字已居其半。

【笺释】

①《唐语林》卷五:"汝阳王琎,宁王长子也。姿容妍美,明皇钟爱,授之音律,能达其旨。每随游幸,常戴砑绢帽打曲,上摘红槿花一朵,置于帽上筳处,二物皆极滑,久之方安。遂奏《舞山香》一曲,而花不坠。乐家云:'定头项难在不动摇。'上大喜,赐金器一厨,因曰:'花奴(原注:琎小字)资质明媚,肌发光细,非人间人。'宁王谦谢,随而短斥之。上笑曰:'大哥过虑,阿瞒自是相师(原注:上于诸亲,尝亲称此号)。夫帝王之相,且须有英特越逸之气,不然须有深沉包育之度。若花奴,但英秀过人,悉无此状,故无猜也。而又举止淹雅,当更得公卿间令誉耳!'宁王又笑曰:'若如此,臣乃输之。'上曰:'若此一条,阿瞒亦输大哥矣。'宁王又谢。上笑曰:'阿瞒赢处多,大哥亦不用拗抱。'众皆欢贺。"

②《杜诗赵次公先后解辑校》:"言圣情独眷遇之,而王谦抑焉,于朝退而若无凭恃其贵也。"朱鹤龄《杜工部诗集辑注》引郑

善夫曰:"若无凭,犹汉高失萧何,若失左右手之意。正言帝眷之切,非如旧注所云不挟贵也。"两说皆可。

③《杜诗赵次公先后解辑校》:"似言王之谦抑,表陈其父宪宿素退让不敢当大号之意。盖明皇既追谥宪为让皇帝,乃号其墓为惠陵。琎既辞其大号,况敢望山陵之名乎?旧注所引不相干。"余案,上句就父让皇帝宪说,下句从子汝阳王琎说。

④上句自述,我不过有寸长,而得王之缱绻,沿前句"友朋"而来;下句指汝阳王。

⑤《杜诗赵次公先后解辑校》:"曹植为陈思王,故以比汝阳王。此公自言其身盖曹植府中有七才子曰徐幹、曰刘桢、曰王粲之属也。对李膺,则又以李膺比王,而不敢以杜密自比。盖密与膺名各相次,其前有李固、杜乔,号李杜,是时人称之亦曰'李杜'。今盖言已忝列归附于曹王,又何敢谓己身姓杜,欲配对姓李之汝阳王乎。"

⑥洪业《杜甫》第四章《陵厉不飞翻》:"诗中提到'岩栖在百层',这很令人费解。这似乎表明我们的诗人处于半隐状态中。这和杜甫写给韦济诗篇中描述的生活截然相反。也许《去矣行》能帮助我们解开这个谜团。此诗往往被注释者和传记作者系于755年,也就是杜甫接受官职任命之后。我不赞同这一系年,因为接受官职任命对杜甫来说意味着放弃隐居的打算。我特别倾向于将《去矣行》系于749年,我推测杜甫在接受了韦济和其他人的馈赠周济之后,打消了到东海岸的念头,仅仅只到离长安东南十英里远的产玉的蓝田山中作了一次短暂的隐退。这次短暂的隐居生活随着他再次受到好客的汝阳王的邀请而宣告结束。"

⑦此句三解,一为《分门集注杜工部诗》引师古注:"杨骏无德而登讽之,琎无愧于甫,故云云。"一为《杜诗赵次公先后解辑校》:"淮南王有《枕中》,有《鸿宝秘书》。今公以王既不秘其书矣,则可陵丹梯而游仙府矣。……淮南王以比汝阳王。孙登见嵇康而不许之,曰:'君性烈而才儁,其能免乎?'其后康作《幽愤诗》曰:'昔惭柳下,今愧孙登。'言以汝阳无鸿宝之秘,由是得遂其养生,不以嵇康之戮辱而有愧孙登也。"一为朱鹤龄《杜工部诗

集辑注》:"言汝阳爱士,固不下淮南,我则何有愧孙登乎?盖不欲自处于曳裾之客也。"浦起龙《读杜心解》亦从此说。

同诸公登慈恩寺塔

时高适、薛据先有此作。

高标跨苍天,烈风无时休。自非旷士怀,登兹翻百忧。方知象教力,足可追冥搜。仰穿龙蛇窟,始出枝撑幽。七星在北户,河汉声西流。羲和鞭白日,少昊行清秋。秦山忽破碎,泾渭不可求。俯视但一气,焉能辨皇州①。回首叫虞舜,苍梧云正愁。惜哉瑶池饮,日晏昆仑丘②。黄鹄去不息,哀鸣何所投。君看随阳雁,各有稻粱谋③。

【系年】

1. 王洙本旧次在《苦雨奉寄陇西公兼呈王征士》与《示从孙济》之间。

2.《杜陵诗史》系于"天宝以来在东都及长安所作",置于《自京赴奉先县咏怀五百字》与《示从孙济》之间。

3. 黄氏《补注杜诗》系于"天宝十载作",黄鹤补注曰:"玄奘自西域归,始于寺西建塔,其后颓圮。至长安中更造,尝观雁塔题名有公题字,云:'杜甫、李雄、李谟。'年月在上第二层,而第二层年月已湮没不可考。谓之'同诸公',则非止二李,当又别是一时。梁权道编在天宝十三载,不知何据?应在禄山陷京师之前,十载奏赋之后。高注以末句指伪署官,而云非李适。"高崇兰编次刘辰翁评点《集千家注杜工部诗集》用黄鹤说,置于《兵车行》与《投简成华两县诸子》之间。仇兆鳌《杜诗详注》亦用此说,置于《乐游园歌》后。朱鹤龄《杜工部诗集辑注》置于《兵车行》与《示从孙济》之间。杨伦《杜诗镜铨》用朱氏编次。

【题解】

《杜陵诗史》、《草堂诗笺》皆误将此诗系于安史之乱后,《杜陵诗史》引师古注"自非旷士怀,登兹翻百忧"曰:"甫登此塔,俯视兵火之后,景物萧条,宁无忧伤乎？惟旷达之士对此能遣适耳。"此注之误不待言。然观师古之注,或可知《杜陵诗史》将此诗置于《自京赴奉先县咏怀五百字》之后,乃因误认此诗作于安史乱后矣。王洙本旧次不误,黄鹤系年较准确,闻一多《岑嘉州系年考证》考证天宝十一载(752)最为稳妥,洪业、陈贻焮皆用此说。洪业《杜甫》第五章《故山归兴尽》:"在752年秋天,杜甫和另外四位诗人,高适、薛据、岑参、储光羲,一起登临了曲江旁边著名的慈恩寺大雁塔——这里离下杜城仅有步行几个小时的路程。毫无疑问,五人都写了诗。时间很确定,因为五位诗人同时身在长安或长安郊区,这样的秋天只有一个。"

【笺释】

① 皇州,帝都。此如"故国平居有所思"之"故国"谓长安。

② 《杜诗赵次公先后解辑校》云:"承上言登塔之高,莫辨皇州。于是南望而远想,苍梧之托虞舜而思高宗之晏驾。四望而远想瑶池,则托西王母而思文德不留,盖以女仙之尊者名之也。"又,《草堂诗笺》:"梦弼谓昔虞舜南巡,死于苍梧之野;周穆王与西王母会于昆仑之瑶池。是时玄宗避贼幸蜀,故甫比之虞舜南巡。杨贵妃见宠于玄宗,为霓裳羽衣,效西王母之所为,尝与玄宗会温泉宫,故甫比之穆王会王母于昆仑。今玄宗晏驾,甫托意感伤之,故有叫虞舜、惜瑶池之句也。"蔡梦弼说之误不待言。

③ 《杜诗赵次公先后解辑校》云:"公于前段已追思前事矣,又因黄鹄之远去,虽若高举远引之士,然无所投止,而我之俯世徇身,则未免若雁之谋稻粱也,亦以自伤矣。又因黄鹄之远去,虽若高举远引之士,然无所投止。旧注同叹山梁雌雉,非是。师民瞻云:'此以讥明皇荒乐,不若虞舜瑶也。言王母以比杨妃,昆仑以比骊山,黄鹄以比张九龄之徒,雁以比杨国忠之徒。杜公因登塔观览而念及此。'其说不同,必有能辨之者。"《钱注杜诗》引三山老人胡氏曰:"此诗讥切天宝时事也。秦山忽破碎,喻人君

失道也。泾渭不可求,言清浊不分也。焉能辨皇州,伤天下无纲纪文章,而上都亦然也。虞舜苍梧,思古圣君而不可得也。瑶池日晏,谓明皇方耽于淫乐而未已也。贤人君子,多去朝廷,故以黄鹄哀鸣比之。小人贪禄恋位,故以阳雁稻粱刺之。"似较赵次公说为胜。

奉赠鲜于京兆二十韵

王国称多士,贤良复几人?异才应间出,爽气必殊伦。始见张京兆,宜居汉近臣。骅骝开道路,雕鹗离风尘。侯伯知何算,文章实致身。奋飞超等级,容易失沉沦。脱略蟠溪钓,操持郢匠斤。云霄今已逼,台衮更谁亲?凤穴雏皆好,龙门客又新。义声纷感激,败绩自逡巡。途远欲何向,天高难重陈。学诗犹孺子,乡赋忝嘉宾。不得同晁错,吁嗟后郤诜。计疏疑翰墨,时过忆松筠。献纳纡皇眷,中间谒紫宸。且随诸彦集,方觊薄才伸。破胆遭前政,阴谋独秉钧。微生沾忌刻,万事益酸辛。交合丹青地,恩倾雨露辰。有儒愁饿死,早晚报平津①。

【系年】

1. 王洙本旧次在《敬赠郑谏议十韵》与《赠特进汝阳王二十二韵》之间。

2. 《杜陵诗史》系于"天宝以来在东都及长安所作",置于《赠田九判官》、《寄高三十五书记》之间,在《奉赠太常张卿二十韵》、《赠特进汝阳王二十二韵》二诗之前。

3. 黄氏《补注杜诗》系于"天宝十一载作",黄鹤补注曰:"按《通鉴》:天宝十二载正月,京兆尹鲜于仲通讽选人请为国忠刻颂立于省门,制仲通撰其词。则仲通为京兆尹在十一载十一月,国忠为相后也。诗云'献纳纡皇眷,中间谒紫宸',当是公献文待诏集贤院后作。梁权道编在十一载。然王铁得罪,敕国忠鞫之,仍兼京兆尹,盖在十一载四月,而五月又加京畿关内采访使,凡铁所绾使务悉归国忠,十一月庚申为右相。意国忠为相后,仲通方为京兆尹,则此诗在十一载十二月作。"刘辰翁评点《集千家注杜工部诗集》置于《奉赠太常张卿二十韵》与《贫交行》、《白丝行》之间。仇兆鳌《杜诗详注》用黄鹤系年,置于《奉留赠集贤院崔国辅、于休烈二学士》后。杨伦《杜诗镜铨》从之。朱鹤龄《杜工部诗集辑注》用黄鹤系年,置于《奉留赠集贤院崔国辅、于休烈二学士》前。

【题解】

　　黄鹤初次定为准确系年。洪业《杜甫》第五章《故山归兴尽》与黄鹤仅小异:"杜甫的《奉赠鲜于京兆二十韵》毫无疑问写于753年,因为鲜于仲通的传记作者告诉我们他很快就被他从前所周济的人(杨国忠)厌弃,在同一年就遭到贬斥。在李林甫去世以及新的任命程序开始实施之后,杜甫可能认为在鲜于仲通的帮助下,他不必徘徊在吏部大门外,和那些他比作麻雀和水蛇的候选人一起,等上几个月或是几年了。"朱鹤龄以为此诗谒选时所作(参见注①),又以《奉留赠集贤院崔国辅、于休烈二学士》为决意去长安而作,故有先后之次。朱说似较洪业对二诗之编排更为合理。《杜诗详注》引颜鲁公《墓碑》:"仲通年近四十,举乡贡进士,五十始擢一第。从官十年而后超登四岳,可见其晚年始遇。"杜甫献诗鲜于仲通,或希冀其人于年老而不遇有戚戚焉欤?

【笺释】

　　① 朱鹤龄《杜工部诗集辑注》:"平津,谓国忠也。仲通与国忠深交,此诗疑公谒选时所上,故望其汲引。旧注平津指鲜于,谬矣。"

奉留赠集贤院崔、于二学士(国辅、休烈)

昭代将垂白,途穷乃叫阍。气冲星象表,词感帝王尊①。

天老书题目,春官验讨论②。倚风遗鹢路,随水到龙门。竟与蛟螭杂,宁无燕雀喧。青冥犹契阔,陵厉不飞翻③。儒术诚难起,家声庶已存。故山多药物,胜概忆桃源④。欲整还乡旆,长怀禁掖垣。谬称三赋在,难述二公恩⑤。

【系年】

  1. 王洙本旧次在《官定后戏赠》、《承沈八丈东美除膳部员外阻雨未遂驰贺》与《故武卫将军挽歌》之间。

  2.《杜陵诗史》系于天宝十载,置于《奉赠韦左丞丈二十二韵》后。

  3. 黄氏《补注杜诗》系于"天宝十一载作",黄鹤补注曰:"公以天宝九载献赋,明皇奇之,俾待诏集贤,召学官试文章,然再降恩泽,止送隶有司参列选席。今诗云'青云犹契阔,陵厉不飞翻。谬称三赋在,难述二公恩',盖其时作也。"又曰:"按,公天宝九载预献正赋,考史云九载制自今告献太清宫及太庙改为朝献。十载正月壬辰,朝献太清宫。癸巳,朝享太庙。甲午,有事于南郊。故公为《三大礼》,一朝献太清宫,二朝享太庙,三有事于南郊。而《朝堂太庙赋》云:'壬辰既格于道祖,乘舆即以是日致斋于九室。'则为十载大礼明矣。史以为天宝三载,吕公《年谱》又以为十三载,何考之不详?虽蔡兴宗、鲁訔《年谱》以为在十载,而梁权道编此诗于十四载,亦是以为献赋在十三载矣。此诗当献赋后待诏集贤院,命宰相试文授官时作,崔、于乃是时考文者也。"朱鹤龄《杜工部诗集辑注》、仇兆鳌《杜诗详注》、浦起龙《读杜心解》、杨伦《杜诗镜铨》皆从之。

  4. 高崇兰编次刘辰翁评点《集千家注杜工部诗集》置于《投赠哥舒开府翰二十韵》、《送高三十五书记十五韵》与《陪郑广文游何将军山林十首》之间。按,《投赠哥舒开府翰二十韵》高崇兰注在天宝十三载后,则此卷诸篇皆在十三载或此年之后。《钱注杜诗》从之,置于《承沈八丈东美除膳部员外阻雨未遂驰贺》与《故武卫将军挽歌》、《官定后戏赠》之间。

【题解】

　　此诗系年三说,天宝十载(鲁訔)、天宝十一载(黄鹤)与天宝十三载(高崇兰)。《杜陵诗史》、《草堂诗笺》置于《奉赠韦左丞丈二十二韵》后,或因两诗皆有"去秦"、"还乡"之意,是皮相之见。黄鹤系年为后人多所信从。又,关于二学士身份,浦起龙《读杜心解》云:"鹤云:二学士当是试文之官。愚谓不然。玩诗中依风、随水等句,殆由召试不遇,意将辞别而归。二学士特集贤院长耳。"杨伦《杜诗镜铨》用浦起龙说。陈贻焮《杜甫评传》第六章《旅食京华》第四节《献三大礼赋前前后后》驳其谬云:"其实浦说是不能成立的,理由是:一,杜甫回忆当时应召试文章的情形说:'集贤学士如堵墙,观我落笔中书堂。'又,这诗说:'天老书题目,春官验讨论。'……这里的'春官'实指集贤学士……杜甫当时应试的地点是在宰相们办公的政事堂(开元十一年张说奏改政事堂中书门下,'中书堂'即指此),考试的题目是当时的宰相李林甫、陈希烈他们出的,集贤院众学士都临场监考,并授权考校文字,评议优劣。据赠诗末二句'谬称三赋在,难述二公恩'和原注'甫献三大礼赋出身,二公尝谬称述',知崔、于二位是在'观我落笔中书堂'的'如堵墙'的众'集贤学士'之内;他俩作为'验讨论'的'春官',对献赋出身的杜甫是'常谬称述'的。杜甫如今召试不遇,将东归洛阳,为了感谢他俩的称许美意,特赋诗赠,这也是很自然、很合乎情理的。那么,黄鹤所说他俩'当是试文之官',又有什么不对呢? 二,改名后的集贤殿书院第一任院长诗宰相张说,副院长诗右散骑常侍徐坚,此后成为定制,院长一律由有'学士'衔的宰相兼任,副院长由常侍之一兼任。崔国辅诗直学士,贬竟陵郡司马以前最高只做到从六品上的礼部员外郎。于休烈最高也只做到从六品上的比部员外郎。这官职是从集贤殿学士转来的,转官一般官阶不动。可见他在集贤殿时怎么也到不了五品,没资格当学士;他的学士不过是直学士的泛指罢了。杜甫赠诗题中将他排在崔国辅之后,就是明证。他俩连学士都没当上,怎能当只有宰相和常侍才能担任的集贤殿书院正副院长呢? 浦起龙'二学士特集贤院长耳',只是强不知以为知,不足信。"又,关于崔、于二学士与老杜之关系,浦起龙谓"倚风遗鹢路,随水到龙门。竟与蛟螭杂,宁无燕雀喧"近乎在当事人面前抱怨,不合老杜之厚道品性。然观陈著所述第一条理由,亦可涣然冰释。

【笺释】

① 邓忠臣注:"公尝有诗云'往年文彩动人主。'"《杜诗赵次公先后解辑校》:"此四句言献《三大礼赋》也。当天宝九载时,方隆盛诗年三十九岁。虽穷困,自负其才,献赋而上悦之,故云。旧注引公诗,非是。盖此方叙述其献赋之意,而《莫相疑行》旧注所云则言献赋之后,声闻辉赫,召试中书堂而文彩动上也。"

② 邓忠臣注:"春官,宗伯。公尝不第于春官。"《杜诗赵次公先后解辑校》:"此却是方言试文章,所谓'集贤学士如堵墙,观我落笔中书堂'时也。旧注所言又非是。盖有'词感帝王尊',已言召试之文,子却接言初赴举时乎?公于进《封西岳赋表》云:'幸得奏赋,待制于集贤,委学官试文章。'则出题目者宰相,而审验之者礼部矣。"

③《杜诗赵次公先后解辑校》:"此六句盖公以文彩动人主矣,意其遂腾踏进用,止授河西尉,不行,改右卫率府兵曹而已。此公所以叹也。与《上韦左丞》古诗云'主上顷见征,欻然欲求伸。青冥却垂翅,蹭蹬无纵鳞'同意。而旧注乃以自言其不第,其误以春官为赴举时故尔。"按,《奉赠韦左丞丈二十二韵》"主上顷见征,欻然欲求伸。青冥却垂翅,蹭蹬无纵鳞"乃是指野无遗贤之试,赵次公说误。

④《杜诗赵次公先后解辑校》:"故山则襄阳也。甫本襄阳人,徙河南巩县,其在长安则居于杜陵。今在长安作诗,而思故山,乃言襄阳矣。"朱鹤龄《杜工部诗集辑注》:"公族在杜陵,而田园在洛阳。此云故山,谓东都故居也。"故山应为洛阳首阳山。朱说为是,杨伦《杜诗镜铨》用此。

⑤《宋本杜工部集》:"甫献《三大礼赋》出身,二公常谬称述。"

丽 人 行

三月三日天气新，长安水边多丽人。态浓意远淑且真，肌理细腻骨肉匀。绣罗衣裳照暮春，蹙金孔雀玉麒麟。头上何所有？翠微㔩叶垂鬓唇。背后何所见？珠压腰衱稳称身①。就中云幕椒房亲，赐名大国虢与秦。紫驼之峰出翠釜，水精之盘行素鳞。犀箸厌饫久未下，鸾刀缕切空纷纶。黄门飞鞚不动尘，御厨丝络送八珍。箫鼓哀吟感鬼神，宾从杂遝实要津。后来鞍马何逡巡！当轩下马入锦茵。杨花雪落覆白蘋，青鸟飞去衔红巾②。炙手可热势绝伦，慎莫近前丞相嗔！

【系年】

1. 王洙本旧次在《曲江三章》与《乐游园歌》之间。

2. 《杜陵诗史》系于"天宝以来在东都及长安所作"，置于《乐游园歌》前，在《投赠哥舒开府二十韵》、《送高三十五书记》之间。

3. 黄氏《补注杜诗》系于"天宝十三载作"，黄鹤补注曰："天宝十二载，杨国忠与虢国夫人邻居第，往来无期，或并辔入朝，不施障幕，道路为之掩目。冬，夫人从车驾幸华清宫，会于国忠第。于是作《丽人行》。梁权道编在十四载，末句云'丞相'者，谓杨国忠。按《史》与《通鉴》：十一载，李林甫死。而国忠以十一月庚申为左相。当是十三载作。"高崇兰编次刘辰翁评点《集千家注杜工部诗集》从之，置于《上韦左相二十韵》与《重过何氏五首》之间。朱鹤龄《杜工部诗集辑注》、仇兆鳌《杜诗详注》用黄鹤说而微误（说详见下）。

【题解】

王洙本旧次在《乐游园歌》前。《乐游园歌》云"圣朝已知贱士丑"，张綖《杜工部诗通》以为当是献赋之年作，其时李林甫尚在位，此诗写杨玉环，末句"慎莫近前丞相嗔"乃指杨国忠。旧次似误。然而，"圣朝已知贱士丑"亦可解为"虽圣朝已知，而我至今犹为贱士"，则可列于谒选不得入之时，故与其用明人张綖之新说，不如存王洙本旧次之貌，编排诸诗次序如下：《奉赠鲜于京兆二十韵》——《奉留赠集贤院崔国辅、于休烈二学士》——《丽人行》——《乐游园歌》。洪业《杜甫》第五章《故山归兴尽》认为："《丽人行》帮助我们瞥见杨氏在某个节日的盛况，这可能是在753年4月10日。诗中提到'红巾'大概是暗示这种非法的朋比勾结。"案，洪业似乎未曾注意到天宝十二载(753)冬杨玉环才会于杨国忠府邸，而此诗写作时间是春天，故当从黄鹤系于天宝十三载(754)。朱鹤龄用黄鹤系年而不甚明了，至于以为此诗为从幸华清宫作，与"三月三日天气新"失之眉睫。仇兆鳌《杜诗详注》既用黄鹤系年，又未曾细查，以为"此当是十二年春作，盖国忠于十一年十一月为右丞相也"，其误与洪业同。此诗命篇之义，《分门集注杜工部诗》引师古注曰："甫有'炙手可热'、'慎莫见嗔于丞相'之句，所以戒当世之士大夫无为讥切其党以取祸害。观《诗》以《硕人》美庄姜与申后，盖取其硕美之德。今此诗以《丽人》名篇，岂非刺贵妃之党徒以艳丽之色宠贵乎？杜甫深意于兹可见。"

【笺释】

① 仇兆鳌《杜诗详注》："杨慎谓松江陆深见古本尚有二句：'足下何所著？红蕖罗袜穿镫银。'今按：两段各十句为界限，添此反赘。钱云：考宋刻并无，必杨氏伪托耳。"

② 《杜诗赵次公先后解》："鞍马之多，必至触杨花而覆白蘋。青鸟应如鹦鹉之数，豢养驯熟，飞衔红巾。此正借西王母以青鸟为使名之，且以托言昵戏之事矣。红巾盖妇人之饰。"按，唐人多以西王母喻杨玉环，见杜甫《同诸公登慈恩寺塔》注②。杨花覆白蘋，《梁书·杨华传》："(杨)华少有勇力，容貌雄伟，魏胡太后逼通之，华惧及祸，乃率其部曲来降。胡太后追思之不能已，为作《杨白华歌辞》，使宫人昼夜连臂蹋足歌之，辞甚凄惋焉。"此喻

杨玉环与杨国忠之暧昧。

乐 游 园 歌①

晦日贺兰杨长史筵醉中作。

乐游古园萃森爽,烟绵碧草萋萋长。公子华筵势最高,秦川对酒平如掌。长生木瓢示真率②,更调鞍马狂欢赏。青春波浪芙蓉园,白日雷霆甲城仗。阊阖晴开昳荡荡,曲江翠幕排银榜。拂水低回舞袖翻,缘云清切歌声上。却忆年年人醉时,只今未醉已先悲。数茎白发那抛得?百罚深杯亦不辞。圣朝已知贱士丑,一物自荷皇天慈。此身饮罢无归处,独立苍茫自咏诗。

【系年】

1. 王洙本旧次在《丽人行》与《渼陂行》之间。

2. 《杜陵诗史》系于"天宝以来在东都及长安所作",在《丽人行》、《同诸公登慈恩寺塔》与《渼陂行》之间。《草堂诗笺》同此。朱鹤龄《杜工部诗集辑注》、杨伦《杜诗镜铨》从之。

3. 黄氏《补注杜诗》亦系于"天宝年间作",黄鹤曰:"《唐志》:'德宗时,李泌请废正月晦,以二月朔为中和节,乃著令与上巳、九日为三令节。'即是前此以正月晦日为节。梁权道编在十四载,详味诗句云'公子华筵势最高'等语,皆未经禄山之乱前所作。"高崇兰编次刘辰翁评点《集千家注杜工部诗集》置于《玄都坛七言六韵寄元逸人》与《敬赠郑谏议十韵》之间,大致同黄鹤说。

4. 《杜诗详注》置于《同诸公登慈恩寺塔》前,引张𬘡《杜工部诗通》曰:"天宝十载,公献赋,诏试集贤院,为宰相所忌,得参列选序,详诗中'圣朝已知贱士丑',似当在此岁作。"浦起龙《读杜心解》:"大抵皆天宝十载后献赋召试屡见摈斥时所作。"

【题解】

　　此诗宋人乃至清人钱谦益、朱鹤龄、杨伦皆未能确切系年。张綖《杜工部诗通》系于天宝十载,浦起龙亦持类似说法。杨伦《杜诗镜铨》出于仇氏《杜诗详注》之后,而于此诗竟与仇氏所引张綖说失之眉睫。按,此诗之系年应为天宝十三载,详见《丽人行》题解。《分门集注杜工部诗》引彭氏注曰:"甫不怨朝廷贬黜之非,自伤年老无所依归,至于独立池上咏诗遣怀,其情为可悯也。"是系于安史乱后任职长安被贬谪为华州司功参军时作,为各家系年所无,亦误。

【笺释】

　　① 《文苑英华》题作《晦日贺兰杨长史筵醉歌》。
　　② 长生木瓢有两说,一为《杜诗赵次公先后解》:"长生木瓢,则木瓢修长而生者,盖用之以酌,则始为真率也。"此似说长葫芦剖成。一为《杜臆》:"《西京杂记》载:上林苑有长生木,盖以木为瓢也。晋嵇含有《长生木赋》。"真率,或直接用木瓢饮,以示饮酒渐入佳境,放任不羁,故曰真率。

沙　苑　行

　　君不见左辅白沙如白水①,缭以周墙百余里。龙媒昔是渥洼生,汗血今称献于此。苑中骒牝三千匹,丰草青青寒不死。食之豪健西域无,每岁攻驹冠边鄙。王有虎臣司苑门,入门夭厩皆云屯。骕骦一骨独当御,春秋二时归至尊。至尊内外马盈亿。伏枥在坰空大存②。逸群绝足信殊杰。倜傥权奇难具论。累累搥阜藏奔突,往往坡陀纵超越。角壮翻同麋鹿游,浮深簸荡鼋鼍窟③。泉出巨鱼长比人④,丹砂作尾黄金鳞。岂知异物同精气,虽未成龙亦有神。

【系年】

1. 王洙本旧次在《桥陵诗》与《骢马行》之间。

2.《杜陵诗笺》系于"天宝十五载丙申夏五月挈家避地鄜州及没贼中所作",在《白水明府旧宅喜雨》与《三川观水涨》之间。

3. 黄氏《补注杜诗》系于"天宝十三载作",黄鹤补注曰:"当是天宝十三载群牧都使奏就群校交点马时作。而梁权道编在天宝十四载,其年禄山反状已成,上下交忧,果如《诗史》云蓟北反书未闻,已逸身畿甸,则是时岂复夸咏苑马如是也?"高崇兰编次刘辰翁评点《集千家注杜工部诗集》从之,置于《病后过王倚饮赠歌》与《送蔡希鲁都尉还陇右寄高三十五书记》之间。朱鹤龄《杜工部诗集辑注》认同黄鹤系年,系于"天宝中在京师作"之末三篇。仇兆鳌《杜诗详注》引卢元昌说:"唐有四十八监以牧马,设苑总监。天宝十三载,以安禄山知总事,公作《沙苑行》以讽之。"亦从十三载说。浦起龙《读杜心解》:"《沙苑行》,危词也。禄山叛志已萌,明皇使总监事,私选健马,驱归范阳,是豢虎而傅之翼也。作者有忧之。"

【题解】

宋人(王洙旧次、师古、《杜陵诗史》、《草堂诗笺》)多以此诗为天宝十四载安史乱后所作,独黄鹤以为乱前十三载所作,清人及今人多从黄鹤说。洪业《杜甫》第五章《故山归兴尽》:"杜甫在754年冬天一直待在奉先,仅仅为了给自己和家人找到借贷之资和馈赠,他出行到周边地区。《沙苑行》很可能作于这个冬天;沙苑的马群就在附近,往东南方向几英里。诗中的最后几句影射安禄山。"

【笺释】

① 《杜诗赵次公先后解辑校》云:"沙苑在同州,于昔为冯翊郡,州有白水县,以其白水名之,沙苑之沙白正如水之白。"

② 《补注杜诗》:"《唐会要》:天宝十三载,陇右群牧都使奏差张通儒、郑遵意交点三十三万五千七百九十二疋,内二十万八千一疋草马。又《王毛仲传》:初监马二十四万,后乃至四十三

万,牛羊皆数倍。从帝东封,取牧马数万,马每色一队,相间如锦绣。其曰盈亿,诗人夸大之辞也。"

③《杜陵诗史》引师古注曰(亦见《分门集注杜工部诗》,《草堂诗笺》引此而没师古名):"此篇甫寓意于禄山而为之,若曰唐家诸将为不少,玄宗皆以凡材视之,独以兵权委之禄山,甚见宠贵,故云'骕骦一骨独见御',终使禄山难制,奔突超越,一旦反于范阳,河北为之震荡,岂非簸荡鼋鼍窟乎?"

④《杜陵诗史》引师古注曰(亦见《分门集注杜工部诗》,《草堂诗笺》引此而没师古名):"甫既以马比禄山,又以鱼比史思明。盖思明乃禄山将,相继而叛,故甫托意焉。"清人皆用此说,《钱注杜诗》:"泉出,吴若本作'海出'。……《京房易传》:海出巨鱼,邪人进,贤人出。"浦起龙《读杜心解》:"不曰龙而曰鱼,笔法何等森严。按禄山本猪龙之精,当与《灵湫》诗参看。"仇兆鳌《杜诗详注》引卢元昌注:"自禄山知总监事,选健马堪战者驱归范阳,得以助其叛势。篇中曰'王有虎臣司苑门',以见不须禄山也。曰'春秋二时归至尊',以见非禄山所得私畜也。篇末巨鱼,正指禄山。是时尾大已见,巨鱼虽不成龙,而砂尾金鳞,似有神彩,患猪龙之僭拟真龙也。《灵湫》诗云:'复归虚无底,化作长黄虬。'两篇结语,皆有寓意。"

一百五日夜对月①

无家对寒食,有泪如金波。斫却月中桂,清光应更多②。仳离放红蕊,想像颦青蛾。牛女漫愁思,秋期犹渡河。

【系年】

王洙本旧次在《忆幼子》与《大云寺赞公房》之间。《杜陵诗史》系于"至德二载丁酉在贼中作",在《忆稚子》与《雨过苏端》之间。黄氏《补注杜诗》系于"至德二载作",黄鹤补注曰:"《荆楚岁时记》曰:'去冬至一百五日,即有疾风甚雨,谓之寒食。'据历合在清明前二日,亦有云去冬至一百六日。诗云'无家对寒食,有泪如金波',谓身陷贼中,而家在鄜州,当是至德二载作。"高崇兰编次刘辰翁评点《集千家注杜工部诗集》、朱鹤龄《杜工部诗集辑注》、仇兆鳌《杜诗详注》、杨伦《杜诗镜铨》皆从之。

【题解】

此诗系年诸家皆同。洪业《杜甫》第五章《故山归兴尽》利用天文学知识,提出新说:"杜甫的这首爱情诗一般被系于757年(至德二载)春天。我发现有误,因为这一年的寒食夜里,天空中只有半月,但是诗中提到了满月。在杜甫一生中只有三次满月的寒食之夜:747年(天宝六载),755年(天宝十四载)和763年(广德元年)。763年杜甫和家人在一起。747年,他很可能尚未成婚。因此,我将此诗系年在755年4月1日。"按,"牛女漫愁思,秋期犹渡河",诗人在寒食已知秋日可团聚,似有规划,当非被困长安所作,洪业系于安史乱前有理。又,关于此诗格式,《诗人玉屑》卷二"偷春体"称:"其法颔联虽不拘对偶,疑非声律,然破题已的对矣,谓之偷春格。言如梅花偷春色而先开也。"

【笺释】

① 邓忠臣注:"《世说》:寒食去冬至一百五日。"《杜臆》:"诗题不云寒食对月,而云一百五日,盖公以去年冬至,弃妻出门,今计其日,见离家已久也。"

② 《杜诗赵次公先后解辑校》:"此句以兴奸邪蔽人主之时。当时杨国忠已死,明皇左右别无奸邪,而杜鸿渐、崔冕之徒乃至劝太子即位,尊为太上皇,则奸邪者其崔、杜之谓乎?虽未必然,而无害于义。"

官定后戏赠①

时免河西尉,为右卫率府兵曹。

不作河西尉②,凄凉为折腰。老夫怕趋走,率府且逍遥。耽酒须微禄,狂歌托圣朝。故山归兴尽,回首向风飚。

【系年】

1. 王洙本旧次在《九日曲江》与《承沈八丈东美除膳部员外》之间。

2. 《杜诗赵次公先后解辑校》:"天宝九载冬,公预献三大礼赋。明年十载,乃召试文章,初授河西尉。辞不行,更授卫率府兵曹,故得以老夫为称。谓须微禄,故无复归山之兴,但临风回首而已。"

3. 《杜陵诗史》系于"天宝以来在东都及长安所作",在《前出塞》与《自京赴奉先县咏怀五百字》之间。

4. 《分门集注杜工部诗》引鲍钦止注曰:"天宝十三年,公年四十三,在京师。明皇朝献太清宫、享庙及郊,献赋三篇。帝奇之,使待制集贤院,令宰相陈希烈试文章。为希烈刻忌,权河西尉,不拜,改卫率府参军。"虽系于天宝十三、十四载,然而却是建立在错误信息(献赋日期)之上的一时偶合。黄氏《补注杜诗》系于"天宝十四载作",黄鹤补注曰:"鲍(钦止)注谓献赋在天宝十三载,非。按,公十载献赋,上令待诏集贤院试文章,十三载再进《封西岳赋表》,尚云'一匹夫',则其时未得官。改卫率府参军乃在十四载,所谓'昔罢河西尉,初兴蓟北师'是也,此诗当作于天宝十四载。方官未定时,公《赠崔、于二学士诗》云:'故山多药物,欲整还乡旆。'而今诗云:'耽酒须微禄,狂歌托圣朝。故山归兴尽,回首为风飙。'盖官已定也。"高崇兰编次刘辰翁评点《集千家注杜工部诗集》置于卷二末,在《自京赴奉先县咏怀五百字》……《骢马行》与《苏端薛复筵简薛华醉歌》之间,系于十三载末、十四载初之间,认同黄鹤说。朱鹤龄《杜工部诗集辑注》、仇兆鳌《杜诗详注》皆从黄鹤说。

【题解】

赵次公系年未确。《杜陵诗史》用鲁訔年谱,已差近之。当以黄鹤系年最为准确。洪业《杜甫》第五章《故山归兴尽》对杜甫最终得官之原由有新说,颇有理:"(天宝十四载,755 年)秋天已经来了,我们的诗人仍看不到任命的希望。在绝望中他第三次来到延恩匦。《雕赋》和《进雕赋表》中没有任何可资系年的线索。我倾向于认为正是这篇赋促使有关部门给予了我们可怜的诗人一个任命,时间不是在同年秋天,就是在这年初冬。在《进雕赋表》中,杜甫暗示皇帝说他不想通过通常的磨勘程序获得任命,而是希望以自己的文学才能直接为皇帝陛下效劳,就像自己的祖父杜审言一度在中宗朝中服务一样。他在赋中极其优美地描写了猎雕在秋天的捕食活动。当然,他是在暗示,他将像雕一样勇敢无畏地为皇帝效力,清除朝廷中孽狐狡兔。如果皇帝对这篇赋有所反应,那么我们的诗人一定会在诗中大加炫耀或是表示失望。我怀疑这篇赋并未在延恩匦的办事机构中被归入档案或是被扔进废纸篓。这篇赋的调门太大胆,其中提出的要求也太异乎寻常了。当这篇赋传到那些孽狐和狡兔手中,他们中的某些人一定会认为最好是在这个莽撞的诗人干出点什么来之前,赶紧把他给弄出京城。于是,吏部发下一道委任令。杜甫被任命为离奉先不远的河西县县尉。……还好,唐代制度允许一个被任命者拒绝担任一项不情愿的职务。我们不知道这次改任的任何细节。但是它显然很快就作出了。《官定后戏赠》可能作于 755 年初冬。"

【笺释】

① 原注:"时免河西尉,为右卫率府兵曹。"《杜诗赵次公先后解辑校》:"此公自赠耳,故云戏也。"《杜臆》:"戏赠,公自赠也。晚唐人自贻、自赠等题本此。"

②《杜陵诗史》作"西河尉",显误。洪业《杜甫》第五章《故山归兴尽》:"在唐代,不同时候有好几个地方叫做河西。杜甫被任命的这个地点很明显属于黄河西岸的同州辖区。760 年,此地改名夏阳。位于今郃阳东十三英里处。参见《元和郡县图志》卷二,11b;《唐会要》卷七十,18b;《旧唐书》卷三十八,15b;《中国古今地名大辞典》690 页,'夏阳'条。从奉先往东北方向到河西有

五十多英里。"

后出塞其五

我本良家子，出师亦多门。将骄益愁思，身贵不足论。跃马二十年，恐辜明主恩。坐见幽州骑，长驱河洛昏。中夜间道归①，故里但空村。恶名幸脱免，穷老无儿孙②。

【系年】

  1. 王洙本旧次在《遣兴五首》、《前出塞九首》与《别赞上人》之间。

  2.《杜陵诗史》置于《桥陵三十韵》与《玄都坛歌》之间，并引鲍钦止注曰："天宝十四年乙未三月壬午，安禄山及契丹战于汉水，败之，故有《后出塞》五首，为出兵赴渔阳也。"仇兆鳌《杜诗详注》从之。浦起龙《读杜心解》亦用此说："当在禄山将叛之时。诸本或编叛后，或编秦州，大谬。……钱、朱、卢诸本皆以此诗编秦州诗内。卢元昌以为追讽玄宗宠任禄山，此尤可恨。公诗自玄宗失国后，但有哀痛语、感激语，并无一语涉刺讥者。此风人忠厚之遗也。况公在秦州，系乾元二年。是时肃宗方惑于良娣，不朝南内，父子已成隙矣。公反追述上皇丧败之由，益启时君怼亲之罪，果何心哉？"杨伦《杜诗镜铨》从浦起龙说。

  3. 黄氏《补注杜诗》系于"乾元二年作"，黄鹤补注曰："当是乾元二年至秦州思天宝间事而为之。"高崇兰编次刘辰翁评点《集千家注杜工部诗集》用黄鹤说，置于《前出塞》与《示侄佐》之间。朱鹤龄《杜工部诗集辑注》亦用黄鹤说。

【题解】

  此诗主题涉安禄山之叛，诸家无异议。《九家集注杜诗》引

《东坡志林》云:"详味此诗,盖禄山反时,其将有脱身归国,而禄山尽杀其妻子者,不出姓名,亦可恨也。"《分门集注杜工部诗》引邓忠臣注"坐见幽州骑,长驱河洛昏"一句曰:"时禄山自幽州陷河洛。"《钱注杜诗》:"《前出塞》为征秦陇之兵,赴交河而作。《后出塞》为征东都之兵,赴蓟门而作。"朱鹤龄《杜工部诗集辑注》:"《前》是哥舒贪功于吐蕃,《后》是禄山构祸于契丹。"系年则有二说,一说天宝十四载安禄山将叛之时作,一说乾元二年秦州时追忆天宝间事所作。按,王洙本旧次置于秦州诗中,余臆旧次或以为秦州地处边塞,故老杜触景生情,遂有出塞之作,以追忆前事。浦起龙说虽似有理,然老杜未必深达宫闱内情,事事为之回护。二说可并存,而秦州说以符合旧次而略胜。陈贻焮、洪业皆从天宝十四载说。洪业《杜甫》第六章《东胡反未已》:"杜甫这时尚与奉先的妻儿在一起。《后出塞》可能作于他遇见一位老骑兵军官所作,这位军官多年前从洛阳被招募到东北的安禄山军队中服役,当叛军向东都洛阳进犯时他开小差逃走了。"

【笺释】

①《杜陵诗史》引师古注曰:"言国忠闻禄山有变,已陷两都,遂脱身自微路归,恐为奸盗所获。"过于穿凿。

②《草堂诗笺》:"言国忠虽异于禄山,不负叛逆之名,奈何子孙亦为贼所屠灭。天人报应之理,可不戒哉?"与注①同理。

哀 王 孙①

长安城头头白乌,夜飞延秋门上呼②;又向人家啄大屋,屋底达官走避胡。金鞭断折九马死,骨肉不待同驰驱。腰下宝玦青珊瑚③,可怜王孙泣路隅。问之不肯道姓名,但道困苦乞为奴。已经百日窜荆棘,身上无有完肌肤。高帝子孙尽高准,龙种自与常人殊。豺狼在邑龙在野,王孙善保千金躯。不敢长语临交衢④,且为王孙立斯须。昨夜春风吹血腥,东来橐驼满旧都。朔方健儿好身手,昔何勇锐今何愚?窃闻天子已传位,圣德北服南单于。花门剺面请雪耻⑤,慎勿出口他人狙⑥。哀哉王孙慎勿疏,五陵佳气无时无⑦。

【系年】

1. 王洙本旧次在《哀江头》与《悲陈陶》之间。

2. 《杜陵诗史》在《三川观水涨》与《九日蓝田崔氏庄》之间。《草堂诗笺》同此,小异在蔡梦弼将此诗置于"至德元载公自鄜州赴朝廷遂陷贼中在蓝田县所作"之第一首,较之《杜陵诗史》笼统系于"天宝十五载没贼中所作"更细密。

3. 黄氏《补注杜诗》系于"至德元载",黄鹤补注曰:"安史据两京,而玄宗、肃宗俱在外也。其时王孙在长安者皆未遇害,诗故不及之。盖史云天宝十五载八月癸巳,肃宗即位,而《通鉴》以为七月甲子即位。丁卯,安禄山使孙李杀霍国长公主及王妃、驸马等已,已又杀皇孙及郡县主二十余人。"

4. 《钱注杜诗》本在《哀江头》与《大云寺赞公房》之间,朱鹤龄《杜工部诗集辑注》从之。

【题解】

诸家系年大同小异。详绎之,黄氏《补注杜诗》以为此诗作于八月丁卯之前,其时尚未有屠戮皇族之事,故王孙尚能立于街衢,则似未注意"已经百日窜荆棘……不敢长语临交衢……慎勿出口他人狙"诸句之义。他注皆以为在丁卯之后,此王孙为漏网之子余。如《钱注杜诗》:"至德元载九月,孙孝哲害霍国长公主、永王妃及驸马杨驲等八十人,害皇孙二十余人,并剐其心,以祭安庆宗。王侯将相扈从入蜀者,子孙兄弟,虽在婴孩之中,皆不免于刑戮。当时降逆之臣,必有为贼耳目,搜捕皇孙妃主以献者,故曰'王孙善保千金躯',又曰'哀哉皇孙慎勿疏',危之,复戒之也。宋靖康之难,群臣为金人搜索赵氏,遂无遗种。此诗如出一辙。"洪业《杜甫》第六章《东胡反未已》采用后说:"《哀王孙》描述了一个年轻的皇室成员的处境,他被人们隐藏了一百多天,没被叛军抓获。这首诗一定写于10月结束之前。"又,"朔方健儿好身手,昔何勇锐今何愚"一句,陈寅恪《书杜少陵哀王孙诗后》(《金明馆丛稿二编》)指出:"朔方健儿"特指本属朔方军之同罗部落,其部后归安禄山,遂成为安禄山所统军队之主力。"同罗部落之役属禄山,实非得已,故既至长安之后,不久即又叛归其旧巢……同罗昔日本是朔方军劲旅,今则反复变叛,自取败亡,诚可谓大愚者也……少陵为中国第一诗人,其被困长安时所作之诗,如《哀江头》、《哀王孙》诸篇,古今称其文词之美,忠义之忱,或取王右丞'凝碧池头'之句连类为说。殊不知摩诘艺术禅学,固有过于少陵之处,然少陵推理之明,料事之确,则远非右丞所能几及。"

【笺释】

① 邓忠臣注:"天宝十五载,明皇西狩,肃宗即位,改元至德,在七月甲子。是月丁卯,禄山使人杀霍国长公主及王妃、驸马等已,已又杀王孙及郡县主,诗此时作。"

②《杜诗赵次公先后解辑校》:"天宝十五载六月辛未,禄山陷潼关,京师大骇。甲午,诏亲征。明皇幸蜀,从延秋门出。门在禁苑之西面左边,而禁苑在宫城之北。"黄氏《补注杜诗》黄希补注曰:"《通鉴》云:上御勤政楼,下制云欲亲征,皆莫之信。移仗北内,命陈玄礼整比六军,上独与贵妃姊妹、皇子、妃、王、皇孙及亲近宦官宫人出延秋门。妃、王、皇孙之在外者皆委之而去。是日百官犹有入朝者,至宫门犹闻漏声,三卫立仗俨然,门既启,则宫人乱出,中外扰攘,王公士民四出逃窜。"

③ 玦,或隐含诀别义,亦为起兴,讥刺明皇仓皇逃离事。参注②。

④《杜陵诗史》引师古注:"長音仗,乃剩言也。交衢,谓路相交错要冲之所。甫与之问答不敢私言,但共立少顷,恐为奸人窥伺故也。"

⑤《杜诗赵次公先后解辑校》:"是时回纥有助顺之心,故戒王孙勿出口于他人而徂往也。按,广平王俶为天下兵马元帅,郭

子仪副之,以朔方、安西、回纥、大食兵讨安庆绪,在至德二载之闰八月,则公作此诗时回纥初有助顺之请。而劈面者,力劈割其面皮,蛮夷感恩而或喜或悲者多然。"

⑥《杜陵诗史》引师古注:"狙,窃听也。甫欲王孙慎密其事,恐为谍者所得。"

⑦ 黄氏《补注杜诗》黄鹤补注:"五陵谓献陵、昭陵、乾陵、定陵、桥陵,旧注引汉五陵,非也。"朱鹤龄《杜工部诗集辑注》:"《唐纪》:高祖葬献陵,太宗葬昭陵,高宗葬乾陵,中宗葬定陵,睿宗葬桥陵,是为五陵。"

悲 陈 陶

孟冬十郡良家子①,血作陈陶泽中水。野旷天清无战声,四万义军同日死。群胡归来血洗箭,仍唱胡歌饮都市。都人回面向北啼,日夜更望官军至②。

【系年】

王洙本旧次在《哀王孙》与《悲青坂》之间。《九家集注杜诗》引鲍钦止注:"天宝十五年十月辛丑,房琯及禄山战于陈陶斜,败绩。癸卯,琯又以南军战,败绩。公故有是诗。"《杜陵诗史》置于《崔氏东山草堂》与《悲青坂》之间。黄氏《补注杜诗》系于"天宝十五载作",黄鹤补注曰:"当是天宝十五载十月辛丑房管陈陶战败后作。是年十月辛巳朔,辛丑乃十月二十一日。梁权道编在是年贼陷中诗内,蔡兴宗就谓冬有《悲陈陶》、《悲青坂》。"按,《杜陵诗史》误以此段作邓忠臣注。高崇兰编次刘辰翁评点《集千家注杜工部诗集》置于《曲江三首》与《悲青坂》之间。《钱注杜诗》本在《三川观水涨》与《悲青坂》之间,朱鹤龄《杜工部诗集辑注》从之。仇兆鳌《杜诗详注》在《哀王孙》与《悲青坂》之间,杨伦《杜诗镜铨》从之。

【题解】

诸家系年皆同。由此开始,杜甫卷入到房琯问题中,这影响到了他的仕途出处。宋人叶梦得《避暑录话》卷下称:"房次律为宰相,当中原始乱时,虽无大功,亦无甚显过,罢黜盖非其罪,一跌不振,遂至于死,世多哀之。此固不幸,然吾谓陈涛之败,亦足以取此。杜子美《悲陈陶》云:'孟冬十郡良家子,血作陈陶泽中水。野旷天青无战尘,四万义军同日死。'哀哉,此岂细事乎!用兵成败,固不可全责主将,要之非所长而强为之,胜乃其幸,败者必至之理,与故杀之无异也。次律之志,岂不欲胜而强非其长,则此四万人之死,其谁当之乎?顾一跌犹未足偿。陆机河桥之役,不战而溃者二十余万人,固未必皆死,死者亦多矣。讼其冤者,孰不切齿孟玖?然不知是时机何所自信,而敢遽当此任。师败七里涧,死者如积,涧水为不流。微孟玖,机将何以处乎?吾老,出入兵间,未尝秋毫敢言尝试之意,盖尝谓陆机河桥之役、房琯陈陶之战,皆可为书生轻信兵者之戒,不谓当时是非当否也。"洪业《杜甫》第六章《东胡反未已》:"在彭原,因为一个新来官员(贺兰进明)的谗言,皇帝对房琯的态度突然冷淡起来。房琯交游极广;难道他没有试着建立一个政治小圈子吗?房琯劝太上皇任命皇子们为各地方节度使;他的意思不就是以为太上皇任何一个儿子得了天下,自己都不失富贵吗?这些警告,使得皇帝对房琯变得十分猜忌。而更糟的是,房琯自愿率领一支部队收复京城,他自选参佐,却用一群毫无作战经验的文人为幕僚。11月17日,当战役在长安西部不远的陈陶打响,房琯效古法,用车战,结果招致惨败。朝廷军队死伤四万余人。两天之后,房琯再战,叛军再次获胜,皇帝很有理由对房琯大发雷霆。要不是李泌连忙营救,房琯毫无疑问会遭到处罚,至少会被解职。我们诗人的两首诗,《悲陈陶》和《悲青坂》就作于长安,当时他听到了官军作战失败的消息。当然,他对彭原发生的一切并不知情。"

【笺释】

①《草堂诗笺》:"良家子谓陕西民户团结精于驰射者,非召

募之兵也。"

②《宋本杜工部集》:"一云'前后官军苦如此'。"《杜诗赵次公先后解辑校》:"四句言朔方安西回纥大食兵相助讨贼,然夷狄之性不无残扰,故房琯虽丧军矣,而都人之心不愿胡兵讨贼,只望官军至也。"次公或亦欲兼释"前后官军苦如此"异文,故其说"回纥大食兵夷狄之性不无残扰",周折穿凿如此。按,杜甫身处叛军城中,所见"归来群胡"当是安、史所部,并非朝廷所借回纥兵。

塞 芦 子

五城何迢迢①?迢迢隔河水。边兵尽东征,城内空荆杞。思明割怀卫②,秀岩西未已③。回略大荒来,崤函盖虚尔。延州秦北户,关防犹可倚。焉得一万人,疾驱塞芦子。岐有薛大夫④,旁制山贼起。近闻昆戎徒,为退三百里。芦关扼两寇,深意实在此。谁能叫帝阍,胡行速如鬼。

【系年】

1. 王洙本旧次在《留花门》与《彭衙行》之间。

2. 《草堂诗笺》系于"至德二载夏自贼中达行在所授拾遗以后所作",置于《彭衙行》与《送长孙九侍御赴武威判官》之间。《杜陵诗史》未录。《钱注杜诗》本用此说,置于《送韦十六评事充同谷郡防御判官》与《彭衙行》之间。

3. 黄氏《补注杜诗》系于"至德二载作",黄鹤补注曰:"芦子关在延州延昌县北,以备吐蕃。今诗云'思明割怀卫,秀岩西未已',按《通鉴》:至德二载十二月甲子,史思明以所部十三郡及兵八万来降并帅,其河东节度使高秀岩亦以所部来降。则此诗作于未降之先。"高崇兰编次刘辰翁评点《集千家注杜工部诗集》从之,置于《留花门》与《送郑十八虔贬台州司户伤其临老陷贼之故阙为面别情见于诗》之间。

4. 朱鹤龄《杜工部诗集辑注》在《遣兴》与《哀江头》之间，称"此本陷贼时诗。诸本多误解，故次在收京之后。"仇兆鳌《杜诗详注》、杨伦《杜诗镜铨》从之。

【题解】

此诗系年，宋人皆系于至德二载，或以为在至德二载脱贼始达行在后作（王洙本旧次、《草堂诗笺》），或以为至德二载收京前后所作（黄氏《补注杜诗》、高崇兰编刘辰翁评点本）。清人（朱鹤龄、仇兆鳌、杨伦）则以为陷贼时作。若以"谁能叫帝阍，胡行速如鬼"一句视之，则当为未达行在时所作，清人系年有据。此诗意蕴，诸家有二说：一说为捍卫灵武，如《九家集注杜诗》："时官军止知东讨收复河洛，而不知芦子之可塞。公惧有乘隙而起者，故有此作。"朱鹤龄《杜工部诗集辑注》："此诗首以五城为言，盖忧朔方之无备也。高、史二寇合力攻太原，克太原才渡河而西，即延州界，北出即朔方五城。朔方节度治灵州。灵距延才六百里尔。灵武为兴复根本，公恐二寇乘虚入之，故欲以万人守芦关，牵制二寇使不得北。塞字作壅塞解。时太原几不守，幸禄山死，思明走归范阳，势甚岌岌，公故深以为虑也。'谁能叫帝阍'，即《悲青坂》所云'焉得附书与我军'也。此本陷贼时诗，诸本多误解，故次在收京之后。"一说为收复长安，如《钱注杜诗》："是时贼据长安，史思明、高秀岩重兵趋太原，崤、函空虚。公以为得延州精兵万人，塞芦关而入，直捣长安，可以立奏收复之功也。首言'五城'、'荆杞'，惜其单虚，无兵可用也。思明自博陵寇太原，舍河北而西，故曰割怀、卫。秀岩自大同与思明合兵，故曰西未已。两寇欲取太原，长驱朔方、河陇，而长安西门之外，皆为敌垒，故曰'回略大荒来，崤、函盖虚尔'也。'疾驱塞芦子'，言塞芦子而疾驱长安，非壅塞之塞也。薛景仙守扶风，关辅响应。取道扶风，与景仙合力，则收复尤易也。寇方从事于西，而我出奇芦关以捣其虚，故曰'芦关扼两寇'。此公之深意也。兵贵神速，不可使寇知而备之，故曰'谁能叫帝阍？胡行速如鬼'也。王深父以为不当撤西备而争利于东，宋人又有谓塞芦子以拒吐蕃者，荆公极推深父,不应无识至此。乃至德二年未收京时事,与《留花门》似非并时之作,或事后追记之也。"按,钱谦益持"收复长安"说,正因其承《草堂诗笺》本鲁訔编次之误,将此诗系于"至德二载夏自贼中达行在所授拾遗以后所作"故也(此诗之系年及阐释,朱鹤龄本胜过钱谦益本,颇可玩味)。若以陷贼中所作视之,则"捍卫灵武"说较胜。洪业《杜甫》第六章《东胡反未已》即用此说:"史思明在河北、河南大胜之后,挥兵西向,攻打太原。另一叛军将领高秀岩从大同出发加入史思明的部队,共同围攻北都。意图很明显。在拿下李光弼镇守的坚固城市之后,他们就会往西寇掠河曲地区,进而向南通过芦子关进入关内地区。那时,不但彭原的流亡朝廷将会背后受敌,而且洛交郡和杜甫家人所在的鄜州也会被暴露在敌军之前。《塞芦子》显示杜甫对此十分惊惧。因为身处长安贼中,他不知道李光弼稳守太原,郭子仪不但将河曲地区牢牢掌握在手中,而且还将行辕建在洛交。"

【笺释】

①《九家集注杜诗》引邓忠臣注:"沈存中云:延州今有五城,说者谓旧有东西二城,夹河对立,高万典郡,始展南北东三关,乃知天宝中有五城,谓高始展,非也。"又引鲍钦止云:"南志:延州延昌县北有芦子关,又夏州注:长庆四年,节度使李佑筑乌延、宥州、临塞、阴河、陶子,与塞芦子,盖五城名也。"按,鲍钦止所引长庆五城,远在老杜身后,此说未稳;邓忠臣注引沈括所言宋代地理建制,亦误。朱鹤龄《杜工部诗集辑注》指出此点,且曰:"按,《唐书·方镇表》:朔方节度领定远、丰安二军及东、中、西三受降城。五城当以此为据。"《钱注杜诗》:"《元和郡县志》:塞门镇,在延州延昌县西北三十里。镇本在夏州宁朔县界,开元二年,移就芦子关南金镇所安置。芦子关属夏州,北去镇一十八里。"

②《九家集注杜诗》引邓忠臣注:"史思明,杂种胡人也。天宝十四载,随安禄山反河阳。怀、卫尽陷于贼。"

③《九家集注杜诗》引邓忠臣注:"高秀岩,哥舒翰麾下将也。后为思明伪河东节度使,降肃宗。"黄氏《补注杜诗》黄希补

注:"高秀岩,天宝八载为哥舒翰裨将,攻石堡城,详知西事,故有意于西也。秀岩为禄山守大同。唐大同军防御使,云州刺史领之。"

④ 黄氏《补注杜诗》黄鹤补注:"薛大夫,当是御史大夫薛景仙,以检校户部尚书兼尹凤翔,败安禄山。"《钱注杜诗》:"《通鉴》:至德元载七月,以陈仓令薛景仙为扶风太守防御使,贼遣兵寇扶风,景仙击却之,京畿豪杰往往杀贼官吏,遥应官军。贼兵所及者,南不出武关,北不过云阳,西不过武功。江淮奏请之蜀之灵武者,皆自襄阳取上津路抵扶风,道路无壅,皆景仙之力也。"

遣 兴

骥子好男儿①,前年学语时。问知人客姓,诵得老夫诗。世乱怜渠小,家贫仰母慈。鹿门携不遂,雁足系难期。天地军麾满,山河战角悲。倘归免相失,见日敢辞迟。

【系年】

1. 王洙本旧次在《月夜》与《元日寄韦氏妹》之间。

2. 《草堂诗笺》系于"至德元载"最末一首,编次同王洙本。《杜陵诗史》同一编次位置之《遣兴》为:"昔在洛阳时,亲友相追攀。送客东郊道,遨游宿南山。烟尘阻长河,树羽成皋间。回首载酒地,岂无一日还。丈夫贵壮健,惨戚非朱颜。"按,此是《遣兴三首》之一。本诗《遣兴》"骥子好男儿"置于"上元二年庚子在成都作",当是书坊本刊印之误。

3. 黄氏《补注杜诗》系于"至德元载作",黄鹤补注曰:"诗云:'天地军麾满,山河战角悲,倘归免相失,见日敢辞迟。'当是至德元载陷贼中作。"

4. 朱鹤龄《杜工部诗集辑注》置于《一百五日夜对月》与《塞芦子》之间。仇兆鳌《杜诗详注》、杨伦《杜诗镜铨》从之。

【题解】

　　此诗系年诸家皆同。骥子当为宗文小字,而非宗武小字。说详见本书《杜甫二子考》一文。

【笺释】

　　① 邓忠臣注:"骥子,公子宗武也。见《宗武生日》诗注。"后来杜甫二子名、字错讹,此注与《宋本杜工部集》王洙注(参见《宗武生日》注②)为滥觞之源。参见本书《杜甫二子考》一文。

哀 江 头

　　少陵野老吞声哭,春日潜行曲江曲。江头宫殿锁千门,细柳新蒲为谁绿?忆昔霓旌下南苑,苑中万物生颜色。昭阳殿里第一人,同辇随君侍君侧。辇前才人带弓箭,白马嚼啮黄金勒①。翻身向天仰射云,一箭正坠双飞翼。明眸皓齿今何在?血污游魂归不得②。清渭东流剑阁深,去住彼此无消息。人生有情泪沾臆,江水江花岂终极?黄昏胡骑尘满城,欲往城南忘南北③。

【系年】

　　王洙本旧次在《大云寺赞公房》与《哀王孙》之间。《杜陵诗史》置于《雨过苏端》与《大云寺赞公房》之间。黄氏《补注杜诗》系于"至德二载作",黄鹤补注曰:"至德二载九月癸卯,复京师。十月壬子,复东京。而是诗云'春日潜行曲江曲',当是作于是年春。盖谓之潜行,又谓'黄昏胡骑尘满城',乃陷贼时所作明矣。梁权道亦编在是年。"高崇兰编次刘辰翁评点《集千家注杜工部诗集》、朱鹤龄《杜工部诗集辑注》、仇兆鳌《杜诗详注》、杨伦《杜诗镜铨》皆系于至德二载。

【题解】

"黄昏胡骑尘满城"可知为叛军占据长安时期,"春日潜行曲江曲"可知为至德二载,因杜甫至德元载秋方从鄜州离家,至德二载方逃离长安,此既为春日,必在至德二载明矣。此诗系年诸家皆同。此诗主旨,众说不一,重点在"清渭东流剑阁深,去住彼此无消息"是否为明皇、杨玉环而作。按,此句有三说,其一,《草堂诗笺》云:"甫睹渭水东流,翻思玄宗既入剑阁,彼此消息断绝,深咎肃宗不能迎父归大内以尽孝道故也。"按,此时两京尚未光复,肃宗亦未还朝,注显误。其二,朱鹤龄《杜工部诗集辑注》:"余谓:渭水,公陷贼所见;剑阁,玄宗适蜀所经。'去住彼此无消息',是言身在长安,不知蜀道消息耳。"其三,邓忠臣注曰:"时明皇幸蜀贵妃诛。"钱谦益《钱注杜诗》发挥其说:"此诗兴哀于马嵬之事,专为贵妃而作也。苏黄门曰:'《哀江头》,即《长恨歌》也。'斯言当矣。清渭、剑阁,寓意于上皇、贵妃也。玄宗之幸蜀也,出延秋门,过便桥,渡渭,自咸阳望马嵬而西。则清渭以西,剑阁以东,岂非'峨眉宛转、血污游魂'之处乎?故曰:'去住彼此无消息。'行宫对月,夜雨闻铃,寂寞伤心,一言尽之矣。'人生有情泪沾臆,江水江花岂终极',即所谓'天长地久有时尽,此恨绵绵无绝期'也。"仇兆鳌《杜诗详注》:"考马嵬驿,在京兆府兴平县,渭水自陇西而来,经过兴平,盖杨妃藁葬渭滨,上皇巡行剑阁,是去住西东,两无消息也。唯单复注,合于此旨。"杨伦《杜诗镜铨》:"清渭,贵妃缢处,剑阁,明皇入蜀所经。彼此无消息,即《长恨歌》所谓'一别音容两渺茫'也。朱注作公自言,恐与上下文不相连属。"《杜诗博议》的反驳意见是:"赵次公注引苏黄门,尝谓其侄在进云:《哀江头》即《长恨歌》也。《长恨歌》费数百言而后成,杜言太真被宠,只'昭阳殿里第一人'足矣。言从幸,只'白马嚼啮黄金勒'足矣。言马嵬之死,只'血污游魂归不得'足矣。按黄门此论,上言诗法繁简不同,非谓'清渭东流'以下皆寓意上皇、贵妃也。《长恨歌》本因《长恨传》而作,公安得预知其事而为之兴哀?《北征》诗:'不闻夏殷衰,中自诛褒妲。'公方以贵妃之死卜国家中兴,岂应于此诗为天长地久之恨乎?"按,《博议》之说未确,甫虽非为《长恨歌》作,而安能禁老杜于《长恨歌》之前先发此义乎？《北征》为五古，五古乃老杜写大题目之庄重体裁，虽写同一事件，态度与七古之《哀江头》不同，固其宜也。钱谦益、仇兆鳌考地名，杨伦以上下文语境为证据，发挥邓忠臣注（伪王洙注（邓忠臣注））之说，是为得之。

【笺释】

①《杜诗赵次公先后解辑校》："按，《明皇杂录》载：上幸华清宫，贵妃姊妹各购名马，以黄金为衔勒，组绣为障泥，同入禁中。观者如堵。"

②《杜诗赵次公先后解辑校》："按，《唐后妃传》：安禄山反，以诛国忠为名，及西幸过马嵬，陈玄礼等以天下讨诛，国忠已死，军不解，帝遣力士问故，曰：'祸本尚在。'帝不得已，与妃诀，引而去，缢路祠下。"

③一作"望城北"。说有三，其一为《九家集注杜诗》引鲍钦止注云："甫家居城南，欲往城南忘南北者，言迷惑避死，不能记其南北也。"其二为《杜陵诗史》引黄氏注曰："甫朝哀江头，暮又闻史思明连结吐蕃入寇，欲往城南省家，仓皇之际，心曲错乱，忘南而走北也。甫家居城南。"其三为陈寅恪《元白诗笺证稿》："杜少陵《哀江头》诗末句'欲往城南望城北'者，子美家居城南，而宫阙在城北也。自宋以来，注杜者多不得其解，乃妄改'望'为'忘'，或以'北谓向为望'为释。殊失少陵以虽欲归家而犹回望宫阙为言，隐示其眷念迟回，不忘君国之本意矣。"

述　　怀

此已下自贼中窜归凤翔作。

去年潼关破，妻子隔绝久。今夏草木长，脱身得西走。麻鞋见天子，衣袖露两肘。朝廷愍生还，亲故伤老丑。涕泪授拾遗，流离主恩厚①。柴门虽得去，未忍即开口。寄书问三川，不知家在否？比闻同罹祸，杀戮到鸡狗。山中漏茅屋，谁复依户牖。摧颓苍松根,地冷骨未朽。几人全性命?尽室岂相偶?嶔岑猛虎场,郁结回我首。自寄一封书,今已十月后②。反畏消息来,寸心亦何有?汉运初中兴,生平老耽酒。沉思欢会处,恐作穷独叟③。

【系年】

王洙本旧次在《悲青坂》与《逼仄行》之间,题下(彦辅)注:"此已下自贼中窜归凤翔作。"《杜陵诗史》系于"至德二载夏自贼中达行在所授拾遗以后所作"第二首,在《喜达行在所三首》与《彭衙行》之间。黄氏《补注杜诗》系于"至德二载作",黄鹤补注曰:"公以至德元载陷贼。今诗云'去年潼关破',又云'今夏得西走',当是二年夏拜拾遗后作,故又有'涕泪受拾遗'之句。"高崇兰编次刘辰翁评点《集千家注杜工部诗集》置于《喜达行在所三首》与《得家书》之间。朱鹤龄《杜工部诗集辑注》、杨伦《杜诗镜铨》从之。仇兆鳌《杜诗详注》用黄鹤系年,置于《送韦十六评事充同谷防御判官》与《得家书》之间。

【题解】

此篇诸家系年皆同。《杜诗赵次公先后解辑校》释之甚明:"此篇叙事甚明。'去年潼关破',天宝十五载六月,为贼将崔乾祐所破也。先是公于五月挈家避地鄜州,有《高斋》诗及《三川观涨》、《塞芦子》诗。即自鄜州挺身附朝廷,而逢潼关之败,遂陷贼中。继而是月肃宗即位灵武,治兵凤翔,公于至德二载夏四月自贼中亡走凤翔,所谓'今夏脱身走'是也。以'草木长'推之,则为四月,盖陶潜诗云'孟夏草木长'是也。公既至凤翔上谒,则拜右(按,当为'左')拾遗焉。《新书》谓甫以天宝十五载七月中避寇,寄家三川,肃宗立,自鄜赢服欲奔行在,为贼所得。非也。"洪业《杜甫》第六章《东胡反未已》:"《述怀》,杜甫诗中最为动人和精湛的篇章之一,作于晚夏的凤翔,向我们回忆了他从初夏逃窜,最终抵达行在,并被任命为左拾遗的经历。我倾向于认为他是在5月5日至28日之间步行走完这段旅程的,恰好在两次重要战役之间。郭子仪,朝廷的兵马副元帅这时也在前往凤翔的路上,在长安东北约40英里处给了叛军骑兵以沉重的打击,但是随即又于5月28日在长安西北又遭到重大失利。可能就是在这之间,当西郊的叛军部队忙于监视北面而来的官军,我们的诗人得以向西逃脱。"

【笺释】

① 杜佑《通典》卷十五"选举三"载:"凡旨授官,悉由于尚书,文官属吏部,武官属兵部,谓之铨选。唯员外郎、御史及供奉之官,则否。(供奉官,若起居、补阙、拾遗之类,虽是六品以下官,而皆敕授,不属选司。开元四年,始有此制)"左拾遗为皇帝亲自"敕授",此即"主恩厚"所指。又,《通典》卷二十一"职官三"称:"(补阙、拾遗)自开元以来,尤为清选。"亦明厥义。

② 《杜诗赵次公先后解辑校》:"十月后,非冬之十月也。何以明之?公往问家屋乃在闰八月初吉耳,此诗在闰八月之前所作也。"可以《北征》"皇帝二载秋,闰八月初吉。杜子将北征,苍茫问家室"句证之。

③ 《杜陵诗史》引师古注:"《孟子》:老而无子曰独。"按,此可视为老杜担心妻子怀孕事之一证。说详见本书《杜甫二子考》一文。

月

天上秋期近,人间月影清。入河蟾不没①,捣药兔长生。只益丹心苦,能添白发明。干戈知满地,休照国西营。

【系年】

王洙本旧次在《收京》与《哭长孙侍御》之间。《杜陵诗史》系于"至德二载夏自贼中达行在所授拾遗以后所作",在《送杨六判官使西蕃》与《哭长孙侍郎》之间。黄氏《补注杜诗》系于"至德二载作",黄鹤补注曰:"诗云'干戈知满地,休照国西营',当在至德二载作,详见注。"朱鹤龄《杜工部诗集辑注》置于《奉赠严八阁老》与《留别贾严二阁老补阙》之间,仇兆鳌《杜诗详注》、杨伦《杜诗镜铨》编次皆从之。《杜诗详注》云:"此当是至德二载七月作,故云'秋期近'。是时官军尚在扶风,至闰八月二十三日,始命郭子仪收长安。国西营,指扶风军士。扶风,在长安西北也。"

【题解】

　　此诗系年于至德二载秋八月之前,诸家皆同。"国西营"所在,有武功、扶风二说。"武功"说,见黄氏《补注杜诗》黄鹤补注:"《通鉴》云:至德二载八月,王伯伦、李椿攻中渭桥,杀贼守者千人,乘胜至苑门。贼有先屯武功者奔归。自是贼不复屯武功矣。按,武功在长安西北,国西营当是指贼营,故云休照。若官军阵于长安城西香积寺,乃是年九月旋即败贼而复京师,岂虞见月而感?""扶风"说,见邓忠臣注:"时官军营于国西,休照,为征夫见月而有感也。"《杜诗赵次公先后解辑校》:"盖是年闰八月方以广平王为元帅,收复长安,则闰八月已前,长安以西不能无兵屯处矣。"《杜诗详注》更详指其处为扶风:"国西营,指扶风军士。扶风,在长安西北也。"赵次公、仇兆鳌说较胜。此诗之意旨,王嗣奭《杜臆》曰:"杜诗凡单咏一物,必有所比,此诗为肃宗而作。天运初回,新君登极,将有太平之望,秋期近而月影清也。然嬖幸已为荧惑,贵妃方败,复有良娣,入河而蟾不没也。国忠既亡,又有辅国,捣药之兔长生也。所以心愈苦,而发增白耳。"张𬘡《杜工部诗通》曰:"蟾兔以比近习小人。入河不没,不离君侧也。捣药长生,潜窃国柄也。丹心益苦,无路以告也。自发添明,忧思致老也。故结言休照军营,恐愈触其忧耳。当时寇势侵逼如此,而近习犹然用事,何时得见清平耶?"洪业《杜甫》第六章《东胡反未已》说:"在《月》一诗中我们的诗人显然在谈论一些完全不同的事情。在神话传说和诗歌文学中,月亮上的阴影被认为是代表蟾蜍,它最初是指一个逃亡的女子,和一只兔子,它在用钵盂和槌杵捣药。但是杜甫提到蟾蜍和兔子,则带有隐含的贬义。在各种各样的阐释中,最令人信服的一种是说杜甫用遮挡月光的蟾蜍比喻皇帝的妃子,即后来的张皇后,研制良药的玉兔指太监李辅国。皇妃和太监两人合谋在皇帝耳边诽谤中伤朝廷中的忠臣。皇帝听信他们的谗言,在震怒之下下旨命令第三个儿子建宁王李倓自裁。甚至皇帝的长子,广平王李俶,以及皇帝最亲密的朋友李泌都变得小心谨慎。"陈贻焮《杜甫评传》所说最详尽,并指出王、张之说或受《初月》王原叔注启发。按,《初月》诗杜田补遗曰:"是诗肃宗乾元初子美在秦州避乱时作。微升古塞外,喻肃宗即位于灵武也。已隐暮云端,喻肃宗为张后与李辅国所蔽也。按唐史,肃宗即位于灵武,立淑妃张氏为后,后善牢笼,稍稍预政事,与中人李辅国相助,多以私谒挠权,徙太上皇西内,潜宁王倓赐死,皆其谋也。及肃宗大渐,挟赵王系谋危太子,卒以诛死。"赵次公注云:"世传魏道辅云,意主肃宗也。如韩诗'煌煌东方星',洪兴祖谓其顺宗时作乎?东方,谓宪宗在储也。杜田因而立论,则好为穿凿者矣。盖以月言人君,已不为善取譬,况自至德之远逮乾元之元,肃宗即位已三年矣。岂得以月之微升比即位乎?"王嗣奭、张綖亦当受此启发。

【笺释】

① 黄氏《补注杜诗》黄鹤补注:"肃宗以天宝十五载七月甲子即位于灵武,故托言而云秋期。灵武,唐虽在关内道,而魏明帝置灵州初在河北。《唐志》:灵州亦云黄河外,有丰安等城。故以月入河不没其光,喻肃宗入灵武不失其业也。"穿凿甚矣。

奉赠严八阁老

扈圣登黄阁①,明公独妙年②。蛟龙得云雨,雕鹗在秋天。客礼容疏放,官曹可接联。新诗句句好,应任老夫传③。

【系年】

王洙本旧次在《得家书》与《留别贾严二阁老两院补阙》之间。《杜陵诗史》系于"至德二载夏自贼中达行在所授拾遗以后所作",用王洙本旧次。黄氏《补注杜诗》系于"至德二载作",黄鹤补注曰:"按旧史,迁给事中在收长安之前。今云阁老,盖给事中属门下省,唐开元元年曰黄门省,又有给事黄门侍郎,故诗云'扈圣登黄阁'。此诗在至德二载作。虽武至德初用房琯荐,而累迁至给事中则在二载。是年公亦为拾遗,故又曰'官曹可接联',左拾遗属门下省。"高崇兰编次刘辰翁评点《集千家注杜工部诗集》置于《哭长孙侍御》与《留别贾严二阁老两院补阙得闻字》之间。朱鹤龄《杜工部诗集辑注》置于《送杨六判官使西蕃》与《月》之间。仇兆鳌《杜诗详注》置于《送杨六判官使西蕃》、《送长孙侍御》与《月》之间。杨伦《杜诗镜铨》从之。

【题解】

诸家系年皆同。《分门集注杜工部诗》引师古注曰:"甫性疏放,虽属官曹,而严每以客礼优之。"是师古将此诗系于成都时期。以诗题"阁老"揆之,其误不待言。洪业《杜甫》第六章《东胡反未已》指出:"《奉赠严八阁老》可能是杜甫第一次写诗给年轻的严武,正如我们后面所见,此人在我们诗人的后期生活中对他帮助很大。拾遗和给事中都是门下省官属。给事中官阶为正第五品上阶,因此比拾遗高许多。其职责包括指出不称职的官员,故而严武被比作凌越于狐鼠之上的雕鹗。"按,"蛟龙得云雨,雕鹗在秋天",虽是喻体,然亦可视为初秋之语,或为清人将其与《月》"天上秋期近"相连编次之据。

【笺释】

① 宋人黄朝英《缃素杂记》卷一"黄阁"条:"天子曰黄闼,三公曰黄阁,给事舍人曰黄扉,太守曰黄堂。凡天子禁门曰黄闼,以中人主之,故号曰黄门令,秦、汉有给事黄门之职是也。天子之与三公礼秩相亚,故黄其阁以示谦。《汉旧仪》云:'丞相听事门曰黄阁。'又《王莹传》云'既为公,须开黄阁',张敬儿谓其妻嫂

曰'我拜后府开黄阁'是也。黄门郎,给事于黄闼之内,入侍禁中。后汉献帝初,置侍中、给事黄门侍郎员各六人,唐郭承嘏尝为给事中矣,文宗谓宰臣曰'承嘏久在黄扉'是也。黄堂者,太守听事之堂也,亦谓之雌堂。杜诗为南阳太守,请郭丹为功曹,敕以丹事编署黄堂,以为后法是也。或以大拜为身到黄扉,余所未谕。故杜少陵《与严阁老》诗云:'扈圣登黄阁,明公独妙年。'"

② 黄氏《补注杜诗》黄鹤补注曰:"按旧史,武在收长安后为京兆少尹兼御史中丞,时年三十五。则为给事时年三十一也,岂非妙年!"

③ 杨伦《杜诗镜铨》引顾宸《辟疆园杜诗注解》:"武父挺之与公友善,故称武妙年而自称老夫。"

彭 衙 行

忆昔避贼初,北走经险艰。夜深彭衙道,月照白水山①。尽室久徒步,逢人多厚颜。参差谷鸟吟,不见游子还②。痴女饥咬我,啼畏虎狼闻。怀中掩其口,反侧声愈嗔。小儿强解事,故索苦李餐。一旬半雷雨,泥泞相牵攀。既无御雨备,径滑衣又寒。有时经契阔,竟日数里间。野果充糇粮,卑枝成屋椽。早行石上水,暮宿天边烟。少留周家洼,欲出芦子关。故人有孙宰,高义薄曾云。延客已曛黑,张灯启重门。暖汤濯我足,剪纸招我魂。从此出妻孥,相视涕阑干。众雏烂熳睡,唤起沾盘飧。誓将与夫子,永结为弟昆。遂空所坐堂,安居奉我欢。谁肯艰难际,豁达露心肝。别来岁月周,胡羯仍构患③。何当有翅翎,飞去堕尔前?

【系年】

1. 王洙本旧次在《塞芦子》与《义鹘》之间。

2.《杜陵诗史》系于"至德二载夏自贼中达行在所授拾遗以后所作",在《述怀》与《送长孙九侍御赴武威判官》之间。

3. 黄氏《补注杜诗》系于"天宝十五载作",黄希注曰:"公以天宝十五载避寇入鄜,今云'岁月周',即是指明年至德二载而言。"黄鹤补注曰:"《史记》:秦文公分清水为白水县。即此地。汉为彭衙县,故城在白水县东北六十里。当是天宝十五载适白水后,七月闻肃宗即位灵武,公赴行在时作。故有'夜深彭衙道,月照白水山'句。"当从黄希说"明年至德二载"为是。高崇兰编次刘辰翁评点《集千家注杜工部诗集》置于乱初起安置家小时期,在《赠高式颜》与《得舍弟消息》、《哀王孙》之间,必为读黄鹤说不细使然。

4. 朱鹤龄《杜工部诗集辑注》置于《重经昭陵》与《喜闻官军已临贼境》之间。仇兆鳌《杜诗详注》、杨伦《杜诗镜铨》从之。

【题解】

系年有天宝十四载与至德二载两说,前说为高崇兰编次误读黄鹤补注所致,将此诗"追忆"所作误为"当时"所作。按,"忆昔避贼初"与"别来岁月周"二句,系年线索十分清晰。注家于此多明了,如《分门集注杜工部诗》引师古注"不见游子还"曰:"前年秋七月避贼,次年春尚不得还,故有此句。"又如赵次公注"胡羯仍构患"曰:"胡羯之患,盖指言安庆绪。盖安绪于正月弑父而袭伪位也。公既陷贼而脱身达行在,故寄此诗感其恩怀其人矣。"杨伦《杜诗镜铨》推测其写作缘由:"公去岁自白水往鄜州,曾经留宿;意还鄜时路经彭衙西,追忆款洽之情,未能枉道相访,聊作此寄谢,非纪行诗可比。"颇近情理。

【笺注】

① 黄氏《补注杜诗》黄希注曰:"同州冯翊郡有白水县,在州之西北,而鄜州亦在州北,延州又在鄜之西北不满七十里,皆公所经之途。此诗殆是记初避贼时事,非谓归鄜如此也。"

②《杜陵诗史》引师古注:"前年秋七月避贼,次年春尚不得还,故有此句。"

③ 黄氏《补注杜诗》黄希注曰："所谓'胡羯仍构患',谓史思明等引兵共十万寇太原,及安庆绪立,使尹子奇归擅及同罗奚兵十三万趋睢阳,事见《通鉴》云。"

徒 步 归 行

赠李特进,自凤翔赴鄜州,途经邠州作。①

明公壮年值时危,经济实藉英雄姿。国之社稷今若是,武定祸乱非公谁?凤翔千官且饱饭,衣马不复能轻肥。青袍朝士最困者,白头拾遗徒步归②。人生交契无老少,论交何必先同调。妻子山中哭向天,须公枥上追风骠。

【系年】

王洙本旧次在《得舍弟消息》与《玉华宫》之间。《杜陵诗史》系于"八月还鄜州及扈从还京所作",在《九成宫》与《玉华宫》之间。黄氏《补注杜诗》系于"至德二载作",黄鹤补注曰:"至德二年作,故有'凤翔千官且饱饭,白头拾遗徒步归'之句。"

【题解】

诸家系年皆同,编次说详下篇《玉华宫》。洪业《杜甫》第六章《东胡反未已》指出:"我们的诗人离开凤翔。向东北方向的三川进发的旅途大概路程是215英里。一名朝廷官员通常可以使用政府的驿马;但是《徒步归行》一诗表明杜甫不得不至少步行头七十三英里,抵达新平,也就是通常所说的邠州,在那里,我们推测,李(嗣业)将军给了他一匹马。"按,杜甫回家步行、骑马的问题,陈贻焮《杜甫评传》、莫砺锋《杜甫诗歌讲演录》都有讨论,但洪业此说更早。

【笺注】

① 《宋本杜工部集》有此注,《九家集注杜诗》称乃"(王)彦甫

曰"。《草堂诗笺》引鲁訔曰:"特进,李嗣业也。时李特进守邠州。"黄氏《补注杜诗》黄鹤补注曰:"按《李嗣业本传》:京兆高陵人。因随高仙芝平勃律,加特进。禄山反,肃宗即位。追之至凤翔上谒。肃宗喜曰:'卿至,贤于数万众。'嗣业忠毅忧国,不计居产,有宛马十匹。"

②《草堂诗笺》:"甫贫甚,官卑只衣绿袍,是时马贵不能办,是以徒步归家也。"朱鹤龄《杜工部诗集辑注》引钱谦益笺云:"《旧书》:至德二载二月,上幸凤翔,议大举收复两京,尽括公私马以助军。时当括马之后,故云'不复能轻肥'也。"

玉 华 宫

溪回松风长,苍鼠窜古瓦。不知何王殿,遗构绝壁下①。阴房鬼火青,坏道哀湍泻。天籁真笙竽,秋色正萧洒。美人为黄土,况乃粉黛假②。当时侍金舆,故物独石马。忧来藉草坐,浩歌泪盈把。冉冉征途间,谁是长年者?

【系年】

1. 王洙本旧次在《徒步归行》与《九成宫》之间。高崇兰编刘辰翁评点《集千家注杜工部诗集》从之。

2. 《杜陵诗史》置于《九成宫》、《徒步归行》与《北征》之间。

3. 黄氏《补注杜诗》系于"至德二载作",黄鹤补注曰:"公至德二载往鄜时作。"

4. 朱鹤龄《杜工部诗集辑注》置于《九成宫》与《羌村》之间。仇兆鳌《杜诗详注》、杨伦《杜诗镜铨》从之。

【题解】

此诗诸家系年皆同,编次小异。主要调整在于《九成宫》与《玉华宫》之次序。《杜陵诗史》引师古注:"自此诗以下至《羌村》,乃甫趋鄜,路逢所经见,兼述抵家情况。读者可以随篇晓其意也。"按,老杜由凤翔出发,至鄜州之归家路线,先后应经九成宫(麟游)——邠州(《徒步归行》)——玉华宫(宜君)。据此则《杜陵诗史》(《草堂诗笺》同)所用鲁訔编次"《九成宫》——《徒步归行》——玉华宫——《北征》"最为准确。又,宋人极称此诗,洪迈《容斋随笔》卷十五载:"'溪回松风长,苍鼠窜古瓦。不知何王殿,遗缔绝壁下。阴房鬼火青,坏道哀湍泻。万籁真笙竽,秋色正萧洒。美人为黄土,况乃粉黛假。当时侍金舆,故物独石马。忧来藉草坐,浩歌泪盈把。冉冉征途间,谁是长年者?'此老杜《玉华宫诗》也。张文潜暮年在宛丘,何大圭方弱冠,往谒之,凡三日,见其吟哦此诗不绝口,大圭请其故。曰:'此章乃《风》、《雅》鼓吹,未易为子言。'大圭曰:'先生所赋,何必减此?'曰:'平生极力摹写,仅有一篇稍似之,然未可同日语。'遂诵其《离黄州诗》,偶同此韵,曰:'扁舟发孤城,挥手谢送者,山回地势卷,天豁江面泻。中流望赤壁,石脚插水下。昏昏烟雾岭,历历渔樵舍。居夷实三载,邻里通借假。别之岂无情,老泪为一洒。篙工起鸣鼓,轻橹健于马。聊为过江宿,寂寂樊山夜。'此其音响节奏,固似之矣,读之可默喻也。"

【笺释】

①《杜诗赵次公先后解辑校》:"此宫在防州宜君县。贞观二十年太宗所造也。初,贞观十三年,州废,县亦省。其后以宜君宫复置县,隶雍州。次年宫成,又常赦宜君给复县人之自玉华宫苑中迁者。后于高宗永徽二年废之为寺。而今诗有云'不知何王殿,遗构绝壁下',何也?此盖诗人之深意也。太宗厌禁内烦热,营太和终南之山,改曰翠微宫于终南。其后未几复兴玉华之役,自二月乙亥游幸,至十一月癸丑而复返。太宗创业之主,贞观习治之世,劳人费财于营建,废时逸豫于离宫,故诗人讳之,曰'不知何王殿'也。按《徐贤妃传》:'妃尝言翠微、玉华等宫,虽因山藉水,无筑架之苦,而工力和僦,不得无烦。有道之君,以逸逸人;无道之君,以乐乐身。'则公之微心可见矣。"朱鹤龄《杜工部诗集辑注》:"按:玉华宫作于贞观年间,去公时仅百载,而乃云

'不知何王殿',学者惑之。次公谓:公为太宗讳。其说似迂。余意玉华宫久废为寺……故人皆不知为何王之殿,非公真昧其迹也。"洪业《杜甫》:"当杜甫写《玉华宫》的时候,他已经走完了回家路程的三分之二还多。玉华宫修建于唐太宗时期的646年,杜甫凭着他对历史的熟悉,不可能不清楚这座已经废弃的建筑的起源。我倾向于赞同一位十二世纪的注家的意见,我们诗人有意避免提到伟大的先祖太宗皇帝的名字,是为了强调虚无这一主题,哪怕描述的是最壮丽的皇室建筑。"陈贻焮《杜甫评传》上卷第 374—376 页亦有详细论证。

②《草堂诗笺》:"美人乃殉葬木佣,已朽为黄土矣。"杨伦《杜诗镜铨》引邵注:"谓殉葬木偶人也。"似释"假"字过于迂实。老杜诗意似指,宫女本即假粉黛而得为美人,生前之丽质已不足恃,更遑言死后之为黄土哉?

羌　村

峥嵘赤云西,日脚下平地。柴门鸟雀噪,归客千里至。妻孥怪我在,惊定还拭泪。世乱遭飘荡,生还偶然遂。邻人满墙头,感叹亦歔欷。夜阑更秉烛,相对如梦寐。

晚岁更偷生,还家少欢趣。娇儿不离膝,畏我复却去①。忆昔好追凉,故绕池边树。萧萧北风劲,抚事煎百虑。赖知禾黍收,已觉糟床注。如今足斟酌,且用慰迟暮。

群鸡正乱叫,客至鸡斗争。驱鸡上树木,始闻叩柴荆。父老四五人,问我久远行。手中各有携,倾榼浊复清。苦辞酒味薄,黍地无人耕。兵革既未息,儿童尽东征。请为父老歌,艰难愧深情。歌罢仰天叹,四座泪纵横②。

【系年】

王洙本旧次在《九成宫》与《新安吏》之间。赵次公注引蔡兴宗云："至德二载（757），岁在丁酉，秋闰八月，奉诏至鄜迎家。《过九成宫》、《徒步行》、《玉华宫》、《北征》，及此《羌村》，岂在鄜州乃公寄家之地耶？当得《鄜州图经》考之。"《杜陵诗史》系于"八月还鄜州及扈从还京所作"，在《重经昭陵》与《喜闻官军已临贼境》之间。黄氏《补注杜诗》黄鹤补注："此诗当在至德二载秋至鄜时作。"刘辰翁评点《集千家注杜工部诗集》置于《北征》与《九成宫》之间。朱鹤龄《杜工部诗集辑注》置于《玉华宫》与《北征》之间，仇兆鳌《杜诗详注》、杨伦《杜诗镜铨》从之。

【题解】

诸家系年皆同。朱鹤龄编次最为合理，清人皆从之。洪业《杜甫》第六章《东胡反未已》指出："《羌村》三首作于杜甫到家之后不久。我们不知道杜甫抵达羌村的具体日期，但不可能太晚于九月末或十月初。"洪业对途中所费时间的估计，可参见下篇《收京》。此诗风格，《杜诗赵次公先后解辑校》以为似陶诗："此诗一篇之中，宾主既具，问答了然。故善论诗者以比陶潜诗：'清晨闻扣门，倒裳往自开。问子为谁与，田父有好怀。壶浆远见候，疑我与时乖。褴缕茅檐下，未足为高栖。一世皆尚同，愿君汩其泥。深感父老言，禀气寡所谐。纡辔诚可学，违己讵非迷。且共欢此饮，吾驾不可回。'"

【笺释】

①《草堂诗笺》："谓以拾遗之职所系也。"

②《杜陵诗史》引师古注："时玄宗幸蜀，肃宗抚慰之道有所未尽，是何父子之恩反不若邻里之深情乎？四坐泪下而仰叹，深为朝廷叹惜此尔。"《草堂诗笺》用师古注进而发挥曰："以下乃甫寓意以讽徭役之苦民若此。东征谓东讨禄山。当艰难之际，酒味虽薄，荷人情相爱之厚，邻曲之情尚且如此，况父子之恩为如之何？甫集有诗云：'清渭东流剑阁深，去住彼此无消息。'时玄宗幸蜀，肃宗抚慰之道有所未尽，是何父子之恩反不若邻里之深

情乎？四座泪下而嗟叹,深为朝廷叹息此尔。"其论虽穿凿,然涉及玄、肃父子关系,已启钱遵王之先鞭。

收 京 其 二

生意甘衰白,天涯正寂寥。忽闻哀痛诏①,又下圣明朝。羽翼怀商老,文思忆帝尧②。叨逢罪己日,沾洒望青霄③。

【系年】

1. 王洙本旧次在《独酌成诗》与《月》之间。

2. 《草堂诗笺》系于"八月还鄜州及扈从还京所作",置于《喜闻官军已临贼境》与《洗兵马》之间。《杜陵诗史》所载为《收京四首》(前三首与《草堂诗笺》同,第四首为"复道收京邑",题下注"新添"二字),在《喜闻官军已临贼境二十韵》、《九日杨奉先会白水崔明府》与《洗兵马》之间。高崇兰编次刘辰翁评点《集千家注杜工部诗集》置于《喜闻官军已临贼境二十韵》与《潼关吏》之间。朱鹤龄《杜工部诗集辑注》置于《喜闻官军已临贼境》与《送郑十八虔贬台州司户》、《腊日》之间。

3. 黄氏《补注杜诗》系于"至德二载(757)作",黄鹤补注曰:"此诗梁权道编在至德二载,然第三首又似乾元元年(758)作,意二篇非同时作也。"

【题解】

诸家系年皆同,编次小异无碍,惟《杜陵诗史》屡入《九日杨奉先会白水崔明府》不妥。关于杜甫是否扈从入京,仇兆鳌《杜诗详注》以为:"此当是至德二载十月在鄜州时作。诗云:'生意甘衰白,天涯正寂寥。忽闻哀痛诏,又下圣明朝。'此明是在家闻诏。按肃宗于至德元年(756)七月十三日甲子,即位灵武,制书大赦。二年十月十九日,帝还京。十月二十八日壬申,御丹凤楼,下制。前后两次闻诏,故云又下也。是时公尚在鄜州,其至京,当在十一月,年谱谓十月扈从还京,与诗不合,当以公诗为正。至于上皇回京,十二月甲寅之赦,又在其后,旧注错引。"洪业《杜甫》第七章《万国兵前草木风》反对仇兆鳌说:"编撰于1060年的《新唐书》的杜甫本传,说我们的诗人伴随皇帝一起返回了长安。不过,杜诗注家仇兆鳌在十八世纪早期认为杜甫并不在返京的行列中。仇兆鳌证明诗中提到的诏书是在皇帝返京之后才颁布的,由此推测我们的诗人直到12月16日之后才回到京城。但不幸的是仇兆鳌的研讨和结论事实上被后来的几乎所有作者所遵循。仇兆鳌的主要问题在于他忽略了11月16日的诏书,这封诏书的消息能够很容易在两三天之内传到三川,这样我们的诗人还有至少两周的时间可以返回凤翔,然后跟随车驾还京。实际上,在杜甫后来的诗歌中有大量的隐喻是无法解释的,除非我们断定他是跟随皇帝一同返京。"洪业在注中进一步补充道:"关于杜甫是否随驾返回被光复的长安这一问题,王洙于1039年所作的序、《新唐书》卷201.11b,蔡兴宗、鲁訔、朱鹤龄等注家一致认为杜甫身处返京的朝廷队伍中。仇兆鳌复制了朱鹤龄的杜甫年谱,没有加上自己的注释;但在诗篇《收京》的标题下他却提出了自己的见解。浦起龙、杨伦以及Suzuki接受了仇兆鳌的意见,在他们的年谱或是对《收京》的解释中采用了这个说法。闻一多(485页)也用了仇兆鳌的论述和结论。艾思柯(2)283—84在详细阐述这一争论时,下了一个结语,说:'我不能相信杜甫是肃宗返京事件的目击证人。'她甚至认为杜甫返京时间要在太上皇之后。当仇兆鳌在注释诗篇《寄岳州贾司马巴州严使君》【CXL】(仇兆鳌卷8.19a)时,他才认识到杜甫的确伴随肃宗车驾回京。但令人吃惊的是他又忘了修正前面诗篇《收京》的注释错误。更令人吃惊的是,后世仍有这么多学者还在继续传播这个错误。"例如陈贻焮《杜甫评传》亦沿仇兆鳌之误。关于此诗主旨,《钱注杜诗》笺曰:"收京之时,上皇在蜀。诰定行日,肃宗汲汲御丹凤楼下制。李泌有言,后代何以辨陛下灵武即位之意乎?故曰:'忽闻哀痛诏,又下圣明朝',盖讥之也。灵武诸臣争夸拥立之功,至有蜀郡、灵武功臣之目,故以商老羽翼刺之。

《洗兵马》云'攀龙附凤势莫当,天下尽化为侯王'云云,与此正相发明也。玄宗内禅,故目之曰帝尧。史称灵武使至,上用灵武册,称太上皇,亦可谓殆哉岌岌乎矣。公心伤之,故以忆帝尧为言。又肃宗已即大位,而用商老羽翼之事,则仍是东朝故事,亦元结书太子即位之义也。逢罪己之日,而沾洒青霄,其不颂而规可知矣。"朱鹤龄《杜工部诗集辑注》:"按史:戊午下制,上皇已还京居兴庆宫矣。肃宗即位,本迫于事势。迨两京克复,奉迎上皇,累表避位,而后受之。是时父子间猜嫌未见,不应有讥。以愚考之,'羽翼',指广平王而言。肃宗前以良娣、辅国之谮,赐建宁王死。至是广平初立大功,又为良娣所忌,潜构流言,虽李泌力为调护,而时已还山。公恐复有建宁之祸,故不能无思于商老也。上皇还京,临轩策命。肃宗亲著黄袍,手授国宝,其慈亦至矣。肃宗之失,不在灵武即位之举,而在还京以后,失于定省,使良娣、辅国得媒孽其间,以致劫迁西内,子道不终。是年十二月,上皇还居兴庆宫,父子之间,猜疑未见,而公于此若深有见于其微者,曰'忆帝尧',欲其罢于晨昏之恋也。'沾洒青霄',其所以望肃宗者,岂不深且厚耶。"钱谦益以为有涉于玄宗、肃宗父子关系,而朱鹤龄以为涉及肃宗与代宗(时为广平王)关系。按,其时,肃宗上对玄宗,下对广平王诸子嗣,李泌弥合其间,当合钱、朱二说,而参互观之。陈贻焮《杜甫评传》即两用之。

【笺释】

①《补注杜诗》黄鹤补注曰:"肃宗至德二载十一月壬申,御丹凤楼,下制云:'早承圣训,尝读礼经。义切奉先,恐不克荷云云。'十二月戊午朔,又御丹凤门,下制大赦。此所谓哀痛之诏也。"

② 有两说。其一为《杜诗赵次公先后解辑校》:"商老,似言郭子仪副广平王以成功也。文思忆帝尧,指言肃宗。盖公既被诏归鄜州,乃闻收京,既怀郭公,又忆主,皆跂望之心也。不以文害辞,不以辞害意,然后可解。"其一为《杜陵诗史》引鲍钦止注曰:"乾元元年正月戊寅,上皇御宣政殿授皇帝传国受命宝符。公云'羽翼怀商老,文思忆帝尧',谓裴冕、杜鸿渐等辅相肃宗,犹

商山四皓辅汉太子。玄宗传授,犹尧授舜也。"《钱注杜诗》从之:"灵武使至,上用灵武册,称太上皇,诏称诰。临轩册命肃宗。……肃宗已即大位,而用商老羽翼之事,则仍是东朝故事,亦元结书太子即位之义也。"

③《补注杜诗》引师古注曰:"今观肃宗能刻责奋厉,犹有所仰望也。"

送郑十八虔贬台州司户,伤其临老陷贼之故,阙为面别,情见于诗①

郑公樗散鬓成丝,酒后常称老画师。万里伤心严谴日,百年垂死中兴时。苍惶已就长途往,邂逅无端出饯迟。便与先生应永诀,九重泉路尽交期!

【系年】

1. 王洙本旧次在《送贾阁老出汝州》、《郑驸马池台喜遇郑广文同饮》与《题郑十八著作虔》之间。

2.《杜陵诗史》系于"乾元元年(758)戊戌春至夏五月在谏省所作",在《送贾阁老出汝州》与《题郑十八著作虔》之间。

3. 黄氏《补注杜诗》系于"至德二载(757)十二月所作",黄鹤补注曰:"按《通鉴》:至德二载十二月,崔器、吕諲言陷贼官准律皆应处死。李岘云:'概以叛法处死,恐乖仁恕之道。'于是上从岘议,以六等定罪。以三等者流贬,虔在次三等之数,故正贬台州司户。所以诗云'垂死中兴时',又云'苍惶已就长途往',当是至德二载十二月作。梁权道编在乾元元年,若十二月定罪,正月就道,则无容阙为面别也。"按,黄鹤以"仓皇已就长途往,邂逅无端出饯迟"为无暇当面道别,故定于判罪之当月就道,诗亦作于是月。高崇兰编次刘辰翁评点《集千家注杜工部诗集》从黄鹤十二月说,置于《塞芦子》与《瘦马行》、《腊日》之间。

4. 朱鹤龄《杜工部诗集辑注》置于《收京三首》与《腊日》之间。仇兆鳌《杜诗详注》从之,杨伦《杜诗镜铨》略有改动,系于《收京三首》、《重经昭陵》与《腊日》之间,注曰"此下还京后作"。

【题解】

系年有黄鹤"至德二载十二月"与鲁訔"乾元元年春"二说,黄鹤说较胜。编次则宋人大体从王洙本旧次,清人朱鹤龄用黄鹤系年重加编次,清人编次较胜。杨伦之编次乃以为杜甫未曾扈从入京,此点洪业已辨之,当从朱鹤龄编次。顾宸《辟疆园杜诗注解》:"供奉之从永王璘,司户之污禄山伪命,皆文人败名事,使硁硁自好者处此,割席绝交,不知作几许雨云反覆矣。少陵当二公贬谪时,深悲极痛,至欲与同生死,古人不以成败论人,不以急难负友,其交谊真可泣鬼神。李陵降虏,子长上前申辩,甘受蚕室之辱而不悔,《与任少卿书》犹剌剌为分疏,亦与少陵同一肝胆。人知龙门之史、拾遗之诗,千秋独步,不知皆从至性绝人处,激昂慷慨、悲愤淋漓而出也。"洪业《杜甫》第七章《万国兵前草木风》:"在我们诗人的朋友中,苏预、王维和郑虔都在洛阳装病……广文博士郑虔的事情则很清楚,因为对他来说,市令的官职简直就是一个笑话。不过这也算是一个污点,尽管很小。由于他未能抵达行在——尽管他已经从洛阳逃到了长安——这污点就不能算是彻底洗脱。他的案情按照最轻的等级处理,贬为东南沿岸的台州的司功参军。"

【笺释】

①《杜诗赵次公先后解辑校》:"按《唐史》:虔迁著作郎。禄山反,遣张通儒劫百官置东都,伪授虔水部郎中,因称风疾求摄市令,潜以密章达灵武。贼平,与张通、王维并囚宣阳里。三人皆善画,崔圆使绘斋壁,虔等方悸死,即极意祈解于圆,卒免死,贬台州司户参军事。"

洗 兵 马

收京后作。

中兴诸将收山东①,捷书日报清昼同②。河广传闻一苇过③,胡危命在破竹中。只残邺城不日得,独往朔方无限功④。京师皆骑汗血马,回纥餧肉蒲萄宫⑤。已喜皇威清海岱,常思仙仗过崆峒⑥。三年笛里关山月⑦,万国兵前草木风。成王功大心转小⑧,郭相谋深古来少。司徒清鉴悬明镜⑨,尚书气与秋天杳⑩。二三豪俊为时出,整顿乾坤济时了。东走无复忆鲈鱼,南飞觉有安巢鸟。青春复随冠冕入⑪,紫禁正耐烟花绕。鹤驾通宵凤辇备,鸡鸣问寝龙楼晓⑫。攀龙附凤势莫当,天下尽化为侯王⑬。汝等岂知蒙帝力?时来不得夸身强。关中既留萧丞相⑭,幕下复用张子房。张公一生江海客,身长九尺须眉苍。征起适遇风云会,扶颠始知筹策长⑮。青袍白马更何有?后汉今周喜再昌。寸地尺天皆入贡,奇祥异瑞争来送。不知何国致白环,复道诸山得银瓮。隐士休歌紫芝曲⑯,词人解撰清河颂⑰。田家望望惜雨干,布谷处处催春种。淇上健儿归莫懒⑱,城南思妇愁多梦。安得壮士挽天河,净洗甲兵长不用!

【系年】

1. 王洙本旧次在《送李校书》与《早秋苦热堆案相仍》之间。题下注:"《收京》后作。"

2. 《杜陵诗史》系于"至德二载(757)八月还鄜州及扈从还京所作",置于《收京三首》与《腊日》之间。

3. 黄氏《补注杜诗》系于"乾元二年(759)作",黄希注"田家望望惜雨干"句云:"希曰:按史,乾元二年春旱,乃作此诗云耳。"

黄鹤补注曰："此诗当是乾元二年春作。末云'田家望望惜雨干',盖二年春无雨也。梁权道编在元年(758),恐非。"高崇兰编次刘辰翁评点《集千家注杜工部诗集》从之,置于《路逢襄阳杨少府入城戏呈杨四员外绾》与《观兵》之间。朱鹤龄《杜工部诗集辑注》置于《至日遣兴奉寄北省旧阁老两院故人》与《留花门》之间,注云:"按,公《华州试进士策问》云:'山东之诸将云合,淇上之捷书日至。'诗盖作于其时也。"仇兆鳌《杜诗详注》引黄鹤及朱鹤龄系年,置于《赠卫八处士》与《新安吏》之间。浦起龙《读杜心解》:"时庆绪围困,官军势张,公在东都作此诗以鼓其气,多欣喜愿望之语,当在相州未溃时。"杨伦《杜诗镜铨》引浦起龙注,置于《独立》与《重题郑氏东亭》之间。

【题解】

此诗系年有二说。王洙本旧次及《杜陵诗史》之鲁訔编年皆以为至德二载收京后作,黄氏《补注杜诗》以为乾元二年围相州时作,高崇兰编次及清人注杜皆从此说,陈贻焮《杜甫评传》亦用之。按,洪业《杜甫》第七章《万国兵前草木风》以为作于乾元元年四月:"《洗兵行》可以说代表了杜甫在生命最快乐的这段时期欢乐情绪的顶点。他期望安庆绪的叛军会迅速被摧毁,叛乱将完全结束。他还希望像房琯和张镐这样的好人——杜甫把他们比作古代的萧何与张良——能够留在任上,而一钱不值的暴发户李辅国之流应当知道自己应该待在哪个位置上。他梦想和平永在,武器弃置一边。许多注家坚持此诗应该系于759年(乾元二年)。我认为他们完全错了。从此诗文本中可以找出好几个疑点;我只提出一个。从前的广平王在758年(乾元元年)4月14日已经被封为成王,同年6月29日被立为太子。而这首诗中用了'成王'一辞,它一定作于这两个日期之间。我倾向于认为此诗作于四月下半旬,因为其中还提到农夫们期待下雨以便开始春耕。"洪业系年持之有据,且与王洙本旧次及鲁訔编次之"至德二载后"相合,可从。此诗主旨,注家多着重讨论是否有讥刺玄宗、肃宗父子关系的隐义。钱谦益力持讥刺说,《钱注杜诗》笺曰:"洗兵马,刺肃宗也。刺其不能尽子道,且不能信任父之贤臣，以致太平也。首叙中兴诸将之功，而即继之曰：'已喜皇威清海岱，常思仙仗过崆峒。'崆峒者，朔方回銮之地。安不忘危，所谓愿君无忘其在莒也。两京收复，銮舆反正，紫禁依然，寝门无恙，整顿乾坤皆二三豪杰之力，于灵武诸人何与？诸人侥天之幸，攀龙附凤，化为侯王，又欲开猜阻之隙，建非常之功，岂非所谓贪天功以为己力者乎？斥之曰汝等，贱而恶之之辞也。当是时，内则张良娣、李辅国，外则崔圆、贺兰进明辈，皆逢君之恶，忌嫉蜀郡元从之臣，而玄宗旧臣，遣赴行在，一时物望最重者，无如房琯、张镐，琯既以进明之谗罢去，镐虽继相而旋出，亦不能久于其位。故章末谆复言之。'青袍白马'以下，言能终用镐，则扶颠筹策，太平之效，可以坐致。如此望之也，亦忧之也，非寻常颂祷之词也。'张公一生'以下，独详于张者，琯已罢矣，犹望其专用镐也。是时李邺侯亦先去矣。泌亦琯、镐一流人也。泌之告肃宗也，一则曰：陛下家事，必待上皇。一则曰：上皇不来矣。泌虽在肃宗左右，实乃心上皇。琯之败，泌力为营救。肃宗必心疑之。泌之力辞还山，以避祸也。镐等终用，则泌亦当复出。故曰'隐士休歌紫芝曲'也。两京既复，诸将之能事毕矣，故曰'整顿乾坤济时了'。收京之后，洗兵马以致太平。此贤相之任也。而肃宗以谗猜之故，不能信用其父之贤臣，故曰'安得壮士挽天河，洗净甲兵长不用'，盖自是而太平之望益邈矣。呜呼伤哉！"继而又分析杜甫任左拾遗之出处行迹以证成其说（文繁不录）。其他注家多反对钱谦益说，如朱鹤龄《杜工部诗集辑注》称："夫中兴大业，全在将相得人，前曰'独任朔方无限功'，中曰'幕下复用张子房'，此是一诗眼目。使当时能专任子仪，终用镐，则洗兵不用，旦夕可期，而惜乎肃宗非其人也。王荆公选工部诗，以此诗压卷，其大旨不过如此。若玄、肃父子之间，公尔时不应遽加讥切。"与钱、朱同时的潘柽章《杜诗博议》称："史：肃宗即位，下制曰：'复宗庙于函锥，迎上皇于巴蜀，导鸾舆而反正，朝寝门以问安，朕愿毕矣。'上皇至自蜀，肃宗请归东宫，不许。此诗'鸡鸣问寝'，即用诏中语也。'鹤驾'、'龙楼'，望其能修人子之礼也。灵武即位，本非得已，洪容斋所谓'收复两京，非居尊位，不足以制命诸将也。'其听李辅国谗间，乃上元年间事，公安得逆料而讥之?"仇兆鳌《杜诗详注》引沈寿民曰:"两京克复,上皇还宫,臣子尔时当若何欢忭。乃逆探移仗之举,遽出诽刺之词,子美胸中不应峭刻若此。"又引吴江潘耒曰:"《洗兵马》一诗,乃初闻恢复之报,不胜欣喜而作,宁有暗含讥刺之理? 上皇初归,肃宗束失子道,岂得预探后事以责之? 诗人以忠厚为本,少陵一饭不忘君,即贬谪后,终其身无一言怨怼,而钱氏乃谓其立朝之时,即多隐刺之语,何浮薄至是。噫! 此其所以为牧斋欤? 又曰:天子之孝,在乎安国家,保宗社。明皇既失天下,肃宗起兵朔方,收复两京,再造唐室,其孝亦大矣。晚节牵于妇寺,省觐阔疏,子道诚有未尽。若谓其猜忌上皇,并忌其父之臣,有意剪锄,则深文矣,移宫仓卒,上皇不乐,容或有之。几为兵鬼之言,出自《力士传》稗官片语,乃据以实肃宗之罪,至比之商臣、杨广,论人当若是耶? 房琯虽负重名,而鲜实效,丧师辱国,门客受赇,罢相亦不为过。子美论救,固是为国惜贤,虽蒙推问,旋即放免。逾年乃谪官,不知坐何事。今言其坐琯党,亦臆度之辞耳。子美大节,在自拔贼中归行在,不在救房琯也。钱氏直欲以此为杜一生气节,欲推高杜,则极赞房,因极赞房,遂痛贬帝。明末党人,多依傍一二大老,脱失路,辄言坐某人故牵连贬谪,怨诽其君,无所不至,此自门户习气。杜公心事,如青天白日,安有是哉! 以此推之,牧斋而秉史笔,三百年人物,枉抑必多。绛云一炬,有自来矣。"按,诸家之驳有理。钱谦益向矜其发玄、肃父子关系之覆解诗之妙,然则宋人如师古注、蔡梦弼注皆已先及之(见《羌村》注③及本诗注⑫),亦未可称为独得之秘。

【笺释】

①《杜诗赵次公先后解辑校》:"山东者,今之河北也。盖谓之山东、山西,以太行山分之也。今所谓山东,乃昔言齐地,则以泰山言之矣。安禄山反,先陷河北诸郡,至二京已复,庆绪奔于河北之后,史思明降,严庄降,熊元皓降,而河北诸郡渐复矣,故曰'中兴诸将收山东'。"

②《杜诗赵次公先后解辑校》:"夕晚之报与日昼同,言其好消息之真也。旧本误作'日报清昼同',所以起学者之疑。"《草堂

诗笺》:"夕奏,王荆公作'夜报'。"

③黄氏《补注杜诗》黄希注曰:"河广指卫州,谓子仪破贼十万于卫州,获安庆绪弟庆和,进攻卫州。崔光远拔魏州。是时相州未复,所以有'(邺城)不日得'之句。"

④《杜诗赵次公先后解辑校》:"邺城,相州也,乃贼所窟穴。四月,以相州为安成府,可见矣。至九月方能围相州,十一月方能败之。故公于作是诗时云残者,言余也,只残字是唐人语。任朔方,指言郭子仪也。子仪素为朔方节度使,后又加河西陇右,时专任子仪,故云独任。"《草堂诗笺》:"陈涛斜败,帝唯倚朔方军为根本。"朱鹤龄《杜工部诗集辑注》:"按,是时九节度讨安庆绪,又以鱼朝恩为观军容使。虽围相州,而兵权不一。此曰'独任朔方无限功',盖举前事以风之,欲其专任子仪也。"

⑤《杜诗赵次公先后解辑校》:"视回纥为虎,以言其强暴为患也。《旧唐史》载:初收西京,回纥欲入城劫掠,广平王固止之。及收东京,回纥遂入府库取财帛,于市井村坊劘掠三日而止,财物不可胜计。广平王又赉之以锦罽宝贝,叶护大嘉。则回纥之为虎可知。"

⑥《草堂诗笺》:"海谓山东,岱谓河北,崆峒山在西。肃宗虽靖平海岱,已足喜矣。然孝思不忘上皇。当时玄宗闻乱西走幸蜀,肃宗眷眷之诚,朝夕当思之也。仙仗谓玄宗仪仗也。"朱鹤龄《杜工部诗集辑注》:"肃宗自马嵬,经彭原、平凉至灵武,合兵兴复,道必由崆峒。及南回也,亦自原州入,则崆峒乃銮舆往来之地。笛咽关山,兵惊草木,正欲其以起事艰难为念也。"

⑦《杜诗赵次公先后解辑校》:"禄山以天宝十四载(755)反,岁在乙未,安庆绪以至德二载弑其父,岁在丁酉,是岁复二京,则为三年。"

⑧《九家集注杜诗》引鲍钦止注云:"乾元元年,徙封俶为成王。"《草堂诗笺》:"是时九节度兵围安庆绪于相州,帝命成王为元帅,总九节度之兵,成王收复之功虽大,愈能小心翼翼,不以功高自矜为可美也。按,《代宗实录》:至德二年九月,以广平王俶为元帅东伐。十二月,封楚王。乾元元年十二月,徙封成王。"

⑨《杜诗赵次公先后解辑校》:"《本传》:至德二载,光弼加

检校司徒。《新书》:'光弼自司徒迁司空。犹称司徒,则新史误矣。'"

⑩《杜诗赵次公先后解辑校》:"尚书,指言王思礼。《本传》:长安平,思礼先入清宫。收东京,战数有功。迁兵部尚书。以为房琯,非是。按,至德元载(756)十月,琯用车战以败。二载,琯罢相,贬邠州刺史。旧注云作怀恩,亦非是。据《本传》,复两京怀恩虽有功,止诏加鸿胪卿。其后乾元二年方入为工部尚书。今公诗是收复两京后,岂却是怀恩耶?"

⑪《杜诗赵次公先后解辑校》:"乾元元年正月,授皇帝以传国玺。此时衣冠并入而定矣。"《草堂诗笺》:"言随还京师也。"即以杜甫随驾还京。

⑫《草堂诗笺》:"言成王讲晨省之礼也。"或启发钱谦益笺。

⑬《杜诗赵次公先后解辑校》:"《唐旧史》载,肃宗至德二载四月,帝在凤翔。是时府库无蓄积,专以官爵赏功。诸将出征,皆给空名告身,自开府、特进、列卿、大将军,下至中郎、郎将,听临事注名。其后又听以信牒授人官爵,有至异姓王者。诸有官者但以职任相统摄,不复计官爵高下。大将军告身一通,才易一醉。凡应募入军者,一切衣金紫,至有朝士僮仆衣金紫而身亦贱役者。名器之滥,至是而极焉。今所谓'尽化为侯王',盖言此辈也。"

⑭《草堂诗笺》:"按,《唐书·裴冕传》:从太子至灵武,与杜鸿渐、崔琦同辞劝进,太子喜曰:'灵武,我之关中。卿乃吾萧何也。'"

⑮《九家集注杜诗》引杜田补遗云:"谓张镐也。《唐旧史》云:萧昕与镐友善,表荐之曰:'如镐者,用之则为王者师,不用则幽谷之叟尔。'明皇擢镐为拾遗。不数年,出入将相。"王嗣奭《杜臆》:"其称张镐有扶颠筹策语,人或疑之。考史,至德二年四月,罢房琯而相镐,至次年二月,因论史思明不可假威权,又论许叔冀临难必变,上不喜。且不事中要,故罢相。已而思明果反,叔冀果降贼,其料事之审如此。至两京收复,俱在镐相时,孰非宰相之功耶?"

⑯《钱注杜诗》:"肃宗即位,泌谒见于灵武,调护玄、肃父子

之间,为张良娣、李辅国所恶。及上皇东行有日,泌求去不已,乃听归衡山。公以四皓拟泌,盖惜其有羽翼之功而飘然隐去也。"

⑰《杜诗赵次公先后解辑校》:"公诗言此者,是岁既收京,而于七月岚州合河、关河、黄河三十里清如井水,盖收京之祥,实事也。"

⑱《杜诗赵次公先后解辑校》:"淇上,卫地也。《卫诗》云:'泉原在左,淇水在右。'今卫州与相州相邻,则指言围相之兵矣。"

梦 李 白

死别已吞声,生别常恻恻。江南瘴疠地,逐客无消息①。故人入我梦,明我长相忆。恐非平生魂,路远不可测。魂来枫林青,魂返关塞黑②。君今在罗网,何以有羽翼③?落月满屋梁,犹疑照颜色。水深波浪阔,无使蛟龙得④。

浮云终日行,游子久不至。三夜频梦君,情亲见君意。告归常局促,苦道来不易。江湖多风波,舟楫恐失坠。出门搔白首,若负平生志。冠盖满京华,斯人独憔悴。孰云网恢恢,将老身反累。千秋万岁名,寂寞身后事⑤。

【系年】

1. 王洙本旧次在《太平寺泉眼》与《有怀台州郑十八司户》之间。

2.《杜陵诗史》系于"乾元二年(759)秋七月弃官居秦州以后所作"第一首,置于《立秋后题》与《有怀台州郑十八司户》之间。高崇兰编次刘辰翁评点《集千家注杜工部诗集》置于秦州时期,在《月夜忆舍弟》、《遣兴》与《遣兴三首》之间。朱鹤龄《杜工部诗集辑注》置于《佳人》与《有怀台州郑十八司户》之间。仇兆鳌《杜诗详注》、杨伦《杜诗镜铨》从之。

3. 黄氏《补注杜诗》系于"大历二年(767)作",黄鹤补注曰:"梁权道因旧次编在乾元二年秦州诗内。按,白乾元元年戊戌流夜郎,宝应元年(762)壬寅卒,则此诗不应在乾元二年,当是大历二年。故公尝有诗'大历二年调玉烛,玄元皇帝圣云孙。'"参见本诗注④、注⑤。

【题解】

此诗系年诸家皆同,唯黄氏系于大历二年作,盖拘泥于太白溺江之说,欲强与之合,故将此诗由习惯系年"乾元二年"改为太白卒年"宝应元年"之后的"大历二年",其误显然。洪业《杜甫》第七章《万国兵前草木风》指出:"《梦李白》二首通常被系于759年(乾元二年)秋天。老诗人在758年(乾元元年)秋天正在前往流放地夜郎的路上。759年春天,他被赦免,获准沿着长江东归。因为第一首诗提到他仍在构陷者的网罗之中,因此那一定是作于赦免之前。"

【笺释】

①《杜诗赵次公先后解辑校》:"白坐永王璘之累,长流夜郎。会赦还浔阳,坐事下狱。浔阳今之江州也,属江南东路,故云。"

②《杜诗赵次公先后解辑校》:"白谪在南,其所经历乃枫林也。在秦与公相见,故其去又历关塞也。"

③ 二句黄生本移于"故人入我梦,明我长相忆"之后,仇兆鳌《杜诗详注》从之,并引杨慎曰:"梦中见之而觉其犹在,即所谓'梦中魂魄犹言是,觉后精神尚未回'也。此章次序,当依黄氏更定,分明一头两脚体,与下篇同格。"参见《冬日洛城北谒玄元皇帝庙》题解。

④ 黄氏《补注杜诗》黄鹤补注曰:"旧传太白溺于采石,而新、旧史俱不及此,观此诗乃是死后作,故曰'死别已吞声',而终云'水深波浪阔,无使蛟龙得',殆诚有捉月之事。《旧史》云:竟以饮酒过度醉死于宣城。虽隐而彰矣。后篇云'江湖多风波,舟楫恐失坠',然则诚有是事也。"仇兆鳌《杜诗详注》引吴山民曰:"子美《天末怀李白》诗,其尾联云:'应共冤魂语。投诗赠汨罗。'今

上篇云:'水深波浪阔,无使蛟龙得。'此又云:'江湖多风波,舟楫恐失坠。'疑是时必有妄传太白堕水死者,故子美云云。后世遂有沉江骑鲸之说,盖因公诗附会耳。太白卒于当涂李阳冰家,葬于谢家青山,二史可考,安有沉江事乎?"

⑤ 黄氏《补注杜诗》黄希补注曰:"此盖伤白身后惟有二孙女,欲终老于青山,而仅葬东麓而已。若曰'江湖多风波,舟楫恐失坠',殆真溺矣。"蔡梦弼《草堂诗笺》:"甫叹曰生不见用,身后有名,不过委之寂寞之乡,果何益哉?"余意以为老杜若曰:"千秋万岁之名,不过是在世'寂寞身'的'后事'耳。"对"在世寂寞"的惆怅叹惋,并未因"千秋万岁名"而消解。

观　兵

北庭送壮士①,貔虎数尤多。精锐旧无敌,边隅今若何? 妖氛拥白马,元帅待彤戈②。莫守邺城下,斩鲸辽海波③。

【系年】

1. 王洙本旧次在《送远》与《不归》之间。

2. 《杜陵诗史》系于"乾元二年(759)秋七月弃官居秦州以后所作",置于《夕烽》与《不归》之间。

3. 黄氏《补注杜诗》系于"乾元二年作",黄鹤补注曰:"诗云'北庭送壮士',按,北庭即镇西北庭节度之兵,元帅谓李嗣业。乾元元年(758)九月,嗣业会九节度攻邺。是时公有《观安西兵赴关中待命》诗。今诗云'莫守邺城下,斩鲸辽海波',乃邺师未溃之前作。公意欲且平吐蕃也。当是乾元二年(759)春作,非秦州诗。"高崇兰编次刘辰翁评点《集千家注杜工部诗集》用黄鹤说,置于《洗兵马》与《不归》之间。朱鹤龄《杜工部诗集辑注》置于《得舍弟消息》与《不归》之间,杨伦《杜诗镜铨》从之。仇兆鳌《杜诗详注》置于《李鄠县丈人胡马行》与《忆弟二首》之间。

【题解】

此诗系年诸家皆同。寻绎编次，《杜陵诗史》之鲁訔编年置于秦州时期，误。当从黄氏《补注杜诗》，在乾元二年春华州时期作。高崇兰编次及清人编次用黄鹤说为得之。此诗主旨，诸家说不同(见注①、注②)，以朱鹤龄《杜工部诗集辑注》较有据(钱谦益《钱注杜诗》笺注文字大致相同)："此诗'北庭'、'元帅'，皆指嗣业；'妖氛'、'海鲸'，皆指思明也。……旧注：北庭谓回纥，元帅谓广平，妖氛谓吐蕃，俱极谬。又按：是时李光弼与诸将议曰：'思明得魏州而按兵不动，此欲以精锐掩吾不备也。请与朔方兵同逼思明于魏州，彼惩嘉山之败，必不敢轻出。旷日引久，则邺城必拔矣。'鱼朝恩不可而止。《安禄山事迹》云：汾阳以诸将谋议不协，乃与季广琛同谋灌城。公诗'斩鲸辽海波'，正与光弼意合，言当直捣幽燕，倾思明之巢穴，不当老师邺城之下也。使早出此计，安有滏水之溃乎？"洪业《杜甫》第八章《一岁四行役》："《观兵》表明杜甫和决策圈子有很近的交往。这首诗，很可能在写的时候就想到它有可能在他们中间传播，呼吁需要一名最高统帅(为什么没有某些将领站出来要求任命郭子仪为元帅呢？)，并指出立即征讨史思明叛军的急迫性。正是朝廷没有看到任命统帅的必要性，而战场上的将军们没有及时应对局面的紧迫，最终造成了九节度使出兵的大战役走向溃败。"

【笺释】

① 有两说。其一为《分门集注杜工部诗》引师古注(《草堂诗笺》用此说)："时回纥送兵三千助讨贼，故云云。"其一为《钱注杜诗》："北庭谓镇西北庭节度使李嗣业之兵，即安西兵也。"

② 有三说，其一为《杜陵诗史》引师古注："元帅，代宗也。时九节度兵围贼将庆绪于相州，欲诛其渠魁，故云。"其一为《草堂诗笺》："元帅谓代宗也，待天子赐以彤戈而征吐蕃也。"其一为仇兆鳌《杜诗详注》引顾宸《辟疆园杜诗注解》："郭子仪前为副元帅，收复东京。今望朝廷以元帅授子仪，故曰'待彤戈'。其时顿兵邺城，兵无统制，盖早知其有覆军之患矣。邺城即相州，辽海与范阳相近，即思明巢穴。公诗'司徒急为下幽燕'，与此诗

同意。"

③《杜诗赵次公先后解辑校》:"史思明据邺城,围也未下。公意谓可缓邺城之围,且于辽海斩鲸,则以吐蕃为急也。鲸以譬吐蕃之强暴。……一云,言不独守邺,当覆其巢穴也。"黄氏《补注杜诗》黄鹤补注曰:"吐蕃自至德元载(756)陷威戎、神威等军,石堡、石谷等城。二载(757),又陷西平。乾元元年,又陷河源。其侵陵之气方张,公所以欲其先斩辽海之鲸也。"

赠卫八处士①

人生不相见,动如参与商。今夕是何夕,共此灯烛光?少壮能几时?鬓发各已苍。访旧半为鬼,惊呼热中肠。焉知二十载,重上君子堂?昔别君未婚,男女忽成行。怡然敬父执,问我来何方。问答乃未已,儿女罗酒浆②。夜雨剪春韭,新炊间黄粱。主称会面难,一举累十觞。十觞亦不醉,感子故意长。明日隔山岳,世事两茫茫!

【系年】

1. 王洙本旧次在《醉歌行》与《苦雨奉寄陇西公兼呈王徵士》之间。

2.《杜陵诗史》系于"乾元元年(758)夏六月出为华州司功冬末以事之东都,至乾元二年(759)七月立秋后欲弃官以来所作",置于《得舍弟消息》与《重题郑氏东亭》之间。

3. 黄氏《补注杜诗》系于"天宝九载(750)作",黄鹤补注曰:"师注为公与卫宾,而诗云'焉知二十载,重上君子堂',又云'夜雨剪春韭,新炊间黄粱',则是春月作,而未详为何年。及味诗,又非乱离后语,若如梁权道编在天宝十三载(754)长安诗内,而于'问我来何方'、'明日隔山岳'之句不叶。按,公开元二十三、四(735—736)年间下第,游齐赵,时至兖,而是年公方二十四、五岁，则卫当愈少，宜其未婚。今诗云二十载重上其堂，则当在十二三载，而公自九载归奏赋后，只在长安，岁岁有诗可考。意是六载应诏退下后，又再至东都，以十载行三大礼，而九载又归奏赋，故九载有《冬日洛城北谒玄元皇帝庙》，诗中述八载事。此诗当是天宝九载作。是年公方四十，'鬓发各已苍'，宜矣……又唐有隐逸卫大经，居蒲州，卫八亦称处士，或其族子。蒲至华止百四十里，或是公在华州时至其家。岳指华岳而言，若然，则二十载无差矣。"高崇兰编次刘辰翁评点《集千家注杜工部诗集》从之，称"天宝九载自东都复归长安作"，置于《冬日洛城北谒玄元皇帝庙》与《赠翰林张四学士垍》之间。

4. 朱鹤龄《杜工部诗集辑注》系于"乾元中，公出为华州司功，弃官客秦州作"，置于《路逢襄阳杨少府入城》与《湖城东遇孟云卿》之间，杨伦《杜诗镜铨》从之。仇兆鳌《杜诗详注》引黄鹤补注，又注"一说乾元二年作"，置于《不归》与《洗兵行》之间。

【题解】

系年有黄鹤"天宝九载"（按，王洙本旧次之意亦在天宝前期）与鲁訔"乾元二年"两说。然"访旧半为鬼，惊呼热中肠。焉知二十载，重上君子堂"不似子美未届四十之语，又朱鹤龄指《唐史拾遗》为伪作（见注①），故"天宝九载"说较弱，乾元二年较胜，清人及今人多从"乾元二年"说。洪业《杜甫》第八章《一岁四行役》从众："尽管我们一点儿也不知道《赠卫八处士》中的确切人物和地点，但我们还是按照传统的系年把它放在759年（乾元二年）春天。比起其他时间和地点来说，这首诗比较适合放在这个时期和洛阳附近的地点。"

【笺释】

① 黄氏《补注杜诗》引师古注曰："按《唐史拾遗》：甫与李白、高适、卫宾相友善。时宾年最少，号小友。今据杜诗《赠卫八》云：'昔别君未婚。'知此诗乃赠卫宾也。"朱鹤龄《杜工部诗集辑注》以为乃伪书杜撰，削之。

② 《宋本杜工部集》："一作'驱儿'。"《草堂诗笺》径用"驱

儿"。按,是改有理。儿女问答未已,自须驱之使去张罗酒宴。

新 安 吏

收京后作。虽收两京,贼犹充斥。

客行新安道①,喧呼闻点兵。借问新安吏,"县小更无丁?府帖昨夜下,次选中男行。中男绝短小,何以守王城?"肥男有母送,瘦男独伶俜。白水暮东流,青山犹哭声。莫自使眼枯,收汝泪纵横。眼枯即见骨,天地终无情。我军取相州,日夕望其平。岂意贼难料,归军星散营②。就粮近故垒③,练卒依旧京。掘壕不到水,牧马役亦轻④。况乃王师顺,抚养甚分明。送行勿泣血,仆射如父兄⑤。

【系年】

　　1. 王洙本旧次在《羌村》与《潼关吏》之间。

　　2.《杜陵诗史》系于"乾元元年(758)夏六月出为华州司功,冬末以事之东都,至乾元二年(759)七月立秋后欲弃官以来所作",置于《路逢襄阳杨少府》与《石壕吏》、《瘦马行》之间。

　　3. 黄氏《补注杜诗》系于"乾元二年作",黄鹤补注曰:"《新安吏》至《无家别》,当是乾元二年作。今以《无家别》'五年委沟蹊'之句论之,禄山以天宝十四载(755)叛,至乾元二年乃五年。师云乾元元年九节度败,蔡云二年九节度溃于相州。按《旧史》:二年三月壬申,九节度兵溃。《新史》云:师溃于滏水。梁权道编在至德二载,非。蔡兴宗《年谱》却以乾元二年春公留东都,有《新安吏》、《石壕吏》等诗。"

【题解】

　　诸家系年皆同。编次上有自华州至东都洛阳与自东都洛阳归华州之别(又可参《石壕吏》题解)。《钱注杜诗》:"诸诗皆乾元二年,自华之东都,道途所经次,感事而作也。"朱鹤龄《杜工部诗集辑注》从之。仇兆鳌《杜诗详注》以为:"此下六诗,多言相州师溃事,乃乾元二年自东都回华州时,经历道途,有感而作。钱氏以为自华州之东都时,误矣。"今人多从仇说。洪业《杜甫》第八章《一岁四行役》言:"不管我们诗人是否完成了在东都的使命,我们都不难推想当这座城市的官员和百姓尽数逃走之后,他也不会再继续办理什么公务了,他一定尽快赶回华州。一路上,杜甫写下了好几首著名的诗篇,也许它们是为了写给节度使们看的。在这些诗篇中我们选了《新安吏》、《石壕吏》和《新婚别》。新安县在东都西边约二十三英里处。石壕村大概要继续往西约七十三英里。"又,关于唐代征兵至"中男"的情况,《资治通鉴》卷一百九十二《唐纪八》"高祖武德九年(626)十二月"载:"上遣使点兵,封德彝奏:'中男虽未十八,其躯干壮大者,亦可并点。'上从之。敕出,魏徵固执以为不可,不肯署敕,至于数四。上怒,召而让之曰:'中男壮大者,乃奸民诈妄以避征役,取之何害,而卿固执至此!'对曰:'夫兵在御之得其道,不在众多。陛下取其壮健,以道御之,足以无敌于天下,何必多取细弱以增虚数乎!且陛下每云:"吾以诚信御天下,欲使臣民皆无欺诈。"今即位未几,失信者数矣!'上愕然曰:'朕何为失信?'对曰:'陛下初即位,下诏云:"逋负官物,悉令蠲免。"有司以为负秦府国司者,非官物,征督如故。陛下以秦王升为天子,国司之物,非官物而何!又曰:"关中免二年租调,关外给复一年。"既而继有敕云:"已役已输者,以来年为始。"散还之后,方复更征,百姓固已不能无怪。今既征得物,复点为兵,何谓来年为始乎!又,陛下所与共治天下者在于守宰,居常简阅,咸以委之;至于点兵,独疑其诈,岂所谓以诚信为治乎!'上悦曰:'向者朕以卿固执,疑卿不达政事,今卿论国家大体,诚尽其精要。夫号令不信,则民不知所从,天下何由而治乎?朕过深矣!'乃不点中男,赐徵金瓮一。"可见所谓"中男"者,为未达法定征兵年岁之男丁。诗云"肥男"、"瘦男",仅谓其体貌,若论年岁,则皆属"中男"之列。可知战事之紧急,已征兵至中男矣。故子美亦无可奈何而强慰之。

【笺释】

①黄氏《补注杜诗》黄鹤补注曰："新安，县名。唐属河南府。《九域志》云：有二乡。兹其所以为小县欤？"

②《九家集注杜诗》引邓忠臣注："乾元二年，郭子仪等九节度之师围安庆绪于邺。时不立元帅，以中官鱼朝恩为观军容宣慰使，师遂溃于城下，诸节度各还本镇。子仪保河南，诏留守东都。此诗盖哀出兵之役。夫古者有遣将推毂分阃之命令，弃师于敌也。虐至于无告，如诗之所憾，其君臣岂不刺哉？然子仪犹宽度得众，故卒美焉。"又，《杜诗赵次公先后解辑校》："至德二载（757）九月癸卯，复京师。十月壬子，复东京。明年改元乾元，安庆绪贼复振，以相州为成安府。九月，诏郭子仪率李光弼等九节度兵凡二十万讨庆绪于相州，遂围之。明年之三月，庆绪求救于史思明，王师不利，南溃，诸节度引还。子仪以朔方军保河南，诏留守东都。今公师所谓，盖言相州之败，九节度兵各引还也。"

③《草堂诗笺》："故垒即旧御禄山之垒，但修完之。就粮，言就贼之粮于敌，免馈饷之劳。虽取粮于敌，亦不深入，但近其垒而已。"

④黄氏《补注杜诗》黄希补注曰："《通鉴》：乾元二年二月，郭子仪等使围邺城，筑垒再重，穿堑二重，壅漳水灌之城中。自冬至春，安庆绪坚守以待史思明。人皆以为克在朝夕，而诸军无统帅，官军出即散其营，诸军人马牛车日有所失，樵采甚艰。天下饥馑，转饷者为思明杀戮。由是诸军乏食，人思自溃。三月壬申，官军溃于南。"

⑤《宋本杜工部集》："郭子仪也。"黄氏《补注杜诗》黄希补注曰："子仪以朔方军断河阳桥，保东京。东京士民惊骇散奔山谷，子仪在河阳将谋城守，人又惊奔。诸将继至众及数万，议捐东京，退保蒲陕。都虞侯张用济曰：'蒲陕荐饥，不如守河阳。'子仪从之。用济役所部兵筑南北两城而守之。子仪至德二载授尚书仆射，乾元元年进中书令，而此诗第云仆射，何也？无乃当时人熟于仆射之名，故云。"《草堂诗笺》："盖功赏著于仆射，时言者不移其初也。"《钱注杜诗》："汾阳初败于滻水，诣阙请贬，降为左仆射，已而加司徒，进中书令。此复称司仆射者，本相州之溃，举其

初贬之官,亦春秋之笔法也。"钱笺似释之过深。

石 壕 吏①

暮投石壕村,有吏夜捉人。老翁逾墙走,老妇出门看。吏呼一何怒!妇啼一何苦!听妇前致词:三男邺城戍。一男附书至,二男新战死。存者且偷生,死者长已矣。室中更无人,惟有乳下孙。孙有母未去,出入无完裙。老妪力虽衰,请从吏夜归。急应河阳役②,犹得备晨炊。夜久语声绝,如闻泣幽咽。天明登前途,独与老翁别。

【系年】

1. 王洙本旧次在《潼关吏》与《新婚别》之间。朱鹤龄《杜工部诗集辑注》、仇兆鳌《杜诗详注》、杨伦《杜诗镜铨》从之。

2. 《杜陵诗史》系于"乾元元年(758)夏六月出为华州司功,冬末以事之东都,至乾元二年(759)七月立秋后欲弃官以来所作",置于《潼关吏》与《新安吏》之间。

3. 黄氏《补注杜诗》系于"乾元二年作",黄鹤补注曰:"观'急应河阳役'之句,当是乾元二年九节度之师溃,子仪断河阳桥,以余众保东京时作。而梁权道编在至德二载(757),非。"

4. 高崇兰编次刘辰翁评点《集千家注杜工部诗集》置于《新安吏》与《新婚别》之间。

【题解】

诸家系年皆同,编次小异。清人皆从王洙本旧次,今人如陈贻焮《杜甫评传》即用此说。按,三《吏》组诗既是由洛返陕之作,则地点顺序应为"新安——石壕——潼关",如宋人郑刚中《西征道里记》载其由洛入陕之历程:"十一日,榆林铺、磁涧,新安县。……十三日,东西土壕、乾壕,宿石壕镇。杜甫作《石壕》、

《新安吏》二诗,即其地。……十九日,关东店、潼关、关西店、西岳庙,行府官谒于祠下。"据此则诗篇顺序当为"《新安吏》——《石壕吏》——《潼关吏》",历代注家皆误。又,此诗颇为宋人所瞩目,如《宋史纪事本末》卷三十五"刺义勇"条载:"(韩)㻋琦尝曰:'养兵虽非古,然亦自有利。处议者但谓不如汉唐调兵于民,独不见唐杜甫《石壕吏》一篇,调兵于民,其弊乃如此。后世既籍强悍无赖者以为兵,良民虽不免养兵之费,而免父子、兄弟、夫妇生离死别之苦,乃知养兵之制,实万世之仁也。'至是,陕西义勇之制实出于琦,虽光六疏极言其不便,竟不为止。"又,萧涤非先生指出此诗可与唐彦谦《宿田家》相参看,以见老杜描写手段[1],可参见。

【笺释】

① 石壕,《草堂诗笺》:"石壕属邠州宜禄县,即汉鹑觚县地。北狄尝侵,太王于此筑城壕以御之,因名石壕。卞圜曰:石壕,陕东戍也,其地新安西,即西崤也。"《杜陵诗史》引郑氏注:"渑池有二崤,东崤土崤,西为石崤。石崤即石壕矣。"《钱注杜诗》:"《困学纪闻》:石壕吏,盖陕州陕县石壕镇。卞圜曰云云。按,崤在弘农渑池西北,贞观八年(634),移崤县于安阳城,在硖城西四十里,谓石壕即石崤,误矣。梦弼曰云云,尤为无稽,且非自华之东都所取道也。"

②《杜陵诗史》引沈氏注:"河阳,东都也。"朱鹤龄《杜工部诗集辑注》:"《唐书》:河阳县,属孟州。"参《新安吏》注⑤。

佳　人

绝代有佳人,幽居在空谷。自云良家子,零落依草木。关中昔丧乱,兄弟遭杀戮。官高何足论?不得收骨肉①。世

---

[1]《萧涤非杜甫研究全集》上编《杜甫研究》,黑龙江教育出版社 2006 年,第 93—94 页。

情恶衰歇,万事随转烛。夫婿轻薄儿,新人美如玉。合昏尚知时,鸳鸯不独宿。但见新人笑,那闻旧人哭?在山泉水清,出山泉水浊。侍婢卖珠回,牵萝补茅屋。摘花不插发,采柏动盈掬。天寒翠袖薄,日暮倚修竹②。

【系年】

　　王洙本旧次在《幽人》与《赤谷西崦人家》之间。《杜陵诗史》系于"乾元二年(759)秋七月弃官居秦州以后所作",置于《太平寺泉眼》与《送远》之间。黄氏《补注杜诗》系于"乾元二年作",黄鹤补注曰:"此诗乾元二年在秦州作。甫自谓也,亦以伤关中乱后、老臣凋丧也。"

【题解】

　　此诗系年诸家皆同。此诗主旨,蔡梦弼《草堂诗笺》引师古注(按,师古此注,《杜陵诗史》、黄氏《补注杜诗》所引皆节略,不如《草堂诗笺》之语义完整):"《诗·简兮》刺不用贤云:'彼美人兮,西方之人兮。'盖言贤者有佳美之德。甫之此诗亦以佳人喻贤者,君之于臣,亦犹夫之于妇也。君用新进少年,必至于疏弃旧臣。夫淫于新婚,必至于离绝旧室,此必然之理也。甫寓意于君臣而有此作,非独为佳人之什,读者可以意会也。"洪业《杜甫》第八章《一岁四行役》言:"《佳人》被某些注家认为是隐喻一位被朝廷不公正地流放的忠贞大臣。但是,有不少细节很难符合这一阐释。我倾向于同意这种解释,即秦州附近的确有这么一位女士。果真如此,那她应该是杜甫一家的朋友。这位女士没有留下姓名。"余意别有一解(参见本书《杜诗早期注本师尹〈杜工部诗注〉的特点与价值》一文):佳人既为老杜自拟,则"良家子"者,为杜氏门庭之华胄。"兄弟杀戮"者,为从弟之死于战乱。新人、旧人者,为房党之去留。"官高何足论?不得收骨肉"云者,谓长安陷敌后王侯子孙多死难,如《哀王孙》一诗所言。又,《寄岳州贾司马六丈巴严八使君两阁阁老五十韵》有曰:"地僻昏炎瘴,山稠隘石泉。"正对应"在山泉水清,出山泉水浊"。此诗为惜贾至、严武及老杜自身与房琯被谮外放而作,宜与《佳人》相参看。

【笺释】

①《杜诗赵次公先后解辑校》:"此乃贵人之家,诗人盖不欲出其名氏耳。"

② 黄氏《补注杜诗》引师古注曰:"柏与竹,岁寒不改其操,亦犹君子见逐于君,而吾操守终无改易,此所以为忠臣贞妇也。"

寄李十二白二十韵

会稽贺知章一见白,号为天上谪仙人。

昔年有狂客,号尔谪仙人。笔落惊风雨,诗成泣鬼神。声名从此大,汩没一朝伸。文彩承殊渥,流传必绝伦。龙舟移棹晚,兽锦夺袍新①。白日来深殿,青云满后尘。乞归优诏许,遇我宿心亲②。未负幽栖志,兼全宠辱身。剧谈怜野逸,嗜酒见天真。醉舞梁园夜,行歌泗水春。才高心不展,道屈善无邻。处士祢衡俊,诸生原宪贫。稻粱求未足,薏苡谤何频③?五岭炎蒸地,三危放逐臣。几年遭鵩鸟,独泣向麒麟。苏武先还汉,黄公岂事秦④?楚筵辞醴日,梁狱上书辰。已用当时法,谁将此义陈⑤?老吟秋月下,病起暮江滨。莫怪恩波隔,乘槎与问津。

【系年】

1. 王洙本旧次在《寄张十二山人彪三十韵》与《蜀相》之间。

2.《杜陵诗史》系于"上元元年(760)庚子在成都所作",置于《三绝句》"前年渝州杀刺史"与《狂夫》之间。

3. 黄氏《补注杜诗》系于"乾元二年(759)作",黄鹤补注曰:"按,白至德元载坐系浔阳狱,至德二载(757)以宋若思将兵赴河南道,过浔阳释因,辟为参谋。乾元元年(758),长流夜郎。而此诗云'五岭炎蒸地,三危放逐臣',则是在长流之后。从旧次,当在乾元二年秦州作。"高崇兰编次刘辰翁评点《集千家注杜工部诗集》从之,置于《寄彭州高三十五使君适虢州岑二十七长史参三十韵》与《寄岳州贾司马六丈巴州严八使君两阁老五十韵》之间。朱鹤龄《杜工部诗集辑注》置于《寄张十二山人彪三十韵》与《别赞上人》之间,杨伦《杜诗镜铨》从之。仇兆鳌《杜诗详注》置于《寄张十二山人彪三十韵》与《所思》"郑老身仍窜"之间。

【题解】

此诗系年有乾元二年秦州时期(王洙本旧次、黄鹤)与上元元年(761)成都时期(鲁訔)两说。高崇兰、清人及今人皆从乾元二年秦州说。洪业《杜甫》第八章《一岁四行役》甚至提出此诗可以系于华州时期,但最终他还是将其置于秦州时期:"我得承认将此诗系年于此不太容易。编纂者和注家通常都是将《梦李白》二首、《寄李十二白二十韵》、《天末怀李白》系于杜甫759年(乾元二年)秋天在秦州的时期。这一系年对《天末怀李白》而言毫无困难,因为李白这时正在洞庭湖一带,靠近汨罗江(参见《李太白全集》卷35.28a;威利《李白》91页)。我将《梦李白二首》移到杜甫758年(乾元元年)秋天华州时期的第一阶段,这是因为我认为当杜甫759年上半年在华州的时候,他可能听说李白已经在春天从流放中得到赦免了。现在,《寄李十二白二十韵》听起来似乎李白仍在流放之中;难道它不是也应该被系于758年吗?然而诗篇的最后四行更适合秦州而非华州的境况。因此,眼下我只能暂时把诗篇《寄李十二白二十韵》放在759年,同时在此提醒读者,这个问题还远远没有得到解决。"又,钱谦益《钱注杜诗》于此诗笺释中首次详细讨论李、杜交往问题:"鲁訔、黄鹤叙杜诗年谱,并云:开元二十五年(737)后,客游齐、赵,从李白、高适过汴州,登吹台,而引《壮游》、《昔游》、《遣怀》三诗为证,皆非也。以《杜集》考之,《寄李十二》诗云:'乞归优诏许,遇我夙心亲。醉舞梁园夜,行歌泗水春。'则李之遇杜,在天宝三年(744)乞归之后,然后同为泗水之游也。《东都赠李》诗云:'李侯金闺彦,脱身事幽讨。亦有梁宋游,方期拾瑶草。'李阳冰《草堂集序》云:'天子知其不可留,乃赐金归之。遂就从祖陈留采访大使彦允,请北海高天师,授道箓于齐州紫极宫。'此所谓'脱身事幽讨'也。曾巩《序》云:'白,蜀郡人,初隐岷山,出居湖汉之间。南游江淮,至楚,留云梦者三年。去之齐鲁,居徂徕山竹溪。入吴,至长安,明皇召见,以为翰林供奉。顷之,不合去,北抵赵、魏、燕、晋,西涉邠岐,历商于,至洛阳。游梁最久。复之齐鲁,南游淮泗,再入吴,转涉金陵,上秋浦,抵浔阳。'其记白游梁、宋、齐、鲁,在罢翰林之后,并与杜诗合。《鲁城北同寻范十隐居》诗:'不愿论簪笏,悠悠沧海情。'亦李去官后作之。《遣怀》诗:'往与高李辈,论文入酒垆。'《昔游》诗:'往者与高李,晚登单父台。'《壮游》则云:'放荡齐赵间,裘马颇清狂。春歌丛台上,冬猎青丘旁。苏侯据鞍喜,忽如携葛彊。'在齐赵,则云苏侯。在梁宋,则云高李。其朋游固区以别矣。苏侯注云:监门胄曹苏预,即源明也。开元中,源明客居徐褒。天宝初,举进士,诗独举苏侯,知杜之游齐赵在开元时,而高、李不与也。以《李集》考之,《书情》则曰:'一朝去京阙,十载游梁园。'《梁园吟》则曰:'我浮黄云去京阙,挂席欲进波连山。天长水阔难远涉,访古始及平台间。'此去官游梁宋之证,与杜诗合也。《单父东楼送族弟沈之秦》则云:'长安宫阙九天上,此地曾经为近臣。屈平憔悴滞江潭,亭伯流离放辽海。'《鲁郡东石门送杜二甫》则云:'醉别复几日,登临遍池台。何言石门路,重有金樽开。'此知李游单父后,于鲁郡石门与杜别也。单父至兖州,二百七十里,盖公辈游梁宋后,复至鲁郡,始言别也。以《高集》考之,《东征赋》曰:'岁在甲申,秋穷季月。高子游梁既入,方适楚以超忽。望君门之悠哉,微先容以效拙。姑不隐而不仕,宜其沉沦而播越。'甲申,为天宝三载,盖适解封丘尉之后,仍游梁宋,亦即李去翰林之年也。《登子贱琴堂赋诗序》云:'甲申岁,适登子贱琴堂。'即杜诗所谓'晚登单父台'也。以其时考之,天宝三载,杜在东都,四载,在齐州。斯其与高、李游之日乎?李、杜二公,先后游迹如此。年谱纰缪,不可不正。段柯古

《西阳杂俎》载《尧祠别杜补阙》之诗,以为别甫,则宋人已知其谬矣。"此后闻一多诸家考辨李、杜关系,大体不出钱笺范围。

【笺释】

①《草堂诗笺》:"兽锦,谓锦织成兽纹也。"

②《草堂诗笺》:"甫与白有凤契,故遇之相亲厚也。白生于长安元年(701)辛丑,甫生于开元元年(713)癸丑,白长甫十二年。"

③《草堂诗笺》:"后汉马援征交趾,载薏苡种还,人谤之,以为明珠大贝。此以喻白之遇谗,永王璘反,谓白为参属与谋也。"

④《杜诗赵次公先后解辑校》:"黄公,四皓之一者,避秦隐居商山,比白之不妄从永王璘也。"朱鹤龄《杜工部诗集辑注》:"按,太白《书怀》诗云:'半夜水军来,寻阳满旌旃。空名适自误,迫胁上楼船。徒赐五百金,弃之若浮烟。辞官不受赏,翻谪夜郎天。'数语与此诗相发明。"

⑤《杜诗赵次公先后解辑校》:"言白之无罪,当时不省察,遂以白为与谋,而施之以法,谁人用辞醴与狱中上书之义为之陈说也? 白会赦放还,乃普天之恩也。朝廷元未知白之本不污耳,故以此明之。"

寄岳州贾司马六丈巴州严八使君两阁老五十韵①

衡岳猿啼里,巴州鸟道边。故人俱不利,谪宦两悠然。开辟乾坤正②,荣枯雨露偏③。长沙才子远,钓濑客星悬④。忆昨趋行殿,殷忧捧御筵⑤。讨胡愁李广⑥,奉使待张骞。无复云台仗,虚修水战船⑦。苍茫城七十,流落剑三千⑧。画角吹秦晋,旄头俯涧瀍⑨。小儒轻董卓,有识笑苻坚。浪作禽填海,那将血射天⑩。万方思助顺,一鼓气无前。阴散陈仓北,晴熏太白巅。乱麻尸积卫,破竹势临燕。法驾还双阙,王师下八川。此时沾奉引,佳气拂周旋。貔虎开金甲,麒麟受玉鞭。侍臣谙入仗,厩马解登仙。花动朱楼雪,城凝碧树烟。衣冠心惨怆,故老泪潺湲。哭庙悲风急,朝正霁景鲜⑪。月分梁汉米,春得水衡钱。内蕊繁于缬,宫莎软胜绵。恩荣同拜手,出入最随肩。晚著华堂醉,寒重绣被眠。謇齐兼秉烛,书枉满怀笺。每觉升元辅,深期列大贤。秉钧方咫尺,铩翮再联翩。禁掖朋从改,微班性命全。青蒲甘受戮,白发竟谁怜?弟子贫原宪,诸生老伏虔。师资谦未达,乡党敬何先?旧好肠堪断,新愁眼欲穿。翠干危栈竹,红腻小湖莲⑫。贾笔论孤愤,严诗赋几篇。定知深意苦,莫使众人传。贝锦无停织,朱丝有断弦⑬。浦鸥防碎首,霜鹘不空拳。地僻昏炎瘴,山稠隘石泉。且将棋度日,应用酒为年。典郡终微眇,治中实弃捐。安排求傲吏,比兴展归田。去去才难得,苍苍理又玄。古人称逝矣,吾道卜终焉⑭。陇外翻投迹,渔阳复控弦。笑为妻子累,甘与岁时迁。亲故行稀少,兵戈动接联。他乡饶梦寐,失侣自迍邅。多病加淹泊,长吟阻静便。如公尽雄俊,志在必腾骞。

【系年】

1. 王洙本旧次在《寄彭州高三十五使君适虢州岑二十七长史参三十韵》与《寄张十二山人彪三十韵》之间。钱谦益《钱注杜诗》、朱鹤龄《杜工部诗集辑注》、仇兆鳌《杜诗详注》、杨伦《杜诗镜铨》皆从之。

2. 《杜陵诗史》系于"乾元二年(759)秋七月弃官居秦州以后所作",置于《天河》与《山寺》之间。黄氏《补注杜诗》系于"乾元二年作",黄鹤补注曰:"诗云'陇外翻投迹',当是乾元二年秦州作。按史,贾至由中书舍人出慰蒲州,坐小法,贬岳州司马。宝应初,召复故官。然乾元二年,九节度师溃时,至自汝州奔襄,邓公又有《送贾阁老出汝州诗》,则是由中舍出汝州,史失书,当是自汝贬岳州司马也。严武至德初赴肃宗行在,房琯荐为给事中,收长安,拜京兆少尹,坐琯事贬巴州刺史,则乾元初在巴州矣。"

【题解】

此诗系年诸家皆同,清人皆用王洙本旧次。此诗主旨,《钱注杜诗》笺曰:"至出守汝州,在乾元元年(758)。《旧书》不载,皆无可考。此诗云:'秉钧方咫尺,铩翮再联翩。'当是与公及严武后先贬官也。按,十五载八月,玄宗幸普安郡,制置天下之诏,房琯建议,而至当制。琯将贬而至先出守,其坐琯党无疑矣。至父子演纶,受知于玄宗。肃宗深忌蜀郡旧臣,至安能一日容于朝廷?其再贬岳州,虽坐小法,亦以此故也。'每觉升元辅,深期列大贤',盖琯既用事,则必汲引至、武,故其贬也,亦联翩而去。'贝锦'以下,忧谗畏讥,虽移官州郡,相戒不敢忘也。当据此诗,以补唐史之阙。"洪业《杜甫》第八章《一岁四行役》说:"一首写给两位朋友的长诗,《寄岳州贾司马六丈巴州严八使君》,回忆了前几年的岁月。在诗篇的结尾,诗人以极其低沉的语调提到自己,把对自己仕宦经历的失望和幻灭表现得淋漓尽致。他把这种情绪传达给贾、严二人是有目的的。因为他们也受到朝廷的严谴,杜甫希望他们能够从自己更加落魄的遭遇中得到某种程度的安慰。杜甫希望他们不要在诗文中表现出愤怒的情绪,否则可能会被中伤诽谤者所利用,以此阻挠他们回到朝中。关于贾至和严武在759年(乾元二年)秋天的境况,参见仇兆鳌卷8.17b—18a。《旧唐书》卷117.1a误以为严武的职务是绵州刺史。严武外遣的职务是巴州刺史,这一点不但为杜甫的诗所证明,还可以在严武的墓志铭中找到证据。参见陆增祥[1833—89年]《八琼室金石补正》[1]卷5.6a,7b。"又,此诗中"弟子贫原宪,诸生老伏虔。师资谦未达,乡党敬何先"两句值得注意。仇兆鳌《杜诗详注》以为:"公以原宪、服虔自处,而后辈嫌其贫老,因言师资虽不敢居,乡党独不当先敬乎?"尚隔一间。按,洪业《我怎样写杜

---

[1] 一百三十卷,刘承幹刊印,1929。

甫》[1]曾以一假说推测杜甫去官华州之原由："再说他在华州那一段罢。司功参军的位置约当于今日教育厅长。唐时每年秋中须举行乡试,好选送诸生来年在京应礼部之试。杜甫的文集里有五道策问,是很有意义的文字。……但以我的推测,这五道策问就是杜甫越年去官之导线。他很诚恳地要诸生学他自己那样处处留心时务,讲求可以实行的补救之法。但从诸生的方面来看：官样文章当仍旧贯。一向的办法都是从兔园策府里搬出经史所载古圣昔贤的大教训、大理论就得了。而且你杜甫是甚么东西？你自己是落第的进士,那配考我们？如果他们果有不服的表示,杜甫于越年秋考之前当须决定：还是随波逐流,依样画葫芦吗？与其误人子弟,祸国殃民,不如丢官,砸饭碗。数年后他在夔州所写的《秋兴八首》内有两句'匡衡抗疏功名薄,刘向传经心事违'。从来解释者都未把第二句交代清楚。据我看,这两句是指：在凤翔当谏官,没当好,几乎丢了性命；在华州办教育,未办好,几乎闹出学潮。前面他用三个字'功名薄',轻轻地说了。因为他于君上只有敬爱,并不埋怨。后面他用三个字'心事违',轻轻地说了,因为他于诸生只有怜惜,并不愤怒。这是挚情的表露。"除了洪业指出的《秋兴八首》"匡衡抗疏功名薄,刘向传经心事违"两句之外,余以为此诗中"弟子贫原宪,诸生老伏虔。师资谦未达,乡党敬何先",亦指华州司功任职失败之经历,可与洪业假说互补相证。

【笺释】

① 《九家集注杜诗》引师尹注："按：贾至,至德中以中书舍人慰安蒲人,不法,贬岳州司马。严武,至德中以给事中坐房琯事,贬巴州刺史。"

② 《杜诗赵次公先后解辑校》："言收复二京矣。"

③ 《杜诗赵次公先后解辑校》："言二公不得受圣恩而谪去也。"

---

[1] 《杜甫：中国最伟大的诗人》,上海古籍出版社2011年,附录三。

④ 按,用贾谊、严陵喻贾至、严武。

⑤《杜诗赵次公先后解辑校》:"自此已下二十句,皆公自言在凤翔所见,以至收复二京时事也。"

⑥《钱注杜诗》:"当是指哥舒翰,谓以老将败绩也。"

⑦《杜诗赵次公先后解辑校》:"行宫草创,故不严整法仗也。虚修战船,则亦以吐蕃之故也。"

⑧ 蔡梦弼《草堂诗笺》:"苍茫城七十,谓禄山反,河北十余郡皆弃城而走也。剑指蜀之剑阁,言玄宗幸蜀流落,有三千里之远也。或引《庄子》赵孝文王有剑客三千余人,误矣。"按,蔡梦弼"剑三千"之说与诸家引《庄子》颇异,最为有理。朱鹤龄《杜工部诗集辑注》:"按,《越绝书》:'阖闾葬虎丘,有扁诸之剑三千。'时西京陵墓多为贼发,故云'流落',即《诸将》诗'早时金碗出人间'意耳。旧注引《庄子》云云,于时事无著。梦弼云云,夫天子蒙尘,岂得言流落耶?"似过于深究。仇兆鳌《杜诗详注》:"剑三千,军士溃散。"则用旧引《庄子》注而曲为之说,杨伦《杜诗镜铨》从之。

⑨ 邓忠臣注:"涧瀍,水也,在伊门间。"

⑩《杜诗赵次公先后解辑校》:"言安、史不知量也。"

⑪《九家集注杜诗》引师尹注:"此言法驾还京师时。"

⑫《杜诗赵次公先后解辑校》:"自此而下二十句,以言严、贾所居之地、所成之制作,因戒之以防患,而终之以天理难喻也。"

⑬《九家集注杜诗》引师尹注:"言直道不行,为逸人所潜。"

⑭《杜诗赵次公先后解辑校》:"自此而下十二句,转入公自叙,述羁旅之迹。"

捣　　衣

亦知戍不返,秋至拭清砧。已近苦寒月,况经长别心。宁辞捣熨倦,一寄塞垣深。用尽闺中力,君听空外音。

【系年】

　　1. 王洙本旧次在《归燕》与《促织》之间。

　　2.《杜陵诗史》系于"乾元二年(759)秋七月弃官居秦州以后所作",置于《初月》与《促织》之间。朱鹤龄《杜工部诗集辑注》置于《初月》与《归燕》之间。仇兆鳌《杜诗详注》、杨伦《杜诗镜铨》从之。

　　3. 黄氏《补注杜诗》系于"乾元二年作",黄鹤补注曰:"诗云'亦知戍不返',又云'一寄塞垣深'。是时安史之乱既未息,又备吐蕃也。乾元二年作。"

【题解】

　　诸家系年皆同,编次小异,须注意季节顺序影响诗篇之间的相互编次关系,诗云"秋至",故《杜陵诗史》及清人置此诗于《初月》之后。仇兆鳌《杜诗详注》:"朱子《诗经集传》多顺文解义,词简意明。唐汝询解唐诗,亦用此法,但恐敷衍多而断制少耳。今注杜诗,间用顺解,欲使语意贯穿融洽。此章赵汸注云:'此因闻砧而托为捣衣戍妇之词曰:我亦知夫之远戍,不得遽归,方秋至而拂拭衣砧者,盖以苦寒之月近,长别之情悲,亦安得辞捣衣之劳,而不一寄塞垣之远。是以竭我闺中之力,而不自惜也。今夕空外之音,君其听之否耶? 音字,含一诗之意。'唐仲言极称斯注。今标此以发顺解之例。"解杜诗语义显明者,可循此例。

萤　火

　　幸因腐草出,敢近太阳飞①。未足临书卷,时能点客衣②。随风隔幔小,带雨傍林微。十月清霜重,飘零何处归③。

【系年】

　　王洙本旧次在《促织》与《蒹葭》之间。高崇兰编次刘辰翁评点《集千家注杜工部诗集》、钱谦益《钱注杜诗》、朱鹤龄《杜工部诗集辑注》、仇兆鳌《杜诗详注》、杨伦《杜诗镜铨》皆从之。《杜陵诗史》系于"乾元二年(759)秋七月弃官居秦州以后所作",置于《促织》与《苦竹》之间。黄氏《补注杜诗》系于"乾元二年作",黄鹤补注曰:"今诗云'幸因腐草出,敢近太阳飞',盖指李辅国辈以宦者近君而挠政也。乾元二年秦州作。"

【题解】

诸家系年皆同,编次小异,清人皆从王洙本旧次。此诗主旨,诸家皆同意隐喻阉宦弄权说。洪业《杜甫》第八章《一岁四行役》言:"大量诗歌描绘了更小一些的主题,如《捣衣》、《促织》、《萤火》。注家们试图在诗中读出某些诗人的隐含意蕴。只有最后一首很明显是用萤火指代宦官李辅国。"按,注家因"腐草"一辞生发,似嫌牵强。全诗情韵亲切微婉,非激愤之辞。老杜夔州时期尚有《见萤火》:"巫山秋夜萤火飞,帘疏巧入坐人衣。忽惊屋里琴书冷,复乱檐边星宿稀。却绕井阑添个个,偶经花蕊弄辉辉。沧江白发愁看汝,来岁如今归未归。"与此诗情调相似,并无隐喻之意。余意以为,萤火乃老杜自寓,"幸因腐草出,敢近太阳飞",乃指因安史之乱赴肃宗行在而能侍君为拾遗,"未足临书卷,时能点客衣。随风隔幔小,带雨傍林微"既为实景,亦是秦州当下生涯之写照,"十月清霜重,飘零何处归"乃对前途之展望。老杜于他诗中亦曾以萤火自拟,如《桥陵诗三十韵因呈县内诸官》:"主人念老马,廨宇容秋萤。"洪业解释此诗即言:"因为饥荒,他和他的家人,包括营养不良的孩子,离开了下杜城,渡过泾水,在夜间抵达奉先,涕泗交流,像秋天的萤火虫一样孤独无依,被安置在一个不常用的廨署临时住宿。"以自寓说解释《见萤火》亦颇合辙。参见本书《杜诗早期注本师尹〈杜工部诗注〉的特点与价值》一文。

【笺释】

①《九家集注杜诗》引邓忠臣注:"太阳之光,固非萤火之近,喻小有才而侵侮大德者。"蔡梦弼《草堂诗笺》:"古者谓宫刑为腐,唐之季世,阉宦弄权,公之此诗盖讥之也。……喻阉侍小人侍君之侧,弄权肆谗也。"仇兆鳌《杜诗详注》:"今按腐草喻腐刑

之人,太阳乃人君之象,比义显然。"

② 蔡梦弼《草堂诗笺》:"喻其能以谗言中伤正人也。"

③《杜陵诗史》引师古注:"萤出于腐草,喻小人起于微贱,而侵凌大德之士,一旦时清,必蒙摈斥,故云'飘零何处归'。"蔡梦弼《草堂诗笺》:"或云此诗指李辅国也。"

送　远

带甲满天地,胡为君远行? 亲朋尽一哭,鞍马去孤城。草木岁月晚,关河霜雪清。别离已昨日,因见古人情①。

【系年】

王洙本旧次在《秋笛》与《观兵》之间。《草堂诗笺》系于"乾元二年(759)秋七月弃官居秦州以后所作",置于《佳人》与《空囊》之间。《杜陵诗史》同此。黄氏《补注杜诗》系于"乾元二年作",黄鹤补注曰:"乾元二年冬去秦,而此诗云'带甲满天地',当是指其年史思明之乱方殷,而李光弼等平之。又诗云'草木岁月晚,关河霜雪清',则作诗时公将去秦也。"

【题解】

诸家系年皆同。余臆老杜此次在秦州所送之人,原即为灵武时同侪赴秦州者,如《送韦十六评事充同谷防御判官》之辈。其人离秦,则老杜又失依靠,故亦旋即离秦入蜀。

【笺释】

① 仇兆鳌《杜诗详注》:"单复《杜律》刻本,末句刊作'因见故人情',亦有意义。盖此诗上四,已尽送远之意,下则代远行者作回答之词,言当此岁暮天寒,关河惨淡如此,当亦回首亲朋曰:别离已成昨日,因想见故人哭别之情也。"

发 秦 州

乾元二年,自秦州赴同谷县,纪行十二首。

我衰更懒拙,生事不自谋。无食问乐土①,无衣思南州。汉源十月交,天气如凉秋②。草木未黄落,况闻山水幽。栗亭名更嘉③,下有良田畴。充肠多薯蓣,崖蜜亦易求④。密竹复冬笋,清池可方舟。虽伤旅寓远,庶遂平生游。此邦俯要冲,实恐人事稠。应接非本性,登临未销忧。溪谷无异石,塞田始微收。岂复慰老夫?惘然难久留。日色隐孤戍,乌啼满城头。中宵驱车去,饮马寒塘流。磊落星月高,苍茫云雾浮。大哉乾坤内,吾道长悠悠!

【系年】

王洙本旧次在《两当县吴十侍御江上宅》与《赤谷》之间,题下注:"乾元二年(759),自秦州赴同谷县,纪行十二首。"高崇兰编次刘辰翁评点《集千家注杜工部诗集》、钱谦益《钱注杜诗》、朱鹤龄《杜工部诗集辑注》、仇兆鳌《杜诗详注》、杨伦《杜诗镜铨》从之。《杜陵诗史》系于"乾元二年自秦州如同谷十二月一日纪行所作",置于《两当县吴十侍御江上宅》、《别赞上人》与《赤谷》之间。黄氏《补注杜诗》系于"乾元二年作",黄鹤补注曰:"按《九域志》:秦州西南至成州二百六十五里,同谷乃附邑。当是乾元二年赴同谷时,旧注是矣。"

【题解】

诸家系年皆同,编次亦大体同王洙本旧次。高崇兰编次刘辰翁评点《集千家注杜工部诗集》引崔德符曰:"两纪行,时发秦州至凤凰台,发同谷县至成都,二十四首诗皆以纪行为先后,无复差舛。昔韩子苍尝论此诗笔力变化,当与太史公诸赞方驾,学者宜常讽诵之。"洪业《杜甫》第八章《一岁四行役》言:"杜甫一家的下一个落脚点是成州同谷县的栗亭驿。从《发秦州》一诗中,我们可以推知他们在十一月初出发,走的是汉源的线路。从秦州往西南方向到汉源,路程大概有43英里。从汉源出发,我们推断他们又向南行进了17英里,来到成州;再往东南60英里,到达同谷;接着往东17英里来到栗亭驿。在山区旅行137英里的路程,可能要花上好几天时间。我们的诗人怀着颇为雀跃的心情开始这段旅程,部分原因在于别人使他相信同谷一带天气晴暖,风景优美,适宜居住。从一首诗中可以得知,杜甫接到一封信,来自一个他没有见过的人,此人在信中将同谷描述得天花乱坠,并热切欢迎他去做客(《积草岭》)。"按,"虽伤旅寓远,庶遂平生游"二语,颇能尽老杜平生游历之况味。

【笺释】

① 黄氏《补注杜诗》引师古注曰:"同谷在京之南,不经残破,故云乐土。"

② 《九家集注杜诗》引鲍钦止注云:"汉源属同谷郡,大概美同谷风土多暄,利于贫士,非九月、十月之交去秦也。"黄氏《补注杜诗》黄希补注:"汉源,同谷郡之中下县,近蜀,故多暖。"

③ 《杜诗赵次公先后解辑校》:"汉源、栗亭,盖同谷地,今成州也。按《九域志》:二县曰同谷,曰栗亭也。地在秦之南,界首去秦一百九十五里。"仇兆鳌《杜诗详注》:"公《秦州》诗,眷眷于东柯之胜,及《寄侄佐》诗,又叹羡其所居山水,然实未尝往居焉。读此章,知赴同谷时,盖寓于栗亭也。"

④ 黄氏《补注杜诗》黄希补注:"崖蜜则蜂于崖石上所作之蜜,成州多产此,故贡以蜡烛。"

万 丈 潭

同谷县作。

青溪合冥寞①,神物有显晦。龙依积水蟠,窟压万丈内。跼步凌垠堮,侧身下烟霭。前临洪涛宽②,却立苍石大。山危一径尽,岸绝两壁对。削成根虚无,倒影垂澹瀩③。黑如湾澴底,清见光炯碎。孤云到来深,飞鸟不在外。高萝成帷幄,寒木垒旌旆。远川曲通流,嵌窦潜泄濑。造幽无人境,发兴自我辈。告归遗恨多,将老斯游最。闭藏修鳞蛰,出入巨石碍。何事炎天过,快意风雨会。

【系年】

王洙本旧次在《别赞上人》与《两当县吴十侍御江上宅》之间,题下注:"同谷县作。"《杜陵诗史》系于"乾元二年(759)居同谷所作",置于《乾元中寓居同谷县作歌七首》与《发同谷县》之间。高崇兰编次刘辰翁评点《集千家注杜工部诗集》、朱鹤龄《杜工部诗集辑注》、仇兆鳌《杜诗详注》、杨伦《杜诗镜铨》从之。黄氏《补注杜诗》系于"乾元二年夏作",黄鹤补注曰:"梁权道以为乾元二年自秦之同谷作,然公以二年十月之同谷,而此诗乃云'何事炎天过,快意风雨会',其年夏在秦。按,公有《寄赞上人诗》云:'徘徊虎穴上,面势龙泓头。'兹乃云'龙依积水蟠,窟压万丈内',殆是在秦州作。又尝以此诗参《西枝村寻草堂地》诗,大概相类。"

【题解】

诸家系年皆同,清人皆从鲁訔编次。"告归遗恨多,将老斯游最",二句已揭橥老杜此后经历。余尝过万丈潭一观,已水落石出,无当日之势矣。

【笺释】

① 蔡梦弼《草堂诗笺》:"按,唐咸通十四载(873),西康州刺史赵鸿刻公《万丈潭》诗曰:'清溪含冥漠,倒影垂澹瀩,出入巨爪碍,何当暑天过。'今本写讹,当以赵本为证。"

② 王嗣奭《杜臆》："指嘉陵江，盖同谷之东河、南河，皆入龙峡而注于嘉陵江也。"

③ 蔡梦弼《草堂诗笺》："时甫寓同谷不盈月。按，郑（当作'赵'）鸿尝有《咏公同谷茅茨》曰：'工部栖迟后，邻家大半无。青羌迷道，白社寄杯盂。大雅何人继，全生此地孤。孤云飞鸟付，空勒旧山隅。'鸿曰：'万丈潭在公宅西，洪涛、苍石、山径、岸壁，如目见之。'"

两当县吴十侍御江上宅①

寒城朝烟淡，山谷落叶赤。阴风千里来，吹汝江上宅。鹎鸡号枉渚，日色傍阡陌。借问持斧翁②：几年长沙客？哀哀失木狖，矫矫避弓翮。亦知故乡乐，未敢思宿昔。昔在凤翔都，共通金闺籍。天子犹蒙尘，东郊暗长戟。兵家忌间谍，此辈常接迹。台中领举劾，君必慎剖析。不忍杀无辜，所以分黑白。上官权许与，失意见迁斥③。仲尼甘旅人，向子识损益。朝廷非不知，闭口休叹息。余时忝诤臣，丹陛实咫尺。相看受狼狈，至死难塞责④。行迈心多违，出门无与适。于公负明义，惆怅头更白⑤。

【系年】

1. 王洙本旧次在《万丈潭》与《发秦州》之间。

2. 《杜陵诗史》系于"乾元二年（759）秋七月弃官居秦州以后所作"，置于《观安西兵过赴关中待命二首》与《别赞上人》、《发秦州》之间。高崇兰编次刘辰翁评点《集千家注杜工部诗集》置于《别赞上人》与《发秦州》之间。朱鹤龄《杜工部诗集辑注》、仇兆鳌《杜诗详注》、杨伦《杜诗镜铨》皆从之。

3. 黄氏《补注杜诗》系于"乾元二年十月作"，黄鹤补注曰："江即嘉陵江。乾元二年秦州作。《九域志》：'秦州西南至成州二百六十里,两当县在凤州城西,凤州亦西至成州二百七十里。'殆是公自秦西至同谷时道经两当,故作此诗,乾元二年十月也。"

【题解】

诸家系年皆同,编次小异,然皆置于《发秦州》之前,误。惟黄鹤注称"殆是公自秦西至同谷时道经两当,故作此诗"为当,故今人洪业、陈贻焮皆采之。洪业《杜甫》第八章《一岁四行役》对黄鹤说"乾元二年十月作"又加以修订:"《两当县吴十侍御江上宅》可能是在主人不在家时写的。两当县在栗亭驿东二十七英里处;我倾向于认为杜甫在那里待了一个晚上;他的真正目的地是凤州城,再往东十七英里的一个重要的交通中心。写给不在家的吴郁的诗中带有忏悔之意。杜甫自责当日任左拾遗期间,吴郁被不公正地贬责潭州,自己未能在皇帝面前加以谏争。这里所指的是杜甫在凤翔任职的短暂时期,在未能援救宰相房琯遭贬之后,杜甫其实已经没法再声援吴侍御了。但杜甫是一个把自己的职责看得很重的人,因而对自己的过失毫不宽恕。这首诗的写作时间和前往两当县的旅行给编年造成了一个问题。编纂者和注家一般都将此诗系于抵达(同谷)栗亭驿之前,因为他们认为杜甫从秦州到同谷的路线会经过两当县。先不论其他的一些反证,需要注意到这首诗里提及了两当的'落叶赤'——这和我们诗人十一月初前往同谷和栗亭驿时在汉源见到的绿叶("草木未黄落")形成强烈的对比。因此杜甫前往两当的旅程一定在他到达栗亭驿之后。"所说允当。

【笺释】

① 黄氏《补注杜诗》引俯注曰:"按《地理志》:凤州两当县,州西八十五里,汉故道,县后魏置。两当,以大散关与嘉陵地势险隘相当,故云两当。"黄鹤补注:"《图经》云:古者相传嘉陵江与朱沮水相会于县界,故云两当。又云东京、西蜀至此三十程,故名两当。本朝赵抃自成都被召还朝,宿广乡驿,有诗云:'被召趋都景物疏,两当中夜宿中途。'注云:'《图经》云:东京、西蜀至此道里均焉。驿在县中。'"仇兆鳌《杜诗详注》:"《方舆胜览》以两

当为侍御家居之地。朱注以两当为侍御贬谪之所。二说不同。今玩诗题及篇中'故乡'句,当从《地志》为正。"又,王嗣奭《杜臆》以为:"时侍御尚在长沙,公过其空宅,思及往事而作。"按,洪业即采此说。

② 邓忠臣注:"武帝末,暴胜之为直指使者,衣绣衣,持斧逐盗。"《杜诗赵次公先后解辑校》:"持斧,御史事,指言吴侍御也。"

③ 《杜诗赵次公先后解辑校》:"详味诗意,吴侍御迁谪之因,为辩论良民不是奸细,以此忤权贵而得罪耳。……传云吴侍御宅今其子孙尚居之未去也。"黄氏《补注杜诗》引师古注:"肃宗时,禄山未平,贼遣谋者行反间之言,以中伤朝臣。吴侍御作台官,正领举劾之职,每得罪者,必为之分剖曲直是非之理,不忍滥杀无罪。由是失宰相意,遂见斥逐为两当。上官,宰相也。吴侍御虽有所辨明,宰相虽权时从之,毕竟不悦,以此故黜之。"黄希补注曰:"吴既振职,而忤宰相意。是年宰相裴冕、苗晋卿、张镐,未知忤谁?"

④ 黄氏《补注杜诗》黄鹤补注曰:"肃宗即位彭原,诏御史论事勿先白大夫宰相,似有意于听言矣。而吴侍御以论良民不是奸细,忤权臣而见斥。杜公亦以论房琯而见疏。今观'相看受狼狈'之句,可以觇其求言之非诚也。"

⑤ 《杜诗赵次公先后解辑校》:"公为拾遗,以见吴之出而不能言也。"《杜陵诗史》引师古注:"甫时为拾遗,其去天子不远,可以谏矣。坐看吴公之狼狈,虽死不足塞吴公之责。盖甫自知于吴公有负,是以惆怅自刻责其非义也。"黄氏《补注杜诗》黄鹤补注曰:"吴公以谏而黜,杜公同在言路,不能辨其屈,徒作诗以自责。异乎范文正公以谠直去国,而余襄公上疏论救亦贬,尹师鲁、欧阳公相继论说,又皆贬降。于此亦见本朝养成士气,可使沉默偷安者为之愧死也!"

发同谷县

乾元二年十二月一日,自陇右赴剑南纪行。

贤有不黔突,圣有不暖席。况我饥愚人,焉能尚安宅?始来兹山中,休驾喜地僻。奈何迫物累,一岁四行役!忡忡去绝境,杳杳更远适。停骖龙潭云①,回首白崖石。临岐别数子,握手泪再滴。交情无旧深,穷老多惨戚。平生懒拙意,偶值栖遁迹。去住与愿达,仰惭林间翮②。

【系年】

王洙本旧次在《乾元中寓居同谷县作歌七首》与《木皮岭》之间。《杜陵诗史》系于"乾元二年(759)十二月一日自陇右赴剑南纪行所作"第一首,置于《万丈潭》与《木皮岭》之间。高崇兰编次刘辰翁评点《集千家注杜工部诗集》、朱鹤龄《杜工部诗集辑注》、仇兆鳌《杜诗详注》、杨伦《杜诗镜铨》从之。黄氏《补注杜诗》系于"乾元二年作",黄鹤补注曰:"为同谷郡治同谷。公以乾元二年十一月至,不盈月遂行。赵注《成都府》诗云:'公尝自注此诗,云乾元二年十二月一日自陇右赴剑南。'不知据何本而云?然《水会渡》诗云:'微月已没久。'则发于一日或是。"

【题解】

诸家系年皆同,清人皆从鲁訔编次。"一岁四行役"为杜甫是年行迹关键词,《杜诗赵次公先后解辑校》释之曰:"盖尝考是年,岁在己亥,春三月,公回自东都,有《新安吏》、《潼关吏》、《新婚别》、《垂老别》、《无家别》诗。又按唐史:是月八日壬申,九节度之师溃于相州。公夏在华州,有《夏日叹》、《夏夜叹》诗。秋七月,公弃官往居秦州,有《寄贾至严武》诗,略曰:'旧好肠堪断,新愁眼欲穿。'此一秋赋诗至多。冬则以十月赴同谷县,有《纪行十二首》、《七歌》、《万丈潭》诗。今十二月一日,又自陇右赴剑南。此为一岁之中,自东都而趋华,而居秦,自秦而赴同谷,自同谷而赴剑南,为四度行役也。"《杜陵诗史》引师古注曰:"一岁之中,凡四行役。夏发华州。十一月离秦州,故诗云'汉源十月交'。十一月至成州,故云'仲冬见虹霓'。十二月发同谷,故云云。"洪业《杜甫》第八章《一岁四行役》："《发同谷县》（乾元二年十二月一日，自陇右赴成都纪行）表明杜甫一家又再次搬迁了。他们在同谷县没有真正的朋友。尽管我们的诗人颇为勉强地离开这个风景秀美之地，贫穷驱使他去寻找一个更为热情好客的居所。向南前往成都的旅程，途经兴州、利州、剑州、绵州和汉州，共503英里。一路上，杜甫写下十二首诗，描述了旅途中壮丽的山水图景。"

【笺释】

① 蔡梦弼《草堂诗笺》："龙潭即同谷诗云'南有龙兮在山湫'是也。甫时将行，停车于此，有所祷也。"王嗣奭《杜臆》："龙潭，即万丈潭。"

② 蔡梦弼《草堂诗笺》："余观公惜别之情，必迫于寇攘而迁也。按，集有《送韦宙从事同谷诗》曰：'此邦承平久日，剽劫吏所羞。'又曰：'古来无人境，今代横戈矛。'岂当时恐为羌戎所迫耶？"

飞　仙　阁①

土门山行窄，微径缘秋毫。栈云阑干峻，梯石结构牢。万壑欹疏林，积阴带奔涛。寒日外澹泊，长风中怒号。歇鞍在地底，始觉所历高。往来杂坐卧，人马同疲劳。浮生有定分，饥饱岂可逃。叹息谓妻子，"我何随汝曹？"②

【系年】

　　王洙本旧次在《水会渡》与《五盘》之间。高崇兰编次刘辰翁评点《集千家注杜工部诗集》、钱谦益《钱注杜诗》、朱鹤龄《杜工部诗集辑注》、仇兆鳌《杜诗详注》、杨伦《杜诗镜铨》从之。《杜陵诗史》系于"乾元二年（759）十二月一日自陇右赴剑南纪行所作"，编次同王洙本旧次。黄氏《补注杜诗》系于"乾元二年作"，黄鹤补注曰："自此上栈道矣，飞仙以言其高。"

【题解】

诸家系年皆同,编次亦皆从王洙本旧次。

【笺释】

① 刘辰翁评点《集千家注杜工部诗集》:"《华阳国志》:诸葛亮相蜀,凿石驾空,为飞梁阁道。又郦元《水经注》云:大剑戍至小剑三十里,连山绝险,飞阁相通,谓之阁道。"朱鹤龄《杜工部诗集辑注》:"飞仙阁,在今汉中府略阳县东南四十里,或云即三国时马鸣阁,魏武所谓'汉中之咽喉'。"钱谦益《钱注杜诗》:"《寰宇记》:'斜谷路在梁州西北。入斜谷路至凤州界一百五十里,有桥阁二千九百八十九间,险板阁二千八百九十二间。'《通志》:'栈道在褒斜谷中。飞仙阁,即今武曲关北栈阁五十三间也,总名连云栈。'"

② 蔡梦弼《草堂诗笺》:"谓为妻子所累也。"洪业《杜甫》第八章《一岁四行役》将此句译为:"Sighing, I say to my wife and children, 'I should not have followed your advice to take this trip.'"(我叹息着对妻儿说,"真不该听你们的建议走这一趟。")释之最切。

酬高使君相赠

古寺僧牢落,空房客寓居。故人供禄米,邻舍与园蔬。双树容听法,三车肯载书。草《玄》吾岂敢,赋或似相如①。

【系年】

1. 王洙本旧次在《送韩十四江东觐省》与《草堂即事》之间。

2.《杜陵诗史》系于"上元二年(761)辛丑在成都,公年五十岁",置于《送韩十四江东觐省》与《草堂》之间。

3. 黄氏《补注杜诗》系于"上元元年(760)作",黄鹤补注曰:

"高诗云'传道招提客',而公酬之又云'古寺僧牢落,空房客寓居',则是公初到成都时居于浣花寺时也。"高崇兰编次刘辰翁评点《集千家注杜工部诗集》从之,置于《恨别》与《奉酬李都督表文早春作》之间,是到成都之初。

4. 朱鹤龄《杜工部诗集辑注》置于《奉简高三十五使君》与《和裴迪登新津寺寄王侍郎》之间。仇兆鳌《杜诗详注》置于《成都府》与《卜居》之间,杨伦《杜诗镜铨》从之。

【题解】

  诸家系年皆同,唯《杜陵诗史》系于"上元二年"微误,当以上元元年初至成都所作为是,仇兆鳌编次即含此意,最为妥帖。洪业《杜甫》第九章《此生那老蜀》:"杜甫诗歌中比较确定能系于760年(上元元年)他抵达成都之后的最早一篇,是《酬高使君相赠》。唐代史料记载错误地认为高适先任蜀州刺史,再任彭州刺史。比较一下高适和杜甫的往来诗篇就会清楚,高适从759年(乾元二年)夏天到大约760—761年(上元元年—上元二年)冬天担任彭州刺史,然后转任蜀州刺史。当高适760年(上元元年)初担任彭州刺史时,他听说杜甫来到了成都,离彭州西南大约33英里远。在《赠杜二拾遗》一诗中,高适说他听说杜甫住在佛寺里,沉溺于诗书。高适还说他相信杜甫完全有能力阐释佛教典籍,不但能理解僧人的讲说,而且还可以加入讨论。在诗的最后两句中,他问杜甫:'草《玄》今已毕,此后更何言?'《太玄》是扬雄(公元前53年—公元18年)的哲学著述,尚存于世。很难弄清楚高适的问题是指什么,也没有注家能够扫清这迷雾。扬雄是成都附近的人,而著名的《太玄》也写成于此地。难道扬雄的比喻只是对杜甫的偶然恭维?据说扬雄是在退休之后写作《太玄》的,那时汉朝的命运正在衰微,因为任用了奸相的缘故。我倾向于认为高适的最后两句诗是暗示杜甫应该结束自己的退休状态。如果这个解释正确,那么杜甫答诗的最后两句也就可以相应地理解为退休并不真正是自己的最好选择,他还是希望以文学才能为皇帝服务,就像扬雄在汉朝所做的那样。"按,"草《玄》吾岂敢,赋或似相如"一联应该理解为:"我没有扬雄写《太玄》的能耐,但是在作赋方面或许能和司马相如一比高下。"这其中带有某种反讽意味。扬雄有"剧秦美新"之论,这种主动附逆之举是杜甫绝不会附和的。另外,司马相如在文学史上的地位也高于扬雄,扬雄的若干作品就是效法司马相如的。杜甫说过"赋料扬雄敌",又说"臣之述作沉郁顿挫,扬雄、枚皋可企及也",正好说明他心目中想要赶超的目标并非扬雄,乃是司马相如。而司马相如曾为汉武帝作劝百讽一的《子虚》、《上林》、《大人》诸赋和封禅遗表,这和杜甫作《三大礼赋》、《封西岳赋》无论在题材还是主旨上都极其相似,故杜甫有此语,恐怕其中既有自豪,也有自嘲,耐人寻味。

【笺释】

①《杜诗赵次公先后解辑校》:"此答高君来诗之意。《扬雄传》:'孝成帝时,客有荐雄文似相如者。'今公诗姑以著书则不敢,为赋则能之耳。"仇兆鳌《杜诗详注》:"谢草《玄》而居作赋,言词人不敢拟经也。"二说皆未确,见题解。

卜　居

浣花流水水西头,主人为卜林塘幽。已知出郭少尘事,更有澄江销客愁。无数蜻蜓齐上下,一双鸂鶒对沉浮。东行万里堪乘兴,须向山阴上小舟①。

【系年】

王洙本旧次在《蜀相》与《一室》之间。《草堂诗笺》系于"上元元年(760)庚子在成都所作",置于《所思》与《春夜喜雨》之间。《杜陵诗史》误作"上元二年(761)庚子"。黄氏《补注杜诗》系于"上元元年作",黄鹤补注曰:"公有《寄题草堂》诗云:'经营上元始,断手宝应年。'则此云'卜居',当是上元元年作。"高崇兰编次刘辰翁评点《集千家注杜工部诗集》置于《奉酬李都督表文早春作》与《王十五司马弟出郭相访兼遗营草堂赀》之间。朱鹤龄《杜工部诗集辑注》置于《成都府》与《王十五司马弟出郭相访兼遗营草堂赀》之间。仇兆鳌《杜诗详注》系于《酬高使君相赠》与《王十五司马弟出郭相访兼遗营草堂赀》之间，杨伦《杜诗镜铨》从之。

【题解】

诸家系年皆同，清人编次受高崇兰编次影响。关于杜甫初至成都"为卜林塘幽"的居停"主人"问题，邓忠臣注："主人，严武也。"《九家集注杜诗》引鲍钦止注云："上元元年，岁次庚子，公年四十九，在成都。剑南节度使裴冕为卜成都西郭浣花溪作草堂居焉。所谓'主人为卜林塘幽'是也。前注为严武，非是。"《杜诗赵次公先后解辑校》："世传崔宁妻任国夫人逢一异僧，濯其袈裟于是溪，鲜花满水，因得名浣花溪。学者以为然。殊不知崔宁者，崔旰也。公于永泰元年(765)离成都，正闻其乱，而公之卜居先在今春，已有浣花之名，旧矣。公之居在水之东岸江流曲处，公诗所谓'田舍清江曲'是也。其址既芜没，本朝吕汲公镇成都日，想象典型于西岸佛舍曰梵安寺之旁为草堂焉。又诗所谓'主人'，学者多指为严武，大非也。严武镇蜀之岁月已具《西郊》篇注。"仇兆鳌《杜诗详注》引顾宸注："黄鹤、鲍钦止皆云：剑南节度使裴冕，为公卜成都草堂以居之。此说无据。裴若为公结庐，则诗题当特标裴冀公，而诗中亦不当以'主人卜林塘'一句轻叙矣。如王判官遗草堂赀，公必载之。又如严郑公携酒馔来，亦必亟称之。何况为公卜居耶？其说不足信矣。"洪业《杜甫》第九章《此生那老蜀》指出："在达到成都之后不久，我们的诗人和家人就搬出了内郭，在草堂寺中暂时安身，同时监管新居的建造。《卜居》一诗描述了选址的情况。《王十五司马弟出郭相访兼遗营草堂赀》可能作于杜甫仍居寺庙中时，那时草堂尚未竣工。"

【笺释】

① 仇兆鳌《杜诗详注》引黄生注："此故为放言以豁其胸次，非真欲远行也。其暗用孔明、子猷语，融会入妙。公《壮游》诗云

'鉴湖五月凉'，盖深羡山阴风景之美。今见浣溪幽胜，仿佛似之，故思乘兴东游，此快意语，非愁叹语。诸说纷纷，总于诗意不合。张綖谓东向山阴，意在访郑虔也。按公崎岖入蜀，方构草堂，岂能舍妻子而远寻故人？其说迂矣。周珽谓欲东归洛阳，须从山北阴处上船而去。按成都无山，不当以溪畔为山阴，其说凿矣。顾宸谓公欲万里而至山阴，则冕之为人可知。此似作憾冕之词。按公至成都，在乾元二年(759)十二月。次年三月，以李若幽为成都尹，时公方卜居，而裴亦将去矣，焉得有不足之词？其说亦无据也。"按，杜甫《壮游》有云："剡溪蕴秀异，欲罢不能忘。"剡溪即山阴之地，其境若如今日浣花溪畔，故忆起壮年吴越之游历，欲重温"山阴道上行，山川自相映发，使人应接不暇"之景象也。

凭韦少府班觅松树子栽

落落出群非榉柳，青青不朽岂杨梅①？欲存老盖千年意，为觅霜根数寸栽。

【系年】

1. 王洙本旧次在《凭何十一少府邕觅桤木栽》与《又于韦处乞大邑瓷碗》之间。《杜陵诗史》系于"上元二年(761)[当为"元年"之误]庚子在成都所作"，编次从之。黄氏《补注杜诗》系于"上元元年(760)作"，黄鹤补注曰："当是与《觅桤木》同时作，乃上元元年。公有《涪江泛舟送韦班》诗，当是涪江尉，与公为乡人。"高崇兰编次刘辰翁评点《集千家注杜工部诗集》、仇兆鳌《杜诗详注》、杨伦《杜诗镜铨》皆同。

2. 《草堂诗笺》系于"永泰元年(765)到云安所作"，置于《凭何少府邕觅瑞香栽》(目录如此，正文题作《凭何十一少府邕觅桤木数百栽》)与《又觅大邑瓷碗》之间。

【题解】

　　诸家系年、编次多以此篇为创建草堂之始所作组诗之一。惟蔡梦弼《草堂诗笺》系于"永泰元年云安作",朱鹤龄《杜工部诗集辑注》将此组诗置于《茅屋为秋风所破歌》之后,似视为修补草堂之用,而非创建草堂之始,皆失之过深。

【笺释】

　　①《杜诗赵次公先后解辑校》:"两句皆指言松也。榉柳则蜀中所谓榉木也。公尝云'榉柳枝枝弱',则榉不若松之落落矣。杨梅其栽易蛀,故不若松之不朽。"

江　村

　　清江一曲抱村流,长夏江村事事幽①。自去自来堂上燕,相亲相近水中鸥。老妻画纸为棋局,稚子敲针作钓钩②。多病所须惟药物,微躯此外更何求③?

【系年】

　　1. 王洙本旧次在《所思》与《江涨》之间。黄氏《补注杜诗》系于"上元元年(760)作",黄鹤补注曰:"诗云'长夏江村事事幽',当是上元元年夏作。"高崇兰编次刘辰翁评点《集千家注杜工部诗集》置于《田舍》与《江涨》之间。仇兆鳌《杜诗详注》、杨伦《杜诗镜铨》从之。朱鹤龄《杜工部诗集辑注》置于《进艇》与《江涨》之间。

　　2.《草堂诗笺》系于"上元元年庚子在成都所作",置于《江涨》与《石犀行》之间。《杜陵诗史》同此,惟"上元元年"误作"上元二年(761)"。

【题解】

　　诸家系年皆同,编次小异。王洙本旧次、高崇兰及清人编次然皆置于《江涨》之前,当因"江村"地理位置与"清江"、"长夏"(参见注①)季节特点合观之故。鲁訔编次置于《江涨》之后,未注意到此诗云"清江",应在"江涨"浑浊之前,可谓失之眉睫。邓忠臣注:"《后汉》'巴郡南郡蛮'注:蜀人见澄清,因名清江。"《赵次公先后解辑校》驳之曰:"此言浣花溪之澄清也。旧注以为清曲县,却是施州矣。"赵说是,恰可见"清江"非地名,而实指江水澄清。洪业《杜甫》第九章《此生那老蜀》:"尽管健康状况欠佳,而生活也很窘迫,尽管还在为仕途生涯感到迷茫,同时还关注着多难的国家——尽管时不时意识到自己是遥远的土地上的异乡人,生计主要靠朋友们的慷慨接济维持——但不管怎样,我们诗人一家在这里和一群气味相投的人为邻,并不时得到善意的邀请。杜甫现在全身心体会到快乐——也许自他结婚成家以来的这么多年中,现在是最快乐的时候。……在这样的环境下,杜甫对成都能提供给他的很满意,也很感激。他是那种能从些许贫乏生活中找到很多乐趣的人。在成都居处的头几个月就已经比任何时期都更清楚地向我们展示了这一点。"

【笺释】

①《杜诗赵次公先后解辑校》:"长夏言自四月至六月也。"按,此是初夏之景象,长当读作"涨",为首夏(四月)之意。

②《杜陵诗史》引师古注曰:"妻比臣,夫比君。棋局直道也,针本全直,而敲曲之,言老臣以直道成帝业,而幼君坏其法,稚子比幼君也。此《天厨禁脔》之说也。或说老妻以比杨妃,稚子以比禄山,盖禄山为妃养子。棋局,天下之喻也。妃欲以天下私禄山,故禄山得以邪曲包藏祸心,此说为得之。虽然,甫之意亦不如此。老妻、稚子乃甫之妻子,其肯以己妻子而托意于淫妇逆臣哉?理必不然。如《进艇》诗云:'昼引老妻乘小艇,晴看稚子浴清江。'则将何所比况乎?此皆村居与妻子适情以自乐,故形之诗咏,皆若托意于草木鸟兽之类,不宜区区于穿凿也。"《杜诗赵次公先后解辑校》:"公于闲居诗每道实事耳。燕之自去来,鸥之相亲近,禽鸟幽而自适也。妻为棋局以弈,儿作钓钩以钓,妻子幽而闲逸也。此之谓事事幽。"蔡梦弼《草堂诗笺》:"此甫言江村

之居得与老妻稚子适情乎棋钓以自乐,其清幽形之诗,皆寓意于草木鸟兽之类,不必别为曲说,以肆穿凿也。"按,师古注所引诸说之迂曲穿凿不待言,赵、蔡注为得其实。

③ 末句见终焉此地之意。又,"多病所须惟药物",《文苑英华》作"但有故人供禄米",仇兆鳌《杜诗详注》:"分禄米,亦指裴冕。此暗用公孙弘给俸禄于故人事。"

宾　至

患气经时久①,临江卜宅新。喧卑方避俗,疏快颇宜人。有客过茅宇,呼儿正葛巾。自锄稀菜甲,小摘为情亲②。

【系年】

1. 王洙本旧次在《狂夫》与《王十五司马弟出郭相访兼遗营牙堂赀》之间。

2. 《草堂诗笺》系于"上元元年(760)庚子在成都所作",置于《蜀相》与《为农》之间,题作《有客》。《杜陵诗史》同此,惟将"上元元年"误作"上元二年(761)",诗题未改。

3. 黄氏《补注杜诗》系于"上元元年作",黄鹤补注曰:"诗云'临江卜宅新',当是上元元年草堂作。"

4. 高崇兰编次刘辰翁评点《集千家注杜工部诗集》置于《蜀相》与《狂夫》之间,题作《有客》。

5. 朱鹤龄《杜工部诗集辑注》置于《为农》与《狂夫》之间,仇兆鳌《杜诗详注》、杨伦《杜诗镜铨》从之。

【题解】

诸家系年皆同,编次小异。仇兆鳌《杜诗详注》:"旧以此章为《宾至》,下章为《有客》,诗题互错。按此诗云'有客过茅宇',当依草堂本,彼此改正。"又引卢元昌注:"有客者,偶然有之也。宾至者,有为而至也。题相似而微不同。"按,王洙本旧次二诗并未联缀,其他宋本亦未有此,诗题互错之说无编次上的版本依据,未可信。

【笺释】

① 黄氏《补注杜诗》引师古注曰:"甫有肺疾,故云。"洪业《杜甫》第九章《此生那老蜀》:"他的健康状况不太好,自然不能劳累过度。我们还能记起在754年(天宝十三年)他在写给皇帝的表奏上说自己有肺疾。古代对肺病的症状认识是咳嗽和哮喘。用现代医学术语来说,我倾向于认为杜甫患有过敏性哮喘症。"

② 蔡梦弼《草堂诗笺》:"言蔬不多,为客小摘,足见其重客也。物虽薄,出于力之所致。"末句《杜陵诗史》、《分门集注杜工部诗》皆引作师古注。

戏题画山水图歌

王宰画。宰丹青绝伦。

十日画一水,五日画一石。能事不受相促迫,王宰始肯留真迹。壮哉昆仑方壶图,挂君高堂之素壁。巴陵洞庭日本东,赤岸水与银河通,中有云气随飞龙。舟人渔子入浦溆,山木尽亚洪涛风。尤工远势古莫比,咫尺应须论万里。焉得并州快剪刀,剪取吴松半江水①。

【系年】

1. 王洙本旧次在《题壁上韦偃画马歌》与《题李尊师松树障子歌》之间。

2. 《杜陵诗史》系于"天宝以来在东都及长安所作",置于《题壁上韦偃画马歌》与《题李尊师松树障子歌》之间。

3. 黄氏《补注杜诗》系于"上元元年(760)作",黄鹤补注曰:"《画断》:'王宰画山水树木,出于象外。'梁权道谓上元元年成都作。若如泰伯之说云,公托意言永王璘反,吴松江为之阻绝。时李光弼在并州,欲得李来平之。至德二年(757),与旧次不同。按史:上元元年,刘展反,陷润州、升州、苏州,乃吴松江。或者公托意以此?"高崇兰编次刘辰翁评点《集千家注杜工部诗集》置于《题壁上韦偃画马歌》与《题韦偃为画双松图歌》之间。朱鹤龄《杜工部诗集辑注》、仇兆鳌《杜诗详注》、杨伦《杜诗镜铨》皆从之。

【题解】

　　诸家系年不同。王洙本旧次系年未明;《杜陵诗史》、《草堂诗笺》用鲁訔编年系于天宝年间长安作;黄氏《补注杜诗》用梁权道编年系于上元元年作,高崇兰编次、清人注本及今人皆从之,然亦无确证。洪业《杜甫》第九章《此生那老蜀》:"可能是在成都,杜甫遇到过韦偃好几次,见过他画松树。在一首写给韦偃的诗中,杜甫半开玩笑地说他哪一天要带一匹好东绢,让画家给他画上笔直的松干——当然,杜甫可能最后也没这么做。现在在离开成都之前,画家韦偃来到新建的草堂向杜甫道别,作为临别的礼物,他为杜甫在墙上画了两匹骏马。杜甫一定发自内心地高兴,因为他从年轻的时候就非常喜欢马,喜欢骑马和关于马的绘画;而韦偃正是以善于画马而闻名的画家。杜甫和邻居们也时常相互过往。可能其中一位邻居看见了杜甫在墙上韦偃画马旁边题的诗,他很喜欢,于是要杜甫给自己家悬挂的王宰所画山水图写一首诗。"此诗之意旨,宋人费衮《梁溪漫志》卷七"画水"条所言为得之:"东坡作《文与可篔簹谷偃竹记》云:'画竹必先得成竹于胸中,执笔熟视,乃见其所欲画者,急起从之,振笔直遂,以追其所见,如兔起鹘落,少纵则逝矣。与可之教予如此。'此固作画之法。然不惟竹也,画水亦然。坡尝记:'蜀人孙知微欲于大慈寺寿宁院壁作湖滩水石四堵,营度经岁,终不肯下笔。一日仓皇入寺,索笔墨甚急,奋袂如风,须臾而成作。翰泻跳蹙之势,汹汹欲崩屋也。'以此言之,则心手相应之际,间不容发,非若楼台人物可以款曲运笔,经日而成也。予尝疑少陵《王宰画山水图歌》云:'十日画一水,五日画一石。能事不受相促迫,王宰始肯留真迹。'此殆是言王宰之画不易得,当听其累日经营,不可促迫之意尔。其歌有云:'巴陵洞庭日本东,赤岸水与银河通,中有云气随飞龙。舟人渔子入浦溆,山木尽亚洪涛风。'观其气势如此,则笔所未到,气已吞食,顷已为久,若必俟十日乃成,则其画不足观矣。"[1]

【笺释】

①《杜陵诗史》引泰伯注曰:"甫托意言永王璘反汉中,吴松江为之阻绝不通。时李光弼守并州,所攻必下,喻以快剪刀,言其断也。意欲得光弼之将平汉中,以通吴松,故云云。"(亦见《分门集注杜工部诗》)其说穿凿不待言。朱鹤龄《杜工部诗集辑注》:"公少时尝游吴越地,思之不忘,故末因题画而及之。《刘少府画障》诗'悄然坐我天姥下',亦此意也。"是为得之。

狂 夫

万里桥西一草堂,百花潭水即沧浪。风含翠篠娟娟静,雨裛红蕖冉冉香。厚禄故人书断绝①,恒饥稚子色凄凉。欲填沟壑唯疏放,自笑狂夫老更狂。

【系年】

王洙本旧次在《有客》与《宾至》之间。高崇兰编次刘辰翁评点《集千家注杜工部诗集》从之。《草堂诗笺》系于"上元元年庚子在成都所作",置于《寄李十二白三十韵》与《进艇》之间。《杜陵诗史》同此,惟将"上元元年"误作"上元二年"。黄氏《补注杜诗》系于"上元元年作",黄鹤补注曰:"诗言'风含翠篠'、'雨裛红蕖',当是上元元年夏作。"朱鹤龄《杜工部诗集辑注》置于《有客》与《田舍》之间,仇兆鳌《杜诗详注》、杨伦《杜诗镜铨》从之。

---

[1]《全宋笔记》5编2册,大象出版社2012年,第212—213页。

【题解】

诸家系年皆同，编次小异。洪业《杜甫》第九章《此生那老蜀》："在760年（上元元年）初秋，杜甫不仅仅穷困，而且还窘迫到了潦倒的地步。可能他刚到成都时收到的馈赠钱物都已经用光了。4月1日，朝廷任命原京兆尹李若幽为成都尹、剑南西川节度使，接替裴冕。此人后来改名为李国贞，尽管颇为固执，缺乏老练和幽默，但为人比较正直。没有记载表明我们诗人从前和他认识，而且他也不是那种能够欣赏杜甫的天才和幽默的人。随着裴冕、可能还有大多数裴冕的属员的离去，我们诗人很难指望从城中得到更多帮助了。在《狂夫》一诗中，杜甫担心会饿死，希望会得到其他临近城市中朋友的帮助。在《因崔五侍御寄高彭州一绝》中，他直接开口要求对方救济。"可注意者有，"万里桥西一草堂"为老杜诗句中首涉成都"草堂"（按，前此《夜宴左氏庄》"春星带草堂"、《崔氏东山草堂》"爱汝玉山草堂静"，皆非成都草堂）。按，"草堂"之名，似因老杜成都草堂之创建而后显著。洪迈《容斋五笔》卷十"唐人草堂诗句"条载："予于东圃作草堂，欲采唐人诗句书之壁而未暇也，姑录之于此。杜公云：'西郊向草堂'，'昔我去草堂'，'草堂少花今欲栽'，'草堂堑西无树林'。白公有《别草堂》三绝句，又云：'身出草堂心不出。'刘梦得《伤愚溪》云：'草堂无主燕飞回。'元微之《和裴校书》云：'清江见底草堂在。'钱起有《暮春归故山草堂》诗，又云：'暗归草堂静，半入花源去。'朱庆馀：'称著朱衣入草堂。'李涉：'草堂曾与雪为邻。'顾况：'不作草堂招远客。'郎士元：'草堂竹径在何处？'张籍：'草堂雪夜携琴宿。'又云：'西峰月犹在，遥忆草堂前。'武元衡：'多君能寂寞，共作草堂游。'陆龟蒙：'草堂抵待新秋景。'又云：'草堂尽日留僧坐。'司空图：'草堂旧隐犹招我。'韦庄：'今来空讶草堂新。'子兰：'策杖吟诗上草堂。'皎然有《题湖上草堂》云：'山居不买剡中山，湖上千峰处处闲。芳草白云留我住，世人何事得相关？'"洪迈学识渊富，又曾编《万首唐人绝句》，所见唐诗极多，然其所举草堂诗句，皆在老杜之后，颇能见"草堂"名彰，大半因老杜诗篇发其源也。又，乾元二年秦州时期，杜甫欲卜居东柯谷、西枝村，有《示侄佐》云："多病秋风落，君来慰眼前。自闻茅屋趣,只想竹林眠。"题下原注:"佐草堂在东柯谷。"又,《寄赞上人》:"一昨陪锡杖,卜邻南山幽……茅屋买兼土,斯焉心所求。近闻西枝西,有谷杉黍稠。"《西枝村寻置草堂地夜宿赞公土室》二首其一:"卜居意未展,杖策回且暮。"其中所云"茅屋"、"草堂",一实二名也。后于成都,或云草堂,或云"茅屋"(如《茅屋为秋风所破歌》),亦二名一实也。故可曰:秦州未成之草堂,又可谓"成都草堂"之发端也。

【笺释】

① 王嗣奭《杜臆》:"故人必有所指,但谓裴冕则非。堂既成后。冕方去蜀也。"余臆故人乃指高适。高适于老杜在成都时有接济不及事,此即"厚禄故人书断绝"所指。如老杜有诗《因崔五侍御寄高彭州一绝》:"百年已过半,秋至转饥寒。为问彭州牧,何时救急难?"即表催促之意。断绝非绝交之意,而指一时未能互通音信。参见《奉简高三十五使君》题解引洪业说。

茅屋为秋风所破歌

八月秋高风怒号,卷我屋上三重茅①。茅飞渡江洒江郊,高者挂罥长林梢,下者飘转沉塘坳②。南村群童欺我老无力,忍能对面为盗贼,公然抱茅入竹去。唇焦口燥呼不得③,归来倚杖自叹息。俄顷风定云墨色④,秋天漠漠向昏黑。布衾多年冷似铁,娇儿恶卧踏里裂⑤。床床屋漏无干处,雨脚如麻未断绝⑥。自经丧乱少睡眠,长夜沾湿何由彻⑦。安得广厦千万间,大庇天下寒士俱欢颜,风雨不动安如山⑧。呜呼何时眼前突兀见此屋,吾庐独破受冻死亦足⑨。

【系年】

1. 王洙本旧次在《柟树为风雨所拔叹》与《入奏行》之间。

2.《杜陵诗史》系于"上元二年辛丑在成都,公年五十岁",置于《柟树为风雨所拔叹》与《赴清城县出成都寄陶王二少尹》之间。"古逸丛书"本《草堂诗笺》失收。朱鹤龄《杜工部诗集辑注》用此说,置于《柟树为风雨所拔叹》与《逢唐兴刘主簿弟》之间,杨伦《杜诗镜铨》从之。仇兆鳌《杜诗详注》置于《柟树为风雨所拔叹》与《石笋行》之间。

3. 黄氏《补注杜诗》系于"永泰元年作",引伪苏(轼)注曰:"古之封诸侯,分之以茅土,所谓茅屋者,制节之方州也。风,号令也,所以鼓舞万民,和四方之义也。天宝十四载,禄山起渔阳之师,诡言奉诏,诛杨国忠,是谓义兵。号令天下,陷河北郡县,是谓茅屋破也。"引赵次公注曰:"十二诗皆上元二年之作。"引师古注曰:"甫以严武镇成都,遂往依之。不幸武死,郭英乂代武为节度,甫由是见知英乂,托以为庇,兼与杨子琳、柏正节相约结。崔旰杀英乂,并攻杨子琳、柏正节,是卷三重茅之义也。"黄鹤补注曰:"唐自天宝之乱,民不得其居处者甚多,公因茅屋为秋风所破,遂思广厦千万间之庇,其为忧国忧民之念至矣。师古谓此诗托以谕崔旰之乱,要之自不必专指旰而作。盖安史为祸于关内,山东、河北者已为极盛,吐蕃又复入寇,于是陇蜀多为践扰。广内且有太一之变,江浙且有袁晁之祸,二川复有段子璋、徐知道、崔旰相继而反。诗所谓'床床屋漏无干处'是也。永泰元年夏,公去成都,下忠、渝,草堂已不得而居,秋晚在云安县,有《云安九日》诗,则是年秋公已不在成都,岂见茅屋为秋风所破?其作此诗者,以郭英乂好杀,如秋风。公在成都,值严武之死,欲再依英乂,而英乂骄纵不可托,故舍之而去,所以托言茅屋为秋风所破,盖深有所感伤也。"诸说多穿凿,不可信。高崇兰编次刘辰翁评点《集千家注杜工部诗集》从黄鹤说,系于离开成都,下忠州、云安时期,置于《怀旧》与《八月十五日夜月二首》之间。

【题解】

诸家系年有天宝十四载(伪苏注)、上元二年(蔡兴宗、鲁訔)、广德二年(王洙本旧次)、永泰元年(师古、黄鹤)四说。按,《杜陵诗史》引伪苏注极穿凿,以为通篇皆影射天宝十四载安史之乱时局,其误不待言。永泰元年说乃出自师古注附会崔旰之乱,师古注以此篇为永泰元年将去蜀之前历崔旰之乱所作:"秋者,肃杀之气,兵戈之象也。王者之封诸侯,各本五方之土色,而苴以茅,赐之茅屋,所以覆庇人所依托焉。既为秋风所破,则无以自庇。甫以严武镇成都,遂往依之。不幸武卒,郭英乂代武为节度,甫由是见知英乂,托以为庇焉,兼与杨子琳、柏正节二刺史相善。崔旰杀英乂,并攻杨子琳、柏正节,是'卷三重茅'之比也。'茅飞渡江洒江郊',谓子琳、正节仓皇窜避也。'高者挂罥长林梢',谓在位贤者逃于林野。'下者飘转沉塘坳',地不平曰坳,喻下民坠于涂炭之苦。童,无知之称。南村群童,以譬崔旰之徒。'欺我老无力',喻代宗师老,崔旰辈无忌惮焉,而恣为残暴。'公然抱茅入竹去',谓窃据其茅土也。'唇焦口燥呼不得',时代宗号令不行,召诸道之兵,无有应者,是以避吐蕃之乱,逃而幸陕。今崔旰叛,虽遣使谆喻,岂能止其侵暴? 甫依托三子以为覆庇如茅屋,然今三子为旰所攻,是失所栖托,是以倚杖有所叹息。时朝廷遣杜鸿渐讨平蜀乱,故旰兵稍定,是以有'俄顷风定'之喻也。然旰虽定,蜀中乘隙而叛者不一,如渝州、开州并杀刺史之类,杀气犹盛,是以有'云墨色'之喻也。昔楚王投醪于水,以饮士卒,三军之士皆如挟纩。为上者不可不恤其下,'布衾多年冷似铁',谓寡恩而士不和也。英乂为政刻薄,无温燠之惠,如布衾然。娇儿比崔旰,旰乘士卒怨背,举兵以反,而蜀中大乱,岂非'恶卧踏里裂'之譬乎?'床床屋漏无干处',非特甫无所庇,蜀民皆失所依故也。'雨脚如麻未断绝',谓反者继而起。甫诗云'前年渝州杀刺史,今年开州杀刺史'是也。'自经丧乱少睡眠,长夜沾湿何由彻',伤兵乱以来不获安居也。王者以天下为家,如广厦之大庇,使天下之民咸得其宁,虽有风雨,其能飘摇震荡乎? 甫意非独伤己,为天下叹息,故有末章云。"穿凿之讹不待言。黄鹤又从而推衍为郭英乂事,亦不可从。王洙本旧次以为广德二年严武再镇蜀时所作,然则此时老杜入武幕,且得遥授工部员外郎之衔,境遇较裕,似不应窘迫如此。清人皆用鲁訔"上元二年"说,较为合理。洪业《杜甫》第九章《此生那老蜀》大体用上元年间说,而愈加细密,定为上元元年(760)初至成都时所作:"《茅屋为秋风所破歌》，杜甫最广为人知的诗篇之一，可能作于上元元年或上元二年(761)。我选择将它系于上元元年，因为杜甫在诗中抱怨说'自经丧乱少睡眠'，这应该是在他于江村度过了一年半晚起而闲散的隐居生活之前的事情。如果这个系年正确，这场秋风可以说验证了'屋漏偏逢连夜雨'、'灾祸专触霉运人'这类谚语。这首诗之所以出名主要是因为其中的最后几句。一个没有遮身之所的病人还想着要解决全天下的住房问题，这就像战场上快死去的战士梦想着世界和平一样。这样的诗篇是人类情感最高贵的表现。"洪业系年有味可从。此诗主旨，高崇兰编次刘辰翁评点《集千家注杜工部诗集》引宋人黄彻《䂬溪诗话》论云："孟子七篇，论君与民者居半，其欲得君，盖以安民也。观杜陵诗云：'穷年忧黎元，叹息肠内热。'又云：'谁能扣君门，下令减征赋。'《寄柏学士》云：'几时高议排金门，长使苍生有环堵。'《茅屋为秋风所破歌》宁令'吾庐独破受冻死亦足'，而志在大庇天下寒士，其仁心广大，异夫求穴之蝼蚁辈，真得孟子之所存矣！东坡问老杜何如人？或言似司马迁，但能名其诗耳。吾谓老杜似孟子，盖原其心也。"其说中正平达，胜伪苏注、师古注多矣。

【笺释】

①《杜陵诗史》引伪苏注曰："天宝十四载十一月九日，范阳节度使安禄山率藩汉兵十余万自幽州南向指阙，诡言起义，以诛杨国忠为名，其怒号之甚也。'卷我屋上三重茅'者，是时方陷三郡，谓先杀太原尹杨光翙于博陵郡；十二月六日，陷陈留郡，杀张介然；九日，陷荥阳郡，杀太守崔无诐，故云'卷三重茅'也。"伪苏注之穿凿不待言，然颇见早期杜诗注家运思之苦，以下备录以存之。

②《杜陵诗史》引伪苏注曰："分茅之臣悉皆奔逃，滨于患难之侧而不顾者，若范阳副使封常清，三与战皆不胜，西奔陕；高仙芝镇陕，弃城，西保渭关，故曰洒江郊也。高者，以义为高也。林，君也。肃宗即位灵武，玄宗在蜀。长林也，高义之臣扈从左右，如韦见素、陈玄礼，故曰'挂胃长林梢'也。塘坳，泥涂也，下者卑污丧节，处于泥涂。是时河北二十四郡具为所陷，如谯守阳万石、令狐潮、杨希文、刘贵哲皆附贼，其后潮亦说张巡曰：'盍相

从，以苟富贵。'可谓飘转而不能自守也。"

③《杜陵诗史》引伪苏注曰："南，明也。村，鄙也。童，无知也。明明鄙野无知之辈，以我国家师老而莫能为之敌，所以盗吾土疆、贼吾善良，故令狐潮说张巡曰：'本朝危蹙，兵不能出关，天下事去矣。'岂非'欺我老无力'也？平原太守颜真卿以食尽援绝，弃郡渡河，于是河北郡县尽陷贼，岂非'对面为盗贼'也？竹，制节也。'公然抱茅入竹'者，禄山反，颜杲卿、袁履谦绯袍令与假子守土门，所谓'抱茅制节'者也。杲卿谓禄山曰：'汝营州牧羊羯奴，窃荷恩宠，天子负汝何事，而乃反乎？'禄山怒缚之，节解而骂不绝，贼钩断其舌，杲卿含胡而绝。不得者，是张巡保睢阳，使南霁云诣贺兰进明告急，贺兰无意出援兵，且张乐以大享，霁云言城中食尽力屈，贺兰不听，遂截指示信，竟不食而去，岂非'呼不得'也？"

④《杜陵诗史》引伪苏注曰："甫尝与韦宙同陷贼，遁归行在所，此所以'欷歔叹息'也。方是时，张巡、许远捣其腹心，而贼势遂衰，四方掎角，而禄山诡言之，号令无所施，犹风之定也。云墨色者，云喻礼乐法度，墨色不明也。天子蒙尘西幸，忠臣继踵而陷贼，礼乐法度无自而明。"

⑤《杜陵诗史》引伪苏注曰："秋，义也。望天子以义理天下，今也宦竖蔽其明，女谒侈其心，漠漠而无所察治。向昏者，垂老之晚年也。黑，不明也。明皇晚年，高力士导其欲，太真妃迷其情，岂非向昏而黑也？布者，女工之本，俭之所尚也。衾者，所以衣被也。以布为衾，盖以恭俭而衣被天下，且置之而不用，所以冷而似铁。铁，黑金也，而以斩杀为事。斩杀则少恩，明皇末年非惟不知崇俭以衣被天下，又且少恩，以徇太真妃之欲。娇儿，太真妃也。卧，安寝也。太真妃摇其安，谓尝以禄山为养子，出入宫掖不禁，秽丑稔闻，而明皇不悟。禄山出范阳，与太真妃为内外援，且令进奇禽异物，以蛊帝心。宰相、太子多言其反，太真妃力保之，故帝不信。及渔阳难作，且约太真妃为之内应，朝廷机谋，禄山靡所不知，岂非'踏里裂'也？"

⑥《杜陵诗史》引伪苏注曰："床，人所即以为安也。床床（按，黄氏本"床头"作"床床"），四方之所安居者。屋漏无干处

者,谓今皆陷于泥涂。是时沧赵见拔,博平陷虏,潼关失守,南破宛洛,张介然、崔无诐死其城郭,李憕、卢奕、蒋青死其官,所谓'如麻未断绝'者,盖天下浸淫于涂泥,未有已也。"

⑦《杜陵诗史》引伪苏注曰:"禄山父子僭窃于三年之间,四方骚然,不遑安枕,岂非'少睡眠'也?蜀道尚艰难,灵武未还内,故谓之'沾湿何由彻'也。"

⑧《杜陵诗史》引伪苏注曰:"乱而愿治,忧而思乐,忠臣义士之常心。甫于是时官卑位下,身亲罹之,力无所施,不免伤今思古,而欲得庇覆天下之苍生,谓其欢然怀归,尚未忍弃去高祖太宗之遗烈,故欲复安之,使无震风凌雨之虞,故曰'不动安如山'也。"《杜诗赵次公先后解辑校》:"此五句,公之用心有'一夫不获,若己推而纳诸沟中'。白乐天诗:'我愿布裘长万丈,与君同盖洛阳城。'盖亦有志衣被天下者。然近乎戏语,岂有万丈之裘乎?若公言千万间之广厦,则其言信而有征。"

⑨《杜陵诗史》引伪苏注曰:"嗟叹之不足,故永歌之。甫遇乱而愿治,其所以嗟叹永歌者,盖写其忧愤之心,曾欲有兴衰拨乱之主而康济王室,以成巍巍突兀之功。谓之'何时'者,所望之诚至也。'吾庐独破受冻死亦足'者,禄山之乱,天子入蜀,甫走凤翔谒肃宗,授拾遗。与房琯少为布衣交,至德元年七月二十一日,琯败于陈陶斜,罢相,甫上疏言琯罪细不宜免,肃宗怒,诏吏推问,后意解,出为华州司功曹,然不甚省录。时寇乱,甫家鄜,弥年孺弱,至饿死,继而弃官去客秦州,负薪采橡栗自给,故其断章所以言'死亦足'也。……子美方为严武所不容,诗之作,其近于此乎?"《杜诗赵次公先后解辑校》:"严武镇蜀初则广德元年,公在梓州。再则广德二年,公在幕中。故定为上元元年之秋也。假使旧注不误指严武,直论诗意,岂有府尹不相容者乎?"

奉简高三十五使君

当代论才子,如公复几人。骅骝开道路,鹰隼出风尘。

行色秋将晚,交情老更亲。天涯喜相见,披豁对吾君。

【系年】

　　1. 王洙本旧次在《送裴五赴东川》与《送韩十四江东觐省》之间。

　　2.《杜陵诗史》系于"上元二年辛丑在成都,公年五十岁",置于《送裴五赴东川》与《赠蜀僧闾丘师兄》之间。古逸丛书本《草堂诗笺》失收。

　　3. 黄氏《补注杜诗》系于"上元元年作",黄鹤补注曰:"高詹事出为蜀、彭二州刺史,详见上注矣。今诗云'天涯喜相见,披豁封吾真',当是上元元年秋作,故云'行色秋将晚'。"高崇兰编次刘辰翁评点《集千家注杜工部诗集》用黄鹤说,置于《村夜》与《寄杨五桂州谭》之间。

【题解】

　　诸家系年有上元元年(黄鹤)与上元二年(鲁訔)两说。当以杜甫初至成都之上元元年说较妥,洪业《杜甫》第九章《此生那老蜀》也倾向此,其解释亦别有会心:"《奉简高三十五使君》可能作于高适从彭州到成都拜望节度使、他的直接顶头上司之时。高适有回应我们诗人寻求帮助的要求了吗? 我推测他有,尽管送来的钱可能不太多。在写给皇帝的一封表奏中,高适说到蜀郡挤满了从中原地区来此躲避战乱的流亡者。当杜甫在成都拜访高适,向他表示谢意时,高适可能告诉杜甫他面临着很多类似的救济请求,并且表示遗憾说他没法再给予杜甫更多的帮助,虽然两人之间的友谊使他有义务继续帮助下去。这样的场面可以作为杜甫诗中最后两句的背景。从高适那儿不能再指望帮助,这就驱使杜甫得到别的地方寻找救援了。"

春　夜　喜　雨

好雨知时节,当春乃发生。随风潜入夜,润物细无声①。

野径云俱黑,江船火独明。晓看红湿处,花重锦官城。

【系年】
  1. 王洙本旧次在《春水生》绝句与《江头五咏》之间。
  2.《杜陵诗史》系于"上元元年庚子在成都所作",置于《卜居》与《春水生》二绝之间。高崇兰编次刘辰翁评点《集千家注杜工部诗集》用鲁訔编次,置于《春水生》二绝与《遣意》二首之间。
  3. 黄氏《补注杜诗》系于"上元二年作",黄鹤补注曰:"诗云'花重锦官城',则是成都诗。梁权道亦编在宝应元年。然是年春旱,当是上元二年作。"钱谦益《钱注杜诗》在《漫成》二首与《春水》之间,朱鹤龄《杜工部诗集辑注》、仇兆鳌《杜诗详注》皆从之。杨伦《杜诗镜铨》置于《漫成》与《春水生》二绝之间。

【题解】
  诸家系年有上元元年(鲁訔)与上元二年(黄鹤)两说。按,上元元年(760)杜甫初到成都,居所未定,似未能有此闲逸之心态,上元二年说似较胜。洪业《杜甫》即采用上元二年(761)说。然萧涤非《谈杜甫〈春夜喜雨〉》[1]指出,王洙本旧次及郭知达《九家集注杜诗》皆编此诗在肃宗宝应元年(762),并指出黄鹤所谓"(宝应元年)是年春旱"之说乃根据杜甫《说旱》,然《说旱》一文仅言自去冬十月至今春二月无雨,故二月之后有雨,自然可称"喜雨";朱鹤龄误读《说旱》中引用杜预"建巳之月(四月)"为杜甫语,故认定至夏四月亦无雨,遂从黄鹤说将此诗系于上元二年,实误。萧说认同"上元元年"说,且解释细密,更进一层。又按,上元元年杜甫虽初至成都,居所未定,然去冬远自西北逶迤越秦岭而来,此时身处蜀中陆海,地富人裕,前后相较,稍感闲逸,亦非不可能之事。故本书编次用"上元元年"说。

---
[1]《杜甫研究全集》上编《杜甫研究续编》,黑龙江教育出版社 2006 年,第 519—520 页。

【笺释】

① 蔡梦弼《草堂诗笺》："黄帝之世，五日一风，十日一雨。风不鸣条，雨无破块。然飘风暴雨，有害于物，非所谓好雨也。故子美以'随风潜入夜，润物细无声'为佳矣。"高崇兰编次刘辰翁评点《集千家注杜工部诗集》："有善歌诗者以此为相业，亦有味乎其言之至也！真有德者气象。"

杜 鹃 行

君不见昔日蜀天子，化作杜鹃似老乌。寄巢生子不自啄，群鸟至今与哺雏。虽同君臣有旧礼，骨肉满眼身羁孤。业工窜伏深树里，四月五月偏号呼①。其声哀痛口流血，所诉何事常区区。尔岂摧残始发愤，羞带羽翮伤形愚。苍天变化谁料得，万事反覆何所无。万事反覆何所无，岂忆当殿群臣趋②。

【系年】

1. 王洙本旧次在《石犀行》与《赠蜀僧闾丘师兄》之间。《草堂诗笺》系于"上元元年庚子在成都所作"，置于《石笋行》与《三绝句》"前年渝州杀刺史"之间。《杜陵诗史》将"上元元年"误作"上元二年"，置于《石犀行》与《杜鹃》"古时杜宇称望帝"、《三绝句》之间。黄氏《补注杜诗》系于"上元元年作"，黄鹤补注曰："观其诗意，乃感明皇失位而作，当是上元元年迁西内后。"高崇兰编次刘辰翁评点《集千家注杜工部诗集》用"上元元年"说，置于《云山》与《为农》之间。朱鹤龄《杜工部诗集辑注》从宋人上元元年说，置于《石犀行》与《绝句漫兴九首》之间，杨伦《杜诗镜铨》系年从朱鹤龄，置于《石犀行》与《题壁上韦偃画马歌》之间。

2. 仇兆鳌《杜诗详注》系于"上元二年"，置于《石犀行》与《逢唐兴刘主簿弟》之间。

【题解】

　　此诗宋人多系于上元元年(674),清人亦从之。惟仇兆鳌系于上元二年。按,诗既作于"四月、五月"之时,而明皇迁居在上元元年七月,则诗作于上元二年为是,仇兆鳌辨析细密有识。洪业《杜甫》第九章《此生那老蜀》即用上元二年(761)说,可谓善于拣择:"在成都的时候,杜甫写了一些诗,其中或多或少包含了他对朝廷和国家事务的隐晦观察。我们只选一首作例子,这首诗写于761年(上元二年)夏天,显然与760年(上元元年)9月3日发生在长安的一件不愉快的事有关。李辅国,这个权力无限的太监,派遣了五百名军士,拔出刀剑,强迫皇帝的父亲,太上皇,从南宫迁出,搬到西宫。李辅国的理由是他要终止太上皇和其他官员的来往,而这些官员正为他复位酝酿着政变。史学家将李辅国的行动解释为一种个人报复,因为他常被这位退休皇帝周围的随从的高官们所蔑视,如高力士和陈玄礼,如果一旦他们的主人被软禁于西宫,那他们就很容易遭到流放。自然,这种皇家的悲剧很难加以评论,因为有可能会触犯君王的忌讳。不过,成都当地的神话传说将杜鹃视为具有皇家血统。因此,杜甫的《杜鹃行》被大多数注家认为是为他深心所系的可怜的明皇的处境担忧。"此诗主旨,乃为李辅国劫明皇迁西内所作,宋人多持此说,如洪迈《容斋五笔》卷二:"诸公论唐肃宗于干戈之际,夺父位而代之。然尚有可诿者,曰:'欲收复两京,非居尊位,不足以制命诸将耳。'至于上皇还居兴庆,恶其与外人交通,劫徙之西内,不复定省,竟以怏怏而终,其不孝之恶,上通于天。是时,元次山作《中兴颂》,所书天子幸蜀,太子即位于灵武,直指其事。殆与《洪范》云'武王胜殷杀受'之辞同。其词曰:'事有至难,宗庙再安,二圣重欢。'既言重欢,则知其不欢多矣。杜子美《杜鹃》诗:'我看禽鸟情,犹解事杜鹃。'伤之至矣。颜鲁公《请立放生池表》云:'一日三朝,大明天子之孝;问安视膳,不改家人之礼。'东坡以为彼知肃宗有愧于是也。黄鲁直《题磨崖碑》,尤为深切。'抚军监国太子事,何乃趣取大物为?事有至难天幸耳,上皇局蹐还京师。南内凄凉几苟活,高将军去事尤危。臣结舂陵二三策,臣甫《杜鹃》再拜诗。安知忠臣痛至骨,世上但赏琼琚词!'所以揭表肃宗之罪,极矣。"仇兆鳌《杜诗详注》则论及大内事遽传西蜀之可能性:"或疑劫迁西内,宫禁秘密,子美远游西蜀,何从遽知之?曰:蜀有节镇,国家大事,岂有不知者。故曰'朝廷问府主'。其以杜鹃比君,本缘望帝而寓言,非擅喻禽鸟也。"其中涉及关于唐代消息传递速度的讨论,可参观洪业《杜甫》第七章《万国兵前草木风》论杜甫扈从还京之可能性问题。

【笺释】

① 黄氏《补注杜诗》黄鹤补注曰:"《通鉴》:上元元年七月丁未,李辅国矫称上语,迎上皇游西内,至睿武门,辅国将期射生五百骑,露刃遮道,曰:'皇帝以兴庆宫湫隘,迎上皇迁居大内。'上皇惊,几坠。力士曰:'李辅国何得无礼。'叱下马云云。陈玄礼、高力士及旧宫人皆不得留左右。丙辰,高力士流巫州,王承恩流瀼州,魏悦流溱州,陈玄礼勒致仕。置如仙媛于归州,玉真宫主出居玉真观。上皇以不怿,因不茹荤,辟谷,浸以成疾。诗云'虽同君臣有旧礼,骨肉满眼身羁孤',又云'业工窜伏深树里',盖谓此也。"

②《分门集注杜工部诗》引师古注曰:"时禄山反陷两京,明皇西走幸蜀,既失帝位,奈何又弃骨肉而孤寓他邦。是时诸王、公主皆为贼所翦灭,岂非杜鹃化而似老乌之比乎?观此诗有'虽同君臣有旧礼,骨肉满眼身羁孤……万事反覆何所无,岂忆当殿群臣驱'之语,详味其旨,盖为明皇感叹者也。杜鹃,蜀帝也。国亡身死,怨而化为杜鹃鸟,每生子,寄居百鸟之巢,百鸟之巢(按,四字疑为衍文),百鸟为之哺饲其子。帝以四五月悲鸣流血,血染山花,其色殷红,号为杜鹃花。然其声哀怨者,岂非若诉国亡而身摧残变而为禽耶?肃宗即位,灵武不能即遣迎还明皇,而使之羁孤在蜀,明皇由是悒怏不得意,至于化去,其亦不免于怨伤乎?甫之言颇有深意。"(亦见黄氏《补注杜诗》而稍略)黄希补注曰:"师注谓明皇幸蜀失位,肃宗即位灵武,不能迎还,使之羁孤悒怏化去,则非。盖此诗专讥肃宗为李辅国所间,故曰'万事反覆何所无,岂忆当殿群臣趋'。"黄说为是。

戏作花卿歌

成都猛将有花卿,学语小儿知姓名。用如快鹘风火生,见贼唯多身始轻。绵州副使着柘黄①,我卿扫除即日平。子章髑髅血模糊,手提掷还崔大夫。李侯重有此节度②,人道我卿绝世无。既称绝世无,天子何不唤取守京都③。

【系年】

王洙本旧次在《杜鹃行》与《赠蜀僧闾丘师兄》之间。《杜陵诗史》系于"上元二年辛丑在成都,公年五十岁",置于《出郭》与《少年行》二首之间。古逸丛书本《草堂诗笺》失收。黄氏《补注杜诗》系于"上元二年作",引王得臣(彦辅)注曰:"《高适传》:梓州副使段子璋反,以兵攻东川节度李奂。适率州兵与西川节度使崔光远攻子璋,斩之。西川牙将花敬定者,恃勇,既诛子璋,大掠东蜀。天子怒之。"黄鹤补注曰:"按史:上元二年四月壬午,段子璋反。此诗当是其年成都作。旧史俱作花惊定。"

【题解】

诸家系年皆同。宋人邵伯温《邵氏闻见录》卷十七载:"余为西蜀宪,其治在嘉州。州之西有花将军庙,将军英武,见于杜子美之诗。庙史以匣藏唐至德元年十月郑丞相告云:'花惊定,将军也。是岁土蕃陷巂州,将军与丞相岂同功者耶?'告后列'金紫光禄大夫、左相、豳国公臣,正议大夫、门下侍郎、平章事、博陵县开国男臣',不书姓名。右相缺。银青光禄大夫、行中书侍郎、平章事,姓名磨灭。谨按至德元年,肃宗初即位于灵武,右丞相杨国忠诛死,故缺之。是岁六月丙午,剑南节度使崔圆为中书侍郎、平章事。七月庚午,武部尚书、平章事韦见素为左相,蜀太守崔涣为门下侍郎、平章事。其不书姓名、磨灭者,此三人无疑矣。

中书省官臣书姓名,门下省官臣不书姓名,当时节度废缺如此。然花将军之名惊定,唯得于此告也。或云将军丹棱东馆人,今东馆庙貌尤盛云。庙史又出本朝乾德三年二月二十六日伪蜀王孟昶、伪蜀太子孟元喆以降入朝、舟过庙下祭文二纸,墨色如新,其寘急悲伤之辞,读之亦令人叹息云。"洪业《杜甫》第九章《此生那老蜀》:"761年六月,剑南东川发生了一场短暂的叛乱,东川节度副使、梓州刺史段子璋在绵州袭击了节度使李奂,自称梁王。节度使李奂逃到成都,寻求西川节度使的救援。这时,在成都的西川节度使是崔光远,后来被李若幽接替。崔光远和高适,那时的蜀州刺史,都准备出兵援助,但真正平顶这场叛乱的将领是崔光远的属将花惊定。这段史实就是《戏作花卿歌》一诗的背景。关于此诗的最后一行,我接受朱鹤龄的修订,这一修订也为卢元昌、仇兆鳌、浦起龙、杨伦所接受。在一部十二世纪的关于诗人逸闻轶事的书中,说到杜甫自夸其诗能治愈疟疾。他开出的第一个处方是读《羌村》三首其一的最后两句。如果疟疾的热病未退,我们诗人的第二道处方就是背诵关于花惊定的这首诗,尤其是其中斩首叛将的那几句。然后病人霍然而愈!关于杜甫用诗治愈疟疾的传说,见《韵语阳秋》、《唐诗纪事》"杜甫"条引《西清诗话》。关于这一传说的另一版本是杜甫试图治愈郑虔妻子的疟疾,其中就包括写段子璋这几行诗,参见《唐语林》、《苕溪渔隐丛话》、《宋诗话辑佚》。关于杜甫自己身患疟疾,参见《九家集注杜诗》。当然这只是可为谈资的传说;杜甫可不会吹这样的牛。如果诗歌能够治愈疟疾,那么杜甫自己就不会成为屡受这种疾病的侵害了。这个故事在各种资料中都有记载,如翟理斯(Herbert Allen Giles, *Chinese Biographical Dictionary*.)。"

【笺释】

①《杜诗赵次公先后解辑校》:"《高适传》云:梓州副使段子璋反。而公今诗云'绵州副使著柘黄',则'梓州'字误传为'绵州'乎?著柘黄,天子之服也。'柘黄'字或云当是'赭黄'。本朝诗曰:'戴了宫花赋了诗,不容重见赭黄衣。'赭,赤也。赤与黄二色之合为赭黄。皆不敢辄改,并俟博闻。"黄氏《补注杜诗》黄鹤

补注曰:"史云:剑南东川节度兵马使段子璋反,陷绵州、遂州。按旧史:东川节度治梓州,管梓州、绵、剑、普、陵、荣、遂、合、渝、泸等。则不当云绵州副使。然是时治绵州,赵未之考也。"朱鹤龄《杜工部诗集辑注》:"子璋盖以梓州刺史领副使时据绵州反,遂称绵州副使耳。"

②《杜诗赵次公先后解辑校》:"重乃重叠之重。盖段子璋既攻东川,则李奂必失节度矣,以花卿斩之,则李奂复保有节度焉。"

③ 邓忠臣注:"讥其夺掠也。"《杜陵诗史》引师古注曰:"甫为花卿痛惜之。"《九家集注杜诗》:"鲁直云:子美作《花卿歌》,雄壮激昂,读之想见其人也。杨明叔为余言,花卿家在丹棱东馆镇,至今有英气,血食其乡,见封为忠应公。《诗话苕溪渔隐》曰:细考此歌,想花卿当时在蜀,虽有一时平贼之功,然骄恣不法,人甚苦之。子美不欲显言,末句含蓄,盖可知矣。"黄氏《补注杜诗》黄希补注曰:"旧史《崔光远传》:上元二年,兼成都尹,充剑南节度、营田观察处置使,仍兼御史大夫。及段子璋反,东川节度使李奂败走,投光远。卒将花惊定讨平之。将士肆其剽取,妇女有金银钏,兵士皆断腕以取之数千人。光远不能禁,肃宗遣监军中使按其罪。光远忧恚,疾卒。然则花卿岂容独免乎?'天子何不唤取守京都'之句,虽讥之,亦伤之也。"朱鹤龄《杜工部诗集辑注》:"上元二年三月,史朝义杀其父思明而自立,时据东都。"

壮　　游

往昔十四五,出游翰墨场。斯文崔魏徒,以我似班扬。七龄思即壮,开口咏凤凰。九龄书大字,有作成一囊。性豪业嗜酒,嫉恶怀刚肠。脱略小时辈,结交皆老苍。饮酣视八极,俗物都茫茫。东下姑苏台,已具浮海航。到今有遗恨,不得穷扶桑。王谢风流远,阖庐丘墓荒。剑池石壁仄,长洲荷芰香。嵯峨阊门北,清庙映回塘。每趋吴太伯,抚事泪浪浪。枕戈忆勾践,渡浙想秦皇。蒸鱼闻匕首,除道哂要章。越女天下白,镜湖五月凉。剡溪蕴秀异,欲罢不能忘。归帆拂天姥,中岁贡旧乡。气劘屈贾垒,目短曹刘墙。忤下考功第,独辞京尹堂。放荡齐赵间,裘马颇清狂。春歌丛台上,冬猎青丘旁。呼鹰皂枥林,逐兽云雪冈。射飞曾纵鞚,引臂落鹙鸧。苏侯据鞍喜,忽如携葛强。快意八九年,西归到咸阳。许与必词伯,赏游实贤王。曳裾置醴地,奏赋入明光。天子废食召,群公会轩裳。脱身无所爱,痛饮信行藏。黑貂不免敝,斑鬓兀称觞。杜曲晚耆旧,四郊多白杨。坐深乡党敬,日觉死生忙。朱门任倾夺,赤族迭罹殃。国马竭粟豆,官鸡输稻粱①。举隅见烦费,引古惜兴亡。河朔风尘起,岷山行幸长。两宫各警跸,万里遥相望。崆峒杀气黑,少海旌旗黄。禹功亦命子,涿鹿亲戎行②。翠华拥英岳,螭虎啖豺狼。爪牙一不中,胡兵更陆梁。大军载草草,凋瘵满膏肓。备员窃补衮,忧愤心飞扬。上感九庙焚,下悯万民疮。斯时伏青蒲,廷争守御床。君辱敢爱死,赫怒幸无伤。圣哲体仁恕,宇县复小康。哭庙灰烬中,鼻酸朝未央。小臣议论绝,老病客殊方。郁郁苦不展,羽翮困低昂。秋风动哀壑,碧蕙捐微芳。之推避赏从,渔父濯沧浪。荣华敌勋业,岁暮有严霜。吾观鸱夷子,才格出寻常。群凶逆未定,侧仁英俊翔③。

【系年】

1. 王洙本旧次在《毒热寄简崔评事十六弟》与《阻雨不得归瀼西甘林》之间。

2. 《杜陵诗史》系于"大历二年秋在夔州所作",置于《宋高司直寻封阆州》与《君不见简苏徯》。高崇兰编次刘辰翁评点《集千家注杜工部诗集》用大历二年说,置于《别苏徯赴湖南幕》与《白帝》之间。

3. 黄氏《补注杜诗》系于"大历元年作",黄鹤补注曰:"诗云'郁郁客殊方',当是在夔州,公在夔诗多言殊方。又云'群凶'，当是指崔旰辈。此诗作于大历元年。"钱谦益《钱注杜诗》在《昔游》与《遣怀》之间。朱鹤龄《杜工部诗集辑注》、仇兆鳌《杜诗详注》从之。杨伦《杜诗镜铨》置于《八哀诗》与《昔游》之间。

【题解】
　　诸家系年有大历元年（黄鹤）与大历二年（王洙本旧次、鲁訔、高崇兰）两说，清人皆用大历元年说。洪业《杜甫》第九章《此生那老蜀》别有新说，系于上元二年："《壮游》是一位年老多病的异乡人，在遥远他乡的沧浪之水中，在秋风的呜咽哀鸣中，讲述的一首自传长诗。此诗通常被系于大历元年（766）。然而这首诗中并没有任何关于死去的两个皇帝的暗示，而且，正文中还犯了第二个皇帝代宗的名讳。因此我们认为它作于 762 年之前。因为沧浪之水一定是指百花潭，我们只有上元元年（760）和上元二年（761）两个秋天可以选择。'荣华敌勋业，岁暮有严霜'的隐喻很可能是指五月张镐的贬责和 761 年秋天崔光远的蒙羞——这两人在唐朝的小范围兴复中都曾以勋业获得高位。因此，这首诗应该作于 761 年晚秋，杜甫当时待在离成都不远的山中。不幸的是现在没法判定准确的地点了。诗中最后四句提到当代范蠡，这个隐喻不难解释：我们的诗人这里说的是李泌。尽管僭帝史思明被他的儿子史朝义所杀，史朝义继承了他的帝位，控制着东都和东北大部分区域。因此杜甫认为李泌的任务并未真正完成，他应该从隐退状态中再次出山。"本书编次用洪业系年。又，此诗是杜甫前半生出处之大略，《分门集注杜工部诗》引师古注曰："此篇叙壮年经游之迹。"《杜诗赵次公先后解辑校》别具只眼："公平生出处，详于此篇。史官为传，当时为墓志，后人为集序，皆不能考此以书之，甚可惜也。"又，"忤下考功第"一句，涉及杜甫落第情形，蔡梦弼《草堂诗笺》注曰："唐武德初，以考功郎监视贡举进士，至开元二十六年戊寅春，以考功郎轻，徙礼部，以春官侍郎主之。甫下考功第，当在开元二十五年前也。"按，杜甫下考功第之时间，洪业《杜甫》第二章《快意八九年》正置于考功郎监考之最末一年（开元二十六年），一方面不违背"下考功第"情况,另一方面又可说明"忤"之内涵,其说较蔡梦弼诸旧说为胜,可从。

【笺释】

① 蔡梦弼《草堂诗笺》:"开元太平日久,玄宗侈心自恣,舞马衣文采,饲以粟豆,又五坊有供奉斗鸡,又有斗鸡使,百姓输纳稻粱以供养鸡也。"

② 《杜诗赵次公先后解辑校》:"上句指肃宗行在之兵,下句指广平王俶为天下兵马元帅之兵。盖肃宗初年幸平凉,未知所适,裴冕杜鸿渐劝之灵武起兵,再过平凉。至德二载二月,次凤翔,则用崆峒言之。闰八月,以广平王俶为天下兵马元帅,则用少海言之。崆峒,山名,乐史《寰宇记》:'禹迹之内,山名崆峒者三。'并见上《洗兵马》注。今此云'崆峒杀气黑',则主安定崆峒言之。……肃宗自灵武起兵后次于凤翔,皆陇右一道之地矣……盖明皇以天下兵马元帅命肃宗矣,至肃宗又以天下兵马元帅命广平王俶,此所谓'亦命子'也。"又,蔡梦弼《草堂诗笺》:"崆峒杀气黑,谓吐蕃寇于西山。少海旌旗黄,谓禄山返于范阳也。"蔡说未确。

③ 蔡梦弼《草堂诗笺》:"甫之微意,乃谓朝廷之疏贤也。"

喜 雨

南国旱无雨①,今朝江出云。入空才漠漠,洒迥已纷纷。巢燕高飞尽,林花润色分。晚来声不绝,应得夜深闻。

【系年】

1. 王洙本旧次在《渡江》与《送韦郎司直归成都》之间。钱谦益《钱注杜诗》从之。

2. 《杜陵诗史》系于"广德二年甲辰自梓州挈家再往阆州所

作",置于《百舌》与《送梓州李使君之任》之间。《草堂诗笺》置于此处者亦名《喜雨》,而文字不同,为"春旱天地昏,日色赤如血。农事都已休,兵戎况骚屑。巴人困军须,恸哭厚土热。沧江夜来雨,真宰罪一雪。谷根小苏息,沴气终不灭。何由见宁岁,解我忧思结。峥嵘群山云,交会未断绝。安得鞭雷公,滂沱洗吴越"。

3. 黄氏《补注杜诗》系于"永泰元年作",黄鹤补注曰:"诗云'南国旱无雨',按史:永泰元年,自春不雨。四月己巳,乃雨。诗又云'巢燕'、'林花',皆四月间事,当是其年作。梁权道编在广德二年阆州作。既《渡江》诗云'春江不可渡,二月已风涛',为广德二年阆州作。而此诗云'南国旱无雨',亦编在广德二年阆州诗内,何不考之甚?"高崇兰编次刘辰翁评点《集千家注杜工部诗集》认同黄鹤说,置于《狂歌行赠四兄》与《宴戎州杨使君东楼》之间。朱鹤龄《杜工部诗集辑注》系于"永泰中",置于《绝句》四首"堂西长笋别开门"与《天边行》之间,仇兆鳌《杜诗详注》亦用黄鹤系年,置于《去蜀》与《宿青溪驿奉怀张员外十五兄之绪》之间,杨伦《杜诗镜铨》系于永泰元年,置于《绝句》三首"闻道巴山里"与《莫相疑行》之间。

【题解】

宋人系年有广德二年(鲁訔、梁权道)与永泰元年(黄鹤、高崇兰)两说,清人除钱谦益外皆从永泰元年说。按,洪业《杜甫》第九章《此生那老蜀》独系于宝应元年(762),与王洙本旧次相符,且与同题诗《喜雨》"春旱天地昏"亦合:"自从杜甫的朋友严武担任了驻节成都的剑南西川节度使之后,他就不会像从前那样频繁地陷入到穷困的地步了。尽管他没有官方身份,但我们不必担心,他当然会时常给能干的节度使提出建议。在他的散文作品中有一篇《说旱》就是写给严武的。从前一年的十一月以来有好几个月没有雨雪,持续的干旱被认为将会毁掉春天的作物。我们的诗人建议节度使迅速判决管辖区域中所有的案件,希望这个地区所有的监狱能够清理一空。根据儒家传统,上天对政府的警告表现为万物的失调;杜甫在这里仅仅是唤起节度使的注意,这场旱灾可能是上天对司法的紊乱表示不满意了。我们不知道严武有没有听从这个建议，但显然雨最终降落，谷物应该存活下来了。《喜雨》通常都被系于永泰元年（765）春天。而我们从系于此年的其他诗篇中看不出成都有干旱的迹象。因为我将此诗系于宝应元年（762）。"其说有据，可从。

【笺释】

①《杜诗赵次公先后解辑校》："南国，指荆楚也。"按，由洪业系年知当指成都。即使指荆楚吴越，诗亦当作于蜀中，参见《喜雨》："春旱天地昏，日色赤如血。农事都已休，兵戎况骚屑。巴人困军须，恸哭厚土热……安得鞭雷公，滂沲洗吴越。"末句指宝应元年八月台州袁晁之乱。可见老杜以为吴越无雨，亦影响巴蜀。

寄题江外草堂

梓州作，寄成都故居。

我生性放诞，难欲逃自然。嗜酒爱风竹，卜居必林泉。遭乱到蜀江，卧疴遣所便。诛茅初一亩，广地方连延。经营上元始，断手宝应年①。敢谋土木丽，自觉面势坚②。台亭随高下，敞豁当清川。虽有会心侣，数能同钓船。干戈未偃息，安得酣歌眠。蛟龙无定窟，黄鹄摩苍天。古来达士志，宁受外物牵。顾惟鲁钝姿，岂识梅杏先。偶携老妻去，惨淡凌风烟。事迹无固必，幽贞愧双全。尚念四小松，蔓草易拘缠。霜骨不甚长，永为邻里怜③。

【系年】

王洙本旧次在《桃竹杖引》与《述古》之间。《杜陵诗史》系于"广德元年自梓暂往阆所作"，置于《桃竹杖引赠章留后》与《山寺》之间。黄氏《补注杜诗》系于"广德元年作"，引鲁訔曰："梓州作,寄成都故居。"引泰伯注曰:"甫从同谷入蜀,卜居成都。乱,遂走梓州。今作梓州怀思草堂,遂作是诗寄题焉。"黄鹤补注曰:"宝应元年,公避徐知道之乱至梓州。今诗云'顾惟鲁钝姿,岂识悔吝先。独携老妻去,惨淡凌风烟',盖谓不能前知徐知道之反也。诗云'经营上元始,断手宝应年',则此诗当是广德元年。"高崇兰编次刘辰翁评点《集千家注杜工部诗集》置于《柑园》与《陪章留后侍御宴南楼得风字》之间。朱鹤龄《杜工部诗集辑注》置于《短歌行送祁录事归合州因寄苏使君》与《陪章留后惠义寺饯嘉州崔都督赴州》,仇兆鳌《杜诗详注》置于《送韦郎司直归成都》与《陪章留后侍御宴南楼得风字》之间,杨伦《杜诗镜铨》置于《送韦郎司直归成都》与《喜雨》"春旱天地昏"之间。

【题解】

诸家系年皆同,编次小异。高崇兰编次刘辰翁评点《集千家注杜工部诗集》引《葛常之诗话》(按,见葛立方《韵语阳秋》卷六)论草堂事最齐备:"老杜当干戈骚屑之时,间关秦陇,负薪采橡,餔糒不给,困踬极矣。自入蜀依严武,始有草堂之居,观其经营往来之劳,备载于诗,皆可考也。其曰'万里桥西宅,百花潭北庄'者,言其地也。'经营上元始,断手宝应年'者,言其时也。'雪里江舡渡,风前径竹斜。寒鱼依密藻,宿鹭起圆沙'者,言其景物也。至于'草堂堑西无树林,非子谁复见幽深',则乞桤本于何少府之诗也。'草堂少花今欲栽,不问绿李与黄梅',则乞果木于徐少卿之诗也。王侍御携酒草堂,则喜而为诗曰:'故人能领客,携酒重相看。'王录事许草堂赀不到,则戏而为诗曰:'为嗔王录事,不寄草堂赀。'盖其流离贫窭之余,不能以自给,皆因人而成也,其经营之勤如此。然未及黔突,避成都之乱,入梓居阆,其心则未尝一日不在草堂也。《遗弟检校草堂》则曰:'鹅鸭宜长数,柴荆莫浪开。'《寄题草堂》则曰:'尚念四松小,蔓草易拘缠。'《送韦郎归成都》则曰:'为问南溪竹,抽梢合过墙。'《涂中寄严武》则曰:'常苦沙崩损药栏,也从江槛落风湍。'每致意如此。及成都乱定,再依严武,为节度参谋,复归草堂,则曰:'不忍竟舍此,复来薙榛芜。入门四松在,步屧万竹疏。'则其喜可知矣。未几,严武卒。彷徨无依,复舍之而去。以史及公诗考之,草堂断手于宝应之初,而永泰元年四月严武卒,是年秋,公寓夔州云安县,有此草堂者,始终只得四载。而其间居梓阆三年,公诗所谓'三年奔走空皮骨'是也。则安居草堂者,仅阅岁而已。其起居寝兴之适,不足以偿其经营往来之劳,可谓一世之羁人也。然自唐至宋已数百载,而草堂之名与其山川草木皆因公诗以为不朽之传。盖公之不幸,而其山川草木之幸也。"洪业《杜甫》第十章《何地置老夫》详细讨论了杜甫是否亲自回到成都迎接家人:"《寄题江外草堂》表明,我们的诗人在全家都离开了草堂之后,非常怀念四棵小松。他召唤家人,然后安排他们到梓州和自己会合了吗?还是他自己返回成都,然后带着家人一起离开?杜甫的家人在他抵达梓州之后不久就离开了草堂,还是两个月之后才离开?这些疑问都很难回答。……我推测在杜甫达到梓州之后不久,他就安排好了把妻儿召来。我猜想此诗作于杜甫抵达梓州之后不久,在成都的法律和秩序得以重建之前。它被杜占带到成都,杜占将陪伴杜甫的妻儿前往梓州——鲁訔和黄鹤认为杜甫自己在秋天回到成都,然后将妻儿带到梓州;朱鹤龄认为此事发生在冬天。仇兆鳌和杨伦则认为杜甫并未回到成都,只是遣杜占回去,将妻儿带到梓州。闻一多对旧说提出质疑,因为认为诗篇《寄题江外草堂》'偶携老妻去'一句在某种程度上表明杜甫自己将妻子带离成都。这种读法似乎不必要,而且它和诗题的意思相反。如果杜甫自己前往草堂,他没必要将此诗寄去,然后写在草堂墙上。对我来说,杜甫在秋天回到成都这个假说的唯一支持证据是《秋尽》:'秋尽东行且未回,茅斋寄在少城隈。篱边老却陶潜菊,江上徒逢袁绍杯。雪岭独看西日落,剑门犹阻北人来。不辞万里长为客,怀抱何时独好开。'杜甫在这首诗中提到他将在秋天结束时往东去,没有计划要返回草堂。这也许可以用来证明杜甫曾经返回成都,在秋天结束时带着家人离开。不过,我觉得这首诗是伪造的。第一,成都的叛乱在秋天结束前就被扑灭了。据记载,徐知道被自己的一个部将(李忠厚)杀死,叛乱于 9 月 5 日结束。又有一个记载说,这件事发生在 9 月 15 日。即使按照后一个日期,那还有一个多月的秋天时光。

杜甫为什么要在成都基本上恢复了和平与秩序之后离开呢？第二，这首诗比较弱，典故的使用不合适。最后一句说，'不辞万里长为客，怀抱何时得好开'。这种情感对我们诗人此时此地的思想而言显得很奇怪——杜甫的家人一路上由杜占陪伴，此人我们很快就要在另一首诗中遇到。注家都认为杜占是杜甫同父异母兄弟中最小的弟弟，但他可能只是一个堂弟。大多数注家认为杜占从秦州、成州开始直到成都，都一直和杜甫住在一起。很可能的确如此。"

【笺释】

①《杜诗赵次公先后解辑校》："公以乾元之元年十二月末至成都。明年即上元元年，乃公建章堂之始。又二年，即宝应元年，乃公成草堂之日。"

②《杜陵诗史》引彭氏注曰（亦见《分门集注杜工部诗》）："堂名以草者，取其草创，岂求土木之华丽乎？"

③《杜诗赵次公先后解辑校》："公有《四松诗》云：'四松初移时，大抵三尺强。别来忽三岁，离立如人长。'今此怀念之。"又，《九家集注杜诗》作"霜骨不堪长"，《杜陵诗史》引师古注曰（亦见《分门集注杜工部诗》）："以四小松为念，悯其有刚姿劲节，而为蔓草所戕，不获遂其生长之性，故云云。英乂见杀，四子遇害，甫托意伤之。"玩"不获遂其生长之性"句意，师古所据本当即作"不堪长"，其说穿凿，未可从。

甘　园

春日清江岸，千甘二顷园①。青云羞叶密，白雪避花繁。结子随边使，开筒近至尊。后于桃李熟，终得献金门。

【系年】

1. 王洙本旧次在《望兜率寺》与《数陪李梓州泛江有女乐戏

为艳曲》二首之间。

3.《杜陵诗史》系于"大历二年丙午在夔州,三月新自赤甲迁瀼西",置于《引水》与《承闻河北诸道节度入朝欢喜口号绝句》十二首之间。古逸丛书本《草堂诗笺》失收。

3. 黄氏《补注杜诗》系于"广德元年作",黄鹤补注曰:"诗云'春日清江岸',又云'白雪避花繁',橘之开花在春晚,当是广德元年作。"高崇兰编次刘辰翁评点《集千家注杜工部诗集》置于《答杨梓州》与《寄题江外草堂》之间。

4. 朱鹤龄《杜工部诗集辑注》置于《登牛头山亭子》与《陪李梓州王阆州苏遂州李果州四使君登惠义寺》之间,杨伦《杜诗镜铨》从之。仇兆鳌《杜诗详注》置于《望兜率寺》与《陪李梓州王阆州苏遂州李果州四使君登惠义寺》之间。

【题解】

系年有大历二年夔州(鲁訔)与广德元年梓州(王洙本旧次、黄鹤)二说,当从王洙本旧次编排,系于广德元年,高崇兰及清人皆用此说。洪业《杜甫》第十章《何地置老夫》:"关于杜甫想得到朝廷的新任命这个想法,在《甘园》一诗中得到集中体现。"当指后两联寓意。

【笺释】

① 朱鹤龄《杜工部诗集辑注》引李实注曰:"柑园,在梓州城南十里,今犹名柑子铺,柑废。"

警　急

实高公适领西川节度。

才名旧楚将①,妙略拥兵机。玉垒虽传檄,松州会解围②。和亲知计拙,公主漫无归③。青海今谁得,西戎实饱飞④。

【系年】

王洙本旧次在《对雨》与《王命》之间。《杜陵诗史》系于"广德元年癸卯春在梓州之绵之阆复归梓所作",编次从之。古逸丛书本《草堂诗笺》失收。高崇兰编次刘辰翁评点《集千家注杜工部诗集》、钱谦益《钱注杜诗》、朱鹤龄《杜工部诗集辑注》编次亦从之。黄氏《补注杜诗》系于"广德元年作",黄鹤补注曰:"崔光远忧患而死,在上元二年,以适代光远在其年建丑月。而松州陷于吐蕃,却在广德元年十二月。赵注("时高适代崔光远领西川节度使")为非。此诗云'松州会解围',则是在未陷时作。公时在阆州。"按,赵次公注之"时"为"时任"而非"甫任",黄鹤补注似嫌深文周纳。

【题解】

诸家系年皆同,编次小异。高崇兰编次刘辰翁评点《集千家注杜工部诗集》引蔡梦弼《草堂诗笺》曰(按,古逸丛书本《草堂诗笺》无此,钱谦益《钱注杜诗》、朱鹤龄《杜工部诗集辑注》全袭之):"考史:代宗即位,吐蕃陷陇右,渐逼京师。适练兵于蜀,临吐蕃南境以牵制之。师出无功,寻失松、维等州。此诗乃松州未陷时作。"洪业《杜甫》第十章《何地置老夫》:"在杜甫现存的文章中,有一篇为王刺史起草呈给皇帝的奏表(《为阆州王使君进论巴蜀安危表》)——如果我们从奏表中所谈到的内容判断,时间可能是在十月。宝应二年(763),吐蕃屡次骚扰边境。在这年夏天,皇帝派遣御史大夫李之芳出使吐蕃,但吐蕃羁留了李之芳,不让他回来。初秋,吐蕃入侵。九月上旬,吐蕃占领了陇右道全境。然后由此东侵,到11月11日,进至京兆西境。那位权势极大的宦官、骠骑大将军、判元帅行军司马程元振对京城防御毫无办法,也没有警示皇帝即将到来的危险。因为害怕招致程元振的瞋怒,驻扎在其他地区的将领没有一个敢前来营救长安。11月16日,朝廷逃往陕州。两天之后,吐蕃占领了长安。杜甫为阆州王刺史所写的奏表指出,吐蕃入侵者已经占领了陇右,进逼到咸阳,另外他们还夺取了剑南道西北角的几个州,包括松州。这份奏表的主旨是建议出于经济上的考虑,剑南东、西两川应该合并在一个节度使的统领之下,而出于威望和增强与朝廷的联系的考虑,节度使应该由皇室的亲王担任。这份奏表的第一部分与高适的建议很相似。第二部分则重申了房琯的建议,房琯长期鼓吹拥有军队的地方节度使和中央疏离的最好途径就是任命皇室亲王担任这些职位。感谢这份奏表,我们能估算出剑南道数州陷落的时间。763年3月20日,高适成为驻节成都的剑南西川节度使。当吐蕃夺取陇右时,高适试图从南边向他们发起攻击。他的努力并未成功,吐蕃占领了松州及其他数州。这一事件大概发生在九月末十月初。这期间杜甫写过好几首关于剑南军事形势的诗篇,其中一篇名为《警急》。题下注云:'高公适领西川节度。'此诗似乎显示了一丝对高适的不满情绪,我们还记得,高适曾在757年削平永王之乱中担任淮南节度使。玉垒山在成都西北。高适的部队可能就在这一山脉的附近地区扎营。历史记载和杜甫的诗篇都没有告诉我们高适失利的原因。基于杜甫和高适之间的亲密友情,我很困惑地发现他在高适驻节成都期间并未回到那里。是否这意味着高适,考虑到他是一名行政和军事上的天才,认为我们的诗人过于理想主义和不切实际呢?是不是我们的诗人写给高适一些关于战役的建议,而被高适拒绝了呢?无论如何,我们诗人替阆州王刺史起草的表奏中已经清楚地表明他认为为了剑南道的安危,更换节度使势在必行。"按,仇兆鳌《杜诗详注》引四明杨守陈曰:"此下三章(《王命》、《征夫》、《西山三首》),皆为高适作,讥其不能御房也。首冠以才名楚将,妙略兵机,而下皆败北之事,则机略概可见矣。"当为洪业推测杜、高微妙关系之由来。

【笺释】

①《杜诗赵次公先后解辑校》:"考《适传》:自谏议大夫除扬州大都督长史、淮南节度使。此所谓楚将也。"

②《杜诗赵次公先后解辑校》:"广德元年,吐蕃取陇右。十二月,遂亡松、维、保三州。公诗在未亡松州之前。"

③《杜诗赵次公先后解辑校》:"《唐史》:永泰元年乙巳,吐蕃方请和,继而又叛。时议必再有请嫁公主为和亲计者,故公云

尔。余见《留花门》'公主歌黄鹄'注。"黄氏《补注杜诗》黄希注曰:"和亲谓以安成、金城公主降吐蕃,而卒不免其入寇,所以为计拙。旧注云:见《留花门》注。然非回纥也。"黄说是。

④《杜诗赵次公先后解辑校》:"《新史》:景龙时,吐蕃厚饷使者杨矩,请河西九曲为公主汤沐。矩表请与其地。九曲者,水甘草良,宜畜牧,近与唐接。自是益张雄,易入寇,则青海亦为其所有矣。公既以吐蕃既有青海,宜其势如鹰之饱而飞扬,不就絷绁也。"

发 阆 中

前有毒蛇后猛虎,溪行尽日无村坞①。江风萧萧云拂地,山木惨惨天欲雨。女病妻忧归意速,秋花锦石谁复数。别家三月一得书②,避地何时免愁苦。

【系年】

王洙本旧次在《南池》与《阆山歌》之间。《杜陵诗史》系于"广德元年癸卯自梓暂往阆",置于《送李卿晔》与《光禄坂行》之间。《草堂诗笺》系于"广德元年自梓暂往阆所作"第一首,置于《投简成华两县诸子》与《光禄坂》之间。黄氏《补注杜诗》系于"广德元年作",黄鹤补注曰:"公广德元年九月自梓入阆,冬晚复归梓,明年初春又至阆。此诗云'别家三月一得书',当是元年冬晚归梓时作。《九域志》云:'阆州西至梓州二百二百二十里。'三月之间,一往反焉,其愁苦可知。"高崇兰编次刘辰翁评点《集千家注杜工部诗集》置于《送李卿煜》与《岁暮》之间。

【题解】

诸家系年皆同,编次小异。洪业《杜甫》第十章《何地置老夫》:"763年(宝应二年)11月2日,杜甫肯定还在阆州。那天房琯的葬礼举行,我们的诗人写了一篇优美的颂词(《祭故相国清河房公文》),现在还保存在他的集子中。他很可能在葬礼之后不久就离开了阆州,返回到梓州家人那里。《发阆中》告诉我们家里来了一封急信,里面说女儿病了,所以杜甫才匆忙赶回去。这首诗有助于分辨一首伪作,那首诗因其中的第3、4行而有名,但是它将杜甫在梓州和阆州之间的行踪弄得一团迷雾。此诗名为《九日》,其中说:'去年登高郪县北,今日重在涪江滨。'这意味着762年10月1日、763年10月20日,杜甫在梓州。但是763年11月2日,杜甫一定在阆州房琯的葬礼上。而《发阆中》一定是在秋末,11月9日左右写的,其中说他已经离开梓州三个月了。这意味着763年10月20日杜甫不可能在梓州。正是因为同时读到《九日》和《发阆中》这两首诗,朱鹤龄才说杜甫在晚秋时节前往阆州,然后在晚冬时候返回梓州。正是由于《发阆中》的提示,仇兆鳌纠正了朱鹤龄的错误,认为杜甫一定是在初秋时节离开梓州,而在晚秋时候返回。闻一多支持仇兆鳌关于房琯葬礼日期的说法。但是无论是仇兆鳌还是闻一多都没有意识到他们的说法想要成立,得把那首伪作《九日》清理出去。"按,由此诗"系年"部分所引可知,最早认为杜甫在冬晚时节返梓者是黄鹤而非朱鹤龄,朱说亦注明"旧注",洪业说未察小误。

【笺释】

① 邓忠臣注:"喻盗贼也。时盗贼纵横,政役烦重,而民不安居也。"

②《杜诗赵次公先后解辑校》:"公九月自梓往阆,至十二月归梓。盖其去妻孥三个月,故云'别家三月一得书'。"

桃 竹 杖 引

赠章留后。

江心蟠石生桃竹①,苍波喷浸尺度足。斩根削皮如紫玉,江妃水仙惜不得。梓潼使君开一束②,满堂宾客皆叹息。怜我老病赠两茎,出入爪甲铿有声。老夫复欲东南征,乘涛鼓枻白帝城。路幽必为鬼神夺,拔剑或与蛟龙争。重为告曰:杖兮杖兮,尔之生也甚正直,慎勿见水踊跃学变化为龙。使我不得尔之扶持,灭迹于君山湖上之青峰。噫,风尘㴑洞兮豺虎咬人,忽失双杖兮吾将曷从③。

【系年】

王洙本旧次在《丹青引》与《寄江外草堂》之间。《杜陵诗史》系于"广德元年自梓暂往阆所作",置于《丹青引》与《寄题江外草堂》之间。黄氏《补注杜诗》系于"广德元年作",黄鹤补注曰:"梁权道编在宝应元年梓州诗内。今考诗云'老夫复欲东南征',又云'灭迹于君山湖上之青峰',则是其时欲下荆岳。广德元年,公在梓州,亦有诗云'应须理舟楫,长啸下荆门',后虽不果,然是年秋入阆州。明年,以严武再镇蜀,复归成都。此诗当在广德元年作。盖宝应元年处梓不满月,虽归成都迎家,再往梓,又多在外邑。诗又云'忽去双杖吾将曷从',盖喻严武、章彝也。是时武已召还,而公又欲舍彝下东南,故云'失双杖'。若梁编在宝应元年,则是年章彝未刺梓州。"高崇兰编次刘辰翁评点《集千家注杜工部诗集》置于《舍弟占归草堂检校聊示此诗》与《冬狩行》之间。朱鹤龄《杜工部诗集辑注》置于《山寺》与《将适吴楚留别章使君留后兼幕府诸公》之间,仇兆鳌《杜诗详注》、杨伦《杜诗镜铨》皆从之。

【题解】

按,诗题下有旧注称"赠章留后",见于《宋本杜工部集》,当是王洙旧注。诸家皆从此说,如黄鹤即以此意修正梁权道之系年,朱鹤龄《杜工部诗集辑注》曰:"此诗盖借竹杖规讽章留后也。既以踊跃为龙戒之,又以忽失双杖危之,其微旨可见。"洪业《杜甫》第十章《何地置老夫》:"《桃竹杖引赠章留后》是写给章彝作为礼物的,此诗毫无疑问是建议章彝少一点野心,对当前的位置多一点知足。"又,杨伦《杜诗镜铨》指出此诗体制特别:"长短句公集中仅见,字字腾掷跳跃,亦是有意出奇。"

【笺释】

① 黄氏《补注杜诗》黄鹤补注曰:"按《南越志》:出海南县,沿海而生,掩映悬翠。又云:生蜀地,其实如木甚坚。《唐志》:合州贡桃竹箸,合与梓并属东川,故宜梓潼使君以赠公。"

② 黄氏《补注杜诗》黄鹤补注曰:"梓州为梓潼郡,以东倚梓林,西枕潼水,故名。时章彝为梓刺史,故王内翰云,此诗'赠章留后'。"

③《分门集注杜工部诗》引师古注曰:"甫意云天下未平,尚赖此杖扶持衰老,流寓远乡。苟失双杖,吾将曷从?"《杜诗赵次公先后解辑校》:"观公重告之辞,以正直美之,以学为龙戒之,其所望于章留后,可谓忠矣。"两说皆通,可以师说为外示,赵说为内涵。

舍弟占归草堂检校聊示此诗

久客应吾道,相随独尔来。孰知江路近,频为草堂回。鹅鸭宜长数,柴荆莫浪开。东林竹影薄,腊月更须栽①。

【系年】

1. 王洙本旧次在《题桃树》与《暮登四安寺钟楼寄裴十》之间。

2.《杜陵诗史》系于"广德二年春末再至成都所作",置于《从韦二明府续处觅绵竹》与《观李固请司马弟山水图》三首。

3. 黄氏《补注杜诗》系于"广德元年作",黄鹤补注曰:"诗云'频为草堂回',当是广德元年避乱在梓、阆时作。梁权道以为永泰元年乱定后还成都时作,然诗云'东林竹影薄,腊月更须栽',

若如梁权道编,则其年冬公已在云安,无容更令腊月栽竹矣。"高崇兰编次刘辰翁评点《集千家注杜工部诗集》认同黄鹤说,置于《岁暮》与《桃竹杖引》之间。仇兆鳌《杜诗详注》置于《将适吴楚留别章使君留后兼幕府诸公》与《岁暮》之间,杨伦《杜诗镜铨》从之。

【题解】

系年有宝应元年(仇兆鳌所引《年谱》)、广德元年(黄鹤、高崇兰)、广德二年(鲁訔)、永泰元年(梁权道)四说,黄鹤说有理,高崇兰及清人皆从之。仇兆鳌《杜诗详注》:"《年谱》谓宝应秋末,公回成都迎妻子。遍考诗中,绝无一语记及,知公未尝回成都矣,此诗云'熟知江路近,频为草堂回',想迎家赴梓,必弟占代任其事也。"洪业《杜甫》第十章《何地置老夫》同意"杜占代任"说,并分析了杜甫复杂的兄弟关系:"在离开梓州之前,我们的诗人派遣堂弟杜占回到成都去照看草堂。杜甫可能有意让这个年轻人留在成都维护草堂。杜占此人仅仅见于此诗。学者们据此认为他是杜甫同父异母弟弟中最小的一个,他们还根据第2行诗句认为杜占跟随杜甫从同谷一直到成都。杜甫在《乾元中寓居同谷县作歌》七首其三中说他有三个弟弟,都不在身边:注家赵子栎(见《九家注杜诗》)认为杜甫想到的是四个弟弟中的三个,而最小的一个,杜占,正在同谷和他在一起。艾思柯不但让杜占在成都和同谷都一直伴随着杜甫,甚至还加上了756年的奉先。对我而言,此诗的第2行仅仅意味着杜占在762年从成都到梓州期间跟随杜甫。我有点怀疑杜占是杜甫的同父异母弟弟。如果这个弟弟在同谷时就和杜甫在一起,那么他应该在从华州到秦州的途中也跟随了杜甫。那么赵子栎该如何解释《月夜忆舍弟》的第5行诗句'有弟皆分散'呢?而且,《九家注杜诗》写到,'干戈犹未定,弟妹各何之?'这作于760—764年期间的成都。《九家注杜诗》又说:'我已无家寻弟妹。'这作于761年秋天的蜀州。《九家注杜诗》又说:'海内风尘诸弟隔,天涯涕泪一身遥。'这可能作于763年成都。如果杜甫有一个弟弟就在江村的草堂和他一起,那么,写这些诗句不觉得奇怪吗?而且,杜甫夔州时期(766—768)或是江陵、湖南时期(768—770)的阶段,这位杜占又在何处？如果他和杜甫在一起,为何这些年中没有关于他的些许暗示呢？如果他没有和杜甫在一起,那么为什么杜甫在表示思念杜颖、杜观和杜丰的时候,一次也没有提到他呢？对我来说,最好的解决困难的办法就是将杜占视为杜甫的堂弟(杜甫通常将堂弟也写作弟弟),杜甫某个叔叔的儿子,762年他突然出现在成都,和杜甫待在一起一年多。仇兆鳌认为,由此诗的第3、4行可知,杜甫此前就遣杜占从梓州前往成都,将妻儿接到梓州。我认为这一推测完全可以接受。"

【笺释】
① 裁,当为"栽"之讹写。

久　　客

羁旅知交态,淹留见俗情。衰颜聊自哂,小吏最相轻。去国哀王粲,伤时哭贾生。狐狸何足道,豺虎正纵横。

【系年】
1. 王洙本旧次在《南征》与《春远》之间。黄氏《补注杜诗》系于"广德二年作",黄鹤补注曰:"诗云'羁旅知交态,淹留见俗情。衰颜聊自哂,小吏最相轻',又云'狐狸何足道,豺虎正纵横',当是广德二年在阆州,莫有相知者,故有此作。"朱鹤龄《杜工部诗集辑注》用此说,系于"广德年间公往来梓、阆作",置于《归梦》与《暮寒》之间。《钱注杜诗》用王洙本旧次。
2. 《杜诗赵次公先后解辑校》系于"大历三年夏至秋在荆南所作"最末一首,置于《哭李常侍峄》二首与《雨》二首之间。《杜陵诗史》系于"大历三年春末下荆州所作",置于《哭韦大夫之晋》与《雨》二首之间。古逸丛书本《草堂诗笺》失收。高崇兰编次刘辰翁评点《集千家注杜工部诗集》认同鲁訔说,置于《宴王使君宅题》二首与《舟中出江陵南浦奉寄郑少尹审》之间。仇兆鳌《杜诗详注》系于"大历三年出峡后",置于《留别公安太易沙门》与《冬深》之间,杨伦《杜诗镜铨》从之。

【题解】

此诗系年有广德二年梓州、阆中(王洙本旧次、黄鹤)与大历三年江陵(蔡兴宗、鲁訔、高崇兰)二说。钱谦益《钱注杜诗》、朱鹤龄《杜工部诗集辑注》用"广德二年"说,仇兆鳌、杨伦用"大历三年"说。仇兆鳌《杜诗详注》辨之曰:"黄编在广德二年阆州诗内,蔡氏编在大历三年江陵诗内。是年正月,公出峡。三月,至江陵。秋晚,迁公安。冬,之岳阳。诗言'小吏相轻',盖其时落落寡合也。又引王粲、贾生,皆楚中事,应在出峡以后。"按,王粲、贾生为楚中事,此证较弱;小吏相轻,江陵时王司直、卫大郎甚殷勤也,更不切合。王洙本旧次此诗在《南征》与《春远》之间,《春远》云"数有关中乱,何曾剑外清",是为蜀中所作,则此诗亦当视为蜀中诗,黄鹤"广德二年"说较胜。洪业《杜甫》第十二章《孤舟增郁郁》虽系于江陵诗内,然亦不敢以为必是:"《久客》可能不是作于此时此地。不过,此诗有助于使我们理解写给卫大郎(钧)的那首诗的最后两句。'富贵多交友,贫贱弃于邻',这在任何时代、任何地方都不是新发现。只要杜甫还可能在朝廷中获得一席之地,那些老于世故的聪明人总会出于投资的长远打算向他表示慷慨。但是现在,他不但贫困潦倒、年老多病,而且看不到前途,因为他已经放弃了一切仕途的想法。因此,他的朋友就仅限于那些因为他的为人或诗艺而喜欢和尊重他的人了。他在诗中提到的大多数小官员都是那些属吏或为权贵服务的扈从。他们都是官僚体系中的流外之人。"

奉待严大夫

殊方又喜故人来,重镇还须济世才[①]。常怪偏裨终日待,不知旌节隔年回。欲辞巴徼啼莺合,远下荆门去鹢催②。身老时危思会面,一生襟抱向谁开。

【系年】
1. 王洙本旧次在《放船》与《奉寄高常侍》之间。
2. 《杜陵诗史》系于"广德二年甲辰自梓州挈家再往阆中所作",置于《韦郎司直归成都》与《奉寄高常侍》之间。钱谦益《钱注杜诗》用鲁訔编次之"广德二年"说:"广德二年正月,武以黄门侍郎拜成都尹充剑南节度使,此云大夫,盖再镇时兼官也,以后称郑公。"朱鹤龄《杜工部诗集辑注》亦用鲁訔"广德二年"说,其分析较钱笺更臻细密:"此诗旧谱及诸家注并云广德二年作。据《通鉴》:是年严武得剑南之命在正月,诗不当曰'隔年回'。又公与武诗,皆随所受官而称之,其时严已封郑国公,不得但称大夫,且迁黄门侍郎时,已罢御史大夫矣。黄鹤致疑于此,故编宝应元年。然是年春,公不闻尝去草堂,何以有'欲辞巴徼'、'远下荆门'之语?即使公欲赴荆楚,何不经嘉、戎,下渝、忠,顾乃北走山南,由梓、阆而出峡耶?当仍以旧编为是。其云'旌节隔年回',意武受命剑南,乃在广德元年之冬。而唐人凡称节度使皆曰大夫,正不必以封郑公为疑。"朱本置于《奉寄别马巴州》与《自阆州领妻子却赴蜀山行》三首之间,杨伦《杜诗镜铨》从之。仇兆鳌《杜诗详注》亦用朱鹤龄系年,置于《奉寄别马巴州》与《渡江》之间。
3. 黄氏《补注杜诗》系于"宝应元年作",黄鹤补注曰:"此诗皆以为武广德二年再镇成都,公待其至,故有此作。然武是时以黄门侍郎、郑国公出为成都尹,公所与诗有曰'严中丞'、'严大夫'、'严侍郎'、'严郑公',皆随武所受官而称之。如是年《自阆州将赴草堂途中先寄严郑公》是也。若是其时作,顾曰'严大夫'何耶?按《旧史》:武出为绵州刺史、剑南东川节度使兼御史中丞,上皇诰以剑南两川合为一,拜武成都尹兼御史大夫、充剑南节度。而公上武《说旱》在宝应元年建巳月,则云'中丞严公节制剑南,日奉此说',又与史异。今观诗如曰'不知旌节隔年回',盖史公上元二年建丑月以武为成都尹,而诗作于宝应元年之正月。故云若广德二年,武再镇蜀,乃是二月,不应有'隔年回'之句。《诸将》诗第五首为武作也,诗云'主恩前后三持节',而《通鉴》亦云武再镇剑南,则武尝三镇蜀。赵以宝应元年正月权令两川都节制,为第一;六月专以节制西川,阻徐知道反不得进,为第二;广德二年,正以两川合一节度,而武以黄门侍郎来,为第三。然玄宗以上元元年七月移居西内,高力士、陈玄礼等阻迁,谪,上寝不择,岂复更预国事?史云为绵州诰以剑南西川合为一,拜武成都尹者,意在乾元二年裴冕为尹之前,是时止是节制也,合以此时为一,而宝应元年再尹为二,广德三年为两川节度者为三。此诗是宝应元年作,故又云'殊方又喜故人来,重镇还须济世才'。《新史》云:贬巴州刺史,久之,迁东川节度,上皇合剑南为一道,而不言为绵州。按《房琯传》,贬巴州在乾元元年六月,当是自巴迁绵。"《九家集注杜诗》用黄鹤说。高崇兰编次刘辰翁评点《集千家注杜工部诗集》认同黄鹤系年,置于《诣徐卿觅果子栽》与《江畔》五首之间。

【题解】

　　此诗系年有广德二年(王洙本旧次、鲁訔)与宝应元年(黄鹤)两说。按,黄鹤"宝应元年"说之反证(官称)、正证(玄宗可否下诏)皆不甚有力,似嫌穿凿,不如从通顺之"广德二年"旧说。清人及今人亦多用"广德二年"说。洪业《杜甫》第十章《何地置老夫》:"杜甫顺西汉水而下的计划并未付诸实施。广德二年(764年2月11日),严武被任命为剑南东西两川节度使。《奉待严大夫》表明正是严武再次来蜀的消息使得我们诗人取消了到南方的预计旅程。在告别了房琯的墓地之后,杜甫带着妻儿回到成都。"

【笺释】

　　① 邓忠臣注:"时武再镇蜀。"
　　②《杜陵诗史》引师古注曰(又见《分门集注杜工部诗》。按,

《九家集注杜诗》后补之卷误作蔡梦弼注,实因《草堂诗笺》引师古注而未标注家名):"公闻严武至,欲辞蜀之巴峡、下楚之荆门以迂之也。"其说显误。杨伦《杜诗镜铨》:"时公将赴荆南,闻严公将至,故留以待之。"是为得之。

草 堂

昔我去草堂,蛮夷塞成都。今我归草堂,成都适无虞①。请陈初乱时,反覆乃须臾。大将赴朝廷,群小起异图②。中宵斩白马,盟歃气已粗。西取邛南兵,北断剑阁隅。布衣数十人,亦拥专城居③。其势不两大,始闻蕃汉殊。西卒却倒戈,贼臣互相诛④。焉知肘腋祸,自及枭镜徒。义士皆痛愤,纪纲乱相逾。一国实三公,万人欲为鱼。唱和作威福,孰肯辨无辜。眼前列杻械,背后吹笙竽。谈笑行杀戮,溅血满长衢。到今用钺地,风雨闻号呼。鬼妾与鬼马,色悲充尔娱。国家法令在,此又足惊吁。贱子且奔走,三年望东吴。弧矢暗江海,难为游五湖。不忍竟舍此,复来薙榛芜。入门四松在,步屧万竹疏⑤。旧犬喜我归,低佪入衣裾。邻舍喜我归,沽酒携胡芦。大官喜我来⑥,遣骑问所须。城郭喜我来,宾客隘村墟。天下尚未宁,健儿胜腐儒。飘摇风尘际,何地置老夫?于时见疣赘,骨髓幸未枯。饮啄愧残生,食薇不敢余⑦。

【系年】
1. 王洙本旧次在《短歌行》与《四松》之间。
2. 《草堂诗笺》系于"广德二年甲辰春末再至成都所作",置于《归来》与《除草》、《四松》之间。《杜陵诗史》置于此处者为《草堂即事》"荒村建子月",《草堂》"昔我去草堂"系于"上元二年辛丑在成都公年五十岁",置于《酬高使君见赠》与《得广州张判官叔卿书》之间。当是刊刻之误,应以《草堂诗笺》编次为鲁訔原意。黄氏《补注杜诗》系于"广德二年作",黄鹤补注曰:"当是广德二年自梓、阆归成都,依严武时作,故有'贱子且奔走,三年望东吴。不忍竟舍此,复来薙榛芜'之句。若是避崔旰之乱,何至涉三年而始归?梁权道信王(洙)注而编在永泰元年,非也。"高崇兰编次刘辰翁评点《集千家注杜工部诗集》用黄鹤系年,置于《归来》与《四松》之间。朱鹤龄《杜工部诗集辑注》、仇兆鳌《杜诗详注》皆从之,杨伦《杜诗镜铨》置于《归来》与《题桃树》、《四松》之间。

【题解】

系年有三说:一为上元二年说(《杜陵诗史》刊印之误);一为广德二年说(蔡兴宗、鲁訔、黄鹤);一为永泰元年说(邓忠臣注、梁权道)。当以广德二年说为是,高崇兰编次及清人皆从之。按,杜注之最早者,有所谓"杜甫自注"。然其中鱼龙混杂,宋人不知其伪,往往为所惑。如此诗"布衣数十人,亦拥专城居"一句,《杜诗赵次公先后解辑校》:"指严武入为太子宾客也。……指徐知道辄遂为守,而数十布衣拥扶之。公自有本注,为即杨子琳、柏正节之徒,是时二人必白衣而已。后三年乃永泰元年乙巳,杨子琳、柏正节各以牙将同讨崔旰之乱,自别一事。盖杜公注直云'杨子琳、柏正节之徒'可也,而上更有'即'字。作诗在后三年,是时二人已为牙将,乃著'即'字明之。其言亦拥专城者罪之辞也,义在一'亦'字矣。"赵次公为所谓自注所惑,强为之说,故屈拗如此。实则《杜诗赵次公先后解辑校》此前已经注明:"蔡伯世以此诗为今岁广德二年甲辰春晚所作。盖前二年宝应元年壬寅四月代宗即位,成都尹严武入为太子宾客,二圣山陵以武为桥道使。六月,以兵部侍郎为西川节度使,未到。而七月剑南西川兵马使徐知道反,拒武不能进,成都大乱,别无蛮夷事,岂徐知道引蕃兵来耶?下云'始闻蕃汉殊',又云'西卒却倒戈',可见矣。"钱谦益《钱注杜诗》笺说亦曰:"宝应元年夏,严武入朝,七月剑南四川兵马使徐知道反,八月伏诛。公携家避乱往杆州。广德二年春,武镇剑南,公复还成都草堂。此诗谓'大将赴朝廷,群小起异图',谓武入朝而知道反也。'北断剑阁隅',谓知道以兵守要害,武不得出也。'贼臣互相诛',为知道为其下李忠厚所杀也。王洙、梁权道辈以为永泰元年避崔旰之乱,而吴若本于'布衣专城'之下注云:'即杨子琳、柏贞节之徒。'是时严武已没,公下峡适楚,何尝复归草堂哉?注家唯黄鹤能辨之。"钱谦益以为"唯黄鹤能辨之",所见未广,全不及在黄鹤之前的赵次公注。又,所谓"杜甫自注"者,他如《丹青引》,题下有"赠曹将军霸",多以为老杜自注。然黄氏《补注杜诗》:"鲁(訔)曰:赠曹将军霸。"如《岳麓山道林二寺行》"宋公放逐曾题壁,物色分留与老夫",刘辰翁评点《集千家注杜工部诗集》:"公自注:'宋之问之贬也,途经于此,有诗尚在壁间。'"《杜陵诗史》题作"邓忠臣注";《九家集注杜诗》亦有此注,按其体例当是邓忠臣注。如《宗武生日》,《九家集注杜诗》题下注:"宗武,小名骥子。夔州籍中有《宗武生日》诗。"赵次公以为"宗武小名骥子,见公自注《宗武生日》诗下"(见《杜诗赵次公先后解辑校·又示宗武》注)。而黄氏《补注杜诗》引作:"彦辅曰:宗武,小名骥子。曾有诗'骥子好男儿',又云'骥子最怜渠'。"如《入衡州》"世贤张子房"句,诸家多称"原注"或"公自注":"彼掾张劝。"《杜诗赵次公先后解辑校》:"公自有本注:以美张劝也。"然《杜陵诗史》载:"(王)洙注:彼掾张劝。"皆可循例以观。

【笺释】

①《杜陵诗史》引鲁訔年谱曰:"扬子琳之乱,甫去草堂,乱定复归也。"其说误,参见题解。又,蔡梦弼《草堂诗笺》既系于广德二年,又称"乱成都者崔旰也",杂糅众说,淆乱甚矣。

② 邓忠臣注:"时崔旰入朝,留其弟宽守成都,杨子琳等乘间来袭。"其说误,参见题解。

③《宋本杜工部集》:"即杨子琳、柏正节之徒。"邓忠臣注:"子琳与邛州柏贞节同叛。"其说误,参见题解。黄氏《补注杜诗》黄鹤补注曰:"公以宝应元年秋避成都之乱,去草堂,入梓州。殆是草堂方毕工而遂去也。是年七月,徐知道反。'大将赴朝廷',谓严武以召去为京兆尹。广德二年,武再镇蜀,公复往依之,于是始归草堂。王洙以为是崔宁入朝,杨子琳为乱。然崔旰、杨子

琳之乱,乃是永泰元年冬,是时公在云安矣。洙第以'西取邛南兵'之句,信其为柏正节同乱。然宝应元年方于邛州置镇南军,羌浑奴剌西寇梁州,梁即兴元府,在成都之北,或者取邛南之兵以断剑阁之路尔?况谓之'蛮夷塞成都,始闻蕃汉殊',是专指羌胡而言群小贼臣因之为乱者也。大历三年,崔宽攻败子琳,始复成都。若果候子琳之乱平而复归,则其春公已发白帝城,下峡泊江陵矣。"按,黄鹤说大体得之。惟"西取邛南兵,北断剑阁隅"无须以宝应元年羌人寇梁州事曲为之说,但以徐知道拥兵阻剑阁、防严武入川释之可矣。

④ 邓忠臣注:"子琳在贼,帅杜鸿渐表为刺史。子琳为宁妻任氏所败走,为王守仙所诛。"其说误。朱鹤龄《杜工部诗集辑注》:"徐知道事,史、《鉴》俱不详。按,《华阳国志》:临邛在郡西南二百里。诗云'西取邛南兵',邛南兵即下'西卒',盖此本内附羌夷,知道引之为乱耳。公上严武《东西两川说》云:'西山汉兵,食粮者四千人,皆关辅、山东劲卒。脱南蛮侵掠,邛雅子弟不能独制,但分汉卒助之,不难扑灭。'又云:'顷三城失守,非兵之过也,粮不足故也。今此辈见阙兵马使,八州素归心于其世袭刺史,独汉卒属裨将主之。窃恐备吐蕃,宜先自羌子弟始。'此诗'邛南兵',即所云'邛雅子弟'与'羌子弟'也。徐知道乃兵马使,汉兵是其统领,又胁诱羌夷共反,继而贼徒争长,羌兵不附,李忠厚因而杀之故曰'其势不两大,始闻蕃汉殊。西卒却倒戈,贼臣互相诛'也。"

⑤ 《杜诗赵次公先后解辑校》:"后篇《四松》云:'别来忽三岁,离立如人长。避贼今始归,春草满空堂。'蔡伯世以为公自阆携家归蜀,再依严武。今句'奔走三年',则其游梓、阆三年也。此在今岁广德二年,则甲辰,明矣。"

⑥ 黄氏《补注杜诗》黄希注曰:"大官谓严武。"

⑦ 黄氏《补注杜诗》引师古注曰(亦见《分门集注杜工部诗》):"严武镇成都,卒于永泰元年夏间。朝廷有诏崔光远代,甫年未老而不见用,故云'骨髓幸未枯,食薇不敢余',谓其贫也。"其说显误。

忆 昔 二 首

忆昔先皇巡朔方,千乘万骑入咸阳。阴山骄子汗血马,长驱东胡胡走藏①。邺城反覆不足怪,关中小儿坏纪纲,张后不乐上为忙。至今今上犹拨乱,劳身焦思补四方②。我昔近侍叨奉引,出兵整肃不可当。为留猛士守未央,致使岐雍防西羌。犬戎直来坐御床,百官跣足随天王。愿见北地傅介子,老儒不用尚书郎③。

忆昔开元全盛日,小邑犹藏万家室。稻米流脂粟米白,公私仓廪俱丰实。九州道路无豺虎,远行不劳吉日出。齐纨鲁缟车班班,男耕女桑不相失。宫中圣人奏云门,天下朋友皆胶漆。百余年间未灾变,叔孙礼乐萧何律。岂闻一绢直万钱,有田种谷今流血。洛阳宫殿烧焚尽,宗庙新除狐兔穴。伤心不忍问耆旧,复恐初从乱离说。小臣鲁钝无所能,朝廷记识蒙禄秩。周宣中兴望我皇,洒血江汉长衰疾。

【系年】
1. 王洙本旧次在《枯棕》与《冬狩行》之间。
2. 《杜诗赵次公先后解辑校》:"旧本失次于成都诗中。今第二篇末句云'洒血江汉身衰疾',则夔州诗也。与《枯棕》诗'嗟尔江汉人'同。"《杜陵诗史》系于"大历二年丙午在夔州西阁",置于《枯楠》与《昼梦》之间。古逸丛书本《草堂诗笺》失收。
3. 黄氏《补注杜诗》系于"广德二年作",黄鹤补注曰:"诗云'犬戎直来坐御床,百官跣足随天王',谓广德二年吐蕃陷京师、代宗幸陕,当是作于广德二年,故有'愿见北地傅介子'之句。而梁权道编在宝应元年梓州作,恐非。"高崇兰编次刘辰翁评点《集千家注杜工部诗集》认同黄鹤说,置于《暮寒》与《奉寄章十侍御》之间。朱鹤龄《杜工部诗集辑注》置于《太子张舍人遗织成褥段》与《别唐十五诫因寄礼部贾侍郎》之间,仇兆鳌《杜诗详注》置于《太子张舍人遗织成褥段》与《寄董卿嘉荣十韵》之间,杨伦《杜诗镜铨》置于《有感五首》与《阆山歌》之间。

【题解】

系年有三说:一说大历二年在夔州作(蔡兴宗、鲁訔),以"江汉"为据,如《杜诗赵次公先后解辑校》释"洒血江汉身衰疾"一句曰:"洒血江汉,则公在夔,故诗曰:'滔滔江汉,南国之记。'此夔州诗。"一说广德二年在严武幕中,以"尚书郎"为据。如《分门集注杜工部诗》引师古注曰:"甫尝为工部尚书郎中,犬戎之难,甫欲得将如傅介子以讨平之,而甫文士,年已衰老,想不为朝廷用,所谓'儒冠多误身'者,此也。……甫自顾鲁钝无能,叨蒙工部禄秩,足认朝廷不即弃捐,唯以周宣中兴之功仰望其君,洒泪江汉之上,惓惓朝廷,无复一预朝会,衰疾日长,老死而后已。未尝一言话之间少忘其君,足见甫之忠勤,诗人无能及之,盖谓是也。"王嗣奭《杜臆》:"此是既为工部郎后,追论往事也。故以《忆昔》为题,乃广德二年严武幕中作。"朱鹤龄《杜工部诗集辑注》:"公归成都,严武奏授尚书员外郎。此诗前云'老儒不用尚书郎',后云'朝廷记识蒙禄秩',盖幕府以后作也。"一说广德二年初犹在阆中时(王洙本旧次),以"尚书郎"为纯粹用典,不涉严武奏请授工部员外郎事。如浦起龙《读杜心解》:"旧编严武幕中,非。当属吐蕃陷京后、代宗复国时作。盖在广德二年之春,时复在阆。"杨伦《杜诗镜铨》从之,指出:"特以尚书郎三字误入耳。"按,诸说皆可通,则以从王洙本旧次系于"广德二年"为宜。又,广德二年尚有"在阆中"与"归成都"之别,不如从"严武幕中(奏授尚书员外郎)"之说,以增加此诗阐释之丰富性。此诗主旨,钱谦益《钱注杜诗》笺曰:"《忆昔》之首章,刺代宗也。肃宗朝之祸乱,成于张后、辅国。代宗在东朝,已身履其难。少属乱离,长于军旅,即位以来,劳心焦思,祸犹未艾,亦可以少悟矣。乃复信任程元振,解郭子仪兵柄,以召匈奴之祸,此不亦童昏之尤乎。公不敢斥言,而以'忆昔'为词,其意婉而切矣。"洪业《杜甫》第十章《何地置老夫》说:"我们的诗人觉得像他这样正直的人应该被朝廷任用,以便向皇帝进言如何击退敌人,重建朝纲。杜甫的确得到了一份新任命,可能就是在他得知朝廷返回长安之后不久——杜甫的某些朋友毫无疑问向朝廷推荐了他。在《奉寄别马巴州》一诗的附注中,杜甫说:'时甫除京兆功曹,在东川。'这首诗说得很清楚,我们的诗人并不打算接受这个任命,他不准备前往长安,而是计划乘舟南下洞庭湖。诗中提到'浮云',是暗指孔子所说的'不义而富且贵,于我如浮云'。事实上,这次任命是一次升迁。京兆功曹比我们诗人五年前担任的华州司马的品阶高两级。既然他从未喜欢前面的那个职位,那他自然也不想接受这个新的任命。不过,《忆昔二首》表明杜甫对这次任命并非毫不领情。但他总认为自己的能力只在于对政策和原则问题提供谏议,对日常办公事务并不感兴趣,哪怕这个职位可以让他回到长安。在第二首诗中,杜甫把自己年轻时候经历的和平繁荣境况和现在国家人民的可悲情形加以比较。叛乱和战争的确毁掉了这个国家。我们可以回忆起在第三章里,742年的人口普查数字是 8 525 763 户、48 909 800 人。754 年的数字分别是 9 619 254 户和 52 880 488 人。那么 764 年呢?2 933 125 户、16 920 386 人!可怕的人口剧减不完全是因为战争带来的实际死亡,相当大程度可能也是因为人口迁移,而人口统计对迁移人群难以作出普查。但是整个帝国超过三分之二的人口变得无家可归。这样的景象实在太悲惨了!"按,洪业说任命为"在东川除京兆功曹",与"尚书郎"不甚相惬,不如仍以严武幕中授"工部员外郎"为宜。故本书编次于重归成都入幕时期。

【笺释】

①《杜诗赵次公先后解辑校》:"骄子指言回纥也。至德二载,广平王俶为兵马元帅,郭子仪副之,以朔方、安西、回纥、南蛮、大食兵讨安庆绪。时回纥兵最有功。东胡,指言安庆绪也。时广平王之兵战于澧水,而庆绪败走。"

②《九家集注杜诗》:"关中小儿,越王系欲夺嫡也。张后,肃

宗张皇后也。时玄宗幸蜀，后侍肃宗起灵武，遂立为后。后能牢笼干预政事，迁太上皇，潜建宁王倓赐死，皆后谋也。及肃宗大渐，后挟越王系谋危害太子，为李辅国诛。上为忙，以代宗畏后也。鲍云：按关中小儿当为越王系是也。旧注云：今上代宗自为太子，授天下兵马元帅。及即位，内平张后、越王之难，外经营河朔。"《杜诗赵次公先后解辑校》辨正曰："关中小儿，谓李辅国也。张后，谓肃宗张皇后也。'为留猛士守未央'，谓郭子仪夺兵柄入宿卫也。旧注至谓关中小儿为越王系夺嫡，则自有东坡成说正其谬。……今上似指肃宗，旧注以代宗畏后，非是。今上犹乱，代宗能拨乱也。"朱鹤龄《杜工部诗集辑注》："关中小儿，指李辅国。《旧书·宦官传》：'李辅国，闲厩马家小儿，少为阉，貌陋，粗知书计，为仆事高力士。'《通鉴注》：'凡厩牧、五坊、禁苑给使者，皆谓之小儿。'"

③《杜诗赵次公先后解辑校》："公于广德二年以严武再尹成都，自阆中归武，用为参谋，固为尚书工部员外郎矣。今也止愿见如傅介子者，使斩赞普之首，则老儒不复须尚书郎也。此为夔州诗。"

登　楼

花近高楼伤客心，万方多难此登临。锦江春色来天地，玉垒浮云变古今。北极朝廷终不改，西山寇盗莫相侵。可怜后主还祠庙，日暮聊为梁甫吟①。

【系年】

1. 王洙本旧次在《奉酬李都督表丈早春作》与《春归》之间。

2.《杜陵诗史》系于"广德二年甲辰自梓州挈家再往阆中所作"，置于《城上》与《遣愤》之间。黄氏《补注杜诗》系于"广德二年作"。高崇兰编次刘辰翁评点《集千家注杜工部诗集》置于《题桃树》与《过南邻朱山人水亭》之间。钱谦益《钱注杜诗》置于《答杨梓州》与《春归》之间。朱鹤龄《杜工部诗集辑注》置于《过南邻朱山人水亭》与《奉寄高常侍》之间,杨伦《杜诗镜铨》从之。仇兆鳌《杜诗详注》置于《赠王二十四侍御契四十韵》与《寄邛州崔录事》之间。

【题解】

系年有永泰元年(邓忠臣、师古)与广德二年(蔡兴宗、鲁訔、黄鹤)两说,高崇兰及清人皆从广德二年说。"西山寇盗莫相侵"一句,邓忠臣注:"时崔旰起西山。"又,黄氏《补注杜诗》引师古注曰:"此二句讽崔旰反成都,不能为朝廷之害。"是"永泰元年"说之所由。《杜诗赵次公先后解辑校》依蔡兴宗编次系于广德二年,注曰:"此在阆中,已闻代宗车驾还长安之作。又言吐蕃陷松、维、保州事。旧本在成都往新津诗中,遂指为登新津楼,而妄说纷纷。或云既在阆中作诗,而诗及锦江、玉垒何也?盖公初未闻已收宫阙,遂有《伤春五首》与《城上》之作,今此已闻车驾之复矣,登楼远望,感去年吐蕃又陷松、维、保州事,故诗主言蜀中之大疆界也。……寇盗指言吐蕃,盖去年十月吐蕃陷京师,十五日闻郭子仪军至,众惊溃,子仪复长安,则朝廷似乎改矣,而车驾已还,此其终不改也。而十二月吐蕃陷松、维、保三州,成大震,则来相侵矣。故公告之以朝廷如北极终不改移尔,吐蕃特寇盗耳,无用相侵犯也。以此相应额联两句,见登楼时望全蜀气象如此。旧注:'崔旰起兵于西山。'非是。崔旰反在永泰元年,岁在乙巳,相去三年,不相干矣。"黄氏《补注杜诗》黄鹤注辨驳伪王洙注(邓忠臣注)及师古注,支持赵次公注,称:"按史:崔旰以永泰元年闰月辛亥寇成都,郭英乂死于灵池。是时公已在云安,隔年大历元年春尚在云安,今此诗云'锦江春色来天地,玉垒浮云变古今',若以西山寇盗为崔旰,则是大历元年作,公在云安,不应言'锦江春色来天地'。王注、师注为非,意是广德二年作。指吐蕃广德元年十二月陷松、维州而言,西山近维州故也。广德二年春晚,公避乱还成都,故《赠王侍御》有'犹得见残春'之句,故此诗亦言'锦江春色'。诗又云'北极朝廷终不改'者,亦谓吐蕃陷京师,立广武郡王承宏为皇帝,将欲改命,而旋为郭子仪克复,代宗还京,终不为吐蕃所废。赵注为是。"洪业《杜甫》第十章《何地置老夫》用广德二年说:"杜甫并不只关注自己的居住问题。《登楼》可能作于他在成都时一次对严武的拜访。他仍关注着国家的麻烦,尤其是吐蕃占领西山和西北边境几个州郡的事情。当他从高楼上观望蜀先主祠庙时,他再次追忆起伟大的丞相诸葛亮,蜀国的后主尽管孱弱,却也知道依靠诸葛亮来捍卫自己的国家。我们的诗人想到了自己的时代,这个时代需要能人来抵御吐蕃对国家的进攻。在杜甫心目中,严武就是这样一个人,而杜甫也很愿意帮助他。"

【笺释】

①《杜诗赵次公先后解辑校》:"按《资治通鉴》:广德元年十二月丁亥,车驾发陕州,左丞颜真卿请先谒陵庙,然后还宫。元载不从,真卿怒曰:'朝廷岂堪相公再坏耶?'载由是衔之。所载如此而已,代宗竟谒陵庙与否,无所考也。以意逆之,公于二年春作《伤春》诗时,尚未知车驾当年十二月已还京师矣,故伤之而有作。后闻有承宏之事,所以言朝廷终不改。又闻颜真卿之请,所以有还祠庙之句。今以为阆中所作,自谓灼然矣。公托言后言之还祠庙,又自谓诸葛可以为之辅也。考《后主传》及《诸葛亮传》,并无祠庙之文,唯《后主传》注载禅谓亮曰:'政由葛氏,祭即寡人。'斯以祠庙为事矣。"又,黄氏《补注杜诗》引师古注曰(亦见《分门集注杜工部诗》):"诸葛亮佐先主,图收复,功未就而亮卒。及后主即位,祠祭亮庙,叹无人为之助。亮未达时作《梁父吟》,故甫因旰之乱,伤朝廷无诸葛之才。"黄鹤补注曰:"公正以代宗还京而李光弼死,故以比后主之失孔明也。"按,"(永泰元年)崔旰"说之误已见"题解"辨正。广德二年李光弼卒,黄鹤说有理。又,钱谦益《钱注杜诗》笺曰:"'可怜后主还祠庙',其以代宗任用程元振、鱼朝恩,致蒙尘之祸,而托讽于后主之用黄皓乎?其兴寄微婉如此。"杨伦《杜诗镜铨》更明言之:"此句隐况代宗幸未失国也。"

太子张舍人遗织成褥段①

客从西北来，遗我翠织成。开缄风涛涌，中有掉尾鲸。逶迤罗水族，琐细不足名。客云充君褥，承君终宴荣。空堂魑魅走，高枕形神清。领客珍重意，顾我非公卿。留之惧不祥，施之混柴荆。服饰定尊卑，大哉万古程。今我一贱老，短褐更无营。煌煌珠宫物，寝处祸所婴。叹息当路子，干戈尚纵横。掌握有权柄，衣马自肥轻。李鼎死岐阳，实以骄贵盈②。来瑱赐自尽，气豪直阻兵③。皆闻黄金多，坐见悔吝生。奈何田舍翁，受此厚贶情。锦鲸卷还客，始觉心和平。振我粗席尘，愧客茹藜羹。

【系年】

1. 王洙本旧次在《喜雨》与《丈人山》之间。
2. 《杜陵诗史》系于"广德二年甲辰春末再至成都所作"，置于《初冬》与《至后》之间。高崇兰编次刘辰翁评点《集千家注杜工部诗集》从之。黄氏《补注杜诗》系于"广德二年作"，黄鹤补注曰："梁权道编在上元二年成都作。然诗有云'来瑱赐自尽'，而瑱伏诛在广德元年正月，当是广德二年在成都作。公自谓田舍翁，则再归草堂时也。"钱谦益《钱注杜诗》本在《扬旗》与《莫相疑行》之间。朱鹤龄《杜工部诗集辑注》置于《扬旗》与《忆昔二首》之间，仇兆鳌《杜诗详注》置于《送韦讽上阆州录事参军》与《忆昔二首》之间，杨伦《杜诗镜铨》置于《送韦讽上阆州录事参军》与《过故斛斯校书庄二首》之间。

【题解】

王洙本旧次在严武未回蜀时期，鲁訔编次、黄鹤系年皆系于严武二次任职蜀中时期，高崇兰及清人皆从鲁訔、黄鹤说。钱谦益《钱注杜诗》笺曰:"史称武累年在蜀,肆志逞欲,恣行猛政,穷极奢靡,赏赐无度。公在武幕下,此诗特借以讽谕,朋友责善之道也。不然,辞一织成之遗,而侈谈杀身自尽之祸,不疾而呻,岂诗人之意乎。"洪业《杜甫》第十章《何地置老夫》将此诗与严武二次任职蜀中系联分析,颇为贴切:"严武此人虽然有能力,缺点也很明显。注家们一般都猜测《太子张舍人遗织成褥段》就是写给严武的警诫。诗中提到了李鼎和来瑱之死。后者是一名勇士,绰号来嚼铁,曾任山南东道节度使,为国家立过赫赫战功。他因为傲慢自大招致朝廷的猜疑,在 763 年被赐自裁。李鼎在 761 年被任命为陇右节度使。关于他的结局史无明文记载,从杜甫这首诗中我们得知他死于岐阳,以及他的死因。我们的诗人特别仔细地强调了骄傲和奢侈带来的危害。这可能恰恰就是严武的两个缺点。……某些关于严武的传说有多少真正可信是个问题。明智、正直和宽厚的杜甫和这样一个残忍的人有着如此亲密的联系,这让人难以想象。即使在严武死后,杜甫还饱含钦羡和感激之情地追忆他,这件事使得杜甫的大多数研究者都不相信严武曾经有过杀死杜甫的企图。章彝何时以及为什么死去乃是一个谜。杜甫写给章彝的诗篇使我们得以窥见此人不可靠性格的一面。严武也许是要除去一个帝国潜在的叛乱者,这并非没有可能。在唐代逸闻轶事的记载中有一个传说,章彝的家族对严武恨之入骨,他们竭尽全力地毁坏严武的声誉。大部关于严武的恶毒传说是不是出于报复严武、玷污对他的回忆的诽谤之口呢?话又说回来,不难理解一个很早就获得权力和成功的显赫的年轻人,可能会很容易成为骄傲和奢侈这些诱惑的牺牲品。朋友的责任就是给他所需要的建议。杜甫在《太子张舍人遗织成褥段》这首诗中正是这样做的,尽管方式间接而不冒犯,但意图十分清楚。"

【笺释】

① 王嗣奭《杜臆》:"官衔太子舍人,题加太子于张之上,谨慎如此。"

②《杜诗赵次公先后解辑校》:"李鼎于史无传,惟见姓名于

《旧史·崔光远传》。上元元年,以李鼎伐光远,为凤翔节度使。又《新唐书》载于上元二年二月,云奴刺、党项、羌寇宝鸡,焚大散关,寇凤州。凤翔尹李鼎败之。此李鼎之可见者。"

③ 邓忠臣注:"上元三年,肃宗追瑱入京。裴茂称瑱屈强难制,宜早除之。代宗潜令裴茂图之,瑱擒茂妻子于江汉。瑱入朝谢罪,肃宗含怒。宝应二年,贬瑱播州县尉。翌日,赐死于鄠县,籍没其家。"黄氏《补注杜诗》黄希补注曰:"按《旧史》:李鼎上元元年尝代崔光远为凤翔尹,充本府及秦陇观察使。《新史》:广德元年正月壬寅,来瑱削在身官爵,长流播州。寻赐死于路。"

丹 青 引

赠曹将军霸①。

将军魏武之子孙,于今为庶为清门。英雄割据虽已矣,文彩风流犹尚存。学书初学卫夫人,但恨无过王右军。丹青不知老将至,富贵于我如浮云。开元之中常引见,承恩数上南熏殿。凌烟功臣少颜色,将军下笔开生面②。良相头上进贤冠,猛将腰间大羽箭。褒公鄂公毛发动③,英姿飒爽来酣战。先帝天马玉花骢,画工如山貌不同。是日牵来赤墀下,迥立阊阖生长风。诏谓将军拂绢素,意匠惨淡经营中。斯须九重真龙出,一洗万古凡马空。玉花却在御榻上,榻上庭前屹相向。至尊含笑催赐金,圉人太仆皆惆怅。弟子韩幹早入室,亦能画马穷殊相。幹惟画肉不画骨,忍使骅骝气凋丧。将军尽善盖有神,必逢佳士亦写真。即今飘泊干戈际,屡貌寻常行路人。途穷返遭俗眼白,世上未有如公贫。但看古来盛名下,终日坎壈缠其身。

【系年】

1. 王洙本旧次在《棕拂子》与《桃竹杖引》之间。

2.《杜陵诗史》系于"广德元年自梓暂往阆所作",置于《冬狩行》与《桃竹杖引》之间。钱谦益《钱注杜诗》在《送韦讽上阆州录事参军》与《阆州东楼筵奉送十一舅往青城得昏字》之间。

3. 黄氏《补注杜诗》系于"广德二年作",黄鹤补注曰:"此诗云'漂泊干戈际',当是霸遭关内之乱而入蜀。梁权道云宝应元年梓州作。然公有《韦讽宅观曹将军画马》诗,在广德二年成都作。若宝应元年先有此诗与霸,则后诗必及之。意其亦广德二年作。"高崇兰编次刘辰翁评点《集千家注杜工部诗集》认同黄鹤说,置于《送韦讽上阆州录事参军》与《寄李十四员外布十二韵》之间。朱鹤龄《杜工部诗集辑注》置于《送韦讽上阆州录事参军》与《送陵州路使君之任》之间,仇兆鳌《杜诗详注》置于《军中醉歌赠沈八刘叟》与《韦讽录事宅观曹将军画马图歌》之间,杨伦《杜诗镜铨》置于《寄李十四员外布十二韵》与《韦讽录事宅观曹将军画马图歌》之间。

【题解】

系年有宝应元年(梁权道)、广德元年(王洙本旧次、鲁訔、钱谦益)与广德二年(黄鹤)三说。按,宝应元年与广德元年实为一说,皆在梓州时期内。清人及今人多采广德二年回成都时所作。宋人张邦基以为此诗有讥讽玄宗、肃宗父子关系之深意,其《墨庄漫录》卷四称:"杜子美微意深远,考之可见,如《丹青引赠曹霸诗》也有云:'至尊含笑催赐金,圉人太仆皆惆怅。'说者谓帝喜霸之能写真画马也,故催金赐之,而圉人太仆,自叹其无技以蒙恩赍耳。如此说则意短无工,殊不知此画深讥肃宗也。考是诗始云:'先帝天马玉花骢,画工如山貌不同。是日牵来赤墀下,迥立阊阖生长风。'帝既见先帝之马,当轸羹墙之念,反含笑而赐金,曾不若圉仆见马能惆怅而怀先帝也。"张说早启钱谦益玄、肃宗父子关系诸说先鞭。洪业《杜甫》第十章《何地置老夫》解释较为平淡:"杜甫的职责使得他必须要长期待在成都城中。在城中某位朋友家中,杜甫可能遇到了老画家曹霸,并为他的作品写下两首诗歌,《丹青引赠曹将军霸》是其中更著名的一首。"

【笺释】

①《宋本杜工部集》:"赠曹将军霸。"按体例似为"杜甫自注",或"王洙注"。然《杜陵诗史》、黄氏《补注杜诗》以为"鲁訔注":"鲁(訔)曰:赠曹将军霸。"待考?杨伦《杜诗镜铨》:"《名画记》:霸在开元中已得名,天宝末每诏写御马及功臣,官至左武卫将军。"

②《杜诗赵次公先后解辑校》:"贞观中,太宗画李靖等二十四人于凌烟阁,至开元时颜色已暗,而曹将军为之画,故云开生面。"

③邓忠臣注:"鄂公,尉迟敬德。褒公,段志玄。"杨伦《杜诗镜铨》:"《旧唐书》:凌烟阁功臣二十四人,开府仪同三司鄂国公尉迟敬德第七,故辅国大将军扬州都督褒国忠壮公段志玄第十一。"

莫 相 疑 行

男儿生无所成头皓白,牙齿欲落真可惜。忆献三赋蓬莱宫,自怪一日声辉赫。集贤学士如堵墙,观我落笔中书堂。往时文彩动人主,此日饥寒趋路旁①。晚将末契托年少,当面输心背面笑②。寄谢悠悠世上儿,不争好恶莫相疑。

【系年】

1. 王洙本旧次在《三绝句》"前年渝州杀刺史"与《遭田父泥饮美严中丞》之间。《杜陵诗史》系于"广德二年甲辰自梓州挈家再往阆中所作"最末一首,置于《投简梓州幕府》与《寄司马山人十二韵》之间。

2. 黄氏《补注杜诗》系于"永泰元年作",黄鹤补注曰:"郭英义帅蜀时,年方三十余,此诗意是为英义作。虽严武年少,然于公未尝不相知,岂有'当面输心背后笑'之事?《八哀诗》中严武诗,可见公待武初终无间,应无此作。当是永泰元年与英乂不合,去成都时作。又观此诗,《弊庐遣兴》诗寄武云'还思长者辙,恐避席为门',若武于公果有如诗所云,则去幕府之后不应诗语犹如此也。"高崇兰编次刘辰翁评点《集千家注杜工部诗集》认同黄鹤说,置于《喜雨》与《赤霄行》之间。杨伦《杜诗镜铨》从之。钱谦益《钱注杜诗》置于《太子张舍人遗织成褥段》与《别蔡十四著作》之间。朱鹤龄《杜工部诗集辑注》置于《天边行》与《赤霄行》之间,仇兆鳌《杜诗详注》从之。

【题解】

系年有广德二年(764)(王洙本旧次、鲁訔)与永泰元年(765)(黄鹤)二说。按,鲁訔编在广德二年梓州、阆中时期内,除因王洙本旧次系于此年之外,或还因杜甫有《投简梓州幕府》之作,言及"贫病人弃",与此诗意合。然黄鹤将此诗置于严武幕府中,亦为有见,高崇兰及清人皆从之。两说皆可通。洪业《杜甫》第十章《何地置老夫》赞同"永泰元年"说,并推测"当面输心背后笑"之年少轻薄子为杜甫在严武幕府中的同僚(参见下注②):"在《莫相疑行》中,杜甫对自己(身处幕府)背后的嘀咕声表现出了相当的敏感。还有一首诗的结尾是这样说的:'老翁慎莫怪少年,葛亮《贵和》书有篇。丈夫垂名动万年,记忆细故非高贤。'(《赤霄行》)"按,万曼《读杜札记》指出,幕僚中"和老杜不能合作的,便是老杜的从孙杜济"。他根据颜鲁公为杜济所作的神道碑得出结论,"严武再入蜀,便是和杜济一路由长安同来,杜济是行军司马,杜甫是节度参谋。所以杜甫从一入武幕,便感到不甚如意。"[1]此说颇能启人之思。如果我们还记得杜甫在长安时期所作的《示从孙济》中披露出来的杜济对他那不耐烦的待客之道,可以想见两人之间早就有矛盾了。我的推测,这是性格气质和处事做派的冲突。杜济显然是一个实用主义的干才,颇瞧不上老杜的迂阔而不切事情,更何况杜甫很可

---

[1]《万曼文集》,河南大学出版社 2007 年,第 652 页,原载《开封师范学院学报》1962 年 1 期。

能还对他摆出从祖的资格,自然使他越发不能容忍。有时候,激烈的冲突反而来自原本关系更近一些的人。生活中往往有这样合理的意外。

【笺释】

① 邓忠臣注:"天宝末,以家避乱鄜州,独陷贼中。至德二载(757),窜归凤翔,谒肃宗,授左拾遗。诏许至鄜迎家。明年收京,扈从还长安。房琯罢相,甫上疏论琯有才,不宜废免,肃宗怒,贬琯邠州刺史,出甫为华州司功。属关辅饥乱,弃官之秦州。又居成州同谷,自负薪采梠,哺不给。乃遂入蜀,乃上元元年,卜居成都浣花里。"

② 邓忠臣注:"时甫依严武,几为武所杀。"《杜陵诗史》引师古注曰(亦见《分门集注杜工部诗》):"年少指严武也。甫与武父挺之素善,武时尚少,镇成都,甫往依焉,故云'晚将末契托年少'。甫尝醉登武床,瞋目曰:'严挺之乃有是儿。'武憾其斥父名,拔剑将杀之,赖武母救止乃免。武与甫由是有隙,故甫讥其不以诚相待,而有是作。"按,黄氏《补注杜诗》黄鹤补注则以为指郭英义,皆非。朱鹤龄《杜工部诗集辑注》:"按:公《传》云:'英义粗暴武人,无能刺谒,乃扁舟下峡。'公在成都,未尝与英义往来,安得有'末契托年少'之句乎?"仇兆鳌《杜诗详注》引黄生曰:"公以白头趋幕,不免为同列少年所侮,故一则云:'晚将末契托年少,当面输心背面笑。'一则云:'老翁慎莫怪少年,葛亮贵和书有篇。'合二作观之,显是幕中所赋,从未经人拈出。"杨伦《杜诗镜铨》:"前诗有'分曹失异同'句,知辞幕之故,大半因同辈不合。盖一则老不入少,一则主人相待独优,未免见忌。"黄、仇、杨三说得之。

倦　夜

竹凉侵卧内,野月满庭隅。重露成涓滴,稀星乍有无。暗飞萤自照,水宿鸟相呼。万事干戈里①,空悲清夜徂。

【系年】

1. 王洙本旧次在《送王十五判官扶侍还黔中》与《悲秋》之间。黄氏《补注杜诗》系于"广德二年(764)作",黄鹤补注曰:"诗云'竹凉侵卧内,野月满庭隅',当是在浣花作。广德二年自阆州归,未为参谋时。诗又云'万事干戈里',盖吐蕃之乱未已。"朱鹤龄《杜工部诗集辑注》置于《九日》与《薄暮》之间,杨伦《杜诗镜铨》从之。高崇兰编次刘辰翁评点《集千家注杜工部诗集》置于《村雨》与《遣闷奉呈严公二十韵》之间;仇兆鳌《杜诗详注》置于《独坐》与《陪郑公秋晚北池临眺》之间。

2.《杜陵诗史》系于"广德元年癸卯春在梓之绵之阆复归梓所作",置于《征夫》与《悲秋》之间。古逸丛书本《草堂诗笺》失收。

【题解】

系年有广德元年(鲁訔)与广德二年(王洙本旧次、黄鹤)二说。高崇兰及清人从"广德二年"说,以为在草堂所作。然"广德二年"说系年虽同,编次之异则显示诸家理解尚有不同。王洙旧本编次在未入严武幕时,黄鹤亦以为"未为参谋时"所作,清人朱鹤龄、杨伦从之。高崇兰、仇兆鳌则以为入幕后告假归休所作,洪业《杜甫》第十章《何地置老夫》即用此说:"我们发现杜甫有相当多晚秋和冬天的诗篇是写于江村的。其中包括《村雨》和《倦夜》。被雨水洗过的清新的松树、秀竹和菊花确实能慰藉老眼,但就算它们也不能缓解因为失望、焦虑和思乡而带来的长夜难眠。"

【笺释】

①《杜诗赵次公先后解辑校》:"时吐蕃之兵方炽也。"

花　　鸭

花鸭无泥滓,阶前每缓行。羽毛知独立,黑白太分明。

不觉群心妒，休牵众眼惊。稻粱沾汝在，作意莫先鸣。

【系年】

1. 王洙本旧次属《江头五咏》末首，在《春夜喜雨》与《野望》之间。

2.《杜陵诗史》系于"上元元年庚子在成都所作"，置于《江畔独步寻花七绝句》与《堂成》之间。《草堂诗笺》系于"上元元年庚子在成都所作"，置于《江畔独步寻花七绝句》与《蜀相》之间。

3. 黄氏《补注杜诗》系于"宝应元年作"，黄鹤补注曰："江头即前所谓'江畔独步寻花'处，以是日所见入咏。从旧次，为宝应元年作。五篇皆有意寓，当熟味之。"高崇兰编次刘辰翁评点《集千家注杜工部诗集》认同黄鹤系年，置于《奉待严大夫》与《野望》之间。朱鹤龄《杜工部诗集辑注》亦用黄鹤系年，置于《重赠郑炼绝句》与《野望》之间，仇兆鳌《杜诗详注》从之。杨伦《杜诗镜铨》置于《重赠郑炼绝句》与《畏人》之间。

【题解】

系年有上元元年（鲁訔）与宝应元年（黄鹤）二说，大致相近。《杜诗赵次公先后解辑校》："此篇于物则纪实，于义则自况。无泥滓，则比其洁也。每缓行，则比其雍容也。羽毛独立，则自比其不群也。黑白分明，则自比其文采之明著也。……既有稻粱，乃戒之无用先鸣，亦饱食缄言以终之，处乱之道，此公之自警也。"《九家集注杜诗》引师尹注曰："羽毛独黑白分明，则起群心之妒，为众目之惊。但稻粱沾足，则无忧先鸣矣。此子美自况也。"黄氏《补注杜诗》黄鹤补注曰："此篇言公以直言受妒，而出居于外，虽有一饱之适，犹以先鸣为戒。"三家说较含混。杨伦《杜诗镜铨》则以为为论房琯事遭三司推问所作："此公自喻以直言救琯外斥，惟恐易招世忌而欲有心韬晦也。"惟洪业于系年及主旨皆别有新见，以为永泰元年前后杜甫居严武幕府、见嫉于少年新进所作。《杜甫》第十章《何地置老夫》云："《百舌》和《花鸭》,尽管通常被系于其他年份,看起来似乎更适合杜甫在永泰元年(765)春天的心境,他待在江村,即使不是完全杜门独居,那也是很少外出前往节度使府中。百舌鸟的鸣叫是否逐渐黯淡下去了?无论如何,黑白太过分明的花鸭下定决心决不第一个发出声音。不太清楚这位说话坦率的诗人幕僚关注的是诗歌,抑或军事政策,还是两者兼有?在《戏为六绝句》中,杜甫面对野心勃勃的诗坛新贵对前辈诗歌大师的嘲弄,挺身捍卫,如果这组诗写于广德二年(764)或永泰元年(765),它们倒可能真是因为诗歌问题、我们诗人背后的嘀嘀咕咕而引发的一场争吵的起因或结果呢。"洪业说增加了此诗的阐释空间,本书编次即用此。

客　居

　　客居所居堂,前江后山根。下堑万寻岸,苍涛郁飞翻。葱青众木梢,邪竖杂石痕。子规昼夜啼,壮士敛精魂。峡开四千里,水合数百源①。人虎相半居,相伤终两存。蜀麻久不来,吴盐拥荆门。西南失大将②,商旅自星奔。今又降元戎,已闻动行轩。舟子候利涉,亦凭节制尊③。我在路中央,生理不得论④。卧愁病脚废,徐步视小园。短畦带碧草,怅望思王孙。凤随其皇去,篱雀暮喧繁⑤。览物想故国,十年别荒村。日暮归几翼,北林空自昏。安得覆八溟,为君洗乾坤。稷契易为力,犬戎何足吞。儒生老无成,臣子忧四蕃。箧中有旧笔,情至时复援。

【系年】
　　王洙本旧次在《除草》与《客堂》之间。《杜诗赵次公先后解辑校》系于"永泰元年五月挈家下戎、渝、忠,八月至云安所作",置于《十二月一日三首》、《又雪》、《子规》与《客堂》之间。观赵次公本编次,实已入大历元年,注称:"此云安诗。"《杜陵诗史》系于

"永泰二年到云安所作",编次同赵次公本,其确凿系于"永泰二年"(即大历元年),最明赵次公编次之义。古逸丛书本《草堂诗笺》失收。黄氏《补注杜诗》系于"大历元年作",黄鹤补注曰:"诗云'今又降元戎,已闻动行轩',谓杜鸿渐帅蜀。按史:大历元年壬子,杜鸿渐为山南西道、剑南东西川、邛南山西等道副元帅。则是诗当在大历元年春晚欲迁夔州时作。所以有'舟子候利涉'之句。"高崇兰编次刘辰翁评点本置于《往在》与《客堂》之间。朱鹤龄《杜工部诗集辑注》置于《近闻》与《客堂》之间,杨伦《杜诗镜铨》从之。仇兆鳌《杜诗详注》置于《子规》与《石砚》之间。

【题解】

诸家系年皆同(永泰二年改元大历,两者实为同年),编次小异。仇兆鳌《杜诗详注》曰:"《唐书》:大历元年二月,以杜鸿渐为东西川副元帅。诗云'已闻动行轩',盖三月初作。《杜臆》谓此诗作于云安,是也。又谓前江后山,即前所云江楼水阁,印合自确。黄鹤编在夔州,与《客堂》为一处,误矣。"仇兆鳌谓黄鹤系年于夔州,黄鹤实言"欲迁夔州时作",与鲁訔系年无异,仇说误。洪业《杜甫》第十章《何地置老夫》:"在云安,一家人离开船只,住在山脚下一处借来或租来的房子里。杜甫可能在春天临近结束时写了《客居》这首诗。诗中提到的'大将'是指郭英义,他代替严武镇抚剑南,与一个部将崔旰反目,于766年(大历元年)1月9日被击溃,逃遁,最终被崔旰的部属(普州刺史韩澄)杀死。接着几个牙将——邛州柏茂琳、泸州杨子琳、剑州李昌巙——开始攻击崔旰。整个剑南道都受到影响。766年(大历元年)4月10日,朝廷任命我们诗人的一个亲戚——杜鸿渐,为剑南西川节度使,兼山南西道、剑南东、西川副元帅。我们的诗人大概在四月底、五月初听到杜鸿渐已经前往成都的消息。事实上,老迈、狡诈而怯懦的杜鸿渐根本不急于启程,直到八月才达到成都。"

【笺释】

①《杜诗赵次公先后解辑校》:"峡开四千里,其千字可疑。岂自渝州明月峡至夔州西陵峡而下,有水路四千里乎?"黄氏《补

注杜诗》黄希补注曰:"按《峡程记》:泸、合、遂、蜀四郡,皆峡之郡。自蛮江桔柏池导等江至此二百八千里,会于峡前。次荆门都四百五十滩,蜀在西川,而泸在东川,水有数百源,则其迂回自源徂末,未必无四千里也。"朱鹤龄《杜工部诗集辑注》:"公所谓'峡开四千里',盖统论江山之大势,非专指峡山也。"

② 邓忠臣注:"时崔旰杀郭英义。"《杜陵诗史》引鲍钦止注曰:"谓(严)郑公卒也。"当以指郭英义为是。

③ 邓忠臣注:"时除杜鸿渐为成都尹。"《杜诗赵次公先后解辑校》:"按《编年通载》:'永泰元年闰十月,剑南兵马使崔旰反杀其帅郭英义。'又按《资治通鉴》:'大历元年二月壬子,以杜鸿渐为山南西道、剑南东西川副元帅、剑南西川节度使,以平蜀乱。'今云'西南失大将',则崔旰杀郭英义;'今又降元戎',则时除杜鸿渐镇蜀。英义以定襄郡王领节度,故云'大将'。鸿渐以宰相充尹山西、剑南副元帅,故云'元戎'。"

④ 邓忠臣注:"甫依严武,武死,英义粗暴不能容,旋有崔宁之乱。此甫所以进退不能也。"《杜诗赵次公先后解辑校》:"欲南下归长安,到处留滞,今尚在半路。旧注云:甫依严武,武死。英义粗暴不能容,旋有崔宁之乱。此甫所以进退不能。大非是。盖武永泰元年四月尽日死,公五月下戎州,九月在云安栖泊,于是有客居之堂。至今岁二月已后,闻子时赋此诗,岂曾见郭英义之来邪?"

⑤ 邓忠臣注:"言贤者亡,小人喧竞也。时崔宁(旰)、杨子琳、柏贞节更来成都。"《杜陵诗史》引鲍钦止注曰:"岂郑公之夫人亦继亡也。"可谓善于设想,然其误不待言。

引　水

月峡瞿唐云作顶,乱石峥嵘俗无井①。云安酤水奴仆悲,鱼复移居心力省。白帝城西万竹蟠,接筒引水喉不干②。人生留滞生理难,斗水何直百忧宽。

【系年】

1. 王洙本旧次在《杜鹃》与《青丝》之间。

2.《杜诗赵次公先后解辑校》系于"大历二年三月自赤甲迁瀼西所作",置于《暮春题瀼西新赁草堂五首》与《甘园》之间。《杜陵诗史》同此。古逸丛书本《草堂诗笺》失收。

3. 黄氏《补注杜诗》系于"大历元年作",黄鹤补注曰:"诗云'云安沽水奴仆悲,鱼复移居心力省',当是大历元年至夔州作。"高崇兰编次刘辰翁评点《集千家注杜工部诗集》认同黄鹤说,置于《除草》与《园人送瓜》之间。朱鹤龄《杜工部诗集辑注》置于《漫成一首》与《寄韦有夏郎中》之间,仇兆鳌《杜诗详注》置于《客堂》与《示獠奴阿段》之间,杨伦《杜诗镜铨》置于《漫成一首》与《示獠奴阿段》、《寄韦有夏郎中》之间。

【题解】

系年有两说,一为大历元年初到夔州(王洙本旧次、黄鹤、高崇兰),一为大历二年在夔州移居瀼西(蔡兴宗、鲁訔)。玩诗意,似应以初到夔州为胜,清人亦皆用"大历元年"说。按,"鱼复移居"当作"自云安移居至鱼复"解,而非"在鱼复自赤甲移居至瀼西",因"鱼复移居"乃与"云安酤水"对举故也。又,仇兆鳌《杜诗详注》:"夔州取泉,胜于云安沽水,但旅况艰难,一水未足以解忧耳。"按,此说似误会老杜末联句意。老杜叹生理之难,故虽区区饮水之细事,其解决亦能宽慰目前百忧缠身之焦虑,此首是自宽之诗,而非抱怨之作。洪业《杜甫》第十一章《夔子之国杜陵翁》亦用"大历元年"说:"不过,杜甫待在城中的时间非常短。春天将尽之前,他和家人就已经搬到了白帝城西北的乡下丘陵。《引水》向我们透露,这个地方离大江颇有一段距离,居民饮水必须依靠竹管引来的山泉水。"

【笺释】

① 黄氏《补注杜诗》黄鹤补注曰:"夔与云安有盐井,而罕有凿井汲泉者。故公作《信行远修水筒诗》云:'云端竹筒拆,云表山石碎。触热借子修,通流与厨会。往来四十里,荒险崖谷大。'

使其可井,安至引泉如是远也!"

②《分门集注杜工部诗》引鲁訔注曰:"夔俗无井,皆以竹引山泉而食,蟠屈山腹间,有至于数百丈者。"按,南方山区多以竹筒引水,如晚唐李群玉《引水行》:"一条寒玉走秋泉,引出深萝洞口烟。十里暗流声不断,行人头上过潺湲。"

古　柏　行

孔明庙前有老柏,柯如青铜根如石。霜皮溜雨四十围,黛色参天二千尺①。君臣已与时际会,树木犹为人爱惜。云来气接巫峡长,月出寒通雪山白。忆昨路绕锦亭东,先主武侯同閟宫。崔嵬枝干郊原古,窈窕丹青户牖空。落落盘踞虽得地,冥冥孤高多烈风。扶持自是神明力,正直原因造化功。大厦如倾要梁栋,万牛回首丘山重。不露文章世已惊,未辞翦伐谁能送。苦心岂免容蝼蚁,香叶终经宿鸾凤。志士幽人莫怨嗟,古来材大难为用。

【系年】

1. 王洙本旧次在《题李尊师松树障子歌》与《戏为双松图歌》之间。

2.《杜诗赵次公先后解辑校》系于"大历元年三月移居夔州所作",置于《武侯庙》与《八阵图》之间。《杜陵诗史》同此。古逸丛书本《草堂诗笺》失收。黄氏《补注杜诗》系于"大历元年作",黄鹤补注曰:"此诗虽指成都孔明庙而言,而诗云'忆昨路绕锦亭东',则不在成都作。岂非大历元年至夔见先主武侯庙,遂追忆锦亭所见而成?旧编并梁权道具以为上元元年,殆未详诗中语也。惟赵注云此乃追言成都先主庙之柏,盖公近自离成都而来夔,故止可言'忆昨'。"高崇兰编次刘辰翁评点《集千家注杜工部诗集》置于《上白帝城》二首与《负薪行》之间。钱谦益《钱注杜诗》置于《引水》与《缚鸡行》之间。朱鹤龄《杜工部诗集辑注》置于《诸葛庙》与《负薪行》之间,杨伦《杜诗镜铨》从之。仇兆鳌《杜诗详注》置于《谒先主庙》与《诸将》五首之间。

【题解】

系年有两说,一为上元元年成都时期(王洙本旧次、梁权道),一为大历元年夔州时期(蔡兴宗、鲁訔、黄鹤、高崇兰)。王洙本旧次当以"孔明庙"为成都武侯祠而系于上元元年,未明夔州亦有孔明庙。《杜诗赵次公先后解辑校》辨曰:"孔明为蜀相。成都则先主庙而武侯祠堂附焉。夔州则先主庙、武侯庙各别。今咏柏专是孔明庙而已,岂非夔州柏乎?公诗集中其在夔也,屡有孔明庙诗,于《夔州十绝》云:'武侯祠堂不可忘,中有松柏参天长。'以绝句证之,则此乃夔州之诗明矣。"其说甚明(钱谦益《钱注杜诗》用此意而未注明为赵次公说)。黄鹤释"忆昨路绕锦亭东,先主武侯同閟宫"亦为有据。又,"云来气接巫峡长"亦点出夔州地点。清人及今人皆从"大历元年"说。洪业《杜甫》第十一章《夔子之国杜陵翁》亦用此说:"我们的诗人性喜寻访山水,一在瀼东安置下来,就开始游览附近地区的名胜。不少关于附近名胜古迹的诗篇可能就是在诗人抵达夔州之后数月间写就的。其中,《武侯庙》、《八阵图》、《古柏行》都是关于诸葛亮这位三世纪的伟人的诗篇,它们讲述了诸葛亮对蜀国先主刘备的忠诚辅佐,关于他们两人之间相互关系的传说我们可以从杜甫此前作于成都的诗篇中回想起来。"又,"霜皮溜雨四十围,黛色参天二千尺"是此诗公案聚讼所在,注家多引沈括语,而以形容之辞释之。按,宋人黄朝英《缃素杂记》佚文"十围"条别有新解:"苏鹗《演义》云:'前史称腰带十围者甚众。近者《北史》又云:"庾信身长八尺,腰带十围。"围者环绕之义,古制以围三径一,即一围者三尺也。岂长八尺之人,而系三十尺之腰带乎?甚非其理。此围盖取两手大指头指相合为一围,即今俗谓之搦是也。大凡中形之人,腰不过六尺、七尺,今一小围是一尺,则身八尺腰带一丈,得其宜矣。'又,沈存中《笔谈》云:'《武侯庙柏诗》:"霜皮溜雨四十围,黛色参天二千尺。"四十围乃是径七尺,无乃太细长乎?'

予谓存中善九章算术,独于此为误,何也? 四十围若以古制论之,当有百二十尺(古制以围三径一,四十围即百二十尺),围有百二十尺,即径四十尺矣,安得云七尺也。若以人两手大指头指相合为一围,则一围是一小尺,即径一丈三尺三寸,又安得云七尺也。武侯庙柏,当以古制为定,则径四十尺,其长二千尺又宜矣,岂得以太细长讥之乎? 老杜号为'诗史',何肯妄为云云也。"又,《杜诗赵次公先后解辑校》注以为确有其事:"二千尺,则巴郡有柏树,大可十围,高二千尺余。此并载乐史《太平寰宇记》中。"朱鹤龄《杜工部诗集辑注》皆驳之,仍以形容之辞释:"四十围,二千尺,皆假象为词,非有故实。《梦溪笔谈》讥其太细长,《缃素杂记》以古制'围三径一'驳之,次公注又引南乡故城社柏大四十围,皆为鄙说。"按,白帝城据山以建,孔明庙亦高踞其上,"二千尺"或并孔明庙所在山峰之高以计,言其及江面之距离耶? 如此解可通,则可与"云来气接巫峡长,月出寒通雪山白"、"落落盘踞虽得地,冥冥孤高多烈风"诸句互为呼应,古柏之"背景空间"可谓宏阔。聊备一说,以俟高明。

【笺释】

① 刘辰翁《集千家注杜工部诗集》:"昭曰:'君臣已与时际会,树木犹为人爱惜'与'云来气接巫峡长,月出寒通雪山白'两联,似乎倒置,气脉不属。尝问须溪先生,先生曰:'然。传写之讹耳。'"参见《冬日洛城北谒玄元皇帝庙》题解。

缚 鸡 行

小奴缚鸡向市卖,鸡被缚急相喧争。家中厌鸡食虫蚁,不知鸡卖还遭烹。虫鸡于人何厚薄,吾叱奴人解其缚。鸡虫得失无了时,注目寒江倚山阁①。

【系年】

王洙本旧次在《别李秘书始兴寺所居》与《负薪行》之间。《杜诗赵次公先后解辑校》系于"大历元年冬在夔州西阁所作",置于《西阁口号》与《不离西阁二首》之间。《杜陵诗史》、古逸丛书本《草堂诗笺》俱失收。黄氏《补注杜诗》系于"大历元年作",黄鹤补注曰:"诗云'注目寒江倚山阁',当是大历元年冬寓居夔西阁时作。故又云'小奴缚鸡向市卖'。"高崇兰编次刘辰翁评点《集千家注杜工部诗集》认同黄鹤说,置于《西阁三度期大昌严明府同宿不到》、《西阁曝日》、《小至》与《玉腕骝》之间。钱谦益《钱注杜诗》置于《古柏行》与《负薪行》之间。朱鹤龄《杜工部诗集辑注》置于《不离西阁二首》与《折槛行》之间,仇兆鳌《杜诗详注》置于《不离西阁二首》与《小至》之间,杨伦《杜诗镜铨》置于《见王监兵马使说近山有白黑二鹰》与《折槛行》之间。

【题解】

诸家系年皆同,编次小异。宋人激赏此篇结句,如洪迈《容斋三笔》卷五"缚鸡行"条云:"老杜《缚鸡行》一篇云云,此诗自是一段好议论,至结句之妙,非他人所能跂及也。予友李德远尝赋《东西船行》,全拟其意。举以相示云:'东船得风帆席高,千里瞬息轻鸿毛。西船见笑苦迟钝,汗流撑折百张篙。明日风翻波浪异,西笑东船却如此。东西相笑无已时,我但行藏任天理。'是时,德远诵至三过,颇自喜,予曰:'语意绝工,几于得夺胎法,只恐行藏任理与注目寒江之句,似不可同日语。'德远以为知言,锐欲易之,终不能满意也。"[1] 按,宋祁命此篇结句为"实下虚成"之法,见范公偁《过庭录》载:"小宋旧有一帖论诗云:'杜子美诗云云,至于实下虚成,亦何可少也。'先子未达,后问晁以道,云:'昔闻于先人,此盖为《缚鸡行》之类,如"小奴缚鸡向市卖"云云,是实下也。末云云"鸡虫得失无了时,注目寒江倚山阁",是虚成也。'盖尧民亲闻于小宋焉。丁卯季冬初七日夜,因看杜诗举此,

---

[1]《全宋笔记》5编6册,第64页,大象出版社2012年。

谨退而记之。"[1]宋人中以黄庭坚学此法最多,王楙《野客丛书》卷二十五"诗人断句入他意"条载:"《步里客谈》云:古人作诗,断句辄旁入他意,最为警策。如老杜云'鸡虫得失无了时,注目寒山倚江阁'是也。鲁直《水仙诗》亦用此体,'坐对真成被花恼,出门一笑大江横。'至陈无己'李杜齐名吾岂敢,晚风无树不鸣蝉',直不类矣。仆谓鲁直此体甚多,不但《水仙诗》也,如《书醴池寺诗》'退食归来北窗梦,一江风月趁渔船'、《二虫诗》'二虫愚智俱莫测,江边一笑人无识',词曰'独上危楼情悄悄,天涯一点青山小',皆此意也。唐人多有此格,如孟郊《夷门雪诗》曰:'夷门贫士空吟雪,夷门豪士皆饮酒。酒声欢兰入雪消,雪声激烈悲枯朽。悲欢不同归去来,万里春风动江柳。'"[2]按,此种结尾之预构,黄庭坚自命为"初时布置,临了打诨",见孔平仲《谈苑》卷四载:"山谷云:作诗正如杂剧,初时布置,临了须打诨,方是出场。盖是读秦少章诗,恶其终篇无所归也。"[3]除上举山谷《水仙诗》、《书醴池寺诗》、《二虫诗》诸篇外,其《蚁蝶图》亦极为典型:"胡蝶双飞得意,偶然毕命网罗。群蚁争收坠翼,策勋归去南柯。"质而言之,"实下虚成"、"初时布置,临了打诨"的结句之法,其文学效用在于消解全篇的"通常意义",从刻意布置的"荒诞"中获得对当下生存处境的更高一层、更深一层的思考。推而言之,杂剧如睢景臣《哨遍·高祖还乡》结尾亦属此类,读者可细思之。

【笺释】

①《杜诗赵次公先后解辑校》:"一篇之妙,在乎落句。盖鸡之所以得者,虫之所以失;人之所以得者,鸡之所以失;人之得失如鸡虫,又且相仍,何时而已乎?'注目寒江倚山阁',则所思深矣。"得诗之趣。黄氏《补注杜诗》引师古注曰(亦见《分门集注杜

---

[1]《全宋笔记》6编5册,第11页,大象出版社2013年。
[2]《全宋笔记》6编6册,第329页,大象出版社2013年。
[3]《全宋笔记》2编5册,第341页,大象出版社2006年。(亦见陈善《扪虱新话》卷七《山谷言诗》,《全宋笔记》5编10册,第62页。)

工部诗》):"爱虫则害鸡,爱鸡则害虫,利害得失,要在权其轻重而为之。除寇则劳民,爱民则养寇,其理亦犹是也。与其养寇,孰若劳民?与其食(按,'食'疑当作'爱')虫,孰若存鸡?"师说又进一层而有理。

诸 将 五 首

汉朝陵墓对南山,胡虏千秋尚入关。昨日玉鱼蒙葬地,早时金碗出人间①。见愁汗马西戎逼,曾闪朱旗北斗闲②。多少材官守泾渭,将军且莫破愁颜。

韩公本意筑三城③,拟绝天骄拔汉旌。岂谓尽烦回纥马,翻然远救朔方兵④。胡来不觉潼关隘,龙起犹闻晋水清⑤。独使至尊忧社稷,诸君何以答升平。

洛阳宫殿化为烽,休道秦关百二重。沧海未全归禹贡,蓟门何处尽尧封⑥。朝庭衮职虽多预,天下军储不自供⑦。稍喜临边王相国⑧,肯销金甲事春农。

回首扶桑铜柱标,冥冥氛祲未全销。越裳翡翠无消息,南海明珠久寂寥⑨。殊锡曾为大司马,总戎皆插侍中貂⑩。炎风朔雪天王地,只在忠臣翊圣朝。

锦江春色逐人来,巫峡清秋万壑哀。正忆往时严仆射,共迎中使望乡台。主恩前后三持节⑪,军令分明数举杯。西蜀地形天下险,安危须仗出群材。

【系年】

1. 王洙本旧次在《复愁》与《九日》五首之间。

2. 《杜诗赵次公先后解辑校》系于"大历元年秋在夔舟居继迁西阁所作",置于《九日》五首与《月》"四更山吐月"之间。《杜陵诗史》、《草堂诗笺》同此。钱谦益《钱注杜诗》置于《咏怀古迹》与《秋日夔府咏怀奉寄郑监李宾客一百韵》之间。朱鹤龄《杜工部诗集辑注》置于《夔州歌》十绝句与《秋兴八首》之间,杨伦《杜诗镜铨》从之。仇兆鳌《杜诗详注》以为"公自永泰元年夏去蜀至云安,次年春,自云安至夔州。据末章云'巫峡清秋',当是大历元年秋在夔州作",置于《古柏行》与《八哀诗》之间。

3. 黄氏《补注杜诗》系于"永泰元年作",黄鹤补注曰:"此诗虽言天宝十四载已来诸将之事,而诗云'沧海未全归禹贡,蓟门何处尽尧封',则是史朝义死后,河北犹有未归者。又末篇云'止忆往时严仆射',当是武死后作。武以永泰元年四月死,而公亦以其时去成都,故又云'锦江春色逐人来,巫峡清秋万壑哀',乃永泰元年秋在云安作。"高崇兰编次刘辰翁评点《集千家注杜工部诗集》认同黄鹤说,置于云安时期《三韵三篇》"高马勿捶面"与《承闻故房相公灵榇自阆州启殡归葬东都有作二首》之间。

【题解】

系年有永泰元年(黄鹤、高崇兰)与大历元年(蔡兴宗、鲁訔)二说,清人皆从"大历元年"说。仇兆鳌《杜诗详注》:"旧解谓此诗'春秋',就永泰元年说,非也。是秋,公在云安,不当云巫峡,且前章云'南海明珠久寂寥',亦不在永泰间也。按公诗有云:'自平中官吕太一,收珠南海千余日。近供生犀翡翠稀,复恐征戍干戈密。'太一之叛,在广德元年十一月,随即削平。自广德二年、永泰元年至大历元年秋,中经闰月,约计千余日矣。彼云'近供稀',犹此言'久寂寥'也。想南海既平而复梗,又在是年深秋。彼此互证,断知其作于大历元年秋日矣。"仇说有理。《杜诗赵次公先后解辑校》:"按《编年通载》:今岁二月,吐蕃虽遣使来朝,而九月又陷原州。公诗盖责诸将之不力战,追言前事以讽之。第五篇独美严公,盖公第三次来成都时,先破吐蕃于当狗城、盐川城西,此所以深望诸将如之也。"洪业《杜甫》第十一章《夔子之国杜陵翁》:"当杜甫说蜀地的和平和秩序要依靠严武这种类型的将军统领时(《诸将》五首其五),很显然他对于自己同宗的杜鸿渐在成都的所作所为并不赞同,因为此人漠视军队的纪律。"

【笺释】

① 仇兆鳌《杜诗详注》引顾宸《辟疆园杜诗注解》曰:"陵墓对南山,见其近在内地,而吐蕃入关发冢,其祸烈矣。不忍斥言,故借汉为比。广德元年,柳伉上疏,谓犬戎犯关度陇,不血刃而入京师,劫宫阙,焚陵寝,即其事也。此于禄山无涉。"

②《杜诗赵次公先后解辑校》:"前四句言既有胡虏之祸,发掘冢墓矣。今继有吐蕃之难,而诸将不知愤激速来长安御戎也。……长安号北斗城也,诸将所以汗马者,以西戎之逼也。然闪朱旗于北斗城中,而翻闲暇焉,则以不措意于勤王,及犬戎之既去,为不及事也。蔡伯世本改作'北斗殿',师民瞻本改作'北斗间',盖皆牵于杜公父名闲,必不使闲字,而以意改耳。……公亦尝使曰'翩翩戏蝶过闲幔',不可改闲字作别字。今所云'北斗闲',皆临文不讳,如韩退之之父名卿,而退之岂不使卿字邪?"

③《分门集注杜工部诗》引薛梦符注云(《九家集注杜诗》亦引而较略):"按,唐吕温《三受降城碑》:默啜强暴,朔方大总管、韩国公张仁愿请筑三城夺据其地,中宗诏许。横议不挠,于是留及瓜之戍,斩奸命之卒,六城雷动,三城岳立。以拂云祠为中城,东西相去各四百里。过朝那而北辟斥候,迭望几二十所,损费亿万,减兵万人。"黄氏《补注杜诗》黄希补注曰:"三受降城在唐丰州九原郡。"

④《杜诗赵次公先后解辑校》:"彼回纥者,岂谓国家烦其兵马,救朔方兵之困败,以助讨贼邪?盖至德元载闰八月,广平王俶为天下兵马元帅,郭子仪副之,以朔方、安西、回纥、南蛮、大食兵讨安庆绪。其后回纥恃功侵扰中国,此公之所以叹也。"

⑤ 邓忠臣注:"谓肃宗起于灵武也。"仇兆鳌《杜诗详注》:"按《册府元龟》:'高祖师次龙门县,代水清。'……诗盖以祖宗之起兵晋阳,比广平之兴复京师,广平王即代宗,故下文接以至尊。"

⑥《杜诗赵次公先后解辑校》:"沧海指言山东,蓟门指言河北。"

⑦《杜诗赵次公先后解辑校》:"上句旧本作'虽多预',师民瞻本作'谁争补',是。……下句则公亦叹其无如之何之辞,言郡国不修贡赋,须上求索而后供,非以其职而自供者也。"

⑧邓忠臣注:"王缙也。"《杜诗赵次公先后解辑校》:"若以公此句为指王缙,则缙自广德二年同平章事之后,于大历二年前岂尝出而临边乎?《新书》既脱略,则无所考也。"按,蔡梦弼《草堂诗笺》全用赵次公注,而称"余考之",颇可哂。黄氏《补注杜诗》黄希补注曰:"王缙由侍中拜河南副元帅,又拜卢龙节度使,故此篇首云'洛阳宫殿化为烽'。洛阳,唐为河南府,为安禄山、史思明所破。"仇兆鳌《杜诗详注》:"当时李抱真为潞泽节度使,籍民,免其租税,给弓矢,使农隙习武。既不废朝廷廪给,而府库亦充实。郭子仪以河中乏食,自耕百亩,将士效之,皆不劝而耕。此即军储之能自供者。诗但举王缙而不及李、郭,时缙为河南副元帅,特就河北诸帅而较论之耳。"

⑨《杜陵诗史》引师古注曰:"子美尝有'自平宫中吕太一'、南海收珠之句,盖吕太一为广州使,举兵叛,故翡翠明珠久不贡朝廷,说者多引此诗以解太一之事。"

⑩黄氏《补注杜诗》黄希补注曰:"侍中,门下省之长。时王缙、李光弼诸公皆为之。"钱谦益《钱注杜诗》笺曰:"此深戒朝廷不当使中官为将也。杨思勖讨安南五溪,残酷好杀,故越裳不贡。吕太一收珠南海,阻兵作乱,故南海不靖。李辅国以中官拜大司马,所谓殊锡也。鱼朝恩以中官为观军容使,所谓总戎也。"又,仇兆鳌《杜诗详注》:"泽州陈冢宰力辨其非:其一谓安南五溪之变,在思勖未至之先,有本传可证,不当以越裳不贡责之思勖。其一谓吕太一既平后,曾收珠千余日,有杜诗可证,不当以南海久寂责之太一。其一谓汉武帝置大司马,为武官极品。唐之兵部尚书不可称大司马,唐兵部尚书乃正三品。辅国进封司空,兼中书令,进封博陆郡王,三品之官,何足异乎?若唐之诸帅,其下各有行军司马及军司马,所谓大司马者,应指副元帅、都统节度使、都督府,都护府等官,专征伐之柄者言。且安南常设大都护以掌统诸番,此亦可证。所谓殊锡,大约非常宠锡,为朝廷亲信重臣耳。其一谓总戎之名,节度使皆可称,如杜诗'总戎楚蜀'以

赠高适,'闻道总戎'以赠严武,何必观军容使始云总戎耶?……《宦者传》诸宦官有封为王公,进为中书令者,亦无侍中。今以鱼朝恩当之,误矣。所谓'总戎皆插侍中貂',当指节度使而带宰相之衔者。"所辨似过于拙实。

⑪ 邓忠臣注:"按《武传》:两镇蜀,一刺绵州。"《杜诗赵次公先后解辑校》:"三持节,则言严公第一次宝应元年正月来,敕命权令两川都节制,四月召还。第二次于六月,却专以节度西川来,阻徐知道反,不得进。第三次,广德二年朝廷方正以两川合一节度,而武以黄门侍郎来,至永泰元年四月尽日薨。其详具于《八哀诗》题下所解也。旧注云:'两镇蜀,一刺绵。'非是。"

八哀诗(并序)

伤时盗贼未息,兴起王公、李公,叹旧怀贤,终于张相国。八公前后存没,遂不诠次焉。

赠司空王公思礼①

司空出东夷,童稚刷劲翮。追随燕蓟儿,颖锐物不隔。服事哥舒翰,意无流沙碛②。未甚拔行间,犬戎大充斥。短小精悍姿,屹然强寇敌③。贯穿百万众,出入由咫尺。马鞍悬将首,甲外控鸣镝。洗剑青海水,刻铭天山石④。九曲非外藩,其王转深壁⑤。飞兔不近驾,鸷鸟资远击。晓达兵家流,饱闻春秋癖。胸襟日沉静,肃肃自有适。潼关初溃散,万乘犹辟易。偏裨无所施,元帅见手格。太子入朔方,至尊狩梁益。胡马缠伊洛,中原气甚逆。肃宗登宝位,塞望势敦迫。公时徒步至,请罪将厚责。际会清河公,间道传玉册。天王拜跪毕,说议果冰释⑥。翠华卷飞雪,熊虎亘阡陌。屯兵凤皇山,帐殿泾渭辟。金城贼咽喉,诏镇雄所搵⑦。禁暴清无双,爽气春淅沥。巷有从公歌,野多青青麦。及夫哭庙后,复领太原役⑧。恐惧禄位高,怅望王土窄。不得见清时,呜呼就窀岁⑨。永系五湖舟,悲甚田横客。千秋汾晋间,事与云水白。昔观文苑传,岂述廉蔺绩。嗟嗟邓大夫,士卒终倒戟⑩。

故司徒李公光弼

司徒天宝末,北收晋阳甲⑪。胡骑攻吾城,愁寂意不惬。人安若泰山,蓟北断右胁。朔方气乃苏,黎首见帝业⑫。二宫泣西郊,九庙起颓压。未散河阳卒,思明伪臣妾。复自碣石来,火焚乾坤猎。高视笑禄山,公又大献捷⑬。异王册崇勋,小敌信所怯。拥兵镇河汴,千里初妥帖⑭。青蝇纷营营,风雨秋一叶。内省未入朝,死泪终映睫⑮。大屋去高栋,长城扫遗堞。平生白羽扇,零落蛟龙匣。雅望与英姿,恻怆槐里接。三军晦光彩,烈士痛稠叠。直笔在史臣,将来洗箱箧⑯。吾思哭孤冢,南纪阻归楫⑰。扶颠永萧条,未济失利涉。疲苶竟何人,洒涕巴东峡。

赠左仆射郑国公严公武

郑公瑚琏器,华岳金天晶。昔在童子日,已闻老成名⑱。巍然大贤后,复见秀骨清。开口取将相,小心事友生。阅书百纸尽,落笔四座惊。历职匪父任,嫉邪常力争。汉仪尚整肃,胡骑忽纵横。飞传自河陇,逢人问公卿。不知万乘出,雪涕风悲鸣。受词剑阁道,谒帝萧关城。寂寞云台仗,飘飖沙塞旌。江山少使者,筹鼓凝皇情。壮士血相视,忠臣气不平。密论贞观体,挥发岐阳征。感激动四极,联翩收二京。西郊牛酒再,原庙丹青明。匡汲俄宠辱,卫霍竟哀荣⑲。四登会府地,三掌华阳兵⑳。京兆空柳色,尚书无履声。群乌自朝夕,白马休横行。诸葛蜀人爱,文翁儒化成。公来雪山重,公去雪山轻。记室得何逊,韬钤延子荆。四郊失壁垒,虚馆开逢迎。堂上指图画,军中吹玉笙。岂无成都酒,忧国只细倾。时观锦水钓,问俗终相并。意待犬戎灭,人藏红粟盈。以兹报主愿,庶或裨世程。炯炯一心在,沉沉二竖婴。颜回竟短折,贾谊徒忠贞。飞旐出江汉,孤舟转荆衡。虚无马融笛,怅望龙骖茔。空余老宾客,身上愧簪缨㉑。

赠太子太师汝阳郡王（琎）

汝阳让帝子,眉宇真天人㉒。虬须似太宗,色映塞外春。往者开元中,主恩视遇频。出入独非时,礼异见群臣。爱其谨洁极,倍此骨肉亲。从容听朝后,或在风雪晨。忽思格猛兽,苑囿腾清尘。羽旗动若一,万马肃骁骁。诏王来射雁,拜命已挺身。箭出飞鞚内,上又回翠麟。翻然紫塞翮,下拂明月轮。胡人虽获多,天笑不为新。王每中一物,手自与金银。袖中谏猎书,扣马久上陈。竟无衔橛虞,圣聪矧多仁。官免供给费,水有在藻鳞。匪唯帝老大,皆是王忠勤。晚年务置醴,门引申白宾。道大容无能,永怀侍芳茵。好学尚正烈,义形必沾巾。挥翰绮绣扬,篇什若有神。川广不可溯,墓久狐兔邻。宛彼汉中郡,文雅见天伦㉓。何以开我悲,泛舟俱远津。温温昔风味,少壮已书绅。旧游易磨灭,衰谢增酸辛。

赠秘书监江夏李公邕

长啸宇宙间,高才日陵替。古人不可见,前辈复谁继。忆昔李公存,词林有根柢。声华当健笔,洒落富清制。风流散金石,追琢山岳锐㉔。情穷造化理,学贯天人际。干谒走其门,碑版照四裔。各满深望还,森然起凡例。萧萧白杨路,洞彻宝珠惠。龙宫塔庙涌,浩劫浮云卫。宗儒俎豆事,故吏去思计。眄睐已皆虚,跋涉曾不泥。向来映当时,岂独劝后世。丰屋珊瑚钩,骐骥织成罽。紫骝随剑几,义取无虚岁。分宅脱骖间,感激怀未济。众归赒给美,摆落多藏秽。独步四十年,风听九皋唳。呜呼江夏姿,竟掩宣尼袂。往者武后朝,引用多宠嬖。否臧太常议㉕,面折二张势㉖。衰俗凛生风,排荡秋旻霁。忠正负冤恨,宫阙深旒缀。放逐早联翩,低垂困炎厉㉗。日斜鹏鸟入,魂断苍梧帝。荣枯走不暇,星驾无安税。几分汉廷竹,夙拥文侯簪。终悲洛阳狱,事近小臣敝。祸阶初负谤,易力何深唒㉘。伊昔临淄亭,酒酣托末契㉙。重叙东都别,朝阴改轩砌。论文到崔苏㉚,指尽流水逝。近伏盈川雄,未甘特进丽㉛。是非张相国,相扼一危脆。争名古岂然,键捷欻不闭。例及吾家诗,旷怀扫氛翳。慷慨嗣真作㉜,咨嗟玉山桂。钟律俨高悬,鲲鲸喷迢递。坡陀青州血㉝,芜没汶阳瘗。哀赠竟萧条,恩波延揭厉㉞。子孙存如线,旧客舟凝滞。君臣尚论兵,将帅接燕蓟。朗吟六公篇㉟,忧来豁蒙蔽。

故秘书少监武功苏公源明

武功少也孤,徒步客徐兖㊱。读书东岳中,十载考坟典。时下莱芜郭,忍饥浮云巘。负米晚为身,每食脸必泫。夜字照爇薪,垢衣生碧藓。庶以勤苦志,报兹劬劳显。学蔚醇儒姿,文包旧史善㊲。洒落辞幽人,归来潜京辇。射君东堂策,宗匠集精选。制可题未干,乙科已大阐。文章日自负,吏禄亦累践。晨趋闾阖内,足躏宿昔趼。一麾出守还㊳,黄屋朔风卷。不暇陪八骏,庡庭悲所遣。平生满樽酒,断此朋知展。忧愤病二秋,有恨石可转㊴。肃宗复社稷,得无逆顺辨㊵。范晔顾其儿,李斯忆黄犬。秘书茂松意㊶,溟涨本末浅。青荧芙蓉剑,犀兕岂独剸。反为后辈褻,予实苦怀缅。煌煌斋房芝,事绝万手搴。垂之俟来者,正始贞劝勉。不要悬黄金,胡为投乳赘。结交三十载,吾与谁游衍。荥阳复冥莫,罪罟已横罥。呜呼子逝日,始泰则终蹇。长安米万钱,凋丧尽余喘㊷。战伐何当解,归帆阻清沔。尚缠漳水疾,永负蒿里钱。

故著作郎贬台州司户荥阳郑公虔

鹡鸰至鲁门,不识钟鼓飨。孔翠望赤霄,愁思雕笼养。

荥阳冠众儒，早闻名公赏。地崇士大夫，况乃气精爽。天然生知姿，学立游夏上。神农极阙漏，黄石愧师长。药纂西极名，兵流指诸掌。贯穿无遗恨，荟蕞何技痒㊸。圭臬星经奥，虫篆丹青广㊹。子云窥未遍，方朔谐太柱。神翰顾不一，体变钟兼两㊺。文传天下口，大字犹在榜。昔献书画图，新诗亦俱往。沧洲动玉陛，宣鹤误一响㊻。三绝自御题㊼，四方尤所仰。嗜酒益疏放，弹琴视天壤。形骸实土木，亲近唯几杖。未曾寄官曹，突兀倚书幌㊽。晚就芸香阁㊾，胡尘昏坱莽。反覆归圣朝，点染无涤荡㊿。老蒙台州掾㉛，泛泛浙江桨。覆穿四明雪，饥拾楢溪橡。空闻紫芝歌，不见杏坛丈。天长眺东南，秋色余魍魉。别离惨至今，斑白徒怀曩。春深秦山秀，叶坠清渭朗。剧谈王侯门，野税林下鞅。操纸终夕酣，时物集遐想。词场竟疏阔，平昔滥吹奖。百年见存没，牢落吾安放。萧条阮咸在，出处同世网。他日访江楼，含悽述飘荡。

故右仆射相国张公九龄㉜

相国生南纪，金璞无留矿。仙鹤下人间，独立霜毛整。矫然江海思，复与云路永。寂寞想土阶，未遑等箕颖。上君白玉堂，倚君金华省。碣石岁峥嵘，天地日蛙黾。退食吟大庭，何心记榛梗。骨惊畏曩哲，鬓变负人境。虽蒙换蝉冠，右地恶多幸。敢忘二疏归，痛迫苏耽井㉝。紫绶映暮年，荆州谢所领㉞。庾公兴不浅，黄霸镇每静。宾客引调同，讽咏在务屏。诗罢地有余，篇终语清省。一阳发阴管，淑气含公鼎。乃知君子心，用才文章境。散帙起翠螭，倚薄巫庐并。绮丽玄晖拥，笺诔任昉骋。自我一家则，未缺只字警。千秋沧海南，名系朱鸟影。归老守故林，恋阙悄延颈。波涛良史笔，芜绝大庾岭㉟。向时礼数隔，制作难上请。再读徐孺碑㊱，犹思理烟艇。

【系年】

1. 王洙本旧次在《观(公)孙大娘舞剑器行并序》与《虎牙行》之间(按,《分门集注杜工部诗》引"王洙注"《故司徒李公光弼》"吾思哭孤冢,南纪阻归楫"曰:"时甫避乱荆、衡,故云'南纪'。"王洙本置《八哀诗》于夔州时期而非荆、衡时期,恰可证"王洙注"之伪)。钱谦益《钱注杜诗》置于《暇日小园散病将种秋菜督勒耕牛兼书触目》与《写怀》二首之间。朱鹤龄《杜工部诗集辑注》置于《雨》二首"青山淡无姿"与《览柏中丞兼子侄数人除官制词》之间,仇兆鳌《杜诗详注》置于《诸将》五首与《夔府书怀四十韵》之间,杨伦《杜诗镜铨》置于《秋日题郑监湖亭》三首与《壮游》之间。

2. 《杜诗赵次公先后解辑校》系于"永泰元年五月挈家下戎、渝、忠,八月至云安所作",置于《怀锦水居止》二首与《别常征君》之间,称:"八诗旧本在夔州诗中,几乎成丙午大历元年诗,而蔡伯世指为大制作,特取冠夔州之古诗。今次公定作诗之先后,不问制作之大小也。必定为今岁乙巳永泰元年九月诗,何也?按《编年通载》,是岁八月仆固怀恩及吐蕃、回纥、党项羌、浑、奴剌。众三十万寇边,掠泾、邠,蹂凤翔,入醴泉、奉天,京师大震。公此诗当九月间以所闻而作也。或曰:公之伤时盗贼未息,则复有盗贼者乎?次公答以《登楼》诗云'西山寇盗莫相侵',盖尝指言吐蕃矣。"《杜陵诗史》同此。《草堂诗笺》系于"永泰元年到云安所作",置于《怀锦水居止二首》与《徐卿二子歌》之间。高崇兰编次刘辰翁评点《集千家注杜工部诗集》认同鲁訔说,置于《杜鹃行》与《移居夔州郭》之间。

3. 黄氏《补注杜诗》系于"宝应、广德至大历初所作",黄鹤补注曰:"八诗非一时所作,如《李光弼诗》云'洒泪巴东峡',《严武诗》云'怅望龙骧茔',武以永泰元年夏薨,而旐出江汉、舟转荆衡,已是数月,今复葬罢而怅望其茔,则二诗在夔州作无疑。如《李邕诗》云'君臣尚论兵,将帅接燕蓟。朗诵六公篇,忧来豁蒙蔽',则是史朝义未死之前,正经营河北之日,当在广德元年之前。总序云'伤时盗贼未息',盖自宝应、广德至大历初有此作,故云'前后存殁,遂不诠次'。梁权道编在大历二年,特自其成而云耳。"

【题解】
　　诸家系年有宝应、广德至大历间（黄鹤）、永泰元年（蔡兴宗、鲁訔、高崇兰）、大历二年（王洙本旧次、梁权道）三说。蔡兴宗、鲁訔编次（《杜诗赵次公先后解辑校》、《杜陵诗史》）考虑到诗篇与严武逝世时间及时事之关系，梁权道则从王洙本旧次系于夔州诗中，黄鹤大体从梁权道说，但以为组诗乃集众作荟萃而成，非一时之作。按，诸家证据原非确凿之论，皆可两释之，故仍从王洙本旧次，置于夔州诗中。清人亦皆从王洙本旧次。其五《赠秘书监江夏李公邕》末句曰："朗吟六公篇，忧来豁蒙蔽。"或《八哀诗》之作即受李邕《六公诗》启发欤？高崇兰编次刘辰翁评点《集千家注杜工部诗集》引刘克庄《后村诗话》曰："杜甫《八哀诗》，崔德符谓可以表里雅、颂，中古作者莫及。韩子苍谓其笔力变化，当与太史公诸赞方驾。惟叶石林谓，长篇最难，晋魏以前无过十韵，常使人以意逆志，初不以叙事倾倒为工。此八篇本非集中高作，而世多尊称，不敢议其病，盖伤于多。如李邕、苏源明篇中多累句，删去其半方尽善。余谓崔、韩比此诗于太史公纪、传，固不易之论。至于石林之评累句之病，为长篇者不可不知。"洪业《杜甫》第十一章《夔子之国杜陵翁》亦从王洙本旧次，置于夔州西阁所作诗篇中："杜甫在西阁时期所写的还有其他一系列著名诗篇。他不必忙于日常案牍公务，只需要帮助起草都督最重要的文件，他也不必在家教授自己的孩子，这样，杜甫就有了充足的时间去进行诗歌写作。八首长篇回忆诗歌可能花了他好几周时间，如果不是好几个月的话，去起草、修改和打磨。杜甫回忆的有些人为唐帝国的防御作出过杰出贡献——例如我们都很熟悉的一个，足智多谋的军事家李光弼（死于764年）。有些是文人，杜甫最亲密的朋友；例如广文博士郑虔和国子监司业苏源明，尽管杜甫在764年获悉他们的死讯时已经写过哀悼的诗篇，但他如今仍然用长篇来抒发自己的悲伤之情，描述两人的性格、事业、成就和他们与自己的友谊。在八个人中，严武似乎是唯一两种类型都符合的人。哪怕只是匆匆一瞥关于严武的这首诗，就已经足够熄灭那些关于诗人和自己年轻的资助者之间关系破裂的闲言碎语了。细读这首诗就可以看出杜甫对节度使严武保障唐帝国西南一隅安全的高度评价。"

【笺释】

①《杜诗赵次公先后解辑校》："八人者,皆已故矣,旧本独四篇作故字,而四篇作赠字,本之误也。盖传本惑公所谓八公前后存殁之语乎？公特言八公之存殁或前或后,如某甲殁时某乙犹存,而诗不能诠次其殁之前后耳。"仇兆鳌《杜诗详注》："八章之中,题首言赠者四,乃称死后赠官也。"按,《杜陵诗史》引王彦辅注曰："按,《思礼传》：加守司空。上元二年,以疾薨。赠太尉。"《杜陵诗史》"复领太原役"引邓忠臣注曰："制以思礼为太原北京留守、河东节度使兼御史大夫。贮军粮百万、器械精锐。寻加守司空。自武德以来,三公不居宰辅,唯思礼而已。"则司空为身前加官,太尉为死后所赠官,仇说误,赵说为是。

② 邓忠臣注："思礼,营州城傍高丽人也。少习我旅,随节度使王忠嗣至河西,与哥舒翰对为押衙。"《杜诗赵次公先后解辑校》："按史,思礼父为朔方军将。思礼习战斗,所谓'追随燕蓟儿'。哥舒翰为陇右节度使,思礼与中郎将周秘事翰,授右卫将军、关西兵马使,从讨九曲。"

③《杜诗赵次公先后解辑校》："按史,加金城太守,安禄山反,翰为元帅,奏思礼赴军,玄宗曰：'河陇精锐,悉在潼关。吐蕃有衅,惟倚思礼耳。'"

④ 邓忠臣注："思礼以拔石堡城功,除右金吾卫将军,充关西兵马使。"

⑤《九家集注杜诗》引薛梦符注曰(亦见《分门集注杜工部诗》)："《唐会要》：景龙四年,赞普请婚,以左卫大将军杨矩为送金城公主使。后矩为节州都督,吐蕃厚赂之,因请河西九曲地为公主汤沐邑,矩奏与之。吐蕃既得九曲,尤与唐地近,自是后叛。《(思礼)传》：以功授右卫将军、关西兵马使,从讨九曲。"

⑥ 邓忠臣注："思礼至行在,上责其不坚守,坐蠹下,将斩之。会房琯之在蜀,奉太上皇册命至,谏上以为可收后效,遂释之。"按,王思礼为房琯所释,宜子美熟识其人。

⑦ 邓忠臣注："思礼既释,寻副房琯战便桥,不利,更为关内

行营节度、河西、陇右、伊西行营兵马使,守武功以控贼。及广平王收复,思礼入清宫。"

⑧ 邓忠臣注:"郭子仪收复两京,时太庙为贼所焚,权移神主于大内长安殿。上皇谒庙请罪。及光弼镇河阳,制以思礼为太原尹、北京留守、河东节度使。"

⑨ 邓忠臣注:"上元二年,思礼薨。广德元年,史朝义灭。痛其不见时清也。"

⑩ 邓忠臣注:"邓景山,曹州人,以文吏为太原尹、北京留守。太原一偏将罪当死,诸将各请赎其罪,景山不许。其弟请以身代,又不许。其弟请纳马一匹以赎兄罪,景山许其减死。众怒曰:'我等人命轻如一马乎?'遂杀景山。"黄氏《补注杜诗》黄鹤补注曰:"《旧史》云:王思礼上元二年四月薨,管崇嗣代为太原尹。数月,召景山代崇嗣。及至,未几以受马被杀,亦在上元二年。公因景山亦尹太原,而不若思礼有统御积蓄之才,故于诗尾言之,亦以显思礼之功也。"

⑪《杜诗赵次公先后解辑校》:"光弼加检校司徒,至德二载寻迁司空。今据为司徒,以前事称其官耳。按史:禄山反,郭子仪荐其能,持节河东节度副大使,知节度事。晋阳则河东之太原也。今诗云'北收晋阳甲',言用河东、太原兵矣。《传》虽不著,可以意逆之。"

⑫ 邓忠臣注:"贼将史思明等四伪帅来攻城,光弼麾下众不满万,皆乌合人。贼以太原屈指可取,光弼伺其怠,出击,大破之,斩首十余万级。又破思明于嘉山,河北归顺者十余郡。"

⑬ 邓忠臣注:"乾元二年,为天下兵马元帅与九节度兵围安庆绪于相州,拔有日矣。史思明自范阳来救,屡绝粮道。光弼身先士卒,苦战胜之。思明因杀庆绪,即伪位,纵兵河南。贼势甚炽,光弼议洛不足抗贼,遂檄官吏令避寇,引兵入三城。贼惮光弼,顿兵白马祠,不敢西犯宫阙,遂战于中潬西,大破逆党,贼走保怀州。"

⑭《九家集注杜诗》引杜田《正谬》:"光弼以功封临淮王,非谓非刘氏而王。小敌信所怯,谓北邙之败也。"《杜诗赵次公先后解辑校》:"异王,异姓之王。光弼封临淮郡王,按《新史》在宝应

元年封王后,书收许州,破走史朝义。不见怯小敌、镇河汴事,若相州北邙之败,则鱼朝恩为之,又非可言小敌也,又乃在封王之前。当俟博闻。"

⑮《杜诗赵次公先后解辑校》:"唐史:相州北邙之败,朝恩羞其策谬,故深忌光弼切骨,程元振尤嫉之。二人用事日,谋有以中伤者,及来瑱为元振谮死,光弼愈恐。吐蕃寇京师,代宗诏入援,光弼畏祸,迁延不敢行。及帝幸陕,犹倚以为重,数存问其母以解嫌疑。帝还长安,因拜东都留守,察其去就。光弼以久须诏书不至,归徐州,收租赋为解。帝令郭子仪自河中辇其母还京。二年,光弼疾笃,奉表上前后所赐实封,诏不许。薨,年五十七。诏百官送葬延平门外。"

⑯蔡梦弼《草堂诗笺》:"言史氏以直笔书光弼之功业,不幸遭谮,致公恐惧之事,将来洗濯箱箧之污辱矣。"仇兆鳌《杜诗详注》:"当时李、郭,功存社稷,而被谮中官。子仪闻命即赴,不顾其身,终以至诚感物;光弼怵于祸患,畏缩不行,竟至悔恨而亡。诗云'直笔在史臣',此微显阐幽,欲为纯臣表心也,一语有关大节。《唐书》本传:'史官力为暴白。'皆公诗有以发之矣。"

⑰邓忠臣注:"甫避乱荆衡,故云南纪。"其说非,《杜诗赵次公先后解辑校》:"南纪,楚分,若南下则历南纪,往归长安,可以哭光弼之冢。"

⑱《杜诗赵次公先后解辑校》:"《本传》:武字季鹰,母不为挺之所答,独厚其妾英。武八岁,怪问其母,母语之。武以铁锤就英寝,碎其首。左右惊白挺之曰:'郎君戏杀英。'武曰:'安有大臣厚妾而薄妻者,儿故杀之,非戏也。'父奇之,曰:'真严挺之之子。'"

⑲《杜诗赵次公先后解辑校》:"匡衡、汲黯,言郑公谏诤如之。既拜京兆少尹,坐房琯事贬巴州刺史,此宠之所辱也。卫青、霍去病,言郑公能用兵如之。为东川节度使,迁谪中可哀而复荣也。"

⑳邓忠臣注:"既收长安,以武为京兆少尹兼御史中丞,时年三十二。后又迁京兆尹兼御史大夫。华阳,成都,武以史思明阻兵不之官,优游京师,颇自矜大。出为绵州刺史,迁剑南东川节

度使。登发上皇诰,以剑南两川合为一道,拜武成都尹、充剑南节度使。入复求为方面,拜成都尹。在蜀累年,恣行猛震,威震一方。"

㉑《杜诗赵次公先后解辑校》:"老宾客,公自言也。愧簪缨,公盖感叹其因武之辟为参谋而官为工部员外郎赐绯者也。"黄氏《补注杜诗》黄鹤补注曰:"观此诗而谓《莫相疑行》、《贫交行》、《赤霄行》为武而作,可乎?'空余老宾客,身上愧簪缨'之句,无怨恨之意也。"

㉒ 邓忠臣注:"让皇帝宪,本名成器,睿宗长子,立为皇太子。以玄宗有讨平韦氏之功,恳让储位,封宁王。薨,谥让皇帝。长子汝阳郡王琎也。"

㉓ 黄氏《补注杜诗》黄鹤补注曰:"琎以天宝九年卒,而此诗作于永泰、大历间,故曰'墓久狐兔邻'。公广德元年又与汉中王瑀会于梓州,故《章梓州水亭诗》有'近属淮南至'之句。今因怀感而及其天伦,故有此句。"

㉔ 邓忠臣注:"邕早擅才名,尤长碑颂。中朝衣冠、天下寺观,多出其手。"

㉕ 邓忠臣注:"邕有《批韦巨源谥议》。"

㉖ 邓忠臣注:"初,邕为左拾遗,御史中丞宋璟奏侍臣张昌宗兄弟有不顺之言,请付法断。邕进曰:'璟言事关社稷,望可其奏。'则天始允,璟出谓邕曰:'子名位尚卑,若不称言,祸将不测,何为造次如是?'邕曰:'不颠不狂,其名不彰。'"

㉗ 邓忠臣注:"邕始与张柬之善,贬雷州司户。玄宗初,又贬崖州。后召还,为姚崇所嫉,贬栝州司马,征为陈州。玄宗东封回,邕于汴献词赋,颇自矜炫,为张说所恶,发陈州赃事,抵死。许州人孔璋上疏救之,会赦免,贬钦州遵化尉。后于岭南从中官杨思勖讨贼有功,转括、滑、淄三州刺史。上计京师,邕少有名累,被贬逐,后进不识,京洛聚观,以为古人。或传眉目有异,衣冠望风寻访门巷。又中使临问,索其新文,复为人阴中,竟不进用。"

㉘ 邓忠臣注:"邕与柳勣马一匹,及勣下狱,吉温令勣引邕,议及休咎事,遂诛之。"

㉙ 邓忠臣注:"甫《陪李北海宴历下亭诗》是也。"

㉚《杜诗赵次公先后解辑校》:"公《壮游诗》:'往者十四五,出游翰墨场。斯文崔、魏徒,以我似班扬。'自注云:'崔郑州尚,魏豫州启心。'苏岂苏颋乎?颋与李又对掌书命。帝曰:'前世李峤、苏味道文擅当时,号苏李。今朕得颋,又何愧前人哉?'又,景龙后与张说以文章显,称望略等,故时号'燕许大手笔'。按,颋从封泰山还,卒,年五十八。考玄宗封泰山之年在开元十三年,时杜公亦近二十岁,则亦前此得游于苏颋矣?与于十四五而见崔尚,为不相戾。"

㉛《宋本杜工部集》:"李峤。"邓忠臣注:"特进李峤。"

㉜《宋本杜工部集》:"《和李大夫》。"

㉝《杜陵诗史》引师古注曰:"青州血,谓死所。"黄氏《补注杜诗》黄鹤补注曰:"青州是为北海郡,乃邕守其郡,李林甫忌之,因传以罪诏,就郡杖杀之。"

㉞ 邓忠臣注:"代宗时国恩例得赠秘书监。"

㉟《宋本杜工部集》:"张、桓等五王,洎狄相六公。"《杜诗赵次公先后解辑校》:"公自注:张、桓等五王,则桓彦范、敬晖、崔玄晖、张柬之、袁恕己也,洎狄相六公。则与狄仁杰为六也。《六公篇》之咏,具载邕集。"

㊱《杜诗赵次公先后解辑校》:"源明京兆武功人,擅名乡邑,故得直以武功名之。《新书》:'少孤寓居徐兖。'盖出杜诗言之耳。"

㊲《杜陵诗史》引师古注曰:"源明尝私著国史,后史馆采其语用之,故云云。"

㊳ 邓忠臣注:"源明累迁太子谕德,出为东平太守,故召为国子司业。"

㊴ 邓忠臣注:"安禄山陷京师,源明以病不受伪官。"

㊵ 邓忠臣注:"肃宗复两京,权考功郎中、知制诰。"

㊶ 邓忠臣注:"源明后以秘书少监卒。茂松意,以不变节于艰危,如松柏不为风霜所夺。"

㊷《杜诗赵次公先后解辑校》:"言源明未死间,犹及肃宗反正之后,时已向泰矣。而源明死后,时复屯蹇,所以有米万钱而至凋丧也。旧注所引非。旧注云是时乘大盗之余,国用乏屈,史思明陷洛阳,有诏幸东京,源明以防旱饥陈十不可以谏,上嘉其

直,遂罢东幸。"黄氏《补注杜诗》黄鹤补注曰:"二注具非。不过言源明死时,适值岁歉而已。《旧史》:'广德二年,自秋及冬,斗米千钱。'今云'长安米万钱',盖以一斛言之。史不言苏与郑死之年,以此诗及长安米价论之,当是其年苏、郑相继而死,故云'荥阳复冥寞',后诗又云'凶问一年具'。"

㊸《宋本杜工部集》:"公注《荟蕞》等诸书之外,又撰《胡本草》七卷。"宋人马永卿《懒真子》卷五称:"《唐史》载:'郑虔集当世事著书八十余篇,目其书为《荟蕞》。'老杜《哀故著作郎贬台州司户荥阳郑公虔》诗云:'荟蕞何技痒。'又,按《韵略》:'荟,乌外切,草多貌,如"荟兮蔚兮"之荟。蕞,徂外切,小也,如"蕞尔国"之"蕞"。'虔自谓其书虽多,而皆碎小之事也。后人乃误呼为《会粹》,意为会取其纯粹也,失之远矣。盖名士目所著书多自贬,若《鸡肋》、《脞说》之类,皆是意也。'技痒'者,谓人有技艺不能自忍,如人之痒也,老杜以谓虔私撰国史,亦不能自忍尔。"

㊹邓忠臣注:"《新史》:'虔集撰当世事,著书八十余篇,有窥其稿者,告虔私传撰国史。虔仓皇焚之,坐谪十年,名其书为《荟粹》。'孔子作《春秋》,游夏不能赞,虔私撰国史,是出其上也。神农、黄石、药纂、兵流,皆古书也,言虔无不贯穿,复通游艺、星经、丹青之类。"

㊺《杜陵诗史》引杜修可注曰:"吕摠云:钟兼两,钟繇、钟会也。父子善隶书,皆尽其妙。"《杜诗赵次公先后解辑校》:"如钟而兼其父子,谓之钟兼两。"

㊻《杜诗赵次公先后解辑校》:"'误一响',或云缮本是'悟'字,言感悟君王在乎一响。……'宣鹤'一作'寡鹤',独鹤之谓,旧本正作'宣鹤',师民瞻本又作'宫鹤',皆无义。"

㊼邓忠臣注:"虔自写其诗并画以献,帝大署其尾曰:'郑虔三绝。'"

㊽邓忠臣注:"虔初坐谪还京师,上爱其材,欲置左右,以不事事,更为置广文馆,以为博士。闻命,不知广文曹司何在?宰相曰:'上增国学,置广文馆以居贤者,今后世言广文博士自君始,不亦美乎?'"

㊾《杜诗赵次公先后解辑校》:"虔由广文博士迁著作郎,而

著作郎即典文簿,故云。”

(50) 邓忠臣注:“值禄山反,遣张通儒劫百官,置东都,伪授虔水部郎中,因称风缓,求市令,潜以密章达灵武。”《杜诗赵次公先后解辑校》:“言无一点所染,不烦浇荡之也。”

(51) 邓忠臣注:“禄山平,免死,贬台州司户参军。”

(52) 仇兆鳌《杜诗详注》曰:“曲江见禄山有反相,欲因失律诛之,明皇不听,至幸蜀以后,追思其言,遣使祭赠。此事乃一生大节,关于国家治乱兴亡,篇中尚略而未详,其历叙官阶,详记文翰,颇失轻重之体,刘须溪尝议及之。杨升庵因补作一篇云:‘相国生南纪,蔚为曲江彦。山接韶音峰,秀钟重华甸。风雅既葳蕤,声名郁葱蒨。登庸伊吕科,敷奏姚宋羡。珠泽随侯双,玉林郄诜片。九重集神仙,咫尺生顾盼。陆谢擅缘情,沈范采余绚。九迁帝独奇,三台师锡荐。补衮缀宗彝,用药必瞑眩。防乎贵未然,介焉断岂见。狐媚荡主心,狼子纡皇眷。金镜倏垢尘,玉奴惊睚(臣又目)。萋斐偃月堂,弃捐秋风扇。鼍动渔阳鼙,虻飞太极箭。朱鸾奔咸京,青骡乘蜀传。栈阁雨淋铃,宛洛飚回县。蜚雁愁仰霄,昆蹄怯升甗。噬脐漫天泣,回肠岭南奠。精已箕尾骑,魂犹螭头恋。绝线国步危,规瑱忠言践。青史篆峥嵘、翠珉藤跃蔓。谁珍徐孺碑,彫虫但黄绢。’按,此诗格整辞茂,力摹少陵。”

(53)《杜诗赵次公先后解辑校》:“《神仙传》:苏仙翁耽,郴县人。养老至孝,言语虚无,时谓之痴。忽辞母,云:‘受性应仙,当违供养。’涕泗欲别,母曰:‘汝去之后,使我如何存活?’曰:‘明年天下疫疾,庭中井水、檐边橘树可以代养。井水一升、橘叶一枚,可疗一人。’……九龄为工部侍郎、知制诰,乞归养,诏不许。迁中书侍郎,以母丧解,毁不胜哀。敢忘二疏归,以言其尝欲引退矣。诏不许而致于母死,所痛者迫切于苏耽之留井、橘以代养也。九龄,诏州人,诏西北与郴接,才一百八十里,故得以为言。”

(54) 邓忠臣注:“初,九龄为相,荐长安尉周子谅为监察御史。至是,子谅以妄陈休咎,上亲加诘问,令于朝堂上决杀之。九龄坐引非其人,左迁荆州大都督府长史。”

(55)《杜诗赵次公先后解辑校》:“意谓九龄之文如波涛之翻,可充良史之笔,惜乎芜没隔绝于大庾岭之外也。”黄氏《补注杜诗》黄鹤补注曰:"'无',一本作'芜',赵注乃尔。善本作'无'字为是。张公之文何尝芜绝?公意谓良史之笔当纪其初终,无绝于庾岭也。如先知禄山反相,不与林甫同恶,皆史笔所当书,殆公之所望于史笔者。前篇《李光弼诗》云:'直笔史臣在,将来洗箱箧。'亦此意也。"

㊶《九家集注杜诗》引师尹注曰:"九龄尝督淇州,作《徐孺子碑》载舟中。"蔡梦弼《草堂诗笺》:"按《曲江文集》,九龄尝为徐孺子作墓碣,其铭曰:'灵芝无根,醴泉无源。'当时传诵。今再读其碑,而欲整棹以吊之,则以慕孺子之高风,而不忘江湖之念也。"

秋兴八首

玉露凋伤枫树林,巫山巫峡气萧森。江间波浪兼天涌,塞上风云接地阴。丛菊两开他日泪,孤舟一系故园心。寒衣处处催刀尺,白帝城高急暮砧。

夔府孤城落日斜,每依南斗望京华。听猿实下三声泪,奉使虚随八月查。画省香炉违伏枕,山楼粉堞隐悲笳。请看石上藤萝月,已映洲前芦荻花。

千家山郭静朝晖,一日江楼坐翠微。信宿渔人还泛泛,清秋燕子故飞飞。匡衡抗疏功名薄,刘向传经心事违①。同学少年多不贱,五陵衣马自轻肥。

闻道长安似弈棋,百年世事不胜悲。王侯第宅皆新主,文武衣冠异昔时。直北关山金鼓振,征西车马羽书迟②。鱼龙寂寞秋江冷,故国平居有所思。

蓬莱宫阙对南山,承露金茎霄汉间。西望瑶池降王母,东来紫气满函关③。云移雉尾开宫扇,日绕龙鳞识圣颜。一卧沧江惊岁晚,几回青琐点朝班④。

瞿唐峡口曲江头,万里风烟接素秋。花萼夹城通御气,芙蓉小苑入边愁⑤。珠帘绣柱围黄鹤,锦缆牙樯起白鸥。回首可怜歌舞地,秦中自出帝王州。

昆明池水汉时功,武帝旌旗在眼中。织女机丝虚月夜,石鲸鳞甲动秋风。波漂菰米沉云黑,露冷莲房坠粉红⑥。关塞极天唯鸟道,江湖满地一渔翁。

昆吾御宿自逶迤,紫阁峰阴入渼陂⑦。香稻啄余鹦鹉粒,碧梧栖老凤凰枝。佳人拾翠春相问,仙侣同舟晚更移。彩笔昔游干气象,白头吟望苦低垂。

【系年】

1. 王洙本旧次在《秋峡》与《社日》之间。
2. 《杜诗赵次公先后解辑校》系于"大历二年秋九月在夔州瀼西、东屯往来所作",置于《秋峡》与《远游》之间。《杜陵诗史》、《草堂诗笺》同此。
3. 黄氏《补注杜诗》系于"大历元年作",黄鹤补注曰:"诗云'巫山巫峡气萧森',又云'丛菊两开他日泪,孤舟一系故园心',当是大历元年夔州作。时舣舟以俟出峡,自永泰元年至云安及今,为菊两开也。"高崇兰编次刘辰翁评点《集千家注杜工部诗集》认同黄鹤说,系于大历元年秋季,置于《秋日寄题郑监湖上亭》三首与《寄柏学士林居》之间。钱谦益《钱注杜诗》置于《偶题》与《咏怀古迹》之间。朱鹤龄《杜工部诗集辑注》置于《诸将五首》与《咏怀古迹五首》之间,杨伦《杜诗镜铨》从之。仇兆鳌《杜诗详注》置于《九日诸人集于林》与《咏怀古迹五首》之间。

【题解】

系年有大历元年（王洙本旧次、黄鹤、高崇兰）与大历二年（蔡兴宗、鲁訔）两说。清人皆用"大历元年"说。洪业《杜甫》第十一章《夔子之国杜陵翁》亦用"大历元年"说而别有会心："一条褐色、闪着波光的奔腾大江，被两座山峰截断，八阵图在瀼口附近的西边，滟滪堆在东边，夔州城在南边……城池的西南侧位于从江上突然崛起的一块大岩石上。岩石上还有一座木制的建筑物，能居高临下鸟瞰大江和江岸的大部分区域。这可能就是西阁，在其上层也有为官方客人准备的住处……从大历元年（766）仲秋开始，杜甫的很多诗篇都作于西阁，或者涉及西阁，或者描述在西阁上所见到的情景。这些诗篇都带有孤独的意味，没有提到家人和他在一起。似乎杜甫不愿意让官方的招待惠及自己的家人。他将家人留在瀼东郊外山麓边的房舍中，只时不时回去小聚。西阁上层有一个带朱红油漆栏杆的走廊，也许环绕这个建筑一周。可能就是在这个走廊上，我们的诗人饱览万象，倾听群籁，然后将它们写到诗篇之中，如《秋兴八首》。"按洪业说，则大历元年说为胜。试想，当诗人处于创作状态中，思接千载，视通万里，能够凭栏高阁，寂然独处，胸中往事，眼底山河，内忧外患，相互激发，故国平居有所思，伟大作品在心中潜流暗涌而呼之欲出，这是何等境界！王嗣奭《杜臆》："《秋兴》八章，以第一起兴，而后章俱发隐衷，或起下、或承上、或互发、或遥应，总是一篇文字。"钱谦益《钱注杜诗》："蓬莱宫阙一章，思全盛日之长安也。瞿塘峡口一章，思陷没后之长安也。昆明池水一章，思自古帝王之长安也。昆吾御宿一章，思承平昔游之长安也。"

【笺释】

①《杜诗赵次公先后解辑校》："公其心事欲如刘向之传经于朝，而乃违背不偶也。"朱鹤龄《杜工部诗集辑注》："退欲如向之校经于朝，而又与愿违也。"洪业《我怎样写杜甫》（洪业《杜甫》附录三）："再说他在华州那一段罢。司功参军的位置约当于今日教育厅长。唐时每年秋中须举行乡试，好选送诸生来年在京应

礼部之试。杜甫的文集里有五道策问,是很有意义的文字。……以我的推测,这五道策问就是杜甫越年去官之导线。他很诚恳地要诸生学他自己那样处处留心时务,讲求可以实行的补救之法。但从诸生的方面来看:官样文章当仍旧贯。一向的办法都是从兔园策府里搬出经史所载古圣昔贤的大教训、大理论就得了。而且你杜甫是甚么东西?你自己是落第的进士,那配考我们?如果他们果有不服的表示,杜甫于越年秋考之前当须决定:还是随波逐流,依样画葫芦吗?与其误人子弟,祸国殃民,不如丢官,砸饭碗。数年后他在夔州所写的《秋兴八首》内有两句'匡衡抗疏功名薄,刘向传经心事违。'从来解释者都未把第二句交代清楚。据我看,这两句是指:在凤翔当谏官,没当好,几乎丢了性命;在华州办教育,未办好,几乎闹出学潮。前面他用三个字'功名薄',轻轻地说了。因为他于君上只有敬爱,并不埋怨。后面他用三个字'心事违',轻轻地说了,因为他于诸生只有怜惜,并不愤怒。这是挚情的表露。"《吴小如讲杜诗》[1]:"好皇帝有作为的时候,他的后代未必都好,未必都是能继承父业,一代比一代强的……我甚至怀疑这句指朝廷之间、皇室内部父子、兄弟之间的矛盾。"诸说以洪业最为贴切。

② 邓忠臣注:"时河北尚用兵也。"《杜诗赵次公先后解辑校》:"直北关山金鼓振,言夔州之北用兵,乃陇右、关辅间也。旧注便云时河北尚用兵,考之大历二年,岂有此事乎?征西车马羽书驰,此所云西专指吐蕃。"

③ 蔡梦弼《草堂诗笺》:"(上句)言西王母宴穆王于瑶池,喻言明皇之幸蜀也。(下句)言肃宗收复长安也。"又,钱谦益《钱注杜诗》:"唐人诗多以王母比贵妃。天宝元年,田同秀见玄元皇帝降于永昌街,云有灵宝符在函谷关尹喜宅旁,上发使求得之。王母函关,记天宝承平盛事,而荒淫失政,亦略见矣。"仇兆鳌《杜诗详注》引陈泽州注曰:"唐公主如金仙、玉真之类,多为道士,筑观京师,西望瑶池,盖言道观之盛。《唐会要》:太清宫,荐享圣祖玄

---

[1] 天津古籍出版社 2012 年,第 189 页。

元皇帝,奏混成紫极之乐。东来紫气,盖言太清之尊,与上宫阙一类。或以瑶池王母,喻贵妃之册为太真,紫气函关,讥玄元之降于永昌,如此说,是追数先皇之失,非回忆前朝之盛矣。"按,《秋兴》八章未尝讳言政事之失,陈说未当。

④ 黄氏《补注杜诗》黄希补注曰:"几回,犹言几时归也。《原涉传》:'至官无几。'师古曰:'无几,言无多时也。'《五行志》:'其几何?'师古曰:'言当几时也。'若如旧注以为数,则与上句不相属。"

⑤《杜诗赵次公先后解辑校》:"花萼楼在南内兴庆宫,夹城在修德坊,芙蓉苑在敦化坊,与立政坊相接,本隋氏离宫。大抵兴庆宫、夹城、芙蓉苑皆接曲江,通御气则以南内为主耳。本游幸之地,今乃有边愁入于其间,以纪吐蕃之乱尝陷京师故也。"

⑥ 钱谦益《钱注杜诗》:"今人论唐七律,推老杜昆明池水为冠,实不解此诗所以佳。昔人叙昆明之盛者,莫如孟坚、平子,一则曰:'集乎豫章之馆,临乎昆明之池,左牵牛而右织女,若云汉之无涯。'一则曰:'豫章珍馆,揭焉中峙,牵牛立其左,织女处其右,日月于是乎出入,象扶桑与蒙汜。'此杨用修所夸盛世之文也。余谓:班张以汉人叙汉事,铺陈名胜,故有云汉日月之言,杜公以唐人叙汉事,摩挲陈迹,故有夜月、秋风之句。何谓彼颂繁华,而此伤丧乱乎?菰米莲房,此补班张所未及,沉云坠粉,描画素秋景物,居然金碧粉本。池水本黑,故赋言黑水玄阯,菰米沉沉,象池水之玄黑,乃极言其繁殖也。用修言兵火残破,菰米漂沉不收,不已倍乎?又云:此紧承'秦中自古帝王州'而申言之,故时则曰汉时,帝则曰武帝。织女石鲸、莲房菰米、金堤灵沼之遗迹,与戈船楼橹并在眼中,因自伤其僻远,而不得见也。于上章末句,克指其来脉,则此中叙致褶叠环锁,了然分明矣。"仇兆鳌《杜诗详注》:"按,王嗣奭云:'织女鲸鱼,铺张伟丽,壮千载之观;菰米莲房,物产丰饶,溥万民之利,此本追溯盛事也。'说同《钱笺》。"

⑦《宋本杜工部集》作"汉",当是"渼"之讹。

咏怀古迹五首

支离东北风尘际,漂泊西南天地间。三峡楼台淹日月①,五溪衣服共云山。羯胡事主终无赖,词客哀时且未还。庾信平生最萧瑟,暮年诗赋动江关。

摇落深知宋玉悲,风流儒雅亦吾师。怅望千秋一洒泪,萧条异代不同时。江山故宅空文藻②,云雨荒台岂梦思。最是楚宫俱泯灭,舟人指点到今疑。

群山万壑赴荆门,生长明妃尚有村。一去紫台连朔漠,独留青冢向黄昏。画图省识春风面,环佩空归月夜魂。千载琵琶作胡语,分明怨恨曲中论。

蜀主窥吴幸三峡,崩年亦在永安宫。翠华想像空山里,玉殿虚无野寺中。古庙杉松巢水鹤,岁时伏腊走村翁。武侯祠屋常邻近③,一体君臣祭祀同。

诸葛大名垂宇宙,宗臣遗像肃清高。三分割据纡筹策,万古云霄一羽毛④。伯仲之间见伊吕,指挥若定失萧曹。福移汉祚难恢复,志决身歼军务劳。

【系年】

1. 王洙本旧次在《秋野》与《送田四弟将军》之间。
2. 《杜诗赵次公先后解辑校》系于"大历二年秋在瀼西所作",置于《驱竖子摘苍耳》与《九月一日过孟十二仓曹兄弟》之间。《杜陵诗史》、《草堂诗笺》同此。

3. 黄氏《补注杜诗》系于"大历元年作",黄鹤补注曰:"诗咏'三峡'、'五溪'与宋玉之宅、昭君之墓、先主、孔明之庙,而怀其人,当是大历元年至夔州后作。"高崇兰编次刘辰翁评点《集千家注杜工部诗集》认同黄鹤说,置于《寄柏学士林居》与《殿中杨监见示张旭草书图》之间。钱谦益《钱注杜诗》置于《秋兴八首》与《诸将五首》之间。朱鹤龄《杜工部诗集辑注》置于《秋兴八首》与《雨不绝》之间,仇兆鳌《杜诗详注》置于《秋兴八首》与《寄韩谏议注》之间,杨伦《杜诗镜铨》置于《秋兴八首》与《听杨氏歌》之间。

【题解】

系年有大历元年(王洙本旧次、黄鹤、高崇兰)与大历二年(蔡兴宗、鲁訔)两说。按王嗣奭《杜臆》之说,"三峡楼台"指西阁(见注①),则此组诗当与《秋兴八首》皆作于初到夔州之时,"大历元年"说为胜。清人皆用"大历元年"说。洪业《杜甫》第十一章《夔子之国杜陵翁》:"《咏怀古迹五首》也常常被选家们所垂青。其中一首关于王昭君出生村落的诗篇,被后世的诗人们一再步韵唱和。明妃的故事——我们在前面提到过——是绘画、戏剧和音乐的普遍题材。为什么杜甫要为此写一首诗?他是否想到明妃拒绝向卑鄙的行径屈服的举动,是否想到明妃最终背井离乡和许多忠贞的官员的经历在本质上很相似——这其中也包括杜甫自己——他们因为毫不妥协的正直而被朝廷放贬谪逐?《咏怀古迹五首》中的另一首,虽然其主题是关于庾信在江陵的故乡,但很显然我们的诗人仅仅是用庾信的故事来述说自己的心声。庾信是六世纪的文学天才,是南朝梁的官员。南梁几乎在一次鞑靼将军背信弃义的叛乱中覆国;这时庾信正被派往北方出使,被北朝羁留,再也没有回到南方。这其中有些因素和安史之乱以及杜甫的流离失所很相似。"

【笺释】

① 王嗣奭《杜臆》:"楼台,指西阁言。"

②《杜诗赵次公先后解辑校》:"言归州之宅。玉归州有宅,荆州人有宅,余知古《渚宫故事》曰:庾信因候景之乱,自建康遁

归江陵,居宋玉故宅。宅在城北三里,故其赋云:'诛茅宋玉之宅,穿迳临江之府。'此荆州宅之证也。公移居夔州《入宅》诗:'宋玉归州宅,云通白帝城。'此归州宅之证也。今公尚在夔所赋诗,则江山故宅者,言其归州宅耳。"

③《宋本杜工部集》:"殿今为寺庙,在宫东。"邓忠臣注:"公自注云:殿今为寺庙,在宫东。"

④ 朱鹤龄《杜工部诗集辑注》:"言孔明筹策,特屈于三分,若其声名飞扬,卓绝万古,如云霄一羽,谁能匹之?公诗有'飞腾战伐名',可悟'云霄羽毛'之义。焦氏《笔乘》云:言人以三分割据为孔明功业,不知此乃其所轻为,正如云霄间一羽毛耳。说亦通。"

见王监兵马使说近山有白黑二鹰,罗者久取,竟未能得,王以为毛骨有异他鹰,恐腊后春生,骞飞避暖,劲翮思秋之甚,眇不可见,请余赋诗

雪飞玉立尽清秋,不惜奇毛恣远游。在野只教心力破,千人何事网罗求。一生自猎知无敌,百中争能耻下鞲①。鹏碍九天须却避,兔经三穴莫深忧。

黑鹰不省人间有,度海疑从北极来。正翮抟风超紫塞,立冬几夜宿阳台②。虞罗自各虚施巧,春雁同归必见猜。万里寒空只一日,金眸玉爪不凡材。

【系年】

1. 王洙本旧次在《玉腕骝》与《鸥》之间。黄氏《补注杜诗》系于"大历元年作",黄鹤补注曰:"王监兵马使,即公为赋《二角鹰》者也。今诗云'玄冬几夜宿阳台',当与《二角鹰歌》同是大历元年在夔州作。"高崇兰编次刘辰翁评点《集千家注杜工部诗集》认同黄鹤说,置于《玉腕骝》与《奉送蜀州柏二别驾将中丞命赴江陵

起居卫尚书太夫人因示从弟行军司马位》之间。朱鹤龄《杜工部诗集辑注》置于《玉腕骝》与《送鲜于万州迁巴州》，仇兆鳌《杜诗详注》置于《王兵马使二角鹰》与《玉腕骝》之间，杨伦《杜诗镜铨》置于《王兵马使二角鹰》与《缚鸡行》之间。

2.《杜诗赵次公先后解辑校》系于"大历三年秋移居公安，至大历四年春初在岳州所作"，置于《久雨期王将军不至》与《移居公安山馆》之间。《杜陵诗史》同此。古逸丛书本《草堂诗笺》失收。钱谦益《钱注杜诗》置于《玉腕骝》与《太岁日》之间。

【题解】

系年有大历元年夔州时期（王洙本旧次、黄鹤、高崇兰）与大历三年（蔡兴宗、鲁訔）二说。《钱注杜诗》将此诗置于《太岁日》之前。《太岁日》一诗，黄氏《补注杜诗》系于"大历三年"，黄鹤曰："按《旧史》：大历三年春正月丙午朔，则戊申乃初三日。或以'巫山坐复春'之句为在二年，然二年太岁丁未，而正月朔为壬子，则丁未日乃在二月下旬矣。此诗云'阊阖开黄道，衣冠拜紫宸'，正以新元而言，当是三年正月初三日作。"据此则《钱注杜诗》用"大历三年"说。朱鹤龄、仇兆鳌、杨伦用"大历元年"说。诸说皆无确证，则以遵循王洙本旧次系于"大历元年"为宜。洪业《杜甫》第十一章《夔子之国杜陵翁》用"大历元年"说，并作了颇有洞察力的阐释："在关于白黑二鹰的诗篇中，杜甫更多地谈到自己，而不是那些鸟儿。唐帝国现在到处都是将军、都督和节度使，每一个野心勃勃的将领都在身边聚集起一些文学之士，拥有自己的一个小朝廷。请求杜甫为两只鹰写诗的王兵马使来自很有魅力的荆南节度使卫伯玉驻节的江陵府，卫伯玉已经在自己周围搜罗了一些颇有文学声誉的名士，其中包括杜甫的老朋友薛据和孟云卿。杜甫是否感兴趣进入这位富足而权重的节度使的幕府——这将轻易结束我们诗人在贫困中的挣扎？如果卫伯玉的属下王兵马使有过这样的些许暗示，那么这两首诗则很好地作出了毫不含糊的回答。诗中说，鹰只能翱翔于高天，它们不应该陷入网罗，而被狩猎者牵系在臂环之上。杜甫只愿意为天上的朝廷效力，不会为地方的军阀用命。即使他以非正式的身份待在柏贞节的幕下,那也是因为他相信柏都督对于朝廷的忠诚,而且柏都督对他的慷慨令他十分感激,尽管如此,久居此地也是杜甫所不乐意接受的。杜甫将自己比作羽毛憔悴的鹦鹉,尽管被人宠爱,还是希望脱出樊笼,飞回到皇苑中的树枝上。"

【笺释】

①《杜诗赵次公先后解辑校》:"鹰所以用猎也,谓其野鹰,故云自猎。……今诗句言鹰之百中,自与其类争能,而耻下调纵之鞲也,亦以野鹰之故耳。"

②《杜诗赵次公先后解辑校》:"善本作玄,旧作立冬,非也。"

又呈吴郎

堂前扑枣任西邻①,无食无儿一妇人。不为困穷宁有此,只缘恐惧转须亲②。即防远客虽多事,使插疏篱却甚真③。已诉征求贫到骨,正思戎马泪沾巾。

【系年】

王洙本旧次此诗与《简吴郎司法》在《示獠奴阿段》与《七月一日题终明府水楼》之间。《杜诗赵次公先后解》系于"大历二年秋在瀼西所作",与《简吴郎司法》在《谒先主庙》、《秋野五首》后。《杜陵诗史》、《草堂诗笺》同此。黄氏《补注杜诗》系于"大历二年作",黄鹤补注曰:"诗云'堂前扑枣任西邻,无食无儿一妇人',当是西邻有寡妇困穷者,告吴郎使听其窃园利也。同前篇一时作。"按,《简吴郎司法》诗黄鹤补注系年曰:"诗云'有客乘舸自忠州,遣骑安置瀼西头',又云'风江飒飒乱帆秋',盖公大历二年秋自瀼西迁东屯,故以草堂借吴郎也。当是大历二年作。"钱谦益《钱注杜诗》系此诗与《简吴郎司法》在《孟仓曹步趾领新酒酱二物满器见遗老夫》、《柳司马至》后。朱鹤龄《杜工部诗集辑注》系于"大历中公居夔州作",在《晚晴吴郎见过北舍》、《简吴郎司法》后,杨伦《杜诗镜铨》从之。仇兆鳌《杜诗详注》用黄鹤系年,又采朱鹤龄编排,唯将三诗顺序调整为"《简吴郎司法》——《又呈吴郎》——《晚晴吴郎见过北舍》"。

【题解】

此诗系年,王洙本旧次及宋人注本皆置于大历二年无异议,清人皆从之。寻绎系年之据,在于《简吴郎司法》。《简吴郎司法》与此诗的前后关系,则因诗题"又呈"二字揭橥。清人朱鹤龄首将《晚晴吴郎见过北舍》编入,然顺序未惬。寻绎三章诗意,《简吴郎司法》为抵达,《又呈吴郎》为安顿停匀,《晚晴吴郎见过北舍》为居停后往来。仇兆鳌据此调整,编次最为妥帖。此诗主旨,赵次公注《题桃树》"小径升堂旧不斜"云:"此诗含仁民爱物之心,与夫遏乱喜治之意。……公后有《又呈吴郎》诗云云,意与此合。《诗》曰:'徒有遗秉,此有滞穗,伊寡妇之利。'比则公以桃实馁贫,任邻妇扑枣之心矣。"又,此诗注解之难点,在"即防远客虽多事,使插疏篱却甚真"一句读解。按,自赵次公注以降(见注②),宋人旧注皆以"即防远客虽多事,使插疏篱却甚真"为老杜对吴郎语。以此观之,二句口气生硬,绝非老杜为人待客之道。清人朱鹤龄之新说较胜,谓二句乃老杜对妇人所言:"你对远来之客(吴郎)有所忌惮,这是你多心;但他确实插了篱笆,这是他多事。"仇兆鳌即采用朱鹤龄说。然余以为朱鹤龄只得半解,须综合赵次公、朱鹤龄二解为一以观之。"即防远客虽多事",是老杜向吴郎转述当时应对妇人语,"便插疏篱却甚真",是老杜对吴郎语。浦起龙《读杜心解》约略近之:"所谓回护吴郎,又开示吴郎者。"——"吴郎,我当时告诉老妇说,'你对吴郎这位远来之客有所忌惮,是你多虑了。'""不过话又说回来,吴郎,你给院子插上篱笆,不免会让她误以为真,难怪她会有所顾忌。"——如此读,既宽慰老妇,又回护吴郎,更以朋友身份在私下当面给吴郎提出意见,合情合理,三方妥帖;不如此读,则是将老杜视为背后谴责朋友之小人也。

【笺释】

① 按，《秋野五首》其一有"枣熟从人打，葵荒欲自锄"之语。

② 《杜诗赵次公先后解辑校》云："言探斯妇之情，盖困穷所致，又告吴郎，当念其恐惧，宜更亲之。此两句，其上句有彼有遗秉，此有滞穗，伊寡妇之利之意，下句则有见窃荀而又掷与之同科，公在庙堂，其泽天下也可推矣！"

③ 《杜诗赵次公先后解辑校》云："言虽任邻妇取枣，然吴郎以在远客而来，亦须谨藩篱以防他寇。所防者，非为枣也，谓多事之不可测，使人插篱亦不害为真意耳。此公又告吴郎之辞。"朱鹤龄《杜工部诗集辑注》："远客，谓吴郎。……二语主西邻妇人言，旧解非是。"仇兆鳌《杜诗详注》："妇防客，时怀恐惧。吴插篱，不怜困穷矣。"浦起龙《读杜心解》："妇防远客，几以吴为刻薄人，固属多心也。妇见插篱，将疑吴特为我设，其迹似真也。……所谓回护吴郎，又开示吴郎者。"

偶　　题

文章千古事，得失寸心知。作者皆殊列，名声岂浪垂①。骚人嗟不见，汉道盛于斯。前辈飞腾入，余波绮丽为。后贤兼旧列，历代各清规。法自儒家有，心从弱岁疲。永怀江左逸，多病邺中奇②。骐骥皆良马，骐骝带好儿。车轮徒已斫，堂构惜仍亏③。漫作潜夫论，虚传幼妇碑。缘情慰漂荡，抱疾屡迁移。经济惭长策，飞栖假一枝。尘沙傍蜂虿，江峡绕蛟螭。萧瑟唐虞远，联翩楚汉危。圣朝兼盗贼，异俗更喧卑。郁郁星辰剑，苍苍云雨池。两都开幕府，万寓插军麾。南海残铜柱④，东风避月支。音书恨乌鹊，号怒怪熊罴。稼穑分诗兴，柴荆学土宜。故山迷白阁⑤，秋水忆黄陂⑥。不敢要佳句，愁来赋别离。

【系年】

1. 王洙本旧次在《寒雨朝行视园树》与《雨晴》之间。黄氏《补注杜诗》系于"大历元年作",黄鹤补注曰:"诗云'江峡绕蛟螭',当是大历元年在夔州时作;故又曰'圣朝兼盗贼',时吐蕃之乱未息也。"高崇兰编次刘辰翁评点《集千家注杜工部诗集》认同黄鹤说,置于《提封》与《吾宗》之间。钱谦益《钱注杜诗》置于《上卿翁请修武侯庙》与《秋兴八首》之间。朱鹤龄《杜工部诗集辑注》置于《哭王彭州抡》与《瞿塘两崖》之间,仇兆鳌《杜诗详注》置于《哭王彭州抡》与《君不见简苏徯》之间,杨伦《杜诗镜铨》置于《哭王彭州抡》与《赠高式颜》之间。

2. 《杜诗赵次公先后解辑校》用蔡兴宗编年系于"大历二年秋九月在夔州瀼西、东屯往来所存之诗",置于《寒雨朝行视园树》与《雨晴》之间。《杜陵诗史》、《草堂诗笺》同此。

【题解】

此诗系年有大历元年(王洙本旧次、黄鹤、高崇兰)与大历二年(蔡兴宗、鲁訔)两说。清人皆用"大历元年"说。按,诗句有言"稼穑分诗兴",则系于"大历二年"夔州东屯时期为宜。洪业《杜甫》第十一章《夔子之国杜陵翁》亦用"大历二年"说:"也许某些具有不带任何色彩的标题的诗篇也可以系于东屯,例如《偶题》,这首诗代表了杜甫对中国诗歌史的理解,以及他对自己在其中的位置的谦虚估计。他还提到自己的时间要在农事和诗歌中分配。前者很可能是指收获谷物。后者不但是指诗歌写作,也是指对古代诗歌大师的反复学习;公元前三世纪初期楚国的吟游诗人;汉代对儒家学说特别投入的众多作家,例如扬雄;魏国皇室的曹操、曹植父子;晋朝及后来各个时期的众多诗人们。需要指出,在杜甫赞扬不朽的文学作品时,他特别强调文学表现的个性。"此诗主旨,王嗣奭《杜臆》:"少陵一生精力,用之文章,始成一部诗集。此篇乃一部杜诗总序,而起二句乃一部杜诗所托胎者。'文章千古事',便须有千古识力;'得失寸心知',则寸心具有千古。此文章家秘密藏,为古今立言之标准也。作者殊列,名不浪垂,此二句又千古文人之总括。"

【笺释】

①《杜诗赵次公先后解辑校》:"作者列别,若曰某人能诗,某人能赋,某人能文,是之谓殊列。亦岂有无其实而有其名哉?"

② 邓忠臣注:"'病',一作'谢'。"《杜诗赵次公先后解辑校》:"刘祯者多病,所谓'余婴沈痼疾,窜身清漳滨'。……则多病者,指刘桢,为邺中之奇也。公亦多病,故专以自比。"按,次公注似误。永怀江左逸,"永怀"为动词,所对之"多病"亦应为动词。又,劣于汉魏近风骚,则江左是劣于汉魏邺中者,而反近于风骚,则逸也。老杜之美学追求,乃在清词丽句而有风骨,不喜强干质木少文之建安诗歌也。

③《杜诗赵次公先后解辑校》:"言文士必有佳子,而自叹其子之文不逮于已也。……如轮扁者,妙于斫轮,而不能传其子。事见《庄子》云:'臣不能以喻臣之子,臣之子亦不能以受之臣。是以行年七十而老斫轮也。'……然则题为《偶题》,岂公有所感而作此诗耶?"

④《杜诗赵次公先后解辑校》:"在南亦有侵犯者,如广德二年西原蛮陷邵州,大历二年桂州山獠反,是已。"

⑤《杜诗赵次公先后解辑校》:"白阁则终南山相附之山名。公《渼陂西南台诗》又云'颠倒白阁影'是已。"

⑥《杜诗赵次公先后解辑校》:"皇陂则皇子陂也。旧以为黄陂,误矣。"

登　高

风急天高猿啸哀,渚清沙白鸟飞回。无边落木萧萧下,不尽长江滚滚来。万里悲秋常作客,百年多病独登台。艰难苦恨繁霜鬓,潦倒新停浊酒杯。

【系年】

1. 王洙本旧次在《拔闷》与《九日》"去年登高郪县北"之间。

黄氏《补注杜诗》系于"广德元年作",黄鹤补注曰:"宝应元年、广德元年九月,公皆在梓州,以后篇(按,谓《九日》'去年登高郪县北')论之,此诗当是广德元年作。"钱谦益《钱注杜诗》置于《投简梓州幕府兼简韦十郎官》与《九日》"去年登高郪县北"之间。

2.《杜诗赵次公先后解辑校》系于"大历元年秋八月、九月在夔州西阁所存之诗",置于《九日诸人集于林》与《诸将五首》之间。《草堂诗笺》系于"大历元年在夔州所作",编次同赵次公本。《杜陵诗史》在卷三十二之"拾遗"内,题下注"新添"。高崇兰编次刘辰翁评点《集千家注杜工部诗集》认同鲁訔说,置于《九日五首》之五,在《摇落》与《季秋江村》之间。朱鹤龄《杜工部诗集辑注》置于《九日五首》之五,置于《凭孟仓曹将书觅土楼旧庄》与《九日诸人集于林》、《晚晴吴郎见过北舍》之间,杨伦《杜诗镜铨》从之。仇兆鳌《杜诗详注》以为"鹤注旧编成都诗内,按诗有'猿啸哀'之句,定为夔州作",亦置于《九日五首》之五,在《晚晴吴郎见过北舍》与《覃山人隐居》之间。

【题解】

《杜诗赵次公先后解辑校》以为:"旧本题名《登高》,在成都《哭严仆射归榇》相近,合迁入于此,补所谓阙一首者。"按,赵次公所谓"旧本"即王洙本(《登高》在王洙本卷十三倒数第四首,《哭严仆射归榇》在王洙本卷十四第一首,中间仅隔三首)。又,此诗《九家集注杜诗》凡两见,其一为卷二十六《登高》,其一为卷三十《九日五首》其五,是将王洙本旧次与赵次公之改动两存之所至。朱鹤龄《杜工部诗集辑注》指出:"吴若本题下注云'缺一首',赵次公以'风急天高'一首足之,云'未尝缺',梦弼注同。"仇兆鳌《杜诗详注》则引顾宸《辟疆园杜诗注解》云:"五章皆一时之作,随兴所至,体各不同。"此诗之系年有大历元年(蔡兴宗、鲁訔、高崇兰)与广德元年(王洙本旧次、黄鹤)两说。按王洙本旧次,则似以"广德元年"说为胜。然方回《瀛奎律髓》卷十六选录此诗并指出:"此诗已去成都分晓。旧以为在梓州作,恐亦未然。当考公病而止酒在何年也。长江滚滚,必临大江耳。"按,老杜卧病,最剧之日在夔州。洪业《杜甫》第十一章《夔子之国杜陵翁》

即沿袭方回提示之线索,以此持说:"《登高》所提到的高台可能就在瀼西江边。这首诗还提到最近放弃饮酒。一个星期之后,杜甫在一首诗中提到一次宴会上他只能看着朋友们饮酒。也许这时他听从某些建议,为了健康的缘故而试图戒酒。"又,"长江"之语又可揆以仇兆鳌所示"猿啸哀",且王洙本旧次之《九日》"去年登高郪县被"一首,洪业以为乃赝作(参见《发阆中》题解),诸此种种证据所指,则"大历元年"说更为合理。此诗为前人推为"古今七律第一",仇兆鳌《杜诗详注》引胡应麟曰:"此章五十六字,如海底珊瑚,瘦劲难移,沉深莫测,而精光万丈,力量万钧。通章章法、句法、字法,前无昔人,后无来学,此当为古今七言律第一,不必为唐人七言律第一也。"

醉为马坠,诸公携酒相看

甫也诸侯老宾客,罢酒酣歌拓金戟。骑马忽忆少年时,散蹄迸落瞿唐石。白帝城门水云外,低身直下八千尺。粉堞电转紫游缰,东得平冈出天壁。江村野堂争入眼,垂鞭嚲鞚凌紫陌。向来皓首惊万人,自倚红颜能骑射。安知决臆追风足,朱汗骖䮲犹喷玉。不虞一蹶终损伤,人生快意多所辱。职当忧戚伏衾枕,况乃迟暮加烦促。朋知来问腆我颜,杖藜强起依僮仆。语尽还成开口笑,提携别扫清溪曲。酒肉如山又一时,初筵哀丝动豪竹。共指西日不相贷,喧呼且覆杯中渌。何必走马来为问,君不见嵇康养生被杀戮。

【系年】

王洙本旧次在《释闷》与《别蔡十四著作》之间。《杜诗赵次公先后解辑校》系于"大历二年三月新自赤甲迁瀼西",置于《李潮八分小篆歌》与《往在》之间,《杜陵诗史》同此,古逸丛书本《草堂诗笺》失收。黄氏《补注杜诗》系于"大历二年作",黄鹤补注曰："诗云'骑马忽忆少年时，散蹄迸落瞿塘石'，当是在夔州作。而梁权道编在大历三年，按公是年出峡，有《赠南卿兄瀼西岸园诗》曰'正月喧莺未，兹辰放鹢初'，则公是年正月已去夔，若是时伏枕，则是月岂能发舟？当是二年作。"高崇兰编次刘辰翁评点《集千家注杜工部诗集》置于《李潮八分小篆歌》与《竖子至》之间。钱谦益《钱注杜诗》置于《奉酬薛十二丈判官见赠》与《别李义》之间。朱鹤龄《杜工部诗集辑注》置于《晚登瀼上堂》与《园官送菜》之间，仇兆鳌《杜诗详注》置于《玉腕骝》与《覆舟二首》之间，杨伦《杜诗镜铨》置于《晚登瀼上堂》与《河北节度入朝十二首》之间。

【题解】

诸家系年皆同，编次小异。洪业《杜甫》第十一章《夔子之国杜陵翁》："农事不是唯一将杜甫从诗歌中牵扯出来的事情，夔州城中的社交邀请也常常让杜甫分心。他坠马之前的那次宴饮也发生在城里。但是因为马首向东，我们可以猜想东屯是他的目的地，这首幽默而令人同情的诗歌就是写于东屯。也许杜甫到了秋天快结束的时候就已经痊愈了，禁不住酒友们的苦劝，他又开戒了。"按，诸家皆以此诗为瀼西时期所作，洪业独以"东得平冈出天壁"一句指为东屯时期所作，别具只眼，可备一说。又按，天宝四载李、杜同游山东，寻访范十居士隐居时曾有坠马之事，当日太白坠马入诗，今日则轮到老杜矣（参见杜甫《与李十二白同寻范十隐居》）。因为此诗是坠马事后所作，我怀疑写"骑马忽忆少年时"一句时，老杜想起的正是李白"城壕失往路，马首迷荒陂。不惜翠云裘，遂为苍耳欺"的坠马情形。参见本书《李杜关系考辨——以杜诗对"偶然性细节"的刻画为视角》一文。

复 阴

方冬合沓玄阴塞，昨日晚晴今日黑。万里飞蓬映天过，孤城树羽扬风直。江涛簸岸黄沙走，云雪埋山苍兕吼。君不见夔子之国杜陵翁，牙齿半落左耳聋。

【系年】

　　王洙本旧次在《晚晴》与《夜归》之间。《杜诗赵次公先后解辑校》系于"大历二年冬在夔州瀼西、东屯所作"，置于《晚晴》与《后苦寒行二首》之间。《杜陵诗史》、《草堂诗笺》同此。高崇兰编次刘辰翁评点《集千家注杜工部诗集》、仇兆鳌《杜诗详注》从之。黄氏《补注杜诗》于《晚晴》诗下系年曰："大历二年作"，黄鹤补注称："诗云'高唐暮冬雪壮哉'，当是二年冬作。盖以元年春到夔，而是年史书'冬无雪'，三年春又已下峡，故知为二年诗。"而此诗系于"大历二年冬作"，黄鹤补注曰："同是大历二年冬作。诗云'昨日晚晴今日黑'，《晚晴》即前所赋之诗也。"朱鹤龄《杜工部诗集辑注》置于《晚晴》与《元日示宗武》之间，杨伦《杜诗镜铨》置于《晚晴》与《有叹》之间。

【题解】

　　诸家皆系于大历二年。按，此诗言"夔子之国"，则作于夔州时期无疑。诗题言"复阴"，其系年或可与《人日二首》相参看。《人日》其一曰："元日至人日，未有不阴时。"蔡绦《西清诗话》曰："都人刘克穷该典籍，尝与客论云：'子美《人日》诗："元日到人日，未有不阴时。"人知其一，不知其二。'起就架上取书，示客曰：'此东方朔《占书》也，岁后八日，一日为鸡，二日为狗，三日为豕，四日为羊，五日为牛，六日为马，七日为人，八日为谷。其日晴，主所生之物育；阴，则灾。少陵意谓天宝离乱，四方云扰，人物岁岁具灾，岂《春秋》书王正月意耶？'"（宋人黄朝英《缃素杂记》卷四"人日"条亦引《西清诗话》云）若此说确实，则老杜作《复阴》时已隐含此意矣。按王洙本旧次，《人日二首》系于大历三年年初数日，故与《人日二首》相关之《复阴》当作于大历二年年底数日（诗云"方冬合沓"，当在大历二年年底而非大历三年年初）。蔡兴宗、鲁訔、黄鹤、高崇兰及清人仅注意《晚晴》"昨日晚晴今日黑"为"前所赋之诗",皆未点明《人日二首》为"后所赋之诗",可为诸说添一坚证,失之眉睫,不亦惜哉。

续得观书迎就当阳居山，正月中旬定出三峡

自汝到荆府,书来数唤吾。颂椒添讽咏,禁火卜欢娱①。舟楫因人动,形骸用杖扶。天旋夔子峡,春近岳阳湖。发日排南喜,伤神散北吁。飞鸣还接翅,行序密衔芦。俗薄江山好,时危草木苏。冯唐虽晚达,终觊在皇都。

【系年】

王洙本旧次在《远怀舍弟颖观等》与《将别巫峡赠南卿兄瀼西果园四十亩》之间。《杜诗赵次公先后解辑校》系于"大历三年春在夔,迤逦出峡到荆南所作",编次从之。《杜陵诗史》、《草堂诗笺》同此。黄氏《补注杜诗》系于"大历三年作",黄鹤补注曰:"当阳乃江陵属邑。诗云'颂椒添讽咏',当是大历三年元日作。"高崇兰编次刘辰翁评点《集千家注杜工部诗集》置于《喜闻盗贼蕃寇总退口号五首》与《人日二首》之间。朱鹤龄《杜工部诗集辑注》置于《远怀舍弟颖观等》与《太岁日》之间,仇兆鳌《杜诗详注》、杨伦《杜诗镜铨》从之。

【题解】

诸家系年皆同,编次小异。黄鹤以"颂椒添风咏"一句用庾信《正旦》诗,指出此章作于元日,可备一说。高崇兰编次《集千家注杜工部诗集》将《人日二首》置于此诗之后,清人将《太岁日》置于此诗之后,或皆受黄鹤启发。洪业《杜甫》第十一章《夔子之国杜陵翁》:"杜甫已经得到了杜观的来信,在《续得观书迎就当阳居止正月中旬定出三峡》一诗中,我们的诗人再次明确宣布将

前往长安。"又,"冯唐虽晚达,终觊在皇都"一句,《杜诗赵次公先后解辑校》:"公以自比其白首为郎也。"按,郎谓检校工部员外郎,今人陈尚君《杜甫为郎离蜀考》[1]以为此职非虚衔,乃可实任,故"终觊在皇都"可视为实有赴朝就任之意(参见《南征》题解)。

【笺释】

① 朱鹤龄《杜工部诗集辑注》:"言寒食日必可相聚。"仇兆鳌《杜诗详注》:"颂椒属正月,禁火属寒食,此接来书而计欢聚之期。"

喜闻盗贼蕃寇总退口号五首其五

今春喜气满乾坤,南北东西拱至尊。大历二年调玉烛,玄元皇帝圣云孙。

【系年】

1. 王洙本旧次在《喜观即到伤题短篇》与《即事》"暮春三月巫峡长"之间。《杜诗赵次公先后解辑校》系于"大历二年三月自赤甲迁瀼西所作",置于《寄薛三郎中据》与《即事》"暮春三月巫峡长"之间。《杜陵诗史》同此。古逸丛书本《草堂诗笺》失收。

2. 黄氏《补注杜诗》系于"大历三年作",黄鹤补注曰:"诗云'大历三年调玉烛',当是其年作。按《旧史》:'二年,吐蕃九月寇灵州,进寇邠州。十月,灵州奏破吐蕃二万,京师解严。'《通鉴》云:'十月,路嗣恭破吐蕃于灵州城下,斩首二千余级,吐蕃引去。'今诗云'今春喜气满乾坤,南北东西拱至尊',当是蕃寇二年退,而诗作于明年之春,故云'三年'。一本作'二年',而梁权道从而编诗于二年。然元年无吐蕃之乱,虽《新史》云'九月吐蕃陷

---

[1]《复旦学报》1984年1期。

原州',而《旧史》《通鉴》具不言。按《志》,原州广德元年已陷吐蕃。诗又云'萧关陇水入官军',《唐志》:萧关县在武州。《九域志》:陇水县在陇州。而《唐志》陇州无此县。萧关与灵州相近,正是指吐蕃寇灵州而路嗣恭破之也。"高崇兰编次刘辰翁评点《集千家注杜工部诗集》认同黄鹤说,置于《太岁日》与《续得观书迎就当阳居止,正月中旬定出三峡》之间。朱鹤龄《杜工部诗集辑注》亦全用黄鹤说。钱谦益《钱注杜诗》置于《承闻河北诸道节度入朝欢喜口号十二首》与《洞房》之间。朱鹤龄《杜工部诗集辑注》置于《庭草》与《送大理封主簿五郎,亲事不合,却赴通州》之间,仇兆鳌《杜诗详注》置于《人日》二首与《送大理封主簿五郎,亲事不合,却赴通州》之间,杨伦《杜诗镜铨》从之。

【题解】

诸家系年有大历二年(王洙本旧次、蔡兴宗、鲁訔)与大历三年(黄鹤、高崇兰)两说。按,"大历二年"说未注意"今春喜气满乾坤"乃针对"去年"之"南北东西拱至尊"(即《承闻河北诸道节度入朝欢喜口号十二首》所言大历二年二月至八月淮安、汴宋、凤翔等道节度使入朝事)而言,故"今春"已是"大历三年"之辞。黄鹤说仅注意吐蕃寇乱事,未注意《承闻河北诸道节度入朝欢喜口号十二首》可为其说添一证据,惜哉。清人及今人皆从"大历三年"说,《钱注杜诗》编次注意到此诗与《承闻河北诸道节度入朝欢喜口号十二首》之关系,最称有识。洪业《杜甫》第十一章《夔子之国杜陵翁》亦用"大历二年"说:"不久又传来好消息,长安在杜甫心目中再次变得头等重要。768年1月24日是中国农历的新年。这一天杜甫写了《喜闻盗贼蕃寇总退口号五首》,其中最后一首中,他甚至认为普遍的和平最终不可思议地得到了。"

旅 夜 书 怀

细草微风岸,危樯独夜舟。星垂平野阔,月涌大江流。

名岂文章著，官因老病休①。飘零何所似，天地一沙鸥。

【系年】

1. 王洙本旧次在《题忠州龙兴寺所居院壁》与《别常征君》之间。黄氏《补注杜诗》系于"永泰元年作"，黄鹤补注曰："诗云'名岂文章著，官应老病休'，当是永泰元年去成都、舟下渝州时作。"高崇兰编次刘辰翁评点《集千家注杜工部诗集》认同黄鹤说，置于《哭严仆射归榇》、《放船》与《怀旧》之间。《钱注杜诗》同王洙本旧次。朱鹤龄《杜工部诗集辑注》置于《哭严仆射归榇》与《云安九日郑十八携酒陪诸公宴》之间。仇兆鳌《杜诗详注》置于《哭严仆射归榇》与《放船》之间，杨伦《杜诗镜铨》从之。

2. 《杜诗赵次公先后解辑校》系于"大历五年三月自衡州暂往潭州"第一首，置于《衡州送李大夫赴广州》与《清明》之间，《杜陵诗史》、《草堂诗笺》同此。

【题解】

此诗系年有永泰元年（王洙本旧次、黄鹤、高崇兰）与大历五年（蔡兴宗、鲁訔）两说。清人及今人多从"永泰元年"说，系于杜甫离开成都之后、入夔州之前，即忠州至云安之江行时。然细玩"官因老病休"句意，似云因夔州养病二载之延误，赴朝任职已经无望[1]，则当为大历三年出峡时作。洪业《杜甫》第十二章《孤舟增郁郁》即用"大历三年"说："从夔州穿过峡谷到峡州的旅行者无一例外会被沿途壮丽的景色所震撼。杜甫只写了一首八十四行的长诗（《大历三年春白帝城放船出瞿塘峡久居夔府将适江陵漂泊有诗凡四十韵》），描述一路所见的景色，抒发自己由于疾病和挫折带来的沮丧心情。这首诗很难翻译，因为其中描述景色的部分十分简洁，没有详尽的注释很难理解，而其中叙述的部分包含了大量典故，博洽之士也难以一一剖析。不过，有一首短诗

---

[1] 参见陈尚君《杜甫为郎离蜀考》，《复旦学报》1984年1期。

《旅夜书怀》,可以用来代表江陵附近春天的景象和杜甫的感受。因为此诗地形上的描述,它一般被系于永泰元年(765)杜甫从忠州到云安之间的时期(见仇兆鳌、杨伦)。但那时是在夏天,季节和诗中所说的'细草'不太吻合,这个辞杜甫一般都用来描述春天。我相信此诗很契合杜甫于768年(大历三年)3月15日在江陵附近扬子江上的夜航。"本书遵从洪业系年。

【笺释】

① 杨伦《杜诗镜铨》引沈确士云:"官以论事罢,而云老病应休,立言含蓄之妙如此。"是未明老杜意之所指在"为郎离蜀"(详见题解)。

归　雁

闻道今春雁,南归自广州。见花辞涨海,避雪到罗浮。是物关兵气①,何时免客愁。年年霜露隔,不过五湖秋。

【系年】

1. 王洙本旧次在《登白马潭》与《野望》之间。《杜诗赵次公先后解辑校》系于"大历四年春离岳州至潭州所作",编次从王洙本旧次。《草堂诗笺》同此。黄氏《补注杜诗》系于"大历四年作",黄鹤补注曰:"诗云'是物关兵气,何时免客愁',当是大历四年春赴湖南时作,时吐蕃未宁。"高崇兰编次刘辰翁评点《集千家注杜工部诗集》从之,编次用王洙本旧次。

2. 《杜陵诗史》系于"广德元年癸卯春在梓之绵之阆复归梓所作",置于《江亭送眉州辛别驾升之》与《短歌行》之间。

3. 钱谦益《钱注杜诗》系于"大历三年",编次从王洙本旧次。朱鹤龄《杜工部诗集辑注》系于"大历三年作",置于《宇文晁崔彧重泛郑监前湖》与《短歌行赠王郎司直》之间,仇兆鳌《杜诗详注》、杨伦《杜诗镜铨》从之。

【题解】

　　此诗有三说，一为广德元年作(《杜陵诗史》)，一为大历三年作(钱谦益、朱鹤龄、仇兆鳌、杨伦)，一为大历四年作(王洙本旧次、蔡兴宗、《草堂诗笺》、黄鹤、高崇兰)。按，钱谦益《钱注杜诗》笺曰："《唐会要》：'大历二年，岭南节度使徐浩奏：十一月二十五日，当管怀集县阳雁来，乞编入史。从之。'先是，五岭之外，翔雁不到。浩以为阳为君德，雁随阳者，臣归君之象也。史称浩贪而妄，公诗盖深讥之。"朱鹤龄《杜工部诗集辑注》："此诗云'闻道今春雁，南归自广州'，正是三年春所作。又云'是物关兵气，何时免客愁'，盖浩以为祥，公以为异耳。"其说有理，故仇兆鳌、杨伦皆从之。洪业《杜甫》第十二章《孤舟增郁郁》亦从"大历三年"说："说到《归雁》，一些注家认为杜甫在诗中预言了即将到来的战争。中国文人的传统思想总是认为自然界的不寻常现象是人类社会吉凶的预兆。杜甫也不例外。767 年 12 月 20 日，驻节广州的节度使上表奏说岭南地区出现了大雁，这是一个好兆头，预示着唐帝国的普遍和平。现在我们的诗人听说 768 年春天这些大雁离开了广州，他自然会借这个机会说，这是个不祥之兆，预示着战争。"

【笺释】

　　① 王嗣奭《杜臆》："禽鸟得气之先。明年，潭州果有臧玠之乱，桂州又有朱济之乱。此与邵子洛阳闻杜鹃无异，可谓具前知之见矣。"

短歌行(赠王郎司直)

　　王郎酒酣拔剑斫地歌莫哀，我能拔尔抑塞磊落之奇才。豫章翻风白日动，鲸鱼跋浪沧溟开。且脱佩剑休徘徊，西得诸侯棹锦水。欲向何门飒珠履,仲宣楼头春已深。青眼高歌望吾子,眼中之人吾老矣①。

【系年】

1. 王洙本旧次在《相从歌》与《短歌行(送祁录事归合州因寄苏使君)》、《草堂》之间。黄氏《补注杜诗》系于"宝应元年作",黄鹤补注曰:"王郎司直,即前所赋《戏友》云'官有王司直'者。梁权道编在永泰元年成都诗内,然不应与前作相去三年,意同是宝应元年作。"高崇兰编次刘辰翁评点《集千家注杜工部诗集》认同黄鹤说,置于《奉和严中丞西城晚眺十韵》与《入奏行赠西山检察使窦侍御》之间。钱谦益《钱注杜诗》置于《春日戏题恼郝使君兄》与《短歌行(送祁录事)》、《陪章留后惠义寺饯嘉州崔都督赴州》之间。

2. 《杜诗赵次公先后解辑校》系于"大历三年春在夔,迤逦出峡到荆南所作",置于《蚕谷行》与《喜雨》之间,《杜陵诗史》同此,古逸丛书本《草堂诗笺》失收。朱鹤龄《杜工部诗集辑注》置于《归雁》与《忆昔行》之间,仇兆鳌《杜诗详注》、杨伦《杜诗镜铨》从之。

【题解】

此诗系年有三说,一为宝应元年(王洙本旧次、黄鹤、高崇兰、钱谦益),一为永泰元年(梁权道),一为大历三年(蔡兴宗、鲁訔、朱鹤龄、仇兆鳌、杨伦)。朱鹤龄《杜工部诗集辑注》:"按,此诗'仲宣楼头'二句,乃在荆南时作。诸本误入宝应元年成都诗内,非也。《草堂》编大历三年,最是。"其说有理,仇兆鳌、杨伦皆从之。洪业《杜甫》第十二章《孤舟增郁郁》亦用"大历三年"说:"我们不清楚王郎是何许人。诗中提到的仲宣楼正是当阳的城楼,尽管在1008—1016年间这个名字被赋予江陵的一座建筑。似乎我们的诗人曾前往西北方向五十英里外的当阳旅行。也许,杜甫及其一家到那里去拜访杜观一家,尽管这次拜访在现存诗篇中并未留下任何证据。"

【笺释】

① 黄氏《补注杜诗》引师古注云(亦见《杜陵诗史》、《分门集注杜工部诗》):"王司直得蜀中刺史。刺史,古之诸侯,甫欲依之为门下客,如仲宣之依刘表,望其青顾。故云'青眼高歌望吾子',吾子指王司直;'眼中之人',谓甫素善司直,司直必念其衰老而眷遇之也。"其说之误不待言。刘辰翁评点《集千家注杜工部诗集》引所谓黄鹤注"王司直时为蜀中刺史",当沿袭师古说而来。朱鹤龄《杜工部诗集辑注》:"旧注误解'诸侯'句,谓司直时为蜀中刺史;梦弼又谓:公以仲宣楼自况其依司直。俱大谬。"

登舟将适汉阳

春宅弃汝去①,秋帆催客归。庭蔬尚在眼,浦浪已吹衣。生理飘荡拙,有心迟暮违。中原戎马盛,远道素书稀。塞雁与时集,樯乌终岁飞。鹿门自此往,永息汉阴机②。

【系年】

1. 王洙本旧次在《奉赠韦五丈参谋琚》与《暮秋将归秦留别湖南幕府亲友》之间。《杜诗赵次公先后解辑校》系于"大历四年秋在潭州所作",置于《奉赠韦五丈参谋琚》与《重送刘十弟判官》之间。《杜陵诗史》、《草堂诗笺》同此。黄氏《补注杜诗》系于"大历四年秋作",黄鹤补注曰:"诗云'春宅弃汝去,秋帆催客归',公以大历四年至潭州,因居焉,故名春宅。则诗当在四年秋作,其后不果归汉阳。是年十一月,吐蕃寇灵州,盖自大历元年以来无岁无其祸,故又云'中原戎马盛'。"高崇兰编次刘辰翁评点《集千家注杜工部诗集》从之,置于《重送刘十弟判官》与《湖南送敬十使君适广陵》之间。朱鹤龄《杜工部诗集辑注》、杨伦《杜诗镜铨》

用高崇兰编次。钱谦益《钱注杜诗》用王洙本旧次。

2. 仇兆鳌《杜诗详注》置于《过洞庭湖》与《暮秋将归秦留别湖南幕府亲友》之间。

【题解】

诸家多系于大历四年。仇兆鳌《杜诗详注》系于"大历五年":"王彦辅、郑卬、鲁訔谓作于大历五年之秋,黄鹤谓四年之秋,欲登舟而不果行者,无据。"按,用鲁訔系年之《杜陵诗史》、《草堂诗笺》皆系此诗于大历四年,未明仇说所谓"大历五年"所据?洪业《杜甫》第十二章《孤舟增郁郁》则提出"大历三年"江陵说:"《登舟将适汉阳》可能作于仲秋,杜甫正计划往东南顺流而下 190 英里前往岳州;再转向东北前行 233 英里去到沔州;然后改道汉水,往西北方向溯流而上 440 英里,前往襄阳。诗中提到'中原戎马盛'可能与吐蕃入侵有关,在 10 月 7 日吐蕃进至灵武,从 10 月 11 日起至 11 月 11 日止,长安处于军事戒严状态。关于此诗的系年,注家的意见并不统一:到底是在潭州的 769 还是 770 年?见朱鹤龄卷二十、张溍卷二十、卢元昌卷三十二、仇兆鳌卷二十三、浦起龙 5D、杨伦卷二十;参见闻一多《少陵先生年谱会笺》。对我而言,在 768—770 年之间,杜甫停留过几个月的四个地点——江陵,公安,潭州和衡州中,只有江陵符合此诗的前两行,'春宅弃汝去,秋帆催客归'。公安和衡州不符合春天到秋天的季节条件,潭州则不符合 769 或 770 的时间要求,原因有二:(1) 在潭州,杜甫一家居住在江阁的上层,而不是一个可以种植蔬菜的院子。(2) 769 年,船只并未被弃置,因为在春天还要用它从潭州驶往衡州,然后在夏天再返回潭州;时间不是在 770 年,因为在夏天杜甫一家正驶往衡州和耒阳。"其说有据。本书用洪业编次。

【笺释】

① 按洪业译文,"汝"指老杜一家所居之舟(In the spring, we left this boat for a house; Now the autumn sail is up to hasten the voyagers' return)。

② 仇兆鳌《杜诗详注》："公寓宅潭州，欲归两京。鹿门在襄阳，汉阴近汉阳。盖将自潭州至汉阳，转襄阳，度洛阳而返西京也。"

宗 武 生 日

小子何时见，高秋此日生①。自从都邑语，已伴老夫名。诗是吾家事，人传世上情。熟精文选理，休觅彩衣轻。凋瘵筵初秩，欹斜坐不成。流霞分片片，涓滴就徐倾②。

【系年】

1. 王洙本旧次在夔州诗内，在《九日诸人集于林》与《又示宗武》之间。钱谦益《钱注杜诗》置于《夜二首》与《又示宗武》之间。仇兆鳌《杜诗详注》系于夔州诗内，置于《月》与《第五弟丰独在江左近三四载寂无消息觅使寄此》二首之间。

2. 《杜陵诗史》系于"宝应元年暂之汉州所作"，置于《九日奉寄严大夫》与《严氏溪放歌》之间。古逸丛书本《草堂诗笺》失收。黄氏《补注杜诗》系于"宝应元年作"，黄鹤补注曰："梁权道从旧次，编在大历元年。然诗云'小子何时见，高秋此日生'，则是时宗武不在侍旁。按，公《熟食日示宗文宗武诗》云：'松柏邛山路，风花白帝城。'则公在夔时，宗武未尝不随侍，而诗乃云'小子何时见'，殆非在夔作甚明。意是宝应元年秋在梓州作，是时家在成都也。明年秋晚，公虽往阆，而家在梓，然去家未几，相距不远，亦不应形'何时见'之句，当是宝应元年作。"高崇兰编次刘辰翁评点《集千家注杜工部诗集》认同黄鹤说，置于《姜楚公画角鹰歌》与《光禄坂行》之间。朱鹤龄《杜工部诗集辑注》亦用黄鹤说，系于梓州诗内，置于《述古》三首与《光禄坂行》之间，称："此诗旧编夔州诗内。按，公在夔州，宗武未尝不随侍，诗乃云'小子何时见'，是非夔州作甚明。赵次公、黄鹤俱云：宝应元年梓州作。良是。盖公送严武至绵州,因徐知道之乱,遂入梓州,时宗武在成都,故思之也。"杨伦《杜诗镜铨》用此说,置于《去秋行》与《寄高适》之间。

【题解】

此诗系年有宝应元年梓州(鲁訔、黄鹤、高崇兰)与大历二年夔州(王洙本旧次)二说。朱鹤龄、杨伦用"宝应元年"说,钱谦益、仇兆鳌用"大历二年"说。《杜诗赵次公先后解辑校》系年曰:"《王立之诗话》云:《宗武生日》诗,载在夔州诗中,非也。当是家在鄜州时,故曰'小子何时见',自入蜀后未尝别也。'自从都邑语',所谓'前年学语时',盖老杜与家俱在长安时也。'已伴老夫名'者,老杜既有盛名于时,则人皆知其有是子,故曰'人传世上情'也。'凋瘵筵初秩',则以一生喻一筵会也。某年月日时已几岁,谓之凋瘵之初,可也。《诗》笺云:'秩秩,肃敬也。'然临时用之,与此意不同。'流霞分片片,涓滴就徐倾',虽止是言饮酒,然用项曼去家三十年止日旁事,则其身在行在,家在鄜州,决矣。又有《示宗武》一首,恐非是一时诗也。王立之说如此,而次公以其说未是。此乃公送严武至绵已别,而少住间,遂有徐知道之叛,单身如梓,则为不见宗武矣。'前年学语时',则才三岁耳。今云'熟精文选理',则已能诵书。自至德二载至宝应元年,已六年,则宗武九岁矣,宜其能诵诗书也。"仇兆鳌《杜诗详注》驳之曰:"梁氏编在夔州诗内,得之。黄鹤因首句'何时见',遂疑宝应元年。公在梓州,宗武在成都,其实首句不如是解也。至德二载,公陷贼中,有诗云'骥子好男儿,前年学语时',此时宗武约计五岁矣。其后,自乾元二年至蜀,及永泰元年去蜀,中历八年,宗武约十四岁左右矣。此诗都邑、乃指成都,其云'自从都邑语,已伴老夫名',则知作此诗,又在成都之后矣。"洪业《杜甫》第十二章《孤舟增郁郁》同意仇氏说,略作调整,系于大历三年(768)江陵时期:"《宗武生日》可能作于晚秋时节,当时杜甫一家仍在卫钧处做客。我对这个孩子生日日期的猜测没有错的话,他现在的年龄正好十二岁。此诗引起三个问题。(1)宗武是杜甫此前诗歌所说的骥子吗?此诗题下注称:'宗武小名骥子。'这不是杜甫的自注。《王状元集百家注编年杜陵诗史》卷十六认为是王得臣所为,《分门集注杜工部诗》卷九认为是伪王洙所为。我倾向于认为宗武是诗篇《得家书》所说的熊儿,参见我对该诗的注释。(2)这一天父亲和儿子是否在一起?赵子栎把第一行读作'我什么时候可以见到小儿子'。因此他将此诗置于762年秋天,杜甫那时和成都的家人分开,正在梓州。我赞成仇兆鳌卷十七对此的反驳:第一行应该理解为'儿子是哪一天出生的'。这一提问由第二行诗句回答。最后两行诗句则很清楚地表明父亲出现在小小的生日聚会上。(3)第三行诗句说,'自从都邑语。'都邑指哪里?仇兆鳌认为是指成都,将此诗置于767年秋天夔州时期。但在成都时,杜甫一家住在江村,而不在城中。而且,767年秋天,杜甫身体状况不错,不像此诗第九、十行所描述那样。看起来768年杜甫一家在江陵居停的那几个月的情况与此诗比较吻合。江陵在760年被定为南都。"按,仇兆鳌"大历二年"说释首联有理,且系年亦合王洙本旧次。本书用洪业以"大历二年"为基础而略作调整之"大历三年"编次。

【笺释】

① 仇兆鳌《杜诗详注》:"小子何时见其生乎?此日正其堕地时也,起作问答之词。"

② 《宋本杜工部集》:"宗武小名骥子,曾有诗'骥子好男儿'。"参见《遣兴》注①,及本书《杜甫二子考》一文。

登岳阳楼[①]

昔闻洞庭水,今上岳阳楼。吴楚东南坼,乾坤日夜浮。亲朋无一字,老病有孤舟。戎马关山北[②],凭轩涕泗流。

【系年】

1. 王洙本旧次在《缆船苦风戏题四韵奉简郑十三判官》与

《陪裴使君登岳阳楼》之间。《杜诗赵次公先后解辑校》系于"大历四年春初在岳州所作",编次同王洙本旧次。《杜陵诗史》系于"大历四年己酉在岳阳至潭遂如衡及回潭所作"第一首,编次同王洙本旧次。《草堂诗笺》同此。《钱注杜诗》同王洙本旧次。

2. 黄氏《补注杜诗》系于"大历三年作",黄鹤补注曰:"唐子西云:'过岳阳楼,观子美诗,不过四十字耳。气象闳放,涵蓄深远,殆与洞庭争雄,所谓富哉言乎者!'余谓一诗之中如'吴楚东南坼,乾坤日夜浮'一联,尤为雄伟,虽不到洞庭者读之,可使胸次豁达。当是大历三年作。"高崇兰编次刘辰翁评点《集千家注杜工部诗集》认同黄鹤说,置于《缆船苦风戏题四韵奉简郑十三判官》与《奉送魏六丈佑少府之交广》之间。朱鹤龄《杜工部诗集辑注》、仇兆鳌《杜诗详注》、杨伦《杜诗镜铨》用黄鹤系年,编次同王洙本旧次。

【题解】

系年有大历三年(黄鹤、高崇兰、朱鹤龄、仇兆鳌、杨伦)与大历四年(王洙本旧次、蔡兴宗、鲁訔)两说。黄鹤说并无确证,当依王洙本旧次系于"大历四年"为宜。洪业《杜甫》第十二章《孤舟增郁郁》亦用"大历四年"说:"在《留别公安太易沙门》一诗,杜甫说自己将要前往江州(在沔州东边194英里)的庐山去寻找一块隐居之地,他还说公安的雪尚未化冻时,江州的梅花已经绽放了。这次离别可能发生在春天开始之前的几天内——换句话说,769年2月7日之前几天。不过,在真正出发的那天早上所写的诗中,杜甫并未再提到江州。他是否已经在踌躇真的要去到江州那么远的地方吗?不管怎么说,我们很快发现杜甫出现在洞庭湖东畔的岳州。在这里他写了《岁晏行》和《登岳阳楼》。他这是第二次登上岳阳楼,这一次春草在湿润的土地上生长。杜甫说自己想要去往东南。看起来他和家人在岳州度过了新年。"按,玩"昔闻洞庭水,今上岳阳楼"句意,应为初登岳阳楼所作;且王洙本旧次此诗在《陪裴使君登岳阳楼》前,亦明其为初登,未明洪业所言"第二次登楼"所据?或洪业所指实为《陪裴使君登岳阳楼》,误为《登岳阳楼》。

【笺释】

①《杜诗赵次公先后解辑校》:"旧本作'发岳阳楼'。或云,此泊船岳阳楼下,船将发而登楼所赋也,故题谓之《发岳阳楼》,而句有'老病有孤舟',可见矣。然不若登字之分明也。"

②仇兆鳌《杜诗详注》引卢元昌注:"是年,郭子仪将兵五万屯奉天,备吐蕃,白元光、李抱玉各出兵击之,是'戎马关山北'也。"

北　风①

新康江口,信宿方行。

春生南国瘴,气待北风苏。向晚霾残日,初宵鼓大炉。爽携卑湿地,声拔洞庭湖。万里鱼龙伏,三更鸟兽呼。涤除贪破浪,愁绝付摧枯。执热沉沉在,凌寒往往须。且知宽疾肺,不敢恨危途。再宿烦舟子,衰容问仆夫。今晨非盛怒,便道即长驱。隐几看帆席,云山涌坐隅。

【系年】

1. 王洙本旧次在《铜官渚守风》与《发潭州》之间。《杜诗赵次公先后解辑校》系于"大历四年春离岳州至潭州所作",编次从之。黄氏《补注杜诗》系于"大历四年春作",黄鹤补注曰:"诗云'春生南国瘴,气待北风苏',当是大历四年春暖,喜得北风而作也。《回棹》诗云'衡岳江湖大,蒸池疫疠偏',盖其时也。"高崇兰编次刘辰翁评点《集千家注杜工部诗集》认同黄鹤说,置于《铜官渚守风》与《咏怀二首》之间。钱谦益《钱注杜诗》置于《铜官渚守风》与《双枫浦》之间。朱鹤龄《杜工部诗集辑注》、仇兆鳌《杜诗详注》同王洙本旧次。杨伦《杜诗镜铨》置于《发潭州》与《双枫浦》之间。

2.《杜陵诗史》系于"大历四年"之《北风》为"北风破南极"一

首,本诗《北风》"春生南国瘴"则被系于"大历三年移居公安下岳阳所作",置于《公安送李二十九弟入蜀》与《忆昔行》之间。古逸丛书本《草堂诗笺》失收。

【题解】

此诗系年有大历四年(王洙本旧次、蔡兴宗、黄鹤、高崇兰)与大历三年(鲁訔)两说。按,杜甫大历三年秋离开公安,前往岳阳。此诗既作于春日,则当是大历四年。采用鲁訔编年之《杜陵诗史》或为刊刻舛讹,误置于"大历三年",可无论。仇兆鳌《杜诗详注》:"公自潭至衡,于北风为顺,故喜而有作。"洪业《杜甫》第十二章《孤舟增郁郁》用"大历四年"说:"从岳州出发,杜甫度过洞庭湖往南约43英里,进入湘江。逆流而上约两英里,在白沙驿过了一夜,并在诗中提到了水面上无限的月光。接着,他来到了湖南地区,这一天大约是在769年2月25日。杜甫一路往南溯流而上,在这里停一停,那里待一待,一边游览,一边也参加朋友们举办的宴饮集会,据杜甫自己说,朋友们都为他的容颜老去而感到遗憾。他不断地停留,也因为风向和水流的变化不利于行船。《北风》一诗中提到因为南风的缘故,他的船不得不在新康江口停留了两天——这里离湘江入洞庭湖口五十三英里,离潭州十九英里。"

【笺释】

①《宋本杜工部集》诗题下注:"新康江口,信宿方行。"《杜陵诗史》以为杜甫自注,刘辰翁评点《集千家注杜工部诗集》从之,题作"公自注",钱谦益《钱注杜诗》亦作杜甫自注。黄氏《补注杜诗》题作"邓忠臣注"。待考。

岳麓山道林二寺行

玉泉之南麓山殊,道林林壑争盘纡。寺门高开洞庭野,殿脚插入赤沙湖①。五月寒风冷佛骨,六时天乐朝香炉。地灵步步雪山草,僧宝人人沧海珠。塔劫宫墙壮丽敌,香厨松道清凉俱。莲花交响共命鸟,金榜双回三足乌。方丈涉海费时节,玄圃寻河知有无。暮年且喜经行近,春日兼蒙暄暖扶。飘然班白身奚适,旁此烟霞茅可诛。桃源人家易制度,橘洲田土仍膏腴。潭府邑中甚淳古,太守庭内不喧呼。昔遭衰世皆晦迹,今幸乐国养微躯。依此老宿亦未晚,富贵功名焉足图。久为野客寻幽惯,细学何颙免兴孤②。一重一掩吾肺腑,仙鸟仙花吾友于。宋公放逐曾题壁,物色分留与老夫③。

【系年】

　　1. 王洙本旧次在《清明》与《舟中苦热遣怀奉呈阳中丞通简台省诸公》之间。黄氏《补注杜诗》系于"大历五年作",黄鹤补注曰:"诗云'潭府邑中甚纯古,太守庭中不喧呼。……今幸乐国养微躯',皆以为是大历四年公初到潭时游之。蔡兴宗《年谱》亦编在是年。详考诗又云'暮年且喜经行近,春日兼蒙暄暖扶。飘然班白身奚适,旁此烟霞茅可诛',若是四年游之,则必不便如衡矣。及其如衡,则畏热还潭,当思松道清凉、寒生五月、当遂诛茅之愿,何为不复再来? 意是五年春题此,方幸乐国可以养躯,而臧玠之乱故不偿此意也。"高崇兰编次刘辰翁评点《集千家注杜工部诗集》认同黄鹤说,置于《风雨看舟前落花戏为新句》与《奉酬寇十侍御锡见寄四韵复寄寇》之间。

　　2.《杜诗赵次公先后解辑校》系于"大历四年春离岳州至潭州所作",置于《风雨看舟前落花戏为新句》与《客从》之间。《杜陵诗史》、《草堂诗笺》同此。钱谦益《钱注杜诗》置于《风雨看舟前落花戏为新句》与《奉送魏六丈佑少府之交广》之间。朱鹤龄《杜工部诗集辑注》置于《望岳》与《奉送韦中丞之晋赴湖南》之间,仇兆鳌《杜诗详注》用蔡兴宗《年谱》"大历四年春初"说,编次从之。杨伦《杜诗镜铨》置于《铜官渚守风》与《清明》二首之间。

【题解】

　　此诗有大历四年(蔡兴宗、鲁訔)与大历五年(王洙本旧次、黄鹤、高崇兰)两说。按,黄鹤说较弱,老杜好发感叹之辞,其"诛茅定居"之说,未必为实。然王洙本旧次如此,可谓有祖本编次依据。两说可并存之。洪业《杜甫》第十二章《孤舟增郁郁》用"大历四年"说:"杜甫可能在潭州待了两三天。《岳麓山道林二寺行》写的是两个著名的地点,它们在江畔数英里之外,潭州城的西边。诗中提到的橘洲在潭州附近的江中;我们的诗人用这个词来表示潭州附近地区。他把自己这首诗写在岳麓山寺的墙壁上,紧挨着宋之问的诗大约半个世纪之后,别的文人们也相继在这堵墙上题诗。他们一致赞扬杜甫的诗篇,其中一位还对杜甫的书法称赏有加。"本书用洪业系年编次。又,宋人赵令畤《侯鲭录》卷一载:"长沙道林岳麓寺,老杜所赋诗者。沈传师有诗碑见于世,其序云:'奉酬唐侍御、姚员外道林寺题,示姚员外。'诗不复见之。今得唐侍御诗,题云'儒林郎监察御史唐扶'。诗云:'道林岳麓仲与昆,卓荦请从先后论。松根踏云二千步,始见大屋开三门。泉清或戏蛟龙窟,殿豁数尽高帆掀。即今异鸟声不断,闻道看花春更繁。从容一衲分若有,萧瑟两鬓吾能髡。逢迎侯伯转觉贵,膜拜佛像心加尊。稍揾皇英颊浓泪,试与屈贾招清魂。荒唐大树悉楠桂,细碎枯草多兰荪。沙弥去学五印字,静女来悬千尺旛。主人念我尘眼昏,半夜号令期至暾。迟回虽得上白舫,羁绁不敢言绿尊。两祠物色采拾尽,壁间杜甫真少恩。晚来光彩又腾射,笔锋正健如可吞。'"

【笺释】

　　① 宋人范致明《岳阳风土记》:"赤沙湖在(岳阳)县南,夏秋水涨,与洞庭洪通。杜甫《道林岳麓诗》所谓'殿角插入赤沙湖'也。"《杜诗赵次公先后解辑校》:"洞庭湖在岳州之前,赤沙湖在永州。……今衡山麓寺而云'寺门高开洞庭野,殿脚插入赤沙湖',此广大之语,而谭州之下流为洞庭,上流乃永州,湘水所从出,亦可以言矣。正犹夔州《古柏行》云:'云来气接巫峡长,月出寒通雪山白。'巫峡是夔相连,而雪山在蜀之西,月出之地也。"

② 何颙，当作"周颙"。南宋叶梦得《避暑录话》卷上："杜子美诗：'久为野客寻幽惯，细学何颙免兴孤。'何颙，后汉人，见《党锢传》。盖义侠者，与诗不类，意当作周颙。周、何字相近而讹。周颙奉佛，有隐操。其诗云：'昔遭衰世皆晦迹，今幸乐国养微躯。依止老宿亦未晚，富贵功名焉足图。'则此意当在颙也。"蔡梦弼《草堂诗笺》即引此。又，《杜诗赵次公先后解辑校》："何颙在《后汉·党锢传》，乃急义名节之士，与今诗句不相干。或曰：'应是周颙，而所传之误。'周颙，宋人，长于佛理，终日长蔬，虽有妻子，独处山舍。若作周颙，则于赋《二寺诗》并'野客寻幽'之下为有说。"

③ 高崇兰编次刘辰翁评点《集千家注杜工部诗集》："公自注：'宋之问之贬也，途经于此，有诗尚在壁间。'"《宋本杜工部集》未见此注，《杜陵诗史》题作"邓忠臣注"。《九家集注杜诗》亦有此注，按其体例当是邓忠臣注。

南　征

春岸桃花水，云帆枫树林。偷生长避地，适远更沾襟。老病南征日，君恩北望心。百年歌自苦，未见有知音。

【系年】

1. 王洙本旧次在《陪王使君晦日泛江就黄家亭子》二首与《久客》之间。黄氏《补注杜诗》系于"广德二年春作"，黄鹤补注曰："诗云'春岸桃花水'，而题曰《南征》，当是广德二年春在阆州作。"朱鹤龄《杜工部诗集辑注》用"广德二年"说，置于《渡江》与《地隅》之间。钱谦益《钱注杜诗》从王洙本旧次。

2. 《杜诗赵次公先后解辑校》系于"大历三年春在夔，迤逦出峡到荆南所作"，置于《书堂饮既夜复邀李尚书下马月下赋绝句》与《地隅》之间。《杜陵诗史》同此。古逸丛书本《草堂诗笺》失收。刘辰翁评点《集千家注杜工部诗集》认同鲁訔说，置于《江南逢李龟年》与《地隅》之间。仇兆鳌《杜诗详注》置于《陪裴使君登岳阳楼》"从此更南征"与《归梦》之间，杨伦《杜诗镜铨》置于《发白马潭》"南征且未回"与《归梦》之间。

【题解】

此诗系年有广德二年（王洙本旧次、黄鹤、朱鹤龄）与大历三、四年（蔡兴宗、师古、鲁訔、高崇兰、仇兆鳌、杨伦）二说。仇兆鳌《杜诗详注》称："此当是大历四年春潭、衡间作，前诗'从此更南征'（《陪裴使君登岳阳楼》），可证。依蔡氏编次为是。"按，以《陪裴使君登岳阳楼》、《发白马潭》二诗之"南征"揆之，当以大历三、四年之说为胜。又《过津口》有"回首过津口，而多枫树林"，亦可与"云帆枫树林"相符，故《杜陵诗史》引师古注"春岸桃花水，云帆枫树林"曰（亦见《分门集注杜工部诗》）："峡人以二月桃花发时春水生，谓之'桃花水'。水涨可以下峡，甫自蜀南征吴，故称'桃花水'。楚岸多枫树。"末句约略揭橥斯意。洪业《杜甫》第十二章《孤舟增郁郁》亦采"大历三、四年间"说："《南征》和《早发》可能也作于这段航程中。溯流而上四十九英里，船只抵达晚洲，这里江岸较高，水流湍急，风景优美。"又，"老病南征日，君恩北望心"，《杜诗赵次公先后解辑校》："公既有京兆功曹之命，为领君恩矣。所以北望长安也。"黄氏《补注杜诗》黄鹤补注曰："出处皆荷君恩，岂以京兆功曹之命为领君恩而后北望哉？况是时不起功曹已久。"赵次公说揭橥老杜出川赴陕之本意（参《续得观书迎就当阳居止，正月中旬定出三峡》题解），黄鹤系年既误，故未能领会其意。

咏怀其二

邦危坏法则，圣远益愁慕。飘飖桂水游①，怅望苍梧暮。潜鱼不衔钩，走鹿无反顾。皦皦幽旷心，拳拳异平素。衣食相拘阁，朋知限流寓。风涛上春沙，千里侵江树。逆行少吉日,时节空复度。井灶任尘埃,舟航烦数具。牵缠加老病,琐细隘俗务。万古一死生,胡为足名数。多忧污桃源,拙计泥铜柱。未辞炎瘴毒,摆落跋涉惧。虎狼窥中原,焉得所历住②。葛洪及许靖,避世常此路。贤愚诚等差,自爱各驰骛。羸瘵且如何,魄夺针灸屡。拥滞僮仆慵,稽留篙师怒。终当挂帆席,天意难告诉。南为祝融客,勉强亲杖屦。结托老人星,罗浮展衰步。

【系年】

1. 王洙本旧次在《送重表侄王砅评事使南海》与《送顾八分文学适洪吉州》之间。《杜诗赵次公先后解辑校》系于"庚戌大历五年春正月在潭州所作",置于《同豆卢峰贻主客李员外贤子棐知字韵》一首与《酬郭十五判官》一首之间,注曰:"此公自潭而往,非特止于衡,盖欲尽南往矣。何以言之? 第一篇曰'夜看鄠城气,回首蛟龙池',第二篇曰'飘飘桂水游,怅望苍梧暮',又曰'多忧污桃源,拙计泥铜柱',又曰'结托老人星,罗浮展衰步'也,其句又云'风涛上春沙',则二月离潭而上尤明。"《杜陵诗史》系于"大历五年庚戌在潭州"最末一首,置于《同豆卢峰贻主客李员外贤子棐知字韵一首》与《酬郭十五判官一首》之间。《草堂诗笺》系于"大历四年(按,"四年"当是"五年"之讹)秋至潭州所作"最末一首,编次同《杜陵诗史》。钱谦益《钱注杜诗》用王洙本旧次。朱鹤龄《杜工部诗集辑注》置于《奉送韦中丞之晋赴湖南》与《发潭州》之间,仇兆鳌《杜诗详注》置于《双枫浦》与《酬郭十五判官》之间,杨伦《杜诗镜铨》置于《双枫浦》与《望岳》之间。

2. 黄氏《补注杜诗》系于"大历四年作",黄鹤补注曰:"诗云'飘飘桂水游,南为祝融客',又云'风涛上春沙,逆行少吉日',当是大历四年春自岳州上潭州时作。"高崇兰编次刘辰翁评点《集千家注杜工部诗集》认同黄鹤说,置于《北风》与《望岳》之间。

【题解】

系年有大历四年（黄鹤、高崇兰）与大历五年（王洙本旧次、蔡兴宗、鲁訔）两说。按，"大历五年"说多将此诗系于离潭往衡之际，而黄鹤"大历四年"说系年之证据"风涛上春沙，逆行少吉日"，亦可用于大历五年潭州往衡州之行，且王洙本旧次亦系于"大历五年"，当以"大历五年"说为胜。清人多从"大历五年"说，洪业《杜甫》第十二章《孤舟增郁郁》亦然："我们粗略地知道杜甫什么时候到达衡州（离潭州186英里远，离衡山55英里远）。在769年年初，衡州刺史兼湖南都团练观察使韦之晋是我们诗人的朋友。4月3日，他调任潭州刺史，因此湖南军也移居潭州。韦之晋大约在这年夏天去世于潭州；因为8月9日，朝廷命令澧州刺史崔瓘为潭州刺史兼湖南都团练观察使。在悼念韦之晋逝世的诗篇（《哭韦大夫之晋》）中，杜甫提到自己因为疾病缠身，耽误了韦之晋的邀请，当他真的向南前往衡州时，很惊讶地发现他们相聚的时间很短，当他希望前往潭州与韦之晋重聚时，韦之晋去世的消息已经传来。从这一点可以猜测，在韦之晋离开衡州、前往潭州之前不久，我们的诗人已经抵达衡州，时间是在4月3日之后不久。杜甫待在衡州好几个月，这可以由他的病情加剧，需要医生照料加以解释。《咏怀》二首其二可能作于五月中旬，诗中表示自己希望身体好起来，以便能够向南前行，去往岭南海岸。"

【笺释】

①《分门集注杜工部诗》引郑（昂）注曰："郴州桂阳水，北（按，疑为'自北'，脱一'自'字）流入连州桂阳县，在桂水之阳。"朱鹤龄《杜工部诗集辑注》："漓水与湘水，同出今桂林府兴安县海阳山，漓南流而湘北流，漓水又名桂水。公时未尝到桂林，而此云'飘飘桂水游'，他诗又云'桂江流向北，满眼送波涛'，盖湘水自临桂而来，亦得称桂水也。"（《钱注杜诗》亦云）两说皆可通。

②《杜诗赵次公先后解辑校》："今云'虎狼窥中原'，此大历五年诗，四年十一月，吐蕃方寇灵州，常谦光击败之，然窥中原之意盖未已也。公死于是年，其岁在庚戌。其后大历八年，岁在癸丑，十月，吐蕃又寇泾、邠，则当公之未死时，虽不见其为寇之地，

而犹有窥中原之意矣。"

水宿遣兴奉呈群公

鲁钝乃多病,逢迎远复迷。耳聋须画字,发短不胜篦。泽国虽勤雨,炎天竟浅泥。小江还积浪,弱缆且长堤。归路非关北,行舟却向西①。暮年漂泊恨,今夕乱离啼。童稚频书札②,盘餐讵糁藜。我行何到此,物理直难齐。高枕翻星月,严城叠鼓鼙。风号闻虎豹,水宿伴凫鹥。异县惊虚往,同人惜解携。蹉跎长泛鹢,展转屡鸣鸡。嶷嶷瑚琏器,阴阴桃李蹊。余波期救涸,费日苦轻赍。支策门阑邃,肩舆羽翮低。自伤甘贱役,谁愍强幽栖。巨海能无钓,浮云亦有梯。勋庸思树立,语默可端倪。赠粟囷应指,登桥柱必题。丹心老未折,时访武陵溪。

【系年】

　　王洙本旧次在《多病执热奉怀李尚书》与《奉贺阳城郡王太夫人恩命加邓国太夫人》之间。《杜诗赵次公先后解辑校》系于"大历三年夏至秋在荆南所作",置于《多病执热奉怀李尚书》与《昔游》、《江陵望幸》、《遣闷》之间。《杜陵诗史》同此。古逸丛书本《草堂诗笺》失收。黄氏《补注杜诗》系于"大历三年作",黄鹤补注曰:"诗云'泽国虽勤雨,炎天竟浅泥。小江还积浪,弱缆且长堤。归路非关北,行舟却向西',又云'异县惊虚往,同人惜解携',其曰'小江异县',当是在江陵暂至外邑,邑在江陵之西,故云'行舟却向西'。此诗大历三年夏作。"高崇兰编次刘辰翁评点《集千家注杜工部诗集》置于《多病执热奉怀李尚书》与《江陵望幸》之间。朱鹤龄《杜工部诗集辑注》明言用黄鹤系年,置于《多病执热奉怀李尚书》与《遣闷》之间,仇兆鳌《杜诗详注》、杨伦《杜诗镜铨》从之。钱谦益《钱注杜诗》用王洙本旧次。

【题解】

诸家系年皆同,编次小异。洪业《杜甫》第十二章《孤舟增郁郁》别有新解:"也许,当杜甫真的康复到足以再次旅行之时,他又再一次改变了计划,转而向北。也许在他从衡州到潭州的回程中,杜甫访问了衡山的文宣王庙,并称赞县宰在此修建新学堂的举措(《题衡山县文宣王庙新学堂呈陆宰》)。到达潭州之后,杜甫可能在江畔租了一所房舍。贫穷驱使杜甫不得不把家人留在这里,自己独自乘船前往稍远一些的地方去拜望朋友,寻求资助。《水宿遣兴奉呈群公》似乎适合系于769年夏天从潭州出发的旅途,而不是通常所认为的前一年夏天从江陵出发的旅途——那时杜甫尚未以船为家,并且处境也不像现在这样受到限制。尽管杜甫并未在诗中提到具体的城市,但这可能是洞庭湖南岸附近一条由西向东流淌的小河旁的城市之一。这次短短的旅行显然收获不大;而且可能就是在回去之后,杜甫写了《江阁卧病走笔寄呈崔卢两侍御》。"按,"行舟却向西",亦可指沿湘江上行,因上行为往西南方向也。且武陵亦在湖南,亦可与末句"时访武陵溪"相合。洪业说可从。

【笺释】

① 仇兆鳌《杜诗详注》:"归北,思故乡;向西,往武陵。是年(大历三年)四月,杨子琳与崔宽战于成都,故云乱离。书频移,而殁不给,则此行之寥落甚矣。"按,仇兆鳌之"大历三年"江陵系年与此注自相龃龉。若以其系年所在之江陵一地而言,向西则绝无往武陵之可能;故此注若欲成立,则须以洪业"大历四年"湘潭之行系年为是。

② 《宋本杜工部集》作"扎",当是"札"。

江南逢李龟年

岐王宅里寻常见,崔九堂前几度闻。正是江南好风景①,

落花时节又逢君②。

【系年】

　　1. 王洙本旧次在《舟出江陵南浦奉寄郑少尹》与《官亭夕坐戏简颜少府》之间。《杜诗赵次公先后解辑校》系于"大历四年春离岳州至潭州所作",置于《上巳日徐司录林园宴集》与《湘江宴饯裴二端公赴道州》之间。《杜陵诗史》、《草堂诗笺》同此。钱谦益《钱注杜诗》用王洙本旧次。朱鹤龄《杜工部诗集辑注》称:"此诗题曰'江南',必潭州作也。旧编在大历三年荆南诗内,非是。"置于《归雁二首》与《小寒食舟中作》之间。仇兆鳌《杜诗详注》、杨伦《杜诗镜铨》从之。

　　2. 黄氏《补注杜诗》系于"大历三年作",黄鹤补注曰:"梁权道编在大历三年作、荆南诗内。按,公以是年正月出峡,暮春至江陵,今诗云'落花时节又逢君',正其时也。"高崇兰编次刘辰翁评点《集千家注杜工部诗集》认同黄鹤说,置于《书堂饮既夜复邀李尚书下马月下赋绝句》与《南征》之间。

【题解】

　　系年有大历三年(黄鹤、高崇兰)与大历四年(王洙本旧次、蔡兴宗、鲁訔)两说。按,王洙本旧次置于"大历四年"荆南诗内,清人及今人亦多从"大历四年"说。宋人姚宽《西溪丛语》卷上称:"江季共说杜甫《赠李龟年诗》非甫所作。盖岐王死时,与崔涤死时,年尚幼。又,甫天宝乱后未尝至江南也。范摅《云溪友议》言:明皇幸岷山,伶官奔走,李龟年奔迫江潭,甫以诗赠龟年云云。又云:龟年曾于湘中采访使筵上唱'红豆生南国,秋来发几枝。赠君多采撷,此物最相思'云云,歌阕,莫不望行在而惨然。龟年唱罢,忽闷绝仆地。以左耳微暖,妻子未忍殡殓。经四日,乃苏,曰:'我遇二妃,令教侍女兰苕唱祓禊毕,放还。'且言主人即复长安,而有中兴之主也,谓龟年'汝何忧乎'。时甫正在湘潭,或有此诗。更须考究。"洪业《杜甫》第十二章《孤舟增郁郁》

用"大历四年"说:"《江南逢李龟年》通常也被系于同年春天的晚些时候,若干世纪以来,这首诗的真实性一直被某些人质疑,又被某些人捍卫。诗人说他曾经经常在洛阳两位名人的宅府中遇见李龟年。由于这两人都在726年就去世了,那么杜甫跟他们交往时是不是有些太年轻了呢?另一方面,杜甫在《壮游》中说过自己十四五岁时就已经出游翰墨场了,没有理由认为他不可能于725年在洛阳当地名人的宅府中遇见李龟年。但是,第二首诗的下半部分还有一个文本上的难点。如果杜甫于770年春天在潭州遇见李龟年,他为什么说,'正是江南好风景'?他在其他诗篇中更喜欢用湖南,而不是江南。原文就写作'江南'吗?如果是这样,那么这首轻快的小诗可否系于杜甫年轻时期前往东南的壮游途中呢?要不就是原文作'湖南',传抄期间被讹改为'江南'?然而,在一位九世纪的文人那里,文本就已经写作'江南'了。据文献记载(《云溪友议》),年老而悲哀的李龟年那时确实身在潭州地区。也许,我们暂时最好把这首诗的文本、编年、地理以及传抄诸问题放在一边,这里本来就没有问题需要解决。"又,洪业后来在《我怎样写杜甫》中再倡新说,认为此诗是青年时期游历吴越之地时所作,可备一说。本书用洪业旧说"大历四年"编次。

【笺释】

①《杜诗赵次公先后解辑校》:"《唐·志》:潭州、衡州,皆江南西道也。"

②《宋本杜工部集》:"崔九即殿中监崔涤,中书令湜之弟也。"一说杜甫自注,《九家集注杜诗》:"自注:崔九即殿中监崔涤,中书令湜之弟。"一说王洙注,《杜陵诗史》注(亦见《分门集注杜工部诗》):"洙曰:'公自注云:即殿中监崔涤中书令湜之弟。'"

白　马

白马东北来,空鞍贯双箭。可怜马上郎,意气今谁见。

近时主将戮，中夜商于战①。丧乱死多门，呜呼涕如霰。

【系年】

1. 王洙本旧次在《客从》与《白凫行》之间。黄氏《补注杜诗》系于"大历三年作"，黄鹤补注曰："诗云'近时主将戮，中夜商于战'，当是大历三年荆南作。大历三年二月，商州兵马使刘洽杀其刺史殷仲卿，此诗为仲卿作也。诗云'白马东北来，空鞍双贯箭。可怜马上郎，意气今谁见'，马上郎指仲卿，谓仲卿已死，而徒有马负空鞍也。旧注何不考而徒为纷纷之论？"按，黄鹤说当从师尹注来，见注①。《分门集注杜工部诗》引师古注曰："此诗殆为永王璘叛于楚而作，故有'中夜商于战'之句。"则师古系此诗于至德元载、二载间。钱谦益《钱注杜诗》用王洙本旧次。

2. 《杜诗赵次公先后解辑校》系于"大历五年三月自衡州暂往潭州，四月还衡州所作"，置于《入衡州》与《逃难》（补）、《回棹》之间。《杜陵诗史》、《草堂诗笺》同此。高崇兰编次刘辰翁评点《集千家注杜工部诗集》认同鲁訔说，置于《奉酬寇十侍御锡见寄四韵复寄寇》与《入衡州》之间。朱鹤龄《杜工部诗集辑注》置于《入衡州》与《舟中苦热遣怀奉呈阳中丞通简台省诸公》之间，杨伦《杜诗镜铨》从之。仇兆鳌《杜诗详注》置于《逃难》与《舟中苦热遣怀奉呈阳中丞通简台省诸公》之间。

【题解】

系年有至德元载、二载间（师古）、大历三年（王洙本旧次、师尹、黄鹤、钱谦益）与大历五年（蔡兴宗、鲁訔、高崇兰、朱鹤龄、仇兆鳌、杨伦）三说。按，《分门集注杜工部诗》引蔡兴宗注曰："乃潭州诗。主将谓崔瓘也。公自潭州如长沙而逢乱。按《九域志》：'衡州北至州界，乃潭州。'以公自南而北言之，则所见之马为东北来矣。东溪先生误以主将之戮为禄山之乱，而又以白非战马。昔侯景之乱，举军皆白马青袍，而谓非战马，可乎？"《杜诗赵次公先后解辑校》用蔡兴宗说曰"此篇记事之作，蔡伯世云云"。朱鹤龄《杜工部诗集辑注》亦用此说："（黄）鹤说似有据，但三年春公自峡之江陵，商于在江陵西北，不当云'白马东北来'。考《九域志》：衡州北至潭州三百九十里，公自潭如衡，则所见之白马为自东北来，明矣。臧玠与达奚觐忿争，是夜以兵杀瓘，所谓'中夜伤于战'也。梦弼、次公皆主此说。"其言有据可从。洪业《杜甫》第十二章《孤舟增郁郁》亦用"大历五年"说："如果杜甫真的在770年4月末有过一次度过洞庭湖的短暂旅行，那他回来之后，就不可能在潭州待太久。5月7日，这里出了麻烦。观察使崔瓘被兵马使臧玠所杀。潭州被叛军占领，而另一场叛乱也在酝酿当中。和通常一样，杜甫一家不得不逃难。《白马》记录了这场战斗开始的悲哀场面。"

【笺释】

①《宋本杜工部集》："'商'或作'伤'。"《九家集注杜诗》引师尹注曰："按唐史：大历三年，商州兵马使刘洽杀其刺史殷仲卿。杜所言'商于战'，岂此欤？"《分门集注杜工部诗》引鲍钦止注曰："商州也。崔属楚，《楚世家》注：'在今顺阳郡南乡、丹水二县，有商城，在于水中。'乃知商于为商州，即张仪欺楚王之地也。"《杜诗赵次公先后解辑校》："伤于战，一作'商于'。按，商于者，山名，在虢州。与此潭州之乱无相干，断不可取。"当以次公说为胜。

聂耒阳以仆阻水，书致酒肉。诗得代怀，至县呈聂一首

耒阳驰尺素，见访荒江眇。义士烈女家，风流吾贤绍。昨见狄相孙，许公人伦表。前期翰林后①，屈迹县邑小。知我碍淹涛，半旬获浩溔。麾下杀元戎，湖边有飞旐。孤舟增郁郁，僻路殊悄悄。侧惊猿猱捷，仰羡鹳鹤矫。礼过宰肥羊，愁当置清醥。人非西喻蜀，兴在北坑赵②。方行郴岸静，未话长沙

扰③。崔师乞已至,澧卒用矜少。问罪消息真,开颜憩亭沼④。

【系年】

1. 王洙本旧次置于古体诗最末一首,在《舟中苦热遣怀奉呈阳中丞通简台省诸公》之后。《杜诗赵次公先后解辑校》系于"大历五年四月至耒阳所作",置于诗集最末一首。《杜陵诗史》、《草堂诗笺》同此。朱鹤龄《杜工部诗集辑注》用赵次公说,置于诗集最末一首。

2. 黄氏《补注杜诗》系于"大历五年作",黄鹤补注曰:"耒阳在衡州东南百三十五里,公自衡往耒阳,阻水泊于方田驿。今序云:'陆路去方田四十里。'谓去耒阳也。又云:'舟行一日。'盖以沂流也。聂令致酒肉,或以为致牛肉、白酒,公因饫死,为水所漂,从而为空坟,以欺人主。虽史不能辨其非,唯韩退之一诗能分明之,李观作补遗传,亦因韩退之之有是诗而成耳。鹤详考公此诗,其云'礼过宰肥羊,愁当置清醪',则聂所致者未必诚牛肉、白酒也。诗终云'崔师乞已至,澧卒用矜少。问罪消息真,开颜憩亭沼',则是时方且喜讨叛之师已集,而憩于亭沼,盖知凶渠之亡可待。序云'至县呈聂令'者,存至耒阳以与之。后人往往以此遂信其为死于耒阳,殊不知此后尚有过南岳、入洞庭湖诗,与登舟适汉阳诗可考也,二诗断不可谓是四年作。且聂致酒肉,已在五年五月间。盖臧玠以四月庚子反,公奔窜至衡,又至方田,且半旬阻水矣,是时肉非可久留,无容醉饱在作诗之后。若诗前尝痛饮,诗中亦必及之,如'愿以野水添金杯'、'如渑之酒常快意'、'喧呼且尽杯中缘'、'但觉高歌有鬼神'等句,初未尝以醉为讳也。《温公诗话》云:'元和中,其孙始改葬于巩县,元微之为志。'今志乃云'祔于偃师',巩与偃师又异矣。后世安知又不以为惑?"高崇兰编次刘辰翁评点《集千家注杜工部诗集》认同黄鹤说,置于《朱凤行》与《长沙送李十一衔》之间。钱谦益《钱注杜诗》因体制之故,虽用王洙本旧次(按,以分体计,此诗实为古体之最末一首），然实采黄鹤说。仇兆鳌《杜诗详注》用黄鹤说，置于《题衡山县文宣王庙新学堂呈陆宰》与《回棹》之间，杨伦《杜诗镜铨》置于《题衡山县文宣王庙新学堂呈陆宰》与《过洞庭湖》之间。

【题解】

诸家系年皆同，编次小异。编次小异之实质，亦为历来争论之焦点，在此诗是否为老杜绝笔？按，此问题之解决又分为两步，首先为老杜卒于永泰二年抑或大历五年？南宋王观国《学林》卷五"杜子美"条曰："《旧唐史·杜甫传》曰：'甫永泰二年卒。'观国考子美诗有大历二年九月三十日诗、大历十月一日诗、大历三年春白帝城放船出瞿唐诗、大历五年正月追酬高适人日诗。甫志与传皆云：年五十九卒。按，甫生于睿宗先天元年癸丑岁，卒于大历五年辛亥岁，为年五十九。则史云永泰二年卒者，误也。元祐中，胡资政知成都，作《草堂先生诗碑序》曰：'蜀乱，先生下荆渚，泝沅湘，上衡山，卒于耒阳。'王内翰《注子美诗序》曰：'大历三年，甫下峡，入湖南，游衡山，寓居耒阳。五年夏，一夕醉饱，卒。'元祐中，吕丞相作子美诗《年谱》曰：'大历五年夏，甫还襄汉，卒于岳阳。'观国尝考究杜陵遗迹及襄汉、岳阳，皆无子美墓，唯耒阳县有子美墓，前贤多留题，则子美当卒于耒阳也。近世有小说《丽情集》者，首序子美因食牛肉白酒而卒此，无据妄说，不足信。今注子美诗者，亦假王原叔内翰之名，谓甫一夕醉饱卒者，毋乃用小说《丽情》之语耶？"又，南宋程大昌《演繁露续集》卷四"唐史记杜甫死误"条亦称："本传云：'杜以永泰二年卒于耒阳。'诗中乃云'大历二年调玉烛'。按，代宗永泰二年十一月改元大历，以历求之，则永泰二年岁在丙午，而大历二年岁在丁未，是子美不卒于永泰二年也。《苏子美集》末亦尝言之。"老杜卒于大历五年之史实既定，其次则考其卒于耒阳抑或岳阳？北宋王得臣（彦辅）《尘史》考辨曰："世言子美卒于衡之耒阳，故《寰宇记》亦载其坟在县北二里，不知何缘得此。唐《新书》称耒阳令遗白酒牛肉，二字钞本作黄牛。一夕而死。予观子美侨寄巴峡三岁。大历三年二月始下峡，流寓荆南，徙泊公安。久之，方次岳阳，即四年冬末也。既过洞庭入长沙，乃五年之春四月。

遇臧玠之乱,仓皇往衡阳,至耒阳,舟中伏枕,又畏瘴,复沿湘而下,故有《回棹》之作。末云:'舟师烦尔送寒泉。'又登舟,将适汉阳,云:'春色弃汝去,秋帆催客归。'盖回棹在夏末,此篇已入秋矣。继之以《暮秋将归秦留别湖南幕府亲友》云:'北归冲雨雪,谁悯弊貂裘。'则子美北还之迹见此三篇,安得卒于耒阳耶？要其卒,当在潭、岳之间,秋冬之际。按元微之《子美墓志》称:'子美孙嗣业,启子美柩,襄祔事于偃师,途次于荆。拜余为志,辞不能绝。'其系略曰:'严武状为工部员外郎、参谋军事,旋又弃去。扁舟下荆楚,竟以寓卒,旅殡岳阳。'近时故丞相吕公为《杜诗年谱》,云:'大历五年辛亥,是年还襄汉,卒于岳阳。'以前诗及微之之志考之,为不妄。但言是年夏,非也。"是言得之。朱鹤龄《杜工部诗集辑注》虽据史传记载及赵次公说(见注④)而发异议,然黄鹤《杜诗补注》、钱谦益《钱注杜诗》、仇兆鳌《杜诗详注》、杨伦《杜诗镜铨》及今人皆从王彦辅说。洪业《杜甫》第十二章《孤舟增郁郁》亦从之:"从衡州向东南溯耒水而上到郴州,路程是271英里。当杜甫及其一家行进了大约100英里,他们不得不抛锚停靠数日,因为大雨导致江水横流,行舟太过危险。此诗最后一行有注说:'闻崔侍御溆乞师于洪府,师已至袁州北,杨中丞琳问罪将士皆自澧上达长沙。'(《九家注杜诗》)尽管《王状元集百家注编年杜陵诗史》卷三十二、《分门集注杜工部诗》卷十一认为此注出于王洙,我还是相信赵子栎的说法,即此注出自杜甫本人。……看起来似乎是因为杜诗编集的失序,造成杜甫写给聂耒阳的诗被放到集子最后,加上对此诗的读解比较粗疏,因此使得关于杜甫死于耒阳的传说愈加兴起。"

【笺释】

①《杜诗赵次公先后解辑校》:"旧本'前期翰林后',蔡伯世云则本作'前朝',其说是。岂聂之父祖尝为翰林之职乎？"

②《杜陵诗史》引师古注曰:"甫意谓臧玠之徒不可以言喻之,宜若赵卒坑之。"

③按,四句次序,仇兆鳌《杜诗详注》作"方行郴岸静,未话长沙扰。人非西喻蜀,兴在北坑赵",未知何据？

④《九家集注杜诗》:"闻崔侍御溴乞师于洪府,师已至袁州北。杨中丞琳问罪,将士皆自澧上达长沙。"《杜陵诗史》以此为王洙注,又引师古注曰:"郴岸静,谓衡州无恙。长沙扰,指玠之乱。崔溴乞师于洪府,师已至袁州北。杨子琳将士又自澧州达长沙,故甫得以开颜而喜叛徒见擒也。"《杜诗赵次公先后解辑校》以为杜甫自注,称:"公之自注甚明……蔡伯世云:'公避乱窜还衡州……乃知尝寓家衡阳,独至长沙还罹此变……寻于江上阻暴水,半旬不食。耒阳聂令具舟致酒肉迎归,一夕而卒。'则此诗盖公之绝笔矣。旧谱乃云:'还襄汉,卒于岳阳。'尤误矣。"旧谱(按,即吕大防《年谱》)不误,蔡说、赵说皆误,见题解引王得臣说。又,仇兆鳌《杜诗详注》引胡夏客注云:"'湖边有飞旐',此语遂成诗谶。"胡氏可谓承其误而善于形容也。

江阁对雨有怀行营裴二端公

南纪风涛壮,阴晴屡不分。野流行地日,江入度山云。层阁凭雷殷,长空水面文。雨来铜柱北,应洗伏波军。

【系年】

1. 王洙本旧次在《潭州送韦员外牧韶州》与《酬韦韶州见寄》之间。《杜诗赵次公先后解辑校》系于"大历四年夏至秋在潭州所作",编次从之。《杜陵诗史》、《草堂诗笺》同此。《钱注杜诗》用王洙本旧次。

2. 黄氏《补注杜诗》系于"大历五年作",黄鹤补注曰:"端公谓裴虬,即道州刺史同平臧玠之乱者。当是大历五年作。按《通典》:'唐侍御史凡四员,内供二员,号为台端。他人称之曰端公。'虬尝为御史,故云。行营正为平臧玠而言。舒元舆作《御史记》,以中丞为端长,谓中丞为台端之长也。"高崇兰编次刘辰翁评点《集千家注杜工部诗集》认同黄鹤说,置于《舟中苦热遣怀奉呈阳中丞通简台省诸公》与《题衡山县文宣王庙新学堂呈陆宰》之间。朱鹤龄《杜工部诗集辑注》、仇兆鳌《杜诗详注》、杨伦《杜诗镜铨》皆从之。

【题解】

此诗系年有大历四年（王洙本旧次、蔡兴宗、鲁訔）与大历五年（黄鹤、高崇兰）两说。按，此诗既作于潭州，又言及平定臧玠之乱，则当作于大历五年老杜重回潭州所作，黄鹤说是，清人（除钱谦益外）皆从之。洪业《杜甫》第十二章《孤舟增郁郁》亦用"大历五年"说："也许，在夏天结束之前，潭州之乱就已经平息了。《江阁对雨有怀行营裴二端公》表明杜甫一家已经回到潭州，我们的诗人现在正在想念率领水军回到道州的刺史裴虬。仇兆鳌错误地遵循黄鹤的意见，将此诗置于衡州时期，认为裴虬正率领水军向潭州进发，攻击叛军。黄鹤和仇兆鳌都忘了江阁在潭州（见《江阁卧病走笔寄呈崔卢两侍御》）。并且，如果水军正在驶往潭州，而不是返回道州，为什么杜甫没有表达一下对胜利的希望呢？"洪业说是，王洙本旧次及蔡兴宗（赵次公）、鲁訔（《草堂诗笺》、《杜陵诗史》）皆置于潭州时期，惟未明为重回潭州所作。又，黄鹤系年未言"衡州"时期作，不误；仇兆鳌云"黄鹤注：当是大历五年初夏衡州作"，乃是误添。

长沙送李十一（衔）

与子避地西康州，洞庭相逢十二秋①。远愧尚方曾赐履②，境非吾土倦登楼。久存胶漆应难并，一辱泥涂遂晚收。李杜齐名真忝窃，朔云寒菊倍离忧。

【系年】

1. 王洙本旧次在《湖中送敬十使君适广陵》与《重送刘十弟

判官》之间。《杜诗赵次公先后解辑校》系于"大历四年夏至秋在潭州所作",置于《湖南送敬十使君适广陵》与《奉赠卢五丈参谋琚》之间。《杜陵诗史》《草堂诗笺》同此。钱谦益《钱注杜诗》用王洙本旧次。

2. 黄氏《补注杜诗》系于"大历五年作",黄鹤补注曰:"诗云'与子避地西康州,洞庭相逢十二秋',今计其年,当是大历五年作。未几,公即世矣。"高崇兰编次刘辰翁评点《集千家注杜工部诗集》认同黄鹤说,置于《聂耒阳以仆阻水书致酒肉疗饥荒江》与《暮秋将归秦留别湖南幕府亲友》之间。朱鹤龄《杜工部诗集辑注》置于《湖中送敬十使君适广陵》与《晚秋长沙蔡五侍御饮筵送殷六参军归澧州觐省》之间,仇兆鳌《杜诗详注》置于《暮秋将归秦留别湖南幕府亲友》与《风疾舟中伏枕书怀三十六韵奉呈湖南亲友》之间,杨伦《杜诗镜铨》从之。

【题解】

系年有大历四年(王洙本旧次、蔡兴宗、鲁訔)与大历五年(黄鹤、高崇兰)两说。黄鹤"大历五年"说有理,仇兆鳌《杜诗详注》即用之,并称:"此亦五年秋自衡归潭之一证也。"朱鹤龄《杜工部诗集辑注》则以为仅能"约略计之"而系于大历五年:"今诗所云,盖只约略计之,或欲据此为五年秋自衡归潭之证,则不然也。"谨慎有余,立说不足。今人多从黄鹤"大历五年"说,如洪业《杜甫》第十二章《孤舟增郁郁》:"反驳耒阳诗是杜甫最后作品的最明显证明是《长沙送李十一衔》。耒阳诗的上下文语境显示它作于大历五年(770)夏天,在潭州之乱平息之前的六月。写给李衔的诗作于潭州,时间是大历五年(770)秋天,因为其中提到自从两人在同谷相遇之后(乾元二年,759年),到这次潭州会面已经十二个秋天了。"

【笺释】

①《杜诗赵次公先后解辑校》:"初同避地于西康州,凡十二年秋而复相逢于洞庭也。西康州,成州同谷县也。《唐·地理志》:'武德元年,以同谷县置西康州。贞观元年,州废,来属成

州。其后懿宗咸通十三年复置。'公所用者,指武德之名言之也。"黄氏《补注杜诗》黄鹤补注曰:"公以乾元二年己亥冬至同谷。今诗云'洞庭相逢十二秋',当是在大历五年秋作。盖公是年夏自潭之衡,复欲归襄阳,故下岳阳,复次潭也。"

②《杜诗赵次公先后解辑校》:"公尝为左拾遗,则蒙尚方赐履也。"

暮秋将归秦留别湖南幕府亲友

水阔苍梧野,天高白帝秋①。途穷那免哭,身老不禁愁。大府才能会,诸公德业优。北归冲雨雪,谁悯敝貂裘。

【系年】

1. 王洙本旧次在《登舟将适汉阳》与《送卢十四弟侍御护韦尚书灵榇归上都二十韵》之间。《杜诗赵次公先后解辑校》系于"大历四年夏至秋在潭州所作",置于《登舟将适汉阳》、《重送刘十弟判官》与《送卢十四弟侍御护韦尚书灵榇归上都二十韵》之间。《杜陵诗史》、《草堂诗笺》同此。朱鹤龄《杜工部诗集辑注》用大历四年说,置于《送卢十四弟侍御护韦尚书灵榇归上都二十韵》与《苏大侍御涣静者也旅于江侧》之间。钱谦益《钱注杜诗》用王洙本旧次。

2. 黄氏《补注杜诗》系于"大历五年作"(黄鹤补注见题解)。高崇兰编次刘辰翁评点《集千家注杜工部诗集》认同黄鹤说,置于《长沙送李十一衔》与《过洞庭湖》之间。仇兆鳌《杜诗详注》用大历五年说,置于《登舟将适汉阳》与《长沙送李十一衔》之间,杨伦《杜诗镜铨》用大历五年说,置于《过洞庭湖》与《长沙送李十一衔》之间。

【题解】

系年有大历四年(王洙本旧次、蔡兴宗、鲁訔、钱谦益、朱鹤龄)与大历五年(黄鹤、高崇兰、仇兆鳌、杨伦)两说。按,王洙本旧次此诗在《登舟将适汉阳》之后,故诸家聚讼所在,乃此诗与《登舟适汉阳》之关系。赵次公解释说:"前篇《登舟将适汉阳》云'春宅弃汝去,秋帆催客归',则秋初时也。今是次篇,却云'暮秋将归秦',则九月时也。谓之'湖南幕府',则是潭州也。由是观之,则公虽欲往汉阳,而元未定,今又有欲归秦之兴。然相续其下等篇,皆只在潭州,亦言之而不行也。"除系年未确,其情理大体可从。注家以为旧次之龃龉有二:一曰地理走向不合,黄鹤补注以为:"若以此诗为四年秋作,则前篇题云《将适汉阳》,此题又云《将归秦》,不应一时所向不同,故知为大历五年作。"黄鹤所谓"一时所向不同",实未明地理,朱鹤龄《杜工部诗集辑注》特为说明曰:"鹤又云:'前题《将适汉阳》,此题《将归秦》,不应一时所向不同。'不知适汉阳者,正欲溯汉水以归秦耳。时竟不果归,终岁居潭。"其说有理。二曰时间不合,朱鹤龄《杜工部诗集辑注》指出:"按,此诗旧编四年,与《登舟将适汉阳》同时作。王彦辅、黄鹤之徒以为作于五年,故有公卒于潭、岳之间之说,然与二史不合。"此亦未确。首先,《登舟将适汉阳》一诗,王彦辅、鲁訔皆系于大历五年,朱说所谓"旧编与《登舟将适汉阳》同时"之"(大历)四年",实为少数意见。其次,所谓"与二史不合"云者,黄鹤补注曰:"大历五年秋,公欲北首而卒,故《志》云:'竟以寓卒,殡于岳阳。'虽与史异,然当以诗为定。"所言"虽与史异,以诗为定",是为得之,况两唐书之杜甫传原本错漏歧出,往往不足为据。要之,此诗当系于大历五年。诸家之解说皆有疏漏,当合而正之。洪业《杜甫》第十二章《孤舟增郁郁》用"大历五年"说:"《暮秋将归秦留别湖南幕府亲友》可能写于杜甫听说吐蕃又一次入侵之前,770年10月5日,吐蕃进攻了邠州。而杜甫最终未能成行可能就是因为听到这一消息。或者是因为考虑到他的疾病,以及幼女的去世。这些事情无疑加重了杜甫原来的病情。"

【笺释】

①《杜诗赵次公先后解辑校》:"广言湖南上下之景也。苍梧,桂州也。……白帝城在夔州,公自夔而来,故言及之。"又,仇

兆鳌《杜诗详注》引顾宸《辟疆园杜诗注解》曰："旧解谓苍梧、白帝，皆公经历之地。公实未尝至苍梧也。此言湘江之水甚阔，直接苍梧。《潭州图经》谓其地有舜之遗风。白帝司秋，盖言暮秋时令。如《望岳》诗云'高寻白帝问真源'。"似嫌求之过深。

风疾舟中伏枕书怀三十六韵奉呈湖南亲友

轩辕休制律，虞舜罢弹琴。尚错雄鸣管，犹伤半死心。圣贤名古邈，羁旅病年侵。舟泊常依震，湖平早见参。如闻马融笛，若倚仲宣襟。故国悲寒望，群云惨岁阴。水乡霾白蜃，枫岸叠青岑。郁郁冬炎瘴，濛濛雨滞淫。鼓迎非祭鬼，弹落似鸮禽。兴尽才无闷，愁来遽不禁。生涯相汨没，时物自萧森。疑惑樽中弩，淹留冠上簪。牵裾惊魏帝，投阁为刘歆①。狂走终奚适，微才谢所钦。吾安藜不糁，女贵玉为琛。乌几重重缚，鹑衣寸寸针。哀伤同庾信，述作异陈琳。十暑岷山葛，三霜楚户砧②。叨陪锦帐座，久放白头吟。反朴时难遇，忘机陆易沉。应过数粒食，得近四知金。春草封归恨，源花费独寻。转蓬忧悄悄，行药病涔涔。瘗夭追潘岳③，持危觅邓林。蹉跎翻学步，感激在知音。却假苏张舌，高夸周宋镡。纳流迷浩汗，峻址得欹嵚。城府开清旭，松筠起碧浔。披颜争倩倩，逸足竞駸駸。朗鉴存愚直，皇天实照临。公孙仍恃险，侯景未生擒。书信中原阔，干戈北斗深。畏人千里井④，问俗九州箴。战血流依旧，军声动至今。葛洪尸定解，许靖力还任。家事丹砂诀，无成涕作霖⑤。

【系年】

1. 王洙本旧次在《暮冬送苏四郎徯兵曹适桂州》与《奉赠萧二十使君》之间。《杜诗赵次公先后解辑校》系于"大历四年冬在潭州所作"，置于《暮冬送苏四郎徯兵曹适桂州》与《幽人》之间。《杜陵诗史》同此。古逸丛书本《草堂诗笺》失收。黄氏《补注杜诗》系于"大历四年冬作"，黄鹤补注曰："题云'呈湖南亲友'，而诗云'故国悲寒望，群云惨岁阴。郁郁冬炎瘴，濛濛雨滞淫'，当是大历四年冬作。故诗又云'书信中原阔，干戈北斗深'，指是年吐蕃寇灵州时而云。"高崇兰编次刘辰翁评点《集千家注杜工部诗集》置于《送卢十四弟侍御护韦尚书灵榇归上都二十四韵》与《舟中夜雪有怀卢十四侍御弟》之间。钱谦益《钱注杜诗》用王洙本旧次。朱鹤龄《杜工部诗集辑注》置于《幽人》与《奉赠萧十二（当作"二十"）使君》之间。

2. 仇兆鳌《杜诗详注》置于诗集最末一首，在《长沙送李十一衔》之后，杨伦《杜诗镜铨》从之。

【题解】

此诗系年有大历四年（王洙本旧次、蔡兴宗、鲁訔、高崇兰、朱鹤龄）与大历五年（仇兆鳌、浦起龙、杨伦）两说。仇兆鳌《杜诗详注》："此当是大历五年冬作。按，《本传》及《年谱》但云公卒于耒阳，而不载其时月。今以是诗考之，盖卒于五年之冬矣。观此诗'岁阴冬炎'语，可见《诗谱》谓公卒于夏，减却少陵半年之寿，为可恨也。……此诗作于耒阳阻水之后，其不殒于牛肉、白酒明矣。但云'葛洪尸定解'，盖亦自知不久将没也。编年者当以此章为绝笔。"仇说未明言其证，浦起龙《读杜心解》以为"玩其气味，酷类将死之言，宜若有见。"今人多从此说。萧涤非先生《论〈风疾舟中〉一诗确为杜甫绝笔》[1]所论颇确。洪业《杜甫》第十二章《孤舟增郁郁》亦主"大历五年"绝笔说："《风疾舟中伏枕书怀三十六韵奉呈湖南亲友》极可能是杜甫的绝笔——也许他死于热病。当杜甫写下这首诗时，已经是冬天了。他可能卒于770年（大历五年）11月或12月。就这样，中国最伟大的诗人走完了一生。"

---

[1] 载《萧涤非杜甫研究全集》上编"杜甫研究"，第342—347页，黑龙江教育出版社2006年。

【笺释】

①《杜诗赵次公先后解辑校》:"是言(房)琯既贬邠州刺史,而公出为华州司功也。"仇兆鳌《杜诗详注》:"子云被收,本为刘歆子棻狱辞连及,今云为刘歆,借用以趁韵耳。"

②《杜诗赵次公先后解辑校》:"此两句句法正与《荆南述怀》云'九钻巴嘄火,三蛰楚祠雷'同,各于一句中言年辰,言处所,所言时候又并相契无差。以清明而言,故巴嘄火曰九钻,则自庚子数至戊申,在西、东蜀,在夔,九年见清明也、以暑服而言,故岷山有曰十暑,其于上在西、东蜀,在夔者九年同,而大历二年有闰六月,又可以当一暑矣。盖言九暑可也,著十字以著见其闰焉。《月》诗云'二十四回明,兼闰六月望',方敷其数,亦以著见其闰也。若《述怀》下句以八月而言,故楚祠雷曰三蛰,今诗下句以七月而言,故楚户砧曰三霜,岂不相契无差乎?"

③《杜诗赵次公先后解辑校》:"公必有丧子之祸,但无所考矣。"黄氏《补注杜诗》黄鹤补注曰:"赵云公必有丧子之祸,而不明其为丧宗文。师(尹)能引序语,而乃以为悼严武之亡。按,武死于永泰元年四月,去大历四年作诗时已五年,又不应用瘗夭事。元微之《志》:'嗣子宗武不克葬。'则宗文为早世甚明。盖大历二年有《熟食日示宗文宗武》诗,又有《示两儿》诗。明年出夔,二子尚无恙。今诗云瘗夭,又大历五年卒时唯存宗武,故《志》云'宗武不克葬',则宗文诚夭矣。意是四年自潭之衡时丧宗文,以与聂令有旧,故瘗于耒阳。而公死,不果徙也。"钱谦益《钱注杜诗》笺曰:"润州刺史樊晃《叙杜工部小集》云:'君有宗文、宗武,近知所在,漂寓江陵。'则宗文之亡,实在工部殁后也。"仇兆鳌《杜诗详注》:"今按,宗文若卒于湖南,应有哭子诗,集中未尝见,亦黄氏意拟之词耳。考《绵竹县志》:'宗文十代孙准,世居青城,宋皇祐五年为绵竹令。'此据嘉靖辛丑氏族谱所载,近年王御史谦言宰绵竹时采入新《志》。宗文曾留蜀,是亦一证。"

④《杜诗赵次公先后解辑校》:"窃考千里井有两事。谚云:'千里井,不泻刳。'以其有汲饮之日也。唐有苏氏演义小说者,载《金陵记》云:日南计吏止于传舍间,及将就路,以马残草泻于井中而去,谓无再过之期。不久,复由此,饮于此井,遂为昔时刳

节刺喉而死。故后人戒之曰：'千里井，不沴剚。'或又云：'千里井，不堪唾。'亦是古语。……为客于外，所逢者皆千里之井也。然谓之畏人，则剚节刺喉于义为近。"

⑤《宋本杜工部集》："伏羲造瑟，神农作琴，舜弹五弦琴，歌《南风之篇》，有矣。"《九家集注杜诗》："甫自注云：伏羲造瑟，神农作琴，舜弹五弦琴，歌《南风之篇》，有矣。"《杜陵诗史》、黄氏《补注杜诗》、刘辰翁评点《集千家注杜工部诗集》亦云。